苗疆道事第十四卷

一个时代的结束,一个时代的开端

上海文艺出版社

第十四卷 一个时代的结束,一个时代的开端

目录 contents

第❶章 黑手归来 /1
第❷章 金色凤凰 /5
第❸章 包子凤凰 /9
第❹章 双黄会面,权力平衡 /13
第❺章 袖手双城的崛起 /17
第❻章 金针杀人 /21
第❼章 舟山群豪池水深 /25
第❽章 暗流汹涌 /29
第❾章 朱家大院 /33
第❿章 总须坚守的良知 /37
第⓫章 成也萧何,败也萧何 /41
第⓬章 无遮大会水很深 /45
第⓭章 黑手护短,杀意决绝 /49
第⓮章 扑朔迷离 /53
第⓯章 花舟载入,海天佛国 /57
第⓰章 下人闲汉的聚会 /61
第⓱章 如入无人之地 /65

第⓲章 强者以德服人 /69
第⓳章 水牢狭路相逢 /73
第⓴章 故人隐忧 /77
第㉑章 瓮中捉鳖之势 /81
第㉒章 落千尘绝地反击 /85
第㉓章 变态神医手更黑 /89
第㉔章 飞剑绚丽,然并卵 /93
第㉕章 黑手私放洛飞雨 /97
第㉖章 酒里有毒 /101
第㉗章 天下第一剑阵 /105
第㉘章 我不是开胃小菜 /109
第㉙章 做狗,就要有狗的觉悟 /113
第㉚章 匆匆那年 /117
第㉛章 清醒的胖妞,离去的护法 /121
第㉜章 心魔,心魔 /125

第33章 水中浪战 /129

第34章 群雄逐鹿 /133

第35章 洛峰岛前群雄会 /137

第36章 水战最强者乃何许人也 /141

第37章 我不是来夺宝的 /145

第38章 小小年纪不学好 /149

第39章 事不过三 /153

第40章 想和你分享那酸爽 /157

第41章 魔猿奋起千钧棒 /161

第42章 你们都看不起我 /165

第43章 出家人以慈悲为怀 /169

第44章 一念成佛，一念成魔 /173

第45章 浴血而生 /177

第46章 胖妞，你还记得我么？ /181

第47章 冥河鬼母，驱虎吞狼之术 /185

第48章 漫山遍野的火海 /189

第49章 若有来生，你我为友，今世…… /193

第50章 这一战，必将名震天下 /197

第51章 命悬一线王木匠 /201

第52章 封神榜 /205

第53章 舍命九剑，等待死亡 /209

第54章 是非成败转头空 /213

第55章 戛然而止的决战 /217

第56章 小玉儿 /221

第57章 疑云重重 /225

第58章 布鱼第一次哭 /229

第59章 为了兄弟，两肋插刀 /233

第60章 妖孽该死 /237

第61章 灭你满门 /241

第62章 黑手双城的手段：诈和 /245

第63章 开盅之时 /249

第64章 王红旗的失望 /253

第65章 龙脉之责 /257

第66章 恐怖事实 /261

第67章 捧杀之策 /265

第68章 名声所累 /269

第69章 可怜的甘十九，和刀 /273

第70章 祸及家人 /277

第71章 逆鳞被刺 /281

第72章 努尔小师妹 /285

第73章 无颜面对家人 /289

第74章 以彼之道还施彼身 /293

第75章 招供 /297

第76章 交代后事 /301

第77章 天网恢恢，疏而不漏 /305

第78章 布下棋子 /309

第79章 星垂平野阔 /313

第80章 心魔与我，我与心魔 /317

第81章 袁聪 /321

第82章 黑手慈心 /325

第83章 王校长 /329

第84章 计中计 /333

第85章 男人的抉择 /337

第86章 药园子的法阵 /341

第87章 送你离开，千里之外 /345

第88章 巫山石缝，绿色火人 /349

第89章 顶尖弓手，地穴怪人 /353

第90章 邪教底牌，终极力量 /357

第91章 外门大弟子，前来领教 /361

第92章 士别三日，刮目相待 /365

第93章 一句话，就是干 /369

第94章 活埋陈黑手 /373

第95章 影响张励耘一生的事情 /377

第96章 血染的战书 /381

第97章 自巴东舟行经瞿塘峡登巫山最高峰 /385

第98章 高手相见，先礼后兵 /389

第99章 乌云覆顶，极致力量 /393

第100章 纵死侠骨香，不惭世上英 /397

大结局：嘴唇很软，泪水很咸 /401

番外集：养鸡专业户 /405

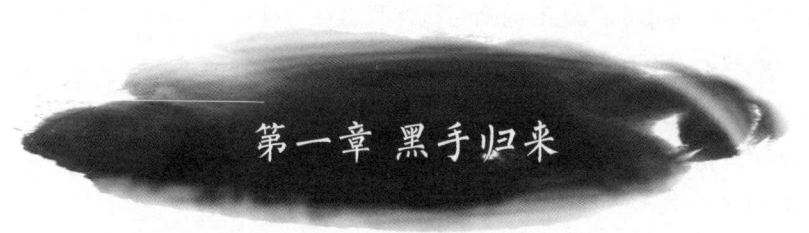

第一章 黑手归来

我们出现的这个地方，准确地说，是位于缅甸的西北部，与印度东北飞地交界，在喜马拉雅山南麓。

这一块地方，跟咱国家其实有领土争议。不过，此乃国家大事，轮不到我们这群好不容易重见天日的家伙来操心。经过布鱼这个翻译的沟通，我们找到了当地最有文化的老师，问清楚了此刻我们的所在地之后，我们谎称大家伙儿是误入山林的旅客，不小心迷路了。

这儿的条件十分落后，村庄的房屋几乎都是用泥土和木材建造的，在我们眼中连窝棚都算不上，不但没有电话，连电灯都没有。

我们这一路周折，现代化的通讯工具是没有了，好在通用货币倒也足够。美金是通用货币，即便是在这偏僻的缅甸山林之中。既然知道自己离开了那神秘的茶荏巴错，大家也就宽了心，掏了钱，从村民那里买了粮食、果蔬和肉类，直接在村子旁边露营。

烤肉、篝火、香浓的菜粥……

一切都是久违的，我、七剑和特勤二组的幸运儿小马都是一副惬意的神情。在这一刻，没有人打破这样的平静。

在地底穿行大半年的时间，无论对意志还是对肉体，都是一种高强度的考验。吃完后大家伙儿都选择了休息，而我则带着精力十足的布鱼与村民交涉。

到了晚上，众人陆陆续续地醒来时，跳动的篝火，香浓的美食，还有热情如火的当地村民，都让大家伙儿格外放松。

好多村里的女孩儿都跑了过来，一边打量着我们这些奇怪的客人，一边跳起热情的舞蹈，好不热闹。忙闹了大半夜，宴席散去，大家各自歇息，倒也不着急与上面联系。

第十四卷 一个时代的结束，一个时代的开端

呼吸着林中潮湿而久违的清新空气，我坐在一棵树的枝桠上，默默不言。周遭的蛇虫鼠蚁，没有一只胆敢靠近。

茶茬巴错的地底之行，对许多人来说，都是一段近乎噩梦的记忆，但对我来讲，绝对算得上一次镀金之旅。归根到底，还是因为我在这一次的行动中，获得了许多的好处。

这些好处，足以使我攀升到修行者这座金字塔的顶端。

别人都说，站得多高，就能够看得多远。这句话我无比同意，然而从某种意义上来说，又还是有歧义的。

当年我师叔祖李道子离世的时候，我其实就已经站得很高了。但那个时候的我，面对这江湖上许多宿老强人的时候，却还是力有不逮。究其原因，是因为我根基太浅，比起某些修行一甲子甚至百年的老家伙来说，我实在是相差甚远。

倘若对手是康克由这般凝练数百万人性命灵魂的狂魔，我基本只有挨宰的命了。倘若不是心魔蚩尤，我早已死了上百次。

正如它所说，我无论是意志、状态还是手段，基本上已足够了。唯一的问题，就是根子太差，除了一把剑，其他都不行。根基不牢，并非我的问题，而是因为我活得不够久。

但此一时彼一时也，茶茬巴错的地底一行，我终于将这个短板给补齐了。尽管这里面还掺杂着一段并不算好的回忆，但是这一具魔躯，已经是道心种魔功法里最为理想的状态。用最简单的一句话形容，那就是天下之大，哪儿都可去得。

不光是我，七剑在这一次的地底之行中，也受益匪浅。无论是将整个触手巨兽精华给吞噬一空的布鱼，还是平分了摩呼罗迦好处的其余七剑，都在这长达大半年的苦旅之中，找准了自己的位置。事实上，没有什么比那漫长而又让人绝望的地底穿行，更能让人快速成长。

两万五千里的长征，能够让一支军队凤凰涅槃，成为席卷全国的铁军，也能够让一个人的心境，变得宛如最坚硬的钢铁。此时此刻的七剑，方才显露出磨砺而出的锋芒。

我在树上静坐，没承想半夜来了一群不速之客在树林子里探头探脑。我叫小白狐去看一下，回来的时候她告诉我，我们今晚太过于高调，美元到处撒。这附近的一伙强人得到了消息，心中痒痒，想要过来找点儿便宜。这结果弄得我啼笑皆非。

在这样的年代，居然还有打家劫舍的强人，说句实话，当真是让我不知道说什么好。

不过这是在东南亚，时局动荡的缅甸，什么稀奇事儿都有，我也懒得多说，叫上布鱼，三人过去将这二十来个拿着上个世纪"二战"武器的家伙撂倒在地。通过逼问，竟然意外地从首领的身上搜出了一台卫星电话。

这卫星电话，是首领用来跟外界联络的工具。他除了是强人，还是个毒贩子。

这二十多个家伙被我们三个人撂倒之后，也知道不对劲，直接扑倒在地，大声求饶。

因为是在异国他乡，而且重见天日的我们心情又好，所以倒也没有杀人，甚至都没有伤到几个，一切都以降服为主。

这群强人识时务，察言观色的眼光也强。最妙的是那首领因为生计的缘故，居然还懂得汉语。尽管是带着浓重滇省口音，不过这对曾经在南疆战场上待过几年的我来说，莫名亲切。

我没有吵醒其余酣睡的队员，用缴获的卫星电话，跟宋司长取得了联系。接到我电话的时候，半梦半醒的老宋还以为见到了鬼。

事实上，在总局的报告里，我们是葬身地底的结局，而且为了这件事情，他还跟几位大佬据理力争过。只可惜最终的决议并不仅仅由总局方面来拍板，而是由那些大佬来拍板。

该牺牲的，总是得牺牲。至少为了人民群众的集体安全，无论是谁，都应该有这样的觉悟。为此老宋还喝了好几天的闷酒，流过眼泪。

没承想，这个让他伤心内疚许久的家伙居然打电话过来了，而我喊了他三遍，老宋才清醒了过来，知道我真的还活着，一阵激动过后，问我人在哪里。我把我的位置告诉了他，老宋诧异得很，说怎么跑那儿去了？说起来我就恼怒，我也不想啊，在黑乎乎的洞里爬了大半年，居然还出了国？这事儿弄得，我找谁说理去？

我跟老宋将大致情况说清楚，让他在总局那边报备一下，安排南边的兄弟部门在国境线接应。

尽管并非个人意愿，但我们这一回出现在缅甸，也属于非法入境了，通过正常的渠道离开，也不是什么大问题。不过动静还是有一些的，为了不引起注

第十四卷 一个时代的结束，一个时代的开端

意，我和老宋商议的最终方案，还是自己摸回家里去。神不知鬼不觉，对谁都有好处。

这事儿若是别人，自然是千难万难，但是对我们这些人来说，不过是手到擒来的事儿。

休息了一夜，七剑和小马醒了过来，神采奕奕，十分精神。

经过挑选，我从这二十多人的俘虏里挑了几个人当向导，其余的人，缴获武器之后，也就放了。

对我们这支神秘队伍，没有人敢心生报复，那些离开的人又是磕头，又是伏拜，一脸感激。留下的人，因为常年走私，所以对路况很熟。

在这识途老马的带领下，我们昼伏夜出用了两天时间，便来到了国境线的边缘。与前来接应的兄弟单位接上头之后，我们与这几个向导挥别。

接下来，我们在滇南春城休整了两日，然后乘坐专机，抵达了首都的南苑机场。

我带队回到总局，行程十分隐秘。见到的第一个人，便是总局的负责人王红旗，两人在小红楼的办公室里面聊了许久。

对我的工作，王红旗难得地给出了高度的赞赏。

特勤一组，在这一次的事件里，起到了至关重要的作用，不但救出了许多失陷敌营的同志，而且那些预备役成员还将这威胁藏南地区的地下通道损毁了，避免更多的损失。更为难得的，是我们在这一次事件中，表现出来的牺牲精神。

我从他这洋溢的热情里读出了歉意，也知道他想要表达的东西。事实上，对这位忠心耿耿维护国家的老人，我实在说不出半点的怨言。人力有时尽，心意在就好。

见过王红旗，我又与其他部门的负责人见面交接，与何武这些预备成员交流，又提交了行动报告，一番忙碌后，我向上面提交了休假报告。

宋司长以为我要撂挑子，连忙跑过来跟我谈论功行赏的事，说还在统计，让我别着急。我笑了，说我真的不是撂挑子，而是有很着急的事情要做。算算日子，老子陈志程，也要有崽了。

第二章 金色凤凰

我和特勤一组消失了大半年,在无数人都以为不可能活着回来的情况下,突然回归了总局。这事儿无疑是一件爆炸性的新闻,无数人都想过来拜访我,然而他们能够找到的,恐怕只有我的副手张励耘,以及助理欧阳涵雪。

归心似箭的我一天都没有停留,直接转机前往金陵。

第二天早上,我出现在离句容茅山一百公里外的一个山村里面,而这个村子,是传功长老邓震东的出身地。村子有一个德高望重的村长,正是尘清真人的本家侄子,而村子里有八成以上的人都姓邓。

邓家村里有三个客人,其一是一直活在传说中的邓老太爷,也是村子里许多人的长辈,其二是一个蒙着头巾的孕妇,其三则是姗姗来迟的我。那个孕妇,正是我的小颜师妹。

怀孕后的小颜师妹变得温柔许多,也不再如之前那般不食人间烟火了,雍容华贵中,又带着几分让人亲近的气息。虽然身子多少也有一些虚肿,不过在我的眼中,却比往日更加美丽。

她没有想到我居然会回来。我的消息,总局也通报给了茅山,小颜师妹自然也是知道。虽然对我充满信心,坚信我一定不会就此死去,但对我何时能够归来,并没有抱太多的希望。所以我的出现,给她带来了巨大的惊喜。

所谓惊喜,通常伴随着惊吓,两人执手相聚,却不知道她肚子里面的小家伙是否也感应到了母亲心中的欢喜,也开始动弹起来。小颜师妹腹中阵痛让我将所有的情话都抛开,像个毛头小子般手足无措,赶紧喊人来。负责接生的人,是一名退休的妇产科医生,经验十分丰富。

这是尘清真人的安排,至于为什么不选择在医院出生,原因是避人耳目,怕被人知晓小颜师妹的身份。这里面还有许多曲折,不能为外人知道。

经过医生的检查，小家伙会在这两天出生，现在只不过是预热而已，用不着大惊小怪。我长舒一口气，想要返回房间，被尘清真人拦住了。

两人来到了村口的一棵百年老槐旁，望着远处郁郁葱葱的山，沉默了好一会儿，尘清真人方才长长舒了一口气，问道："你这一次回来，跟以前有些不一样了。"

我点了点头，说对，脱胎换骨，鸟枪换炮。

跟我师父陶晋鸿不一样，尘清真人是个十分古怪的老头子，并不喜欢追问我太多的事情，而是平淡地问了一句道："本心可还在？"

简简单单一句话，让我思考了好一会儿，方才点头说道："一直都在。"

他凝望着我，缓缓摇头道："当初你师父入关之前，曾经交代我一件事情，不过现在看来，我可能做不到了。"

我问他："是看着我，对吧？"

尘清真人也不隐瞒，点头说道："对。你师父说这是我师兄李道子的意思，一旦你入魔，那就将你杀掉，不能让茅山成为祸害世间的帮凶。之前的我，有信心与你同归于尽。但是现在，难。"

他这一句话，算是承认了自己不如我。作为接替李道子出任传功长老职位的茅山长老，能够说出这样的一句话来，算是对我最大的认可。不过联想到我自己的实际情况，我的心情不由得黯淡了几分。

沉默了一会儿，我方才说道："我会控制住自己的……"

这话说得多少有些心虚，而尘清长老则指着村子里的那房子说道："应颜肚子里面的孩子生下来之后，我会将其收作关门弟子，论起辈份来，比你还高一级。"

我向他行了一礼，恭敬地说道："多谢邓长老栽培。"

他却是话锋一转，继续说道："我收她为徒，最大的目的，倒不是要栽培她，而是传她一种手段。日后你若是化魔，她就能替我清理门户，将你铲除。"

尘清长老说得严肃，然而我听在耳中，并不觉得刺耳。一个能够当着我面说出这般话来的老人，绝不会对我有任何意见。他之所以如此，更多的，其实是在保护我。与李道子、我师父陶晋鸿相比，这是另外的一种爱，尽管表达方式并不一样，我再次表达了感谢。

对我如此端正的态度，尘清真人长叹了一口气，拍了拍我的肩膀，语气沉重

第十四卷 一个时代的结束，一个时代的开端

地说道："不要让你的师父失望。"

我点头。

出于我身上背负的某些诅咒，尘清真人建议我最好不要经常接触小颜师妹，特别是在她生产的时候。那个时候的小颜师妹是最为虚弱的时候，倘若是被邪魔侵入，无论是对大人，还是小孩子，都是一件不能够接受的事情。

我是自家人知道自家事，所以对于尘清真人的提议，也没有怎么反对。

此时此刻，小颜师妹和那个未出生的小孩儿，在我的心头已经高于一切，无论为他们做什么，我都是愿意的。

两人枯坐一天，一直到了第二天的凌晨。

凌晨四点。

这是一天之中最为黑暗的时间，也是阴魂活动最为频繁的时间，因为再过一个多时辰，太阳就要出来了。阴阳转换的时候，阴气最为浓密。

一直盘腿坐在老槐树下的我和尘清真人，却在这个时候同时睁开了双眼。

村子里，安置小颜师妹的村长家传来了一阵急促的声音，我陡然站起来，结果被尘清真人拦住了。

他不动声色地摇了摇头，说道："你不能去。"

我有些急了，指着村子里说道："邓长老，难道你没有感觉到么？那里有东西……"

"我去！"

尘清真人斩钉截铁地打断了我的话，拍了拍我的肩膀，瞧见我一副青筋毕露的表情，忍不住出言又安慰了一句："别担心，有我在，不会出任何问题的。"

他说完，转身便朝着村子里走去，而我的手也已经摸到了怀里。我几乎摸到了饮血寒光剑，却没有拔出来。

今天是我家孩子的出生日，我不能大肆杀戮。饮血寒光剑到底带着煞气，倘若冲撞到了小颜师妹，多少还是会有一些影响的。不过那些莫名其妙冒出来的家伙，我也不会客气。

想到这里，我捡起一根树枝，在那百年老槐树上划了几道符印。再接着，用这些树枝和落叶，在脚下摆了一个简单的法阵。这法阵是个简单的聚阴枯木阵，能够将魑魅魍魉之物都聚集到这儿。

我对法阵的研究，比不得高手，但是简单的，倒也弄得。

法阵布下，我平平一拍，将其驱动。而在一瞬间，我的周遭就刮来了数道凉悠悠的阴风，吹得人鸡皮疙瘩都不由自主地冒了出来。

我用遁世环收敛气息，装作无害，平静地等待着。

一开始，百年老槐的树荫下还是只有几道阴风，但随着时间的推移，风声越来越大，树冠之上的树叶哗啦啦作响，摇曳的树枝不时洒落许多碎屑下来。

我盘腿而坐，宛如老僧入定。

五分钟不到，我的身边阴风阵阵，无数影子般的脸孔和手掌从虚空之中伸出来，试图朝着聚阴枯木阵的最中心靠近。这个位置，是阴气最为充足的点，也是对这些玩意儿吸引力最强的地方，然而，我偏偏在这儿堵着了。

许多阴风幻化出了黑影，黑影之中又伸出许多的脸孔和手掌，试图朝我的脸上摸来。也有的在我面前晃来晃去，试图引起我的注意。

这些玩意儿，都不过是些不成气候的小东西，根本就入不得我的法眼，然而让我惊讶的是，简单的一个聚阴枯木阵，是不可能引来这么多的鬼物的。

这场面给我的感觉，好像是方圆百里的阴物都汇聚到这儿来了。

到底是什么，吸引了这些玩意儿前来呢？我眉头皱起，毫不客气地平平推出一掌，将汇聚在此的所有阴魂掌控住。连让它们反应的时间都不给，直接轻轻一掐，口念超度咒诀，将所有的阴魂都给超度了。

这些玩意儿，糊弄些乡野村夫倒也不错，但在我这专业的茅山道士面前，又显得太小儿科。就在我将这些一一超度的时候，突然间我感觉到了一股强大的力量，从九天之上垂落，朝着那产房扑去。我的心一跳，下意识地想要过去，最终还是忍住了，没有迈开一步。

这对我来说，当真是一种煎熬。

一直过了半个多小时，尘清真人方才来到我的面前，笑着对我说道："是个女儿，母女平安，你可以过去了。"

我心中狂喜，但还是有些疑惑地问道："刚才那道光……"

尘清真人抚着白须，哈哈一笑道："无妨，刚才应颜告诉我，说她先前梦到了一头金色凤凰。"

金色凤凰？

这就是孩子出生时，百里阴魂汇集的原因么？

第三章 包子凤凤

在得到尘清真人的允许下，我来到了产房，瞧见了刚刚生产完毕的小颜师妹，和接产医生捧在手中的小婴儿。望着那刚刚剪断脐带不久的小婴儿，我不由得苦笑了起来。

瞧见我脸上苦涩的笑容，躺在床上的小颜师妹秀眉一竖，瞪着我说道："怎么，你不喜欢女孩儿啊？"

我瞧见她上纲上线，慌忙解释道："生男生女都一样，就我而言，生个宝贝女儿自然是最好不过。但是——你看这孩子，整个儿就是一个皮薄肉厚的包子脸，跟你我哪里有半分相像的地方？"

听到我的话，小颜师妹更加难过，指着我说道："你是什么意思，觉得她不是你的娃娃，对吧？"

都说女人一旦有了小孩儿，脾气就自动长了，这一看果不其然。

我慌忙赔着好话，而这个时候尘清真人也走进来，对我解释道："小孩儿长得与你们不像，这是我有意为之。"

我有些发愣："啊，怎么回事？"

尘清真人慈爱地从接产医生手上将这包子脸的小婴儿接了过去，对我说道："宗门之内，也并非一池清水，难免会有些风声传出。这孩子是你的骨肉，也是你的命门，为了不让某些人知晓，我特意传了应颜形意观想法，让她在孕期修习。至于这包子脸，可不是你之前对应颜说出的心愿么？"

啊？

我以前有说过希望生出一包子脸的小孩儿么，我怎么不记得了？不过这事儿不记得可以，面前的这个产妇我可得好好地哄着，免得抑郁。于是，我连忙满脸堆笑，说尽了好话，方才让小颜师妹开心了一点儿。

尘清真人爱怜地抱了一会儿小婴儿，然后交到了我的手上来，问我道："你想好小孩儿的名字了么？"

我接过襁褓里的小婴儿，感觉这小肉团儿当真是柔弱至极，握惯了长剑的手抱着她，有一种无由来的紧张感。

捧着这小人儿，不知道为什么，我心中最柔软的那一个地方，顿时就一阵慌乱。这是我的崽儿啊……我陈志程的孩子，血脉相连。尽管在此之前，我与她没有一点儿感情，但是在瞧见她的第一眼，我却感觉到一种生命延续的感动。

从今之后，我在世间又多了一份牵挂，而我也终于成为爸爸了。小家伙紧紧闭着眼睛，越看越像包子，越看越可爱。

我愣了一会儿，这才想起来回答尘清真人的问题："叫什么好呢……既然应颜说梦见有金色凤凰入腹，不如就叫做——包凤凤吧？"

"包凤凤？"

孩子不能随我的姓，也不能随小颜师妹的姓，甚至不能名正言顺地说成是我们的骨肉结晶，这是尘清真人之前就已经跟我打好招呼的。不过孩子的名字，终究还是由我们来取的，这也是对我和小颜师妹的一种补偿。不过听到我的决定，小颜师妹却有一些不愿意了，这名字虽说听着顺耳，不过有些俗气。

尘清真人却是抚掌大笑，说不错，这名字听着就跟孩子有缘。

小颜师妹嗔笑道："哪里有缘啊？"

尘清真人掰着手指解释道："包，说的是这孩子的长相；凤凤，说的是她出生时的异象。这名字言简意赅，又十分应景，最重要的，是跟她爹的名字，又有几分神似……"

小颜师妹听到最后一点，一开始还没怎么想通，随后眼睛一转，噗嗤一笑，捂着肚子说道："得，那就这名字吧，哈哈！"

尘清真人口中的名字，自然不是陈志程，而是我的曾用名陈二蛋。说起来，当真跟包凤凤一般模样。我听到了也欢喜，举起那睡得昏沉的小孩儿就乐："包凤凤，以后你就叫作包凤凤啦……"

尘清真人给我的印象，是不苟言笑、比较沉默的老道士，在孩子面前，他的笑容却从未停止。他也晓得小颜师妹刚刚生产，虽然修行者体质不错，但也需要多休息，于是又说了几句话，离开了房间。

我抱着小包子来到小颜师妹的床前坐下，抓着小颜师妹的手，柔声说道：

第十四卷 一个时代的结束，一个时代的开端

"你辛苦了！"

听到我这温柔的情话，一直假装坚强的小颜师妹眼泪一下子就落了下来，反手将我抓住，放在脸庞上说道："我没事，真没想到你居然能够回来。当初消息传回来的时候，我还以为这孩子没有父亲了呢……"

小颜师妹的话说得我一阵语塞，我自然知道她心中的苦楚，我也不想过这种聚少离多的日子。一来我身负十八劫，容易贻祸家人；二来身处其位，我不得不尽心尽力，冲锋在前。

一切都是命。

小颜师妹既然跟了我，那就得吃苦。手掌轻抚着这个美丽的女人，我的心中尽是柔情，许多歉意的话说不出口，只有轻轻抚摸着她，给她温暖。

小颜师妹情绪激动了一会儿，这才收敛起来，抹着眼泪笑道："以前想你的时候，整夜整夜都睡不着觉。现在好了，有这小家伙在，她那没良心的父亲，我便也可以放下来了。"

我苦笑着说道："你这般移情别恋，让我心中好是难过啊……"

两人抱着小孩儿，说着情话，时间不知不觉就过去了。夜渐深了，外面传来了尘清真人的咳嗽，我方才醒转过来，不敢再在小颜师妹身旁逗留，离开房间。

我在邓家村待了一个多星期，手机关机，断绝与外界的一切来往，就只陪着小颜师妹和小包子。而一个星期之后，按照之前李道子对我命谶的判词，我不得不离开此处。

尽管我依依不舍，却不得不狠心离开。十八劫并没有渡完，我若是不想将这祸患的命运传给身边的挚爱亲人，那就得守着这规矩。

离开前，我与尘清真人对小包子的将来作过讨论。

他的安排，是将小包子留在邓家村里，寄养到一岁的时候，由他前来将其收为关门弟子，将小颜师妹定作继任者的备选位置，将其带入后山修行。这样一来，包子和小颜师妹就能够名正言顺地待在一块儿了。当然，两人之间，不能以母女相称。

一开始我对这安排还是有些疑虑的，觉得将小包子一个人放在这儿，万一出了意外怎么办？最终，我还是被尘清真人给说服了。

在这世外之地，总比在茅山宗门之内好一些。事实上，并不用尘清真人提醒，我已然能够感受到了茅山宗自我师父闭关之后的不同了。用一句话来简单描述，就叫作暗流涌动。

涉及到宗门之内的内部矛盾，即便是尘清真人也是没有办法捋清的，更何况是常年待在官方之上的我。这个话题，我们稍微聊一下，便也不再多谈，现在不是处理此事的时候。

离开了邓家村，我还是返回了茅山一趟，露一个面，算是对这大半年的失踪，作一个解释。我的出现，有人喜有人忧，不过在人前，我还是获得了许多人的祝贺。

巫体大成的我，在经历大半年的地底跋涉，已然将自己打磨得十分低调圆润，再加上遁世环的掩饰，很少有人能够瞧得出我具体的修为到底有多强。

如果不认识我，很多人甚至会觉得这不过是一个普通人而已。我却知晓，整个茅山之上，至少有三个人能够感觉到我的成长。

回到茅山的第一天，我与符钧秉烛夜谈，长聊一夜，一直到次日鸡鸣之时，方才罢休。居移气，养移体。多年未见，我这师弟已然是变了许多模样，有了一派大家的气象。在门下弟子面前，也是威风得很，给我的感觉，已经渐渐向那门中长老靠齐了。

没有人想到，当初的他，差一点儿因为资质有限，而被否定掉。所谓茅山三杰，他算是最沉稳的一个。

我在茅山没有待几天，便下了山，路过天王镇的时候，特地去萧家大宅瞧了一眼，与萧家的几个兄弟联络感情。对我的到来，萧老爷子表示出了十二分的热情，给我的感觉，仿佛知道我是他女婿一般。

席间问起萧克明的时候，老爷子的脸色有些黯淡。显然，我那一身修为被废的小师弟，一直都没有跟家里面的人联系过，此刻浪迹天涯，不知道是艰辛，还是潇洒。

随后我又去了金陵，从南南手中拿了两副龙鳞软甲，又给了他一堆乱七八糟的东西。忙乱了许久，我方才返回了首都，结果刚一回来，行程通知到了欧阳涵雪那儿，就有车子堵在了机场门口。几个一身黑西装的家伙将我拦住，说上面有人要见我。

特勤局有外出任务，一般都会是中山装打扮，而这穿得跟保镖一般的行头，显然不是我们的人，不过，他们又都是修行者。盘查了一下身份，结果对方也不打算隐瞒，毫不犹豫地将招牌亮了出来。原来是民顾委的。

第十四卷 一个时代的结束，一个时代的开端

第四章 双黄会面，权力平衡

既然是民顾委找我，自然是跟黄养神有关。又或者，跟荆门黄家有关。我没有拒绝这帮人的邀请，不管如何，我都得给荆门黄家一个交代，这是逃脱不了的。

在故宫博物院后面的一个胡同小院里，我见到了此行所需要面对的重要人物，也就是荆门双雄之中的老大黄天望。这位被誉为"大内第一高手"的老头子在院子里的一个小房间等着我。

我进屋坐下，自有人端茶上来，那老人看了我一眼，平静地说道："不好意思，职责在身，没办法去总局见你，只好派人去找你过来见上一面了。"

他话说得谦虚，语气却并不客气，显然也是久居上位之后养出来的脾气。

人家的名头颇大，我倒也不介意，点了点头道："前辈相邀，自当如此。"

老人勉强地笑了一下，对我说道："长江后浪推前浪，前浪死在沙滩上。在你们突飞猛进、日新月异的新人面前，前辈一词，实在是提不上场面来了。"

这话让人郁闷，不过也是在承认我的实力，我不知道他到底看出了些什么，只是微微一笑。

我惜语如金，老人自然而然地把握着谈话的节奏，问我回到总局之后便人影无踪，是不是有什么事情需要处理方才会这般。

我家包子的事情，自然不能说给此人知道，于是也是含糊应下，并不解释。好在对方不过是虚晃一枪，端起茶来，喝了一口，说茶不错，是特供的龙井，跟市面上能够用钱买到的，多有不同，可以品一品。

我稍微尝了一口，的确鲜香凛冽，是不可多得的好茶。这样的茶，市面上是买不到的，多少钱都买不到。

这就是权力。

我能够明白这老人想对我说些什么，于是说道："您今天找我过来，是想听一听黄组长的消息，对吧？"

老人点头，平静地说道："你们的报告，我也看过了，不过内中有许多不明之处，所以想找你这当事人过来，详细了解一番。"

我也点头，说道："理当如此，您有什么问题，直接跟我说便好。"

瞧见我如此配合，老人似乎松了一口气，问我在下到地底之后，是否有跟黄养神见过面？我说有，然后将当时的情形，跟他一一道来，几乎没有什么隐瞒。

事实上，我自己是问心无愧的，当时的黄养神一入池底，化身血茧之后，就未曾醒转过来。以当时我的能力，根本就唤不醒他，随后他贴在那水晶镜面上，我更是没有能力。再后来我一路奔逃，小命都差点儿没了，哪里能够将他救出来？

而等我恢复实力时，他又被那神秘的白衣女子掳入镜中，不见踪影，哪里能够让我摸到半点儿衣角。为了救这些陷落于敌手的人，我甚至以己为饵，不但受尽虐待，铁烙剥皮，而且还经历过男人最不能忍受的惨事。这般的经历，倘若说是见死不救，那就真的没有办法了。我问心无愧，所以特别坦然。

然而，对于没有将黄养神带出茶荏巴错，重归地面这事儿，我到底还是没有占理。但是说句实话，无论是黄养神，还是他们组里面的那个小马，在我心里，都是一样的，没有任何区别。

在此之前，老人显然是经过了多方调查，此刻等我这当事人将所有的事情如珠子般，一颗一颗地串了起来，方才将事情的全貌弄清楚。

我能够感受得到，整个谈话的过程中，他试图运用精神术法，来影响我的言语，其实也就是测谎。不过在稍微试探一番之后，他就不动声色地退缩了。

这种小手段，只有精神意志远远强大于对方，方才能够收得奇效，而两者倘若是持平的情况，那简直就是在自取其辱。对方知道这一点，我也知道这一点，不过双方都保持了默契，并不拆穿。经历过了这一次试探，老人也知道了我的实力。

这样的人，也救不出自己的本家侄子，那么，即使他亲至，也不可能有任何改变。一切都是命，由不得不服。

两人交谈许久，之后，老人还伸手过来与我道谢，多谢我所作的这些努力。尽管我知道在作出封印白纳沟、不救人的决定里面，民间顾问委员会起到推波助澜的作用，不过还是保持了表面上的亲热，重重握手。

离开时，老人告诉我一件事情，那就是他黄家的后辈，也是当代家主唯一的女儿黄养鬼，可能不能再加入特勤一组了。荆门黄家已经失去了一个儿子，不能再失去一个女儿。

对这个消息，我一开始有些惊讶，随后也没有再多想，加入特勤一组的事情，本来就是鬼鬼一意孤行，根本没有经过家里的同意。

这是一个意外，要晓得，黄养神入仕，不但有许多资源保驾护航，而且还有黄文兴这样的顶级门客护翼左右。而即便如此，他最终也陨落在了黑暗地底。

鬼鬼这般孤零零一人就前来特勤一组，尽管我不会对她怎么样，但是在荆门黄家看来，未免也有些受制于人的意思。

鬼鬼自小任性，倘若是黄养神还在，恐怕还能自由一些。但是这件事情一出，只怕她以后的道路，都得按照家族的意思来走，没有半点儿自主选择的权利。

想到这儿，我不由得一阵叹息。不过我终究也说不出反对意见，这件事情，由不得我来发表任何意见。

离开这里，我返回了总局，本以为不会再见到鬼鬼，没承想她居然还留下来要向我辞行。

上一次离开归心似箭，匆匆忙忙，我也没有跟鬼鬼好好聊一聊，只是让小白狐他们帮忙转告。所以这一次见面，自然还得一番模样地解释了一回。不过对着鬼鬼，我终究还是不能像面对黄天望那般心中坦然。因为我曾经承诺过鬼鬼，一定会把她的兄长带回。

我答应过的事情，并没有做到，尽管这并非人力所及，但终究还是我的错误。

我没有任何辩解，说完之后，向鬼鬼道了歉。然而，小姑娘坚强得很，认真地问我道："陈大哥，我哥哥他其实并没有死，只不过是被人暂且控制了意识，对么？"

我点头，然后把他那十二年后的诅咒说了出来。

鬼鬼沉默了片刻，对我说道："十二年后，我再来找你，说不定还有能够跟他见面的机会。"

我苦笑了一声，倒也不想打击她，说好，希望那个时候，他能够回来——即便是找我报仇。

鬼鬼长叹了一声，对我说道："陈大哥，我要走了，回到荆门黄家，这不只是我父亲和家中族老的意愿，也是我的想法。地底一行，我方才发现我曾经为之骄傲的一切，都不过是镜花水月。在你和那些强人的面前，我实在太脆弱。我需要变强，变得更强，所以我得改变之前的想法，离开这里……"

我站起来，与她握手，认真地说道："是，希望下一次见你的时候，你能够完全超越黄天望，成为新一代的荆门黄家领导者……"

我本以为鬼鬼会谦虚几句，没想到她居然认真地点头，应承下来。

黄天望是谁，那可是大内第一高手，不知道多少的际遇，方才能够成就今天的这个名头。没想到这个小女孩儿，居然有这般的雄心，当真是……

长江后浪推前浪啊！

送别了鬼鬼，我将特勤一组召集在一起，开了一个会。这是特勤一组扩编完成之后，开的第一次正式会议。

在我们还未回归之前，特勤一组的架子是由何武等人撑起来的。在宋司长等人的帮助下，特勤一组并没有遭到解散或者整编，而是由我认可的这些人留任于此。

尽管希望渺茫，但是从上到下，都觉得我黑手双城一定会回来的。编制并没有撤销，而何武等人也提前转正，这就是影响力。

会议上，我正式确定了由张励耘和林齐鸣为副手的决定，这两个人，将成为我在特勤一组的左右手。这个决定，出乎所有人的意料之外。意外的点，并不在张励耘身上，而是林齐鸣。

张励耘之前一直负责特勤一组，无论是从资历还是经验，又或者实力，他都堪称佼佼者，此番确认，并不稀奇。而林齐鸣就有些古怪了，论实力他不如布鱼，论资历他不如小白狐，这样一个从华东法术学院里毕业没几年的家伙，为何能够担起这样的担子来？很多人想不通，我也不打算跟他们解释。

特勤一组的扩编，使得我们拥有了多线作战的能力。而一直冲锋在前的我，也将转入幕后。至于林齐鸣为何能够与张励耘并列，因为我考虑到了一点。

那就是平衡。

第十四卷 一个时代的结束，一个时代的开端

第五章 袖手双城的崛起

所谓平衡,并不是想要分化张励耘的权力,而是分担子。要知道,并不是时时都有大案、要案等着我们处理,一年里面,数得上来的场面也没有几起,很少会有像之前那般全队出动的事件发生。

一般来说,除了比较重大的案件之外,三五人反而是最适合的结构。人多了,不但拥挤,反而会相互影响。

从茶茬巴错归来之后,我决定退居幕后,必然要将接近二十人的特勤一组划分开来,至少要分成两个小队。这样一分,问题就来了,那就是谁来领头。

张励耘在我离开特勤一组的日子里,一直都是临时的负责人,他自然得占一个位置,而另外一个人,就比较考验我的想法了。

若是按照资历来说的话,特勤一组没有人能够比与我一起进组的小白狐更加有资格。那小妞儿进来的时候,完全就是一个小萝莉。不过,小白狐一来是修为大损,二来则是性格并不适合独当一面。与她有着同样问题的还有布鱼,这个憨厚的家伙,更喜欢听人发号施令。

这样算下来,我就不得不从七剑其他成员里面来选人了。白合性子刚烈急躁,朱雪婷又太过于温婉,董仲明这个人其实也还不错,就是没有主见,更适合秘书或者助理之类的职务。这样一算,林齐鸣这个集训营的第一名,就拨高了。

他这个人的性子比较随和,粗中有细,又比较讲义气。在七剑里面,跟大家的关系都不错,在那些预备队员的心中,也有一定的分量。所以让他来另带一队,也是挺不错的选择。

将大框架搭好之后,我与特勤一组的每一个人都进行过深入的交流,保证每一个人的战斗力都能够有最好的发挥。而剩下来的,就是一个长时间的磨合了。

安排好了这些,我便将手中的事情放下去,让张励耘和林齐鸣去办,而我则从繁重的任务里解脱了出来。

对于我的决定，宋司长是表达支持意见的。事实上，最近这段时间里，案件没有之前发生的那般频繁，而各大区分局经过精兵简政之后，组建起来的精干行动组，也逐渐承担起了一部分原本属于我们的责任。脱离了繁重的任务，我其实也并没有多清闲，因为还有一件事情，需要我牵头去做，那就是之前跟王总局那边敲定好了的基金会项目，这才是重中之重。

王总局已经知道了这一笔启动资金的来历，不过对于这种事情，见惯世事的他表现出了"难得糊涂"的态度，倒也没有太多的计较，而是派了几个总局后勤部的干事，过来与我协商搭建事宜。

这几个干事都属于实干派，而不是机关里面混出来的老油子。慈元阁那边收到这个消息，也表达出了强烈的合作意愿。对他们来说，赚多少钱，都抵不过有这么一个官方背景来得重要。

方鸿谨当即表示，说每年都会投入一笔定额资金，以维持这个基金会的良性运作，并且会聘请相关方面的专业人士，对此进行监督。

王总局对这事儿也表现出了十分积极的态度，这也侧面证明了特勤局所属的秘密战线，其危险程度实在是大，尽管上面也有一些抚恤，但是能够给这些为了国家和人民安宁的战友们多一些补偿，那自然是再好不过的了。

时间在慢慢流逝，基金会的框架也陆陆续续地搭建了起来，而特勤一组的两队人马，也磨合得很快。那些新加入特勤一组的预备成员们，已经能够融合进这个团队里面。这里面的每一个人，我都会对他们进行指导。这事儿，曾经做过茅山大师兄和华东法术学院教导主任的我倒也驾轻就熟，没有太多的难度。

在我和七剑的影响下，这些人的修为都得到了普遍的提高。在这样的情况下，我越来越少地露面，慢慢地消失在许多人的视野中。之所以如此，除了因为我开始消化成就巫体所带来的好处之外，还有一个原因。那就是我在通过总局档案室查阅相关的文档，开始研究如何用碧落魂珠来炼就分身的事宜。

我至今没有忘记康克由死去的时候曾经告诉过我的事情。如果我能够炼就分身，让这分身渡劫，我或许就能够逃脱十八劫的制裁，成为一个寻常的普通人。

这事儿自然是千难万难，要不然当初康克由也不可能费尽那么多的心血。然而我却是斗志昂扬，因为我最大的期望，就是挣脱这缠绕了我一生的劫难。到了那个时候，我家包子就可以姓陈，而我则可以光明正大地让她叫我"父亲"了，而不是现如今按照字辈来排的师侄。而且到了那个时候,我就可以与小颜师妹名正言顺地在一起生活,想父母了,就回老家多待一段时间,也不用担心他们突然离我而去。

尽管此刻的我,对力量的掌控已经到了一个极高的境界,但是想要将心魔转移到碧落魂珠之上,还是有一些坎坷。意识的问题,远比身体要来得难许多。

但经过相当长的一段时间,我已经能够把那颗碧落魂珠熔炼得如同我的身体器官一般。假以时日,我或许能够将它幻化出另外一个陈志程来。就在我沉寂下来的时候,特勤三组的赵承风,却是屡屡出击,不断地建立新功。

他北上南下,争锋在前,不断地破获了好几起大案子,并且顺藤摸瓜,牵出了好几个级别比较高的邪端组织。并且将九九年起就不断闹事儿的那个团体北方的基地给包了饺子,围剿了所谓的四大护法、八大金刚。

赵承风之所以能够这般出风头,离不开龙虎山在江湖上给他援应的关系。不过事儿办得漂亮,总局屡屡受到上级夸赞,众人的脸上都有光。

这件事情特勤一组基本上没有参与,后期拉网的时候,被指派去布控合围的时候,也被派到了最外围的位置。在那样的位置里,别说功劳,就连苦劳,都不如别人显要。

张励耘和林齐鸣跑到我这儿来埋怨,说赵承风和他后面的人,吃相也太难看了。自己吃肉,连点儿汤渣都没有给我们留下,实在是有些过分了。

对他们的抱怨,我只是笑笑,也没有多说。因为我知道,赵承风之所以突然崛起,这般积极,主要还是因为感受到了我的压力。

现如今总局行动处的情况,一组好比夜空中最璀璨的星,相比其他组,一组有更多的功勋和战绩。二组因为黄养神的失踪而陷入停滞,尽管后来又调了一名京西的修行豪门家族子弟来就职,重新整顿,但终究还是沉寂了下去。四组是青城山的王朋,稳扎稳打,不显山不露水,而唯独赵承风的三组,最有资格争功。

往日别人将我和赵承风并列,说我们两个名字里面都有一个"城"的发音,故而名叫"黑手双城"。后来赵承风嫌这名字不好听,没有应下,反而被传出"袖手双城"的名头来。

然而,此一时彼一时,随着我陆续闯出偌大的名气,他逐渐以与我并列为荣,甚至害怕大家只知道总局有这么一个黑手双城,不知道还有一个袖手双城在。他终于忍不住出手了,所以这事儿可是他与龙虎山处心积虑的结果,哪里会分给我们半点儿？但我对那个只会耍嘴皮子的组织并没看上眼。因为我知道，真正的心腹之患，永远是不说话的那帮人，比如邪灵教。这个才是真正有可能颠覆时局的对手，也是值得我们尊重的敌人。

赵承风跳得很欢，不断有战果传来，众人为他欢呼雀跃，拍手称赞，而我则大隐隐于市，安心地做着我的事情。

随着赵承风不断地崭露头角，大家开始对这位冉冉升起的新星评头论足，认为他已经能够与龙虎山的三大巨头并列，成为总局里年轻一辈中数一数二的高手了。至于陈志程……对了，自他从那地底里千辛万苦地跑回来之后，就沉寂了许多，有任务也基本上是手下的人出，难道他在地底受了伤，行动不便了？

许多人这般猜测着，而我则从来都不解释。

人们开始追逐着新的英雄，而赵承风也因为战绩累累，被提拔了上来，与我并列，成为了行动处的副职领导。

一直等到了零四年的年初，张励耘领导的小队在浙东省的舟山群岛执行任务时出了岔子，甚至造成人员损失，我方才重新奔赴了第一线。

第十四卷 一个时代的结束，一个时代的开端

第六章 金针杀人

舟山岛一处医院的停尸房内，我站在停尸床前，看着横尸于此的李何欣，许久都没有说话。

出身江阴省的李何欣因为有着一个嗅觉灵敏的鼻子，而被特招进了特勤一组，这两年多的时间，也的确凭借着特长，办了不少漂亮的案子。此时此刻，她却躺在了这儿，毫无生息。

张励耘站在我旁边，显得有些紧张。

我沉默了许久，始终没有开口。之所以如此，是因为我的心在痛，特勤一组很久没有减员了，尽管这女子与我的关系，并不如之前的一组成员那般亲近，但是她的离去，还是让我很难受。

特勤局属于秘密战线的一支特别力量，危险是必然的，也经常会有许多同志因为这样或者那样的事情殉职。说起来，这其实也是正常的，但我却一直不能接受。

张励耘瞧我一直板着脸，心中有些紧张，张了张口，对我说道："老大，我……"

我抬头看了他一眼，问道："通知家属了没有？"

张励耘点头说道："通知了，等你看过后就送离岛。浙东省这边的同志会负责接待的，相关的问题，也会跟家属谈。"

我不置可否地点了点头，问道："凶手抓到了没有？"

张励耘低头说道："还在查。"

我抬起头来，盯着他说道："这也就是说，从小李死后到现在，你们连敌人是谁都还搞不清楚，对吧？"

张励耘没有否认，沉重地点了点头。我伸手，让他把验尸报告递给我。

验尸报告上面说李何欣是被利器刺穿颅骨而死的，法医从她的头中取出了一根一寸长的金针来。这金针并非镀金，而是纯金。

众所周知，纯金的质地偏软，想要用这样的金针刺穿人体最坚硬的颅骨，那需要在一瞬间，产生巨大的力量方才可以。也就是说，杀害李何欣的人，是个顶级的修行高手，在内家修为上，十分罕有。

人们说，飞花落叶皆可杀人，并非吹嘘，不过想要达到这样的效果，就得有着足够的技巧和劲力。很明显，这金针与那飞花落叶，相差不远。

我皱着眉头说道："不是说这一次过来是查海兽的么？怎么弄成这个样子？海兽可不会使这金针。"

张励耘这一次前来舟山群岛，是因为这边屡次有出海渔民报告，说有在朱家尖岛、登步岛和桃花岛附近瞧见过神秘海兽，闹得人心惶惶。

当时警方和水面警卫部队进行过一次协同排查，并没有发现海兽，但接着又屡次接到报告，甚至还掌握了一张比较相似的照片。当地没有办法，就交由有关部门处理。

浙东省接到任务之后，组织了几次行动，都没有什么进展，事情反而闹得越来越凶。有传说是海蛟的，有说是鬼舟的，风言风语，谣言纷纷。当地也是被闹得没有办法，方才将任务升级，向总局这边求助。

特勤一组接到任务之后，由张励耘带队，布鱼、白合跟随，另外还有纪忠良、李何欣、农菁菁和田学野四人陪同，阵容算是豪华。来之前，特勤一组的几个头儿有过分析，认为即便是海兽，估计也不会是什么凶戾之物，要不然早就出人命案了。

舟山群岛的岛礁众多，星罗棋布，是我国的第一大群岛，海域面积有两万多平方公里。光有名有号的大岛就有快六十个，加上零零星星的小岛，足有一千多个。在这样的海域里面，想要找这么一头海兽，实在是有些让人头疼。

不过这事儿在别人看来是千难万难，但是在特勤一组，却还算是可以解决的。因为特勤一组里面，有一个布鱼。

布鱼本来就是水兽成精，又跟随崂山道士学习道法，天下十大高手之一的无尘道长，都教过他本事，而后又跟随我这么多年。论起实力来，我觉得就算是茅山的十大长老徐修眉，在水中也未必能够胜得过他。

有布鱼这样的王牌在，问题也就不大，所以我并没有多少担心。万万没想到

第十四卷 一个时代的结束，一个时代的开端

特派调查组刚到舟山群岛没两天，就出了这样的事情。

调查组到这边，还处于了解情况的过程中，并没有进行实质性的调查工作，所以李何欣的死，与此次任务无关。那她是为什么而死的呢？

我离开了停尸房，来到了外面的走廊上，张励耘跟我汇报，说他们来到舟山之后，就入住有关部门的招待所。开了两天讨论会之后，前天他和当地的刘队长布置了第二日的任务，然后各自回去休息。

大家基本上是两人一个房间，这样有利于相互照应。与李何欣一个房间的，是金刚芭比农菁菁。据农菁菁的汇报，说李何欣在半夜的时候，闻到有一种古怪的味道，说睡不着，想要出去散步。

农菁菁告诉李何欣，说明天任务很重，需要乘船巡查一大半的葫芦岛海域，让她抓紧时间休息，免得明天精力不济。

李何欣并没有听从农菁菁的建议，而是执意离开。谁知道她这一离开，就再也没有回来。

一直到第二天盘点人数的时候，张励耘才发现李何欣一夜未归，根本联络不上，所以不得不临时改变计划，由布鱼领队前往海域巡查，而他则在舟山找寻李何欣的下落。

晚上找到李何欣的时候，她已经是一具尸体了。

张励耘是在一处下水道里找到李何欣，这儿离调查组住的招待所并没有多远，直线距离不到三百米。从现场的痕迹来看，凶手并没有太充足的计划，只不过是随意掩藏而已。

法医在我来之前，已经对尸体作过了检查，并没有发现任何指纹，发现尸体的地方也作过了现场调查，依旧没有什么发现。

谁杀了李何欣、杀人动机是什么、凶手现在在何处、是否还会对调查组的人下手……一切都成了谜。

我赶到的时候，消息已经在内部传开了，调查组的工作陷入了半停滞状态，布鱼此刻带着白合、田学野在海上漂着。说完这些，张励耘显得很沮丧。

在执行任务的过程中，有队员因此丧命，而且一切都是那么突然，根本就找不到任何突破口。这对于他这个领导者来说，无疑是一种讽刺。

我能够明白他的心情，因为我也曾经失去过手下的兄弟。想到这里，我拍了拍他的肩膀，安慰了两句。

没承想，张励耘的情绪一下就爆发了，眼泪一瞬间就流了下来。

他的压力很大。除了为李何欣的牺牲而悲伤与自责，还在为发生这样的事情而懊恼。

我安慰两句，回头对旁边的小白狐说道："打电话给欧阳，让她帮我查一下档案，江湖上有谁这么骚包，居然用金针来做武器。如果没有资料，帮我罗列一下使用金针做暗器的高手，供我考量，重点是盘查江浙一带。"

小白狐点头离去，我则对张励耘说道："那金针的分析报告，你帮我催一下，我要知道这玩意儿的工艺水平，最好能够查到是哪儿生产的，看看是不是能够找到源头……"

张励耘提醒我道："金针不是子弹，这个恐怕很难查……"

我毫不客气地说道："办案子，不能因为有难度就退缩。这里的技术分析达不到，就让浙东省来安排，若还是不行，从总局调人过来做。"

张励耘没有再多说，应声而去。

两人离开之后，我离开了走廊，来到医院前面的花坛前，眯着眼睛，看着远处起伏的丘陵，久久不言语。到底是什么人，一言不合就杀人呢？换位思考来看，李何欣定然是撞破了那人的某件事情，又或者是产生了什么冲突，对方才会毫不犹豫地出手杀人。

双方一动手，那人应该就知道李何欣是个修行者，却还如此暴戾，显然并不是一个好惹的角色。

金针杀人……好奢侈的排场，不过既然惹上了我，那就算是你倒了血霉。知道我的人都晓得，黑手双城是个极其护短的家伙。

李何欣这样的修行者，在你眼中或许就是蝼蚁一般的人物，不过，你不知道自己究竟是惹到了什么人……

小白狐离开了大半个小时，回来的时候，手上抱着一堆资料，对我说道："哥哥，欧阳姐姐那里已经把资料传过来了，嫌疑最大的那个人，叫做落千尘！"

第七章 舟山群豪池水深

百家姓里面没有姓"落"的,"落千尘"自然是外号。不过当小白狐说出来的时候,我的脑海里立刻蹦出了变态神医落千尘有限的信息来。

这个人据说姓洛,具体的名字从来没有人知晓,成名已久,是个很神秘的人。这一点,从他成名三十多年,无人知道他的真名,就能够知晓一二。

之所以叫做变态神医,后者是形容此人的医术,简直让人瞠目结舌,许多医学上难以根治的疑难杂症,在他的手上,都不过是疥癣之疾;而前者则是形容此人的性格,所谓变态,其实是针对于他那恋童癖的爱好来定下的。

据说此人虽然医术高明,医好了许多的疑难病症,连恶性肿瘤这种至今都难以攻克的癌症难关他都能够跨越。但他有一个规矩,那就是给你治病可以,但你得上供一个漂亮的小孩儿。

这小孩儿性别不限,男女皆可,但是有一点,一定不能大于六七岁。

而且这小孩儿一定要跟患者有一点儿血缘关系,并不是随便从孤儿院或者人贩子手中找过来的。

我曾经在总局的案件卷宗里面瞧见过此人的名头,不过他除了这一点变态之外,倒也没有其他作奸犯科的事情,甚至于他的医术也得到了许多人的认可。所以无论在江湖,还是官方之上,都没有把他当作邪派分子。

知道的人谈起这人来,都会下意识地吐一口唾沫,骂一句变态,如此而已。倘若真的是此人杀了我的手下,那么不管他的医术有多高明,我都不会放过这个家伙。惹到我,算是他倒霉了。

小白狐瞧我对这人有印象,继续念道:"落千尘行医的手段,除了配合内功推拿和药石治疗之外,还喜用针灸之术,据说他传承了古华佗的天罡三十六针法。擅长镵针、磁圆针、鍉针、锋勾针、铍针、梅花针、火针、毫针、三棱针等手段，为了与之相配，特地打造了一百零八根金针相随。欧阳姐姐翻阅过关于此人修为的口供，得出此人很可能就是那个凶手的结论。"

我摸着鼻子，慢慢地说道："好像没有听说这个落千尘在修为上，有多强悍啊……"

小白狐想起了什么，在资料里翻了一下，找到了一处红圈画出来的描述，对我说道："有分析师认为，落千尘有东海蓬莱岛的背景。"

东海蓬莱岛？

天山神池宫、东海蓬莱岛、苗疆万毒窟，这三个地方是江湖中盛传的修行圣地。在几百年前，三地稳压诸多门派，成为人们心中的信仰之地。

天山神池宫我去过，虽然不如传说中的玄乎，但是足以让人震撼。而落千尘若是真的有东海蓬莱岛的背景，只怕就不是那般简单了。

我问及变态神医那一百零八根金针的外观，小白狐摇头，说资料上语焉不详，不能确定。

我让小白狐继续跟欧阳涵雪联络，看看能不能将金针的事情确认了。但凡懂一些针灸知识的人都知道，因为针法不一样，所以金针基本上各有不同，有的长，有的短，有的中空，有的弯钩……

变态神医有一百零八根金针，落在李何欣颅骨里的那一根，是否就是其中之一，这个很难认。另外，小白狐还告诉我，说很难找到愿意举证的人，这个需要时间。

她的说法，我表示理解，毕竟能够指证的，都曾经是变态神医的病患，没有人愿意承认自己有过这么一段不堪的往事。用自家小辈的屈辱，来获得性命的苟延残喘，这事儿如何考量，都不是什么好事儿。

除了落千尘，欧阳涵雪发过来的资料中，还给了我舟山群岛的几家修行门户和闻名人物：朱家尖的朱贵，人称浪里白条小张顺；桃花岛的舟山黄家；普陀山的慈航别院。这些都是顶出名的角色。特别是慈航别院，又叫做慈航静斋，在许多文学作品里面都有过提及，是佛家修行的一处重地。

这里的女尼姑，厉害是天下闻名的，斋主静念师太，绝对有问鼎天下高手的实力。只不过这个门派在一甲子之前表现得太过活跃，又站错了队，结果一直被打压。与龙虎山一样，慈航别院在宝岛也有支流，领头的人物据说是嫁给了当年的国府第一高手尚正桐，而且还是小三上位……

资料上是这么写的，至于一女尼如何能够还俗嫁人，而且还是以赶走原配的方式上位，这个我就不得而知了。不看不知道，一看我方才知晓，这舟山群岛当真是藏龙卧虎。

按理说，舟山群岛有这么多的高手，些许海兽，其实用不着舍近求远，将特勤一组从首都调派过来。通过对外办协调，发函请这些人来帮手便好。不过我也晓得，估计特勤局对这些舟山群豪的影响力不够，所以才会如此。

当年的那场战争，浙东大部分的修行门派，都将筹码押在了奉化出来的那一位豪雄身上。没承想原本能够鲸吞天下的他居然把好好的一副牌打得乱七八糟，不得不退守宝岛，使得那些站错了队的人们要么背井离乡，要么退隐山林，黯然沉寂。这些人心里有疙瘩，又不如龙虎山一般豁得出脸皮，故而一直不甚活跃，跟官面上的联系也不多。

大致看完了资料，我没有去拜访那些地方豪门，从对方表现出的态度来看，我若是以茅山大师兄的身份，或许还会请我喝杯茶。若是以此刻的官身去，说不定就会吃闭门羹。

我不会这般自找没趣，将资料收下之后，召集留守的特勤一组成员开了一个小会，将这些事情作了通报。完毕之后，我又找了当地负责配合我们的刘满堂刘队长沟通交流。

刘满堂是从苏北调过来的外来户，修为算是不错，但是对这儿的情况并不是很了解。他告诉我，说对外办的确是有尝试联络过这些地方豪门，特别是普陀山的慈航别院。得到的回应都不冷不淡，显然是没有什么搭理的想法。

要知道，慈航别院当年可是领导佛门的门派之一，地位未必会比茅山龙虎山差多少。斋主静念师太因为某些原因未入十大，但修为摆在那里，也不是他们能够惹得了的。

我听着刘队长跟我诉了半天苦，一直没说话。到了最后，我轻声咳了咳，跟他说道："你帮我留意一下，这些人里面，最近是否有谁生了重病。"

刘队长不解其意，我不得不耐心引导："修行者也有生老病死，自然也会看病买药，你帮我排查一下，可晓得？"

现在的我，在系统内部的名望已经是越来越高了，刘队长自然不敢怠慢，赶忙吩咐人去做事。交代完所有，我叫了小白狐一起，陪着我去街上逛一逛。

舟山群岛风光秀丽，气候宜人，拥有两个国家级海上风景区，特别是海天佛国普陀,最是出名。作为著名的渔业和旅游地,街上游人如织,大批游客从全国各地,甚至是世界各地前来。一时间熙熙攘攘,十分繁华。

因为李何欣的事情,我并没有太多的心情,不过饭还是要吃的。小白狐一路打听,来到了当地一处海味比较有名的酒楼。小白狐的目的是为了吃饭,而我则是别有想法。

一路走来,我表面上不动声色,但通过暗中观察,我诧异地发现,大街上竟然能够瞧见有两只手以上数量的修行者。这样的比例,难免就有些奇怪了。到底是什么事情,吸引了这么多修行者前来呢?而这事儿,是否又跟李何欣的死有关系呢?

我心中琢磨着,并没有表露出来,所以当小白狐选定了那一家酒楼时,我也并没有拒绝。我瞧见有好几个比较厉害的练家子,都聚集在了这么一个地方。

酒楼叫做明月阁,并非现代装修,而是古代酒楼的那种模样,四面敞开,这是为了看远处海景。

楼有三层,一二楼大堂,三楼包厢,生意十分火爆。我们到的时候,只有二楼靠里有一处桌子。

我和小白狐坐下,她兴致勃勃地点着这儿的特色菜,而我则不动声色地左右打量,竖着耳朵,准备听些酒话。然而就在这个时候,从楼梯口那儿竟然走来了一个让我意想不到的人。

第十四卷 一个时代的结束,一个时代的开端

第八章 暗流汹涌

一字剑，黄晨曲君。

当我还是少年郎的时候，这人刚将杀猪的刀收起，洗去一身血腥，在江湖上东奔西走，扬名立万。而此时此刻，他已经名列天下十大之列，成为了无数人敬仰的顶尖高手。

我与他是忘年之交，交情是多年前就已经结下的，不过说起来，倒是有好久没有碰过面了。黄晨曲君在一群人的簇拥下走上了楼，尽管我在角落，但他却第一时间感受到了我的目光，朝我这里望了过来。

我以为他会跟我打招呼，他却仿佛没有瞧见我一般，直接上了三楼。我们来这酒楼的时候，得到的告知是三楼已经客满，而黄晨曲君一行人径直向上，显然是已经预定好了包厢。

小白狐是认识黄晨曲君的，毕竟这丑汉子的样貌实在是太有特点了，瞧他根本就没有理会我们，下意识愣了一下，点在菜单上面的手指扬起来，问旁边的服务员道："为什么他们能够直接上三楼去？"

服务员回头看了一眼，笑着说道："他们是老板的朋友，早就已经预定了房间的。"

果然如我猜测的一般。

小白狐瞧我安然端坐，也没有多问，点了几个招牌菜。服务员离开之后，低声对我说道："哥哥，黄大爷为什么不理你呢？"

我笑了笑，摇头，没有多说什么。

一字剑的到来，使明月阁的气氛变得古怪起来，我之前瞧见的那些江湖人士，纷纷朝着上面赶了过去，也不知道为什么。小白狐跃跃欲试，想要跟着上去，被我拉住了，耐心地将这一顿饭吃完。

小白狐做饭的手艺不行,却是个小吃货。美食当前,她甩开腮帮子就吃了起来。

这小妞儿风风火火,而我显得慢条斯理许多,点了当地比较有特色的一盅黄酒,慢慢地品着。我们在此吃了一个多小时,黄晨曲君等人方才下了楼来。与来时一样,他也是被人簇拥着,不过与我对视的时候,却和我交换了一个眼神。

黄晨曲君一行人离开,我也站起来结账,跟着下了酒楼。黄晨曲君一一跟那些人告别,然后独自一人走进了一处窄巷子里去。我没有跟进去,而是走了另外一条道,七拐八弯。之所以如此,是因为黄晨曲君身后有无数双眼睛,而我这里却没有。

走到一处昏暗的角落,前面的黑暗处一个人影伸出手来,与我紧紧相握道:"好久没见了。"

是,好久没见。

我与黄晨曲君两手相握,彼此能够感受到对方手掌之上的厚重。我一点也不惊讶这位杀猪匠出身的汉子能够走多远,反而是黄晨曲君对我的修为有些疑惑,反手捏了一下,方才说道:"你……"

我微微一笑,点头说道:"三日不见,刮目相看。"

这丑汉子咧嘴笑了,拍着我的肩膀说道:"当初刘老三说你的未来不可限量,我一直不太相信。现如今一见,方才发现这些文夫子的脑子当真灵光得很。"

黄晨曲君虽然开口就骂刘老三,但他对于这位铁齿神算刘,却是打心底里感到亲近。没有刘老三,就没有他黄晨曲君的今天,也没有我们的相识。

谈笑两句,黄晨曲君问我为何会出现在这里。我与这丑汉子并没有什么可隐瞒的,当下也是将海兽之事跟黄晨曲君说起,又将李何欣的离奇死亡,以及重点怀疑的变态神医落千尘与他一一讲明。

听完我的讲述,黄晨曲君沉吟了一下,对我说道:"海兽的事情,即使你们不处理,应该也是无妨的。"

我诧异地问为什么?黄晨曲君告诉我,说那海兽应该叫做软玉麒麟蛟,是一种洪荒遗种,性子温良,属于蛟龙之中最独特、温和的一类。传说是麒麟与真龙交配而出的,一身是宝,世间罕见。它之所以出现,是因为海天佛国用菩提繁花的花精引诱而来,用来给斋主渡劫之用。

我眉头一挑,问渡劫,渡什么劫?

黄晨曲君咧嘴一笑，指着我说道："这事儿说起来，还得怪你师父。"

他这般一说，我立刻想明白了，问道："难道这事儿与黄山龙蟒有关么？"

黄晨曲君点头说道："黄山龙蟒一役，茅山从万千敌手中独拔头筹，将真龙轰下九天归于囊中。你师父陶真人闭关修行，冲击地仙之位，又有传闻说青城三老斩断俗念，一时间天下诸般高手人心浮动，都想着效仿此法，成就无上果位。你说说，是不是得怪你师父？"

我师父闭死关，冲击地仙，此事有许多内情，倒也不能外传。我没有多说，只是奇怪这慈航别院的静念师太为何也来这么一手？

黄晨曲君语气低沉地说："你别以为慈航别院在江湖上名声不显，就低估了对手。实话告诉你，我若与静念师太交上手，胜率或许只有两三成……"

他的话让我不由得倒吸了一口冷气。要晓得高手之间的较量，已经不能用修为来衡量，影响胜负的条件许多，并非一语能够道破。但如果胜率只有两三成的话，说明静念师太整体上的修为，绝对胜过一字剑许多。心高气傲的一字剑说出这般的话，自然是想要提醒我不要掉以轻心。

我并不意外，天下十大的评选，并非是拉着天下的顶尖高手来拼斗一番，还有许多的因素包含在内。这静念师太遗贤于野，也并非什么稀奇事儿。

我又问他为什么来到这儿，难道是因为软玉麒麟龙？黄晨曲君点头微笑，我不由得诧异道："既然那女人这么凶悍，你为何还要虎口夺食？而且还这般大张旗鼓地来？"

他摇头说道："软玉麒麟蛟虽说是慈航别院引来的，但所谓天材地宝，有德者居之。我若是得了，跟它海天佛国又有什么关系，无外乎是下手快慢而已，难不成真能撕破脸皮？"

我摸着下巴说道："你这么说，我估计慈航别院在江湖上的名声真不太好啊……"

黄晨曲君嘿嘿笑道："这帮娘们儿野心大得很，平时倒也没事，一旦世道混乱，就跳出来装神弄鬼，裹挟民意，惹怒了许多江湖同道。要不是山门强悍，说不定早就被人踏破。"

谈完这个，黄晨曲君又说道："因为这件事儿，最近这段时间都不会太平，鱼龙混杂。你的人算是有点倒霉，但我会帮你留意这件事情的。"

我点了点头，所谓"猫有猫道，鼠有鼠道"，像黄晨曲君这样的门路，说不定会有奇效。两人说完之后，黄晨曲君还有别的事情，便不再与我多聊，转身离开。

小白狐等黄晨曲君离开之后，忍不住感慨一声，拉着我问道："哥哥，你说软玉麒麟蛟既然不害人，为什么那些家伙还要害它呢？"

同为洪荒遗种，小白狐感同身受，自然反对那些恶意的掠夺者，我却不知道如何跟她解释。尽管我能够控制住心中的贪婪，不去参与这件事，却不能与所有围猎者为敌，不准他们对软玉麒麟蛟下手。要晓得，我所面对的并不只是一两个人，而是整个修行界的利益。比如黄晨曲君，倘若是他抓到了软玉麒麟蛟，我能够迫使他将这玩意给放生了么？

我不能！并不是我多么的冷血无情，而是因为我无法对抗整个阶层的观念。

在那些人的心里面，软玉麒麟蛟无论是祸害一方，还是单纯善良，都不是他们需要考虑的事情。在他们眼中，它不过是修为进阶的垫脚石而已。这一点，谁也没有办法改变。

我回到驻地，瞧见外出的布鱼等人回来了，布鱼跟我汇报，说他这两天巡游了好大一片海域，虽然没有发现那头海兽，却感觉周遭的江湖人士有些多。他跟随我这么多年，眼光不差，能够大概估摸出这些人的修为层次。

张励耘也回来了，告诉我，经过初步检验，那根金针是中空的，里面似乎有药液的痕迹，显然它的作用并不仅仅只是杀人。

不是杀人，自然还能救人。我越发地确定了杀害李何欣的凶手，跟变态神医落千尘有很大的关系。

我将众人召集，把从黄晨曲君那儿得到的消息，跟大家分享。听到我的讲述，张励耘等人诧异地知道，原来舟山群岛这儿，居然已经陷入了风暴的漩涡之中。

这一切，当地部门居然一无所知。这真的是一件让人愤怒的事情。

尽管我们对当地部门的无能心怀不满，刘队长却在稍晚的时候，给我们带来了一个重要的消息，那就是浪里白条小张顺的大儿子，几年前被查出有脑瘤，现在已经到了晚期。

第十四卷 一个时代的结束，一个时代的开端

第九章 朱家大院

"人呢，现在人在哪里？"

"之前还在余杭第一人民医院进行治疗，因为颅内肿瘤过大，强行开刀的话，手术风险无限接近于百分之百，所以放弃治疗了。目前人回到了朱家尖静养——说是静养，其实也就是等死罢了……"

听到刘满堂的话，我和其余几人面面相觑，张励耘激动地说道："就是他，没错了。"

我摸了摸鼻子，对刘满堂说道："你帮我介绍一下朱贵的基本情况。"

刘满堂倒是作过准备，立刻说道："朱贵是成名已久的水上名家，最出彩的战绩莫过于独自一人在海里沉潜十天十夜，从舟山潜至宝岛，与溃散到宝岛的本家弟弟朱富见面的事情。他是江湖上水性最厉害的几人之一，曾有人传言，说在水里，无人是他的对手，武无第二。这名头一传出去，立刻有人找上门来，结果都被他在水中料理了，一时间风头无双。"

他说这些的时候，布鱼仿佛毫不介意，我却能够看出这家伙的两眼隐隐生光。

武无第二。

但凡敢称天下第一者，自然会有无数的挑战者，像朱贵这般，说水中无敌手，自然引得了布鱼的注意力。水性好是一回事儿，但是水中无敌手，这话说得有些夸大。别的不说，我认识的人里面，水性好的便有好几个，未必不能将他按倒在地。

麻栗山龙家岭第一密子王也能！

刘满堂还告诉我们，说这朱贵平日里还是很低调的，大部分时间都在海上打鱼，风吹日晒，也没有什么劣迹，就是为人有些死硬。特勤局外联办的人在八九十年代，好几次登门拜访，想要请他出山，都被拒绝了，还被赶出门去。

显然，这人对于官方的态度，应该是敌视的，又或者没有心思在这方面发展。

我不知道这个人是没有野心和权力欲的清高客，还是怀揣着其他目的的江湖人士，他既然跟变态神医有可能联系，那我就得查一查。

事不宜迟，当夜我就调集了人手，将特勤一组所有人都带上。另外，当地部门的刘满堂队长也带了四个属下，一行人驱车前往沈家门，过跨海大桥，前往朱家尖。

朱家尖是舟山群岛的第五大岛，朱贵的家位于岛南一个并没有经过旅游开发的小渔村里。

三辆汽车，一路坎坷，终于来到了这个宁静的小渔村外，我没有让司机开进村里去，而是在村外的林子里停了下来。我将众人聚集在一起，下达任务道："布鱼，你带尾巴妞去海边方向等着，防止有人从水中逃离；白合，你带纪忠良守住这边的路口，任何车辆或者行人离开，都给我拦住；其余人，跟我去朱家，记住，一切小心，不要大意……"

众人听令，布鱼和小白狐提前离开，我则等待了十分钟，方才带队出发。一路走进村的时候，不断有犬吠，而且一声狗叫出来，周遭立刻有附和之声。不多时，全村子的狗都开始狂吠了起来。

我们到的时候是晚上十点半，渔村大部分的灯光本来都已经熄灭了，结果犬吠响起，又复亮了许多。张励耘瞧见这些，下意识地看向了我。

我并没有太多的反应，只是平静地说道："朱贵既然这般厉害，他的老窝肯定非同凡响，狗厉害，人估计也不会有多差。"

平凡的土地是孕育不出修行高手的，要是没有传承，浪里白条也不过是个水性不错的汉子而已。哪里可能宛如在母体一般，不用呼吸，就在海底里待上个十天十夜？

我的话音刚落，村道旁边的一扇门便被打开了，黑暗中传来了一句乡语："你们是谁，找哪个？"

我转过头来，瞧见是一个留着山羊胡须的老头儿，当下也是十分有礼地拱手说道："大爷，我们是过来找朱家尖的浪里白条小张顺的，不知道他家在哪里？"

老头儿眉头皱起，没有回答，反而疑惑地问道："找贵爷？你们找他有什么事?"

我瞧见老头儿一副提防的模样,不由得笑了,胡话抬手即来:"是这样的,我家父亲跟朱爷是老交情,恰好小可对于岐黄之术略懂一些。前些日子归家,听到父亲说我那世兄有些毛病,让我过来,看看能不能帮点什么忙。"

我说得真切,老头儿却有些狐疑道:"你过来治病,为什么要三更半夜过来,还带着这么多人?"

他的眼睛倒是挺尖,瞧得出我身后这一帮人并不像是什么杏林中人。

张励耘、农菁菁、田学野这几人都是公门中人,办惯了案子,本身就有一股气质,而刘满堂等人也是如此。我没办法解释,只有一推六二五地说道:"我是一个人来的,这些人,是在半路上遇到的,跟我倒没有什么关系。"

老头儿一愣,没想到我竟然会这般说,下意识地朝他们看去,好在刘满堂也是个机灵人物,赶紧站出来说道:"大爷,我是市里面的,最近不是闹海兽么,想过来找朱爷帮忙……"

老头儿似乎记得他,"哦"了一声,说道:"我记得你,上次不是被撵走了么,怎么还来?"

刘满堂赶紧赔着好话,老头儿随手一指,朝村里面的一栋大院子指道:"贵爷家在那里,不过他这几天出去了,你们找也是找不到的。倒是这位小哥,你既然与他家有旧,去拜访一下,也是好的。"

老头儿浑然不给刘满堂面子,却对我和颜悦色。我也没有多聊,拱手道谢,径直前往那大院子。来到门口,那大门打入铜钉,涂有朱漆,十分富贵,用门环敲了两下,院子里便传来了动静。

门开,一个中年丑汉站在门口,神情不善地望着我,问什么事儿。

我将刚才说的胡话,在这里又说了一遍。那丑汉问我姓名,我随口编了一个,结果他眉头一竖,冷声哼道:"我家老爷并不认识什么罗大根,你找错人了。"

说罢,他就要将门关上,不过我好不容易骗开这门,哪里能够让他合拢,当下伸手一拦,将门抵住。我正要分说,丑汉却向后退去,吹了一声口哨,旁边顿时就有两道腥风,朝我扑面而来。

是猛犬!

我眉头一皱,这人当真是好霸道,一言不合,直接放狗咬人,当真是没有王法了。对方如此凶悍，我也没有太多的顾忌，当下手掌一翻，往前轻轻一拍，魔威化作两道细线，朝着这两道黑影摄去。魔威一至，再厉害的畜生都会双腿一软，那畜生也是，跌落在地上，哆嗦着不敢猖狂。

我借着院子里的灯光，低头一看，却是两头小狮子一般的藏獒。可想而知，倘若我是个普通人的话，被这么一扑，半条命都没了。

我这魔威控制自如，丑汉并没有感觉到，瞧见这两头恶犬趴窝了，一动不动，有些意外，吹了一个口哨，口中还低声唤道："虎妞、牙子，上啊！这么多肉是白吃了对吧？"

无论他如何催促，那两头藏獒就是不肯挪动，跟土狗一般瘫软在地，没有理会他。

过了好一会儿，丑汉方才看出门道，抬头看着我说道："阁下好手段。"

我平静地说道："我有什么手段，都没关系，但来者是客，像你这般放狗咬人的法子，难不成是朱贵教你的么？"

丑汉冷冷哼了一声，还未作答，瞧见我身后跟来的刘满堂等人，双眼立刻流露凶光："你到底是什么人？"

就在我与中年丑汉说话的时候，张励耘等人已经将大院围住了。我再无担忧，直接往里面走去，口中说道："有朋自远方来，不亦悦乎。朋友，把你家朱贵叫起来，我有事儿找他。"

我大喇喇地往里面闯，中年丑汉自然不愿，伸手过来拿我。

他看着也是个常年在水中讨生活的家伙，双臂自有一股气力，不过在我面前，却是班门弄斧。被我一把擒住，一直拖拽到了堂屋门口，方才将他放下，不冷不淡地说道："朋友，别逼我动粗，会很难看的！"

丑汉被我推到一旁，这时屋子的门开了，走出了七八个人，有男有女。领头的是一个四十来岁的男人，冲着我沉声说道："阁下是谁？"

我打量着这些人，发现没有我要找的目标人物，便问朱贵在哪儿。

那男人却是朱贵的小儿子，他告诉我们，他父亲不在这儿。不但朱贵不在，而且他大哥也离开了这里，至于是去了哪儿，他们也不知道。线索断了。

我瞧这人不像是说假话，心中一咯噔，看了下刘满堂。他却嘿然一声，问道："朱二，你家小女儿在哪里？"

这话一说，朱家小儿子脸上立刻就是一股怒火腾然而起。

第十章 总须坚守的良知

朱家小儿子冷然说道:"这是我们的家事,别人管不着。诸位,这么晚了,我父亲又不在,就不请各位进去喝茶了,回见。"

朱贵的名头毕竟在这里,刘满堂听到朱家小儿子赶人,底气不足地朝着我瞧了一眼。

刘满堂这一眼瞧得我笑了,的确,这朱贵是浙东有头有脸的人物,面子自然重要,但是他再重要,能比我属下的性命重要?好好的一个人,凭空就没了,不管他是谁,有谁罩着他,对我来说,都已经是死人一个了。

刘满堂有些机关油子的圆滑,也懂得察言观色。瞧我眼皮都不眨一下,便明白了我一查到底的决心,冷然回应道:"朱二,实话告诉你,你父亲牵涉到一起恶意谋杀案,而且死者还是我们系统里的人物,上面发话了,这事儿一定要一究到底。我跟你交一个底,你父亲在这里面,涉入并不深,如果能够配合我们的话,那是最好,否则……"

朱家人惯来强硬,哪里受得了这气,还未等刘满堂说完,朱二就直接顶上去道:"怎么,你想怎样?难不成把我们朱家,都给抓起来么?"

他说出这话的时候,我们身后突然一片嘈杂。我没有回头,余光处却瞧见刚才问我们话的老头儿,带着三五十个村民,气势汹汹地围了上来。

村民中,成年人有二十多个,其余的是老人和中年妇人,围在一起,从气势上看,倒也占据上风。

这种群体事件,对我们办案人员来说,最是麻烦。刘满堂瞧这儿人越聚集越多,不由得沉默了,而就在这个时候,张励耘越众而出,来到了朱二的面前。

这些年来,张励耘一直带队,负责特勤一组的常务,本身就有一股威严在。他一出来,朱家人的气焰,顿时就消减了几分。

张励耘一身灰色中山装，沉稳站着，慢条斯理地说道："该说的，老刘都已经说过了，你们朱家人现在纠集这么多的村民，是打算暴力抗法，对吧？"

朱二情绪激愤地吼道："我们暴力抗法？笑话，我朱家多年来，一直安分守己，在这岛上打鱼织网，就没做过什么作奸犯科的恶事。你们一来就想要抓人，还有没有王法了？就许你们做，不许我们说，对吧？"

他的话铿锵有力，周围的村民被这么一煽动，立刻群情激奋，骂声连连。特别是刚才那老头子，恨不得冲到我面前来，指着我的面骂。

的确，我刚才是骗了他，这骂声，我也得挨着。然而，张励耘顿时不乐意了，气沉丹田，奇经八脉陡然一热，一股劲气从口中喷出，猛然一吼，整个空间都是一阵嗡嗡作响，身体稍微虚弱的人，甚至都站立不住。

张励耘性子沉稳，经验也丰富，自然知道像这种闹哄哄的时候，需要最果断的处理方式。

一声狮子吼，将周遭的人都给镇住之后，他指着旁边那两条趴在地上的死狗，寒声说道："良家子的院里面，会养两头猛犬么？刚才那丑汉子的话，你莫以为我们没听到，倘若不是我老大有点儿本事，只怕早就死在了畜生的狗嘴下了。你朱家横行乡里的事情，我们又不是不知道，想跟我耍横对吧？就这一点，告你们一个蓄意杀人，也不为过！"

张励耘先声夺人，于情于理都占了先机，顿时就将朱二镇得一句话都说不出来。

眼看着他自感理亏，张励耘正要趁势追击，旁边突然站出了一个十七八岁的小姑娘来，指着我们就怒声吼道："好你个颠倒黑白、扭曲是非的有关部门，照你们这么说，我朱家当真是罪大恶极了。有本事，把我们朱家一门十六人都给铐走，冤死在牢里最好！"

小姑娘长得秀气，又会讲话，说得慷慨激昂，旁边的刘满堂怒气冲冲地喝道："朱小柒，你不是在余杭上大学么？怎么会回家里来？这儿没你的事，闪开。"

朱小柒像个民国进步女学生一般，愤然喊道："国将不国，我上什么学，不过一死罢了。"

她说得悲情，而周围的朱家人又要闹起来，眼看着场面就要失控。我不由得轻叹了一声，走上前，轻轻拍了一掌。一掌，深渊三法之魔威。

一击而魔威生，魔影丛丛。刚才还想要找我麻烦的那老头一口唾沫没有呸出来，下意识地又咽了回去。

我一步一步地走到朱二和朱小柒的面前，盯着两人好一会儿，方才慢条斯理地说道："朱二，你的小女儿不见了，是跟着你父亲离开的，对吧？"

在我的注视下，朱二下意识地点了一下头，说对。我又看向了朱小柒，她低下头去。

我依旧用很平静的语气说道："朱小柒，我想请问一下，朱二的小女儿，应该也就是你的堂妹子。她应该不算大，叫你姐姐吧？"

朱小柒点头，说嗯。

我伸展了一下手臂，强忍着心中的愤怒，缓慢地说道："朱二，朱小柒，你们两个人之所以在这里隐瞒，都是为了孝道，这我理解。因为朱大是你的兄长，是朱小柒的父亲，为了挽救他的性命，你们愿意付出所有的一切。但朱小柒，我想问一个问题，倘若能代替，你愿不愿意替你堂妹子，去受那苦？"

朱小柒浑身一震，眼眶里的泪一下就涌了出来，咬着牙，生硬地点了点头。

我却呵呵一笑，说道："你愿意，因为被救的那人，是你的父亲。而且看你的体型，应该是交过男朋友了，想着也不过是被狗咬一下。那么我想问一句，你可问过，你堂妹子是否愿意？"

朱小柒强憋着心中的情绪，喃喃说道："我叔说愿意……"

我脸色一翻，愤然骂道："愿意你个猪头！亏你们想得出来，一个什么都不懂的小女孩儿，被推着去受那屈辱，你们叫她以后，该怎么过？"

朱小柒被我一喝，顿时就崩溃了，一下跪倒在了地上，抓着自己头发哭嚎道："我不想的，我真的不想的！不过，我又害怕爸爸离我而去，我不知道该怎么办，我不知道……"

她语无伦次，而这个时候，丑汉突然一声大吼："小柒，二爷，你们别中了他的计，他对你们使了邪法！"

朱二恍然大悟，这才知道朱小柒为何会把这么机密的事情公之于众，对我怒吼道："你敢诓我？"

我摇头苦笑道："我什么都没有做，只是想让你们扪心自问一下而已……"

朱二与我对视，过了好一会儿，他颓然地后退两步，仿佛魂儿被抽去了一般，叹了一口气，眼圈一瞬间就红了，说道："我也不想的，小琴那么乖，可是我父亲说这是救我哥唯一的机会……"

我没有听他诉苦,而是直接说道:"亡羊补牢,为时未晚。告诉我,他们在哪里?"

我一问,中年丑汉立刻蹦了起来,冲着他喊道:"二爷,你不能说啊。你若是说了,大爷说不定就活不了了!"

朱二犹犹豫豫,而趴倒在地的朱小柒却说了:"那畜生是慈航别院请来的帮手,说除了满足他的要求之外,还要我爷爷去帮慈航别院做一件事情,方才能够帮我爹治病。两天前,他就去了普陀山。"

她说完,中年丑汉怒吼一声,猛然扑倒在地,用拳头使劲捶着院子的青砖石。一拳又一拳,捶得双拳皮开肉绽、血肉模糊都没有停歇。

我没有理会这人的愤怒,而是朝着那小姑娘微微一笑道:"朱小柒,你用你的良知和善良,拯救了整个朱家。"

我转身离去,朱小柒忍不住朝我喊道:"你到底是谁?"

我不动声色地点了点头,旁边的张励耘开口说道:"他是陈志程,国家特勤局的人。"

"黑手双城?"

我听到好几声惊呼,以及无数的吸气声,却没有回头看一下。

离开朱家,我让刘满堂把手下的兄弟留在这里,看住朱家的人,不让他们通风报信,而我则召集其余人离开。为了防止消息走漏,我们马不停蹄地乘车前往渡口,赶往普陀山。

慈航别院在普陀山的西面山侧,一个藏于深山的山门之中,跟茅山这种洞天福地相差不多,在外面也有接待的院子。刘满堂带着我一路赶到,找到院子里的知客僧尼,讲明此事。

对于我们夜闯尼姑庵的行为,对方给了个闭门羹的冷处理,刘满堂自然要闹,一番喧闹,又拿公门来压人。

那女尼冷然一哼,指着隔壁的院子说道:"说到公门,我们这里倒是有一位罗局长在此做客,让他来评评理,不知道你们意下如何?"

第十一章 成也萧何，败也萧何

对方听到刘满堂的威胁，不但没有半点儿惊慌，反而抬出一位罗局长来压住我们，这事儿倒是让人好奇了。我笑道："我倒是要看一看，到底是哪位罗局长会在这里。"

那女尼回头，吩咐了一下门下弟子，让她去将人叫过来。

慈航别院有恃无恐，我反而有些兴趣了。没多久，那弟子领了几人过来，为首的满头白发，脸上皱纹浓密，看那气质，就给人感觉是公门中人。

我在脑海里想着这人是否会是认识的，却没想到那人走到近前来，灯光一照，我整个人都呆住了。

我诧异地喊道："罗贤坤，怎么是你？"

这个看着年近花甲的老头子，居然是我幼时的好友罗贤坤。

一般来讲，修行者因为吞吐气息，滋养元气，故而新陈代谢比寻常人要慢上许多。所以只要是修行正途，都容易长寿，也比常人显得年轻。比如我，年近四十，模样却和青年人相差不多，只是气势沉稳一些。

这道理在罗贤坤的身上却没有体现出来，他比我还小上一岁，但整个人看起来苍老无比，让分别多年的我瞧见他，差点儿不敢相认。

我一喊出声，罗贤坤也发现不速之客居然是我，几步上前，诧异地问道："志程，你怎么会在这里？"

我按捺住心中的震撼，说道："我过来办点案子，你呢？"

他指着身后的院子说道："慈航别院今日举办无遮大会，广布佛缘。我师父受到了邀请，就带着我过来，见识一下世面。"

我走上前，拉着罗贤坤的双手说道："老罗，你咋变成这副模样了啊？"

听到我的责问，罗贤坤一声长叹，良久之后，方才缓缓说道："古人评韩信，说他'成也萧何败也萧何',我其实也是差不多……"

成也萧何,败也萧何?我并非蠢笨之人,罗贤坤简单的一句话,让我想起了他当初被琳琅真人收为弟子的缘由。又想起了在地底血池之中,心魔蚩尤对久丹松嘉玛的双修之术,顿时豁然开朗了。

我也不好多说什么,只有拍着他的肩膀,语重心长地叹道:"兄弟,保重啊!"

那女尼本来想叫罗贤坤过来压人,却没想到两帮人居然认识,顿时就有些尴尬了,她在旁边结结巴巴地赔笑说道:"罗局长,你们认识啊?"

罗贤坤回过身来,给她介绍道:"宁远师姐,这是我们总局的领导,茅山首徒陈志程。"

"黑手双城?"

果然,罗贤坤一报出我的名号,那女尼立刻瞪大双眼,像见到鬼一般地喊了起来。随后觉得失态,连忙补救道:"久仰大名,久仰大名……"

我心中暗自叹了一口气,没想到我这匪号现如今居然远播天下了,以后若是想要偷偷摸摸干些什么事情,就不像往日那般爽利了。尽管如此,我还是点头,寒暄了几句,又将事情的来龙去脉,给两人解释了一遍。

听到朱贵跟杀害我属下的凶手有关,女尼顿时脸色大变,杏眼一竖,恨声说道:"血口喷人!这是血口喷人!我慈航别院怎么可能跟落千尘这样的江湖败类有来往,陈司长你莫听那些黄口小儿胡说。"

我眯着眼睛说道:"是与不是,这个得查一下才知道。这位师太,虽然深夜来访,有些失礼。不过事关我属下生死,我也不得不公事公办,还请给个方便。"

女尼断然拒绝道:"海天佛国,虽不如茅山那般气派,但内中自有奥秘,哪里能够让人随意搜查?不可,不可!"

我心中愤怒,正要发作,这时,罗贤坤慌忙上前,来作和事佬:"两位且莫争论,能听我一言么?"

两人停住,看向了罗贤坤。

他指着女尼说道:"宁远师姐,你是问心无愧,坦坦荡荡,不想忍受这份委屈,对吧?"

女尼点头,而他又指着我说道:"志程,你属下有人暴死街头,窝着一肚子火,想要找到罪魁祸首,绳之以法,所以行事不避小节,对吧?"

第十四卷 一个时代的结束,一个时代的开端

我挤出一丝笑容，平静地说道："是的，不知道你有什么办法？"

罗贤坤朝着女尼拱手说道："宁远师姐，后院那儿，是诸位师长和师姐妹的修行之所，男子不可冒犯。不过外院，倒是可以让人查看的。师姐若是信得过我，便由我带着，领陈兄弟走上一遭，你看如何？"

那女尼想了好一会儿，方才勉为其难地说道："既然是罗局长发话，敢有不答之理？不过事先说好，若是擅闯后院，可别怪我慈航别院翻脸无情！"

罗贤坤赔笑说道："哪里，哪里，后院那儿，我们绝对不会叨扰的。"

女尼妥协了，而我则将张励耘、小白狐等人留在了门厅处，与罗贤坤两人，在这依山而建的别院中缓步而行。

别院分为内院、外院，以大雄宝殿为隔，内院自然是一众女尼的修行生活之所，有围墙阻隔，寻常人等是进入不得的。而外院则是供江湖同道，以及游客居住的场所，从服务到饮食，都打包给旅游公司来做，自然是有所区别的。

罗贤坤带着我走了好几处地方，皆无发现。还待向旁边走去，我拦住了他，平静地说道："夜有些深，先停吧？"

他有些惊讶地问道："啊？为什么不走完呢，你不是挺着急的么？"

我平静地笑道："明人不说暗话，朱贵和落千尘倘若在这慈航别院，自然是藏在洞天福地里，跟这儿没有半毛钱关系。你就算是带着我搜遍每一寸，都未必能够找到一根毫毛，何必浪费力气？"

罗贤坤抬起头来，皱着眉头问道："二蛋，你这是什么意思？"

我在罗贤坤面前，并不用拐弯抹角，而是直截了当地问道："咱是从小玩到大的伙伴，我就问你一句，落千尘是不是在这儿？"

罗贤坤低下头去，也不看我的眼睛，认真地说道："我也是刚跟师父来到普陀山，什么都不知道呢。"

他这句话说的是真话，却并没有回答我的问题。恐怕他也知道，依这帮尼姑的性子，我一直在追寻的那个变态神医落千尘，估计就在这慈航别院里面。只是他并没有明确表达，反而是选择了沉默。

我拍了拍他的肩膀，并没有为难他，而是问起另外一件事情："什么是无遮大会？就是大家不穿衣服，赤诚相见？"

罗贤坤知道我在调侃他，摇头苦笑道："你又不是不知道，所谓'无遮'，就是兼容并蓄而无阻止，无所遮挡、无所妨碍，梵语般阇于瑟，华言解免。它是一种广结善缘，不分贵贱、僧俗、智愚、善恶都一律平等对待的大斋会。慈航别院为了弘扬佛法，所以请了几个关系较好的门派过来观礼。"

我冷笑道："慈航别院低调了半个世纪，这无遮大会恐怕是第一次举办吧，你别跟我说没有别的目的。"

罗贤坤在落千尘的这个问题上，对我有愧，所以其他的倒也不敢相瞒。

他直接说道："我得到的消息，是慈航别院准备捕捉一条软玉麒麟蛟。只可惜消息走漏了，好多江湖人士过来浑水摸鱼，就不得不召开这样的一个活动，让我们这些门派，过来撑场子……"

罗贤坤的话，让我有些发愣，黄晨曲君等人大张旗鼓的露面，慈航别院自然是知道的。倘若静念师太有一字剑说的那般厉害，未必会怕他们这些人。要知道，相比这一帮乌合之众，像龙虎山这般的大鳄，方才是更危险的敌人。慈航别院素来以手段精明而著称，为何会下这么一步臭棋呢？是因为遇到了难以抵御的威胁，还是另有打算？

我心中疑云重重，一时又没有办法证明落千尘和朱贵就在此处，硬闯山门自然是不行的，如果能留下来，多多少少也会给对方一点儿心理压力。

罗贤坤得知我的想法，说会帮我跟慈航别院说的，给我留出一个房间。反正他们这儿也是盈利机构，开门迎客，收钱的。

两人折回来，一番合计方才得知房间不多，只有一间了。我便让张励耘带队离开，而我则与布鱼两人，留宿这儿。

罗贤坤在旁边帮忙，一直忙到了午夜两点，方才离开。临走前，我趁着无人，拉着他的胳膊低声说道："你我是儿时好友，所以我奉劝你一句，有的时候，还是得明白自己真正需要的是什么东西。你若是有什么需求，尽管找我，知道么？"

罗贤坤笑吟吟地点头离开，望着他佝偻的背影，不知道为什么，我的心中只有一声长叹。

成也萧何，败也萧何。

唉！

第十二章 无遮大会水很深

次日清晨,我被一个不速之客吵醒了。

这是我第一次与号称不弱于天下十大的静念师太相见。跟想象中的不同,我本以为大名鼎鼎的慈航别院掌舵人,应该是一个人老珠黄的老尼姑,没承想她除了眉目之间略带冷清,还有一个光溜溜的脑袋之外,真的给人一种曼妙少妇的感觉。她明艳动人的容貌,与戒疤秃瓢相映成辉。

据我所知,静念师太成名已有一甲子,现在这副模样,多半是修行而来。按理说,出家人最不关心的就是身外之物,我遇见的几个老和尚,实力高强,但人家都是垂垂老矣的状态。像宝窟法王,完全就是一个皮包骨头的僵尸模样,类似她这种的,倒也不多。

世间青春常驻的修行方法不多,但也不少,比如小颜师妹练的秀女峰驻颜功,谨守本心;又比如魅魔刘子涵的双修,吸阳补阴……倒不知这位明艳少妇一般的静念师太,到底走的是哪条路子。

我早已练就了喜怒不形于色的本事,清早前来拜访的静念师太倒也不知道我肚子里面的想法。在罗贤坤的引荐下,与我寒暄,说不知有贵客前来,有失远迎。

就我的江湖身份而言,茅山大弟子的含金量并不算高,毕竟上面还有十大长老。而官面上的身份更是不同,慈航别院被打压了半个世纪,若是说没有怨气,那简直是在自欺欺人。按理说,这位野心勃勃的别院住持,根本没有必要搭理我的。

不过世事并无绝对,她之所以出现在这里,或许是因为四个字——黑手双城。

虽然我之前对这个匪号抱着可有可无的态度,并不在意,但不可否认的是,黑手双城的含金量,已经超越了我之前的所有身份,成了陈志程在江湖上独一无二的名头。稍微跨入圈子里的人，都听说过这个名字，以及名字背后的显赫功绩和累累尸骨。

天下十大，是许多人窝在一块儿，开会讨论出来的，说是权威，但仍有许多人并不认同，比如我面前的这位静念师太。但黑手双城的名头，是无数鲜血和亡魂喂出来的。

或许因为如此，所以静念师太对我很是热情。

此番一大清早过来，除了说句"久仰"之类的客套话外，静念师太还向昨天与我们发生的冲突表示了歉意，并且跟我承诺，说慈航别院对变态神医落千尘这样的江湖败类，从来都是鄙视的，他是绝对不会在慈航别院的。而他若是在舟山附近的话，等慈航别院忙完无遮大会，一定会派遣高手，协助捉拿。

聪明人说话，从来都是点到为止；我听出了静念师太话里所要表达的两个意思。首先，咬定落千尘跟慈航别院没有任何关系。其次，你别捣乱，等我办完正事之后，会亲自把那家伙送到你手上，别着急。这两句话其实是很矛盾的，但又合情合理。

静念师太这一大清早的就亲自过来，也算是给我这个江湖上鼎鼎有名的黑手双城，一个很大的面子了。不可否认，对方的行事，做得滴水不漏。不过，她终究还是没有想到一点，那就是我这个家伙，有一个最大的毛病：护短。护短的一个特点，便叫做仇不过夜。

杀了我的人，还想逍遥法外，这样的美事，怎么可能会有？再说了，我与静念师太一点儿交情都没有，凭什么相信她的承诺？要是尘埃落定，她又跟我玩昨天那一套，我该如何？

当然，我又不是毛头小子，心有城府，便也不会当面指出，而是和风细雨，与她好是一阵热情寒暄。

海天佛国的无遮大会召开在即，身为主事者的静念师太也是大忙人一个，能够抽出时间过来安抚我，已经是十分给面子的事儿了，也不多留，双方达成谅解之后，她便离去了。

离开之前，她像是想起了什么，对我笑道："对了，茅山宗此次也有受到邀请，贵宗的杨话事人和徐修眉长老也将出席。"

我并没有听过这个消息，闻之不由一愣，继而笑道："是么，我跟杨师叔、徐师叔倒是许久没见了。"

静念师太带着一群尼姑离开了，不过还是没有对我发出一句邀请。显然，在她看来，我黑手双城的确值得她过来亲自招呼，但对于公门的怨念，她最终还是选择了冷遇。

对她的态度，我并没有太多的意见，也不会计较她为何不介意罗贤坤的身份。

众人离去之后，布鱼望着这一群尼姑的身影，回头对我说道："老大，这慈航别院的实力，非同一般啊。"

静念师太此番前来，排场很大，除了她自己，还有一帮尼姑。我指着那些青衣素影，说道："比之崂山，如何？"

布鱼在特勤一组解散的那一段时间里，是在崂山的无尘、无缺麾下潜心修行，对于那儿自然十分了解。布鱼沉思了一番，给出了一个意外的答案："慈航别院的实力，甚于崂山。"

我并无惊讶，又问道："静念师太呢？"

布鱼严肃地说道："虽是女流，但气势凌厉，却比无尘师伯要强上许多。"

他的回答与我判断的相去不远，就我看来，一直沉寂在东海之滨的海天佛国，实力还是很强悍的。别的不说，就拿这静念师太来讲，给我的感觉，未必比白云观主人海常真人差上几分。在天下十大之中，也能够排在前列。

妇人在修行上，因为某些原因，向来都比较弱，但也有意外。

瞧着布鱼一脸严肃的模样，我笑着拍了拍他的肩膀，说道："你别泄气，虽然慈航别院近百年来名声不显，但它是传承千年的名院。自东晋以来，就一直存于世间，隋唐、五代十国和宋时，甚至有颠倒天下政局的能力。蒙元时期受到挫折，也一直延续至今。如此圣地，出些高手，也是正常的。"

布鱼惊讶地说道："这么牛？"

我呵呵一笑道："牛得翻天，不过妇人政治，总是勾心斗角，阴谋迭出，最终也还是没有成事，对吧？"

布鱼想起另外一件事情："老大，慈航别院之所以广招群豪至此，其实是为了那软玉麒麟蛟。现在各方水路高手汇聚，我未必能够拔得头筹呢。"

慈航别院为了软玉麒麟蛟，招揽了变态神医，将浪里白条朱贵纳入麾下。而广邀群雄，别人我不了解，但是茅山的水蛭长老徐修眉，却是顶级的水中高手。

如此说来，这一回，却是天下间水路豪雄争锋的擂台了。想到这里，我拍着布鱼的肩膀说道:"你这么没底气,我怎么感觉先前给你一个人吃的血池水兽,有些浪费了呢?"

布鱼被我这么一激,顿时就来了勇气,咬牙说道:"好,我就算是拼死,也要争得先机!"

他慷慨激昂,我却摆手笑了,说无妨,若是有机会,还是把那软玉麒麟蛟放走的好。

布鱼一愣,说这是为何?

我打开窗户,望着远处的一色海天,平静地说道:"我若说世间生命皆平等,或许太过虚伪了。但那软玉麒麟蛟生性温良,又没有招惹谁,凭什么是这样的命运?布鱼,倘若你如它一般,一身是宝,别人过来杀你,你会痛快?"

布鱼摇头,脸色变得凝重了起来:"不痛快。"

我点头道:"推己及人,它也不痛快。再说了,我们此番出行,是有任务在身,抓到了又如何,还不是上交给国家。既然如此,还不如做个顺水人情,放它走,你说对不?"

布鱼听到我的话,不由得哈哈大笑,拍着大腿说是极。一想到这宝贝刚捉到手上,黄天望那老匹夫却又杀过来,心里顿时就像吞了一只苍蝇一般。

两人合计完毕之后,布鱼与我告辞,直接去海中潜伏,而我闲着无事,在普陀山四处走走。

普陀山与五台山、峨眉山、九华山并称为佛教四大名山,是观世音菩萨教化众生的道场,行走此处,到处都是佛家气度,倒与道家有诸多不同。我一路走,瞧见游客不比别处多,而修行者倒是多了不少,眉目之间正气凛然,想来是慈航别院发帖招来的宾客。

我名声虽隆,但为人低调,这脸倒也不熟,行走其间,也没有几人认出我。我不知不觉走到一处渡口,旁边突然闪出一人,对我拱手说道:"阁下可是黑手双城?"

我回头,看着这贼眉鼠眼的家伙,点了点头,问他是何人?

那人确认之后,慌忙施礼,低声说道:"我是替黄剑君传话的,还请陈道长移步。"

第十四卷 一个时代的结束,一个时代的开端

第十三章 黑手护短，杀意决绝

我不动声色地与那人走到渡口的角落处，他还要继续往里面走。我停下了脚步，左右一看，却见远处有一个老妇人下意识地扭过头去，不敢与我对视。原来我还受到专人盯防的待遇啊？

真是让我啼笑皆非。转过一片乱石区，那人方才回过头来，满脸歉意地说道："不好意思啊，刚才……"

他刚想解释，我拦住了他，微笑着说道："无妨，没想到你的观察力还挺强的。"

这贼眉鼠眼的男人嘿然笑了，说道："小的王贼头，吃得就是踩点溜号的饭，招子自然要比寻常人亮一些。长话短说，黄剑君派小的过来，就是通知您一声，那姓落的变态，最近的确有在浙东露过面。有船家说他到了舟山，后来就不知去向了。"

他说罢，从怀里摸出一张照片递到了我的手上。

我接过来，他继续说道："落千尘虽说医术高超，但是为人变态下流，为江湖上很多同道所不齿，所以他很小心谨慎。这是他的近照，给您参考。"

我举起照片，上面是一个戴着金丝眼镜的中年人，梳着大背头，满脸含笑，温文尔雅，像个大学教授。仅凭外貌，还真的瞧不出会是个猥琐变态。

我将照片收好，伸手与他相握，感谢道："辛苦了！"

那王贼头满脸荣幸地讨好道："客气了，能为黄剑君和陈道长你们这样顶牛的人物办事儿，我骨头都轻了三两。回头这事儿，我可以吹一辈子呢……"

他倒是个妙人，话带到，立刻告辞："陈道长，我先走了，回头见。"

这话说完，他身子一缩，将衣服翻了过来，却是换了一个模样，与我擦肩而过。

江湖之大，奇人异士多也，此人看着颇有一些鼓上蚤时迁的风范。虽然出身旁门左道，却比正人君子给我的感觉要好上不少。我没有回身，而是朝前面继续走，绕了好几块礁岩，藏了起来。

　　等了五分钟，先前盯着我的老妇人从我身下掠过，见失去了监视对象，不由得四处张望。而就在这时，后脑突然被小石子砸到，她下意识地朝后望去，却见自己的监视对象，正优哉游哉地看着自己。

　　不理会老妇人脸上的惊恐，我跃到了她的面前，平静地说道："劳驾回去告诉你们家斋主，若还是这般的待客之道，就不要怪我手段无情。"

　　老妇人也不敢辩驳，诚惶诚恐地低头离去。

　　说句实话，我倒是不介意牵制慈航别院的力量，但派人过来监视我，要么就派个让我察觉不到的顶尖高手，要么就派一个生涩可人的曼妙小尼姑，这也算是尊重人。弄这么一个容嬷嬷般模样的老妇人过来，算是怎么一回事儿？

　　那人离开之后，我找了块石头歇着，躺在石头上，盯着头上的太阳，眯着眼睛瞧这张照片。

　　照片上的那个中年男人眼睛眯着，平静而自信。我大半辈子都在跟罪犯打交道，从他的眼神里瞧见许多不一样的东西。比如疯狂，以及漠视生命。

　　有一些人，并没有把自己当做人，就会漠视生命，做出那些让寻常人接受不了的事情。他们觉得自己是神，但在我们的眼中，他们不过是神经病而已。

　　落千尘自以为有着舟山坐地虎慈航别院的庇护就可以为非作歹，肆无忌惮地杀人，却不知道自己到底惹到了什么人。

　　仇不过夜，我怎么可能会给那一帮尼姑什么面子，还要等到无遮大会结束？无稽之谈！

　　不过，无遮大会召开在即，慈航别院戒备严密，在不知道对方那洞天福地入口的情况下，硬闯显然不是个明智的选择。

　　我既然已经亮出了底牌，不如就待在这儿，吸引对方的注意力，而其他的事情，则交由张励耘、布鱼和小白狐等人来做。过了这么久，他们也应该有独当一面的能力了。

　　我留在这里，摆出气势汹汹的架势，是要给对方压力。倘若落千尘真在这儿，他要么一直藏着，要么赶紧溜掉。他若是敢逃走，我就有手段将他截住，为李何欣报仇雪恨。

计划拟定，我反倒悠闲，当下也是四处晃荡，品尝了一下普陀山闻名的素斋，对那用豆皮做出鱼肉味的法子，着实惊奇得很，如此一直到了夜里，我方才晃晃悠悠地回到了住地。

我回返不久，又有客人来临。门敲三下，我打开房门，却瞧见来人居然是茅山现如今的话事人杨知修，还有水蛊长老徐修眉。

我可以对别人摆架子，却不敢在自家长辈面前拿捏身份，赶忙将他们迎入房间就坐，端茶倒水，寒暄两句。此番前来的，除了他们两人，还有两位长老各自的真传弟子，以及茅山的执礼长老雒洋，规模算挺大的了。雒洋长老还在与慈航别院交流，而他们听说我在这里，就过来寻我了。

我诧异地问，慈航别院与我茅山到底什么关系，为什么一无遮大会，茅山居然会这般重视？

话事人笑道：「慈航别院与江湖同道素有渊源，而静念师太与掌教师兄也是老交情了。此番法会，我们自然不敢不重视。」

这话说得，好像我师父跟静念师太是老情人一般，听得我一阵恶心。

两位长老刚到此处，立刻马不停蹄地联袂而至，自然是有事相求，要不然以他们的身份，派个传话弟子过来，得赶上门去的人是我。

两人聊了几句，话事人这才进入正题道：「我听静念师太说起了你的事情，明白你牺牲了属下的心情。不过，无遮大会是慈航别院半个多世纪以来第一次盛事，堪比当初茅山大开山门。我的意思呢，是你能不能委屈一点儿，押后一些处理呢？」

他明面上是在跟我商量，不过话里话外，有一种颐指气使的感觉，让我心中多少也有些气愤。那死的人，跟他没有半点儿关系，他自然是乐意卖个顺水人情。但这事儿，可不是谁能够两言三语就可以打消的。

我按捺住脾气，不动声色地笑道：「杨师叔你说笑了，我来这儿，要抓的是那个叫做落千尘的家伙，又不是破坏人家的法会。静念师太都已经亲口说了，落千尘与她慈航别院没有半点儿关系，两者毫无牵连。」

话事人也笑着说道：「话虽如此，不过志程你现在的名气，与往日不一样了。最近这儿鱼龙混杂，暗流汹涌，你这般待着，主人家总是有些心中不安的。」

我「哦」了一声，问道：「依师叔的意思，是想让我不要掺和这事儿？」

话事人一副「孺子可教」的态度，点头笑道：「如此自然最好。」

我没有理会他的顺水推舟，而是摸着鼻子说道："可是，那杀害我属下的凶手怎么办，我就任由他逍遥法外？"

话事人瞧我冥顽不灵，不听劝阻，顿时就有些不高兴了，张口说道："事急从权嘛，你这个……"

我直接打断他，说道："杨师叔，黄山龙蟒一役，陶陶遇害，凶手远遁千里，逃往东南亚，上面还有屠了几百万人的血手狂魔罩着，你可知道我当初为何会义无反顾地千里追杀而去？"

话事人听到我提起这件近年来给茅山扬名立万的事情，以为我在凭功耍横，眉头皱起来道："是为何？"

我平静地说道："因为陶陶是我师父的孙女，有人伤害了她，就得死！"

事涉大义，他也不敢讥讽，点了点头，分辩道："那是陶陶，是我也会如此，我的意思是……"

我满脸含笑，语气坚定地说道："我明白您的意思，但我想表达的意思是，我想杀的人，就算是逃到天涯海角，就算是有天神护翼，我想杀，还是得杀，谁都拦不住！"

这是我第一次不给话事人面子，而且无比坚决。

事实上，面子从来都不是别人给的，而是自己挣的。这事儿是我的公务，而不是茅山的内务，但凡有点脑子的人都不会干预的，我相信话事人也明白。他明白，只不过想着我不会驳他面子而已。我拒绝，就是想让他知道一点，不要被权力利欲熏心，觉得能够命令任何人。从某种意义上说，我的地位和他平等，都是列席长老。

这强硬的态度一露出来，话事人虽说没有立刻翻脸，但他强颜欢笑，并说支持我的一切决定，又聊了几句之后，起身告辞。而这个时候，一直在旁边默不作声的水蚕长老，却对话事人说想跟我谈一谈他儿子的问题。

话事人一愣，倒也没有多言，告辞离去。而那一身鱼腥的水蚕长老待他离开，冲着我冷冷一笑道："你得罪人了，知道么？"

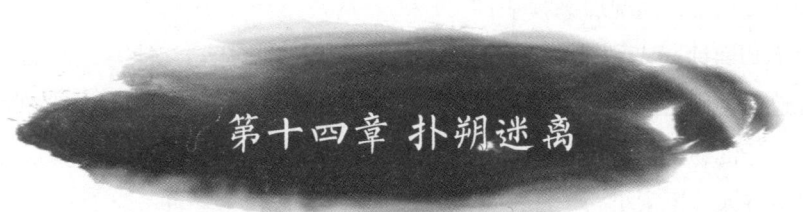

第十四章 扑朔迷离

"那又如何?"

徐修眉长老是徐淡定的父亲,我与他儿子莫逆之交,但和老头子的关系却只能说一般,听到他突然说出这样的话,不由得笑了,淡然反问。

听到我的话,他摇头叹气:"士别三日,当刮目相待,话事人的威势渐浓,敢说这样话的人,越来越少了。最近有流言,说十年前陶晋鸿,十年后杨知修,讲的是一代新人换旧人。如今一看,即便是掌门师兄闭关了,这茅山的头号人物,依旧轮不到他姓杨的来当。"

我能够听出徐长老对话事人的怨言,含笑说道:"徐师叔说笑了,什么第一人,我陈志程是小辈,又是外门弟子,茅山内务,倒也不怎么干预……"

提到这个,徐长老就有些火气:"也不知道你师父是怎么想的,当年收你为徒的时候,还掩耳盗铃般地弄个外门大弟子。倘若这一回,他立你当掌教,说不定什么事都没有了。"

我眉头一挑,平静问道:"发生了什么事么?"

徐长老被我这般一问,到嘴边的话又吞了回去,耸肩说道:"能有什么事儿?只是瞧不惯他姓杨的那高高在上的模样而已。"

我心中腹诽,说杨知修是小师弟,你瞧见他得势,心里不舒服,而我还是师侄呢,岂不是更不开心?

这话我自然不会说出口,徐长老跟我聊了一阵,说起自家儿子,突然感慨。徐长老说当初淡定倘若没有调到那劳什子的外交部,而是与我一起,现如今的成就,说不定也能有我的三两成了呢。

我苦笑,说淡定天资聪颖,现在我俩交手,胜负也不一定呢。

徐长老毫不客气地揭穿我的虚话道:"你可拉倒吧,我在你面前,都没有信心能够挨过几手,何况那瘪犊子?"

我不知道徐长老留下来,到底所为何事,又寒暄几句,他方才说道:"此番前来无遮大会,慈航别院那是王母娘娘开蟠桃会,主办方是花了大价钱的,积攒了半个世纪的万红一窟酒,就拿出了大半。各人领情,想必会出些力气,你到时候若执意寻人,还须小心一些。"

原来是给我提醒,我心中一暖,笑着说道:"什么是万红一窟酒?"

这一问,反倒将徐长老给问住了,他难得地老脸一红,吭哧着说道:"这玩意儿呢,也就只有像慈航别院这样纯女弟子的门派,方才能够竭尽全力而造,功效妙不可言。至于是什么,你若有机会,自己了解吧。"

他语焉不详,内中似有隐情,我也不多问。徐长老留下来,似乎就想提醒我这一点,说完之后,也不多留,与我拱手告辞。

两人离开后,我回到了房间的床上,头枕双手,仔细梳理着谈话的线索。

话事人杨知修是想要卖个顺水人情,看看我能不能给他面子,而这路显然被我堵住了,话事人没有劝成,脸上无光,这个自不必言。而徐长老,却是话里有话。他到底想说什么呢?

万红一窟酒、万红一窟酒……

从徐长老的口中,我得知被邀请来的这些个门派之中,与慈航别院的交情自然占一部分,而另一部分,则是因为这玩意儿。

什么东西,竟然会这般神奇,让人趋之若鹜,难不成比龙涎水还要珍贵?我心中满是疑惑。带着这样的疑惑,我和衣而睡,如此的一天便又过去了。

我如此的安静,倒是让监视我的人感觉到十二分的意外,不知道我硬着头皮住在这儿,到底是什么意思。他们只瞧见在这儿竖起牌子的我,却没有瞧见我身后的人,到底在做什么。

次日凌晨四点,我轻轻推开窗户,宛如一道魅影般离开。

我这儿属于重点盯防对象,此刻却没有惊扰到任何人。十几分钟之后,我来到了海边的一处乱礁石林旁,没有几分钟,海面浮出一个黑影,浑身湿漉漉的布鱼出现在了我的面前。

瞧见我在这儿等待,布鱼连忙靠近前来,喊道:"老大,早。"

我笑了,问一天了,都什么情况。布鱼说因为附近海域的江湖人士越来越多,慈航别院并没有再次诱捕,所以软玉麒麟蛟并没有出现。

我点了点头,慈航别院花费了这么多的气力和本钱,自然不可能为他人作嫁衣裳。按兵不动,在现在的这个情况下,方才是最正确的事情。

不过这事儿对我们来说,倒不是最重要的,关键的问题,在于杀害了李何欣的变态神医落千尘。

我将昨天收到的照片递给了布鱼,他看了一眼之后,说起稍前一些的时候,他跟张励耘见过面了,朱家人那儿他控制得很好,对方的情绪也平复了。舟山海域的管控也有所加强,正联合各部门来做,只要那个落千尘胆敢冒头,就让他有来无回。

想起昨夜杨知修给我带来的压力,我心头烦躁,万一落千尘在慈航别院的道场里待个三五年呢?

这家伙为了避祸,说不定会依附慈航别院,总不能让我们等他个三年五载吧?

怎么办?布鱼看了我一眼,咬牙说道:"老大,不行我们就拿朱贵作突破口,他做这些,就是为了自家的大儿子能活命,而他朱家其余人,都在我们的手上,不然……"

听到布鱼的提议,我断然拒绝:"敌人是敌人,我们是我们,而我们做事,一直是有底线的!"

布鱼被我否决,犹豫了一阵,又说道:"老大,一人计短,两人计长,现在落千尘躲进了慈航别院的道场,我们陷入了死结,不如跳出来,找你那位老朋友来商量一下?"

我抬起头来,说道:"你是说一字剑么?"

布鱼点头说道:"对,就是那位黄剑君。"

我苦笑道:"他神龙见首不见尾,我去哪里寻他?"

布鱼笑道:"若是陆地,我也没有办法,不过在海上,再厉害的高手,总也需要有落脚之地的,所以他们在哪儿,我一清二楚。我的意思是,他们这些人,自然也有一套计划,若是不冲突,我们或许能够顺势而为,渔翁得利。"

让我带人强攻慈航别院的道场山门,这事儿说不过去,但是藏在一字剑这一伙人的身后,或许也是一个法子。想到这儿,我有些心动,便让布鱼带路。

布鱼翻身跃入海中,而我则找了一块木板,投掷到海中,我踩在木板上,由布鱼用绳子扯着木板,朝海里进发。布鱼在水中速度飞快,两人很快离开了普陀山海域，朝着东边前行。

在黑乎乎的海面上行进了大半个小时，前方突然一亮，却见海上竟然有一艘规模挺大的三层游艇，在海面上静静漂浮，灯火辉煌。

我先前说一字剑身边的那些人，是乌合之众，不过现在一瞧，倒也有些气象。我没有直接接近，而是在远处时就潜入了水底，一个猛子扎到了船舷边，留布鱼在水下照应，而我则收敛气息，徒手攀爬，如灵猫一般地爬上了游艇处。

游艇挺大，能容数百人，即便是天蒙蒙亮了，依旧有彻夜狂欢的人，我刚才爬上船舷的时候，还听到了男女激斗的声音。

一字剑在哪儿呢？我正发愁呢，旁边有一个人影从黑暗中缓缓走出来，我抬头看去，却瞧见了一字剑那满是麻子的丑脸。

两人目光相对，黄晨曲君苦笑道："打坐惊醒，感知有高手侵入，吓得我赶紧出来，不敢耽误。我还道是谁这般无声无息，没想到是你，真是虚惊一场！唉，你就不能在来之前打个招呼？"

我耸肩说道："打招呼？你电话号码多少？"

黄晨曲君尴尬地说道："你觉得我像是用那玩意儿的人么？"

我哈哈一笑："这不就得了，何必多说？对了老黄，我这次过来不想跟别人见面，咱找个静点的地方聊。"

黄晨曲君指着游船的顶部道："那上面？"

我点头："可以。"

两人一纵身，三两下便到了游艇最顶部，海风呼呼刮来，我们居高临下地望着那黑黝黝的海水，的确是处不错的地方。

他问我过来有什么事儿，我跟他讲起落千尘极有可能被慈航别院藏匿起来的事情，又说起了后天无遮大会的事儿。江湖上有名有号的门派，都有被邀请，别的不说，龙虎、茅山这样的顶级道门，都派了重要人物过来。

这些都是黄晨曲君知道的，他也不意外，问我有什么打算。

我想了想，深吸一口气，说道："你们是怎么想的，有没有想过打破慈航别院那海天佛国的道场山门？"

第十五章 花舟载人，海天佛国

"打破山门？"

听到我的问话，黄晨曲君顿时变了脸色，瞧着我一本正经的模样，不由得苦笑道："志程，你真当下面这帮家伙有多厉害呢？且不说这帮投机的家伙能不能团结一心，就算是都肯赴死，慈航别院的山门，也不是那么容易突破的！"

黄晨曲君的露短，我并不意外，笑着说道："对了，老黄，这一两百号人，都是什么来历？"

他回答道："二十多人是川北水寨的水蟒子，还有的，则是附近几省道上豪杰。说本事，有好几个都不差，但未必肯赴死力，更多的是在投机取巧，等待机会而已。"

我不由得诧异道："这些人怎么敢惹慈航别院？"

我这疑问并非没有道理，要晓得，静念师太有跻身天下十大的修为，慈航别院的寻常水准也高，一般人是不敢去招惹的。

黄晨曲君知道我的疑虑，冷笑着说："慈航别院这帮女人，以前得罪了太多的人，这些年来一直备受打压，虽然韬光养晦，但也不得人心，那些人过来，也不是什么意外之事。再说了，起意的人并不止我们这些。据我所知，还有几股力量也在周遭潜伏，准备浑水摸鱼，趁火打劫呢。"

还有几股力量？我心中一跳，不由得对刘满堂他们这些地方部门的工作能力的鄙视进一步加重。不过想想也不稀奇，多数修行者都不愿意出来工作，精英都被上面挑走了，地方上的力量太差，倒也不能全怪刘满堂他们。

黄晨曲君瞧我脸色阴晴不定，知晓我心急，问道："你是怕落千尘躲在慈航别院不出来，或者偷摸着离开这里，你担心找不到他人，对吧？"

对着忘年老友，我并不隐瞒，点头说道："落千尘必须死，我这话撂下了，就不打算收起来，不然我手下的那帮人如何看我？"

他点了点头，突然想起一事儿，对我说道："硬闯不行，智取倒也不是没有办法。"

我问道："怎么智取？"

黄晨曲君笑着跟我分析道："慈航别院想要拉拢朱贵帮她们猎取那头软玉麒麟蛟，必然不会让落千尘立刻治好他儿子的病，也就是说，在软玉麒麟蛟最终归属之前，他是不会离开的。而那帮尼姑何时下手，无人知晓，但能肯定的是，一定是在那三天无遮大会期间。如果我们能够混入其中，或许比在外面干等更好一些。"

我点头同意，但还是有些疑惑："如何混入？"

黄晨曲君嘿然笑道："慈航别院这次开无遮大会，其一是想要借势，压住那些暗动的潜流。其二则是想要重出江湖，所以广发英雄帖，而我这里，倒是有一张。"

我眉头一扬，问道："你怎么会有？"

他嘿然笑道："志程，你或许忘记了老哥我可是慈元阁供奉？慈元阁是现如今江湖上最大的经营机构，慈航别院想要重出江湖，怎么可能少得了慈元阁呢？"

我才想起这一茬，诧异地说道："这么说，慈元阁准备让你去参加？"

黄晨曲君笑着说道："我是供奉客卿，地位超然，这等俗事自然与我无关。方阁主明日会到普陀山，你若是想混进去，我可以帮你。"

我摸着脸说道："这个——静念师太是见过我的，而我茅山也有人前来此处……"

黄晨曲君从怀里掏出一张人皮面具，笑着说："这对你我倒都不是什么难事儿，只需要你自己收敛神光就可以了。"

与黄晨曲君的会面，让我不用再苦苦等待。当天我并没有离开，让布鱼独自一人回返，而我则与一字剑等到次日中午的时候，与前来普陀山的慈元阁阁主方鸿谨碰面。

我与慈元阁的方鸿谨因为这些年的生意而熟识，又因为基金会的事情，算是打得火热，双方都不陌生，见面之后，自然又是一阵寒暄。

当黄晨曲君提出让他带我混入慈航别院的无遮大会时，他明显有一些犹豫。尽管只是一刹那，但我感受到了，问他是否有什么麻烦。

方鸿谨沉吟，没有立刻回答，倒是旁边的二掌柜斟酌了一下语气，对我说道："若说是别的事情，我慈元阁倒也没有二话，只不过这事儿，有待商榷。要晓得我慈元阁是以经营起步，诚信为本，如果这事儿传出去，恐怕影响有点大，怕没了口碑，阁主这才有所顾虑。"

我听到他这话，立刻明白了，慈元阁开门做生意，倘若被传出与公门一起合伙坑骗江湖同道，只怕以后就没有人敢和他们交易了。特别是慈元阁的灰色收入，在经营项目里占了很大一部分。

我能够理解慈元阁的顾虑，黄晨曲君却感觉没面子，冷冷哼道："我陈老弟什么样的人物，你也不是不晓得，他怎么可能会露马脚？"

一字剑黄晨曲君是慈元阁的首席供奉，也是最大的武力保障。他才是慈元阁最需要巴结的人。

听到黄晨曲君言语之间有些不高兴，原本还有些犹豫的方阁主立刻拍板笑道："黄老莫生气，他不是这个意思。陈司长，你的事就是我慈元阁的事，回头你就扮作我新招揽的供奉，陪着我一同前往慈航别院便是了。"

我理解对方的为难，不过也越发感受到了方鸿谨的善意，点头笑道："方阁主，你这份人情，我记下了。"

方阁主笑着说道："哪里，哪里，你太客气了。"

多了我这么一个变数，慈元阁无端担上了许多风险，方阁主与我谈起前往慈航别院时的一些注意事项。

首先，不能暴露行踪，其次呢，不要留下慈元阁的把柄。总之一句话，那就是不要给慈元阁惹麻烦。

慈元阁能够答应这事儿，已经十分难得，我自然不会再为难他们，当下也是全数答应。经过讨论，我还是以小厮的身份，会比较好一些。

我领了一套伙计服，去船舱里把人皮面具戴上，又缩骨变气，躬身出来的时候，活脱脱一个土里土气的乡下伙计。

瞧见我这一身装扮，慈元阁等人长舒了一口气，伸出大拇指，夸赞这神乎其神的易容手段。黄晨曲君对我直接矮了一个脑袋的身高赞叹万分。当然，之所以能够如此，倒也多亏了我巫体大成，对缩骨塑形的小手段倒也得心应手。

当天我随着慈元阁的队伍，前往普陀山的慈航别院。

慈航别院重开山门，对前来捧场的江湖同道十分热情，贵为斋主的静念师太亲自出面接待，而慈元阁也被安排在离龙虎山、茅山不远的院子里，以示尊重。

方鸿谨作为江湖大豪，吸引了最多的目光，而我只是一个挑着贺礼的小喽啰，甚至都没有机会挤到前面去。当夜，方鸿谨被邀请去赴宴，而我则在下人房里呼呼大睡。

次日清晨，我挑着慈元阁带来的贺礼，跟随慈元阁的几名重要人物，和另外一个小伙计一起，前往慈航别院的山门处。这一天，正是慈航别院山门大开的时辰，也是无遮大会举办的日子。

山门在一处仙气浓郁的山林之中，一曲山溪流出，花舟载入。每一艘花舟之上，都有一个英姿勃勃的小尼姑当艄公，将前来捧场的江湖同道一一送入其间。

最先进入的，自然是茅山、龙虎等大派，慈元阁被安排在了末尾的位置。对于这安排，方鸿谨等人倒没有什么意见。毕竟人家是按照历史渊源来排位的，百年之前，慈元阁不过是一个小杂货铺子，犯不着争这闲气。

每入一家，都由知客僧尼唱名。

茅山话事人和徐长老、执礼长老雏洋等人从我身前走过，然而没一个人注意到我，唯有雏洋长老，意味深长地看了一眼慈元阁阁主方鸿谨。

差不多有半个小时，终于唱到了慈元阁，花舟抵岸，一个眉清目秀的小尼姑冲着这边娇声喊道："诸位贵客且上舟。"

方阁主迈着方步，缓慢过去，而陪着他的几名掌柜也是笑融融地上前。而我和另外一个伙计，立刻挑起贺礼，跟着上了花舟。

花舟并非木质，与纸皮一般轻巧，小尼姑撑杆朝着前方滑动。

我蹲在花舟尾部，还没有仔细打量，便感觉一道虹光落眼，前方一阵清凉，心中顿时一跳，知道到了传说中的海天佛国。

第十六章 下人闲汉的聚会

洞天福地，是古代修行大拿破开虚空而划就的一处隐世之地，与大千世界一样，有天地、日月、山川与草木等最基本的自然因素，又有自身独特的空间构造，最是神奇。

在道家的典籍中，除了将宇宙整体分为三十六层天以及无尽宇宙之外，还描述了与此间相连的各个空间，便是这洞天福地。其含藏风雨，蕴蓄云雷，为天地之关枢，为阴阳之机轴。

这些地方的入口，大多位于我国境内的大小名山之中，它们通达上天，构成一个特殊的世界，传闻栖息着仙灵。

此乃典藏，而出身茅山的我自然知晓，这样的地方，在各处道场都存在，是一门一派之中，最为神秘和核心的秘密。

慈航别院的海天佛国，正是其中之一。

通常来说，除了无主之地，寻常人是很难进入其间的，但也有例外，譬如晋人王质砍樵遇仙、观棋烂柯的传说，便是其中的例证。不过经历了几百年、几千年，真正的洞天福地早已被各修行宗门占据，山门被大阵守住，便再无这等美事。

尽管我师出茅山，对洞天福地并不陌生，但进入海天佛国，我依旧觉得十分新鲜。

花舟泛水，平稳地在水面滑动，溪水突然变得宽阔，上面有华灯映照，来时是清晨，旭日初升，而进入其中，周遭却是夜色。在朦朦胧胧的灯光照耀下，我打量前方，绕过了几道河湾，前方居然是一处庞大的寺庙群落。

不谈那非人力所为的大雄宝殿与连绵殿宇，光是上百米的九层佛塔，就让人十分震撼。

我站于舟尾，低着头，依旧能够感受到河道暗藏的连绵杀机。大片寺庙群的身后，则是一片蓝色海洋。有呢喃不休的禅唱，从远处的庙宇中传来，在整个空间回响着，檀香处处，让人觉得十分温和与舒服。

当真不愧海天佛国。

花舟一路缓行，终于来到了尽头。那娇俏小尼姑跃下花舟，将绳子捆住岸边的石桩子，方鸿谨等人依次而下，而我和另外一个小伙计则将担子挑了起来，一晃一甩地下了花舟。

岸边有人迎客，方鸿谨递上礼单，那人便唱，什么如意瑰宝、五谷珍珠，华而不实，都是些撑场面的玩意儿。

方鸿谨等人被引着前往那片殿宇去观礼，而我和另外一个小伙计则被人领着从旁边的小路离开，将贺礼挑到库房。两拨人走的不同路，离开之前，方鸿谨不动声色地瞧了我一眼。我能够读懂他的恳求，知道他希望我尽量不要闹大。

慈元阁是做生意的组织，讲究的是和气生财，八面玲珑。我若是让他们砸了招牌，不但慈元阁这边难以交代，黄晨曲君那里也不好看。我点了点头，方鸿谨这才放心离开。

在远处，慈航别院地位比较高的长老正领着杨话事他们进入道场。先前我们听到的曼妙禅唱，正是从那儿传出来的。所谓无遮大会，应该就在那儿吧？

我叹了一口气，慈航别院倘若是真的有些气度，在知道了我的身份之后，最该做的就是将我邀请进来，又或者由茅山那边提出带我进入。对方虽然由静念斋主出面跟我道歉，但对无遮大会之事，却是一点儿都没有提。

她们这般做，分明就是在嫉恨这半个世纪以来的打压之事。这等小心思倒让我有些好笑，你既然都已经准备入世重返江湖了，最应该做的，可不就是跟官方打好关系？想到这里，我不由得想笑。对方这完全就是立牌坊的架势，而对我来说，潜入其中完全没有半点儿负疚感。我说过，面子从来都是自己挣得，而不是别人给的。

我随着引路人，挑着担子，一直走了二十分钟，方才来到一处偏院。这里有专门收礼的库房，负责盘点库房的是一个眉眼很凶的老尼，接过礼单，一丝不苟地比对，仿佛怕少些什么东西一般。这架势让我哭笑不得，一番盘对，不知不觉又过了二十多分钟。

好不容易对完，引路的女尼倒是很客气，走到我们的面前吩咐道："各位辛苦了，旁边备了素席，还请各位小哥移驾，去那儿歇息一番。"

大人物有大人物的去处，小人物也有小人物的活法，像我们这些人，跟古代的马车夫差不多，并不受人重视，给安排在旁边的一处院子。几人一席，却是备着茶水、瓜果和一些素点心。除了有一个资质鲁钝、老眼昏花的婆子在旁边帮着倒茶水之外，倒也没有旁人关心。

我和那慈元阁的伙计挑了一个角落的小桌坐下，为了避免有闲杂人等过来拼桌，我故意弄得很粗俗，咳嗽了两声，又将口水吐在手掌上，一副饿死鬼投胎的模样，将桌子上准备的零吃横扫一番。

能够被带进这儿来的，大多都是各门各派的翘楚子弟，尽管临时搭把手，倒也挺有素质。瞧见我这般模样，都下意识地离我远些。

我被安排进来的事情，除了慈元阁几个大佬知道，其余人并不晓得，这伙计也是，一落座，喝口茶水，便上来跟我攀交情。好在慈元阁家大业大，阁中倒也不是人人相识，我随便忽悠两句，倒也混了过去。我埋头猛吃，谈性不高，那伙计便也不再多言，安心品茶。

随着各门各派进了山门，我们这边的小院也越来越挤，不知不觉，也有了二三十号人。很多人相互认识，落座之后，三五成群地在一起攀谈，倒也热闹。我们这边人一多，闹腾得很，刚才还在帮着倒茶的老婆子发了脾气，居然转身离开了。

这主人家一走，其余人更加闹腾了，尤其是我左前方的那一桌，有个左脸有疤的壮汉开口说道："先前听说来参加无遮大会的人，都能喝到万红一窟酒，老子师父点了我过来，害得我半宿没有睡着，兴奋得很。没想到慈航别院竟然这么小气，最后一杯破茶水打发了，真让人郁闷……"

他同桌的瘦子问道："何师兄，我听了无数遍，不过万红一窟酒到底是什么，竟然能够让你这般牵挂？"

疤脸壮汉嘻笑道："这你可算是问对人了，若是别人，绝对不知道……"

他这般夸口，旁边有个光头就不乐意了，冷冷说道："就你有见识，谁不知道万红一窟酒，是用那上千慧剑斩心的纯洁女子初葵所炼。不过就是一口大姨妈，喝不着就喝不着呗，有什么好抱怨的？"

他这么一说，好几个人脸色顿时就不对了，都有点儿恶心。

疤脸壮汉却发了火，指着光头说道："胡老二，你这是吃不到葡萄说葡萄酸，能一样么？万红一窟酒蕴含劲力万千，一口酒下肚，十年修为就来了，天下间哪里有这般美妙的事儿？"

有人不同意了，怀疑道："当兄弟伙们没见过女人是吧，这玩意儿哪里有那般神效？"

疤脸壮汉瞧见众人不信，拍着胸脯说道："这就是你们孤陋寡闻了吧？想当年这万红一窟酒，是连帝王都趋之若鹜的十全大补之物。据说它的药引，是用那修炼至斩断赤龙境界之人，断赤龙时的精华做的，异常珍贵。而我估计这一次给大家奉上的，应该是静念斋主的结晶，如此美物，岂不厉害？"

他一副陶醉模样，让旁人心中不由得生出几分火气："行，何大熊，我们都知道那玩意儿不错。可又有什么用，大家还不是坐这里，喝这淡得出鸟来的茶水？"

这话说得众人一阵沮丧，议论纷纷。有人开始提议，说不如混进无遮大会，我们是去谛听佛法的，那些尼姑总不好意思赶人吧？如此一闹，许多人就都动心了，想着那十年修为，咫尺之遥，当真心痒。

我不置可否地笑了，将桌上最后一个糖果子吃掉。

万红一窟酒的诱惑力巨大，疤脸壮汉一被煽动，立刻振臂一呼，响应了号召。而其余的人也心中痒痒，最终拉了十来个人，顺着墙根往外走。

我别的不怕，就怕安静，此刻瞧见疤脸壮汉带着一票人离开，顿时欢欣不已，跟着站起身来。也有人害怕宗门长辈的责罚，最终还是选择了静待。

一群人跟着疤脸壮汉离开了院子，朝着那召开无遮大会的道场走去，我跟在后面，并不打算做出头鸟，而是想着放慢脚步，找机会开溜找人。就在我琢磨着离开的时候，突然前面的队伍闪出两个人，头也不回地朝旁边侧门离开了。

我心中一愣，下意识地想到这两人估计也是潜入慈航别院的。只不过，其中有一个人的背影，怎么看都很熟悉呢？

第十四卷 一个时代的结束，一个时代的开端

第十七章 如入无人之地

那两人的脸看着自然陌生，然而其中一个模样虽是男子，但是回转过身去的时候，能够瞧见侧身凸显出的胸部，却是一女扮男装的家伙。

好像有些熟悉……就在我琢磨对方身材的时候，两人一转身，消失在了我的眼前。紧接着，队伍里又有一人朝着另外一个方向侧身离去。

这情况看得我忍俊不禁，看得出来，慈航别院真的得罪了不少的人，除了外面的江湖散勇。这些前来参加观礼的门派里，也个个心怀鬼胎，想着弄点幺蛾子出来。

不过搞事的人越多，我的目标越不明显，这般想着，落在队伍末尾的我在前面的路口也左转，融入了复杂的建筑之中。

海天佛国的佛教建筑颇多，而大部分人都被安排去参加了无遮大会，行走其间，感觉到一种别致的寂静。与别的修行宗门不同，慈航别院主要以女子修行为主。虽然也有男子，但大部分都从事着比较低端的工作，所以一路走来，我瞧见的男人倒也不多。

走了一会儿，来到一处小巷子里，我到底还是过于大意，一个满脸寒霜的女尼出现在我身后，将我喝住。对方语气严厉，手中一把青竹剑，遥遥地指着我。

我感受到对方的气机锁定，晓得此人应该是埋在此处的暗哨，修为算是不错。看来静念斋主等人并没有盲目乐观，肯定预测过有人趁乱闯入的可能，所以安排的人，水准普遍都挺高。我下意识地举起双手，回转过来，瞧见对方除了脸冷，倒是个明媚娇艳的女子。唯一可惜的，就是光头女子实在不符合我的审美，看着像外星人一般。

那女尼瞧见我身穿小厮服装，行走又是大摇大摆，被叫住了，也是一副凛然不惧的模样，倒也没有立刻上来抓人，而是冷冷地喝道："你不在停马院待着，跑这里来干什么?"

停马院?指的是我们刚才待的那个地方么?

我依旧保持着举起双手的架势，略微尴尬地说道："师太你好，小人内急，找不到可以解决的地方，一不小心就擅闯了贵宝地，还望见谅。"

为了让谎言显得更逼真，我还在话音刚落的同时，憋出了一个响屁。

噗……

我调集肠胃收缩而出的气体磅礴，那屁震得裤裆一阵发颤，那女尼哪里见过这般粗鲁的人，怒道："停马院左侧五十米就是出恭地，你完全走反了！"

她一边怒骂，一边退了两步，转过头去，好像不想被这屁崩到。然而，在她扭头的一瞬间，我脚尖轻点，人便如同魅影般出现在她的身边。

一直等我的手掌摸到她洁白的脖颈时，女尼方才反应过来，结果被我一把顶住了腋下的极泉穴，又在乳根穴上面轻轻一抹，女尼连站立的力量都没有了，直接瘫软在地。

对方倒也是个犟脾气，反抗不得，张口便叫，我顺势将她那把青竹剑的剑柄，直接塞进了她张开的檀口。

唔唔唔……

沉下心来，我拽着这暗哨的衣领，将她拖到了旁边的一处小院子里，左右一打量，找到一处没人的房间，将她一路拖拽了进去。这应该是一处尼舍，房间里有女人的淡淡香味，床上收拾得挺整齐，简单而规整。我将那暗哨一把推到了床上，接着深吸一口气，我转换音调，用一阵阴寒无比的腔调说道："告诉我，浪里白条朱贵和他的家人在哪里？"

问完话，我将女尼嘴里湿漉漉的剑柄拔出来，刚一出，对方立刻恨意十足地痛骂道："你这狗贼、贱种，休想从我的嘴里知道任何东西，我就算是死，也不会让你得逞的……"

她表现得无比刚烈，我知道不能以常理来行事，当下也是低声一喝，瞪着她的眼睛说道："呔！明转心魄，脉走阴神，凝！"

一招简单摄魂术，配合着深渊三法之魔威，将对方混乱的脑子一下定住。女尼的双眼发直，而我也不再犹豫，再一次问起刚才的问题。答案是水寨，位于殿宇角落，靠海的水寨里。那儿是慈航别院收纳附属的场所，大部分男子，都被安排在那里。

第十四卷 一个时代的结束，一个时代的开端

我又问起落千尘的事情，却没有得到任何答案，对方说从来没有见过此人。

这结果让我有些疑惑，随即立刻想到一点，那就是这落千尘在江湖上的名声很差，就算是黑道上的家伙，也不耻与这人为伍。为了自身名节的关系，慈航别院的高层或许有意隐瞒了这家伙的消息。这么说，其实也是行得通的。

我大概盘问了一些基本的事情，女尼照答不误，不过没一会儿，她便开始不断地眨眼睛，仿佛要清醒过来一般。我这摄魂术，是不入流的小手段，都是从特勤局的档案室里面挑出来的，功效不强。若不是配合魔威，加上对方心神大乱的机会，估计也起不到奇效。眼看对方意志反抗激烈，我也没有坚持，一记手刀，直接将对方砍晕了事。

人昏倒，瘫软在床上，我在对方的耳边轻声念了一段忘忧咒。这是去除潜意识记忆的法诀，能够消除她刚才的临时记忆，效果视对方的意志强弱而决定。我之所以如此谨慎，多少也是为慈元阁遮掩身份。

之后，我把自己的小厮服三两下脱光，又扒下对方身上的青色僧衣。脱下对方的僧衣，我对床上那一副曼妙玲珑的女子视而不见，将原本的衣服收入八宝囊中之后，我拿出备好的化妆盒，用胭脂、水粉、描笔和塑形橡皮泥等物，将自己化成了一个姿色平平、毫不起眼的女子。

因为在人皮面具上塑形，所以速度倒也不慢。简单变装过后，我戴上尼姑帽，拎起青竹剑，将对方的腰牌拿出，用药粉确保那女尼在十二个小时之内无法醒过来之后，将其塞入床下的空隔，然后大摇大摆地出了门。

我出来之后，向西走去。西边靠海，走过青砖铺地的大道，当脚下是结实的泥地时，便已经出了慈航别院的佛国。前方不远处有风灯摇曳，女尼口中的水寨，就在那里。

我改头换面之后，也不再鬼鬼祟祟，一路走到寨口，竹楼上有人张望，问道："这位师姐，请问有何事？"

我将腰牌举起，捏着嗓子说道："斋主有令，大事在即，要我过来查看一下人员就位情况。"

话音刚落，竹楼上落下一人来，朝我拱手说道："这位师姐好面生，不知道是哪个院的？"

我知道对方不相信生人，故意装得很傲气的模样，一巴掌拍在对方的脸上，冷然说道："瞎了你的狗眼，我是跟着斋主的！"

这一巴掌将那人直接打懵了，我原本以为对方会暴怒而起，没承想他对慈航别院的威势十分忌惮，居然打碎了牙吞进肚子里，一边捂着脸，一边赔笑："师姐对不起，小人刚来不久，人没认全……"

我没有理会他，抬步往里走。

水寨建于海边水湾上，因为夜里的关系，一路行来，瞧见的人倒也不多。我按照女尼的交代，一直来到位于寨尾的一处院子里，停下了脚步。这儿，就是被邀入慈航别院的朱贵住所了。

我不动声色地翻入了院子里，侧耳倾听，听见东厢有微微的呻吟声传来，便移步到了窗户下。

水寨的建筑风格偏古代，窗户并非玻璃，而是用白纸糊着。

我不动声色地捅破一处，从漏洞处望了过去，瞧见床上卧着一男子，看不清面目，不断咳嗽，发出微微的呻吟来。而在他的床前，有一个小女孩。

小女孩儿握着男子的手，低声说道："大伯，你坚持住，爷爷说了，再过几天，就能够给你请神医了。到了那个时候，你脑袋里面的坏东西就没有了……"

她声音清脆，充满童真，借着床头桌油灯昏黄的灯光，瞧见这个小女孩儿正是朱二被带走的小女儿朱小玖。如此说来，床上躺着的那个人，应该就是朱贵那患有脑瘤的大儿子了。

我心中一块石头落地，然而就在这时，身后突然有人低声喝道："什么人？"

话音刚落，一股劲风就朝着我的头上砸落而来。

呼！

第十四卷 一个时代的结束，一个时代的开端

第十八章 强者以德服人

在对方出现的那一刻起，我就已经有所察觉，而这劲风扑面的时候，我只是稍微地往旁边侧移，便躲过了对手的攻击。一把泛着绿色锈迹的青铜刺，从我的左脸倏然划过。

我刚避开对方的攻击，那人却不停歇，再一次将这把承载着浓郁黑水之力的青铜刺，朝着我的脖间刺来。这手段很犀利，一上来就要人命。

我躲了两次，对方一直咄咄逼人，让我生出几分怒气，身子一动，左手翻转，陡然就搭上了对方把持凶器的右手手腕处，食指和拇指并拢，用力一捏，本以为对方会手掌酸软，将凶器跌落，却没想到那人大叫一声："好一招小擒拿手，老大，小玖，你们快走！"

这话说着，他却是强拼一口气，将那青铜刺陡然一转，朝着我的手腕割来。这个时候的我，已经跟那人打了照面，是一个脑袋光溜溜的老头子，立刻知晓此人就是我一直在找寻的浪里白条小张顺朱贵。

这人果然是名不虚传，不但劲气绵长，人老弥坚，而且这近身擒拿和搏斗的手段，也是我见过的人里面，算得上一流的对手，想来这个跟他常年在水下修行的生活有关。说起来，这人若是单凭修为，或许只是差我茅山的水蛊长老徐修眉几分而已。难怪当地部门给我介绍舟山豪门的时候，特地将此人单独拎出来讲。

对方虽然是成名宿老，但这地方不是水下，而我也与寻常的修行者不同，当下也是与他在小小的院子里一阵腾挪。双方激斗几个回合之后，我一直引而不发的风眼陡然用力，将他的身子晃得一阵踉跄，紧接着就将这水下豪雄直接按倒在房门之前。

而这个时候，重病卧床的朱老大正牵着朱贵的孙女小玖，慌里慌张地从房门里出来。朱老大因为病情的缘故，精神耗尽，此刻能够站起来，都是靠着朱小玖的支撑。瞧见自家老头被我按倒在地，一个趔趄，直接晃倒在地。

反而是那个叫做朱小玖的小丫头，冲到了我的面前来，小拳头不断地落在我的肩膀上，哭喊道："你这个坏人，放开我爷爷……"

朱贵一生纵横四海，结果三两下就被我放倒，瞧见自家孙女不自量力地过来惹这神秘凶煞，慌忙喊道："小玖，小玖，你快走，别管我！"

他越是慌张，那朱小玖越是感觉受到了天大的委屈，哭哭啼啼，泪水滚滚而落。

这小丫头不过四五岁的年纪，虽然生于渔家，不过皮肤倒不像她长辈那般粗粝，粉雕玉琢尤为可爱。我被捶得苦笑不得，又瞧见朱贵眼中的关切之意，不由得叹气道："朱贵，你既然这般关爱自家孙女，又何必把她往火坑里推呢？"

朱贵原本还拼命挣扎，结果听了我这话，浑身一震，露出惊诧无比的表情，问道："你到底是谁？"

我没有理会旁边流鼻涕的朱小玖，沉声说道："要想保住他们性命，就不要惊动别人。"

在家人安危的胁迫下，朱贵停止了挣扎，甚至哄住了哭哭啼啼的朱小玖，之后被我押进了屋子里，而摔倒在地的朱老大也被我扶到了床上歇息。

我缴了对方的青铜刺，扔在一边，然后问道："你是怎么知道我不是慈航别院的人？"

我并没有隐瞒口音，朱贵指着我说道："气味，慈航别院的师太，身上通常都有一股长久渲染的檀香之气。而你的身上，却什么味道都没有。"

我听了不由一阵苦笑，这家伙当真是人老成精，居然能够从这么一点儿细致入微的差别来断定敌我，毫不犹豫地动手杀人。不过我也能够从这里看得出来，他对自己的家人，还是十分在意的。

既然被识破，我也不再遮掩，将脸上那憋闷的人皮面具一把扯下，露出本来面目。

瞧见尼姑变大叔，那在旁边一直抽噎不已的朱小玖顿时停住了哭泣，而朱贵凝视我好一会儿，这才拱手问道："恕朱贵孤陋寡闻，不知道阁下到底是哪家高手？"

我慢条斯理地将人皮面具收入八宝囊中，不理会朱贵震撼莫名的模样，说道："我是谁，这并不重要。我找你，跟你也没有仇怨，只是想向你打听一个人。"

朱贵眉头一皱，对我说道："落千尘？"

他的反应倒也不差，我点头说道："对，就是他，慈航别院把你诓过来，无外乎承诺他能够治好你大儿子的重病。我想，依你不见兔子不撒鹰的性子，应该是见过那个家伙吧？"

朱贵点头说道："见过。"

我下意识地摸着鼻子说道："人在哪儿？"

朱贵摇头说道："不知。"

我扬起了眉头，冷然笑道："朱贵，我既然能够闯进慈航别院的山门中，又将你擒下，就有把握将你和你的家人弄死，悄然离去。所以你不要觉得我表现和善，就可以随意糊弄。"

朱贵咬着嘴唇，没有回答，似乎想用沉默来对抗我的威胁。

瞧他油盐不进的模样，我不得不抛出另外一件事情："我忘了告诉你另外一件事情，你的二儿子，你孙女朱小柒，以及朱家几十口人，都在我的手里。是生是死，一念之间！"

听到我的话，朱贵陡然站了起来，怒声吼道："你有本事现在把我杀了，何必多说？"

他这般刚烈，却没有再动手，显然是认清楚了我与他之间的差距。他被这么激，还是没有选择反抗，我突然笑了，平静地说道："小张顺朱贵，果然和当年的梁山好汉一般性情，我喜欢。"

朱贵瞧见我的反应，不由得疑惑，再次问道："你到底是谁？"

"陈志程！"

"什么？"朱贵大惊失色地喊道："黑手双城陈老魔……啊，怎么是你？"

我瞧着他惊诧的表情，一阵苦笑，不知道他到底是听了我的哪段江湖传闻，竟然会是这般的表现。也不多理会，跟他解释道："舟山海域惊现水兽，周围民众惶恐不安，我下面的兄弟受指派前来舟山，却没想到有一位女同志惨死街头，在头颅中发现了一根金针……"

我将前因后果跟对方解释清楚，朱贵脸色青一阵红一阵，之后他舔着嘴唇说道："并不是我有意隐瞒，而是我真的不知道那家伙的下落。"

朱贵知道了我的身份，倒也不敢多作隐瞒。他告诉我，他之所以在此，的确是有慈航别院穿针引线，介绍了变态神医落千尘给他认识。不过慈航别院为了让他在后面的行动中下死力，只是让落千尘给他大儿子针灸了一次，缓解病情，随后就以需要配齐药材的由头，让他等待。

对这事儿，朱贵是一点儿办法都没有，而为了照顾那禽兽开出的价码，甚至不得不把二儿子的小女儿一起带到此处。

听到朱贵无奈的话，我不由得冷笑道："朱贵，床上的那位，是你的大儿子，而这朱小玖，就不是你亲孙女？你也知道那禽兽的变态癖好，你认为孙女小玖过了那家伙的手，以后会是个什么模样呢？"

听到我字字见血的讥讽，朱贵羞愧不已，满脸通红，而床上缓过气来的朱大也哭泣道："爹，我本就是个半死之人，你何必把小玖推入火坑呢。我们回去吧，这病咱不治了！"

他一开口，朱贵这名满江湖的老汉心中一酸，老泪纵横。

我瞧着这内心饱受折磨的一家人，不由得感慨慈航别院做人做事当真小气得紧。她们想让朱贵帮忙抓软玉麒麟蛟，不好生结交，反而以治病做要挟，实在是太不地道了。难怪江湖上对慈航别院的评价不高。

我心中腹诽，却也没有表露出来，待朱贵心情舒缓一些，这才缓声说道："朱贵，想你浪里白条的名头，也不是白吹的。落千尘在哪里，这几天你估计也打听到了吧？"

被我的眼神逼视着，朱贵低下头，沉思良久，方才长叹一声道："他人先前在水寨东边的药圃，后来慈航别院的人把他押去了水牢……"

他停顿了一下，看了我一眼，这才又说道："我先前不知道为什么，不过现在想来，估计是因为你的缘故。"

我站起身来，掏出两颗红丸，分别塞进了朱小玖和朱老大的口中，然后说道："这玩意儿的解药，只有我这儿有，你知道怎么做么？"

朱贵低头说道："我绝对不会跟他们提起你的事情。"

我笑道："狗屁，我的意思是，你想救你儿子的性命么？"

朱贵诧异地抬起头来，我指着水牢的方向说道："你想的话，带路，我去帮你把医生请来。"

朱贵纳头便拜。

第十四卷 一个时代的结束，一个时代的开端

第十九章 水牢狭路相逢

像朱贵这种成名已久的江湖名宿，仅凭黑手陈的名头，是吓不住他的。唯有恩威并施，方才是最好的驱使手段。

我给他大儿子和孙女服用的红色丹丸，不过是傍身用的常备辟谷丹，但在我故作神秘的遮掩下，却能够起到一种震慑性的效果。而随后邀请他同去，将被慈航别院困在水牢里的落千尘弄来给他儿子治病，是在施加恩典。

不管这跪倒在地的朱贵心里到底是什么想法，总之他在带我找到落千尘这件事上，是一定会下死力的。因为救人就是救己。

离开之前，朱贵安慰了重病在床的大儿子，又将小孙女抱起来哄了一番，我能够感受到他对亲人浓浓的情谊。

这样的人，不管怎么样，在家人的安危没有解除之前，是不会有异心的，至于之后的事情，就不在我的考虑范围之内了。

两人离开水寨，朝着另外一端的水牢走去。出门之前，我已经将装扮再次弄好，远远地看去，倒是跟慈航别院的尼姑相差不远。未必人人都会注意到气味的问题。

水牢与水寨，隔着一座临海的悬崖，而悬崖这边，是大片的殿宇群落，隐隐之间，有恢弘的禅唱传来，想必无遮大会，开得正是最火热的时候。

我对传说中的无遮大会没有半点儿兴趣，一帮尼姑和尚坐在一起谈天说地扯犊子，对我这种人来说，实在是乏善可陈。

海天佛国自有阵法戒备，想要不动声色地穿行殿宇前往水牢，实在是一件困难的事。除了那个方向，我们还有一条路可以前往，那就是水路。

如果要绕着慈航别院宏大的建筑群过去，路程颇远，又很容易暴露。倘若从水寨潜入，差不多算是直线距离，也不算太远。

朱贵问我的水性如何，我点头说还好。麻栗山龙家岭第一密子王，怎么不行？

两人沿着水寨走，来到一处木制码头，朱贵将衣服脱得干净，露出里面紧身的鲨鱼皮内甲，几步助跑，像一条箭鱼般直接扎入了水里。

我脱去衣物，也紧随其后，跳入了冰冷的海水里。一入其中，方才发现朱贵并没有前行，而是在水里耐心等着我。瞧这架势，显然是在担心我水性不高，怕将我落下，引起不必要的误会。

他这是好意，却激发了我的好胜之心，当下我心中冷笑，伸手前划，朝着深水处游去。

一开始朱贵只以为我修为高深，气劲绵长，然而两人并行游了一阵后，他脸上露出了诧异的表情。十几分钟，我一口气都没有换，也没有上浮。他朱贵是家传的密法，能够从水中摄取氧气，所以能一路潜游，却没想到我竟然也能一路追随。又过了十分钟，他终于憋不住了，浮上了海面。

我对这一带并不熟悉，黑咕隆咚的，也把握不住方向，于是也跟着浮了起来，问他为什么停下来了，是到了么？

朱贵抹了一把脸上的海水，摇了摇头，问我为何不用换气？

我神秘一笑，平静地说道："你也不是没有上浮么？"

我之所以不用换气，是因为魔功大成之后，体内已经能够形成一种内循环。通过行气，实现自给自足，并不需要通过外循环来补充氧气。不过这事儿，我并不打算跟朱贵透露。

我不肯多言，这使得本以为在水底能够扳回一城的朱贵十分沮丧，对我越发畏惧。

两点之间，直线最短。走海路，只需绕过海边山崖，在另外一边就能够抵达慈航别院特设的水牢，所以没有多久，我们两人便来到了水牢的外围。

别院水牢是用来关押慈航别院犯错弟子以及外人的地方，位于海崖的另一侧，从外观上看，像是在崖壁上开凿的一处洞口。

这水牢乃别院重地，洞口处自然有重兵把守，而且还有法阵布置。既然说是水牢，那地方自然是在水下面。朱贵带着我，从崖壁入口的附近开始下潜，一直潜泳超过五十多米的时候，他指着一处蒙蒙亮的地方，对我挥手示意。

我强忍着高强度的水压，攀着附近的珊瑚礁，一直来到亮光处，却见隔着一

第十四卷 一个时代的结束，一个时代的开端

道透明的石板，下方居然是一间又一间的牢房，里面还关押着佝偻的囚犯。

显然，朱贵之前并非没有打过强抢落千尘的主意，这点都已经踩好了。只可惜还没有等他动手，我就找上了门。

我确定这水牢就在海底之下，转头看向了朱贵，打了手势，问他我们如何下去，总不能将这透明的石板打破吧？

我能够瞧见这石板上有隐约的符文，可想而知，将其打破，水牢的看守会立刻得知。这还不说，强大的水压会将无数的海水倒灌进牢房里，到了那个时候，别说抢人，里面的所有人估计都得被淹死。毕竟不是每个人，都有我和朱贵这般的水性。

对于我的问题，朱贵早就有了主意，冲我做了一个手势，让我跟着他走。指示完，朱贵一个猛子，又朝着更深的地方游去。我跟着走，再次下潜了二十多米，突然前方一阵激流涌动，有一股强大的吸力从下方传来。这异动让我下意识地想要脱离。朱贵却适时回过头来，冲着我打手势，让我安心跟着他走。我思考了几秒钟，还是决定相信。

我朝着漩涡游去，一股强烈的吸力将朱贵和我一起往下拉，那力量并不能限制我太多，不过我还是顺流而下。经过了一条曲折的水道后，突然上涌，来到了一个水潭中央。

我刚要上浮缓一口气，这时胳膊却是一紧，朱贵的话在我耳边响起："陈道长，这水潭周围有封印，若是胡乱闯动，恐怕惊扰对方。"

得到朱贵的提醒，我抬头看去，却见十多平方的水潭边，在东南西北方向，各自立着一根石柱子。石柱上有精铸铁链相连，上面符文处处，镇压整个水潭的寒气。

瞧见这个，我不由得一乐，对朱贵说道："不怕，你跟着我走便是。"

说完话，血劲一涌，我右眼的神秘符文立刻旋动，在这警戒法阵之中，找出了一条可容一人的漏洞出来。两人一身湿漉漉地爬上水潭边，我擦干净，换上了干净衣服，问朱贵接下来怎么走。

他摇头苦笑道："我的确有过来踩过点，不过因为这四象锁龙潭的缘故，根本就没有进来过，里面的门道，就不得其解了。"

他说得真诚，我也没有强逼，而是问道："你是留在这里接应，还是随我一起前去？"

朱贵咬牙想了一下，提出要跟着我一起前往。这家伙是水中霸主，陆上的手段却也不错，一身擒拿散手出类拔萃，有很多值得我借重的地方。他主动请缨，我也没有拒绝，只是叫他小心一点，不要胡乱行事。

朱贵是老江湖了，自然懂得这些规矩，当下也是连连点头，说晓得，一切以我为主。

两人出了水潭，沿着溶洞朝外面摸去，在洞穴里走了一段，就见前方昏黄的灯光传了出来。仔细一看，那洞穴有人工修正过的痕迹，终于到了。

我和朱贵都松了一口气，缓步摸到了灯光处，却见这儿并非牢房，而是一处堆放物资的地方。我走到那一包一包垒得结实的麻袋跟前，手指轻轻一划，里面便有白花花的大米流出来。

潮湿的地牢之中，囤放大米，这是什么讲究？我有些愣神，而就在这个时候，不远处传来一声吱呀的开门声，有人推开了沉重的房门，嘴里咕哝着，朝着我们这边走来。

朱贵倒提着那把青铜刺，朝我看来。他是在询问我的意见，看是不是要躲起来。我却笑了，这人生地不熟的，有人过来当向导，我哪里能够放过？

来人在突如其来的攻击下，被我和朱贵抓住了。对方是个体重两百的肥胖妇人，一开始显示出了无与伦比的暴怒，吃过苦头之后，又苦苦哀嚎。随后，我们从这胖女尼的口中，打听到了落千尘的下落。

落千尘尽管被慈航别院控制了起来，却被安排在了水牢的雅间，一处有卧室、书房、洗浴间和厕所的豪华囚室。看得出来，慈航别院还是不敢太得罪此人。

得到了具体的位置后，我们将肥尼姑放翻，塞在层层米袋的角落，而后从那门离开，朝着所谓的雅间摸去。然而走到一半，前方突然出现了两个人，还没有瞧清楚，就毫不犹豫地扑了过来。

待我瞧清楚时，发现他们是刚才与我一同离开停马院的那两个。

第十四卷 一个时代的结束，一个时代的开端

第二十章 故人隐忧

对方杀气凛然，我却没有任何较量之意，下意识地朝后退了两步，惊诧地喊道："尚晴天，洛飞雨？"

之前因为对方也戴了人皮面具的缘故，我看着只是眼熟，并没有认出对方的身份来。而此刻对方没有了掩饰，露出本来面目，我一眼就瞧见了对方的模样。

被我一语喊破，手中一把秀女剑飞速来袭的洛飞雨停下脚步，而旁边的依韵公子则诧异地喊道："陈兄？"

双方在确认身份之后，下意识地后撤，几乎是同时出口问道："你怎么在这里？"

"你们怎么会在这里？"

洛飞雨瞧见误伤的人竟然是我，惊讶得半天都没有说出话来，小脸儿惨白。反倒是依韵公子因为与我有着南洋之行的生死情谊，倒也没有太多的忌讳，对我说道："救人！"

我疑惑地问道："救什么人？"

依韵公子舔了舔嘴唇，问我说道："陈兄，想必你也知道慈航别院与我宝岛国府的关系吧？"

我点头说道："听说别院的上一任斋主，嫁给了你父亲尚正桐？"

依韵公子点头说道："对，她就是我母亲，算起来，我与慈航别院的渊源颇深。"

我摸着鼻子，看着旁边倒下的一具女尼尸体说道："既然如此，你为何又要对自家人下狠手呢？"

依韵公子抬起头来，对我说道："我母亲出身自慈航别院，然而随我父亲出走宝岛之后，这偌大基业，便由老对手静念接手了。她们两人是师姐妹，却水火不容，静念上任之后，不断恶意打压我母亲的亲近势力，几乎连根铲除，为此双方老死不相往来。不过到底同根同源，半个世纪过去了，双方关系又逐渐缓和，我母亲不知受了谁的撺掇，竟然又生了落叶归根的心思……"

我盯着他，平静地说道："你母亲现如今回来，莫非是被对方认为回来争权夺利？"

依韵公子的脸色突然一红，咬牙说道："是极，静念当面一套，背面一套，把我母亲迷惑住，让她放心归来。结果在宴席上下了化功散，竟然将我母亲擒住，软禁于此！"

他英俊的脸上写满了愤恨，而我则不知道如何宽慰他。我原本以为慈航别院本来是有海外关系的，没想到静念师太和远走宝岛的那一脉，竟然还有这般的恩怨，实在是让人诧异。怪不得她们想要重出江湖，说不定也是受了这件事情的影响。

我沉吟了一下，问道："这么说来，你是过来救你母亲的对吧？"

依韵公子点头说道："不但是我母亲，而且还有随着我母亲一同前来此处的老人，总共有六个，只是不知道人被关押在哪里。"

我诧异道："就你们两个？"

依韵公子摇头说道："当然不是，我还有人在外面接应，不过能够潜入其中的，就只有我和飞雨。陈兄，你知道的，我是本本分分的商人，并非有意闹事，事出有因，所以……"

我明白他的意思，晓得我的身份代表着官方，所以他才会说出这么一番话。为了打消对方疑虑，我当下也是将来这儿的目的，给两人讲起。我自然不会蠢到将事情和盘托出，只是告诉他们，我过来是帮这位朱贵老汉找寻一个叫落千尘的神医给他儿子治病的。

听到落千尘的名字，一直在旁边默然不语的洛飞雨突然眼前一亮，开口说道："落千尘，正是家叔。若是在这里，倒可一起救了出去。"

听到洛飞雨的话，我眉头一挑，下意识地看向朱贵。

他能够明白我的意思，低头不语，而这时旁边的依韵公子却突然对朱贵拱手说道："前辈是否有一个弟弟，叫做朱富？"

朱贵不明白这公子哥儿为何会提出这事，想了几秒钟，方才确认，而依韵公子则显得很激动，对我们说道："朱富老师是我水中的启蒙教授，这般说起来，我们也是颇有渊源的。你们放心,一会儿找到人,我们一定会劝落千尘治好您儿子的。"

依韵公子是洛飞雨的亲戚,按理说,落千尘跟他应该也有关系,他却直呼其名,显然是知道此人的人品,并有所不齿。时间紧迫,双方碰过了面,倒也没有多作叙旧,各自分享信息之后,分头行动。

我与朱贵一起,朝着水牢的上层摸去,而依韵公子则和洛飞雨一起,向最森严的水牢底部前行。

两伙人分别,我一边走,心中一边思考着这件突发之事。虽然依韵公子被称为邪灵四大公子之首,但我晓得这人的品性还是值得信任的,人家早就洗白了,相当于宝岛的太子党,所说的话,也多半不会有假的。只是洛飞雨的出现,实在有些值得琢磨。

按理说,她是依韵公子的亲戚,出现在这里,也是正常。我却知道,她还有另外一个身份,就是邪灵左使王新鉴的外孙女。这一个身份,就足以让我提高警惕,不敢掉以轻心。

虽然王新鉴早期与我还算是惺惺相惜,但是自从他害死李道子之后,双方就已经势同水火了。此事要是有邪灵教参与进来,变数就更大了。想起黄晨曲君告诉过我,说这片海域除了他们的那些游兵散勇之外,还有几股势力。其中一股,想必就是依韵公子带过来救母的帮手。而另外的力量之中,是否有邪灵教的人呢?

这才是我所担忧的,还有一点,那就是洛飞雨说臭名昭著的变态神医落千尘,居然是她的家叔。也就是说,我若是想要为李何欣报仇,她定然会出手阻止咯?这样一来,双方是否会发生冲突?想起要与依韵公子这种曾经并肩而战的朋友刀兵相对,我心中多少就有一些烦躁。

我心情烦闷,一心救子的朱贵却是急切得很,一路上马不停蹄,快速穿行。我们沿着洞子一路穿行,墙壁上有油灯跳跃,时不时有没了气息的尸体趴倒在地,显然是被依韵公子和洛飞雨清理过。

我曾经检查过一具尸体,是被一剑封喉,简单狠辣。看起来出手的并非依韵公子,而是他旁边的亲戚洛飞雨,那女子的风格可跟她甜美的长相不一样,杀伐果断,从来不留情面。这样的作风,让我的心里又多了几分阴影。

不过有洛飞雨和依韵公子的清理,我们一路过来,倒也没有遇到什么障碍,一路通畅地穿过普通的监牢区。这些地方牢门紧闭，朱贵下意识地往里面望去，牢里蜷缩着蓬头垢面的囚犯，有男有女，也不知道是什么出身。

偌大的普通监区，居然有四十多号人，真不知道闭门修行的慈航别院，哪儿来这么多犯人。这里面必有猫腻，不过并不是此刻的我所关心的。穿过一条长长的甬道尽头，我们终于来到了一处沉重的铁门前，这儿便是关押落千尘的区域。

我手放在铁门上，试着使了一下劲儿，结果铁门纹丝不动，反而是门上面落下一道闸门，一道慵懒的声音从里面传出："谁啊，送饭的么？"

我不动声色地避开小缺口里探出来的目光，看了朱贵一眼。他明白我的意思，捏着嗓子说道："对呀，姑娘请开一下门！"

里面的那人瞬间就变了脸色，大声吼道："不对，你们是什么人？素心呢？素问呢？"

我毫不犹豫地从怀里掏出饮血寒光剑来，血光一涨，直接捅进了门缝之中。用力一划，里面的门锁应声而开。

我提着长剑一脚踹开铁门，瞧见一个满脸皱纹的老尼手中抓着一把荆棘铁棒，朝我兜头砸来。这铁棒呼啸有声，来势汹汹，结果被我的长剑连盘带削，直接斩断落地。

三两招，饮血寒光剑舞动风云，劲气暴涨，将对方的攻击化解于无形，而我则趁机一把掐住了对方的脖子，低声问道："落千尘在哪里？"

那老尼喉咙一阵蠕动，却是吐出了一口浓痰。

我没想到对方如此刚烈，一口又浓又腥的浓痰就扑倒了面前，所幸我劲气遍布周身，微微一震，那浓痰并没有吐到我脸上，便直接顺着氘场滑落了下去。

"先天化境？"

那老尼瞧见这情形，一声惊叫，心死如灰，闭目等死。我叹了一口气，抬手一记手刀，将她直接打晕倒地。

这儿并非只有一人，朱贵冲入其中，将另外两个彪悍的女尼直接敲翻。我们两人下手都很克制，倒也不会出手杀人。

按照情报，我们两人沿路一直往里走。就在这时，从一处牢房里伸出了一个脑袋来，冲着朱贵喊道："朱老哥，你可是在找我？"

第二十一章 瓮中捉鳖之势

瞧见这个油光水滑的中年男人,我眼皮一跳。

对方就是落千尘。我感觉心中的杀机一瞬间腾然而起,赶忙下意识地低下头,不敢与对方的目光相对,怕出卖了自己的企图。倒不是害怕此人,而是我答应了朱贵,带这家伙过去给他儿子治病,所以这个时候不能乱来。

朱贵瞧见对方露面,顿时就激动地上前对着那家伙说道:"落医生,没想到你真的被她们关起来了,太过分了!"

我与朱贵走上前去,却见落千尘被软禁在一处比较宽敞的牢房里,衣食起居皆与外界一般,只不过是失去自由而已。瞧见牢房里的家具和各种摆饰,看得出慈航别院也并非想要得罪对方。

瞧见朱贵,落千尘无奈地说:"我也不知道这帮老尼姑到底想要做什么,无缘无故地把我给控制起来,还像怕我跑了一般——对了,这位是?"

朱贵回头看我,我则含笑上前,拱手说道:"在下姓陈,是朱前辈的忘年好友。听闻先生受困,陪他过来解救先生。"

落千尘盯着我,几秒钟之后,突然笑道:"我在这里过得不错,吃好穿好,除了没有个小尼姑陪着我玩儿之外,什么都不错,都不想出去了。"

对方老奸巨猾,对危机的预感比我想象中的还要强一些。这反应让朱贵有些诧异,慌忙上前赔好话:"落医生,小儿现在已接近油尽灯枯,实在是不能再等了,还请您大发慈悲,跟我前去救命啊……"

落千尘坐在床上跷着二郎腿,一副爱莫能助的模样:"老朱,不是我不救你儿子,而是我跟这帮老尼姑有协议。这儿是人家的地头,我犯不着冒险,对吧?"

朱贵这纵横江湖的大豪一时语塞:"可是,可是……"

落千尘嘿然笑道:"老朱,你还是赶紧帮人家做事吧,办完事儿,你儿子的病也就有救了，耽误不了几天的，咱们何必费这劲儿呢？"

这家伙拿架子，而事涉自己儿子，朱贵有些犹豫，我却不在乎，走到那牢房的门前，手在那把铁将军上面摸了摸。

落千尘瞧见我弄这门，诧异地说道："你这是干什么？这锁是慈航别院的金刚锁，没有钥匙，是绝对开不了的。这儿的看守都没有钥匙，只有慈航别院的司刑长老那里，才有……"

叮！

他话还没有说完，我直接掏出饮血寒光剑，轻轻一挥，那铁将军应声而断，跌落在地。

我将门轻轻推开，用剑尖轻轻碰了一下沉重的铁门，然后说："请吧，先生？"

落千尘下意识地往里面缩去，嘴里唠叨道："你们私闯水牢，这是重罪，那帮老尼姑肯定会发飙的，我可不陪着你们疯！"

我平静地看着他，一字一句地说道："落先生，人与人之间的关系有很多种，我们可以是朋友，也可以是敌人。同样，我们可以救你，也可以杀你，一切都取决于你自己的决定——所以，你想好了么？"

落千尘想不到我会说出这般强势的话，与我对视了好一会儿，突然泄气了，笑着说道："救人一命，胜造七级浮屠，乐意至极。"

说罢，他收拾了一下行李，便跟着出来了。

我瞧他服了软，也没有多理会，而是回过头来对朱贵说道："朱前辈，我们回去是走原路，还是从出口离开？"

朱贵瞧落千尘转变态度，心中欢喜，想到回路，又有些犹豫地说道："你那两个朋友是从水牢的正门杀入的，不知道有没有惊动慈航别院的上面。若是有，他们将法阵开启，前门肯定是突破不得的。"

我皱眉说道："那从原路回去，有没有问题？"

朱贵说道："那水涡的吸力强悍，水流湍急，水道的岩壁常年滑润，即便是我，短时间内也未必能够游出。落医生的话，只怕……"

他面露愁容，而我却心生一计，问道："倘若是有一根绳子，由前辈你先带着出去，然后放回来，两边使力，会不会就容易许多？"

朱贵摇头道："话虽如此，不过这一时半会，去哪里找那么长又有韧性的绳子呢?"

他话音刚落,我却从怀里掏出一套捆得扎实的白色筋绳,递给他道:"你看这个如何?"

朱贵接过去一看,脸色大变:"这是什么,天下间居然会有这样的东西?"

这玩意儿是从茶茌巴错地底那巨型暴龙身上剥下来的"龙筋",来之前小白狐特地交给了我,没想到还真派上了用场。

我并没有说明,而是吩咐道:"时间紧迫,我们得做两手准备,这边由我带着落先生从水牢的正门出去,而前辈你则走漩涡离开。我那边若是顺利,咱们在海面上会合,若是事不可为,那我就折转回来,从你开辟的水道离开。"

我长期从事领导工作,安排事情也周密妥当。朱贵并没有什么意见,点了点头,抓着那龙筋转身离开。

朱贵争分夺秒,而我回过头来,朝着一头雾水的落千尘咧嘴一笑:"落先生,非常时期,所以在下行事有可能鲁莽了点,但还是想跟你通一下气,那就是你最好配合我一点,不然我的脾气不好,指不定会做出什么不好的事情来。"

落千尘惯来跋扈,听到我这毫不客气的话,眼睛顿时就眯了起来,对我说道:"比如呢?"

我嘿然笑了,将手中的饮血寒光剑陡然一震,里面龙息勃发,红光大耀,将落千尘吓得脸色青一阵白一阵的。我这才将剑收起来,说道:"我也不知道,你或许可以试试看。走了,我们也得赶时间。"

我推了他一把,而落千尘瞧见我收起了长剑,脸色终于平静了,没有再反抗。

两人离开这边的监房,回到了刚才的洞穴之中。这儿的水牢四通八达,曲曲折折,分了好多个区域,我只能凭着感觉往出口处走去。没有走多久,便听到身后传来一阵急促的脚步声。

我将埋头走路的落千尘一把扯入黑暗,等了一会儿,却瞧见依韵公子和洛飞雨,带着一群伤痕累累的老太太赶了过来。仔细数一数,一二三四,个个都是饱受折磨,有一个甚至不能行走,被依韵公子抱在怀里。

瞧见并不是守卫,我倒也不再藏匿身形,而是站了出来,冲着前方拱手说道:"尚公子,你可是找到家人了?"

依韵公子瞧见了我,十分高兴,走上前来,对着怀里的老妇人说道:"娘,这是我的朋友陈志程。"

说罢，他又对我说道："陈兄，这是我娘。"

我望着依韵公子怀里的那个老妇人，瞧见对方虽然一头银发，但是容颜不老，显然是驻颜有术。这段时间受尽了折磨，面如白纸，气息浑浊，倒是显得十分疲惫。

我与依韵公子算得上是朋友，对方的长辈还是要尊重的，于是上前问好。老妇人以前曾是慈航别院的斋主，此刻虽逢大难，却也不惶急，宛如寻常一般与我见礼，好是夸赞了一番。

而就在我与依韵公子谈话的时候，旁边的落千尘也与洛飞雨碰上了面。看得出来，洛飞雨与她小叔虽然是亲戚，对他却也不亲近。两人淡淡地交谈一番，说了几句"原来你也在这里啊"的废话，倒也没有多谈。

我们时间不多，他与我寒暄之后，带着略微有些迷路的我，朝着出口快速逃去。一行人匆匆忙忙，我和落千尘免不得又帮着搀扶老人，于是落在了后面。

不过这儿离出口倒也不远，不多时就感觉到海面的腥气吹来，正在我们心中欣喜的时候，突然前方传来一声娇喝，紧接着有"咻咻"的利箭声从前方传来。

透过人群间隙，我瞧见前方的几十米外挤满了人，有弩箭不断地射来。最前面的洛飞雨倒也厉害，手中一把秀女剑，将这些利箭全部拨飞。

这些利箭十分厉害，上面绘有符文，破空袭来时，宛如鬼啸，犀利非凡。洛飞雨一时间也抵挡不了多少，依韵公子慌忙抱着他母亲往后躲，一路回避，到了转角处方才停歇。

没多时，洛飞雨也带着一身香汗回返，手中还抓着一根利箭，冷脸说道："不好，外面的兄弟没有拖延住，让那静萍师太回来了……"

话音刚落，前方的出口处突然一阵罡风吹拂，整个山洞为之一震，苍老的女声传了过来："静彩师姐，没想到你居然勾结外人，将我慈航别院的刑牢，变成了弟子们的离魂之所。如此处心积虑，难怪斋主要对付你啊！"

第二十二章 落千尘绝地反击

被对头这般羞辱，那被儿子抱在怀里的老太太也是气不过。她曾是慈航别院的斋主，又是国府第一高手尚正桐的正妻，哪里受过这等闲气，厉声喝道："你这老东西，跟着静念那笨蛋，总有一天，死都不知道怎么死的。"

静萍师太嘿然笑道："我虽然不知道自己以后是怎么死的，却知道你的下场，给我射！"

一声令下，又有几根弩箭飞来。

这一回的弩箭跟先前又有不同，速度似乎变慢了一些，而依韵公子的母亲却陡然变色，低声喊道："快走，这是慈航静斋最恐怖的雷符火箭，威力堪比炸弹！"

经她提醒，我们慌忙后撤，刚撤离不远，弩箭便钉在了拐角处的石壁之上。

轰！

箭身一接触石壁，立刻传来震荡，紧接着几声惊天动地的爆响陡然而起，一股与炸药并不相同的气息扑面而来。碎石飞射，噼里啪啦地拍打在我们的身上。

那雷符火箭威力惊人，不过似乎并不多，我们往后退了十几米，瞧见支离破碎的墙壁，都不由得一阵感叹。依韵公子抱着自己母亲行动不便，叫了洛飞雨一声，问有没有机会硬闯出去？

洛飞雨神色黯然地摇头，说外面接应的人，估计被老尼姑废了。对方这么多的弓弩不说，再开启洞口的法阵，硬闯，可能性似乎并不大，除非……

她说到一半，回头看我。她瞧我这一眼，我便知道对方是在打我的主意，想让我上前当炮灰，强行突破。

我自巫体大成，无论是实力还是信心都大增，但这并不代表我能够横行无忌。静萍师太是静念师太的师妹，修为自然差不了多少，算得上一流高手的水平。再加上这么多的帮手与法阵，硬冲上去实属不智。

我若是再无出路，或可一搏，但是有朱贵的后招，我也没有拼命的想法。于是问依韵公子道："有没有什么办法，可以将通道损毁，暂时拖延对方？"

洛飞雨瞧见我并不接话，忍不住讥讽道："亏你外公说你是天下间的大豪杰，这点担当都没有，哼！"

她气鼓鼓，我没有辩驳，反倒是旁边的落千尘跟她解释道："大妹你误会了，陈先生他是另有出路！"

洛飞雨转怒为喜，顿时觉得不好意思，又不想道歉，却是直接说道："封路啊，这事情我倒是顺手……"

这话说完，她双手一弹，数十根雪白蛛丝从她袖口倏然射入墙壁四周，横七竖八，纠结在了一起。固定之后，她口念咒诀，使劲一扯，居然直接将这通道轰然弄塌。

洛飞雨收起蛛丝，而我则跟依韵公子解释了一下回路，再没有逗留，朝着那方水潭的位置匆匆而去。我在前带路，却没想到洛飞雨居然沿途将所有的监牢都给打开，把里面的人全部放了出来。

这些被放出来的囚犯，有的仓皇，有的惊慌，也有的喜获自由，兴高采烈，对将他们放出来的洛飞雨感恩戴德，纳头便拜。洛飞雨没有搭理他们，朝我们的队伍急速跟来。

这些我都瞧在眼中，暗感这女子行事诡异。那些囚徒其实根本用不着感谢她，因为他们之所以被放出来，无外乎是被当做炮灰，拖延静萍师太的追逐而已。

时间紧迫，我们一路穿行，终于来到了位于底部的库房，推门而入，我三两步便冲到了水潭前来。到了跟前，我却没有瞧见龙筋。

不过瞧着周边的水迹，倒是能够知道朱贵已经从这儿离开了，只怕是这儿实在难行，他还在半路上吧？水涡的吸力甚大，作为先驱者，慢一些很正常，我也急不来。叫了落千尘、依韵公子帮忙，和我一起，把那些装着大米的麻袋，全部都堆在门口处，尽量拖延时间。

当那门被一大堆的麻袋堵住的时候，我方才罢休，而过了这么久，依旧没有龙筋的迹象，这时洛飞雨皱起了眉头，冲我责问。我不想与女子争辩，于是直接跳入水中，摸黑寻了一阵。我足足闭了四五分钟的气，终于找到了那悠悠晃晃过来的龙筋。

我伸手一扯，扯回三四米，那边立刻传来一阵力量往回拽。这一下，我终于安心了，浮出水面，招呼依韵公子让他先带人离开。

依韵公子与我在南洋有生死之谊，对我的话自然是信任的，慌忙让洛飞雨在前方探路，而他则带着母亲，和其余三位老妇人，顺着龙筋爬去。落千尘想要插队，结果被我眼睛瞪了一下，不敢再提。

先是洛飞雨，紧接着是依韵公子的母亲，接着是另外三个老妇人。落千尘被我瞪了一眼，没有敢多言，乖乖地等着我。

那三个老太太伤势虽然比依韵公子的母亲好一些，不过到底年迈，速度比较慢。等送走这三人，门口那儿却是传来了动静。

砰砰的敲门声让落千尘大惊失色，无数次地回过头来，盯着我瞧。相对于他的紧张，我却显得十分淡定。实力是男人的胆魄，而我一身是胆，对任何挑战都毫无所惧。

落千尘不断地催促，我为了给那三个老妇人留出更多逃生的时间，却一动不动，稳如泰山。终于，感到那米袋倒塌，大门即将被撞破的时候，我一把抓住落千尘的衣领，带着他往水潭里面一跳。紧接着拽住那坚韧细长的龙筋，开始顺着水道朝上面游去。

我和落千尘是最后离开的，在水道中闭气久矣，一番周折，终于脱离了水涡，浮上了海面。

依韵公子等人已经提前出来了，不过这过程远比我艰辛许多，其中有一个老妇人被海水呛得半死，不得不给她做人工呼吸，方才活转过来。

朱贵随身带着些小皮囊子，吹上气，就产生了巨大浮力。这玩意儿数量不多，正好可以给四个老太太借力。能够从那样的绝境之中逃出生天，这是依韵公子没有想到的，我一浮出来，他就对我表达了十二分的感谢。我谦虚几句，问他接下来有何打算。

依韵公子苦笑道："此行都是飞雨在联络的，刚才她布置在外面的联络人失陷敌手，恐怕我们是没有人能够接应了。"

我想了一下，还是提议道："既然如此，不如随我一起回水寨，再想办法？"

依韵公子也没有别的好办法，只有点头说道："如此那就麻烦陈兄你了。"

我笑道："客气了，你……"

话还没有说完，我突然感觉水面一沉，一股吸力从不远处传来。而就在此时，洛飞雨像头水鬼一般冒了出来，冲着我们低喊道："快走！我把他们水牢最薄弱的石板给凿穿了，灌水进去，一时半会，她们应该是没有办法追过来的……"

我听到洛飞雨的话，心中顿时就是一跳。那水牢里面曲曲折折，一时半会是难以出去的，此刻倘若是灌水而入，虽说能够阻挡追兵的脚步，但那些刚刚被她放出来的囚犯，又有几人能活？

我心中觉得不安，却没有表露出来，依韵公子跟她说了我们商量的事，她倒也没有反对。

朱贵、依韵公子和我，都是水下高手，而洛飞雨虽然不太灵活，但也能够应付，搀扶着几个受伤的老妇人和落千尘这个家伙，回航的速度倒也不慢。

不多时，一群人回到了水寨的码头处，与水牢那边的热闹不同，这儿静悄悄的，仿佛鬼蜮一般。

朱贵救子心切，一上岸，就张罗着落千尘赶往他家。我要看住那家伙，自然也得在后面跟随，而依韵公子的母亲和几个老妇人在这横渡的过程中耗尽精力，需要休息，就让她们在码头附近的角落，先喘口气，再过来找我们。

我们原路返回，赶到朱贵暂住的小院，他的大儿子和孙女朱小玖正在等我们。

瞧见我们回返，两人一阵激动，而落千尘瞧见那粉雕玉琢的可爱小女孩儿，忍不住搓起了手来，嘿然笑道："朱老哥，治病没有什么问题，不过我的规矩，你应该是懂的。"

他这话让朱贵脸色一僵，而床上朱大则坐直起了身子来，将朱小玖护住，一字一句地说道："要想动小玖，我就不治了。"

他说得决绝，而旁边的我则冷然一笑道："落先生，活命似乎比较重要。"

被我一威胁，落千尘的气焰顿时就减轻了几分，将随身的药箱放在床头，讪讪地笑道："陈先生说得对，是我太鲁莽了……"

说着，他来到了朱大的身边，看也不看那小女孩儿一眼，摸出了一根金针来。

就在我以为他要治病的时候，那金针突然顶住了朱大的太阳穴，这家伙的眼睛里顿时就露出凶光："陈志程，你放了我，不然我要了他狗命！"

第二十三章 变态神医手更黑

落千尘不但把金针顶在朱大的太阳穴上,而且另一只手也抓住了旁边的小丫头,扣住了她的经脉。只要劲气一吐,毫无修行的朱小玖恐怕也活不成。

他的举动让朱贵大惊失色,而我的瞳孔则在一瞬间骤然收缩,凝视着他道:"你知道我?"

落千尘露出一口森白的牙齿,冷然说道:"怎么会不知道?我遭受牢狱之灾,还是托了你的福,你觉得我会不知道你要找我麻烦?"

我眯着眼睛,半天没有说话。这狗东西当真是隐忍一路,连碰见自家侄女,都装得若无其事的样子,没承想竟然是想在这里发难。这演技,连我这样的老家伙都被哄骗住了,的确是逼真得很。

不过,想就这样逍遥法外?我不动声色地摸了摸鼻子,缓声说道:"既然是打开天窗说亮话,那我就不得不告诉你一件事情,你手上的这人质,对我一点儿威胁性都没有。我若是想要杀你,一句话的事情而已。"

落千尘一愣,随即嘿然笑了起来:"别扯了,我又不是没有跟你们这帮官面上的人物打过交道,表面一套,背面一套。这朱大你无所谓,但你敢说这小妹子,你一点也不在乎?"

听到落千尘古怪的笑声,我眯起了眼睛,一字一句地说道:"你能这么想,恐怕是不知道我的外号叫做什么了?"

落千尘咯噔一下,脸色突然寒了起来:"黑手双城陈老魔……"

我笑得很开心,点头说道:"对,那你知道这个外号的背后,有多少人命和尸首铺垫么?医生,我杀过的人,比你治过的人还要多,你真的不要对我抱有什么幻想。"

被我这般一说,落千尘推己及人,立刻就信了,也慌了。当下将两个人质挡在身前，冲着朱贵喊道："老朱头，他不在乎这两个人的性命，可你在乎吧？想要他们活命，你就得护住我，知道不？"

一直处于震惊中的朱贵经过落千尘提醒，这时方才醒悟过来，抬起头朝着我这边望来。

落千尘瞧见朱贵有了反应，就如同抓到了救命稻草一般，慌忙说道："对，你挡住他，拖住他。我侄女和其他人马上就到了，到时候我就帮你儿子治病，一定会治好的，这种小毛病，我手到擒来……"

听到这话，朱贵下意识地握紧了青铜刺，一步一步地走到了落千尘的面前，抬头看我，艰涩地说道："陈道长……"

他到底心虚，一句话没有说完，头就要低下去了。

我看着他眼神中的纠结，平静地笑了，抱着胳膊说道："朱贵，在你的想法里，只要是为了自己的亲人，就算是背叛全世界，你都要坚持，对吧？"

朱贵低头，偌大的英雄好汉居然哭了："陈道长，我儿子得了脑瘤，一个拳头大的肿瘤长在了他的左脑上，压迫着他所有的神经，现在已经快要失明了，而且还不断转移。再这样下去，他就死了你知道么？不养儿不知道父母心，我也是走投无路，没有办法了啊……"

我眯着眼，瞧见这个在水中精神奕奕、自信非凡的光头老人哭得像一个孩子，不为所动地说道："那么，你相信这个家伙，能够治得好你的儿子？"

朱贵回头，看了一眼落千尘，而落千尘则愤然说道："肯定能，他这毛病，在我这里不过就是举手之劳的事情！"

我冷然笑道："吹牛不打草稿，别人叫你变态神医，你就真的成神了？你要有本事，现在就帮着治，若是能够好，我当你是个人才，也就放你一马，你看如何？"

落千尘眼珠子一转，嘿然笑道："我怎么可能相信你？要么你立刻离开，待确认安全之后，我再治病！"

我眼睛一眯，从怀里缓缓地将饮血寒光剑拔了出来，一字一句地说道："你这是在逼我杀你！"

"老朱头，老朱头……"

感受到了我的凛冽杀气，落千尘顿时就蔫了，慌忙叫朱贵上前过来阻挡。而被这声声叫唤，因情所累的朱贵不得不机械地走到他前面，恳求我："陈道长，您行行好,等我这事儿完了,好么?"

我与这老头之前素未谋面,现在也只是萍水相逢的交情,然而瞧见他为了亲人奋不顾身的模样,心中也是一酸。

不过再如何同情,我也不能颠倒是非,于是冷冷地说道:"朱贵,恐怕你忘了我刚才给他们吃的红丸了吧?"

朱贵这才想起,一时间患得患失,而这时后面的落千尘却阴笑道:"什么红丸,不过就是些黄精、鼠妇、木葛的混合物而已,这玩意儿是用来填肚子用的吧?"

我眯起眼睛,这家伙仅仅凭着身体接触,就能够分析出别人肠胃中的残留物,倒也算是有些真本事。

李何欣横尸街头,大仇未报,而凶手就在眼前,我是否要行动呢?一时间,杀伐果断的我还是有了迟疑。

而就在这时,木门被推开,来人打破了僵持的困境,推门而入的依韵公子开口说道:"落千尘,你这是在干吗?"

瞧见依韵公子,落千尘仿佛找到了组织一般,立刻兴奋了起来,冲着他喊道:"小尚啊,你快点过来救我,这家伙想要杀我呢!"

依韵公子吓了一跳,左右打量一番,对我说道:"陈兄,那个啥,我知道此人的性子很变态,不过你能不能看在飞雨的面子上,放过他一马呢?"

瞧见依韵公子也过来劝我,我冷笑道:"这么说,是不是让我也得看一下王新鉴的面子?"

依韵公子被我一句话噎得不行,半天不知道如何回答,反倒是他母亲指着落千尘愤然骂道:"洛老三,你这个挨千刀的,我早就听说过你的劣事,一直想问你。你狗日的到底有没有良知,没事你欺负小女孩儿干吗?"

他母亲虽然生逢大变,不过地位颇高,落千尘倒也不敢忤逆,只是嬉笑着说道:"个人兴趣,嘿嘿,个人兴趣哈……"

"呸!"

依韵公子的母亲冲他啐了一口痰,怒气冲冲地骂道:"你这个人渣、变态,将自己的快乐建立在弱者的痛苦之上,还有什么颜面活在这个世上,还不如死去算了!"

老太太愤怒得不行,依韵公子在旁边十分无奈,本来想要劝我冷静,没想到他母亲倒先愤怒了起来。不过他母亲说的这些话也的确没错，像他这样的人渣，活着实在是浪费空气。

依韵公子一时无语，然而就在这时，落千尘背后的墙壁突然碎了一大块，一个黑影猛然拽住了他，低声喝道："快走！"

落千尘先是一愣，随后听到是自家侄女的声音，心中狂喜，顺势而退，直接退出了屋子。

这变故陡起，好多人都没有反应过来，我第一个持剑冲了上去，朱贵这时却朝我扑了过来，显然是想要留下落千尘的性命，帮自己儿子治病。他的近身搏斗之法颇厉害，我与他纠缠几招，落千尘却是早已离去。

眼看着落千尘即将逃离，我往后退一步，指着他躺在地上的大儿子，厉声喝道："你这个老糊涂，自己看一下，你那儿子还有性命么？"

朱贵浑身一震，回头一瞧，却见他大儿子躺倒在地，太阳穴被一针刺穿，伤口凝结，口鼻之中，早无气息。

落千尘也是个心狠之人，一路憋气，在离去的时候，便将所有的愤恨都撒在了手中的人质身上。一根金针，直接将重病垂危的朱大刺死了。

不但如此，那朱小玖被他按住脖子扔在一旁，也是憋得满脸通红。

朱贵先是死了大儿子，又瞧见孙女呼吸急促，眼看着就不行了，顿时就崩溃了。冲过去抱着自家孙女，哭喊道："怎么会这样，怎么会这样呢……"

久趟江湖的他，这一回终于理解为何落千尘会被人叫做变态。

好在旁边的依韵公子一专多能，将自己母亲放好之后，手指搭在小女孩儿的脖子上微微一探，惊喜地喊道："人还有救，别着急！"

朱贵大喜，而我瞧见这儿尘埃落定，也没有再停留，直接撞出门外，脚尖一点，人便跃上了屋顶。落千尘在洛飞雨的掩护之下，竟然朝着海天佛国的主殿方向跑了过去。那主殿处，可是在开着无遮大会，江湖上各大门派一齐祝贺，他们朝着那边奔跑，恐怕是想要把事情闹大。

只不过，洛飞雨刚刚杀了那么多慈航别院的人，这回又跑到人家会场去，又是为何呢？我满脑子的疑惑，脚下却并不停歇，几个飞纵，朝着那两人快速接近。

不管怎样，落千尘此人，必须死！

第二十四章 飞剑绚丽，然并卵

我想要快速追上对方，没承想洛飞雨凭借着手中的神秘蛛丝，在水寨高高低低的建筑上蹿下跳，没一会儿，居然就跑到了水寨的边缘处。

我将人皮面具戴上，面目揉成一团，提剑快步追去，然而就在这个时候，洛飞雨却是大声喊叫了起来。她这一叫不要紧，那仿佛沉睡过去的水寨陡然热闹了起来，无数的火光亮起，还没有等我反应过来，强弓劲弩，悄无声息地朝我射来。

利箭在我的身边飞速穿过，从屋檐上、巷道里和大街上射了出来，有的刁钻，有的密集，却是将我弄成了众矢之的。为了避免耗损过重，我不得不落下屋顶，从小巷子里飞速奔走。

随着弓箭一起出来的，是那些寄身于水寨中的强者。能够居住在慈航别院里面的男子，都有一技之长，同样是以女性为主的修行宗门，魅族一门之中的男性叫做山门护法，而慈航别院这里自然也是有类似的存在。我刚落地，立刻有劲风从四面八法朝着我扑将而来。

我手持利刃，挥手即杀人，慈航别院虽然行事不地道，但并非邪门邪派，我唯有克制住心中杀戮的欲望，不敢造就杀孽。

我束手束脚，而那些从黑暗中蹿出来的家伙却是毫不留情，蜂拥而至，手中的刀、剑、长枪和匕首，一股脑儿地朝我身上招呼。我并不与这些人硬拼，利用这水寨复杂的地形，上蹿下跳，将这些人甩开去。

人在屋上屋下蹿房越脊，有人追得上，有人追不上。奔了一会儿，跟在我身后的那十几人，算是水寨之中最强的一批了。

这些家伙，对慈航别院的感情最深，奋力追杀而来，甩也甩不掉，我心中烦闷，猛然回头，一剑斩落过去。这一剑并无劲道，只有气息。这气息，是三气合一，重在势，而不在形。能够从水寨之中一直跟着我追到边缘处的家伙，绝对能够感受到长剑之中蕴含的恐怖气息。当剑停下来的时候，大部分人都下意识地站定了，不敢向前。

之所以说是大部分人，是因为还有一部分人仗着人多势众，天塌下来还有个高儿的顶着，于是马不停蹄地冲到了我面前来。总共四个，被我一脚一个，行云流水、利落无比地踹翻倒地。

最后一个冲到我跟前来的，被我一剑挑飞长刀，没等他反应过来，饮血寒光剑就架在了他的脖子上。这是一个二十来岁的小年轻，渔夫打扮，身上还有浓浓的鱼腥味。

别看他年轻，刚才追得最凶的，也就是他。不过再凶悍的人，当长剑架在脖子上的时候，总是会恢复冷静的。特别是像饮血寒光剑这般的魔兵，上面传来宛如活物一般的气息蠕动，以及一明一暗的血光，将他吓得笔直站立，一身冷汗就冒了出来。

众人停住了，而我则一字一句地说道："私人事务，谁若是要活命，就最好别插手。"

沉默！围在我身边的一众人等，皆以沉默来对待，显然是心有不服。我嘿然笑了一声，不理会这些人的心思，而是再次申明道："我脾气不好，没有下一次了。"

说罢，我将刚才那小年轻一把推开，越过屋顶，朝着水寨的边缘奔去。

我一动身，立刻有人再次行动了，不过比起刚才来说，数量却少了许多，而且很多人都不敢再靠近，风中传来焦急的声音："快去找舵爷来，这人太凶了。"

近战不敢，然而对方的弓弩并未停歇，利箭飕飕朝我射来，间杂着一两根雷符火箭，威力直接将一间屋子轰塌了去。

我对这利箭，一开始倒也有些忌讳，然而瞧见落千尘越跑越远，煮熟了的鸭子即将飞了，心头发怒，不再管别的，箭步向前，冲出了水寨，朝着前方冲去。

落千尘和洛飞雨夺命狂奔，几乎无人阻拦，本来应该占据上风，然而我发足狂奔，两者之间的距离却越来越短了。神行百步，缩地成寸，这并不是多复杂的手段，只要到了一定的境界，就能够领悟。

两者之间的距离越来越近了，我却瞧见洛飞雨推了落千尘一把，接着回转过身，拦住了我。

这女子，凶悍！早在她第一次出现在我视野中的时候，我就有了这么一个印象。十几岁的幼龄，便能够从一字剑的手中夺去那把秀女剑，这样的修行天赋，当真是让人叹服不已。

我停下了脚步，望着不远处的她，寒声说道："洛飞雨，你可知道你家叔落千尘是个什么样的人？"

洛飞雨冷哼了一声，道："民不举，官不究，你有什么理由抓人？"

我眯着眼睛说道："亵渎幼童，天理不容，而且我抓他，还为了另外一件事情，那就是他在不久之前，曾经杀害过我的手下。"

"啊？"

洛飞雨有些意外，然而她既决定偏袒，自然是一条路走到黑。她咬着牙，扬起手中的秀女剑，毅然说道："你以后若是见他，将他一刀活剐了，我也绝不拦你，但今天不行！"

我一步一步上前，问道："为什么，给我一个理由！"

洛飞雨紧紧抓着手中的剑，使劲儿摇头道："你不要再过来了，再过来，我可就真的要动手了！"

尽管对方这般威胁，我却没有止步，当我靠近洛飞雨十米的距离时，一道急促的劲风，陡然出现在我的身前。

飞剑，是飞剑！我将饮血寒光剑横过来挡在胸口，急速而来的飞剑与剑身相撞，一股巨大的力量朝我的身上推来。

我双脚抓地，稳稳地站住，而那从洛飞雨手中脱离的秀女剑却向上一挑，朝我的咽喉划来。

这是想要人命了啊？我心中一跳，朝后面退了两步，那飞剑便倏然而起，宛如一条高速飞舞的游鱼，从四面八方的虚空之处腾起，带着那股犀利无比的锋寒，朝着我的周身要害刺来。

一时间，锋芒闪耀，气势如虹，好一招飞剑如雨。

对方越来越快，我却是稳住了身形，在原地站定，手中的饮血寒光剑平平举起，在飞剑临体的时候，倏然而动，与之交击。

叮叮叮……

秀女剑与饮血寒光剑叮叮当当的撞击声，宛如大珠小珠落玉盘，清脆而悦耳，然而每一击下来，在远处的洛飞雨脸色都为之一暗。此女的手段走的是轻灵飘逸，若是论起硬实力的话，跟我相比，到底还是有一段距离。而我与洛飞雨的拼斗，却惊住了身后那一帮追兵。

要晓得，这世界上的修行者说多不多，说少不少，但真正见过飞剑的，却是屈指可数，有且只有一少部分人能够得闻。现如今，这传说中的玩意儿出现在眼前，怎么叫人不惊讶？更让人觉得诧异的是，那使飞剑的小妞，使尽浑身解数，居然没有破开我的防御，甚至还在步步后退。如此想起来，这些人的脸上更是一片惨白。

有飞剑的战斗，无比绚丽，然而也仅此而已。倘若是一般人，在这般暴风骤雨的攻击下，还未打，几乎就没有什么还手之力了，只有任人宰割了。我却游刃有余，一边挡剑，一边前行。即便对方可以拉开距离，我与洛飞雨也是越来越近。

十米、八米，五米……

一直无比平静的我陡然出剑，那饮血寒光剑刺向了空处，看似没有半点儿卵用，然而原先那漫天乱舞的秀女剑却在此刻停止了所有的攻击，静静地躺在了比它宽阔一倍的饮血寒光剑上，剑尖相粘。

洛飞雨眉头紧锁，双手掐着剑诀，试图将剑召回，但无论她如何驱使，秀女剑都一动不动，宛如生根了一般。御剑无效，洛飞雨倒也硬气，一个箭步冲到我的面前来，双手陡然一分，想要来抓那剑柄。

我故意伸在她的面前，就是要等她上钩，哪里能够让她夺回去，当下也是将长剑收回，朝这个女子单手抓去。没有那秀女剑，洛飞雨的威胁就少了一大半。

就在我五指微张，反扣而出的时候，对方的身影却是陡然一阵恍惚，我的手居然穿过了对方的身体。

眼看着洛飞雨即将拿回自己的秀女剑，我当下将劲气集聚，手掌在虚空中猛然一捞，一把抓住这女人的脖子，将她按在了地上，冷笑道："些许小术，还敢在我面前班门弄斧？"

被我按倒在地的洛飞雨毫不惊慌，反而是咧嘴一笑，淡然说道："真的么？"

话音刚落，我突然感觉手掌颇痒，低头一看，却见按住洛飞雨的手掌上居然爬满了密密麻麻的黑色小虫子。

第二十五章 黑手私放洛飞雨

小虫子有点像黑色的臭虫，外面是甲壳，分泌着黏糊糊的液体，像胶水一般，不臭，反而有一股檀香味。这些虫子凶得很，张嘴就咬。丁点儿大的口器，咬合力巨大，纷纷刺破我的皮肤，疼痛就像开水一般，陡然扩散开来，整个手都发麻了。而就在这个时候，洛飞雨手掌一翻，朝着我的胸口拍来。

我用饮血寒光剑将她的手掌压住，浑然不顾满身乱爬的虫子，笑道："小姑娘，你根骨奇佳，是个修行的好底子，何必走那旁门左道，变成这般模样呢？"

洛飞雨雪白的脖子被我紧紧掐着，趁机袭击的手掌也被饮血寒光剑压在胸口，动弹不得，她却不妥协。她盯着我，咬牙说道："为什么？"

我凝望着她雪白的皮肤里面不断爬出来的黑色甲虫，缓声问道："什么为什么，你想知道什么？是在问那飞剑为何失去了你的控制，还是问我为何会不怕这虫子吞噬？"

洛飞雨心有不甘地说道："都有！"

我瞧落千尘已然冲进了海天佛国的三千广厦中，却也不急了，耐心解释道："飞剑的驱动原理，说是咒诀，其实是在于你跟剑灵的联络，是炁，是意识，这些才是你能够随心所欲的根本原因。而我刚才所作的，就是观察，掌控炁场，再切断你跟它之间的联系。就这么简单！"

"简单？"

洛飞雨被我死死掐住脖子，说话的气息却不急促，她沉声说道："你说得容易，这世间能够脱离法阵而掌握炁场的人，能有几个？"

我耸了耸肩膀，平静地说道："碰巧，我就是其中之一！"

洛飞雨凝视着我，好一会儿，方才叹息说："我之前见你的时候，你还没有那么让人绝望。这些年来，你到底是经历过了什么，竟然会变得这般强大？"

我嘿嘿一笑，点头说道："好吧，我可以把这个当成是对我的夸奖么？"

洛飞雨继续说道："难怪我外公最近在感叹，说万万没想到的一件事情，就是他最终的对手，极有可能是你。这是他用东极观星术推导出来的结果，有八成以上的准确率。"

我没有理会她的夸赞，而是望着那些已经爬到了我肩膀上的虫子说道："你或许并不这么认为。在你的眼里，你的虫子，或许就足以将我给灭了，对吧？"

洛飞雨的笑容陡然间变得无比甜美起来："对，你错就错在太有自信了——给我倒下！"

这话说完，她居然在一瞬间化作一大团的散沙，从我的掌控中消失了。而就在洛飞雨刚才躺着的地方，则有无数的黑色虫子翻滚着，将我笼罩住，似乎想要将我活活吞噬。来势汹汹，然而我早有准备。

在洛飞雨开动的一瞬间，我一记魔威拍出，浑身罡气一抖，那些附着在我身上的黑色虫子顿时就晕头转向，纷纷落下，宛如米粒一般，再无动静。我在同一时间开启了临仙遣策，右眼中的神秘符文在一瞬间疯狂转动。

真实之眼。

洛飞雨在刹那间消失无踪，然而那仅仅是目力所不能及的地方，真正的高手不只靠视线来捕捉敌人。我感受到了一股气，一股游荡不休的气息，朝着远处飞速遁去。

对于她来说，此刻的我，已经不再是她能够对付的了。这女人慧心通达，最是知道分寸，一旦事有不妥，就不会拖泥带水，果断得很。

这样的人，若是对手，难缠得很。然而在我的眼皮子底下，我又如何能让她从我的手里逃开，当下也是罡步晃动，人似鬼魅一般快速贴近，朝着虚空中一抓，硬生生地将洛飞雨拽了出来，再一次把她按倒在地。

这一次，洛飞雨再无倚仗，满脸惊讶："怎么可能，你怎么抓得到我？"

我这一回可是用上了炼妖壶观术，因为我发现一件事情，那就是这女子的身上，必定是种了那种古怪的虫子，使她能够有超乎常人的手段。炼妖壶观术，这手段被我修至大成之境，拿捏这黑色虫子，自然不在话下。

我将她控制住之后，开口问道："告诉我，为什么一定要护住落千尘？别跟我扯他是你小叔之类的话，我知道，那个人渣在你眼里没有那么重要！"

洛飞雨紧咬银牙，一副慷慨就义的模样，就是不肯妥协。

我能够感受到对方的身体在发抖,并不是因为害怕,我心中一动,突然笑了:"看起来,你是准备自己硬扛咯?"

洛飞雨没有理我,不再说话,她的身子抖得更厉害了。

我用极为和缓的语气,一字一句地说道:"你这是在逼我杀了你啊……"

洛飞雨咬着牙,愤然说道:"你要杀便杀,要剐便剐,既然技不如人,落在你的手上,我也是认了,来吧!"

她越是慷慨决绝,我的笑容越盛,掐住她脖子的手突然一滑,移到了她饱满的胸脯上方,轻轻勾了一下对方滑如凝脂的皮肤,感受到这女子浑身一颤。

我故意模仿起落千尘那狗日的猥琐的笑容,对她说道:"这么让你死,实在是太可惜了?瞧你这反应,应该是没有尝过最为美妙的男女之事吧。不如这样,我做件好事,让你在临死之前,好好享受一下。日后下了黄泉,回想起来,也是不留遗憾,你说对吧?"

不知道是我这笑容太过猥琐,还是洛飞雨的身体实在太敏感。当我的手掌往下面摸的时候,她的身子绷得挺直,雪白的脸顿时急得通红,呸了一声,道:"没想到你居然是这么恶心的家伙。"

我冷冷哼道:"我再恶心,总比不过落千尘——至少你年满十八了。"

洛飞雨试图反抗,结果被我牢牢压住,挣脱不得,憋着脸喝道:"你若是敢动我,我现在就去死!"

我盯着她的眼睛说道:"你若是回答我刚才的问题,或许会有一线生机呢?"

我循循善诱,洛飞雨却咬牙顶住了,就是不肯妥协,我叹了一口气,对她说道:"你其实并不仅仅是过来救尚晴天母亲的,跟你一起来的,其实另有其人,对吧?"

被我一语道破,洛飞雨满脸惊讶,瞧见她的反应,我继续说道:"那个人,应该是弥勒吧?"

洛飞雨震惊无比,脱口而出:"你怎么知道的?"

我自然不知道,不过想起对方的来历,又想起她宁愿受辱致死,也不愿意出卖对方,想来必然是大人物。

是什么大人物呢?想来想去,像这样的场合,估计最近越来越活跃的弥勒,应该不会错过吧?没想到我这么一蒙,居然还猜对了。

瞧见洛飞雨惊慌失措的眼神,我便知道终于诈出了我所想要的东西,而弥勒既然出现在此处，那么落千尘就不再是我的第一目标了。对于我来说，弥勒方才是我一生的宿敌。而落千尘，他算个屁？

得晓答案的我，便没有再继续为难洛飞雨。我一掌拍在了对方的小腹处，将其气海震溃，然后起身平静地说道："你别紧张，我没有废去你的修为，只不过让你最近这段时间里提不起气来而已。这里是我和弥勒的战场，至于你，别在这里助纣为虐了。看在依韵公子的面子上，我饶了你，不过下次倘若再见到你，我是不会客气的。"

洛飞雨和弥勒一同出现，唯一的可能，就是她已经加入邪灵教。与依韵公子这种出淤泥而不染的家伙不同，我之所以放她，正如我所说，纯粹是看在依韵公子的面子。

可惜了……

我站起身，洛飞雨身子一扭，化作一团黑色云雾，下一刻，却是出现在了十几米外的地方，秀女剑也落在了她的手上。她远远地盯着我好一会儿，一句话都没说转身离开了。气海被破，居然还能这般行动，看来她除了修为，还有别的手段啊……

我没有再理会她，而是朝着慈航别院的方向快步走去。当我走到殿门前时，有一人跟跟跄跄地冲了出来，瞧见我，大叫一声"志程"，竟然扑倒在了我的怀里。

我低头一看，却见这个满身是血的老头儿，居然是我茅山的执礼长老，雏洋。

第二十六章 酒里有毒

我一摸脸，这才发现刚才用真气震虫的时候，人皮面具已经脱落。

雏洋长老瞧见我，大为激动，然而刚冲到我的怀中，双脚却突然一软，栽倒在地。我赶忙上前，一把将他扶住，望着浑身发软满是鲜血的执礼长老雏洋，焦急地问道："雏长老，雏长老，你怎么了？"

倘若是别人，我或许并不会如此焦急，而这位雏长老可是当初师父入关的时候，告诉我十大长老里面少数值得信任的长辈。这样的长辈若是死在这里，只怕茅山恐怕就更是浑浊不清了。

我心中焦急，雏洋长老却只来得及说了一句话："酒里有毒……"

我瞧见翻倒在地，不再动弹的雏洋长老，心中大恸，手指在他的鼻间一摸，还有气息，脉搏也还算正常，就是有一股力量盘旋在他的脑中神池，让他不得清明。看来应该是要不了他的性命，而只是让他昏沉而睡。

酒里有毒，说的自然是那让无数人为之期待的万红一窟酒，这玩意儿的酿造原料和过程，听之让人惊讶，换成我，是绝对不敢尝上一口的。不过天下间的修行者，又有几人能够有我这般的经历和定力。美酒在前，贪杯也是正常。

这药是慈航别院所为，还是藏在暗处的弥勒在捣鬼呢？而这一切，跟洛飞雨拼死要保住的落千尘，又有什么关系呢？

我满脑子疑问，不再犹豫，一把将雏洋长老扶了起来，背在身上，大步朝庙宇里走去。走进宽敞的寺门，里面有一片大广场，左边的那一块广场灯火通明，周遭摆放着各种台案和蒲团，是慈航别院召开无遮大会的地方。

这儿原本格外热闹，禅唱阵阵飘扬，然而当我赶到的时候，却是一片狼藉，与会的两百多号人里面，竟然躺倒了大半。而没有倒下的那些人则在高声争吵，来来往往，喧闹不已，哪里有半点儿佛家气度？

我缓步走过广场，一路上不断瞧见有伏倒在地的家伙，有的早已昏迷，有的则强忍着意志，试图保持清醒。无论他们如何坚持，都逃不过闭上双眼的结果。那毒药，太霸道了。

我一路走到茅山的席位中，瞧见这里除了几名真传弟子之外，话事人和水蛊长老都不见踪影，不知道是中了毒，还是金蝉脱壳离去。当我将雏洋长老放在茅山的人群中时，终于有人瞧见了仿佛置身事外的我。

"陈志程，你怎么进来的？"

说话的是先前在山门拦住我的那个中年女尼，作为知客僧尼的她最大的优点就是记忆力超群。瞧见本来不该出现在无遮大会上的我，居然堂而皇之地出现在会场，顿时就又是惊讶，又是疑虑。

我没有理会她，而是开始找寻慈元阁的位置。我之所以能够混入慈航别院的会场，都是托了慈元阁阁主方鸿谨的福，正是因为他的担当，我才能够有介入其中的资格。人家把我当朋友，我不能不顾及他们的安危。

慈元阁虽然是新近崛起的门派，不过许是慈航别院想要借助它来扩展自己经济实力的缘故，所以被安排的位置，十分靠前。我眯着眼睛找了一下，很快就找到了。与茅山一般，方鸿谨和几个大掌柜都昏倒在地，不省人事。

问话没有得到回答，正在与人争吵的中年女尼突然转过枪口，冲着我大声喊道："就是他，绝对是他！我们的千红一窟酒里面，是绝对不会有毒的！众人昏倒在地，无遮大会被破坏，绝对是这个不速之客在捣鬼！"

听到这中年女尼的指责，那些没有昏迷的各门各派，顿时就回过神来，红着眼睛，纷纷将我围住。我依旧没有理会任何人，目光在人群中搜寻，试图找到落千尘的下落。

然而，我始终没有找到那家伙，因为还没有等到我耐心找寻，就有几个人将我围住了，一脸戒备地望着我，愤然说道："说，是不是你给我师父下了毒？"

我收回目光，望着围住我的这些家伙。这七八十人里面，大部分人并非一门之主，而是些真传弟子或者二把手、三把手，一流的高手也不少，但是能成为我的对手，却是一个都没有。

其实用不着多想就能明白，这些人之所以没有一起晕倒，最大的原因，极有可能是还没有来得及喝万红一窟酒，或者没资格喝。当然，倘若这些人一拥而上，想必也是一件极为麻烦的事情。

我想了想,决定把身份亮出来,于是手往怀里摸去,将工作证件掏出来,冲着围着我的所有人沉声说道:"国家特勤局二司行动处,陈志程在此办案,各位若是无事,还请让开。"

人在江湖,就绝对不会不知道特勤局。从某一种意义上说,这才是与修行者息息相关的职能部门,而托了许多好事者的福,我名字,也有无数人知晓。黑手双城,不管是美誉,还是恶名,都有立竿见影的效果。陈志程,黑手双城!

这名头一亮出来,立刻镇住了相当的一部分人,这些家伙诧异地望着我,一副"原来你就是黑手双城"的模样,不敢再多言。与此同时,还是有初生牛犊不怕虎的小年轻,愤然地说道:"公门里面的人,也不能这么拿捏我们啊?"

我望着那一伙满脸不服的家伙,平静地说道:"我乃茅山大师兄,在场的许多门派,都与我有故。而身为国家职能部门,诸位觉得我会做出这般冒失的事情么?"

听到我的话,大部分人都失去了敌意,甚至还有人挤到跟前来,冲着我喊道:"陈领导,你可要给我们做主啊,好端端的来赴会,结果变成这般模样,这可怎么办?"

有人一说,立刻群情激奋,局势在瞬间逆转,大家都把我当成了能够主持公道的人。我明白,之所以会有如此效果,是因为我之前的名声在撑着。不管怎么说,特勤局这块金字招牌,代表的是正义和官方。

我望着刚才那个血口喷人的中年女尼,她在形势逆转的情况下,有些惊慌,似乎想要朝后面退,我哪里能够让她离开。穿过人群,来到她的面前,平静地说道:"出了这么大的事情,你们斋主呢?"

经我的提醒,众人方才醒悟过来。对啊,那个气势卓绝、堪比天下十大的静念师太呢,出了这么大的事情,她到底跑到哪儿去了?

中年女尼低下头,惊慌地说道:"斋主有事,跟几位江湖前辈在后面商量相关事宜呢……"

几位江湖前辈?我回望了一下茅山的席位,想着估计话事人和徐长老,就是被邀请去密谋那背后的事情吧?不过,这事儿为什么会这般凑巧?难不成里面有什么阴谋么?

我还在想,而那七八十个幸存的各派弟子顿时就聒噪起来,愤然喊道:"有阴谋,一定有阴谋,你们慈航别院,是不是想要将我们这些人一网打尽,好让你们一家独大啊……"

群情汹涌，场面一时混乱不堪，这些人开始冲击起慈航别院的那些个尼姑，而就在这时，一声清越的声音，从慈航别院那一方响起："都住手！"

我循声望去，却见一个与静念斋主有着一般气质的女尼，从人群之中缓步走出，来到众人面前，单手执礼道："阿弥陀佛，贫尼静格，代替斋主师姐主持无遮法会，没承想出现这样的事情，十分抱歉。"

静格？慈航别院的字辈里面，静字辈的人物属于长老级别。而这些人普遍年纪偏大，能够修行出如此年轻模样的，想必修为也是极强的。能够前来担当无遮法会的主持，自然是慈航别院长老中的佼佼者。瞧这人的气度，给人的感觉就极为不同。

女尼一出现，现场顿时被她的气势所感染，为之一滞，许多大声吼叫的人，也下意识地闭上了嘴巴。

静格的目光巡视了一圈，最终落到了我的脸上，笑了笑，满脸歉意地说道："刚才我们也在调查，初步估计，应该是万红一窟酒的坛子被人动了手脚。先生若是不介意的话，想请教一点，你是如何混进海天佛国来的？"

第二十七章 天下第一剑阵

静格师太一出场就咄咄逼人，让人心头带刺。她居然想要通过指责我来缓解此刻的局势，主人翁的精神实在是太过了。

若是以前，我或许还会顾忌对茅山的负面影响而退让，但是在此刻这样的一副烂摊子面前，我哪里理会她。冷冷一笑，指着周围躺倒在地的这些人说道："告诉我，这些人中的毒，到底是怎么回事？"

静格师太冷冷地说道："不是跟你说了么？有人在坛中下了毒。这件事情，我一定会给江湖同道一个交代的，用不着外人指指点点。"

我扬起左手，对她说道："我刚才进来的时候，瞧见茅山的执礼长老仓皇逃出，一身鲜血，身上有若干刀伤。请你告诉我，这又怎么解释？"

静格师太盯着我手上的鲜血，嘴角往上挑，冷冷笑道："谁知道是不是你在自导自演，你们有谁被人追杀么？"

旁人纷纷摇头，显然是没有遇到这样的情况。

我瞧静格师太得意的表情，一字一句地说道："慈航别院确定能够控制住现在的局面么？"

静格师太傲然说道："自然，我慈航别院延续千年，岂是能够任人撼动的？"

而她话音刚落，门口立刻涌来一群人，瞧见静格师太和我，却是围上前来，指着我，对静格师太喊道："静格长老，此人擅闯水寨，一路打杀，十分凶悍，我们都拦不住他……"

静格师太冷然一笑，扬声喊道："好啊，装什么大义凛然，你定然跟那下毒者是一伙的，想要破坏我们慈航别院的复出大业。来人啊，布静斋明通剑阵，拿下此人！"

那小媳妇儿一般娇俏的尼姑霸气斐然，手一扬，天空中顿时就有花瓣洒落而下，一股香气扑鼻而来。虚空之中，无数细碎利剑陡然而生，化作千般变化，万般劲气，朝着我扑面而来。

在远处，有人下意识地倒抽冷气，惊声尖叫道："啊，这就是传说中的静斋明通阵么？那可是需要八名拥有剑心通明的顶尖高手，方才能够成阵。号称十年磨剑、十年成阵、阵出则天下无敌的顶级剑阵？"

静格师太在剑光的深处冷冷笑道："我慈航别院沉寂了大半个世纪，终于修出这天下第一剑阵，你既然妄图阻拦，便成为我慈航别院的祭旗之人吧！"

天下第一剑阵！无数劲气，化作锐利无比的尖刺扑面而来，在那一刻，我感觉整个天空都充满了剑雨。

逃无可逃。既然如此，那便无需再逃，既然你愚昧地想要拿我立威。那便让你瞧一瞧，我陈志程，茅山大师兄，到底是个什么样的人物！

剑出，迎风一剑。

刷！

一道剑光飞扬而起，将万般风云斩断，无数攻击在这一瞬间都仿佛落空，强烈的飓风从剑中凭空而出，朝着四面八方吹拂而起。那种来自于地狱深渊的剑意，带着凛然的杀意，出现在了这空间之中。

剑收，漫天的剑光也随之收敛，八个面容艳丽、素衣僧袍的尼姑出现在了我的四周，层次不同，持剑而立。九人持剑立当场，而周遭的人则被这种气势震得纷纷离散。

静格师太此刻却是跃到了一座殿宇的上方，居高临下地瞧着我，讶然说道："想不到啊，区区一茅山大弟子竟然会有这般的手段。如此说来，倒也不能说我慈航别院欺负人，杀鸡用了宰牛刀。"

对方的话中有浓浓的傲意，而这心态，则是辉煌历史所沉淀下来的信心。

我持剑而立，目光并没有盯着那八个紧紧锁定着我的尼姑，而是凝视着饮血寒光剑的剑尖。

天下第一剑阵！好大的名头，这样的名头不仅是我，就连饮血寒光剑也感受到了，它有一种莫名其妙的兴奋，颤动不已。

天下第一，哈哈，好一个天下第一。我感受着饮血寒光剑上传递而来的强烈战意，闭上了眼睛，耳畔突然传来了《小刀会序曲》里隐隐的音乐声，血液在这一瞬间，突然就沸腾了起来。

好！既然这是一个不用讲道理的世界，那我就用我手中的长剑来斩破一切，重新树立起属于我的规矩。

剑尖轻递，人似蛟龙，我朝着前方快步而走。我一动，静斋通明剑阵立刻也随之动了起来，八把剑宛如一体，每个人都踩着最精确无比的脚步和方位，将我牢牢围住。

所谓剑阵，至关紧要的一点，并不是它有多么华美和绚丽，而是在于沟通与配合。一人计短，众人计长，这是最朴素的道理。

阵法依靠的从来不是个人主义，而是用那让人难以招架的绵绵攻击和无法击破的防御，将对手困死在其中。

北斗七星阵解决这个问题的方法，是我从天山神池宫中取来的至宝羽麒麟，而静斋通明剑阵的方法，则是让构成剑阵的成员，全部修炼至剑心通明的境界。

剑心通明是什么？传说中的剑心通明，是先入情，而后绝于情，脱离了情感乃至精神的束缚，进入一种洞测世事的无上状态。简单地说，达到剑心通明境界的人，与修炼临仙遣策一般，对于临战的把握，有超出世间的理解。摒弃一切情感，用理智和本能来战斗。这就是天下第一剑阵的终极奥义，它厉害的并不是剑阵本身，而是构成这剑阵的人。

叮叮叮……

饮血寒光剑在拼斗了，它化作一条蛟龙上下翻腾，仿佛奔腾不休的黄河水，充满了最具侵略性的气息。一剑之下，并无任何力量敢与之硬撼，然而在密密麻麻的剑网缠绕下，却是百炼钢化成了绕指柔，一时之间，居然没有任何效果。

长剑一直在当空飞舞，而双方越战越心惊。我惊讶的是对方的配合已经到了一种极致的境界，八人宛如一个整体，甚至比拥有羽麒麟的七剑还要厉害一个层次。无论我剑势有多凶猛，她们都能够将我牢牢抵住。

当双方的战斗达到白热化的时候，我一改前面大开大合的气势，谨守门户，剑势变得缓慢。从至动到至静，我连一点儿过度的时间都没有，行云流水。

饮血寒光剑在我手上，还保持着先前凶猛的态势，红光吞吐，颤动不休，发出嗡嗡的响声。然而，我整个人如同老僧入定一般，一动也不动。强烈的差异感，让围住我的八人集体失神，不过对方在犹豫了两秒钟之后，毫不犹豫地朝我发动了进攻。

静若处子，动若脱兔。

第十四卷 一个时代的结束，一个时代的开端

处于进攻状态的静斋通明剑阵与防守时，又有着极大的不同。那犀利状态，寻常人必将手忙脚乱，应付不来，我却轻松无比。手中的剑虽然一直处于狂暴之中，但我越打越缓，每一剑，都格挡住每一个致命一击。

我越打越慢，那剑阵之中的八人，脸色也越来越严肃。之所以严肃，是因为她们感受到了压力。

倘若先前狂暴的攻击是以力压人，那么此刻越发缓慢的剑势，则已然牵扯到了世界底层的规则。这才是我三十年来修行学剑所领悟出来的最重要的东西。

天下有多大？没有人知道，佛家说"一花一世界，一木一浮生"；道家说"一气化三清，遂有欲界六天、色界十八天、无色界四天、四梵天、圣境四天，共计三十六层天"；而我们知道的地球，只不过是太阳系的第三颗行星。而太阳系不过是银河系的微末尘埃，银河系外，还有数不胜数的河外星系。

天下有多大，在于我们知道的世界有多大。对于井底之蛙来说，天下只有井口大。

我越来越慢，越来越慢，到了最后停住了，连剑都懒得挥动。这情形让剑阵八人犹豫了一会儿，之后八把锋利无比的剑，从各个角度，带着最强烈的剑势朝我周身袭来。

这是静斋通明剑阵最厉害的一式了，是胜是败，在此一举。就在这个时候，仿佛睡过去的我突然睁开了眼睛，平静地说了一句话："这天下第一剑阵的名头，就在我手上破掉吧……"

我一声叹息，手中的剑在这一刻平平地挥了出去。这一剑，如此平淡，然而诸般气息狂涌而出，击在了虚空之处，一道撕裂空间的力量在剑尖的方向陡然生起。

这力量连空间都能够撕裂，人间剑阵，又如何能挡？

第二十八章 我不是开胃小菜

破！

那股撕扯空间的力量是如此的强横，从剑尖上陡然迸发出来，比我之前凝聚的所有的气息，还要强横十数倍。就仿佛炸药被底火引爆时，瞬间冲突出的威力一般。

轰！

空间都可撕裂，阵法焉能附存？饮血寒光剑横扫，剑锋所指，无一人得以幸存，八位剑心通明的尼姑但凡被指中，皆跌飞而去，即便是联合八人的气息和力量，也都抵御不了那一瞬间陡然升起的恐怖力量。

人力有时尽。

八人朝后方跌飞而去，落到地面的时候，每一人的口中皆有鲜血喷出，显然都被这力量震伤。

我一剑得手，却并没有顺势大开杀戮，反而是一剑绵延，将那力量收住，剑尖不断击破虚空之中的节点，让这股陡然爆发的力量，在氤氲之中缓缓消散。

当漫天澎湃的力量消逝而去的那一刻，众人方才看得清楚场中的情形。我站立着，而其余八人，皆扑倒在地。

一招，仅仅只用了一招，便将这所谓天下第一的剑阵破了去。八位慈航别院费尽了百年时间培育出来的剑心通明，都扑倒在地，再无战之气息。

围观的众人自然是震撼莫名，而对这静斋通明剑阵最为了解的慈航别院中人，则已经完全傻掉了。正是因为了解，她们才知道凑齐八个剑心通明的剑手有多不容易，知道剑阵完全发挥起来的所向披靡，知道剑阵之所以敢称天下第一的底气，知道……

她们什么都知道，就是不知道倚为长城的静斋通明剑阵，为何会被我一举击破。

刚才还居高临下的静格师太脸色大变，结结巴巴地说："这……这到底是怎么回事？你究竟用了什么妖法？"

我没有说话，而是朝着空处望了过去。平静了几秒钟，我淡淡地说道："弥勒，好戏看够了，你还不出来？"

话音刚落，在广场的一个角落走出一个戴着青色面具的白衣僧人，和缓地说道："井底之蛙，所谓的天下，不过就只有眼中的一口井眼，而不知道天下到底有多大。陈兄，真想不到没有天龙真火珠，你居然也能出来。"

我愤然说道："你还好意思说，当初将我诓骗去，卖尽苦力，结果你转身就把我给卖了。"

这白衣僧人，正是邪灵教的掌教元帅，小佛爷弥勒。

他缓步走上前，根本就不理会旁边的慈航别院以及江湖群豪，而是与我笑着说道："当日我费尽心思，去偷取五彩补天石，没承想头汤竟然是被你吃了，还那般贪婪。如此至宝，大半的功效居然都被你吸收了，我拿到手的，只剩残羹冷炙。想了想，像你这般的对手，不如就搁在地底，终此一生罢了，免得猛虎出笼，误我大事……"

我冷笑道："可是我终究还是出来了，这一点，想必你很失望吧？"

那青色面具只是遮住了弥勒的上半张脸，只见他嘴角处浮现一抹邪魅的笑意，他平静地说道："谈不上失望，只不过我与陈兄惺惺相惜，若是有可能，真的不想成为敌人，刀兵相向。"

我也叹气："这世间，有的东西是注定的，比如你夺走了我的伙伴，然后把它变成这般模样的时候，我们就已经是敌人了。"

弥勒也叹气道："造化，这便是造化。它是我所有计划的源头，没有它，我的一切抱负都会成空，从某种意义上说，它比我的性命还要重要。所以，我不能把它还给你，抱歉。"

两人凝视一会儿，我突然笑了："我突然想起了千年之前，周瑜曾经说过一句话，叫做'既生瑜，何生亮'。能够成为你的宿敌，我也很荣幸。"

弥勒点头说道："是，天下间的英雄大拿中，除了仁兄一个，无一人可入某家法眼。"

两人傲然相对，眼中虽然是惺惺相惜，杀气却在空气中弥漫。只要是有机会，我们两人都会毫不犹豫地杀掉对方。男人之间的感情，便是如此的奇妙。

弥勒仿佛是我最熟悉的人，从某种意义上说，他比我师父、小颜师妹、小白狐等人，更为重要。朋友和亲人有很多，但是宿敌只有一个。

我平静地举起了手中的饮血寒光剑，在那一刻，这柄饮尽无数高手鲜血的魔兵，居然选择了沉默，宛如一柄最普通的长剑一般，暗淡无光。

弥勒也伸出了手掌，他的手掌上套着一层黑黝黝的鳞甲手套，手套上充斥着一股洪荒巨兽的气息，从威势来看，并不亚于饮血寒光剑，或者说更甚。

就在我与弥勒两人相对，准备进行宿命对决的时候，一句愤然的怒骂声陡然响了起来："你这臭和尚，又是从哪儿来的？"

说话者，正是刚才立于大殿上的静格师太。经过了这么长时间的适应，她终于相信了天下第一剑阵被一剑击破的事实，也知道慈航别院的自封，不过是一个笑话。当她瞧见大摇大摆走出来的弥勒，心中自然有火。

慈航别院千年传承，曾经的辉煌养成了她们独特的气质，怎么可能容这些人放肆？想来就来，想走就走，公共厕所么？

静格师太一出声，弥勒突然笑了起来，对我拱手说道："陈兄，刚才你面对这天下第一剑阵，虽说轻松无比，但也算是战了一场。我不愿意占你便宜，不如这样，你且稍歇，我与这位师太玩一玩，再与你相较。"

这话说完，他温文尔雅地朝那静格师太拱了一下手，淡然说道："请！"

请！真正傲气者，从来不说任何挑衅的话，只是至道化简，简单的一个字，就能够解决一切。

静格师太刚才还在为己方的剑阵被破而心急如焚，此刻瞧见和尚对着自己出言挑衅，心头不由得一阵火起，怒声喝道："真当我慈航别院是任人拿捏的泥巴了？那好，今天就让我静格扬名立万，告诉江湖上的朋友，我静格为何不屑于与那劳什子天下十大为伍的原因！"

啊，好大的口气！我在旁边眯眼瞧，虽然并不想让慈航别院与弥勒交手，但听到这句话，还是一愣。看得出来，慈航别院被故意排除在主流之外，心中一直有芥蒂。

这怨气也延伸到了天下十大之上去，不但慈航别院的斋主静念师太觉得自己能入列，而且名不见经传的静格师太，也是同样的想法。天下十大，真的就那般好当么？

就我个人看来，天下十大之中，除了牡丹江天仙宫的三绝真人是因为照顾地域分布而有些水分之外，其他的人，个个都是当世的强者。就算是三绝真人，他或许在临战拼斗上不及他人，但精通道术、萨满巫术和通灵术的他，只要有准备的时间，也不是她静格师太所能够比拟的。

静格师太这么一说，我突然收起了为慈航别院思考的想法。她刚才其实是在侮辱天下十大，而我师父正是天下十大之一。既然现在的人野心勃勃，觉得自己够格，那就让她看一看，什么是真正的天。

天有多高，地有多厚？知道了，这一点总比不知道的好。

我没有上前阻止，静格师太则从虚空中一摸，竟然抓出了一根连着万千金丝的拂尘。这拂尘就如同女鬼的头发，柔软而诡异。

拂尘无风自动，不断蔓延，最长的居然延伸出三五米，不断晃荡，仿佛拥有了生命一般。而就在这个时候，远处的殿宇里突然传来了钟声，有几十名僧尼在念经禅唱。

我侧耳一听，是金刚经！整个空间都回荡着这种让人心态安详的声音，而金丝拂尘却随着禅唱，越发增长，朝着四周开始蔓延。

有一束居然还冒到了我的面前来，试图挑衅我。瞧见那游绕不定的金丝，我扬起了头，眯眼看向了拂尘的主人。静格师太与我冷峻的目光相对，下意识地回避了。

拂尘的气势在禅唱中攀升到了极致，而另外一人，则单手执佛礼，静静地站在那里，人畜无害。

第二十九章 做狗，就要有狗的觉悟

静格师太能够战得过弥勒么？

这话问起来显然有些多余，不清楚底细的人或许觉得在慈航别院的主场上，自信满满的静格师太胜算或许更大一些。然而无论是我，还是弥勒，都明白一点，静格师太不过是开胃小菜而已。

这个世界上，很多修行者或许因为年龄的问题，对这个世界的感知和经历会多一些，也厉害一些，但并不绝对。并不是年龄大，就能够横行无忌，它对一些人并不适合，比如我们。然而静格师太却并不这么认为，她一往无前地冲了过去。

敢于蔑视天下十大，静格师太自然有一身傲人的本事，那拂尘一出，漫天都是金色丝线。这些金线丝丝缕缕，遮蔽天空，将整个广场都给笼罩住，接着在一瞬间集中在了弥勒的身上。

当时的场面绚丽至极，仿佛烟花在一刹那间绚烂，紧接着又倏然收起，最终融于一点，而那个点，就是纹丝不动的弥勒。

她能够战胜那个光头么？在场的每一个人都充满了期待，只有我的心一直提在了半空中。就在弥勒即将被刺出无数漏洞的时候，他终于动了，向前轻轻拍出一掌。这掌，是法印，持莲花生大士六道金刚咒，内缚印！

砰！

无数根金丝，每一根都能够杀人，万千刺来的金属丝线凝聚成一片，却在弥勒的这一掌间变得无比的温柔，化作了情人的轻拂。拂尘柔和地拂过弥勒的全身，没有一点儿杀伤力。

怎么可能？静格师太双眼睁大，难以置信地望着百炼钢化作绕指柔，那能够将人绞成碎肉的拂尘金丝却是化作了情侣之间的搔弄。一股怒火顿时升腾而起，静格师太右手一转，将那万丈红尘一举扭转。

动！

源头处一阵绞杀，那柔软无比的金丝瞬间被灌注了恐怖的力量。静格师太将一甲子的修为疯狂灌入，金丝在瞬间又重现杀机，那个被包围在金丝中的男子在一瞬间化作了虚无。

死了么？

静格师太难以置信地望着拂尘的尽头，就在她惊诧之时，身后一股巨大的力量如电而来。静格师太凭着本能回避，刚偏出一个身位，立刻有一股劲风朝她抓去，人连退几步，方才脱离那掌控。没想到刚一稳住，那攻击却如影随形，让她没有一刻喘息的机会。

好恐怖的速度！两人都是当世间最顶尖的高手，身形似电，化作了两道幻影。他们以快打快，在寻常人等看来，却仿佛消失了一般。

旁人看不出什么门道，但是在我看来，那弥勒的快，是一种压制的快，而静格师太则是处于临界线边缘的快。时间越久，静格师太就越处于崩溃边缘，而弥勒并没有用出全力。

在我看来，两者之间的差距实在是太大了，弥勒无论是在境界，还是在修为，以及眼光，都远远地超出静格师太许多。而那尼姑，却还在做着自己与天下十大相差不远的美梦。

相差不远么？我感觉应该快要结束了。之所以有这种感觉，是因为我之前破去静斋通明剑阵，所用的时间与此刻是一般的。

想到这里，我心头震撼，那个家伙难道有这么恐怖的强迫症么？

就在我心中猜疑的时候，两个宛如鬼魅的身影陡然一停。戴着青色面具的弥勒倏然出现在了静格师太的身前，一双鳞手抓在了她的双手上，那拂尘竟然被轻易地抛开，紧接着他一脚踹在了那静格师太的胸口。

砰！

这一声听得我都是心口一疼，而静格师太的脸色也在这一脚之后，变得无比惨白，七窍之中，皆有鲜血流出。这时间，与我刚才破阵的时间分秒不差。

强迫症！

静格师太完败，在自己的主场上，在无数禅唱的加持中，被眼前这个光头男子轻松战胜。这对她来说，无疑是一种强烈的羞辱，她紧咬银牙，对这个抓着自己的男子厉声吼道："来呀，有本事你就杀死我！"

这是在耍狠，然而她不知道自己耍狠的对象，从来都不是一个心有顾忌的人。

青色面具下面的嘴唇轻轻一咧，露出好看的笑容："固所愿也，不敢请耳。"

弥勒会害怕杀人么？非也！一只穿着鳞甲皮套的手朝静格师太那雪白的脖颈上摸了过去，只要一抓实，他就会毫不犹豫地拧下这女人的头颅，就如同拧下一只小鸡的脖子一般。作为邪灵教的掌教元帅，区区一个慈航别院的长老，跟一只小鸡，其实也没有任何分别。

不过一把剑，出现在了弥勒伸出的手掌前，将他这一击拦住了。轻挑，回击，蓄谋已久的我在这千钧一发之际，挤入了两人之间，将静格师太从弥勒的手中救了出来。

我连步后退，一边抓住静格师太的手，一边举起手中长剑，平静地说道："你既然胜了，又何必取她性命？"

弥勒十分有风度，并没有趁机追杀，而是抱着胳膊说道："世间人从来不知感恩，能多杀几个，就多杀几个。"

他杀人的借口，竟然如此简单？

然而就在此时，那个被我救出的静格师太却拼命地将自己的手从我的掌心中拽出，一边拽，一边喊道："你这个臭男人，放开，快给我放开！"

弥勒耸了耸肩膀，不置可否地笑道："你是否后悔了？"

我放开静格师太的手，有些疑惑这尼姑的岁数到底有多大，怎么摸着像小姑娘般的细腻。

面对弥勒的嘲讽，我平静地说道："并没有。任何人，都有自由生活在这片苍穹下的权利。我或许并不喜欢她，但我会尊重她生存的权利，因为这是上天赐予的，而不是由我来决定的。"

弥勒捏了捏手，感受了一下刚才饮血寒光剑斩在他手上的劲道，微笑道："你果然厉害许多。事实上，你不觉得到了我们这个境界，一定程度上，不就是天，不就是神么？"

我摇头，平静地说道："我并不这么认为，天便是天，我便是我。若是对上苍都没有了敬畏之心，我相信你我都会死得很快。"

弥勒一步跨前，厉声喝道："蚩尤！"

第十四卷 一个时代的结束，一个时代的开端

我心中一跳，手中的魔剑紧紧相握，沉声说道："你在说什么，我听不懂！"

弥勒双手下垂，一字一句地说道："这些年，左使最遗憾的事情，就是当初在那山洞中未识得你的本尊，将你放跑，甚至让茅山把你收入囊中。好好的一匹野狼，却偏偏驯化成了看家狗。然而，魔就是魔，要是没有一颗狂野和睥睨天下的心，你活在这世间，又有什么卵用？"

在弥勒叫出"蚩尤"的那一刻，我有一种被人剥光衣服的感觉，然而听到他的讥讽，我还是忍不住说道："破坏一切，这就是你所谓的狂野之心？"

弥勒摇头，叹气道："我很失望，没想到九黎共主，就是这么一个模样！"

我冷哼一声，道："我就是我，谁也不是！"

弥勒眼珠子一转，突然笑了，对我说道："对了，我终于想明白了，你是陈志程，是你阻碍了蚩尤大人重返世间。若是能够将你杀了，我就能够重见老祖宗了，哈哈！"

他疯狂大笑，而我则平静地说道："你有本事杀我么？"

弥勒平静地举起了双手，对我说道："当魔选择了屈服，就连它最信任的手下，都会选择背叛，你可知道那猴子为何会跟着我？"

听到弥勒突然谈及胖妞，我心头一跳。

弥勒冷笑道："蚩尤座下，有七十二魔将，为保主平安，转世护翼，那猴子便是其中的护法之一。然而，你最终选择了那些虚伪的带翅膀者，像狗一样屈服，它方才离开了你，成为我的属下……"

听到他的歪理邪说，我愤怒地吼道："不！要不是你抢走了它，胖妞怎么可能背叛我？"

弥勒哈哈大笑道："胖妞，哼哼，你既然甘愿当走狗，就让你被自己最信任的魔将，亲手毁灭吧！而我，则将这腐朽千年的海天佛国一举击没！"

他陡然举起了双手，往着虚空一抓，整个空间都为之一震。无数殿宇，在这一刻轰然倒塌。而就在此时，我感受到后脑勺儿有一股强劲的棍风。

第三十章 匆匆那年

劲风扑背，根本用不着回头，我便知道来者，是我那自小一起相依为命的小猴子胖妞。当然，与当年蹲在我肩膀上的小猴子相比，此刻的胖妞大了十数倍，一个身高两米、浑身黑毛、熊腰虎背的金刚巨猿。

它手中不再是当年于墨晗大师给它特意打造的小棍子，而是一根用粗粝玄铁打造的长棍。

从暗处冲出，朝我扑来的胖妞面目赤红，不知道用什么涂料在脸上勾勒出一张雷公脸，凶煞莫名。

它高高举起的铁棍，仿佛能够碾碎任何障碍。面对胖妞的攻击，我并没有第一时间硬顶上去，而是朝旁边闪躲。

我行动自然，胖妞虽然力狠，身子也敏捷，但反应能力终究还是差我几分，与我擦肩而过，那棍子重重地砸在了广场上的青砖石上。

轰隆！

一声巨响，顺着它棍尖的方向，竟然有一道巨大的裂缝生成，朝着前方的殿宇延伸而去。裂缝在很短的时间里裂开，最宽的地方达到了一两米的距离，蔓延到殿宇的台阶下时，一股更庞大的力量从地底陡然而起，将庞大的殿宇一分为二，诸般建筑纷纷倒塌，化作一片废墟。

我一开始还在惊诧胖妞的恐怖力量，随后发现了，这裂开的地方，除了胖妞的重重一击之外，更大的原因，是因为那地下有一股庞大的力量在作怪。

我朝后退了两步，弥勒并不与我交战，而是朝着海天佛国的深处跃去，陡然一惊，大声喊道："你到底做了什么？"

弥勒扬声大笑道："陈志程，我与你交手的时机未到，且让我先将这海天佛国葬送了！"

随着他的狂笑，宛如神迹的海天佛国里的无数殿宇在这一场震动中不断倒塌，我瞧得心惊胆战，厉声问道："你是怎么做到的？"

弥勒得意地笑道："很简单，任何的洞天福地，又或者说是虹膜泡沫，它都有一个奇点。找到这个奇点，将其摧毁，那么这所谓的洞天福地，就如同泡沫一般，轻松一戳，就破碎了，好玩吧？"

我看着周遭奔逃的人们，气得脸色发白，厉声喝道："你这个畜生，这里的人怎么办？"

弥勒已经飘然远去，声音遥遥传来："自己看着办咯……"

与这声音一同传来的，是胖妞回身而来的一棒。

呼！

这一棒，又是擎天之力。我气愤不已，想起弥勒刚才所说的要与静格师太交手，是为了让我与他的战斗变得公平，很有可能是在骗人的，他不过是在拖延时间而已。他定然是在做了某种布置，就等着一举颠覆海天佛国，怕我纠缠他，才故意挑了静格师太这么一个软柿子。

一想到这种可能，我就愤怒得不行，感觉每一次遇到弥勒，自己的智商就余额不足。每一次，都要被他耍么？怒火在心头，我对气势汹汹杀来的胖妞也没有什么好心情，一颗杀戮之心在胸腔中跳跃不休，陡然出剑将这棍子缠住。

铛！

一声响彻天地的震响，一股澎湃的力量顺着饮血寒光剑，朝着我的手臂袭来，而我则硬咬着牙，将铁棍子陡然压在了地上。回过头来冲一脸迷惘的静格师太，厉声喊道："愣着干什么？把这些晕倒的人，都送出去啊！"

不知道是不是被我救了一回，又或者是明白了缘由，静格师太对我的吩咐，居然毫不犹豫地执行了。她叫了身边的二十多个弟子，分一小半的人去各处通知。而另外的人，则组织起这些无头苍蝇般的各门派子弟，扶着那些晕倒的长辈，纷纷朝着山门跑去。

地底在震动，随时都有可能崩塌，而就在我分心与静格师太交流的一瞬间，胖妞却又鼓起了劲儿来，翻身抽棍。

胖妞咄咄逼人，我瞧着四处轰鸣倒塌的殿宇和空间，没有迂回拖延的心思，而是与它正面相撞，硬生生地撞到了一起。就个头而言，胖妞比我还高一个头，而它是传说中的通背猿猴，一双手臂上有千钧之力。这个叫做天赋异禀。

第十四卷 一个时代的结束，一个时代的开端

之前有人告诉我，这小猴子日后成长起来，双臂贯通，那力量，天下间也没有几人能挡。我当时并不以为意，只觉得是骗人，没承想这苦果，居然是让我自己尝了。

嗡嗡嗡……

每一次的撞击，我都感觉到双臂的酸软，饮血寒光剑仿佛要被粗粝铁棍子砸成两段般，然而我坚持住了。

之所以如此，倒也不是全凭意志，而是我大成的巫体，使得我全身的精、气、神都凝聚为一体，混元无漏，面对这样的巨力，也不会感觉太吃力。

古时候的大巫，移山跨海、追日射月，拥有最强大的力量，在猛兽如云的洪荒时代执掌天下，便是凭着强悍的身体。

那时候的巫体，也就是此时的魔体，可是与佛家金身一般的传承。当然，光凭一副好身体，那是不行的。还得有一颗桀骜不驯的心，有战斗的热血。

弥勒嘲笑我是做狗的性子，却不知道我心底里流淌的，是沸腾不休的热血。越与胖妞相战，身上的痛苦越多，我的战意也越浓烈。

杀！

我丝毫没有因为这个家伙是我儿时的同伴而犹豫。这般硬对硬的战斗，一直持续到场内最后一人撤出。

战到此刻，身体里仿佛安装着小马达一般的胖妞也感受到了疲惫，动作下意识地迟缓了一下。就在这迟缓的一瞬间，我的重剑将它压在了地上。

两兵僵持，我死死压住胖妞，与它面面相对，彼此都能够感受到对方的呼吸。到了此刻，我方才喘着粗气，一字一句地喝道："胖妞，睁开你的眼睛，看着我！"

胖妞奋力反击，然而终究被我死死压制住，不得不拿那双眼睛，死死地瞪着我。它的眼里，充满了桀骜不驯的魔性，以及让人浑身冰寒的死气，四目相对。

瞧见这一双充满了魔性的眼睛，我心中突然一酸，我们有多年没有这么对视过了。再见的时候，两个从小相依为命度日的小伙伴，居然会生死相向，命运啊命运，你为何会这般折磨人？

我们生死相搏，难道这就是宿命么？胖妞，胖妞，胖妞！你醒过来啊！我是二蛋，我是儿时与你在麻栗山中，在林中穿行的野小子啊……

我的眼睛不知不觉变得湿润，眼泪滴落在胖妞的脸上，将它脸上那些白色的涂料洗刷，而它的口中，也发出拼到极限时，野兽的呐喊之声！它就算是拼死，也不记得我么？

我心疼得仿佛马上就要死去，而就在这时，它的胸口处有一道金光朝着我当胸扑来。

那虫子！我在一瞬间想起了当初击杀黄山龙蟒时，趴在南海剑妖头顶上啃噬他的金色恶虫，下意识地朝后一跃，避开这陡然一击。

那虫子一击不成，舒展身子，让我瞧见真身。那是一条宛如桑蚕一般的虫子，背上有薄薄的蝉翼，身子一节一节的，呈现出纯粹的金色。而每一节身子的两侧，都有宛如眼球一般的黑点。

这一次再见到它，给我的感觉更加恐怖了，有一种吞噬一切的惊悸。

金色恶虫悬浮在半空，背上的薄翼超频闪动，一双眼睛泛出让人忍不住颤抖的光芒，仿佛下一刻就会将我啃噬。对，这是贪婪的光芒。在它的眼中，我不过是一份可口的食物而已。

我感受到了莫大的威胁，仔细防备着，然而下一秒，那虫子居然消失不见了。我则有强烈的警兆陡然而生。不好！

我心中狂震，一记魔威发出，企图将这玩意吓退，却不曾想头顶处一阵濡湿，脸的两侧，有十余根触角刺入皮肤中，一种强烈的眩晕感，从我的脑袋扩散而来。

在那一刻，不知道怎么回事，我想到了黄山上的南海剑妖。那时的他，也是这般绝望吧？

第三十一章 清醒的胖妞，离去的护法

我双手抱头，奋力地将这包裹在我头上的金色恶虫往外面拔去。结果这玩意就像是长在我头上一般，我这边一使劲，就感到一种钻心的疼痛。

痛！我根本就拿它不下，因为每抓一下，就有一股将指尖插进眼睛里面的痛苦。

啊！

我疼得一脑门的冷汗，回头看向了胖妞，瞧见它一脸严肃地举起了手中的玄铁棍，一点一点地朝着天空举了起来。它脸上的白色浆液，被我的泪水冲刷得一片模糊，这使得它不再如先前那般凶恶。

我心中不知道为什么突然一软，想着或许这就是宿命，我死在胖妞的手上，或许就是命中注定的事。

这般想着，我竟然莫名其妙地放弃了抵抗，一心等死。几秒钟之后，我感觉头顶上一轻，那金色恶虫突然腾空而起，宛如蜜蜂般的嗡嗡声由近而远。与此同时，我明白了一件事情，那就是我刚才之所以意志薄弱，恐怕都是那金色恶虫所作的鬼。

它不仅仅有着恐怖的速度和力量，而且还有能够让人心志软弱的精神攻击，让人沉浸在痛苦中无法自拔。就连我这般坚定不移的人，都被它所迷惑，天下间还有几人，能是它对手？这就是弥勒费尽心思养出来的虫子？这就是他说比自己性命还重要的东西么？他为什么会一直培育这般凶戾的玩意？

我满心疑问，不过最大的疑问，则是这金色恶虫明明可以像吞噬南海剑妖一般，将我的脑子吃掉，为什么会突然放弃呢？我抬起头来，瞧见刚才准备一棒子砸下来的胖妞，此刻却在远处坍塌的殿宇中。金色恶虫宛如闪电一般与它汇合，而它则在烟尘的尽头，回头望了我一眼。

这一眼，让我终生铭记。因为我能够从它的眼神之中，读懂一种意思，那就是它记起了我。

胖妞不再是那个浑浑噩噩的凶猿，它恢复了记忆。不知道为什么，这就是我当时的第一感觉。胖妞恢复了记忆，并没有与我相认，仅仅是控制着金色恶虫，让它不再伤我，然后转身消失在了烟尘之中。

我不知道它为何会突然清醒过来，也不知道它为何会离我而去。站在原地，我摸着脸上黏稠的浆液，好一会儿，突然想起了弥勒临走之前，所说的话。

做狗，就要有做狗的觉悟。众叛亲离！

原来本是我魔将护法的胖妞，最终与我走上了不一样的道路，这并不是它丧失了记忆，而是因为它选择了更有尊严地活着。

我又想起了杨劫，他当初出生的时候，也是与我一般异象纷呈，那时魔头降世，最终被我和依韵公子合力退去。此刻回想起来，莫不是与胖妞一般的身份转世而来？

杨劫不止一次地说过，要做我的护法。然而，他最终选择独自一人离开，通过茅山秘境，前往我所未知的世界去修行。陈慎也是。

……

记忆在那一瞬间陡然爆发出来，无数的线索纷呈而至，出现在我的面前，我的脑海里却一直回荡着弥勒的话——做狗……

我是狗么？陶晋鸿是我的师父，我一身技艺都是源于他的教诲；李道子是我的恩人，我能活到今天，全都是他的努力；王红旗是我的领导，此时此刻我之所以位高权重，都是因为他的器重……还有茅山、家人、亲人和所有我在意的情谊……这些都是束缚我作为狗的枷锁么？

我愣在了原地，然而就在这时，我突然感觉到脚下一阵晃动，双腿站立的地方往两侧拉伸，一条裂缝迅速出现，并且越来越大。

我从混乱的思绪中醒了过来，轻松一跃，便摆脱了陷入地缝的危险。站在那裂开的地缝边缘，我下意识地往下望去，却见几十米深的地方，竟然有翻滚的岩浆在鼓动。

人若是掉下去，绝对不会存活，而会变成涮肉。是人是狗，已经不再是我所需要考虑的东西，当务之急是赶紧出去，要不然什么玩意儿，都是假的了。

我回过头来，瞧见海天佛国的围墙已经垮掉，远处的水寨已经塌成一片，与之相连的海崖崩塌，而我们来时的花舟码头，则挤满了人。花舟搭载着人，匆匆离开这桃源之地。

洞天福地是珍贵的，然而所有的一切与性命相比，却显得苍白。弥勒这家伙，为什么要这般做呢？毁掉慈航别院，对他有什么好处？我实在是猜不透那家伙的心思，不过当务之急是离开这里，要不然小命不保。这般想着，死里逃生的我沿着废墟，朝外面跑去。

刚走几步，我又停下了脚步，余光瞧见了一个家伙。那家伙也瞧见了我，两人四目相对，而对方的眼中，在一瞬间露出了极度的惊慌。再一次瞧见落千尘，我突然想明白了一件事情。洛飞雨之所以死保落千尘，并非因为这畜生是她的小叔那般简单，而是因为落千尘他不仅仅是一个医生，而且还是一个顶级的制毒高手。他制作的毒药，无色无味。他出现在这里，或许并非是慈航别院的主动找寻，更有可能是弥勒的计划之一。他之前匆匆赶往这儿，恐怕就是要迷倒那些重要人物吧？

想到这里，我没有半点儿犹豫，拔腿朝他奔去。落千尘瞧我居然放弃了逃生，而朝着他的方向扑来，顿时大惊失色，脚尖一蹬，朝着不断坍塌的庙宇退了回去。

他想通过这崩坏的世界，让我知难而退。毕竟世界上，有勇气与他人同归于尽的人，实在是少之又少，他这般做，是在赌我并不是那样的一个人。千金之躯，不坐垂堂，然而他终究还是赌错了。

正如我以前对话事人所说的一般，我要杀的人，就算是逃到了天涯海角，就算是有诸神护翼，他也得死。

落千尘是知道我的实力的，先前他与洛飞雨拉开我那么长的距离，结果在短时间内就被追上了。这一回，在没有人保护的情况下，我想要抓到他，那是分分钟的事情。想明白这一点，他便打定了主意，哪里危险，他便往哪里钻。很快，他就扑进了废墟的烟尘之中。

落千尘用针，之所以如此，除了跟他的职业有关之外，还有一点，那就是他走的，是轻灵飘逸的路子。这家伙的轻身法门，比我所见过的大部分人都要厉害。

当初我觉得鬼鬼算十分不错了，然而跟落千尘比起来，终究还是欠了几分火候。落千尘在不断坍塌的佛国中穿梭，而我则在他后面紧紧跟着。

两个人就像两道闪电，这样的奔跑中，无数的危险降临，哪怕是晚上一秒，就极有可能被砖石压在下方。

　　耐力在落千尘的身上一点儿一点儿地消失，而我却越来越近了。最终，他在一座巨大的观音像前，停住了脚步。

　　一脸悲愤的他转过身来，对我愤然喊道："为什么，我跟你到底什么仇什么怨，你竟然会这般穷追不舍？"

　　我伸出手来，连气都不喘，平静地说道："把解药交出来。"

　　落千尘的手往胸口一摸，随后朝我掷了过来："解药给你，赶紧给我滚蛋！"

　　他口中这般说着，朝我扔来的，却是一蓬墨绿色的毒砂。这些毒砂充斥着浓郁的腥气，不用检验，就能够感受到上面那剧烈的毒性。事出突然，我甚至没有闪避。

　　在落千尘满心的期待中，这些墨绿色毒砂在临近我的一瞬间，自动朝两边分散开去，劲气外放。

　　落千尘的脸上满是恐惧，而我则在下一秒出现在他的面前，一把掐住了他的脖子，平静地说道："这玩笑一点儿也不好笑。我再问一句，解药在哪？"

　　被掐住脖子的落千尘，感受到了凛冽的杀气。这杀气既来自于我的眼神，也来源于我手掌上的劲道，犹豫了几秒，他颓然说道："在我左边的兜里，那包粉末，用一比五十的比例兑水，可解毒。不过是些蒙汗药加化功散，弄不死人的。"

　　我一把将他按在地上，盯着他的眼睛，一字一句地问道："你没骗我？"

　　落千尘被我掐得脸色青紫，眼泪流了出来："我哪里敢……"

　　我收好解药之后，浑然不顾周遭的一片混乱，平静地说道："好了，我们可以算一算老账了……"

第十四卷 一个时代的结束，一个时代的开端

第三十二章 心魔，心魔

落千尘变得惊慌起来，哆嗦地说道："该说的我都说了，解药也给你了，你到底想要干吗？"

我瞧见他这一副怂样，又好气又好笑，指着他的鼻子说道："落千尘，你好歹也是江湖上鼎鼎有名的变态神医，说得出名号的豪杰之辈，做事能不能有点儿担当？"

落千尘被我死死按着，喘着粗气说道："嘿嘿，那些不相干的玩意儿，都是说出来唬人的，在您这样的顶尖高手面前，我哪有什么架子好摆？"

我被这家伙的无耻模样噎得半天没说话，随着周遭的崩塌，我眯着眼睛，最后问道："你真不知道我找你干吗？"

落千尘一脸无辜地摇头。

我看他装疯卖傻，冷冷说道："难道慈航别院就没有告诉你，为什么会把你关起来？"

落千尘回答："说你要找我麻烦，让我避起来，别跟你碰面。"

事到如今，对方还在这里装无辜，我再也憋不住了，指着他的脑门，愤然说道："一个星期前，你在舟山是否有用金针杀过一位女子？"

落千尘皱着眉头想了一下，然而我没有给他反应的时间，举起饮血寒光剑，缓缓地刺入了他的胸口。饮血寒光剑一入体内，立刻通过那周身孔隙，不断地吸着鲜血，落千尘的脸色在一瞬间变得惨白。

就在这个时候，他突然大声喊道："我没有做过这件事情！"

什么？我的手微微一抖，落千尘痛得厉声大叫起来。

在惨叫几声之后，落千尘冷静下来，一边喘着粗气，一边对我说道："我没有，这段时间以来，我为了打进慈航别院，一直在跟这帮老尼姑周旋，哪里有时间去舟山杀人？再说了，我落千尘行走江湖救人，除了情非得已，从来不胡乱杀人。这事儿，你可以找任何人来对质！"

我从怀里掏出取自李何欣头颅中的金针，递到他面前，一字一句地说道："这根金针，是从我属下的头颅中取来的，你又怎么解释？"

落千尘艰难地抬起了左手，费力地摸向了胸口，掏出一个小皮囊。他指着皮囊中的无数金针，抽着冷气地说道："你自己看，我这里有一百零八根金针，可曾有少？"

我眯着眼睛，快速数了一下，一百零八根。几乎不用如何细数，我的脑海里自动报出了一个数字，一根不多，一根不少。

"啊！"

就在我扫那一眼的时候，落千尘突然一声喊叫，原是见饮血寒光剑自己灌注了气劲，开始疯狂地吸血，将落千尘的生命力一点儿一点儿地抽取去。

似乎感受到生命快走到了尽头，落千尘变得无比惊慌，冲着我喊道："你怎么可以随意杀害无辜之人？"

无辜之人？我曾经自豪地跟别人说过，陈志程剑下，从来不杀无辜之人，然而此刻，我就要破例了么？想到这里，我的浑身就是一震。

同时，我们面前那尊巨大的观世音菩萨像，高达四五丈的石像受到巨震的影响，中间浮现出了一丝裂痕，然后在瞬间扩大，整个石像处于即将崩溃的边缘。

我脑子嗡嗡作响，感觉自己坚持的某些东西在这一刻破碎了，心魔似乎随时都有可能吞噬我的意志。而这时落千尘却在绝望地呼喊："根本不是我杀的人，你这个嗜血的恶魔，我就算是死，也不会放过你的，你一定会得到报应……"

他似乎是知道自己在劫难逃，临死之前，各种恶毒的诅咒朝我骂出来。

瞧着地上躺着的这个人，我强忍着心中的躁动，平静地说道："就算不是你杀的人，单凭你往日对那些女娃子做的龌龊事，你也死不足惜。"

落千尘猛然撑起双臂，愤怒地吼道："猥亵幼女，也算是死罪？"

我平静地拔出饮血寒光剑，脚尖轻点，身子朝后面飞纵而走，嘴里则淡淡地说道："在我这里，算！"

轰！

那尊巨大的观世音菩萨像，在这一刻陡然倒塌下来，将还有一口气息、愤愤不平的落千尘砸成肉糜。

冥冥之中，或有天注定。望着那碎成一地石碴的佛像，我陷入了短暂的沉默中。

从落千尘的表现来看，他似乎真的不是杀害李何欣的凶手，凶手却将种种证据都指向了他，显然是有意在误导我。或许对方想要做的，借一个由头，让我杀掉落千尘。至于李何欣，她不过是一个工具而已。

她其实可以不用死，到底是谁在背后谋算这一切呢，我的脑海里浮现出了一个人影，然而越是这般想，越是觉得心头沉重。随着周围的空间不断崩塌，烟尘飞扬，我脚下的土地也随之动荡不休。然而这一切在我看来，都变得不那么重要了。

有一个声音在我心中，幸灾乐祸地喊道："你在滥杀无辜！你知道么，你在滥杀无辜，这样的你，和那些虚伪的家伙，有什么不一样？你不过是一个妄杀之徒而已，这才是你的本性，跟我又有什么不同？"

我真的是个好杀之人么？我真的是个残暴的家伙么？这样的我，又有什么好坚持的？跪倒在地，我感觉耳边不断传来嗡嗡的声音，有嘲笑，有尖厉的哭喊，也有沸沸扬扬的议论。无数的杂声像海浪一般袭来，仿佛要将我淹没。

此刻的我，却没有一点儿力气，没有心思抵挡。这样的我，不如死去……

死去？就在我心头浮现出死志时，突然间，整个空间竟然传来一阵玻璃碎裂般的声音，紧接着我感觉天旋地转，仿佛世界都崩溃了一般。

我心中狂震，想起了弥勒临走时说的话。这洞天福地，不过就是一个美丽的气泡而已。想要戳破，很容易的！

一瞬间，世界崩塌，我仿佛坠落深渊，不但是身体，就连灵魂都在朝着下方飞速坠落，世界在这一刻变成了一条线。

不知道过了多久，也许仅仅几秒钟，当周身被液体包裹住的时候，我发现自己停止了下坠的冲势。一股浮力把我往上面托去，我下意识地张开嘴巴，咸咸的海水顿时灌入。

我掉到了海里面？一头雾水的我被那冰凉的海水下激，快要炸开的脑子也终于恢复了一些意识，张开双手，奋力朝着上面浮去。

花了差不多一分钟，我方才浮出水面，深深吸了一口气，枯竭的肺部再也不用承受那二手气，忍不住一阵扩张，舒适无比。吸着咸腥的海风，海浪从远方拍打而来，我在海面上起起伏伏，四周一片静寂。

第十四卷 一个时代的结束，一个时代的开端

海面无光，四下黑沉沉的，仿佛回到了子宫中一般，无比的安详。倘若不是头顶上的星光，我都以为自己到了极乐世界。

我将饮血寒光剑收入八宝囊中，然后伸开双手，在海面上浮浮沉沉。海浪不时拍打我的脸，将我淹没，接着又把我抛了出来。我将脑子放空，宛如死亡。

沉寂了不知道有多久，我差不多将整件事情的来龙去脉想清楚，也大致把握了一些脉络。事实上我并不蠢，只是无心不敌有心而已。

唯一的疑惑，是弥勒到底有什么图谋？不过不管怎么样，我都有一股强烈的杀意。这杀意已经与胖妞、还有那些被弥勒杀害的兄弟，以及此刻的李何欣再无关系，仅仅只是因为我想杀了他。不杀弥勒，我将寝食难安。

不知道过了多久，平静的海面上多了一点儿别的动静。一开始我并不理会，结果没过一会儿，在我的左前方突然出现了一条快艇，身后画出了一条完美的白线。

是敌，是友？

海面上一望无际，在点点星光之下，很容易瞧见浮在海面上的我，快艇朝着我这里飞驰而来，在离我十几米的距离时，我突然感觉到一阵心悸。

突突突……

这是自动步枪的声音，而在它响起的同时，我已然吐出一口气，将自己沉入海底。

我睁着眼睛，能够瞧见子弹穿入水中朝后方射去。每一条弹道，我都能瞧得仔细。不问敌我，不问缘由，开枪就杀，这样的家伙，想来也不是什么好人。我闭上了眼睛，平静地想着。

第三十三章 水申浪战

快艇在海面上飞速奔驰，上面的成员在黑压压的海面上巡视着，快艇是海警配备的巡逻快艇，四人座，上面的人居然穿着海警的服装。这是怎么回事？

海警居然会毫不顾忌地开枪杀人，而且还是不用甄别的滥杀。这样的行为，怎么可能出现？

登船的我一直隐匿着气息，一落其上，便出手。往开船的那人身后拍了一掌。劲气一吐，那人浑身一震，直接昏倒了去。

驾驶员昏迷，快艇就失去了方向，朝左侧陡然一转，强大的离心力将那人甩得飞起，倘若不是有安全带捆缚，他会直接掉到海里去。

他有安全带，但是探身射击的另外三人，却没有，有两人被直接甩到了海里。另有一人回过了神来，手往腰间摸去，掏出了手枪。

近距离交战，还是手枪最有战斗力。然而那人的手刚刚抬起，手枪在一瞬间被我大卸八块，一堆零件稀里哗啦地全部掉落下来。

两人四目相对，我心中咯噔一下，终于知道了原因。

对方确实是海警部队的人，但是双目发直，脸色青紫，却是中邪了。也只有中了邪，方才会这般暴戾。

我一把抓住这人的胸口，左右一摸，抓下一块红线缠绕的黑色玉佩。玉佩上雕刻的是恶神灵像，那一对眼珠子是用尸油点过的，有一种特殊的气息。

我一把拽了下来，手掌一用劲，那墨玉被我捏得粉碎。碎末中，有一股阴寒至极的劲气在我手掌上萦绕，似乎有些不情愿，然而我掌中的雷劲一发，立刻烟消云散。

再之后，我瞧见那快艇上，居然还有一邪物。伸手一抓，那毛茸茸如水母一般的邪物便出现在了我的手上，它试图反抗，诸般鞭毛游动，朝着我的手腕上缠绕而来。我依旧逼发雷劲，我甚至都没有留活口和探询的想法。

这玩意儿化作飞灰，我伸手将快艇停住，在驾驶员的脑门上一拍，口中轻喝道："咄！"

那人醒来，左右一看，吓得半死，大声喊叫一番，仿佛丢了魂。还没有等我再往他的额头上拍，船上的两人也回过了神，质问起我的身份，紧接着被我掏出来的证件吓住了，慌忙朝我敬礼问好。

面对这两个恢复神志的警员，我实在没办法对他们有太多的责怪，尽管他们刚刚对我开了一梭子枪，让我差点儿死掉。罪魁祸首不是他们，而是那个让他们中邪的家伙。这人是谁，我不知道，我也并不期待从他们的口中问出来。

就在这个时候，不远处的海面上传来了呼救声，我瞥了一眼，瞧见是刚才那两个落水的海警，此刻的他们在海面上奋力游动，手中的枪已经不知道扔到哪了。

我刚才弄死的邪物是掌控整艘快艇的因素，这玩意被毁，相当于收发天线没了，那两人又恢复了正常的状态。

在得到我的首肯之后，快艇的驾驶员和另外一个人赶忙过去将这两个浸泡在海里的家伙捞了起来，我将他们身上的媒介全部毁去。

等这伙人都明白了怎么回事时，一时有些发愣，不知道该如何是好。我毫不犹豫地接掌了指挥权，命令快艇朝着附近的海域巡视。

之所以如此，是想要阻止同样的快艇犯下不可饶恕的罪恶。因为他们告诉我，同样的快艇，他们大队还有四艘。

马达再一次启动，迎着凛冽的海风，我盘腿坐在快艇长长的船头，没多久，我湿漉漉的衣服就被吹干了。而就在此时，前方的海面上，有一束明亮的探照光传了过来。两艘快艇正在快速接近，我一动不动，宛如石像。

在两艘快艇交错而过的一瞬间，我腾空而起，而那快艇上的人方才反应过来，不过他们发现得太晚了。

同样的手段，同样的黑色玉佩和水母邪物，被我瞬间灭了。

不多时，我已经收拢了两艘中邪的快艇，然而在不远处的一片水域，我瞧见了漂浮在海面上的尸体。这些尸体里，有一部分是慈航别院的尼姑，还有一部分人的身份不明，不过想来，不是慈航别院水寨中的人，就是被邀请前来无遮大会做客的江湖同道。

第十四卷 一个时代的结束，一个时代的开端

这些人，有的是被子弹射杀的，有的则是死于各种原因。这些新鲜的血肉引来了附近的许多鱼群，我甚至瞧见了鲨鱼独特的剑鳍在远处滑动。

瞧见这幅画面，我不由得心头感慨。慈航别院不鸣则已，一鸣惊人，不过正所谓"不作死就不会死"，偏偏想要提升自己的影响力，弄出这么多的花活，画蛇添足不说，还将自己的老巢葬送。现在这般模样，最痛苦的，恐怕就是慈航别院吧？

我心系茅山诸人和一些江湖朋友的安危，也没有在这一片海域久留，顺着风向而动。没走多久，我就瞧见远处有一艘快艇的残骸。残骸在海面上半浮半沉，燃油泄露，火光将周遭燃烧，我们赶到跟前的时候，里面无一人幸存。

在那几具被烧成焦炭的尸体上，我瞧见有人的头颅被直接捏烂的痕迹。这说明那些中邪的人遇到了对手，而且对手并没有我这般的好脾气，出手即伤人。瞧见这些，我感觉离漩涡的中心更加接近了。

快艇继续朝着我感应的方向前行，没多久，我瞧见了一艘燃火的游轮，仔细一看，却发现这游轮居然就是先前我与一字剑会面的那艘。与先前的灯火辉煌不一样，此刻这艘游轮冒着熊熊大火。

我让两艘快艇快速接近，在相隔一百多米的距离时停下，然后我跃入水中，朝着那游轮游去。我速度飞快，很快就翻身上了游轮，游轮上一片混乱，到处都是死人，船舱冒出滚滚的浓烟，仿佛一处地狱。

就在我往里面打量的时候，角落处突然传来了低低的呻吟，我眉头一皱，循声而去，找到了一个满头是血的家伙。我见过这人的，当初在明月阁中，他曾经跟着黄晨曲君一起在三楼畅饮。前些日子恣意飞扬，而此刻却是穷途末日，这就是江湖。

我扶着此人来到上风口，在他后背输送了一股劲气，那人幽幽醒来，望着我，下意识地要挣扎，被我一把按住。我低声说道："别动，我是黄晨曲君的朋友，来帮你们的。"

为了防止意外的发生，我这句话用上了魅心术。最简单的心理暗示，让那人放下了敌意，吃力地说道："我要死了么？"

我扶着他，安抚道："你放心，你不会死的，告诉我发生了什么事情？"

那人的神情顿时就舒展了许多，开口说道："软玉麒麟蛟现身了，游轮上的高手都乘坐小艇纷纷去追，我们奉命在这里留守。没想到来了一群光头和尚，自称十八罗汉，将我们打得落花流水……"

我想起围杀黄山龙蟒时，跟在弥勒身边的那些家伙，心中计较，又问道："那些人往哪里去了？"

他指着南边的方向，吃力地说道："去了洛峰岛！"

说完这话，他的喉咙中冒出了一口血沫来，咳个不停，口鼻呛得满是血沫。我将放在他背部的手拿开，这人失去了劲力支持，脑袋一歪，直接栽倒在地。

我伸手在他的鼻间一摸，已经没有了气息。这人是我发现的唯一活口，那帮劲气古怪的和尚下手毫不留情，整个游轮到处都是熊熊大火，用不了多久，就会沉没。我也没有久留，朝南边出发。

直到此刻，我也算是明白了，这一场争斗，并没有随着海天佛国的毁去而停止，那不过是前奏而已。

两艘快艇，一左一右地高速行进，很快就行出了相当长的一段距离，前方隐隐约约能够瞧见岛屿的轮廓。

洛峰岛并不算大，但是奇特，中间还有一处高耸的山峰。快艇开始朝着洛峰岛行进，然而就在这个时候，走在前方的一艘快艇突然发生了侧翻。

紧接着我瞧见一个穿着紧身水靠的光头尼姑从水面浮出，手掌一拍，将其中的一个海警的头颅直接拍碎。

狠！

第十四卷 一个时代的结束，一个时代的开端

第三十四章 群雄逐鹿

这陡然的变故一出现，我们这一艘快艇的驾驶员赶忙转弯，绕了一个大圈，那光头尼姑手起掌落，却是将整整一艘快艇的成员全部击杀。

好凶戾的手段！我的眼睛眯了起来，瞧见这个出手杀人的光头尼姑，却是先前把我们堵在水牢门口的静萍师太。

老尼姑出手狠辣，这跟她在水牢中的风格一脉相承，而当我们停下来的时候，她一眼瞧见了我，愤然骂道："好你个黑手双城，竟然用这般卑鄙的手段毁我别院，杀我子弟，老尼跟你拼了。"

她脚尖一点，身形似电，倏然就出现在我的面前，那看着并不算大的手掌，朝我的脸上陡然拍来。静萍师太的手掌不大，看上去却十分结实，五指除了中指之外，其余的指甲皆锋利如刀。借助着这般恐怖的冲势，她却是有奋力一战的资本。

不过相比静格师太来说，年迈体衰的静萍师太，终究还差了几分。平坐在快艇修长前身的我向前跃了几步，与这如离弦之箭射来的老尼姑拼了一掌。

对方这一掌，有许多门道。一涨一缩，力量走的是阴柔诡异的路子，让人心惊，而我则是最正统的掌心雷。

茅山掌心雷，与鬼物、邪物交手，最能克制，倘若同出于堂皇之道，却反而没有那般的特殊，不过任何力量，只要达到极致，都有意想不到的效果。

气势汹汹的静萍师太与我猛然拼击，我这边谨守神台，而静萍师太则被巨大的力量直接轰落水，全身一滞，接着被我朝着水中一抄，将她直接拽上了快艇前方的船体上，劲气一封。

静萍师太是慈航别院的长老高手，自有一身的本事，倘若是平日拼斗，我或许并不会这般轻松。之所以如此，倒是因为她在水中待得太久，气血亏损，又心情急躁，导致一交手就失手被擒。

我这边的快艇上的海警是有亲眼瞧见这老尼姑出手杀人时的残忍手段，一见到她被我生擒，顿时就闹将起来，说要为战友报仇，将老尼姑枪毙。而被擒住的老尼姑也是破口大骂，骂我居心叵测，屠杀无辜。

我没有理会静萍师太，而是瞪了一眼快艇上的几个海警，他们被我瞪得不敢多言。

事实上我也是格外的烦躁，刚才事出突然，我又没想到这老尼姑出手如此狠辣，被快艇带了一大圈，回来的时候，人都已经死透了。他们本来不一定会死，这是我的罪过。

我从静萍师太的话中，能够听出些端倪。之所以出手如此不客气，是因为她慈航别院的同门被同样模样的海警用现代武器肆意枪杀，连一点儿辩驳的机会都不给。

这事儿，当如何处置？我没有说话，任那老尼姑不停地破口大骂，待到她喘气的时候，我方才冷冷地说道："你海天佛国平日里烧香拜佛，除魔卫道，难道就看不出来这些快艇上的人都是被人控制中邪了么？"

我这话就像一根针，直接将静萍师太宛如气球一般的理由戳破了。滥杀的理由，根本不能成立。

到了这样的境界，近距离交手的时候，绝对能够瞧见这些人员是被人控制，身不由己的。他们都不过是工具。拿这些人撒气，有什么用？

瞧见静萍师太一时语塞，我毫不留情地继续说道："既然看出来了，还要滥杀，谁给你的权力？"

静萍师太被我控制住，挣扎不得，不过老尼姑的嘴却挺硬，指着那边的快艇说道："那几人我认识，刚才就在那边的海域，将我几个十几岁的徒弟射杀了。我管他是不是被人控制，我就要报仇，以命偿命。"

老尼姑的脾气倔得让人恨不得一剑结果了她，然而我还是得强忍怒火，冷然说道："杀几个普通人，算什么本事，那些躲在幕后操纵一切的家伙才是真正的仇人，你可敢去杀？"

静萍师太冷笑道："不就是你么？"

我嘴角上翘，傲然说道："你觉得，区区一个慈航别院，值得我动手么？"

这话说得极为藐视，静萍师太有心反驳，然而最终泄了气过了好一会儿，方才说道:"你说是谁?"

我盯着这老尼姑的眼睛,一字一句地说道:"邪灵教!"

"邪灵教?"

静萍师太大为惊讶,震撼莫名地说道:"怎么可能,怎么会这样?"

我从她的眼神里读懂了许多东西,冷冷地笑道:"世间与虎谋皮的人很多,但得有真本事才行,不然最大的可能,就是被老虎一口吃掉。"

说罢,我放开了静萍师太,也解除了她身上的限制。见我这般轻易地将她给放过了,不但快艇的海警诧异,就连静萍师太也惊讶地问道:"你就这么放过我了?"

我让快艇的驾驶员继续向前,平静地说道:"想得美,你无端杀害海警,手段残忍,而且还是在他们没有中邪的情况下。这样的事情,可不是我能够决定的。"

静萍师太举起手问道:"那你这是什么意思?"

我指着前方说道:"凶手极有可能就在前方的洛峰岛,你若是想要给慈航别院报仇,这就是你最好的机会。至于这档事情,事后自有相关部门找你,我想你应该不会是那种舍弃同门,独自逃离的卑鄙小人。"

我说得平静,静萍师太却陷入了沉默。余光处,我能够看到她的眼中,多出了一些决断。

我不再多言,静静地望着前方越来越接近的海岛,事实上,这是我能够想到的最好的处理方法了。我可以现在就杀了静萍师太,为那几个死去的海警报仇,但这样做,又有什么意义?

唯有把静萍师太招安,将身负大仇的慈航别院招安,我方才能够让蓄谋已久的弥勒,吃一回瘪。

如我所料,能够修行成这般境界的静萍师太,自然不是蠢人。她虽然生逢大变,但并未失去理智,知道作为在朝中与江湖都有一定地位与名望的我,是绝对不会当着么多江湖同道的面,肆意屠戮她慈航别院的。上面忍了她慈航别院半个世纪,继续容忍下去,也不是什么难事。像我们这样体面的人,要脸。

作为同样身受"打压"的江湖门派,慈航别院在此之前,跟邪灵教定然是有过联络的,或许还曾惺惺相惜,但是此刻却又是另一种情况了。

快艇迅速接近洛峰岛。岛屿并不算大,也不算小。

我站在船体前身，感受到岛屿上隐藏着许多的动静，似乎还有无数厮杀。

岛屿后方，我能够瞧见那蒙蒙的山体边缘，有光线传来。这也就是说，在海岛的另一边，有许多船。

快要靠近的时候，我看了一眼陷入沉默的静萍师太，冷冷地说道："你是准备在这里上岸，还是跟着我们到另一边去？"

恰好在这时，岛上的林子里传来了一声女性的尖叫，她便毫不犹豫地跃进了水中，朝岛上游去。临走之前，她朝着我拱了拱手。

老尼姑现在知道何方为敌，何方为友。我没有理会潜入水中的静萍师太，而是打了一个手势，吩咐快艇绕开海岛，朝着另外一边开去。没一会儿，我们便绕到了海岛的另一头。

我能够瞧见有四艘大小不一的轮船，旁边还有不断穿梭的小型快艇，异常热闹。这么多船集齐在这儿，只因为一件事情，那就是被誉为堪比黄山龙蟒的软玉麒麟蛟。

我不知道这玩意儿哪里能够比得上近乎真龙的黄山龙蟒，却能够感受到其中的魅力。偌大的慈航别院，延续了千年传承的宗门，因为这玩意儿，差点儿灰飞烟灭了。

快艇朝着场中快速靠近，而就在这个时候，有人朝着这边射来一箭，钉在了快艇的船头。这箭离我只有两米远，箭头刺入船体，而尾端则在不停地晃动。

这是在警告，让外人不要闯入其中，否则那一箭就不是射向船头，而是射向船上这些人的脑袋。从这一箭的力道和准头来看，对方有着这样的自信。群雄逐鹿啊！

快艇的驾驶员下意识地停下来，而我的脸上，则缓缓地露出了笑容。很有趣呢……

第十四卷 一个时代的结束，一个时代的开端

第三十五章 洛峰岛前群雄会

我眯着眼睛瞧过去，海面上黑影重重，四艘轮船有三艘挨在一块儿，其中有一艘已经开始冒黑烟了。还有一艘比较小的，游离在外，却似乎随时有可能扑将上去。

战况激烈，不断有刀兵之声传来。还有枪声，不过江湖人似乎对现代热兵器最为反感，只要有人敢冒天下之大不韪动枪，立刻就会受到重点关注，不多时，枪声变得寥寥无几，直至消失。

在这样的混战中，除了枪，最有威胁的就是长箭弓弩，我并没有瞧见那个出箭警告的人。

深吸了两口气，让沸腾的热血稍微平息，我这才对快艇上的几个海警说道："你们几个现在离开这里，尽快靠岸，找到电话打这个号码，将这里的事情通知对方——清楚了么？"

慈航别院的洞天福地崩塌，此刻空间一片震荡，根本就没有通讯信号。若是想要让有关部门参与进来，就必须有人通风报信。这些海警留在这里，根本就没有什么作用，还不如离开。

得到我的吩咐，几人不约而同地松了一口气，纷纷向我告别，而我则朝着旁边一跃，跳到了一处漂浮在海面上的木板上。快艇灵活地转了一个弯儿，快速离去。他们虽然是奉命离开，但实际上跟临阵逃脱也没有什么区别，甚至连句客气话都没有。

不过我并没有生气，这些人不过是普通的海警，稽查些走私、搜救之类的事情，倒也还算凑合。真让他们跟这些神出鬼没的修行者来交手，就实在是难为人了。

海水波涛汹涌，将我朝着海岛的方向推动而去，这时"嗖"利箭倏然而出，朝着我的右腿处飞了过来。并非要害，但是倘若中了此箭，那就只有打道回府了。

预感到了利箭的方向，我对那个隐藏在暗处的箭手，突然有了一丝莫名的好感。不嗜杀，这品质难能可贵，特别是像这样追求一击必杀的箭手。

这利箭来势汹汹，我随意地将手掌往前轻轻一伸，仿佛拈花惹草一般地抓去，当我将手掌举起来的时候，一根箭头呈现出螺旋形状的长箭，出现在我的手中。

我将这利箭抓在手上，朝着前方的空处挥了挥，算是打招呼。仿佛知道了我的手段，那箭手再也没有朝我射出一箭。

在远处似乎又出现了几只小艇，那人却是将注意力转移，不再啃我这个硬骨头。

我身子前倾，脚下的木板随着海浪，朝着战场的中心漂了过去。越靠近前方，杀声越发震天。就在我即将靠近一艘轮船的时候，脚下的木板突然一阵晃动，一双手将木板抓住，接着黑暗中有人发出一声大吼："给我下来吧！"

那人猛然一翻，想要将木板掀翻，将我拉入水中。然而，他这一使劲儿，那看着简单的破木板子，却如同生了根，一动不动。

水下那人一愣，冒出了湿漉漉的脑袋，朝着我望了一眼，高声问道："什么来头？"

对这些江湖中的小虾米，我并无任何争斗之心，稳稳地站在木板上，淡然说道："茅山陈志程！"

那人一听，抹了一把湿乎乎的脸，再看了我一眼，顿时就是一声惨叫："我的妈呀，陈老魔来了，酒鬼、老三，陈老魔来了，快跑路啊……"

他慌里慌张地喊叫着，一个猛子又扎进了水底深处。我被这人弄得哭笑不得，左右一看，几个刚刚浮出水面，准备朝着我涌过来的水鬼顿时就是一阵惊慌，纷纷朝着水中逃去，不敢再朝我这边靠来。

无人阻拦，我很快就冲到了战场中心，脚尖轻点，身子便直接跃上了轮船的甲板。我刚一落地，立刻有几根丈二长矛朝着我刺了过来。对方来得很坚决，就是要将我逼走，而我则不退反进，直接撞入人群之中，凭着结实的身体，硬生生地撞出了一片空间。

前方打得火热，而这边一有动静，立刻有人厉声吼道："哪儿来的邪教妖徒，给我赶走！"

接着又涌出好几人，跟这些长矛手一起朝我围来，我听出了对方浓郁的西川口音，为了节省气力，高声喊道："别胡来，我是一字剑的朋友……"

喊话的那人闻言朝我瞧了一眼，然后冲着前方大声吼道："黄剑君，这里有人说是你朋友，过来认一下！"

在远处传来黄晨曲君粗豪的话："妈的，老子忙得很，让他报姓名。"

这个满脸络腮胡子的壮汉瞪着我，一双牛眼睛凸出来，点了点下巴。

我摸着鼻子说道："茅山陈志程。"

络腮胡壮汉回过头去，冲着前方大声吼道："这家伙说他是茅山陈志程，茅山……黑手双城？"

那人脸色一变，下意识地向后退了一步，而刚才似乎很忙的黄晨曲君听到我的名字，顿时就扬声大笑道："哈哈哈，来了，来了，我陈兄弟来了，你们先自个儿玩吧！"

话音未落，一个黑影陡然浮现，真是那丑汉子踏剑而来，冲着我挥手道："还以为你出了事儿呢，没想到竟然这么赶巧？"

我走上前来，还未开口，旁边的那个络腮胡子就赶忙凑过来跟我握手，恭敬地说道："先生好，小弟蒙棒子，川北连云寨的水蟒子。"

这络腮胡一大把年纪，在我面前却充着小辈，点头哈腰。

我并不意外，跟他点了点头，问道："现在什么情况？"

黄晨曲君上前一步，压低声音说道："软玉麒麟蛟已经被慈航别院引来了，并且用八极九宫绳套住，不过他们没有想到自己的老巢被邪灵教攻破，后院失了火，这边又被围住，正在对峙呢。"

我问道："都有些什么人？"

黄晨曲君笑着说道："我们这帮杂牌军算是一方，慈航别院和帮手算是一方，邪灵教找来的帮手算是一方，另外还有几个藏在水里不露面的高手，又算是一方……"

我耸了耸肩膀道："四国军旗啊，看着挺热闹的！"

黄晨曲君冷笑道："刚才挺热闹的，慈航别院的老尼们听到老巢被端的消息发了狂，大杀四方，不过后来死了好几个长老，方才罢休。现在还在僵持着，谁也不肯退。"

我摸着下巴说道:"你什么态度?"

黄晨曲君嘿然笑道:"我原本对那软玉麒麟蛟还是挺有兴趣的,不过瞧那慈航别院弄出来的架势,就不想争了。人家现在可是哀兵,而且还是一帮妇人,胜之不武,赢了还要被同道嘲笑欺负女人;若是败了,这脸都不知道往哪儿放……"

他这般说着,旁边的那蒙棒子顿时脸色大变,结结巴巴地说道:"黄剑君,你可不能撤啊!你若撤了,我们怎么办?"

黄晨曲君耸着肩膀说道:"我自然不会走,但也不会插手了。当然,看热闹的事情,怎么少得了我?"

他一副将自己置身事外的模样,让周遭的众人一阵变色。要晓得这些人费尽心力,不知道损失了多少人手,可不就是为了能够见到那软玉麒麟蛟么。而此刻高手频出,他们能够依靠的,也只有名列天下十大的一字剑了。黄晨曲君一走,他们可就真的是陪太子读书,白费劲儿了。

这帮人有苦难说,而黄晨曲君也懒得理会这帮看似强大,实则只是些草台班子的家伙,带着我走到船舷这边,朝着下方指去。只见三艘轮船的中间,有一处礁岩,先前极为狂傲的慈航别院斋主静念师太屹立其上。

在她的旁边,有一个体重超过三百斤的光头壮妇,双手挽着一根遍布符文的绳索,不断地走动。

这绳索之下仿佛有巨力拖拽,但是每一下,都被那稳如泰山般的肥胖妇人拉拽住,无法挣脱出她的掌控范围。

离这礁岩最近的船上,站着数十个光头尼姑,还有一堆服饰各异的高手。

滚滚浓烟间,我瞧见了茅山的话事人、龙虎山的苏冷和罗贤坤,以及其余身价不菲的重量级人物。而在另外一艘船上,一群一袭黑衣蒙面。

我出现在船边,无数双的目光齐刷刷地朝我这儿望了过来,而我谁也不看,朝着邪灵教所属的船上拱手,平静地说道:"弥勒,出来吧,与我一战!"

第十四卷 一个时代的结束,一个时代的开端

第三十六章 水战最强者乃何许人也

千万人面前，我的眼中只有一个人。那就是弥勒。

与之前我与弥勒的交流一般，不知不觉间，我也有这样的一个认识，那就是青梅煮酒论英雄，天下间唯弥勒与我，可称对手。

这想法并非狂妄，也不是我自认天下第一，而是举世的高手间，最让我忌惮的，就只有弥勒一人。

这个家伙最让我为之痛恨的，并不是他有多厉害，而是唯有他让我感觉到，在他的面前，我做什么事情都为他左右。

我就像一个被牵线的木偶人，被他研究得透彻，被动地按照他所希望的方向前行。这种感觉十分不好，他让我感觉周遭仿佛有一张密密麻麻的网，将我束缚住，挣脱不开。特别是弥勒通过落千尘的死来打击我的初心，这一招绝对阴险。

他已然开始布局，通过抹杀我心灵中的正义和道德感，将藏在我身体里的心魔唤醒，让我陷入万劫不复之地。我不能再等待了。弥勒必须死！

然而，当我发出挑战的时候，黑衣蒙面的邪灵教却没有一人站出来发出回应，而是选择了集体沉默。如此看来，弥勒并未在此处。

邪灵教那边并未答话，反倒是站在慈航别院一方的茅山话事人站了出来，冲我问道："志程，你怎么跟这伙人混到了一起？"

他先前与水蛊长老徐修眉一起被慈航别院的斋主静念师太拉来站场，并没有经历过海天佛国的崩塌，也不晓得我混进了慈航别院的洞天福地之中。故而以为我一直跟着蒙棒子一帮人厮混。

话事人此言一出，说得我一阵无语。的确，在茅山宗门之内，杨知修是话事人，也是长老会的主席，而我只是其中的议事成员而已。

但是这儿，并非茅山。

在这里，我还有另外一个身份，那就是特勤局的领导，代表着官方的威严。我和谁在一起，还轮不到他来过问。

沉默了一下，我朝话事人拱手说道："杨师叔，原来你在这里，徐长老人呢？"

杨知修的眼睛在一瞬间眯了起来，继而又微微一笑道："徐长老是我茅山水性最强之人，他受邀前来，自然是在帮静念斋主捕获那条软玉麒麟蛟了。怎么，志程对那条水蛟可有想法？"

这话虽然说得亲近，却是直接将我放到火上烤。

此番聚集在这儿的众人，都是冲着软玉麒麟蛟而来的，我若是对软玉麒麟蛟有什么心思，必然就成为众矢之的。我实在没想到，话事人会这般的问起。

不过所谓"壁立千仞，无欲则刚"，我对软玉麒麟蛟一点儿想法都没有，怎么可能回答。

面对这问话，我不得不提醒一下这位长袖善舞的话事人："杨师叔，我刚刚从海天佛国而来，我茅山的执礼长老和众弟子，与其他受邀参加无遮大会的江湖同道，中了邪灵教放在万红一窟酒中的毒药。我从下毒者手中逼问出了解药，就在这里，你且拿去。"

我从怀里掏出那包粉末，吩咐道："用这解药，用一比五十的比例兑水，便可解去药效……"

说着，我将纸包朝着对面的大船抛了过去。纸包在半空中划过，几道暗箭，从邪灵教的船上飞射而去，想要将这纸包刺破。有人想毁，自然有人想要保住，一道翻滚不休的丝带从水中陡然射出，将那些暗箭全部席卷住。接着猛然一拍，水花飞溅而起，化作幕布，遮住了那些家伙的视线。

话事人平平伸出右手，在一瞬间离开了大船，接住纸包后又在瞬间返回了船上。行云流水，快得让人根本反应不过来，他的身子仿佛从没有动过。

握着那纸包，话事人低下头去，似乎在思考着什么，抬起头来的时候，却是朝慈航别院的斋主静念师太说道："斋主，你看这……"

我之所以将此物给杨知修，就是想要支开他，不让他在此狐假虎威，拿着鸡毛当令箭，暴露了茅山内部不和的事实。没想到这家伙却如同上次黄山龙蟒一役般，看出不对劲儿后立刻顺驴下坡，先走为妙。

静念师太没想到堂堂茅山话事人，在这个时候竟然会如此不讲义气，然而这理由也实在无法辩驳,为了慈航别院的颜面,也不得不硬撑着说道:"诸位客人的安危最重要,道兄尽管去!"

话事人朝着静念斋主遥遥一礼,口中却堂皇说道:"知修虽走,茅山仍在。斋主,志程乃我茅山新一代的顶尖高手,曾经手刃过东南亚的血手狂魔,有他在此,我倒也放心。"

慈航别院久未出世,并不知晓我的名头,但是这世间的顶尖高手不多,康克由也是听过的。得到这承诺,静念斋主忍不住扬声说道:"既如此,倒是多谢了。"

话事人顺着这话,回过头来对我说道:"志程,我茅山与慈航别院同气连枝,你可得多出力,莫坠了我茅山名头。"

他这般说完,方才算是落幕,在旁人的带领下,乘一小舟飘然而去。我整个过程中一句话都没有说,显然是不愿意跟他配合。

世间能够指使我的人其实还是有一些的,但他杨知修,却实在算不上其中一个。对茅山话事人临走的吩咐,我心中一阵恶心,却没有当面表露出来,更没有要为慈航别院赴汤蹈火的心思,而是抱起了胳膊,眯着眼睛打量场中。

静念斋主原本以为我会按照茅山话事人的话冲锋陷阵,却不料我做出这般的举动,顿时脸色一黯。她也晓得先前隐瞒落千尘一事,彼此之间已生嫌隙,指望我捐弃前嫌拔刀相助,实在是强人所难。

在这种尴尬的场面下,水底下突然一阵翻腾,气泡咕嘟冒出。

静念斋主旁边的那个胖尼姑却是有些抓不住绳子了,焦急地冲旁边的斋主求救道:"斋主,滑石松露好像没有了,下面有人在捣鬼,那蛟龙要跑了,怎么办?"

众目睽睽之下,居然有人捣鬼?听到这话,静念斋主勃然大怒,口中厉喝道:"山门四大护法何在?"

一声言语,立刻有四个高矮胖瘦不一的男子站了出来。这四人年龄各异,年岁大的一把白胡子,小的则二十多岁,穿着皮质短裤,嘴里叼着利刃,一身油光腱子肉,口中大喝道:"在!"

静念斋主此时方才感觉到了一丝地主的威严,冷然喝道:"我慈航别院为了这畜生已然家破人亡,倘若蛟龙再被夺去,有何颜面来面对天下人?"

四人怒吼道:"定拿下此畜生!"

话音一落，四人扎入水中。而就在这四人落水的一瞬间，几艘船上也或多或少有人跳入了海水中。

　　此刻海面上形成牵制，唯有在那水下，方才有些机会。水性好的，个个都不甘示弱，想着扬名立万，都毫不犹豫地潜入水底，想要去争一争那触手可及的富贵。

　　一时间水中波涛汹涌，而站在礁岩之上的胖尼姑则奋力抓绳，汗珠不断滴落。

　　我望着黑漆漆的水下，想着一直没有露面的水虿长老徐修眉肯定在下方潜伏，邪灵教自然也请来了厉害的水战强者。我这艘船上，那几个川北连云寨的水蟒子也悄不作声地下了水，再加上慈航别院的山门四大护法……

　　天下间水性最强的一伙人，至少其中的一部分人，估计都集中在了此处斗法。不知不觉，这一场水战的意义，居然变得如此不同。

　　不知道布鱼那家伙有没有跟来，他若是跟来了，留在岸上的张励耘、小白狐和白合，以及特勤一组的其他成员和相关部门的人员，是否也在附近？想到这些，我下意识地朝着四周望去。

　　在外围游弋的那艘小轮船，无论怎么看都不像是有关部门的，难道他们没有察觉这边的动静？不可能吧？

　　我心中满是疑问，而这个时候，场中的大部分人都将注意力集中在了黑黝黝的水下。在火光和探照灯的照射之下，水面一阵浑浊不堪，仿佛有无数的剧斗发生，但又被水面遮掩住。

　　我能够感受到下面澎湃而富有激情的战斗，这种战斗方才是我最期待的，反而上面这种死气沉沉的僵持，让我不适应。倘若不是众目睽睽，无数人的心思都牵连在我身上，恐怕我早就跳入海中。

　　我下海，并非为了软玉麒麟蛟，而是不想错过这一场让人激动万分的水战。它也许将决定未来江湖十几年、几十年里，谁将是水战强者，然而我终究还是不能。

　　一分钟、两分钟、五分钟，在一阵抽冷气的呼吸声中，一具尸体浮了上来。

第三十七章 我不是来夺宝的

浮上海面的这一具尸体,身下被浑浊的血水裹覆,四肢僵直地伏在了海面上。一般人死了,都会沉入水里,只有长年生活在水中的修行者,方才会浮出来。这一点,跟鱼差不多。

即便只有这背影,我也能够瞧清楚对方的身份。这个人在此之前,还曾经对我恭敬地招呼,并且一副与有荣焉的表情,仿佛跟我说句话,都是莫大的荣幸,他就是来自川北连云寨的蒙棒子。

在尸体浮出来的那一刹那,我感觉到一字剑那沉稳而屹立的身子,下意识地摇晃了一下。

仅仅只有一面之缘,我并不知道这蒙棒子到底有多厉害,但是能够让一字剑黄晨曲君为之神伤的家伙,绝对是江湖上的一把好手。不然也绝不可能从西川那般偏远的地方,千里迢迢地跑到这儿。

川北水寨,水性都是在滔滔长江中练就的,然而在大海里还是露了短。一字剑虽然有些难过,却没有跳下去将那人捞起来。死者自有尊严。

水下继续搅动,里面的战斗仿佛已经到了白热化的阶段,随着蒙棒子一同下水的几个水蟒子相继浮上水面,除了有一人重伤垂死之外,其余的人都再无生息。

那名重伤的水蟒子朝我们这边游来,船上有人抛了绳索下去,将他拉了上来。一上船,立刻有几个懂得医术的人围了上去,只见他身上竟然有几十道细碎的伤口。而在胸口正面,则有一道贯通前后的伤口。这样的伤口,该如何解决?

就在周围的人犹豫的时候,那人却已经走到了生命的尽头,双手朝着天空举起,虚弱无力地说道:"水里面,竟然有这般强悍的家伙……"

一字剑挤入人群,沉声问道:"都有谁?"

那人瞧了一字剑一眼，张了张嘴，然而最终还是没有说出任何话便直接歪头倒地再无声息。他死了，在临死之前见识到了水中强者，仿佛死得其所一般。

随着弱者的退出，水下又逐渐浮出尸体。这一回浮现的速率，可比先前要快许多，首先是来自邪灵教一方的高手，几个穿着黑衣水靠的家伙浮出，有人认得他们，喊出了这些人的江湖匪号。

我听了一下，算不上熟悉，但也知道是江湖上一些有名有姓的水中强人。到了后面，慈航别院倚为脊梁的山门四大护法，也有两位浮出，全都再无生息。

时间还在继续，这些人下水，已经超过一刻钟了。

寻常人在水下一分钟都待不住，而这帮人在水下不但要憋气，而且还得奋力拼杀。这般的状态一直维持，还不能呼吸，当真是一件让寻常人难以想象的事情。

轰！

一声巨震，无数水花飞溅，而这个时候，我却瞧见茅山的水蚤长老徐修眉从水中飞出，跌落在了礁岩上。

我心头狂震，不过瞧见徐长老翻身起来，捂着胸口，一边吐血，一边掏出了一张手绢，递到了静念师太的手中，低声说道："幸不辱命！"

他手中的手绢，与当初我们用来包裹黄山龙蟒的包袱皮儿，有着异曲同工之妙，另一头，还被旁边胖尼姑的绳索牵着。

静念师太接过这包裹着的手绢，心中狂喜，解开那牵连的绳索，毫不犹豫地足尖轻点，人便朝着那大船上飘身而去。留下徐长老与胖尼姑两人，留在礁岩上。她刚一起身，立刻有一个肩宽腰窄长条腿儿的黑衣人从水中陡然跃出。

这人穿着一身紧身的鲨鱼水靠，一双手中，竟然抓着一根精钢渔叉，毫不犹豫地朝趴在地上的徐长老刺了过去。瞧见这场景，我心头火起。

我自然知道杨知修与慈航别院之间有着一些协议，使得徐长老被安排过来，帮着夺取那软玉麒麟蛟。不过那静念斋主拿到东西之后，却根本不管徐长老的死活，这真的让人一肚子的火。

我相隔甚远，根本来不及救，眼看徐长老即将被那人叉死，突然间水中又是一阵翻卷，一双手从水中伸出，抓住了这黑衣人的双足。

"给我下来！"那人一声吼，黑衣人顿时就跌落到了水里去。

混乱中我瞧不清水下那人模样，但是听声音，却知道是浪里白条小张顺

第十四卷 一个时代的结束，一个时代的开端

朱贵。

而身旁的黄晨曲君也跟我谈及那个厉害无比的黑衣人身份："这人应该是洞庭湖鱼头帮的老大，洞庭黑蛟姚雪清！"

姚雪清？我愣了一下，这人我自然是听过名字的，乃当世间水中最强者之一，平日里盘踞在八百里洞庭中，打鱼卖鱼，罕有出世，却不知道他怎么突然间就出现在这里。难道也是弥勒的邪灵教请来的？

瞧见朱贵将这洞庭黑蛟拽入水中，而徐长老趴在礁岩上不知死活，我便不能再袖手旁观，飞身而下，直扑那礁岩之上。

我这般腾空飞来，礁岩上那胖尼姑以为我要对付她，吓得将手中绳索一抖，朝着我这边甩来。那女子倒是用鞭子的好手，微微一震，半空中竟然有惊雷般的炸响。

慈航别院果然不愧是曾经左右过天下政局的宗门，尽管那是千年之前，但是门中的高手，倒也并不比茅山差。不过这绳子对我构不成威胁，反而被我一把抓住，顺着这力道落到了礁岩上。

那胖尼姑见我落地，毫不犹豫地甩出两道红色火焰，奔着我的面门而来，我平平伸手抵住，却见这火焰竟然是两滴蜡烛的火光，上面的焰火吞吐不定，有着别样的光华。

鞭子、蜡烛……

面对这位体重超过三百的大姐，我一阵无语。手指轻点，那火光熄灭，滑落地上，接着我对她说道："认清楚自己的敌人在哪里，别惹我发火！"

被我一瞪，胖尼姑发烧的脑袋终于清醒了，慌忙退开。

我蹲下身扶起徐长老，瞧他双目紧闭，口鼻之中有血沫，呼吸粗重，赶忙从囊中拿出一颗保命的丹丸递入他口中，劲气一送，手掌贴在他的后背来回拂动。

一番忙碌，徐长老总算是缓了过来，睁开眼睛，瞧见是我，诧异地问道："你怎么在这里？"

我来不及多做解释，简单讲了几句，问他身体如何？

徐长老长叹一声，仿佛苍老了几岁，说道："我倒是无妨，只不过以前坐井观天，觉得自己在水中，乃天下第一，办这事儿也不过是手到擒来。没承想天底下，竟然有这么多的水中豪杰，实在是羞愧不已啊。"

我诧异道："这水下，谁能伤你？"

徐长老叹声说道:"那人应该是洞庭黑蛟姚雪清,一身出神入化的水中功夫,连我都应接不暇。而除了此人,水中还有两个,一个应该是浪里白条朱贵,这人不但厉害,而且不要命,出手凶猛得很。另外还有一个,是个光头青年,他不怎么加入战圈,一直在角落押阵,不过不知道怎么回事,我总觉得他的威胁,也是极大的。至于其余的人,倒算不得什么……"

他口中的其他人,应该就是那些已经死去的家伙,包括慈航别院的山门四大护法。这些人在徐长老眼里,都不过尔尔。

我听到徐长老说角落里还有一个威胁甚大的光头青年时,心中一喜,想着那人有九成应该就是我的小兄弟布鱼了。这家伙在此,事情就好办许多。

我与徐长老谈了几句,而现场也开始变化起来,那静念斋主拿着我茅山徐长老拼死取出的手绢,纵身上了船。不过那船冒着黑烟,开动不得,她又马不停蹄地跃到了洛峰岛上。

那手绢之中,可是包裹着软玉麒麟蛟这般的重宝,她一走,立刻有许多人都跟着上了岛。

战场随之转移,而因为立场不同,有人追击,有人拦截,一时间又是热闹非凡。反倒是原本热闹无比的这边,变得冷清了许多。

我站起身,却见一道黑影从天而降,一字剑黄晨曲君落到了我的身边,朝我问道:"志程,怎么样,你是什么打算,夺宝呢?还是旁观?"

我左右一看,瞧见邪灵教的那艘大船虽然走了许多人,但还是有一部人在留守。

瞧见这些,我平静地笑了,拍拍胸口,说道:"我又不是江湖人,这些纷争与我何干?我来这儿是抓捕嫌疑人的,其他的事情与我无关……"

黄晨曲君顺着我的目光看去,笑了笑,点头说道:"那行,你抓人,我看热闹去!"

话音一落,他便朝着岛上飞纵而去。

第三十八章 小小年纪不学好

我的敌人是谁？从头到尾，都只是弥勒一人而已，对于我来说，邪灵教是公怨，弥勒方才是私仇。

望着一字剑兴冲冲地离去，我却能够从他的行为中，看到几许压抑不住的愤怒。看得出来，他应该还是想要插手的，不过不是夺宝，而是杀人。

谁杀了连云寨的几个人，他就要杀谁，而现如今看起来，最大的嫌疑就是帮着邪灵教的那个洞庭黑蛟。

黄晨曲君离开，而我则回过身，看着站了起来的徐长老。他是我好兄弟徐淡定的父亲，我不能不管。

似乎知道我想要问什么，徐长老摆摆手，对我说道："别把我看成一无是处的小孩子，我能够照顾好自己的，你想要干什么，只管去就好。"

我点了点头，对他说道："君子不立危墙之下，此地不宜久留，话事人已经先走一路了，你也赶紧离开吧。"

这并不是我们的主场，跟茅山也没有半毛钱关系，我劝徐长老赶紧离开。原本以为他性格执拗，不肯就此放弃，却不想徐长老仿佛泄了气，点了点头，接着一个鱼跃，直接跳进了海水里。

我望着徐长老沉入黑黝黝的海底，知道凭着他的手段，离开这儿倒也没有什么问题。

两人离开，我的脚尖在海面上的杂物和浮尸之上轻点，朝着邪灵教所属的船上飞纵而去。不管如何，我都是场中焦点，我这边一动，船上立刻反应了过来。

利箭从船上的好几个方向射来，木羽、月牙、乌龙铁脊箭等陡然而出，专业至极。无论是力度还是角度，都达到了之前我曾经见过的箭王林易的水准。

这世间有几个箭王？看得出来，弥勒为了这一次行动，也是煞费苦心，纠集

第十四卷 一个时代的结束，一个时代的开端

了手中强大的力量。想到这里，我将饮血寒光剑拔了出来，不断地将这些致命的利箭拨飞。

我越来越近，那箭雨也越来越急。接着我看到了先前很欣赏的那个箭手的身影，不过这一回他可没有再留情，使劲浑身解数，就是想要将我拦截住。

除了剑雨，到了跟前几十米的时候，甚至有人用上了火器。自动步枪、冲锋枪、手枪，还有狙击枪。

邪灵教的人，行事当真是一点儿忌讳都没有，浑然不觉对修行者用枪，是行业之内的大忌。这种事情，就连特勤局都谨慎为之，他们却直接撕破了脸皮。

船上的人显然是对我有着极大的忌讳，所以行事的手段暴烈。虽没有万剑来袭的恢弘场面，然而对我来说，却更是险恶。

一瞬间，我将血劲上涌，把临仙遣策开启到了极致。人似鬼魅，让对手根本无法捕捉。

几秒钟之后，海面上的身影消失了，甲板上的人在左右张望，而与此同时，黑暗中传来几声激烈的惨叫声。

对拿枪伤人的家伙，我毫不留情，饮血寒光剑再一次饱饮鲜血。第一个死的，就是趴在船舱拿狙击枪瞄人的家伙。

随着我手中的饮血寒光剑在黑暗中不断地带走那些枪手的性命，甲板上的人立刻就反应了过来。这些留守之人，有许多精英，很快就将我围住，一个身高两米的大汉一声大吼，立刻有十二人手持铁枪，朝着我冲来。

这十二人无论身高还是体型，甚至长相都几乎一模一样，似乎是专门用来围困高手的一般，配合也极为默契。陡然间涌来，却也十分难缠。

我虽然之前有迎战过慈航通明剑阵的经历，此刻却依旧还是被缠住了，而那个两米大汉则在外围不断指挥，想要将我困死。我在不断刺来的铁枪长矛中闪避腾挪，却发现这十二人面无表情，甚至没有气息。瞧到这，我幡然醒悟过来，原来这些并非人类。

傀儡！难怪如此坚硬，我不再硬拼，而是开始利用临仙遣策的真实之眼，在阵中东突西闯，尽量不要被围困在中心。

我一脱阵，对方的配合就显得格外刚烈起来，而就在此时，我也终于有了可乘之机。

长剑突刺。饮血寒光剑本来就饱饮鲜血，此刻寻到一丝空隙，更是宛如水中

的鲨鱼，陡然而进，刺中其中的一个汉子小腹。

剑尖锋利，我余光处瞧见顺着那狰狞缝隙流出来的，并非鲜血，而是白花花的蛆虫。

原来如此！

早有计较的我并没有什么惊讶，而是将手中的饮血寒光剑高高抛起，双手拍开几根强行刺来的铁矛，我在身前结了一个法印。

深渊三法，魔威！气势陡然而起，那十二个长枪手身形顿时就是为之一滞，紧接着我腾空而起，将那长剑接住，龙息陡发。一剑，十二颗头颅朝着天空抛洒而起。

沦落一地的，除了头颅，还有无数白花花的蛆虫，这些虫子大部分白色，有的则呈现出淡黄色。周身分泌着黏液，四处乱爬，有的则溅落到了周围的邪灵教信徒身上。那些虫子可不认人，一接触，立刻奋力朝皮肉里面猛钻。

它的口器锋利，力量又足，人的皮肤根本就没法抵挡，而我这一剑破阵之后，那十二个傀儡并没有歇息，我自然也没有停下来。

很快，我的饮血寒光剑就找到了对方的要害，位于心脏处的位置，一只拥有着无数触角的、如同八爪小章鱼一般的软体虫子。这玩意儿，就是将所有白色蛆虫聚合在一副躯体，并且控制其行为的重点。

半分钟之后，我用魔剑，将所有的软体虫子都斩杀湮灭。十二具傀儡轰然倒地，而甲板上则是遍布着无数四处爬动的白色蛆虫，让人根本没办法下脚。

破阵之后的我，将目标对准了刚才那个两米壮汉，长剑平指，我冷冷地说道："报上姓名！"

那壮汉瞧着我一剑将这些汉子斩成碎块，脸色紫青，看到我朝他望了过去，嘴唇哆嗦了两下，竟然头也不回地朝着船舱里跑去。

想走，可没有那么容易！我脚尖轻点，朝着那人飞速追去，一路上不知道踩死了多少白色蛆虫，而就在这个时候，一支箭朝着我的后心钻来。

嗖！这一箭是如此的隐秘而诡异，差一点就将我射中了。

我头也不回地伸手，将这支箭抓在手上，冷然笑道："既然不肯通报姓名，那就做了一个无名之鬼吧！"

说完这话，我顺着这利箭的力道，朝那两米壮汉陡然抛去。

噗！箭头刺入后心，那人朝着地上跌去。

对方是个了不得的高手，这一箭并没有要了他的命，但是在他跌倒的一瞬间，周围有十几个白点瞬间就爬进了他的身体里，紧接着这人发出一阵凄厉无比的叫声。

"啊！"叫声凄厉，远比他的同伴更加痛苦，我瞧见这人在船舱的进口处一阵翻腾，没有再理会他，而是朝着利箭射来的方向冲去。

那箭手在一瞬间，射出了十余支箭，不过最终还是被我近身了。我冲到阴影处，瞧见这个箭手的个子远比我想象的要矮，而且还将自己蒙得死死的。

瞧见我身形鬼神莫测，倏然近身，那箭手终于慌了，抛下手中的强弓，掏出一把匕首，朝着我胡乱刺来。我一剑将那匕首直接削飞，接着一把揪住这个箭手，将遮在对方脸上的黑巾扯下，居然是个女的。而且还是一个小屁孩子，看这模样，估计都还不到十岁的样子。

那小女孩子被我抓住，也是惊慌得很，双手挥动无效，居然憋红了脸，朝着我吐口水。

这……还好我在与人交手的时候，为了防止被人偷袭，全身劲气外放，倒也没有被这莫名其妙的招数攻击到。而愣了一下之后，我终于反应了过来，这小女孩儿，还真的是我先前那个颇为欣赏的箭手。

这般年纪，就能够有如此厉害的好箭法，而且心怀慈悲，实在是难得。对方倘若不是邪道中人，我真的是有一些提携后辈的心思，但是此时此刻……

我凝视着对方那水盈盈、几乎要哭的眼睛，终究还是下不了狠手，冷冷地说了一声："走吧，小小年纪也不学好，以后别跟邪灵教一起混了，没前途的……"

这话说完，我将她直接朝着远处的海面扔了下去。将这小女孩子扔飞，我折回了船面上，瞧见四处都是哀嚎声，有些本事的人都翻身下水，弃船而逃，而本事低微的人，则下意识地朝着船舱躲去。

我将那船长室的操纵系统捣得稀烂，也没有心思滥杀弱者，只是不断询问弥勒的下落，然而没有人能够给我一个答案。就在这个时候，我瞧见那些畏畏缩缩的人群身后，却是有一个比较熟悉的身影。

陆一？

第三十九章 事不过三

小药匣子，陆一！

这个来自东北修行重镇罗满屯的天才少年，曾经与我同行，受我提携。而后又偷走我的天龙真火珠，断绝了我与努尔相聚之路。

当我带人踏破罗满屯，震惊天下时，这家伙也顺势加入了弥勒的佛爷堂，成为了其中的主要骨干。据说陆一已然成为了弥勒左膀右臂式的人物。

船上稍微强一些的，都跳水跑路，其余的要么受伤倒地，被那蛆虫钻入身体，要么畏畏缩缩，让我根本没有厮杀的兴趣，也盘问不出什么重要的东西。我本来有些失望，但是瞧见这小子，顿时就感觉事情有转机。

躲在角落的陆一穿着一身机修工的脏兮兮衣服，十分不起眼，脸上也黑乎乎的。倘若不是不经意间与我对上的一眼，我甚至都没有认出他。两人目光相对，陆一在一瞬间认出了我的眼神，毫不犹豫地转身就逃。

他仗着对大船的熟悉，往船舱的更深处快步跑去，我哪里能够让他从我的手中逃脱，举剑而起，大声吼道："要命的，都给我让开！"

一声吼，那些人像鹌鹑一样纷纷朝着两侧蹲去，给我让出了一条道路。而这个时候，陆一已然跑到了船舱的下层。

我扬起手中的剑，冲着那家伙高声喊道："小药匣子，你若是不想自己的同伴死掉，就给我站住！"

远处传来一声嗤笑声："都是些炮灰，你若是不介意弄脏自己手中的剑。尽管全部杀了！"

听到这话，我方才感受到一个人的变化，当真是快得让人难以接受当年为了罗满屯的同伴而痛苦不已的少年，现在竟然成为了杀人不眨眼的冷酷之辈，甚至对自己人，都没有半点儿同情之心。这样的年轻人，方才是最可怕的。

我与陆一在船舱中快速穿行，他仗着地利上蹿下跳，而我则仗着速度，在后面紧紧追随。就在我认为即将要追上此人的时候，却发现他竟然顺着一个管道，直接跳出了船外。紧急通道？

我走到跟前来，先是将炁场延伸过去，免得被人在出口阴了，方才随之而出，结果再次回到了甲板上来时，刚才被我追得仓皇乱窜的陆一，居然飞到了天空中。

御风而飞，他显然还没有达到这般的境界，之所以能够在天空飞翔，那是因为他的胯下，还有一只黑雕。就是当日陆一逃离罗满屯时，被射伤的那一只，它的体型宛如成年人，翼展四五米长。此刻的它满血复活，载着陆一，朝着前方不远处的洛峰岛飞去。

骑在那只黑雕身上的陆一得意洋洋地回过身来，朝着我潇洒地挥手告别。当夜星光灿烂，我目力深远，能够瞧见他嘴角上扬，露出得意的笑容。这世间有几人能够屡次三番地逃脱黑手双城的追杀？

罗满屯算是一次，东南亚的大湖之畔算一次，而东海之滨又算是一次。就这三次，便足够他陆一在邪灵教中扬名立万，混得风生水起了。陆一志得意满，而在我的脑海里，却是浮现出了另一个词，事不过三。

我陈志程如何能够让这么一个既有野心又无人性，而且对我满怀仇恨的家伙屡次三番地安然逃脱呢？

我来到一具尸体的旁边。这具尸体保持着俯卧的状态，一个标准的狙击姿势，而在他旁边，则有一把质量不错的狙击枪。

尽管平日里很少用现代火器，但这并不代表我什么也不知晓。恰恰相反，参加过南疆战争的我，对火器其实远比局里的其他人更加熟悉。

这是一把来自英国的李·恩费尔德 AWM/P 狙击步枪，从那个狙击手抹着一脸油彩的装扮来看，就知道枪还是不错的。我推开那个人，深吸一口气，然后瞄准了天空那个飞速掠过的身影。

啪！一枪。简简单单的一声枪响，空中那个肆意高飞的身影陡然一震，紧接着就径直朝下坠落，而我则在扣下扳机的那一瞬间，将这把狙击枪分解成了无数金属构件。

我将这些枪支构件打乱，紧接着操起身边的一块破板子，朝着前方猛然一掷，身子腾空而起，朝着那身影的落点处寻去。在我的身后，大船一片哀嚎，那

第十四卷 一个时代的结束，一个时代的开端

些白色虫子还在肆意蔓延，吞噬着任何有可能接近它的生命。

砰！木板落到海面上，我在水面上几个蜻蜓点水，快速接近，发现那头黑雕漂浮在海面上。狙击子弹在它的胸口处射出一个碗口大的洞眼，不过生命力极强悍的它却还有一丝气息残留。当然，也仅仅有一丝气息。

海面上仅有这只大雕，却没有瞧见陆一的身影。这个家伙倒也机灵，难道是准备水遁逃脱我的追杀？

我站在那只黑色大雕的身上，瞧着这畜生临死之前不断颤抖的身子，心中莫名充满了惆怅。多好的大雕啊，只可惜跟错了主人……

我不知道陆一的水性到底有多好，但在我麻栗山龙家岭第一密子的面前，却绝对没有办法逃脱。我自信满满，一直等到了那头黑雕闭上了眼睛，没了气息的时候，方才准备入水。

然而就在此时，却有一人被抛出了水面，这人正是消失不见了的陆一。

我伸手将浑身湿漉漉的陆一抓在手上，瞧见他浑身都是鲜血，牙齿还脱落了几颗。比起刚才潇洒离去的模样，似乎凄惨了无数倍。

陆一被我一把拽住，还准备反抗，一把黑色匕首悄无声息地就朝我的肋下刺来。不过他这点道行，在我的面前实在是不够看，被我一把制住，将这匕首顺势一带，直接将他两只手的手筋挑了去。

啊……陆一发出一声野兽般的惨叫，怒目圆瞪，朝我看来。当瞧见了我的模样时，他就泄气了，所有的愤恨都被抛到了另一边，宿命。他对我有怨恨，但更多的，则是恐惧。

我没有理会这个失败者，而是朝着涌荡不休的水下望去。果然，随着陆一冒出来的，却是一个光溜溜的脑袋，冲着我展颜一笑道："老大，这个家伙应该就是罗满屯的漏网之鱼吧？"

这人正是布鱼。瞧见布鱼，我的心情也莫名变得好了许多，拍了拍腰间的羽麒麟，道："为何我刚才联络不上你？"

布鱼耸了耸肩膀，苦笑道："我也不知道啊，之前还能够跟小七他们有联络，结果天空一道闷雷，无论是现代的联络工具，还是羽麒麟，都没有办法使用了。"

听到布鱼的话，我立刻想起了慈航别院被破坏的洞天福地。这玩意儿是寄托在本世界之上的小千世界，它被损毁，必然影响到这一带整体的炁场，各种联络工具失效，估计也是来源于此。

想明白这个，我不再多讲，而是问起其余人员的状况。布鱼告诉我，说特勤一组的人都在附近海域集结了。因为这边实在太过危险，所以没敢靠近，又因为没我坐镇，地方部门似乎不太愿意配合，也没有调集部队和警察系统过来镇场。

听到这话，我心底一沉，想着若是如此，我们这一方的力量，未必能够掌控得住局面。至于刚才水下的战斗，布鱼给我的解释，是茅山徐长老、洞庭黑蛟姚雪清和浪里白条朱贵三人在争锋，倒也不能说谁胜谁负。最后是徐长老身负重伤，硬是将那条软玉麒麟蛟抓住，带离水中。

洞庭黑蛟是邪灵教一方的，冒死抢夺，这个并不稀奇，让布鱼奇怪的是朱贵的立场。他似乎是有意捣乱，无论是谁，他都插一手，才使得水下的战斗如此白热化。听到布鱼的描述，我倒是并不难理解。

朱贵的大儿子被落千尘的金针所杀，虽说这是朱大难逃的命运，但是所有的一切，说起来都得怪慈航别院的折腾，特别是他的小孙女朱小玖差一点儿丧身于此，这如何叫他不气愤？

朱贵最恨的人，除了落千尘，估计就是慈航别院的这帮老尼姑了。若是有可能，他绝对会横插一手，让静念师太一伙人不能如愿。

我没有多问，而是将注意力集中在了陆一身上。脚下的黑雕浮力颇大，在海面上半沉半浮，我揪着陆一的脖子，盯着他那双转悠悠的眼睛，一字一句地问道："告诉我，弥勒到底想要干什么？"

这个家伙若真的是弥勒的心腹，自然应该知道弥勒此番的目的，这才是我最想知道的。

面对我的逼问，陆一最终只说了一个字："呸……"

他吐了我一脸口水。

第四十章 想和你分享那酸爽

那唾沫在离我脸孔几厘米的地方，便再难寸进，最终被定格在了半空之中。瞧见这幅古怪的图像，陆一愣了半天，方才缓缓地吐出一句话来："劲气外放，化境之道？"

我呼了一口气，将这些口沫喷飞，瞧着这个宛如死狗一般的家伙，叹了一口气说道："我认识你的时候，别人就一直告诉我，说这孩子是个天才型的修行者，我也相信你是。可惜，你最终还是走错了道路……"

我很遗憾，但是没有人能够在我面前还这般嚣张。弥勒不能，陆一也不能。

砰！我心念一转，并没有动，而旁边的布鱼则是会意，上前将陆一的双腿膝盖直接砸了个粉碎。

"唔……"陆一下意识地想要叫出声，却被我一把捂住了嘴巴，让他不能宣泄心中的痛楚，几分扭曲挣扎之后，他停了下来，望我道："你到底想怎样？"

我望着他那桀骜不驯的模样，微笑着回答道："我喜欢朝气蓬勃、年少轻狂的你，高傲、蔑视一切、颠覆权威……你有着我所有喜欢的气质，那么我想问你一个问题。倘若你是我，你会怎么处理这事儿？"

我的先抑后扬，让陆一在一瞬间失去了淡定，面对这个问题，他居然陷入了沉默。过了几秒钟之后，他却是小心翼翼地说道："如果我是你，面对着这样欣赏的年轻人，一定会很期待他的未来，所以就把他放了，如何？"

我盯着陆一那患得患失的眼睛，突然笑了，点头说道："很好！"

陆一狂喜，以为我慈悲心大发，随即又被我接下来的话给打入地狱："所以说你终究做不成我，真正的人生赢家，从来不会放过任何隐患。所谓敌人，越是天才，就越需要扼杀！"

陆一的脸色气得铁青，半天都说不出话来："你……你……"

我看着他古怪的双脚，笑着问道："疼么？"

陆一将脖子一抬，恨声说道："士可杀不可辱，你有本事就把我杀了吧，何必多说？"

他装出一副视死如归的模样，然而话音的结尾处，却有一道颤音，多少还是有了一丝恐惧在心头荡漾，而我也嘿然笑了，将长剑收起来，一只手掐着他的脖子，一只手则顺着胸口往下滑。

我一直滑到腰间方才停住，平静地说道："死，对很多人来说，都是一件痛苦的事情，但是对某些人，其实也是一种解脱。我之前不知道，后来有人教会了我，其实活着，远比死去更加痛苦，陆一，念在你我认识多年的份上，我再问你一次，弥勒在哪里？"

陆一斩钉截铁地说道："我不知道！"

硬气！这年轻人还真的有些风骨，我再也没有跟他废话，而是回过头来，问旁边等候着的布鱼说道："有没有石锤？"

布鱼一脸讶然："老大，这会儿叫我去哪里找石锤？"

没有石锤啊……

我颇为无奈地跟陆一解释道："本来想跟你分享一下其中酸爽，不过可惜条件不足，勉为其难，让你承受一下人工的痛苦吧……"

啪……陆一双目在一瞬间几乎都凸了出来，巨大的痛苦让他变成一条熟透了的大虾，整个人的身子都弓了起来。随后迸发出了巨大的力量，不断地四处用力，将这大雕弄得一阵东摇西晃。

我放开了陆一，他直接栽落到水里，尖厉的叫声在海面上凄厉飘扬。

啊啊啊……这凄厉的叫声足足持续了一分多钟，那冰冷的海水方才帮他将理智找了回来，开始扑腾着往水面上爬。而布鱼则将他一把抓住，再一次送到我的面前。

理智刚刚回归的陆一瞧见我那沾满了鲜血和黄色液体的手掌，咸湿的海水又不断地刺痛着他的伤口，疼得几乎晕过去的他无比愤恨，咬牙切齿地说道："你这个恶魔！"

我蹲下来，用海水洗了洗手上的污秽，心平气和地说道："年轻人，只是给你一个教训。"

说完话，我站起身，望着不远处的洛峰岛，缓缓叹道："一条软玉麒麟蛟，能够有那么大的吸引力么？连宗门都丢了？"

布鱼在旁边笑道："老大，你是不晓得到达瓶颈难以突破的痛苦，也不知道你师父陶真人闭关，准备勘破地仙之境，对天下高手有着多大的冲击力。"

我依然还是叹气，突然间又笑了，对布鱼说道："人人都在为那软玉麒麟蛟癫狂，你呢？"

布鱼憨笑道："老大你不是让我得饶人处且饶人么，依我看，不如把它放了。"

我点头笑道："如朱贵一般，我对那帮老尼姑，其实也没有什么好感。既如此，不如我们也来做一个搅场者，让这些人争来争去，争得一场空吧！"

我这般说起，其实还有一个想法。那就是弥勒出现在这里，估计也是想找那软玉麒麟蛟的晦气，让胖妞肚子里面的金色恶虫吞噬，我若是将这软玉麒麟蛟放走了，岂不是坏了他的打算？一切对弥勒不利的事情，我都有兴趣去尝试一下的。

布鱼拎着手中疼得直打哆嗦的陆一说道："老大，这人怎么处理？"

我望了满脸怨恨的陆一一眼，微笑着说道："得饶人处且饶人，他既然如此硬气，颇具风骨，不如就留他一命吧，把他扔到慈航别院的船上，让那些尼姑帮忙看着。反正慈航别院与邪灵教有灭门之仇，小鲜肉应该不会被放走的……"

布鱼应声，带着怨恨不已的陆一朝慈航别院的大船游去，而我则轻点海面上的碎末与尸骸，朝着洛峰岛快速移去。

洛峰岛是舟山群岛一千四百个岛屿的其中一个，除了岛中间的洛峰山之外，据我所知，并没有太多的特色，然而当我的双脚落在结实的土地，踩到一条滑溜溜的长蛇时，就知道书上说的，实在不能当真。

入目之处，除了草丛中不断游动的蛇群，还有倒地的尸体。这些尸体中，有慈航别院的尼姑，也有邪灵教的黑衣，还有许多不同装束和打扮的人。

当然，最多的还是蛇。

因为之前在海上耽误了一段时间，所以这边的战斗已经转移到了岛屿的中心部分，也就是那座洛峰山上。这边静寂无声，仿佛没有任何声息。毒蛇在尸体的周围萦绕着，不断地伸出信子，发出"嗞嗞"的声音。

我独自一人登上岛，布鱼并没有跟着我一起。在水里他可以睥睨豪雄，但是在陆地上，他到底不如静念斋主、苏冷以及藏在暗处的弥勒等人厉害，甚至因为他的身份，更容易被人针对。

我站在结实的岩土上，四周是树林和草丛，游蛇在我周围不断蜿蜒游动，却不敢上前。原本荒无人烟的蛇岛，此刻却充满了杀机。

我站在原地，侧耳倾听一番，风中传来了喊杀声，充盈在耳中，给我指引着方向。杀戮无处不在，但是最激烈的，却是在东首的山崖间，我听到了符箭的爆炸声，忿场在翻涌震荡。

战斗是如此的激烈，这程度不会只是小喽啰之间的激战，难道弥勒那个家伙出现了？想到这里，我全身一阵激动，朝着洛峰山的方向快速奔去。

人在林中高速奔走，而洛峰岛并不算大，我很快遇见了第一波人。慈航别院的女尼在和邪灵教的黑衣人交手，双方手段十分刚烈，仿佛有不共戴天之仇，刀光剑影之中，鲜血挥洒。

有人死，有人生，而我则只是路过。生命在这一刻宛如草芥。

我很快就赶到了山腰处，终于瞧见了熟悉的身影，慈航别院的十余人，以静念斋主为首，站在一片空地上。其余的人将她围住，手中的诸般法器施展，小心翼翼地提防着。

周遭并无一人，即便如此，慈航别院也如临大敌，全神贯注，不知道在防范着什么。

先前的慈航别院，一个传承千年的大门大派，还曾左右过改朝换代的天下盛事。尽管被压制半个世纪，但是宗门中人，自有铮铮傲骨，即便是面对着我，也是鼻孔朝天。时至今日，我依然记得她慈航别院的排场。

然而此时此刻，被逼到这片平地上的她们，却落魄到了极点，慌里慌张的，让人觉得就是一堆孤儿寡母。当然，这仅仅是观感。

能够聚集在这里的，都是慈航别院最顶尖的一部分人，为首的静念斋主，更是有堪比天下十大的实力，她们如何会让人轻易欺负呢？就在我心生疑虑时，一个黑影从黑暗中陡然冒出，凌空跃了起来。

黑影的手中，是一根又粗又长的玄铁棍！

第十四卷 一个时代的结束，一个时代的开端

第四十一章 魔猿奋起千钧棒

一棍在手,东西纵横。金猴奋起千钧棒,玉宇澄清万里埃!

此刻陡然冒出来的,正是与我自小相处的胖妞,只不过当年的它,是个乖巧可爱的小孩子,在我去上班的时候,还能够在幼儿园里面陪着小朋友一起玩耍。而此时此刻的胖妞更像是一头凶兽,手中的铁棍子也是势大力沉,凶猛披靡。

铛!一声生硬的巨响凭空而起,它这一棍砸落在一位粗手粗脚的女尼的阔剑上。发出巨大响声的同时,直接将那阔剑砸断。

长剑折断,这一棒却是顺势将那女尼的头盖骨给砸破。而胖妞以自己为中枢,猛然横扫,又一棒子砸在了那女尼的腰间处。

噗!一声沉闷的炸响,那手持重剑的女尼被这一棍子直接撕扯成了两半,化作万般血点,朝左边跌落而去。

杯口大的铁棍,竟然被耍成了宛如尖刀一般的利刃,这爆发出来的劲气,实在是让人叹为观止。瞧见这女尼的惨相,好几个年纪较轻的女尼甚至直接哭了起来。

就在胖妞大发神威的时候,有一个老道人闯入了阵中,指着它沉声说道:"我记得你,当初的时候,你还只是一个小猴子,就这么大!"

老道人鹤发童颜,长着一张娃娃脸,手中挽着一根青丝拂尘,仙气凛然。他便是琳琅真人苏冷,龙虎山在特勤局中地位最高的长老之一。当年我还在金陵的分局当小科员的时候,他已经扬名立万了,的确是有见过胖妞的模样。只不过他当时最为注意的,是罗贤坤,甚至还将他收为徒弟。至于胖妞和我,都入不得他的法眼。为这事,我甚至还郁闷好长一段时间。

当然,那也只是我年少无知时的想法,若是被他收做徒弟,说不定就没有了后来我与师父陶晋鸿的相逢。我师父就是老鬼,这师徒情,可是从我少年就已经结下的缘分。

琳琅真人苏冷在江湖上的地位颇高，当年见到尚未成名的一字剑，便以"年轻人"来称呼这位未来的天下十大，由此可见一斑。

他此刻出现，并且点出当年情分，原本是想让对方卖个面子，没承想胖妞根本不理他这一套。瞧见这人挡在了面前，当下也是将手中的玄铁棍猛然一顿地，发出一阵巨震，紧接着口中狂吼一声，再一次上前。

又一棍！这一棍凶猛无比，势出如龙，将力量用到了极致，没有半点儿花哨。胖妞并没有因为苏冷真人的话留情，也没有任何变故，棒子还是硬生生、实打实地砸落了下来。

瞧见对方不念旧情，来势汹汹，琳琅真人也是有些火气，将手中的青色拂尘猛然一抖，冷声喝道："好你个小畜生，现在变成如此丑陋模样了，我记得你是跟着陈志程的对吧？那家伙表面上正气凛然，背地里居然纵容你这般行凶杀人。待我收拾了你，回去定然要办了他，将他关到白城子里去！"

接近战场的我本来想要站出来，合力将胖妞擒下，然而听到这话，我最终还是停下了脚步。琳琅真人苏冷是总局监察部的，曾经审问过我，但是最终还是被王红旗的名头吓走了。我本以为此事算是了结，却不料对方居然怀恨在心，一直想把我弄下去。甚至还想着把我弄到白城子里去……

白城子，那是人待的地方么？人无伤虎意，虎有害人心！我甚至都不知道自己是何时得罪了这无论是在江湖还是官方，都颇有地位的琳琅真人，却知道自己实在是没有必要拼命上前搀和此事。

我停下了脚步，并没有闯入战场，而是在外围的林子里站着观察此中情况。

我没动，琳琅真人却动了。他手中的青丝拂尘与先前静格师太手中的法器一般，都是长丝漫漫，可延伸无数倍的厉害法器，陡然暴涨几倍之后，在瞬间化作一张大网，将胖妞笼罩了起来。

胖妞腾空而起，一棍落下。这一棍本是气势凌厉，却不料万般青丝缠绕，将这棍势层层阻隔，挡落在了外面，以柔克刚。

无数青丝无风自动，层层叠叠，将这棍子最为猛烈的攻势，在瞬间抵消了许多层。当粗粝玄铁棍最终落下来的时候，力道全无。

胖妞这棍子，一鼓作气，再而衰，三而竭，琳琅真人却是人老成精，手段层层叠叠，一部分青丝阻挡，而另一部分青丝，则宛如咄咄逼人的毒蛇，朝着那毛茸茸的魔猿身上扎落。

能够使用拂尘，并将其炼为法器者，基本上都是拥有强大的意志力，能够将念头灌注于青丝上，或抵挡，或攻击，让人应接不暇。静格师太如此，琳琅真人亦是如此。

胖妞刚猛，势不可挡，然而面对琳琅真人百炼钢化作绕指柔的手段，到底预计不足。一时间两者在慈航别院的阵前拼斗，你来我往，形成了僵持的局面。

琳琅真人的表现让无数人都为之震撼，龙虎山当真是一处神奇之地，以苏冷长老这般的手段，居然都没有能够排到前三。那么，龙虎山的三巨头，善扬真人、望月真人和掌教张天师，又将是如何风范呢？

旁观的无数人都不由得展开遐想，对龙虎山更是心生敬畏。而就在琳琅真人与魔猿胖妞激斗之时，被围在阵中的静念师太却是盘腿落地，旁边几个身板比较壮硕的女尼也是适时将她围住，遮挡部分。

这行为颇为奇怪，我下意识地望了过去，却从间隙中发现，家破人亡的静念斋主，居然从怀里掏出了一块手绢。这手绢，却是先前我茅山水蚕长老徐修眉，拼死从水中各路英豪手中抢来交给她的那份。

手绢上绣满了金丝符文。一股浓郁不散的气息，从手绢里面散发出来，即便是相隔颇远的我，都能够感受到那扑面而来的灵气。这就是软玉麒麟蛟？

不愧是让无数人为之疯狂的天材地宝，这气息当真是诱人至极啊！就在我感慨时，静念师太手结法印，用金丝、朱砂和符箓，在自己周围隔出了一个法阵。结阵完成之后，她手掌一翻，将那手绢包裹的东西，直接抖落了出来。

是什么？我屏住气息，伸长脖子，睁大眼睛，透过间隙望了过去。

我本来以为软玉麒麟蛟如同黄山龙蟒的黑花夫人般身长十几丈，结果抖落出来的，却是一条不到一米、通体晶莹剔透的软玉。那玩意儿在落地的一瞬间，居然化作了一个十三四岁的妙龄少女。

这少女长得有点儿混血的模样，眼睛忽闪忽闪的，晶莹黝黑，让人忍不住就生出几分怜意。就在我为手绢中抖落出来的少女而惊讶的时候，却听到突如其来的一声暴喝，目光移动，却见刚才还在纠缠僵持的胖妞和琳琅真人，在这一瞬间却是发生变化。

胖妞被那无数青丝围攻的时候，先是示敌以弱，紧接着浑身竟然燃起了熊熊的黑色火焰，将缠绕在它双腿和胳膊上的所有青丝，全部灼烧。

这火焰几乎没有温度,然而那些祭炼了不知道多少年的青丝,在这一瞬间却被点燃。

　　火焰在一瞬间吞没了胖妞,它却并没有因此死去,而是威风凛凛地站在火焰中。当这黑色的火焰生出时,琳琅真人的脸上一僵,竟然露出了震撼和惊恐的表情。

　　他怕了!到底是什么火焰?无人知晓,但火焰在接下来的时间里,顺着青丝蔓延,不断席卷,竟把琳琅真人的青丝拂尘毁去,而胖妞则化作一道幻影,绕着他不知道砸落了多少棒子。

　　作为江湖上成名多年的泰山北斗,即便是没有了青丝拂尘作为法器,琳琅真人对这暴风骤雨般的攻击,也能够应付。在一阵让人眼花缭乱的棍影后,胖妞的身形却是骤然一收,停在了远处。两人相隔十米,就这般对视着,仿佛什么事也没有发生过。

　　战斗……结束了么?我目光在战场中巡视,当瞧见琳琅真人头顶的一抹金光时,瞳孔骤然一阵收缩。

第十四卷　一个时代的结束,一个时代的开端

第四十二章 你们都看不起我

金光乍现，那头金色恶虫出现在了琳琅真人的头顶。瞧见这一幕，我心中一跳，顿时觉得一阵恍惚。

刚才胖妞身陷拂尘青丝重围，莫非是它有意为之，刻意让琳琅真人掉以轻心。而后又一直暗藏杀招，待时机成熟，点燃阴火，将拂尘青丝一举焚毁，趁着琳琅真人心防大乱的时候，陡然出击。那杀招，自然是金色恶虫。

我瞧过去的时候，不知道为什么，竟然感觉到恶虫邪异的目光朝着我望了过来，忍不住一个激灵，一股酥酥麻麻、过电般的感觉随之而生。这恶虫太恐怖了吧？

就在两人停住身影，相互对峙几秒钟后，自知必死的琳琅真人，在瞬间决定兵解离体，让意识逃脱。所谓兵解，就是指肉身遭受损毁，不得已之时，将全身功力灌注于元神，然后逃遁远走。

这是一种保留修为，不得已而为之的手段，宛如壁虎断尾，而逃遁的元神却不能远走，要么便寄托于法器上，依靠诸多灵药、法器和胚胎，凝练成鬼仙，要么就是在门中前辈的护翼之下转世投胎，重新做人。

当然也有一些邪派之人，直接找到与自己生命磁场极度契合的可以做鼎炉之人，直接夺舍重生。诸多奥妙，不一而足，能够使出这般手段，琳琅真人的修为可见一斑。然而，这件让人叹为观止的法门，却在一开始就陷入了绝境。

金色恶虫不但能对付肉身，对灵体也有着让人难以置信的敏锐。当琳琅真人的头顶破开一个小洞，一道电光射出的时候，金色恶虫也第一时间感应到，振翅一飞，朝着那承托着琳琅真人的元神跟去。

两者如同一道电光，朝着西方掠去。然而不知道为什么，我觉得琳琅真人定然是逃不脱金色恶虫的魔爪。

所有的一切，都在电光火石之间发生，许多人并没有瞧见各种奥妙，琳琅真人停顿数秒后，朝后轰然倒去。

这个代表着龙虎山一等力量的老道士出乎意料地倒下，众人一片哗然，旁边突然冲出一个身影，扑在琳琅真人的身上，嚎啕大哭了起来。

师父，师父……他趴在琳琅真人的尸身上哭嚎，而他也是一头灰白的头发，显得如此凄凉。这人正是琳琅真人苏冷的关门弟子，罗贤坤。

时至如今，我依旧不敢相信当年那个一起玩尿泥的小伙伴儿，如今居然变成了这一副模样，但我毫不怀疑罗贤坤对琳琅真人的感情。在我看来，罗贤坤这般未老先衰，心中多少也是有怨气的，不过我认为这怨气最多是对龙虎山，而不是自己的师父苏冷。师徒之间的感情，如同父子。

当年若是没有琳琅真人苏冷的提携，罗贤坤或许还是钢厂的铲煤工人，或许他并不会有这么多的白头发，但会被贫困的生活所折磨，甚至有可能穷困潦倒，连老婆都娶不上。琳琅真人是改变了罗贤坤一生的重要人物，他现如今所拥有的一切，都是琳琅真人给予的。

对罗贤坤来说，这般重要的一个人，此刻却躺倒在他的面前，这如何让他能够接受？随着哭声响起的，还有怒火。

罗贤坤长期身居高位，并非没有半点儿脾气，也有一身的本事。收起眼泪之后，他从身后缓缓抽出一把金钱剑来，缓声说道："我师父说，你是胖妞，那么你定然知道我是谁。没想到这么多年过去了，你我居然变成了仇敌。来吧，让我看看你到底有多厉害……"

面对罗贤坤的挑战，胖妞拄着玄铁棍一动也不动，仿佛入定了一般。

它不动，罗贤坤却感受到了强烈的蔑视，紧紧咬着牙，愤然吼道："好，你们都看不起我！陈二蛋看不起我，张秦兰看不起我，张天师看不起我，龙虎山所有人都看不起我！就连我下属都觉得我是靠裙带关系混上来的！但我要告诉你们——老子不是，你这畜生！让你看不起我！"

疯狂嘶吼着的罗贤坤将双手中指割破，把鲜血洒落在每一枚铜钱上，陡然一震，那红线便就此断裂。红线断裂，铜钱竟然化作无数金光，朝着前方的胖妞射了过去。

这金光，宛如穿心万箭。

一招罢了，罗贤坤露出了疯狂的笑容，脸上青筋暴露，面目狰狞，冲着前方

第十四卷 一个时代的结束，一个时代的开端

的胖妞怒声吼道:"你这畜生,去死吧!"

金光在一瞬间,射到了浑身冒着黑色火焰的胖妞身上。胖妞依旧挂着玄铁棍,一动也不动。

那化作金光的铜钱撞到胖妞的身上,就如同撞到了金属块儿一样,大珠小珠落玉盘,叮叮当当响个不停。这看似绚丽的金钱风暴,却没有撼动胖妞分毫。

这威力……还不如挠痒痒!当最后一枚铜钱落地的时候,胖妞终于动了,它拖拽着手中的玄铁棍,朝罗贤坤走了过去。

一步、两步、三步……它越来越近,而赤手空拳的罗贤坤根本就没有办法抵挡这个刚刚杀害了他师父的凶兽。但在众目睽睽之下,却也鼓起了勇气,愤然前冲,口中大声吼道:"师父且慢走,贤坤随你同行!"

他冒着必死的决心,朝着胖妞冲去。

砰!

那玄铁棍,终究还是砸在了罗贤坤的头上,朝着战场飞速前冲的我,余光处却发现他的脸上,竟然露出了解脱的笑容。难道死亡对于他来说,是一种解脱么?他的人生,到底过得有多憋屈?

眼看着罗贤坤被胖妞一棒子敲中的时候,那一刻,我的心异常地痛了一番。两个人都是我儿时最要好的朋友,然而此刻他们却相互厮杀,这事情让我实在是难以接受。

"啊……"罗贤坤的口中喊出了壮烈的口号,然而让所有人都没有想到的是,那棍子并没有将罗贤坤的颅骨砸开。或者说,这根玄铁棍根本就没有用几分力气,只是将挡在面前的罗贤坤给轻轻地推到了一边去。

一棍子将罗贤坤给撇开之后,胖妞甚至没有看他一眼,便继续朝前走去,它根本就没有想杀他。

这举动,使得罗贤坤慷慨赴义的吼叫,莫名有了几分喜剧色彩,而滚落在地上的罗贤坤停止了翻腾之后,脸上竟然露出了一丝劫后余生的兴奋。

他的勇气仿佛在刚才的那一声呐喊中全部用尽,也没有再次跳起慷慨赴死。这个时候的我正好冲了出来,与神情复杂的罗贤坤眼神相对。两人的目光都变得十分尴尬。

罗贤坤埋下了头,胖妞则开始冲击慈航别院的战线,而就在这个时候,有人却突然发出了一声呐喊:"静念师太,出家人以慈悲为怀,软玉麒麟蛟既已修炼出人身，你又何必杀她滋补，得跃天道呢？"

话音刚落，一道碧绿光华从黑暗中陡然浮现，射入了慈航别院的阵中。

飞剑！出手的是黄晨曲君，而且还是他最为得意的石中剑，攻击的对象是被重重护卫着的静念斋主。

我满心诧异，那丑汉子不是说只凑热闹么？怎么又操起了家伙呢？我举目望了过去，却见到刚才被慈航别院静念斋主放出来的软玉麒麟蛟，也就是那个十三四岁的少女，此刻居然被剥得精光，用绳子捆得结实。风华绝代的静念斋主，居然掏出了一把剔骨尖刀，朝那美丽少女的心口挖去。

她这是要挑心，将软玉麒麟蛟的内丹挑出直接服用，勘破至道么？我被这般野蛮而血腥的场面震撼到了，不过想来也是，面对这样的重围以及慈航别院千百年来最大的危机，静念斋主只有放手一搏，先下手为强了。

倘若是能够顿悟，勘破天道，那么这些带给她屈辱的人，便可以通通都去死了！是非成败，在此一举，人生能有几回搏？

静念斋主趁着琳琅真人拖住胖妞，自己已然完成了诸般祭祀和准备，就等着拿那少女的心肝入引，却不料周遭潜伏的高手众多，有人可是一直等待着插手呢。

石中剑破空而去，倏然而至，猛然撞上那一把剔骨尖刀。而就在此时，一个佝偻的身影从角落中冲了出来。

那人却是刚刚死了儿子的朱贵！

第十四卷 一个时代的结束，一个时代的开端

第四十三章 出家人以慈悲为怀

朱贵的儿子身患脑癌，不久于人世，儿子死了，他心里疼得厉害。

疼完之后，就是恨。恨谁？恨天地不公，还是世事变幻？不，朱贵恨的是那个将他儿子杀死的落千尘，以及将他诓骗到这儿的慈航别院，他儿子本来可以在病榻上善终的，却死在了江湖。

当时的我急着追杀落千尘，并没有留下来，也不知道朱贵心中的想法，但瞧见他出现在这里，朝慈航别院的阵中奔去，也不奇怪。

这世间，有果必有因。

一字剑的飞剑跨越了空间，与静念斋主手中的剔骨尖刀相撞，而正面则有胖妞强攻而来，在侧面，还有心怀仇恨怒火的朱贵。

这三人，都是当世间的一流强者。慈航别院能够顶得住么？无论是我，还是许多藏在暗处的围观者，在这个时候，心中都在思考着这个问题。而就在我停下脚步的时候，胖妞也撞上了顶在最前面的七八个尼姑。

轰！一根又粗又长的棍子，朝天扬起，即便是面对拥有千年历史沉淀的慈航别院，一身黑色火焰的胖妞也毫不畏惧。

胖妞宛如冲锋陷阵的大将，没有几人能够正面抵挡。好在慈航别院的一众尼姑最擅长的就是后发制人，以柔克刚。回弹之后，用绵密软弹的法阵，将胖妞拖延住。而一字剑却已然冲进了阵中。相对于凶戾无比的胖妞来说，一字剑并非嗜杀之人。他此番出现，只为救人，倒也没有多造杀孽，只是朝绑住少女的绳索和阵中的静念斋主行去。那斋主在一瞬间也明白了这一点，喝令众人小心防范外敌，而她则与一字剑对拼了一记。

叮！一记清越的响声当空而鸣，慈航别院的斋主终于掏出了她的护身法器，是一把宛如鱼肠的修长利剑。

那剑也就比石中剑稍微长了几分，两者相撞，顿时就是一阵嗡嗡声响起。

一字剑志不在伤人，剑尖一触，立刻朝后飘飞而去，而静念斋主则挽了一个极为漂亮的剑花，冲着这丑汉子冷然说道："好你个锦官城的杀猪匠，亏你还是那劳什子天下十大，居然趁火打劫，来欺负陷入绝境之中的我们！"

这一顶大帽子扣下来，黄晨曲君顿时翻白眼。他平日里最恨人揭起他的出身和短处，甚至还刻意在自己的名字后面加了一个"君"字，想让人忘记自己的出身，现下听到对方的话，也是一阵火起。

不过他到底还是一个爱惜羽毛和名声的人，也不想在这个时候，与这些妇人作口舌之争，只是嘿然笑道："我倒也没有别的意思，只是出家人以慈悲为怀，软玉麒麟蛟既然已经修成人身。天可怜见，如此难得，你又何必逆天而为呢？"

"出家人以慈悲为怀？呵呵……"

静念斋主重复了一遍，凝目望向了黄晨曲君，冷然说道："我们以慈悲为怀，谁能以慈悲待我？我慈航别院现如今落得如此下场，难道我们就该死？"

一字剑本就拙于言语，被对方这么一胡搅蛮缠，张口结舌，面红耳赤，不知道如何回应。

就在静念斋主正要出言讥讽一字剑的时候，我走到跟前扬声说道："别人对慈航别院，还不算好？你慈航别院私藏嫌疑犯落千尘，却不让我知晓。不但连累朱贵老哥的大儿子身死，而且无遮大会上许多门派也因为被落千尘下毒而陷入危机之中。即便如此，我还是一力救下你慈航别院门徒多名，这不算为你们好？"

静念斋主不知道我居然也赶到了此处，辩解道："不知道你在说些什么……"

我没有理会她的话，继续说道："茅山执礼长老为了阻止邪灵教危害海天佛国，身受重伤；水蚕长老拼死给你捉来软玉麒麟蛟，这些你可曾关心过？龙虎山琳琅真人为了阻挡魔猿，破颅而死，你可有流过一滴泪？"

面对我这咄咄逼人的提问，静念斋主顿时就恼羞成怒，冲着我怒吼道："你算个什么东西，有什么资格质问我？"

我冷冷一笑，平静地说道："我算什么东西？在下茅山陈志程，江湖匪号黑手双城，茅山掌教陶晋鸿的大弟子，特勤局二司副司长，天下间死在我手中的奸邪之徒不计其数。你觉得这个，算是资格么？"

静念斋主脸色一白，冷冷哼道："说得天花乱坠，谁知道你跟邪灵教是不是一伙儿的？刚才苏长老可说了，那猴子可是跟你一起的！"

我平缓地说道:"死在我手下的邪灵教妖徒不计其数,就连邪灵十二魔星之中的风魔和魅魔,都是我亲手抓起来的……"

静念斋主眉头一皱,冷笑道:"做戏而已!"

……

面对着如此厚颜无耻、毫不讲理之人,我终于明白了一个道理,既然不能讲道理,那就只有讲拳头。然而,如果她打不过我,估计又会跟我讲起道理来。

沉默了一会儿,我说道:"静念斋主,你的敌人不是我、不是黄剑君,也不是别人,而是毁了你海天佛国的邪灵教。时至如今,你把所有对你伸出援手的善意都弃如敝屣,眼中只有这可怜而无害的软玉麒麟蛟。说到底,不过是在满足个人私欲,对吧?"

"放屁!"

一直处于戒备状态的静念斋主勃然大怒,冲着我怒声吼道:"我这是在为了慈航别院的将来做打算,我没有半点儿私心。若是我有,就让天打五雷轰,让我陷入万劫不复之地!"

轰隆隆……

话音刚落,天空中突然传来了一阵沉闷的响雷,听得静念斋主一阵脸白,而我则无奈地瞧向了旁边的黄晨曲君。这雷声,正是他恶趣味弄出来的。

静念斋主瞧见我和一字剑脸上古怪的笑意,也瞬间明白自己是被耍了,顿时宛如被激怒的母狮子,将手中的鱼肠剑一扬,厉声吼道:"杀猪匠,别人都说你天下十大如何厉害,今天贫尼就宰了你。让天下人看看,所谓的天下十大,不过都是些欺世盗名之徒而已!"

匹夫一怒,血溅三尺。静念斋主并非匹夫,然而她却是充满杀意,比匹夫还可怕。

置身事外的我自然知道原因,当一个人最在意的伪善面孔被揭穿时,所表达出来的那种恐怖,是寻常人所难以企及的。如同小颜师妹喜欢看的金庸小说《笑傲江湖》里一般,无论是岳不群,还是林平之,都是如此。静念斋主的脸面,就是那两位割去的烦恼根,甚至更加重要。

一个心怀杀志的女人到底有多可怕,这个很难讲,但是瞧着朝一字剑疾奔而去的静念斋主,我却莫名一阵胆颤。

这女人到底有没有搞清楚自己真正的敌人是谁?还是说,此刻的她已经是破罐子破摔，完全就不再顾忌？

双方大打出手，而且从表面上来看，一字剑居然被那妇人完全压制住了。

好凶悍，难怪这般有底气。就在我目不转睛地瞧着前方的拼斗时，身边突然多出了一个人，冲我说道："二蛋，胖妞杀了我的师父，这账怎么算？"

说话的是罗贤坤，他此刻也再无顾忌，直接喊起了我当初的名字，一双眼睛赤红，仿佛有血渗出。被罗贤坤这般一问，我心头苦涩，反问道："你觉得它现在还是我们认识的胖妞么？"

罗贤坤恼怒地吼道："不管是不是，我就问你管不管？"

管又如何，不管又如何？我本来想这么说，然而知道他此刻正是气头上，便也不再说话。而就在此时，阵中少女的脚下，突然出现了一双手，在捆束她脚下的绳索上一划，绳索断裂，紧接着朱贵从地下爬了出来。

遁地术？

第四十四章 一念成佛，一念成魔

江湖上都晓得浪里白条朱贵是个水中的好汉子，却不晓得此人还懂得遁地术。所以朱贵刚才在试探未果，折身返入黑暗之后，几乎没有人再注意他，而是将注意力集中在胖妞和闯入阵中的一字剑身上。甚至连出声质问静念斋主的我，都受到了格外的关注，唯独漏了朱贵。

朱贵虽然在水中星光熠熠，但是在陆上却排不上名号，只能算是一个小人物。然而历史很多时候，都是由小人物所创造的，而此刻也是如此。

朱贵在出现的一刹那，就将静念斋主束缚在软玉麒麟蛟身上的诸多限制一一破去。那熟练度让我误以为那人并非是朱贵，而是我所熟悉的王木匠。

这个一辈子在海边打鱼的老头，让所有人都惊掉了眼镜。

这是……五行奇门的手段吧？对了，金、木、水、火、土，朱贵倘若是五行奇门的传人，那么他的水性如此之好，想来也是修炼了五行遁术的缘故。而他会土遁术，也就理所当然了。

我心中顿悟，而正在与黄晨曲君激战的静念斋主瞧见这半路杀出来的程咬金，顿时火冒三丈。

软玉麒麟蛟是她的囊中之物，眼见煮熟的鸭子要飞了，她怒声吼道："朱贵！你若是敢动那女子一根寒毛，信不信我不救你儿子……呃，信不信我灭你满门？"

静念斋主本想着用朱贵大儿子的性命来要挟对方，突然想起筹码已无，立刻变了脸色，直接说出这般话来。

灭你满门？就算是邪灵教大头目弥勒，都未必能够说出这般丧心病狂的话，此刻却从一派佛门领袖的口中说出。当真是讽刺啊……

这话倘若是在朱贵大儿子死之前，又或者对象并非是朱贵这样的老江湖，或许还会有威慑力。毕竟慈航别院在别处名声不显,但在浙东舟山之地,绝对是大名如雷贯耳,然而朱贵终究不是那般好忽悠的。

面对静念斋主的威胁,朱贵的手上不停,平静地道:"灭我满门?静念老尼姑,你先自己看看吧,慈航别院马上就要被别人灭门了!"

眼看着那少女就要被救走,静念斋主陡然狂吼,试图朝着这边冲来。然而黄晨曲君本就不忍那修成人形的软玉麒麟蛟受伤,方才搅和此事。此刻瞧见朱贵将人救走,哪里能够让静念斋主离开,当下也是骤然加重了攻势,让她分身无暇。

黄晨曲君到底是天下十大之一,他一使劲儿,静念斋主自然挣脱不得。

一边是念了许久的假想敌,一边是勘破至道的药引,静念斋主左冲右突而不得,当下冲着黄晨曲君厉声喝道:"一字剑,你真就不怕得罪我慈航别院溅你一身血么?"

这话壮烈击怀,让人忍不住热血飞扬,而对这样的威胁,被劈头盖脸骂过好几回"杀猪匠"的一字剑只是嘿嘿一笑,简单地说了三个字:"我会怕?"

朱贵还在继续,困住软玉麒麟蛟最重要的一处布置,是她双手的金丝铁环,这玩意儿必须用钥匙方才能够开启,而朱贵并非此道高手,所以多少有些费劲儿。

静念斋主被缠住,一边吩咐附近的弟子前去,一边又转脸冲朱贵说起软话来:"朱贵,你我同为浙东舟山的同道,理应江湖守望,何必为外人鞍前马后地忙乎呢?这样,我听说你家有几个女儿,其中小柒与小玖资质颇佳,不如我收她们为关门弟子,光耀门楣,你看可好?"

咔!朱贵已然将那所有的束缚都给解开,面对着气势汹汹的慈航别院,冷笑道:"算了吧,我家小柒、小玖若是进了慈航别院,成了你们这副恶心模样。别说光耀门楣,我先提把刀子宰了她们!"

揭人不揭短,打人不打脸,静念斋主向来清高,听到这讥讽的话,忍不住大怒道:"你……"

她还待多言,朱贵便从旁边拽来一身死人的大衣,将少女洁白如玉的身子盖住,冷然说道:"你静念师太修为出神入化,我动不得你,却也让你知晓一点,那就是小人物,也有小人物的尊严!"

言毕,他折身朝着土中遁去,隐隐之间,还有声音传来:"上天有好生之德,这小蛟本性善良,老子以前遇到过好几回,都没有动贪念。这一回,我也保她离开，让所有的人知道——位卑，却不敢失本心。"

位卑，而不失本心。本心……

何为本心？修行者吐故纳新，勘破天道，就是为了不断地掠夺，不断地争权夺利，将别人踩在脚下么？不，那不是修行者的本心，至少不是我的本心！

修行者，就是要不畏强权，维护这个世界的安稳和宁静，让人们幸幸福福、安安稳稳地度一生。

能力越大，责任越大！同样都是"小人物"，罗贤坤让我语塞，而朱贵却教会了我许多许多……

朱贵带着软玉麒麟蛟地遁而走，静念斋主则陷入了疯狂，先是用那搏命的几剑，将不愿意与她同归于尽的一字剑逼开。紧接着持剑而立，在朱贵消失的地方，奋力猛戳。她用足了力道，一剑又一剑，居然炸出了好大的一个深坑。

然而里面什么都没有，这深坑就好像地上一个咧开的大嘴，冲着静念斋主无言地嘲笑。

哈哈哈……笑声响起，并非是我，也不是黄晨曲君，而是愤怒至极的静念斋主。

她为何发笑？难道是……

我还沉浸在朱贵刚才所说的话中，依我对他的了解，这种对家人至情至性之人，他的话应该是不会有假的，说会放了软玉麒麟蛟，就一定会放过它。

我本来对那被众人追捧的灵物就没有什么贪心，而瞧见她化作人形的模样，就觉得她和布鱼般，得知她能够脱险离开，心中也有些欣慰。

修行者，对这个世界的贡献，不应该是掠夺。任何善良而无害的生灵，都应该存于世间。

就在此时，我心中突然生出一丝警兆，一股强烈的气息从前方浮动，接着朝那四面八方席卷而去。我追根溯源，发现这气息却是从那个美艳如新婚少妇的静念斋主身上传出。

几剑砸出一个大坑之后，她突然低下了头，一动也不动。她不动，正在与她交手的黄晨曲君也不好意思出手偷袭，场面突然就形成了一个僵持的局面。

静念斋主低下头，好一会儿，身子却剧烈地颤动了起来，接着说道："师父啊师父，不如成魔，不如成魔……"

她不断地念着，每念一声，那气势就增长几倍，而念到了后来，天空之上突然乌云密布。雷霆轰鸣，闪电纵横，瓢泼大雨，倾盆而下。

静念斋主的气势，直冲云霄，到达了九天之外。雷霆轰然，黄晨曲君下意识地退了几步，骇然喊道："什么情况？哎，老尼姑，你别想不开啊，不就是区区一条小蛟龙么？何必将自己葬送了呢？"

而与他一同出声的，还有一个从远处狂奔而来的老尼姑，焦急地大声喊道："斋主，斋主，你别走这轮回路，万万不可！"

这人正是之前与我有一面之缘的静萍师太。

身处于风暴中心的静念斋主依旧低着头，口中却回答："慈航别院已经没有了，软玉麒麟蛟也没有了，我入不得天道，勘不透至理，还将师门的千年基业毁了，我留着面目有何用？也无颜去面对逝去的列祖列宗。既然如此，那我就一不做二不休，打破这世间混沌，还天下一个朗朗乾坤吧！"

哈哈哈……

狂笑，宛如枭鸣的尖笑声充斥着整个洛峰，让人浑身的鸡皮疙瘩都立了起来。十几秒之后，笑声戛然而止，静念斋主则缓缓地抬起头来。满目血泪，一念成魔！

第十四卷 一个时代的结束，一个时代的开端

第四十五章 浴血而生

红色！漫天遍野的红色，一瞬间从静念斋主的身上冒了出来，这红色充斥周遭，将大部分空间包裹住。

翻腾而起的红色宛如有生命力一般，两个离她比较近的女尼，而且还是在慈航别院中地位颇高的那种，被宛如魔手一般的血色抓住。

她们一挣扎反抗，那血色立刻化作数十双触手，将这两个女尼捆住。越挣扎，那反击就越是暴烈。

血色顺着她们身体的孔隙钻去，最后所有的抵抗都停了下来。

这两个女尼僵直而立，目光之中也有红色寒芒，她们就像是两个提线木偶。

化魔！瞧见静念斋主毫不犹豫地灭掉宗门神识，摄取生命之力时，我就知道她已经走上了我们最不希望的路。

满目的血泪顺着她脸颊朝下滑落，将静念斋主那张妩媚的俏脸弄得一阵诡异，宛如女妖、女鬼一般。

妖或许还会因为钦慕人的风采，而将自己打扮得艳美不凡，魔却会直接露出最恐怖的一面。对于以杀戮为人生最高目标的魔来说，恐惧、战栗和力量，才是最美丽的东西。

世间的魔头有许多，茅山后院无底洞中的阿普陀算是杰出之一，就连我内心中，都住着一个。

这世间的魔无数，大多数都代表着人心中最重的恶念。恶比善良要来得容易，力量也自然恐怖许多。与我所见过黑气萦绕、气势磅礴的诸般魔头所不同的是，我面前的静念斋主，是我所没有见过的另外一种类型。简单地说，它的层次更高，甚至接近于当初我们在南洋遇见的虚空巨眼。

力量有强弱，魔也有不同，这一头血光连天的家伙，应该并不是什么好对付的角色。

我向后退了两步，感觉那股血色开始朝着四周蔓延开来，已经有超过六位慈航别院的尼姑被侵染，脑海被血色腐蚀一空，身子如同僵尸一般垂立。这般的恐怖，使得其余并没有受到波及的别院尼姑纷纷朝着四周避开了去。

一人心散，众人奔逃，慈航别院本来固若金汤的列阵，在一瞬间分崩离析，众人作鸟兽散。

这边一散，静念斋主首当其冲的，就是强冲而来的胖妞。这猴子手中一根玄铁棒，力拔山兮气盖世，陡然一棒从天而降，却是挽出了风雷之声。

轰！软玉麒麟蛟被朱贵救走，胖妞却并没有随之而去，依旧冲着静念斋主杀来。从这里，可以看出，胖妞出现在这里的主要目的，并非是软玉麒麟蛟，而是这位慈航别院的斋主。化魔之后的静念斋主，方才是弥勒所要的东西吧？

我心中了然，在这两人交手开战的时候，黄晨曲君却悄不作声地撤离了。他本就是个看热闹的局外人，降魔卫道这事儿对他来说，就是块抹布。想起来的时候就用一下，用完了，直接丢一边儿去。

黄晨曲君刚才出手，是为了救那可怜的软玉麒麟蛟。此刻事了，他哪里会再搅和其中？

一字剑一退，胖妞接着腾空跃起，眼看着那棒子越来越近，即将砸落在静念斋主的头上时，那女人突然将手一扬，两个被侵蚀的尼姑在一瞬间，居然出现在它的面前，就像被提线的木偶一般，硬生生地挡在了胖妞的面前。

两个女尼，平伸双臂，硬生生地挡住了这棍子。

梆！

我本以为两个女尼会被一棒子砸成肉泥，却不料那棍子敲上去，却传出一道沉闷的声音，接着她们双手一撑，却是将胖妞弹了回去。

这……我心中骇然，因为刚跟胖妞交过手的我，自然知道这猴子的双臂到底有多强的力量在。能够让它承受不住，弹身而起，就实在有些奇怪了。虽然经历了无数大战，但这魔猿的精力，不可能在骤然之间变弱。唯一的可能，那就是这两个女尼变强了。

她们到底有多强？却见将胖妞直接弹飞的两人身子生硬而古怪地扭转，而在她们身后的不远处，还有四个一身血红的女尼过来会聚。六个傀儡身后，是一身红光，无人能够接近的静念斋主。

第十四卷 一个时代的结束，一个时代的开端

咚！向后几个倒空翻，再次跌落在地上的胖妞没有任何犹豫，又向前方冲了过去。

这一次，它的棍子在半空扬起的时候，居然变得一片赤红。那红色与前方的血雾并不相同，而是玄铁与空气高速摩擦的时候，所散发出来的温度和颜色，是几乎快要融化的状态。能够弄出这般模样来，可想而知它这一棍的力量和速度，到底有多恐怖。

它能够砸开面前的层层壁垒么？尽管黄晨曲君已然掠过了我的身边，冲着我招呼，让我赶紧离开，尽管周遭的许多人都开始朝着黑暗中撤离。不管是慈航别院，还是邪灵教，还是第三方的人员，纷纷都离开了，我却没有走。

我心中生出一种强烈的渴望，胖妞是否能够打得过成魔之后的静念斋主。

可以么？

轰！棍子再次落下，强烈的音爆声从交击的双方的中点，朝着四面八方陡然扩散而去，劲风吹起烟尘，烟雾横生，植物簌簌发抖。黑暗中有无数人朝着山下滚落而去。

我没有动，像一根标枪，立在那儿。然而烟尘将我的视线遮挡住了，一直到烟尘散去的时候我方才瞧见，刚才不可一世、气势汹汹地胖妞，此刻正躺倒在静念斋主前的十米之外。而在两人之间，有六个浑身冒着血煞的尼姑，她们并肩而立，冷冷地瞧着地面。

她们每一个人的表情都十分僵硬，双目之中，有血泪流出。而在她们的身后，静念斋主却是整个人都融入了一片血光之中。

那血光宛如一团篝火，将整个空间点燃，我能够感受到那种横行无忌的气息冲击，仿佛硫酸一般，将人腐蚀了去。

桀桀桀……夜枭一般的声音响了起来，听得我浑身一阵鸡皮疙瘩泛起，下意识地往后退。我退，并不代表我心中冷血，对跌落在地的胖妞见死不救，而是因为我的第六感中，莫名地感觉到危险来临。我面前的一切，是那般的诡异，让人一时间不敢轻举妄动。

哐啷……趴在地上的胖妞拨动着跌落一旁的玄铁棍，随后它缓缓地站了起来。

刚才因为风沙的缘故，我并没有瞧见胖妞是如何落败的，而血光中的静念斋主在一阵肆意狂笑之后，渐渐地收敛笑容，冲着那泼猴寒声说道："区区通背猿猴，居然也敢在人间横行无忌，实在可笑……"

她口气颇大，而胖妞并不能言语，只是将那玄铁棍平平举起，朝着对方指去。这个时候，我方才发现，胖妞那根又粗又长的玄铁棍，居然出现了一个大幅度的弯曲，显得十分可笑。

这发现让我一阵诧异，要晓得，这玄铁的重量远远超过现有最重的金属，那般坚固的东西，就算是饮血寒光剑这般犀利的法器，都不能将它砍出一丝痕迹。那么到底是怎样的力量，让它变成此刻的模样呢？

我的心中满是好奇，而骤得力量的静念斋主却意气风发地说道："今日杀了你，来日再杀尽天下！"

她杀气凛然地说着，手掌一动，那六个被她控制的女尼在一瞬间化作了开口的六合阵，将胖妞围了进去，而后甚至没有给它一点儿反应的时间，便指使那六人朝着胖妞杀来。

胖妞的棍子在这些血煞女尼的身上砸得梆梆响，却奈何不了这些家伙半分，反而是她自己陷入了不断缩小的困境之中。

随着时间的拖延，我瞧见胖妞的力量越来越小，越来越小……它也到了疲惫的极限，这入魔之后的静念斋主，真的有那么厉害么？

我心中疑惑着，饮血寒光剑莫名有些跃跃欲试。就在这个时候，突然有一道金光，从西边飞速射来。金色恶虫回来了！

第十四卷 一个时代的结束，一个时代的开端

第四十六章 胖妞，你还记得我么？

它回来了！瞧见那道出现在夜空之中的金色光芒，我终于确定了一件事情，那就是弥勒的目的。

熊掌我所欲也，鱼亦我所欲也。他出现在这里，费尽心思，并非仅仅为了软玉麒麟蛟，更重要的，还有入魔的静念斋主。

我还记得先前弥勒对我所说的话，他是希望我入魔的，也希望心魔蚩尤能够掌控我的身体。而这所有的一切，都是因为一点——对于修行者来说，软玉麒麟蛟是大补之物，或许能够提升境界，但对金色恶虫来说，所有的修行者都是它食物链的下游之物。

我们的脑髓，一身劲气和神识，对它来说也是大补。

静念斋主图谋的是一条已然化人的小妖兽，而弥勒图的则是万物之灵的本身。两者之间，并无高低之分，一样狠厉的心思。但从目前看来，弥勒要更加聪明一些。

智近乎妖！这是我对弥勒的感受，也是我总结的定论，不过金色恶虫能够如之前一般，横扫一切么？

天底下，真的有这般恐怖之物？我尽管差一点儿着了它的道，却绝对不相信这玩意儿是无敌的，而接下来发生的一幕，极大地证明了我的看法。宛如电光的金色恶虫，再一次地想要突进到静念斋主的头上时，却被一个凭空悬浮的女尼挡住了。

尽管我不明白血色雾气到底是什么玩意，竟然能够让区区女尼变成金刚之躯，但是并不能否定它的强大。无往而不利的金色恶虫，这一次撞到了铁板上。

咚！双方陡然相撞，看似平平无奇，却给我一种火星撞地球的震撼，女尼的身上，竟然传来了悠扬钟声般的回音。

这魔，竟然有颠倒物质的强大力量！我满心震撼，而金色恶虫却在一瞬间化作了疾电，又折转到另一个方向，再次朝着红光滔天的静念斋主射去。双翅不断扑腾，一种让人脑仁发疼的声音传来，期间还有那种古怪的"吱吱"声。

吱吱，吱吱……这声音一开始还并不觉得，但是随着时间的延续，突然漫山遍野都是这声音，将整个空间的血光都给冲淡了几分。

金色恶虫火力全开，像炮弹般，不断地朝着静念斋主拼命进攻。它个头却有足球一般大小，模样凶恶，速度快得让人几乎捕捉不到。倘若是被撞到，说不得要比被那抛石机或者石炮还要疼痛几分——当然，这并不是最致命的。

真正让人觉得恐怖的，还是它的那张利口和百分之百的剧毒。这玩意儿别的不说，索人性命，实在是一等一的利器。

不过，弥勒费尽心机给它做提升，难道仅仅是想养一条凶恶得不行的毒虫么？他为什么不拿这些资源，提升自己的实力呢？我满心疑惑，而战场中的静念斋主对这玩意儿毫不畏惧，她牵着手中的六个女尼不断地抵挡。不管那金色恶虫速度有多快，力量有多强，她都是兵来将挡，水来土掩，毫无畏惧之色。

战斗是如此的激烈，让人紧张得喘不过气，再一次被静念斋主打倒在地的胖妞，似乎失去了精神，趴在地上不动弹，那熊熊燃烧的黑色火焰也灭了，而这一幕，也落在了罗贤坤的眼中。

我本以为他会随着大多数人离开，却不料这家伙居然留在了这里。他留在这里的目的与我不同，不是看热闹，而是报仇。在他的眼中，那头身高两米的魔猿，并不是他儿时的玩伴，而是杀害他师父琳琅真人的仇人。

在瞧见罗贤坤摸过去的时候，我整个身子都僵住了。理智上，我知道此时的它已经不再是我所认识的胖妞了，而是助弥勒为虐的魔猿，手中的那根棒子沾满了无辜者的鲜血。若是能够将它除去，无论是对个人，还是整个江湖，都是一件大幸之事。但是情感上，我却记得当初与它相遇，朝夕相处的日子。

当初的那个小猴子，屡次三番地救我于生死间。憨厚可爱的它，陪伴了我人生最重要的一段岁月。它是我的玩伴，我的朋友，我的兄弟，我怎么能够看着它死去？

理智和情感在我的脑海里天人交战，使得我只是远远地看着，没有及时上前阻止，罗贤坤最终还是走到了胖妞的身边，他高高地举起了一把匕首。

当匕首扬到最高点的时候，罗贤坤似乎犹豫了一下，不过最终朝着下方猛然刺去，直奔心脏。

噗！这匕首准确无比地刺穿了胖妞的胸膛，瞧见这一幕的时候，我的心莫名其妙地一阵剧痛，下意识地向前冲去。一边跑，一边大声喊道："住手，住手，不要杀它！"

就在我拔腿狂奔的时候，一只毛茸茸的手突然抓住了罗贤坤握着匕首的手腕。这手一用劲，罗贤坤的脸色肃然一青。汗水在一瞬间从他的额头上滑落，罗贤坤抬头看去，刚才好似昏迷了一般的魔猿突然醒了过来。它那瘦削的脸上满是怒火，一对眼睛瞪得滚圆，死死地盯着他，两道白色气息从向外翻起的鼻孔里冒出，吹得他头发飞扬。

"啊！"罗贤坤一声尖叫，放开握着匕首的手，朝着后面挣脱而去，然而此时此刻，他哪里能够挣脱得了魔猿的束缚？

他奋力挣扎，左手还在魔猿的胸口捣了几拳，然而最终被揪住了衣领，缓缓地举了起来。

魔猿站了起来，一只手捂着胸口，一只手掐着罗贤坤的脖子，罗贤坤脸色一瞬间就紫了。

没有人知道罗贤坤是否在后悔自己刚才的举动，但是很快，他终于在一片混乱中找到了救星，拼尽了最后一丝力气，奋力喊道："二蛋救我，喔不，志程，快救救我……"

他是如此的惊慌失措，喊话的时候，口水鼻涕不间断地流出。

瞧见罗贤坤在一瞬间被控制住，我下意识地定住脚步，不敢靠得太近，免得引起胖妞的惊慌，直接将罗贤坤的脑袋拧下来。

被掐住脖子的罗贤坤瞧我没有任何表示，顿时就慌乱了，大声喊道："志程，它是你从小养大的，肯定听你的话，快帮帮我，让它放了我吧？我家金龙可不能没有爹呢……"

我怕他这般大喊大叫会惊到胖妞，慌忙挥了挥手，尽量让自己的语气变得平静一些，然后缓缓地说道："胖妞，胖妞别杀他，他是以前经常带你玩儿的那个……"

不知道是我的话起了作用，还是胸膛上的伤口疼痛所致，那只掐着罗贤坤脖子上的手松了一些。憋得快要背过气去的罗贤坤终于缓过了一口气来，瞧我给他使得眼色，赶忙闭上了嘴，不敢多言。

第十四卷 一个时代的结束，一个时代的开端

我瞧胖妞情绪变缓，想起之前胖妞放过我一马的事，心中不由得一阵激动，想到这里，我继续缓声说道："胖妞，你记得我么？"

胖妞低下头来，盯着我，一双发红的眼睛逐渐变黑，里面似乎还有神光游弋。这让我激动万分，情绪一下就上来了，眼泪流了出来，哽咽地说道："我是陈志程啊，就是二蛋，我们从小一起长大的。后来我们在滇南失散了，你记得么？"

胖妞似乎陷入了深思，我继续说道："你也许还记得小白狐，她现在回来了呢，跟着我一起……"

我絮絮叨叨地讲述起重遇小白狐的事情，又讲起小白狐和我都在找寻它，讲着讲着，罗贤坤居然被缓缓地放了下来，紧接着，胖妞放开了他。罗贤坤被放，欣喜若狂，拔腿便跑。

而我也是兴奋得不知道如何表达，冲着胖妞大声喊道："你记起来了，对不？胖妞，你记起我了吧！"

那高大的魔猿张了张嘴巴，似乎想要说些什么，身子却是一歪，轰然倒在了地上。

第四十七章 冥河鬼母，驱虎吞狼之术

胖妞轰然倒地，我以为是罗贤坤刚才的那一刀起了作用，然而瞧见弥勒从阴影中浮现，顿时就是浑身一僵，冲着他怒吼道："你对它到底做了什么？"

弥勒瞧了倒在地上的胖妞一眼，冷哼了一声，道："养不熟的白眼狼，我说怎么屡次三番地出现问题，却是这家伙捣的鬼，留它有何用？"

一股怒火从脚跟往天灵盖冲去，我顿时就控制不住自己的情绪了，大声叫道："你杀了它，我杀了你！"

弥勒一挥手，躺在地上的胖妞居然在一阵扭曲之间，眨眼不见。

他笑着说道："你何必为了一个猴子……"

叮！他的话还没有说完，我的饮血寒光剑就劈到了他的面前，弥勒伸手来挡，手中的金属鳞甲手套将我的魔剑抵挡住。往回收了几分力气之后，陡然间一弹，将我直接托举了回去。

我在空中一个临空倒翻，落地的时候，余光处正好瞧见罗贤坤融入夜色的背影。他居然头也不回地逃离，甚至都没有关心一下把他放走的胖妞。瞧见这一副场景，我知道自己失去的，并不仅仅只是一位朋友。当年那个跟着我一起走出麻栗山龙家岭的少年，他此刻在我心中，已然死去。剩下的这个，叫做罗贤坤，跟我只不过是熟人而已。

我疼！心莫名其妙地疼得厉害，而弥勒则阴沉地笑了起来。他并没有与我正面冲突的想法，而是向后退开，身子似幻影一般，三两下就消失于黑暗中。

我心头怒火燃烧，哪里能够让他这般轻松离开，当下也是箭步前冲，炁场全开，感受着那气流的变化，饮血寒光剑不断地击在空处。

弥勒在不断后退，而我则挥剑前行，越战，我就越心惊。弥勒的战斗方式，神出鬼没，随时隐没于空间的夹缝之中。

第十四卷 一个时代的结束，一个时代的开端

这种夹缝，其实就是洞天福地破碎之后的碎片，一样有着相同的空间构造。简单地说，弥勒看上去就像是隐形了，但实际上，他是在空间中穿梭。

弥勒能够做到身如鬼魅，如果我猜得没错的话，应该是天龙真火珠的功劳。想到这里，我就止不住地怨恨起陆一。

有人或许会觉得我对陆一的手段，实在是太过于残酷，却不知道我对他的恨意有多浓重，就是因为那个小子，断绝了我与努尔、张大明白重见的机会，让我背弃了与兄弟重逢的诺言。陆一还极大地助长了弥勒的实力。

弥勒有那头龙象黄金鼠帮忙找寻珍宝奇物，又有天龙真火珠可以穿梭空间，如虎插翼，迟早得一飞冲天。弥勒的目的到底是什么，至今为止我都不是很明了，但我知道若是让此人获得大成就，天下都将不得安宁。

王红旗当初对我说，维护世间的责任，可能要落在我们这一代了。我一直没有仔细想过，现在回想起来，恐怕是老一代人都已经到了大限将至的年纪。风云翻滚，几十年一个轮回。

我紧紧锁定弥勒，长剑不断地朝着那家伙刺去，然而在某一个时间节点，他似乎找到了一块大一些的空间碎片，直接将身子藏入其中，不再出现。

我持剑而立，周围一片空荡。在我正前方的，则是浑身红光，已然化魔的静念斋主。而刚才与她拼得火热的金色恶虫，却不知道在什么时候不见了踪影。

静念斋主红色的目光，缓缓地移到了我的身上。感受着那女魔头炙热而凶戾的目光，我心中咯噔一下，想着"糟了"。

此时此刻，弥勒消失，胖妞不见，金色恶虫隐匿，其余人都跑光了，就剩下我一个人，站在这入了魔的静念斋主身前。这分明就是摆好了套，等着我往里面钻呢。

我第一反应是回身便走，然而刚一动便感觉一阵气机将我锁定住，让我动弹不得。倘若我一动，只怕对方立刻追杀而来。

我不想跟对方一上来就生死相搏，只有小心翼翼地防着，朝着那疯狂的女人瞧去。我这一打量，诧异地发现对方的头发飞扬而起，宛如静格师太的拂尘一般。

尼姑是不会有头发的，之前的静念斋主也是光溜溜一脑袋，此刻自然不会长出头发。我再仔细看去，却见到那飞扬的，并不是长发，而是无数的血色丝线。

一米、两米、五米、十米……越来越长，越来越长。这就是力量么？

我没有动,只是静静地看着,对方眼中的红芒微动,有几分神华流转。我心中一动,决定试探一下,看看能不能与她一起携手挑战弥勒。

这般计较,我跨前一步,强忍着心头强烈的不适,说道:"斋主,毁去慈航别院的人,是弥勒;屠杀别院子弟的人,是弥勒;费尽心思算计你法身的,依旧是弥勒。而他也正是我的敌人,既如此,不如我们合作,一起将他斩杀了,你看如何?"

沉默,静念斋主的气势在不断攀升,然而她紧闭着嘴巴,陷入了一阵诡异的沉默中,她控制的那六个女尼傀儡,依旧死死地盯着我。

我能够感受到,倘若我往身后逃,立刻有人会出现在我逃离的路上,将我截杀。

弥勒有天龙真火珠,而这静念斋主,凭的是对洞天福地的熟悉,所以对这碎片倒也能够利用得到。倒不是说我怕了入魔的静念斋主,双方若是真的恶斗,我未必会被她拿下,但这又有什么意义呢?我若与静念斋主拼个两败俱伤,最后渔翁得利的,可不就是藏在旁边看戏的弥勒?

我如何能够让那畜生得逞?就在我尽力展现出最大诚意的时候,那个笼罩在血光之中的女人终于开口了:"我认识你,黑手双城陈志程嘛,你的名声比天下十大还要响亮呢。有人说,你是茅山继李道子、陶晋鸿之后的第一人,对不对?"

静念斋主已入魔,却能说出这般逻辑清晰的话来,着实让我惊讶。想着她莫非已经控制了心魔,继承了力量,而又恢复了清醒?

这般想着,我谦虚地应承了两句,却不料那妇人又冷笑道:"我还记得,你说我自私,对么?"

呃?这女人记恨人的心思,当真让人不可捉摸啊!

我当时就感觉到不对劲了,而随后,那六个女尼凭空消失,下一秒,却是出现在了我的周遭,将我团团围了起来。一身红光的静念斋主朝我缓缓走来,一字一句地说道:"那光头,叫做弥勒对吧?我不需要你的帮助,每一个曾经羞辱我的人,我都会一一还回去的,包括你!"

我听得一阵心头火气,对着这黑白不分的家伙张口骂道:"你是猪么?神经病啊!"

"神经病?"静念斋主的脚步一停,重复了我的话,紧接着眼睛陡然一亮,桀桀怪笑道,"你居然又骂了我,堂堂冥河鬼母,居然遭受你这般的折辱,这如何叫我心平气和?"

冥河鬼母？这是什么玩意儿，静念斋主所入的魔道，是那阿修罗的魔将天王么？

我心头震撼，而对方翻脸的速度也实在是超出我想象，倏然之间，那女人出现在了我的一米之外。蒙蒙眬眬中，那张秀美白皙的脸孔缓缓向前，血液在她的脸上滑落。

两人隔得如此近，这女人居然妩媚地舔了一下舌头，嘻嘻笑道："呵呵，好久没有尝过男人的味道了……"

这话说得是如此的暧昧，我却听得毛骨悚然，因为她在说完之后，张开了嘴巴。满口小银牙变作了无数尖锐的倒刺，里面血淋淋的，仿佛刚啃过血肉一般。

极美至极丑，转换仅仅是一瞬间，而那种别扭的恶心，让我浑身难受。静念斋主陡然间朝我扑来，而我则往旁边一闪，避开了去。接着顺手一剑，想要将这魔物斩杀了去，却不知道那饮血寒光剑竟然斩到了一个女尼身上。

铛！一声震响，我终于明白了刚才胖妞为何攻不破这玩意儿的防备，原来那看似柔弱的女尼，在这血光笼罩下竟然变得硬如精钢。那血光将我瞬间笼罩住，我左冲右突，一不小心失去了平衡，跌倒在地。倒地的一瞬间，静念斋主猛然扑过来，她居高临下地望着我，口中的涎液滴滴答答地落在我的脸上。

第十四卷 一个时代的结束，一个时代的开端

第四十八章 漫山遍野的火海

最难辜负美人恩！倘若对方换一个身份，这倒也并不是什么让人接受不了的事情。但是此刻的静念斋主绝对算不上什么艳福，不但模样可怖，而且浑身上下透着一股浓郁不散的血腥气，还有恐怖的腐蚀性。

她甚至已经不能说是一个女人了，而是魔。什么魔？冥河鬼母这名字听着熟悉，仔细一想，却不就是传说中冥河老祖门下四魔将之一么？

说起这冥河老祖，可是大有来历。却说那六道轮回附近，鸿蒙开辟以来生成地狱黄泉，其中有幽冥血海。血海中孕育了一个胎盘，后成为冥河老祖，有大神通。阿修罗一族，有几大弟子，分别为自在天波旬、欲色天、大梵天、湿婆，族中又有能者无数，其中因陀罗、毗湿奴、鲁托罗、鬼母被称之为四魔将。

此为秘传，洪荒古说，常人难得听闻，而静念斋主入魔的冥河鬼母，若真的是这位大神，那问题可就严重了。

腐蚀性的口涎滴落，被我劲气逼发，而后我屈膝一顶，将那女人顶住。双方一上一下，彼此僵持，满面鲜血的冥河鬼母居高临下地看着我，说道："你不错，很不错，这世间如你一般强大的男人，少之又少。你若愿意臣服于我，我可以免你一死，常伴我左右！"

我嘿然笑道："你放了我，我就从你！"

我这毫不犹豫的回答实在太假了，对方虽然化了魔，并非没有了智商，冷声说道："你敢耍我？"

我故作委屈地说道："哪里，你放了我，我便降了！"

冥河鬼母毫不退缩地道："你若是愿降，那就放开防备，让我侵入其中，显示诚意。"

我大呼不可，这般退了，我和那六个傀儡，又有何异。还不如拼死在此处，宁可玉碎，不为瓦全。

双方你来我往，都在故意拖延时间，之后，冥河鬼母将整个气势攀升至巅峰。整个山头，都弥漫着这种血气，无数草木枯萎，鸟兽惊飞，夜幕之下，生命力在不断地消逝。

不管我面前的静念斋主，她入的魔是否是我想象中的冥河鬼母。这般的架势，已然超越了之前我曾经遇见过的虚空巨眼。

漫天血气腾然碾压下来，似乎想要将我硬生生地砸落凡尘，而我在这般的威压之下，逆势而起，缓缓地站了起来。力量在交锋，每一尺，每一寸，都在狂暴肆掠。

咔咔咔……让人牙酸的声音在周遭生成，我脚下的地面宛如蜘蛛网一般，朝着四面八方扩散而去，整个山巅都在晃动。

轰隆隆……这不是雷声，而是山体内部分崩离析时产生的恐怖音效。

脚下的山体在分裂，而我的身体也在这种巨大的力量压迫下，发出生锈般的恐怖声音。

逐渐悬浮于空中的冥河鬼母眼球逐渐转成了白色，吸了一口血色雾气，表现出格外陶醉的表情，然后对我说道："蝼蚁，你既然不愿意降我，那就死吧！"

这句话，她说得轻松无比，仿佛我是地上的蚂蚁一般，一脚便能够将我碾得粉碎，死无葬身之地。

不过她也的确有这般的气势，双掌朝天一举，口中轻喝道："推！"

那六个金刚之躯的女尼一瞬间飞上了天空，重重地朝我砸落而来，凭着她们先前的能力，必然能够将我硬生生地砸死。冥河鬼母认为我死定了，眼中甚至流露出了一丝惋惜，大概弥勒也觉得我要跪了。

而就在此刻，一直示弱的我终究使出了筹谋已久的绝技来："战意，黑炎灼！"

每一个字，我都说得平缓无比，仿佛重若千钧。我是如此的郑重其事，因为是死是生，就全部在此一举了。

命悬一线。

宛如海啸一般的血舞，如浪拍打而来，重重地撞击，而在这之后，则是六位女尼双掌齐出，硬生生地砸落下来。这般的气势，宛如山势崩塌，天昏地暗，而就在此时，一朵莲花开了。

这是一朵黑色莲花，凭空而来，无中生有。一生二，二生三，三生万物。

无数的黑色莲花从我的气息中繁衍生息，瞬间幻化成一大蓬，将我笼罩其间，之后又迅速地朝着四处扩散而去。

那六名让世人震撼的金刚女尼与这莲台相撞，却没有发出先前那般的恐怖震响。

我的倾力一击，给狂妄至极的冥河鬼母展现出了一个成语的精髓，那就是飞蛾扑火。

黑炎灼是传承自战神蚩尤的秘技心法，也是专门用来屠戮怀着负能量气息的致命手段。它最厉害的，就是将那洋溢的魔气全然损毁。

我举起剑，单手朝天，那六个用任何物理手段都难以伤及分毫的金刚女尼，在此刻却纸糊般不堪一击。一触之后，立刻化作熊熊燃烧的黑色炎火，再无半分力量，而是轻飘飘地升腾而起，向天空飘散而去。

与金刚女尼一同燃烧的，是漫天的血色红雾。它先前有多恐怖，此刻那黑炎便有多张扬，如油与火。

力量在这一刻，陡然变换，悬浮在半空等着要将我掐灭了事的冥河鬼母顿时花容失色，惊声尖叫道："这怎么可能？"

就在她一万个难以置信中，我已成功地完成了逆袭，点燃了笼罩在整个洛峰山上的红色血雾。

当时的火势，实在难以用言语来描述，漫山遍野都是这翻卷不休的黑色炎火，无数的草木被烧成灰，生灵涂炭，山石开裂，海水蒸腾。这场景不但让冥河鬼母诧异，就连我自己都吓了一大跳。

我的确使用过好几次战意黑炎灼来逆转局势，却从来没有一次如此刻一般，弄出这漫天的恐怖景象来。

这场面，已然不输之前我师父雷劈黄山龙蟒所带给人的震撼和恢弘了。半空之中的冥河鬼母被那无数炎火围困，周遭的火焰让她陷入了最致命的绝境。不过她到底是厉害角色，将所有的血气收回，全都凝于周身之外，将其凝固得如同实质。漫天火焰跳跃翻腾，却难以侵入其中。

过了好一会儿，那火焰的气势终于消减了几分，而这个时候，身处其中的冥河鬼母也终于回过神来，脸色变得无比严肃，一字一句地问道："是你么？就是你对不对，蚩尤？"

第十四卷 一个时代的结束，一个时代的开端

　　当听到对方口中说出"蚩尤"两个字的时候，我的心头一跳，大吃一惊。我之所以惊讶，倒不是因为被人揭穿了老底，而是在感慨那家伙的名头居然这般的大。这个强悍到让人心悸的家伙，却是一口就叫出了这手段的出处。

　　我站立在近乎崩塌的地面上，平静地望着那女人，回答道："是又如何，不是又如何？"

　　冥河鬼母缓缓地张开了双手，无比凝重地说道："世间也只有像你这般的人物，方才能够一招破开我的污秽血冥河。当年你可是挑战过冥河老祖的大巫，顶破天的人物，居然会在这里出现，唉……"

　　她长长地叹了一口气，摇头说道："我当真是小看天下英雄了！"

　　冥河鬼母周遭的血晶这时也越发薄淡，我听着她讲起那不流传于世间的秘闻，一时之间也插不上嘴。

　　两人对视了好一会儿，她突然开口说道："蚩尤，念在当年你我有旧，不如放了我？"

　　我万万没有想到，冥河鬼母居然会开口求饶，心中一阵波澜狂起，而嘴上则应付道："貌似刚才轻起战端，想要杀我的是你，并非我！"

　　冥河鬼母脸色铁青地说道："那是你没有表明身份，你若是讲出，我又怎么可能对你如此？"

　　我呵呵一笑，想着我的战意黑炎灼既然不能在瞬间爆发的时候将对方一举湮灭，此刻若是再与她纠缠，即使是胜了她，也是两败俱伤的局面。在弥勒在旁虎视眈眈的情况下，的确是没有必要与她拼死拼活。

　　我心中有了计较，正想回答，而就在这个时候，冥河鬼母突然脸色一变，骇然喊道："天啊，你后面是什么？"

第四十九章 若有来生，你我为友，今世……

漫天的火海肆虐过后，天地之间都是一片灰烬，身处于火场中的我，后面能有什么东西呢？有什么东西，是我的气场和意识所不能捕捉得到的呢？除了弥勒！

但在我与冥河鬼母的战斗结束之前，弥勒这个龟孙子怎么可能会露面？在冥河鬼母喊出这话来的时候，我就知道对方定然是又有了打算，甚至知道她极有可能是不甘心面对此刻的困境，想要通过奇袭的方法来行事。

即便如此，我还是将头转了过去。我就等着看看冥河老母的葫芦里面，到底卖着什么药。

果然，就在我转过去的一瞬间，一粒让人心悸的劲气，陡然朝我的心窝处飞来。那速度比闪电还要快上几分，让人反应不过来。

我长期在战场生死边缘养成的本能，还有几乎拥有自我意识的饮血寒光剑救了我。长剑倏然弹起，将这劲气挡住。

我目光转移，瞧见这一招居然是血神子。一滴鲜血，凝练出冥河鬼母的模样，持剑而来，与那饮血寒光剑的剑尖轰然相撞在了一起。

这便是血神子，提取鲜血精华而凝结出来的身外化身，据说冥河老祖的本体拥有四亿八千万血神子分身，充斥着整个冥河血海。而这冥河鬼母作为修罗一脉，如此的手段，必然也是厉害至极。

若是旁人，血神子或许还能掀起滔天大浪，然而此刻与饮血寒光剑交击，却被泯灭于无形中。归根到底，还是因为魔剑的性质，那就是吸血。

饮血寒光剑的剑身并非光滑平顺，内中其实有着无数肉眼不见的细碎孔隙，里面的构造复杂至极，能够摄取无数鲜血。这玩意儿对血神子来说，无疑是天敌。

冥河鬼母对这一招偷袭寄托着十二分的期望，当她瞧见自己的血神子被我不动声色地破去，整个人顿时萎靡起来，扭身朝远处的山崖狂奔而走。

她离去的时候，刻意地在脚下用劲，那饱经我和冥河鬼母折磨的山体在她的劲气注入下。一片松散，不断有石块轰然滑落，朝着山下跌落而去。

洛峰山不知不觉之间，已然倒塌了大半。

我望着冥河鬼母飞速掠去的身影并没趁胜追击。

这女人，从头到尾，都不是我的敌人。拿下了她，那又如何？

我没有动手，而是平静地直视前方，然后伸出长剑，气机锁定在了某一处的空隙，平静地说道："出来吧，弥勒，你若想要逃脱，找那女人的晦气，就先过我这一关。"

之所以肯定弥勒藏在那个地方，是因为刚才的那一声轻叹。弥勒在我快要死的时候叹了一口气，却不知道我已然将方位记了下来。

尽管我对那破碎的空间并不是很了解，但也知道，倘若是想要追逐冥河鬼母离开，他就不得不现身。否则就只能空间碎片里面待着，一直等到碎片被世界所融化。

被我的气机锁定，没一会儿，虚空之中踏出一个人来。白衣光头，正是弥勒。

与我面对的时候，他将脸上狰狞的青铜面具取了下来，眯着眼睛盯了我一阵，摇头叹道："士别三日，当刮目相看。我本以为冥河鬼母能与你拼得两败俱伤，没想到你不但将她轻松拿下，而且竟没有乘胜追击。你不但修为增强了许多，就连脑子，都变得厉害了。"

从敌人的口中听到这赞誉，我都不知道是该哭还是该笑。沉默了一下，我方才说道："冥河鬼母对我来说，不过是疥癣之疾，而你，方才是我一生之中最大的敌人。这一点，我可从来都记得的。"

弥勒愣了一下，脸色古怪地说道："是么？我一直以为我们两人，应该是惺惺相惜才对。"

我叹了一口气，沉声说道："我们的确是有过惺惺相惜的时候，不过所有的一切，经过黄河口一役，就不再相同了。"

想起那一场壮怀激烈的战斗，弥勒也不由得长叹了一声道："是啊，我们再也回不去了。"

黄河口一役，三张死亡，努尔和张大明白失踪，重伤无数。老一届特勤一组几乎全军覆灭，而弥勒不但损失了风魔等得力干将，而且连自己的小师妹也死了。

　　小观音，那一个冰清玉洁、凡尘谪仙般的小姑娘，最终在弥勒的野心面前，用自己的性命作了最后的死谏。只可惜弥勒并没有幡然悔悟，而是坚定了自己的道路。

　　从那以后，他就走上了不归路，而我与他，则成为了世间生死相对的人。

　　望了我好一会儿，弥勒突然开口说道："我还有好多好多的事情要做，我们晚一些时间进行生死决战，你看如何？"

　　我望着这个男子，岁月几乎没有在他脸上留下任何痕迹。这么多年过去了，我已经变成了大叔，而他还是青葱少年的模样，心中不由得一阵感慨。这个男人，倘若有来生，我愿意与他作人生的三两知己，酒肉兄弟。

　　而这一世，我与他唯二的结局，要么就是他死于我的手中，要么就是我被他杀死，没有第三种选择。所谓宿命，那就是命中注定。

　　我缓缓地将饮血寒光剑举起，收鞘，然后淡然说道："出手吧，这是你我之间的宿命，你我最好都不要逃避。"

　　弥勒左右一看，微笑着说道："我若要走，你拦不住我。"

　　我也同样笑了，嘴角一挑道："你尽管可以试一试，不过若我是你，便不会做这般的蠢事。"

　　弥勒听完我的话，到底没有转身离开。高手之间的战斗，说简单很简单，说复杂，其实还是有着许多微妙的因素存在的，不但关系到双方的修为、法器、法门和心法，以及天时、地利、人和、运气，还与一件事情息息相关。

　　那就是意志，这东西说起来很虚，却又是实打实的，说得简单一点，也可以理解为士气，也就是必胜的信心。

　　一个人，只要拥有最为执着和强烈的战斗欲望，方才能够倾尽自己的所有，来获得胜利。相反的，倘若一交手，就只为了逃离，必然就陷入最为危险的困境中。

　　这玩意儿在双方水平相差甚远的时候，或许并非那般明显，但若是实力相近的时候，就变得至关重要了。

　　弥勒此番若是要逃，在没有任何牵制的情况下，最大的可能就是被我一路追逐，信心丧失，最后落败，没有第二种可能性。

　　只有对现场拥有最清晰掌控力的人，方才能够勘透这里面的微妙关系。弥勒自觉一眼看穿未来，自然能够把握得当，但我也能够明了这里面的变化，他多少还是有一些惊讶。

　　沉默了一会儿，他叹了一口气道："当初真的不应该让你先进入那五彩补天石中，要不然也不会有今天这一幕。我不用费尽心思将静念师太逼得入魔，你也不会有这般的底气站在我的面前，说出这样的话。"

　　听到弥勒的反思，我不由得笑了："你若是先进入其中，或许连那半分五彩补天石都不一定能够得到。"

　　弥勒听到之后，突然笑了，点头说道："正是！正如你所说，我未必能够突破幻境，得到五彩补天石。如此说来，不管我如何筹谋，世间终究还是沿着它强大的惯性行事。尽人事，听天命，而结果，则与你我都无关啊……"

　　这话说得，莫名有着几分惆怅和英雄末路的味道。我听完之后，也感觉出了几分的轻视。

　　我如此郑重其事地把他当做值得尊敬的对手，然而在他的心中，我却不过是通往坦途的一点儿障碍而已。对他来说，老天方才是他真正要挑战的对手。

　　这个人究竟得有多狂妄，方才会选择与老天为敌？

　　我满心的震撼，不过一股受到蔑视的愤怒也在胸腔之中澎湃了起来。是，你弥勒可以好高骛远，可以不将我放在眼里，这都没有关系！你到底怎么想都没有关系，因为我会让你知道，轻视我的下场到底是什么。

　　你弥勒是天才，戴着光环降临凡尘俗世，而我陈志程呢，自出身起，肩上就背负着十八劫。我是个早就应该死去的男人，而如今却坚强地站在了你的面前。

　　我就是想让你知道，即便是老天如此憎恶我，那都没有关系，今天老子就要以德报怨，拯救这个世界一回。

　　来吧，战！

第五十章 这一战，必将名震天下

四目相对，战意在熊熊燃烧。弥勒终于明白过来，我这是要跟他不死不休了。

事情有些出乎他的意料，或许在他的人生安排之中，我和他的对决，应该放在几年之后，却没想到竟然是在这个时间点。

终于有一件事情，偏离了他的计划之外。事实上，从他将我诓骗进那血池中的五色补天石开始，事情就开始脱离了他的掌控。

不光是我，就连弥勒也没有想到，我的心魔蛊尤竟会如此的给力，直接通过吸阴补阳的方式，将守护者久丹松嘉玛从神灵的地位拉下，跌落成凡人，甚至将五彩补天石吸收大半……

一步错，步步错，而到了某一个程度，就已经是无可挽回了。

他站住了身子，左右打量了一下周遭的环境，在我与冥河鬼母一战之后，整个洛峰山已然摇摇欲坠。在这样的情况下，山体未必能够承担得了我与他之间的战斗。

变数颇大，而这正是弥勒所喜欢的节奏。一步、两步，弥勒朝着我缓步走了过来，眼睛眯着，仿佛面前的我只不过是一个很普通的拦路者，他挥挥手，就能够将我支开。他的确有资格这般自信，因为他是邪灵教的掌教元帅。

这个位置，只有当年的创教始祖沈老总才能够坐，就算被无数道门和江湖上的正派人士畏之如虎的天王左使王新鉴，都不敢染指。

因为王新鉴觉得自己不够格，却将弥勒推上了那个位置，可想而知，这个出身苗疆，从南洋归来的男人，有着足够的资质。至于这些资质是什么，我领教得最多的，就是他的谋略。

基本上，我碰到弥勒，从来都是吃亏的一方，每次都是中了他的算计。在他眼里，我一直都是一枚棋子，而他才是掌控天下的棋手，但这并不代表他能拿得出手的，只有脑子。

在我遇见弥勒的时候，他已经是师从南洋顶级大师山中老人的大弟子了。那手段，绝对比我高上好几层楼。而这些年来，有龙象黄金鼠这个能够嗅闻珍宝的萌物，他绝对是走遍了天南海北，而在陆一那蠢货将天龙真火珠交给他之后，就连茶茬巴错那样的地方，他也是来去自如。有着这样底牌的他，际遇如何会比我差？

弥勒给我的感觉，有一种望尘莫及的高深莫测，然而越是如此，我越知道一点，那就是不趁着他还没有成长为泼天大祸的时候把他除掉，日后也就再也没有人能够撼动得了他了。

唯有杀了他，天下方才安定。

两人相隔十米，对视颇久，就仿佛情人一般相互注视着对方。不知道过了多久，两人几乎是同时心念一动，朝着对方冲了过去。

十米的距离，对两个对世间的规则有着极深领悟的家伙来说，实在算不得什么。两个人在一瞬间就撞到了一起，然后心有默契地都只用了七分力。

叮！清越的金属之声响起，这一回，弥勒也终于用上了法器，而并非赤手空拳地与我相斗。

那法器是一方令旗，不过跟一般的令旗不一样的是，这玩意儿的主体却是一杆短矛，矛身上遍布流苏一般的符文，仿佛火焰。那旗帜就在矛身一侧，布料古怪，非金非石非木非丝，柔软中带着几分坚韧，旗面上绘有万仙来朝的景象。

弥勒陡然亮出的这件法器让我不敢掉以轻心，稍微试探之后，我就立刻明白一点。这玩意儿的底蕴，绝对不是暴发户式的饮血寒光剑，所能够比拟的。

第一击并非是生死相搏，所以两人也只是点到为止，试探对方的底子。两人交错而过，我的落脚处一阵松动，使得我不敢停留，而是连着跨了好几步，最终在一处比较夯实的地上站定。

轰隆！一声响动，刚才我落脚的地方，却是无数石头跌落，现出一条狭长的裂缝。

与此同时，弥勒那边也传来了同样的响声。我们之间，隔着同样的深渊裂缝。

那裂缝，是我们在向对方冲过去的时候，刻意计算出来的，只是没想到两人

第十四卷 一个时代的结束，一个时代的开端

居然用了同一种手段，这已经不能说是默契那般简单了。

这样的两个人，终究只能有一个站着，不死不休。

我们瞧都不瞧那足以让人深陷其中的巨大裂缝，而是盯着对方的眼睛，想要从那儿，瞧出对手下一步的行动。然而两个都是老油条，无数生死间闯过来的滚刀肉，怎么可能流露出半分线索？

我转了转剑柄，一股红光从饮血寒光剑上缓慢洋溢开来。这剑，自诞生起，不知道饮了多少鲜血。

震惊三界的血神子在它面前，都不能够续演传奇，而拥有着如此恐怖力量的饮血寒光剑，在弥勒的那一面令旗之前，却显出了几分弱势。不怕人比人，就怕货比货。

随着冥河鬼母的走远，黑炎灼已然熄灭，有风吹来烟尘的气息。

猎猎作响的旗子上，有一种让人恐惧的气息。这种气息既陌生，又熟悉，它似乎融合了许多种不同的因素，我能够感受得到诸天神佛的力量，灌注其中。它让我畏惧，不敢舍命一搏。

倘若自己拼尽全力，到了最后的时候，却发现弥勒其实还留有绝招。而更让我担心的，是那令旗上传递出的气息，并非能用黑炎灼焚烧的。它并非属于负能量的黑暗法则范畴，反而类似于信仰，以及诸天神佛。

再一次交手，我手中的剑与弥勒的令旗再次交击，而这一次，自然没有一开始试探时的那般轻松。两人一上来就用上了平生最得意和熟练的手段，交手的速度也变得越来越快，越来越凶。不多时，就化作了两道幻影，时而汇聚在一起，时而分离两端。

随着两人的战斗进入了越来越激烈的状态，周遭那饱受摧残的山林纷纷垮落，无数山石飞起，砸落海水中。轰鸣震天，劲气不知不觉地扩散而去，宛如滚滚春雷。

我一开始还有些担忧胖妞或者邪灵教的某些高层插手，颇有些束手束脚，然而到了后来，浑身的热血沸腾起来，就顾不得许多了。手中魔剑纵横，无数剑光斩落。

这个时候，我若是藏拙，只怕就要被弥勒那暴风骤雨的攻击打败了。危险，十二万分的危险！

这是我自魔体大成以来，第一次感受到这种发自内心的战栗。这里有恐惧，也有兴奋，有震撼，也有豪情，茅山掌心雷、炼妖壶观术、诸般剑法与擒拿手，在这一刻都再也没有由头。它们已经被我熔炼成了一体的力量，信手拈来。

所有的力量，最终都变成了两种，一为进攻，一为防守，再无别的类型。

平日里一直以小白脸形象出现的弥勒罕有与人交手，显得格外神秘。而这种神秘绝对不是弱，而是一种让人心头难以释怀的沉重。此番与我搏杀，越发地显示出他恐怖的修行力量。

这是一个天才，一个让无数人仰望的天才。也只有这样的人，方才能够配得上邪灵教掌教元帅的那把交椅。

战斗在持续，而我不知道怎么回事，脑海里浮现出了年少之时的场景。

我想起在某一个静寂的夜里，身处在五姑娘山神仙府中的我，也在梦中听到那宛如隆隆春雷的响声。年少的我并没有太多的感知能力，不过那雷声过后，一直被我视若天神的青衣老道一脸惨白地出现在我的面前，并将小白狐带走了。然后我见到了天王左使，那个宛如天兵天将一般的人物。

年少时的我，未必能够想到今天也能与世间最顶尖的人物生死交战，也能够弄出这般恐怖的场面。

今天，我与弥勒在这洛峰山上的一战，必将为后人所传颂。然而，谁会作为失败者钉在耻辱柱上？谁会作为胜利者供后人景仰呢？

呼！两人再一次交错而过的时候，彼此都感觉到战斗已经到了瓶颈状态，倘若再不拼命，估计就没命了。

弥勒朝着天空浮了起来，大旗招展，风声猎猎，而我则将手朝怀中摸去。

此时此刻的洛峰山已然倒塌了大半，刚才我们上山来的道路，此刻已然化作了悬崖和无数裂缝，我与弥勒在这山体最结实的岩石上对峙。

是时候改变战场了！我将怀中的八卦异兽旗倏然抖开，朝着四面八方射去，口中大声喊道："出来吧，老王！"

第十四卷 一个时代的结束，一个时代的开端

第五十一章 命悬一线王木匠

八卦异兽旗钉住阵脚，王木匠从滚滚气浪中腾然而起。

这旗帜之前在茶茌巴错的地底世界中，差一点儿被巨型暴龙摩呼罗迦碾碎，好在后来经过五彩补天石神光一刷，又有王木匠在这里不断修补，再加上此令旗本身的底子，不但没有损毁，还增长了许多的实力。

随着王木匠一同升起的，是八般异兽，狮子、鹿、马、龙、麒麟、咬钱蟾蜍、貘和鳌，此刻已然能够凝如实质，宛如灵物重生一般。

八异兽生出，立刻笼罩天上地下，连悬浮半空的弥勒，也给围在了其中。

天罗地网，一举囊括。八卦异兽旗是我藏在心中的暗棋，为了蒙蔽敌人，我甚至开始有意识地越来越少用起，而很多人也都以为这令旗在我之前的战斗中损毁。计划之外的东西，方才能够出其不意。

当八卦异兽旗将弥勒围在阵中时，悬浮于半空中的他陡然睁开眼睛，不理会周遭不断游动的诸般凶戾异兽，而是朝着我望了过来，认真地问道："这玩意儿，是茅山十宝之中的异兽八卦旗吧？"

我冷笑道："你又不是没见过……"

弥勒没有理会我的话里的讽刺，而是陷入了遥思："当年的洛十八，就在虚清真人手中的这玩意儿里吃的亏。没想到，如今我也遇到了它。它真的很强么？"

听到弥勒跃跃欲试的话，我不由得一阵心虚，不过也只有强忍着不安，故作镇定地说道："你且来试试！"

弥勒嘴角一挑，微笑着说道："试试，便试试！"

这般说罢，他身子一扭，居然朝着半空之中的王木匠陡然射去。弥勒的选择让作壁上观的王木匠大惊失色，这些年来，虽然大部分时间里它一直都待在八卦异兽旗中潜修，但并非不懂世事，自然也晓得面前这人，可是弥勒，邪灵教最厉害的掌教元帅。

这样的人，莫说是它，便是身为掌控者的我，都不一定能够将其拿下。

王木匠是位大器晚成的阵法师，什么都好，唯一的缺点就是怕死。当初就是因为这个才降于我，此刻瞧见这般的人物，朝着它杀去，哪里敢怠慢半分，慌忙调集手中最强的战力护住自己。

弥勒倏然而去，护住王木匠的，是八卦异兽阵中防御力第一的灵兽鳌。

当弥勒手中的令旗尖端刺中凝如实质的巨大鳌壳时，一股宛如涟漪般的氙场从两者的交击中心，朝整个鳌身荡漾而去。高频率的震动，让巨鳌在接触的一瞬间，几乎陷入了崩溃的边缘。

就在这个时候，王木匠终于展示出了它身为一代法阵大师的手段。但见它口中念念叨叨，双手翻飞如蝴蝶，快速变化，而那八种异兽也如同它的手臂一般，协调地围了上来。有的与巨鳌凝为一体，抵住了这强势的攻击，而有的则化身凶物，朝弥勒扑腾而去。首当其冲的，是那头咬钱蟾蜍。

作为传统的吉祥物，这玩意儿看起来有一股憨态，并无凶狠之相。然而当它露出狰狞之象的时候，口中铜钱化作漫天金光，而它那一张布满利齿的嘴巴，仿佛能够将天空吞下。

这样的气势，就算是弥勒也不敢等闲视之，他朝着旁边一挤，却是从空隙之中逃脱了去。王木匠对弥勒是心怀恐惧的，而它越是恐惧，使出的手段便越凶狠。

这种情况，有点儿类似于有的女生见到蟑螂一般，一脑门子的心思想着怎样将那丑陋的虫子踩死。

王木匠指挥的八卦异兽阵凶猛异常，而弥勒却宛如游鱼，在狂风骤雨中轻松穿梭，并没有受到太多的影响。这情况让我不敢怠慢，于是提着手中的饮血寒光剑加入了战斗。

弥勒在这危机四伏的八卦异兽阵中游刃有余，然而再加上一个实力相当的我，就不敢再视若等闲，身子变得越来越快，宛如一道幻影。弥勒快，我也快，然而不知道为什么，我总是差他毫厘。

尽管我此刻已然不顾别的，将血劲上涌，让临仙遣策极速运行起来，试图预测出他的行走轨迹，然而我最终还是失败了。

弥勒对这种未知的预测，似乎与拥有临仙遣策的我一般，甚至更为熟练一些。我们双方，其实还是处于同一起跑线上的，或者说，修行到了这个地步，便已经不再是本身修为和实力的对比了。更多的，还是在于修为之外的东西，比如运气，或者境界，或者其余的玩意儿。

在八卦异兽阵的加持和王木匠的协助之下，我第一次展开了对弥勒进攻的大优势。然而越到后来，我越发现弥勒此人深藏不露，似乎还隐藏了许多东西，他总是能够将诸多危机一一化解。

这种感觉，让人诧异，而他随后使出来的身法和手段，像是远古巫家的手段，让人匪夷所思。看得出来，弥勒也是被逼到了绝境，不得不使出了压箱底的本事。只不过，他使出的这种遗失许久的古代法门，到底是怎么学来的呢？

我满肚子的疑惑，却来不及多想，因为当弥勒使用出这跟他之前身法所不同的手段之后，我就感觉局势似乎在一点儿一点儿地扭转。尽管依旧是被追杀，但他变得越来越游刃有余了。轻松，一种发自骨子里的轻松，从他的脸上洋溢了出来。

与此相反的，是我的心情越发地沉重了起来，因为我感觉到了一点，就是我身后的王木匠，在这种高强度的对抗中，显得乏力了许多。它到底只是一个阵灵，挣脱不了那法阵的束缚。

我能够感受到弥勒已经将气机锁定在了王木匠的身上，这倘若是我，不过是虱子多了不怕痒的小事，但对通过灵觉操纵法阵的王木匠来说，却是一种挥散不去的煎熬。

这种煎熬与痛苦，使得它开始慢慢地出了许多低级错误。我感受到了场中的变化，当下也是将手中长剑一举，挡住了弥勒对王木匠的攻击，口中暴喝道："王木匠，稳住本心！"

就在我话音刚落的那一刻，弥勒却悠悠地笑出了声："八卦异兽阵果然非同凡响，只不过，对我倒也不是什么不可接近的难事……"

说罢，他居然从手中的令旗中抖落出一道青光，紧接着身子一涨一缩，竟然化作一道虹光，散作虚无。

什么？弥勒他居然逃脱了八卦异兽阵的束缚？

这情况让我大为震惊，而就在此时，我突然听到王木匠的一声惨叫。抬头看去，却见刚才弥勒抖落而出的青光宛如跗骨之蛆，竟然在我不经意间趁机黏在了王木匠的身上。

第十四卷 一个时代的结束，一个时代的开端

这青光一沾到王木匠的身子，便立刻变了颜色，化作乳白的圣光。有星光从九天之外垂落，穿透云霄，覆在其上。

王木匠似乎感受到了这玩意儿的危害，快速朝我靠拢，然而最终还是被那白色光芒腐蚀一空，叫声戛然而止，化作了一道袅袅青烟散去。我在感受到王木匠灵体消亡的一瞬间，下意识地祭出了研究多日的碧罗魂珠。

这被我祭炼多日、妄图寄居分身的珠子，仿佛已成鸡肋，然而此刻却救了王木匠一命，将其意识吸入其中，避免了灰飞烟灭的下场。

碧罗魂珠吸住了王木匠的一缕意识，而那白光则将修炼多年的王木匠冰消融解，化作灰烬。

好狠！我收起了碧罗魂珠，知道王木匠此番算是完了。没有十年八载，它未必能够重回之前的模样。

瞧见弥勒出现在八卦异兽阵外时，我也终于明白了他为何能够在这般的险境中，还能够轻松逃脱，甚至临走之时，将王木匠"击杀"。

天龙真火珠！凭着这玩意儿，天下之大，他哪儿都可以去的，更何况是区区八卦异兽阵呢？

我心头滴血，失去了王木匠统御的八卦异兽阵软绵无力，反倒像是一个将我困住的牢笼。我瞧它已然丧失锐气，也就顺势收起了八面令旗。

我这边刚将钉在八方的令旗收回，天地之间突然一阵颤动，朦朦胧胧的天空晃荡一番，紧接着我感觉到脚下的土地朝下方轰然倒塌。

这洛峰山，居然被硬生生地摧毁了！

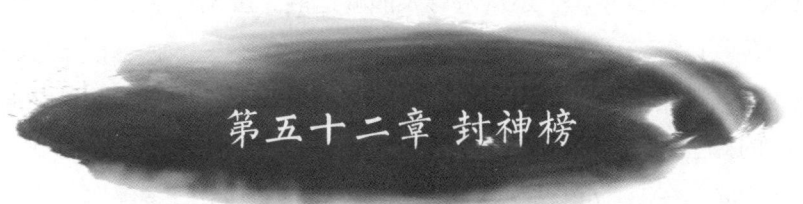

第五十二章 封神榜

轰！天旋地转，世界崩塌！

翻腾的气浪朝着上方吹拂，我让自己的身子放空，像一根轻飘飘的羽毛，不至于被崩塌的乱石埋在地下。与我一同浮起来的，是弥勒，刚从八卦异兽旗中逃脱的他，也并非有我想象中的那般轻松。刚才我配合着八卦异兽旗中的诸般布置，还是将他的大部分底牌给逼了出来。

两人悬空而立，遥遥对峙着，彼此瞧着对方手中的兵器。我之所以能够悬浮于空中，倒不是我学会了御风飞行，而是下方不断往上推的气流，还有手中饮血寒光剑的支持。

这剑，曾经在我心魔降体的时候，化作飞剑，有对抗地心引力的作用。而弥勒，则是依靠着手中的那一面令旗。

先前我只觉得这令旗定然是有历史渊源的法器，厉害是一定的，却不知道它竟然会这般的强。刚才从这面令旗中飞出来的青色罡气，差一点就将王木匠轰得灰飞湮灭。而此刻那旗面招展，竟然有隐隐的飞天和神佛浮现，将弥勒的身子衬托着，就像是世界的中心一般。

凝望许久，我还是忍不住心中的好奇，问道："这旗子叫什么名字？"

弥勒倒是大方之人，对我坦然说道："这旗子的名字比较特别，叫做封神榜！"

封神榜？我心中顿时明了，原来这玩意儿居然是邪灵教的两大圣器之一。当年整合了天下旁门，创建了邪灵教的沈老总，就是凭着这玩意儿统领偌大宗门。

这玩意儿在某种意义上来说，代表了邪灵教的权杖。

我眯着眼睛，一字一句地说道："厉害啊，果然是闻名不如见面。"

弥勒很认真地点头说道："我也没想到，你居然能够坚持到现在，还将我弄得这般狼狈。多少年了，还从未有人能够这般。蚩尤看中的人，果然非同凡响啊……"

两人相互吹捧，仿佛是惺惺相惜的好友，却不知道下一秒，极有可能将尖刀捅入对方的胸膛里去。

洛峰山体还在往下沉，乱石已经飞落到海岛的边缘，许多停靠在岛边的船也被砸到，有的慌忙逃离，有的则直接弃之而去。

随着崩塌的趋势逐渐减弱，螺旋向上的气流开始慢慢地变小，我和弥勒缓缓地朝着一片废墟中落下，而我依旧还是那一句话："我是我，蚩尤是蚩尤，不要拿他的名头，罩在我的身上！"

弥勒摇头笑道："人啊，总是贪心不足，以为自己卓尔不群，却不知道从来都没有跳出前人划下的圈里……"

我皱眉说道："你什么意思？"

弥勒冷笑道："你以为你可以掌控得了自己，就可以摆脱蚩尤的布置么？幼稚，要是没有了蚩尤，你早就死了一万回了。你知不知道蚩尤的布置？你知不知道为了保护你一人，这百年间，七十二魔将就有一半以上的人投胎转世？你原本会有至少三十个以上的护法，但现在你为何会孤零零地出现在我面前？这些，你知道么？"

弥勒这一长串的质询，让我有些懵。我之所以迷茫，倒不是因为被他打击到，而是因为他的后半段话里，似乎还隐藏着一些我所不知道的秘密。什么叫做七十二魔将已然转世投胎了大半，什么叫做我本来应该有几十位以上的护法？

我已经能够正视藏在我身体里的心魔蚩尤，并且了解到胖妞、杨劫和陈慎等人，极有可能是蚩尤那七十二魔将转世投胎，留在我身边的护法，却没有想到还会有几十个人这么多。

既然如此，这些人到底去了哪儿？我的脑子里开始高速思考着，回忆起自己从年少起，一直以来的点点滴滴，想着这事儿弥勒未必是空穴来风。要晓得，蚩尤可是饱受这世界意志所憎恶的家伙，它尽管不是本体降临，或者意志投影，而是用了最为柔和与隐蔽的转世重生。即便如此，也还是受到了十八劫的诅咒，就是不让我安然成长起来。

蚩尤花费了那么多的力气，未必是想着来人间一日游。它必然会提前布置，将许多有可能发生的事情，一一安排妥当，这也就是护法存在的意义。

第十四卷 一个时代的结束，一个时代的开端

胖妞和杨劫的确有好几次救我于危难之中，但我之所以能够活下来，并且活蹦乱跳地存在于这世间四十来年，最大的功臣，却是茅山符王李道子。难道说，李道子他老人家，也是七十二魔将之一？

　　这怎么可能，道魔不两立，就连当初我师父收我为徒的时候，都事先告诉我过，我只能当做外门大弟子。李道子他老人家誉满天下，怎么可能会是蚩尤的七十二个兄弟之一？等等，我似乎漏过了什么？

　　百年之前，天下三绝震惊江湖，一时间，无数人都只听闻符王李道子的名头，至于茅山掌教虚清真人，甚至都不如李道子的名头一半响亮。然而，李道子最终只做了传功长老，而没有当上茅山掌教。

　　这……我脑中一片混乱，而就在这时，弥勒突然大笑了起来，说道："你什么都不知道，因为这所有的一切，在百年之前就已经是安排好了的。为了阻击你，世人所做的努力，远远比你想象的还要多……"

　　我听不懂弥勒的话，到底是什么意思，然而突然之间，我感觉到一股恐怖的力量，朝我涌了过来。

　　弥勒挥起了手中的那面令旗，这令旗在他的手中变幻，越舞越长，竟然化作了十丈红尘，将周遭的一切都裹挟在里面。紧接着我瞧见四周的一切都开始变化，景象扭曲过后化作了虚无，仿佛抽离了这世间一般。

　　当周遭景物开始扭曲的时候，我就知道这或许是弥勒布下的法阵，只不过此时的我已经来不及逃脱了。强行冲击的话，只会陷入万劫不复之地。

　　我此刻只有强行稳住心绪，以静制动，等待着弥勒的出手。来而不往非礼也，刚才我用八卦异兽阵困住弥勒，差一点就将他结果在阵中，而此刻弥勒也是舞动了封神榜，将我困住。

　　听这名字，封神榜，连神都能够封住，可见不容易对付。我深吸一口气，将手中的饮血寒光剑缓缓举起，向前指去，在心中祈祷道："魔剑啊魔剑，你我同生共死，今日可真的要帮我一回，不然大家都出不去了。"

　　我在心中默念，这时，前方的雾气一晃，弥勒从浓雾之中走了出来，对我说道："你求剑，不如求我。"

　　他能够听到我心中的想法？我浑身一震，朝他望了过去，还未开口，便听到弥勒说道："所谓封神榜，不但能够将人限制在此，就连人的神志，也是逃脱不得。当然，既然敢叫这名字，内中自然得封印些个神祇，免得名不副实，你说对不?"

什么是神祇？经历过了这么多的事情，我自然已经有了大概的了解，对弥勒的海口，我也信了一半。

不过那又如何？凭着这话，就能够让我屈服于此？笑话！

我毫不犹豫地朝弥勒冲了过去，快到近前的时候，扬起手中的魔剑，气凝一体，将所有的意志都集中于一点，陡然一剑斩落而去。

诗意凝于剑，酒兴化于形。

我在一瞬间施展出当初一剑斩落阿摩王的气势，想要趁着弥勒立足未稳的时候，将他一举拿下。

这一剑斩落后，我全身上下顿时汗出如浆，一股酸臭之气腾然而起。竭尽全力，势在必行。

那剑光在半空之中陡然生出，朝着前方猛然射去，弥勒瞧见了这一击，脸色苍白，双手结印阻拦。无数神佛在一瞬间，挡在了他的面前。

轰！空间巨震，一直绵延许久方才消停，整个法阵也几乎崩溃散去，而弥勒却在一瞬间不见了踪影。

过了几分钟，弥勒的声音在法阵中缓缓飘了出来："我到底还是小看你了，没想到你居然还有这一搏之力，不过，既然已到秋后，蚂蚱再如何蹦跶，都不过徒劳而已。封神榜，诸天神佛，起！"

一句敕言，无数佛陀、天神、仙女、异人、金甲大将之灵从白雾之中汹涌而出，并在一瞬之间，朝着我这边杀来，仿佛要将我瞬间淹没。

望着这漫天的攻击，我一开始还心存侥幸，觉得实力不过尔尔，然而真正交手之后，方才感觉到其中恐怖。我第一时间用上了战意黑炎灼，却并没有点燃大火。

这时，传来了弥勒的一声浅叹："蠢货！"

第十四卷 一个时代的结束，一个时代的开端

第五十三章 舍命九剑，等待死亡

听到弥勒粗俗的骂声，我顿时一股怒火升腾而起。我堂堂黑手双城，居然也有被人指着鼻子骂的这一天。不过说句实话，我未必不会这么骂自己。

但自己骂和被人骂，终归是不同的，就如同自嘲与嘲笑一般。我瞬间感觉到了前所未有的羞辱，感到满满的恶意，胸口那股怒火烧得我整个人都不自在了，恨不得将整张皮囊都掀开来。那种感觉，似乎整个人都要炸裂开。

羞辱像针刺得我这憋足了气的球儿即将崩溃。然而真正让我扛不住的，是那漫天的神佛的攻击，让人根本应付不来。仿佛天在陡然之间，轰塌了。

轰！这一幕我仿佛在哪儿见过一般，无数的面孔都似曾相识，最终在我疯狂转动的右眼之中，都化作了无数光点，朝我倏然杀来。

这一幕如此熟悉，就像是梦中有过相似的场景一般，尽管我知道飓风过境之后，我基本上是没有办法活下来的，但还是将长剑扬了起来。

人固有一死，但不能死得太窝囊，死也要死得体面一点。剑在扬起的一瞬间，我将所有的牵挂与生死都置之度外，眼中只有那漫天而来的攻击。血液中来自某人蛮荒的记忆在这一刻陡然打开，我提剑而上，不但没有防守，反而咬牙大咧咧地迎了上去。

此战不为生死，只为尊严。

铛！这一剑穿云过月，这一剑惊风挽雨，我四十多年的经历和修为在这一刻，终于爆发了。

一直以来，我都或多或少地靠着别人的庇护而活，在面对超出自己一大截的厉害对手时，总是能够逢凶化吉，说到底，其实都是蚩尤在帮我。一开始我是拒绝的，然而到了后来，我却渐渐地习惯了。

这让我变得没有那般纯粹，不能够将自己融入到极致的境界去，因为我有了后路。

退路就是蚩尤，一旦遇到解决不了的事情时，我都不得不放开自己的防备，让心魔上身。然而让我羞愧的是，同样是一具身体，却有着天差地别，我的战斗力在心魔蚩尤的主导下立刻爆表，任何敌手都为之臣服，任何困难都迎刃而解。

这样的结果，是我所期待的么？不是的！

师叔祖李道子曾经对我说过，蜜糖虽甜，但给我糖的魔鬼，绝不安好心。他还告诉过我，倘若是我化了魔，他定然会毫不犹豫地将我头颅斩下。

现如今，那个表情严肃、内心似火的老人已然离我远去，再也实现不了他的诺言了，而我却不得不面对即将灰飞烟灭的境地。我唯一能够做的两件事情，第一，就是让自己死得更有尊严一些，而第二点，则是不要被心魔夺去控制权。

战斗在继续，封神榜的笼罩之下，天地间一片金光。

在我面前的，有漫天的神佛，尽管我知道这些都不过是幻影，然而它们所表现出来的恐怖力量，却让我为之震撼。我以为自己撑不过一分钟，甚至会在第一波攻势下就被灭掉，然而我不知不觉地坚持了下来，时间一点一滴地过去。

不知不觉之间，我变得无比冷静。这种状态，有点儿像心魔附体时的那种超然感，但绝对没有置身事外的旁观情绪。而是真真实实地感受着全身各处的力量和反馈。

掌控全场！那种万军丛中横冲直撞的感觉顿时将我整个人的情绪扩散开来，直到此时，我终于生出了一种前所未有的情绪，那就是自信。一种可敢与天下交锋的豪情。

我一生经历过的大战无数，除了那些形成倾倒式碾压的对手，我总是会碰到无数比我强大许多的敌人。对这些人，我总是生不出太多必杀的信心，都在战战兢兢。然而实际上，此刻的我已然站在了这个世界的巅峰，与那些我曾经景仰的厉害角色并肩而立了。我与他们之间，所差的只是强者之心。

强者之心，我若是能够找回这个，或许能够完成最终的自我救赎。领悟到了这些，我将自己的大脑放空，开始凭借着自己的本能战斗。

这是一种很玄妙的状态，并非是破罐子破摔的心态，而是掌控自己所有的资源，然后与外界进行合适分配的过程。

这是一种境界，一种无限接近于李道子曾经带我领会的境界。它曾经看起来很近，又似乎十分遥远，然而最终，我终于在高强度，每一秒钟都有可能死亡的战斗之中感受到了。

　　战斗开始僵持，无数看起来凶猛无比、势不可挡的攻击，变得越来越柔和。我在人群之中翻腾跳跃，眼睛已然不再是我的主要观察手段，所有的毛孔和肌肤都在这一刻变得无比活跃。比我更加活跃的，是我手中的饮血寒光剑。

　　弥勒曾经对我说，求剑不如求他，然而现实是，饮血寒光剑狠狠地打了他一耳光。

　　真的被逼到绝境，饮血寒光剑所表现出来的狠厉，远远超出了所有人的想象。红芒杀意，金芒神源，青芒龙气，三股气息不断盘旋，将这剑撑得足有一丈长，而后又化作几条翻滚不休的小龙，将我周身护翼住。这样的情况，让我都有些震惊。

　　饮血寒光剑居然能够达到这般的神奇境地，完全有一种毁天灭地的气势。我的表现也让游离在外的弥勒诧异起来，等待了相当长的一段时间之后，他用一种古怪的语调感慨道："我本以为世间能够顶到这会儿的人没几个，而你早就被我排除在外，没想到，你居然有这样的实力……"

　　对手的尊重才是最大的鼓励，我却毫不在意，一边扬剑拼杀，一边冷冷说道："弥勒，你到底想要得到什么？"

　　弥勒的声音忽远忽近，让人根本捕捉不到："我想要什么，你难道不知道么？"

　　哗！我的后背中了一记铜锤，气血翻腾而起，我毫不犹豫地将那个家伙一剑枭首，冷然说道："我知道，你是想逼出蚩尤，然后让你那虫子把我吃了。不过你想过没有，你能杀得死蚩尤？你当初好不容易逃脱了它的追杀，又何必再来找虐？"

　　弥勒阴沉沉地笑道："这个就不用你来操心了，有本事你就放蚩尤出来，让我看看，当初天地间的第一狂人战神，到底是个什么模样！"

　　他说完这话，攻势就更加猛烈了，视野之内全是无数汹涌狂扑而来的狰狞面孔。

　　我将自己全部的潜力都激发了出来，手中的剑一会儿在掌间转动，一会儿又在半空之中飞舞，斩落无数头颅。然而不管我如何凶狠，悍不畏死，敌人还是源源不断地狂涌而来，根本斩杀不尽。

　　倘若一直被动地支撑下去，终究还是会有力竭而亡的时刻，于是我开始突围。

一剑纵横，剑气犀利，直接从人群之中，斩落出一条接近十米的通道来。通道两旁，是模糊的血肉，几秒钟之后化作灵光，消散不见。

我喘着粗气，沿着血路前行。在走到封神榜笼罩的空间边缘时，我总共劈出了九剑。

前面的每一剑，我都使出了比之前的那一剑多出一倍的力量。这是一个爆炸性的力量，到了第六剑的时候，我感觉已处于崩溃的边缘，觉得自己几乎就要死去，但意志却驱使着我燃烧生命般地再一次劈出。

第六剑劈出，我全身皮肤炸裂，化作血人，第七剑，浑身的劲气倏然一空；第八剑，意念之剑，我已然再也挥不出一下，饮血寒光剑却带着我的那一股决绝和坚持，再一次向前劈砍。

第九剑，弥勒终于出现了。他不得不露面，他倘若再不出现，我这一剑就有可能将他的封神榜斩破。

弥勒双手托举着那同样拼尽最后一分力气的饮血寒光剑，瞧着浑身没有一块好肉，鲜血淋漓的我，恶狠狠地吼道："你这个疯子，你不要命了？"

我吐出嘴巴里的血沫，喘着粗气道："本就不想活，同归于尽而已！"

劲气吐发，弥勒双手上的鳞甲手套瞬间消融，气息将他全身的衣服撕得粉碎，露出他那宛如古希腊雕塑一般的身体。而就在这个时候，弥勒的双眼突然一亮，厉声说道："你以为我武陵王，会就此死去么？"

他陡然爆发，而我则黯然落下，我的责任，已然结束了。竭尽人事，等待，蚩尤归来！

第十四卷 一个时代的结束，一个时代的开端

第五十四章 是非成败转头空

我再一次可耻地倒下了，甚至连跟蚩尤交流的时间都没有。在劈出第九剑，从弥勒口中说出"我武陵王"的时候，我就已经完成了自我救赎。

在我看来，我与弥勒之间的战斗，已经结束了。

西方有一句古话，叫做上帝的归上帝，凯撒的归凯撒。而在我这里，却深深明了一件事情，那就是我已然做了自己该做的事情，我将命都舍弃了，我甚至已经触摸到了胜利的边缘。然而残酷的事实是，这个冷峻得可怕的家伙，他还有一个名字，叫做武陵王。

我不知道武陵王到底是个什么玩意儿，也不知道他跟现如今的湘湖省常德市有什么联系，但我知道一点，那就是人力有时尽。我终究不能在这些变态的面前，笑到最后。既然如此，那就等待着蚩尤的降临吧。

反正，它终归不会让我死去的，因为我与它，一体同生。

我朝后跌去，感觉诸般气息在这一刻都被弥勒用那未知的力量所镇压，即便如此，泄露的力量也是直冲云霄之上，将那封神榜直接刺破，无数气息翻腾不休，而最终都被弥勒所掌控。

他那光洁得如同大理石一般的躯体仿佛被筛子刷过了一般，全都是密密麻麻的血线，他却毫不在乎，一脚踩在了我的脑壳上。

弥勒的全身都被我一剑划破，浑身赤裸，这光着的脚丫子上满是残留的鲜血和泥土，把我的头踩进土里。

我趴在地上，一动也不动。饮血寒光剑落在一旁微微轻颤，低低长吟，仿佛在叹息着什么。

周遭无数狂怒的吼声，是封神榜中的诸天神灵，在为逝去的同伴而哀鸣，又似乎是冲着趴倒在地的失败者示威。

我败了！胜利者高高在上，将我踩在脚下，一字一句地说道："陈志程，你的表现当真让我另眼相待，没想到连虚清真人都无法面对的封神榜，竟然差一点儿被你破去。你知道么，光凭着你刚才的那一手，就足以傲视天下英雄了！"

脑袋被死死按在泥土里，我浑身无力，感觉到一阵说不出来的疲倦，心却变得狂傲无比，冷笑道："你别在这里意淫了，天下英雄何其多也，哪里是你能够谈论得了的？"

头上的脚传来一阵巨力，将我死死按在泥土中，弥勒阴冷地笑道："你是想说，我没有这个资格，对吧？"

我抿着嘴，不说话。

弥勒感受到了我沉默的对抗，一字一句地说道："我原本以为，你不过就是一个幸运的家伙而已，留你一命，也不是不可以，却没想到竟然走到这一步。如此看来，你已经威胁到了我的地位，我就不得不杀你了！"

一股劲力从弥勒的脚丫子上面传递而来，将我的脑袋不断地踩入泥土之中。

我觉得自己快要死了，然而心中充满了莫名的快意。这或许是解脱吧？又或者是另外一种经历的开启，就如同那头怪鹦鹉谈起李道子之死，跟我说起的一切……我的意识开始逐渐模糊，而另一股呐喊则从心头澎湃而起。

我知道是心魔在崛起，我却无法阻挡，我已然没有半分气力。

皆尔小辈，胆敢如此辱吾！当年吾与黄帝交战，那家伙得九天玄女的帮助，使得吾落败涿鹿。便是如此情景，万千兵甲，蜂拥而至。然，吾又有何惧？

心无畏惧，战神归来！气机牵引，魔体从大地之中，感受到了源源不断的气息涌入，而深深陷入泥土之中的头颅，则在这一刻，变得无比的坚硬。

蚩尤归来了！随着力量的逐步增长，弥勒的脚被抬了起来，而这个时候，他似乎变得特别兴奋。当"我"猛然站起来的时候，弥勒却是已经飘向了十几米之外的地方，而两人之间的间隙，则有无数洋溢着杀气的诸般灵物团团挤住。

无数神佛窥视，而"我"则屹然而立，目光朝着刚才的剑痕望了过去。这一剑，差一点就斩破了封神榜的封印，而即便有弥勒的阻挡，那剑痕也深入到了地下几米处，露出了黑黝黝的裂缝来，一直延伸到深处。

这剑痕，并不是一般人所能够劈出来的，而弄出这样的状况，显示着那人已经站在了很高的巅峰。

"我"脸色冷峻地打量了好一会儿，方才平静地说道："好剑法，有那么一点儿意思了！"

"是啊，这样的手段，着实让人惊诧非凡呢，倘若是他再强上一点儿，全力劈出第九剑，只怕整个海岛，都要被他一剑两半了——可惜，凡人终究不过是凡人……"

说话的，依旧是弥勒，面对着模样虽然未变，但是性质完全不同的"我"，他竟然没有一点儿恐惧。

"我"，亦即心魔蚩尤抬起了头，望着躲在人群后的弥勒，嘴角往上一挑，轻声笑道："区区凡人？说得你好像不是一般……"

弥勒傲然说道："我自然不是！"

心魔蚩尤瞧了他一眼，平静地说道："哦，原来是这么一回事儿，不过即便不入轮回，你也终究不过是一介凡人而已，有什么值得骄傲的？"

什么，弥勒不入轮回？这是什么意思？

身处事外的我被这句话惊得愣了半天，然而终究还是不能够明了其中的答案，却听到弥勒在那儿冷笑："落地的凤凰不如鸡，就算你是战神蚩尤，九黎之主，那又如何？到这里，照样得按照规矩做事。你可知道，你计划之中的护法，至今为止为何没有守护左右？"

弥勒说这话的时候颇有些得意，心魔蚩尤却是不屑一顾地说道："之前不明白，但当你亮出身份之后，我就知道了。"

弥勒笑道："既然知道你的诸多布置都落入了我的算计，那么不如这样，我们来谈一笔生意，你看如何？"

心魔蚩尤说道："生意？"

弥勒接口说道："对，就是生意，我知道你到底想要做什么，其实在这件事情的立场上，我与你其实是同一阵线的。你若是选择与我合作，那么我们就是强强联合，我不但能够帮你找回那些护法，添为羽翼，而且还可以……"

心魔蚩尤毫不犹豫地打断了他的话，平静地说道："若是我选择不合作呢？"

弥勒显然是预料到了这家伙的臭脾气，淡定地说道："你若是不同意，那么我便将你的意识吞噬了。有了这个，想必我的计划，就会更早一步实现了！"

来者不善，心魔蚩尤却从来不吃威胁这一套。于是它笑了起来。

哈哈哈……这笑声，有发自内心的愉悦，在那畅然的笑声之中，心魔蚩尤缓缓地说道："很有意思的一个后生仔，你让我想起了一个人。"

弥勒问:"谁?"

心魔蚩尤一字一句地说道:"那就是表面一套、背地一套的伪君子,黄帝!"

当说出这个人的名字时,弥勒浑身一震,紧接着就朝后边飞了过去,而就在此时,一直被众人围在人群中的心魔蚩尤,平静地举起了手中的剑。

他,又或者是我,轻轻地念了一句话:"战意,绝境逢生!"

简单的一句话,无数气息从地上狂涌而出,朝着四面八方扑了过去,而我则手持长剑,朝着前方扑去。所过之处,无一合之将。

这种厮杀与我之前的战斗完全不一样,之前的叫做僵持,两相不下,而此刻却仿佛是猛虎扑进了羊群之中,所过之处,一路腥风血雨。

饮血寒光剑,总是能够在交错之间,找准敌人的要害,一剑毙命。战神之名,名副其实。

随着无数灵物的溃散,渐渐地,我瞧见挡在我与弥勒之间的障碍越来越少,变得稀稀拉拉。这一点,又与之前有所不同。

饮血寒光剑居然将那些器中神灵直接湮灭,再也不能无休无止复出。随着漫天神佛一个接一个的不见踪影,弥勒也终于暴露在我的视野中。

置身事外的我,瞧见那光头儿,不知道为什么总有一种发自内心的畅快。就是这个家伙,非要将蚩尤逼出来,没想到此时此刻,自尝苦果了吧?

他要是早知道现如今的状况,是不是会早点将我击毙?就在我这般想着的时候,双方已经开展了一场惊天动地的大战,过程对于我来说,已经并不重要。最后的结果,却是那弥勒将封神榜收了起来,紧接着往空处一扔,不见踪影。

两人遥遥相对,弥勒突然笑了。他双手朝天举起,淡淡地笑道:"十八世,终究还是结束了,能完结在战神蚩尤的手中,我也不遗憾啊……"

饮血寒光剑由上而下,缓缓一划。

人分两半。

第五十五章 戛然而止的决战

这个全身健硕、完美得如同希腊战神阿瑞斯一般的男子，在最后一刻，居然毫不犹豫地放弃了所有的抵抗，举起了双手。

他做出一副受难耶稣般的姿态，而心魔蚩尤则毫不犹豫地将弥勒的身子，从中间劈开。平平的一剑，力劈华山，从头一直滑到胯部。

饮血寒光剑就像那标准的裁纸刀，划下来的时候，满饮鲜血，故而两边的身体都没有鲜血迸射，而是顺着剑势，朝着左右倾倒。弥勒死了，死得如此简单，让我都为之诧异。

想象中的战斗并不应该是这样子的，这家伙可是我心头最大的一根刺，即便是倾尽全力、燃烧生命，都不能将伤他分毫，为何心魔蚩尤出现的时候，他会变得这般脆弱。仿佛完全不是一个人，又或者在进行某种祭祀一般。

那金色恶虫呢？胖妞呢？我预计有可能会出现的手段，他都还没有用上呢？

不但我为之惊讶，就连杀人者也有些迟疑，当瞧见这对手分成两半，跌倒在地的时候，它却是停了几秒钟，似乎明白了什么，愤然骂了一句话："世间居然有这般疯狂的人，老子也算是见识了……"

这一句话说完，我突然感觉到一股疲倦的潮水正向我的心底里袭来，这是心魔蚩尤放弃掌控身体的副作用。

它如同之前一般，甚至在没有与我有君子协定之前，就主动放弃了对我身体的控制，这让我惊讶的同时又习以为常。

不过不知道为什么，我总是感觉到有一种莫名的古怪。好像这一次，与之前再也不同。

我没有来得及跟心魔蚩尤交流什么，自然也不知道他口中讲述弥勒的疯狂，到底是个什么意思。只是感觉疲倦如潮水一般，汹涌袭来，双腿顿时就站不住了，直接一软，我也朝着地面趴去。

我躺在了血泊里，饮血寒光剑被扔到在角落，而分成两半的弥勒则在我的几米之外。一对宿敌，现如今，终于分了死活。

我躺在血泊中，眼角的余光处打量着不远处的弥勒。因为角度的关系，我瞧见了他的半张脸，是如此的英俊和安详，仿佛他只是睡着了一般。

他的嘴角还挂着笑意，眼睛微张，里面似乎有一种得意的笑意，仿佛死亡也是他预料之中的事情，我心脏下意识地一阵狂跳。

难道……弥勒一直逼我将心魔蚩尤放出，并不是想要让金色恶虫吸收古代战神的意志，而是想让这家伙，将自己斩杀了去？

什么人，会如此不择手段、费尽心思地决定自己的死亡？莫非是我因为无数次被弥勒玩得团团转，心中对这家伙已经产生了极大的阴影，过分曲解了他的意思，将问题想复杂了呢？

想到这儿，我不由得笑了笑。弥勒死了，这是事实，我亲眼目睹，不管他是有心，还是无意，世间再也没有弥勒这么一个人了。

这对邪灵教来说，无疑是一次最大的打击，而对于我来说，世间少了一个真正的对手。

失去宿敌，不知道为什么，总让我感到一些惆怅和感伤啊……我这般叹着，又突然有点儿想笑。

此时此刻的我，弱得不成模样，这会儿别说来一位高手，就是一个没有修行的普通人，倘若是心存歹意，也能够将我直接宰了。

那泼天九剑，将我所有的精力和潜能都逼发了出来，而后心魔蚩尤附身，完全就是凭借着魔躯的支持，方才将弥勒斩杀。之后，我再也没有任何力气。这也正是心魔蚩尤没有任何停留，直接消失的缘故。

因为它知道，倘若是再占用一点儿时间，只怕根本不用别的，我很有可能直接力竭而亡了。任何东西都是有限度的，过则损。

双目闭紧的那一刻，我将死去的弥勒印在了眼中，也印在了心头，心中再无遗憾。想着即便是有人过来朝我胸口补上一刀，就此死去，我也没有任何怨言。

弥勒，你我之间的战争，从结果上来看，终究还是我赢了。对吧？

黑暗袭上我的心头，我在一片废墟和血泊中沉眠，意识陷入深渊。

不知道过了多久，我迷迷糊糊地感觉到有人靠近了我，在我身边推搡我，似乎喊了我的名字。我实在太过疲惫，即便有心回答，也根本睁不开眼睛。

困意浓烈，不知道又过了多久，我感觉脸上有清凉的液体滑过，喉咙里如同火一般灼烧，终于耐不住，嘶哑着喉咙，轻声喊道："水，水……"

我这声音嘶哑而低沉，近乎于无，不过还是有人听到了，一阵手忙脚乱之后，一个瓶口挤进了我干涸的嘴唇里。然而迷迷糊糊的我根本张不开嘴，那水滑下脸庞，顺着我的脖子往下流去。有一手指顶开我的嘴唇，然后继续喂水。

大量的淡水顺着我干涸的喉咙往下滑，一部分滋润了我的胃部，一部分却滑落进了气管里，呛得我一阵咳嗽。那人又慌忙轻抚我的背部，让我舒缓一些。

在这阵剧烈的咳嗽声中，我终于恢复了全部的意识，睁开眼睛来，却瞧见一张忧虑的美丽容颜。给我喂水的这人，却是小白狐，瞧见小白狐这张清丽秀美的小脸，我的心中是一阵平静。

有她在就好，远远要比我之前所想的情况要好许多，至少不会就此惨死在某些无名之辈的手上。

醒过来的我依旧虚弱无比，在小白狐的帮助下又喝了几口水，这才缓过神来。睁开眼睛左右打量，瞧见白合、农菁菁、田学野等人都围在我的身边，周围还有许多身穿制服的武装警察。瞧见这些，我就知道整个场面已经被官方所控制了。

小白狐将我扶起来，在一处落石跟前坐下，我望着远处弥勒的尸体，抬头问道："小七呢？"

小白狐指着远处的海面说道："小七哥在那边处理问题，这一次涉及到许多部门和人物，彼此之间还有各种各样的矛盾。为了防止这些人再一次火拼，所以需要做一些协调工作。"

我点了点头，说道："这么讲，场面基本上已经控制了吧？"

小白狐说道："对，还好哥哥你派人过去报信，使我们有理由调集人手。场面基本上控制住了，只是慈航别院的洞天福地毁了，那些尼姑有些红了眼，好像有点儿要闹事的感觉。而且邪灵教的人，也因为我们的人手问题，逃脱了大半……"

我摆手说道："慈航别院的事情，我们回头再找他们算账；至于邪灵教，大鱼留在了这里，其余的小虾米，就算是跑了，也不会成气候的。"

听我这般说起，小白狐这才指着远处那具对半而分的尸体问道："哥哥，那个真的是弥勒啊？"

我点了点头，笑着说道："你跟他也有过一面之缘，不应该认不出来吧？"

小白狐依旧还是有些难以置信："真的是他啊？模样我倒也是识的，不过却没想到，他居然真的死在了这里。"

一直以来，弥勒在无数人的心中，都是神秘而强大的。这个家伙不出手则已，一出手，必将是石破天惊。他的名头已经能够和天王左使并列，和总局王红旗、我师父以及龙虎山善扬真人这般的顶级高手并列。然而此时此刻，他却死在了这里，毫无生息，死状惨烈。

得到了我的确认，周围的人惊讶万分，特别是新一代的特勤一组成员，更是对我投来了崇敬的目光，田学野感慨地说道："老大，此战之后，你必将闻名天下。"

农菁菁疯狂点头称赞道："对啊，对啊，这简直是太恐怖了，我们刚才登岛的时候，瞧见整个洛峰山都崩塌了大半。老大，你实在是太厉害了！"

对于下属们的夸奖，我没有任何自得之心，因为我知道，其实很多东西，并非我的功劳，即便是我拼了命，也不过是其中之一的参与者而已。

我待众人夸完，问道："有没有见到茅山和慈元阁的人？"

小白狐回答道："见到了，他们撤到了附近的岛屿上，因为他们跟咱们有些关系，小七哥也没有为难他们，另外我们还见到了一字剑。"

"一字剑？"

我有些惊讶，而小白狐则告诉我，说那位黄晨曲君，是他在我昏迷时一直守护在我身边，不让任何人接近。一直等到他们到来，方才将我交给他们，而他则翩然离去。

听到小白狐的话，我心中暖暖的，有种说不出来的感动。而就在这个时候，那边有消息传来，说布鱼赶来了。

第五十六章 小玉儿

布鱼并不是一个人来的，身边还带着一个跟屁虫，而那跟屁虫的手上，则抱着一具蜷缩的尸体。

经过清醒过来的这一段时间，我行气几个周天，倒是将几近干涸的气海恢复了一些劲气，再加上魔体本就强悍，恢复能力也强，便不像先前那般虚弱无力，也用不着小白狐搀扶。毕竟刚刚斩杀了邪灵教大头目，我多少也得装点高手模样。

我凝神待布鱼与那人走上前来，瞧见他旁边那人，却是穿着一身黑袍，将头笼住。

布鱼瞧见我，激动地快步上前，对我拱手说道："老大，听说弥勒那厮死在了你的剑下？"

这些年来，弥勒一直都是特勤一组的重点监察对象，特别是布鱼这种在特勤一组待得较久的老人，更是清楚。所以得到消息，下意识地想要确认。

我并未答话，而身边的小白狐指着不远处刚刚收敛起来的尸骸说道："人就在那里，你自己看咯。"

布鱼瞥了一眼，并未细查，而是嘿然笑道："恭喜老大除掉心头大患。"

我点头，想起先前的事，问道："海上的事情，到底是个什么情况，你……等等，你是刚才那个软玉麒麟蛟？"

我一开始就感觉布鱼身边的那个矮个儿有点不对，待两人走到近前，方才瞧见这人肌如凝脂，娇颜明艳，居然就是先前被静念斋主捆束在手上的少女。

那少女朝我微微一躬，低声说道："小玉儿得朱大爷和余大哥相救，逃脱恶人之手，得知自己能活全都是陈司长的功劳，特地过来感谢……"

对方的话让我颇为诧异，因为在我的想法中，这软玉麒麟蛟即便是得以逃脱，必然会仓皇逃离，有多远跑多远去。而让我万万没有想到的是，她不但没有远遁千里，反而跟着布鱼回了这儿。

蕙质兰心，这少女当得起这一词。能够炼化人形的，多不是蠢笨之辈，而瞧着软玉麒麟蛟的表现，也让我知晓，传说中的善良友好，必然有理。即便是精怪，也有好坏之分，譬如小白狐，又或者布鱼这般。

这少女本体乃世人为之觊觎的软玉麒麟蛟，而且在被抓过一次的情况下，还敢来见我，那胆量就足以让人敬佩。我也不多为难她，简单地问了几句。

说道她为何前来的时候，这个自称小玉儿的少女眼圈一红，沉声说道："朱大爷为救我而死，尸骸不葬，不敢远离。"

她这般一说，我方才注意到她抱在怀里的那具尸体，居然是浪里白条朱贵。并非我眼拙，实在是因为这具尸体被白布裹覆，瞧不见大致模样，而我刚开始与她攀谈，也不好上来就问。听到这话，我赶忙上前，从她手中接过来，将白布抹下，正是光头朱贵。

此刻的朱贵浑身冰冷，脸色青紫，口鼻之中皆无气息，已是死去多时。

我问朱贵是如何死的，布鱼告诉我，说朱贵将小玉儿抢走之后，带着她逃入了海中。只可惜小玉儿被慈航别院的尼姑喂了化功散，提不起气劲，成了累赘，结果就被洞庭黑蛟姚雪清追上了。

这朱贵是东海之滨的老饕，姚雪清是洞庭湖中的蛟龙，两人见面，自然是一场大战。朱贵到底年老体衰，又有软玉麒麟蛟为累赘，不知不觉就落于下风。

水中交战，不重气势，而在手段，姚雪清号曰黑蛟，手段狠辣。没多时，朱贵为了保护小玉儿，受了些伤，如此最终丧命。

不过朱贵临死之前，靠着搏命一击伤了那姓姚的，而布鱼又及时赶到，倒是没有让小玉儿被人夺走。

姚雪清乃水中枭雄，虽然受了伤，战意却依旧浓烈，对布鱼咄咄相逼，对于姚雪清这般的顶尖人物，布鱼到底还是有些年轻，也是靠现出本相，方才勉励抵挡。好在后来弥勒陨落，姚雪清感应到了其中信息，最终夺路而逃，方算了结。

小玉儿中了慈航别院的化功散，逃不远，独自一人恐怕会被人捡了便宜去。而布鱼恰巧又显露了法身，反倒是得了她的信任，于是就跟了回来。

当然，两人回返之时，在海底巡游，总算是将朱贵的尸骸捞出。那小玉儿倒是个知恩图报的性子，一路上抱着朱贵的尸身，倒也不嫌累赘。

第十四卷 一个时代的结束，一个时代的开端

听完布鱼的叙述，我长叹了一口气，将白布盖上，对小玉儿叹道："正所谓'匹夫无罪，怀璧有罪'。那些人对你做的这些，当真可恨，不过世间并非人人都是利欲熏心之徒，虽然朱贵只是与你有过几面之缘，却舍命救你，算得上有义。所以你也别太迁责世人了。"

一朝被蛇咬，十年怕井绳，软玉麒麟蛟能够化为人形，修为必然不错。我怕她经过这一番变故，对人类心怀怨恨，这可就不好了，于是出言劝导。

小玉儿听了我的话，倒也坦然："先前受制于人，心中颇有几分怨恨，尔后被朱大爷救起，又与余大哥攀谈，才知道物有优劣之别，人有好坏之分，不敢胡乱牵连。"

我这才放心，点头笑道："你能这么想，那是最好。对了，你往后可有什么打算？"

小玉儿说道："我在东海中有一洞穴居身，朝游东海，夜凝月华，过得倒也自在。不过我总是贪恋世间繁华，爱上岸来玩儿，后来总感觉被人窥探。久而久之，就不怎么敢靠岸了。"

我说道："听闻软玉麒麟蛟一身是宝，难免会有心怀不轨之徒打你主意——对了，尾巴妞，你那儿有几副隐匿气息的符箓？若是多，给这小玉儿一个呗。"

听到我的吩咐，小白狐撅着嘴巴说道："你倒是大方，刚一见面就给好处，敢情我的东西就不值钱对吧？"

这丫头是刀子嘴豆腐心，嘴上这么说，却还是依言从怀中掏出了一块青玉，递到了小玉儿的手里，不情不愿地说道："拿好了，这玩意儿可是已故符王李道子的作品。老值钱了，可别丢了！"

小玉儿接过那青玉，打量了小白狐好一会儿，这才惊讶地低声说道："姐姐，你可是……九尾妖狐一脉？"

我眯起了眼睛，尽管小白狐刚才在拿出符箓的时候露出了气息，不过就这么一点儿的工夫，她就能够分辨出小白狐的来历。看得出来，这小玉儿看着像个纯洁的小羔羊，但是见识却一点儿也不差。

小玉儿的语气充满了崇敬，两眼放光，小白狐到底还是有些小虚荣，点了点头。小玉儿顿时就是一阵景仰，夸得小白狐喜笑颜开，给她讲起了符箓的用法。

谈完之后，我对小玉儿说道："你现在身上还有药效，且先跟着我们几天，待恢复修为之后，你再离去不迟。我这里还有些事情，就不陪你了。"

小玉儿双眼晶亮，盯着我好一会儿，方才长揖到地，道："多谢陈司长。"

布鱼陪着小玉儿离去，并将朱贵的尸身带走。这位水中豪雄也是有家人的，如何安葬，这个得通知他家人知晓，方才能够办理。

说了一会儿话，我也缓过了神，有人把我的饮血寒光剑找来，这剑先前绽放了太多的光亮，此刻黯然失色，宛如废铁。我知道其中缘由，将其收入囊中。

我恢复了精神，开始指挥手下的人打扫战场，稳定局势。当然，一场大战我耗损颇重，必然不能事必躬亲，也只是指示手下人去办理而已。

此刻天已大亮，没有多久，大部队陆陆续续地赶了过来，接手海岛和海面上的事宜。除了我们这种有关部门，还有当地的公安机关和海事部门，以及附近的驻军纷纷赶来。这样的力量出现，立刻将一部分心怀不轨、跃跃欲试的家伙震慑住。

江湖人对公门中的人并没有太多的好感，但多少也有一些敬畏之心，知道到了这个程度，倘若再迎风而上，估计就得抓一个典型了。没有人愿意承担这样的后果，于是一部分人陆陆续续离开了。

大部队到了，张励耘这边的压力就少了很多，也抽空赶了回来，事情开始朝着好的方向行进，然而就在这时，我却听到了两个十分不好的消息。

第一件，那就是搜索和清理现场的搜救人员，并没有发现胖妞的身影，也没有瞧见那件差一点将我困死的封神榜。

第二件，之前纵身逃离的静念斋主，也就是入魔之后的冥河鬼母，她的尸首被人在不远处的海域发现。

第十四卷 一个时代的结束，一个时代的开端

第五十七章 疑云重重

冥河鬼母与我交过手，那手段非寻常人能够抵挡，便是黄晨曲君，未必能够将她拿下。一来静念斋主本身便有那天下十大的实力，二来入魔之后，更是如虎添翼，世间罕有人能够与之为敌。她若是得以逃脱，缓过气来，必是一场祸患。

说起来，浙东之中，倒也没有人能够敌她，我或许能够压得住这女人。但是此刻与弥勒全力拼斗之后，两三个月内，我未必能够重返巅峰，所以也只有望洋兴叹。

冥河鬼母并非愚蠢之人，也并非只有蛮力，这儿是那慈航别院的势力范围，除了她自己，还有一帮无家可归的尼姑，群龙无首。那帮尼姑倘若受到她的撺掇，那后果简直就是难以想象。

所以说，冥河鬼母之死，应该算一件普天同庆的大好事儿。其实就算她没死，我也会立刻组织人手，将她剿杀。

然而为何要将这冥河鬼母之死，当做是一场坏消息呢？因为找到尸首的人员回来跟我禀报的是，冥河鬼母的死状很惨，大半个脑壳都被人咬了去，塌陷了一半，无比狰狞。

听到这个消息，我毫不犹豫地赶了过去，瞧见被人收敛起来的尸体，半天之后，浑身发凉。别人或许不知道这是怎么回事，我却清清楚楚。

杀死冥河鬼母的，并非别人，而是弥勒所养的那只金色恶虫，因为这死状，跟当年黄山上的南海剑妖，简直是一模一样。

我脑海里不断翻腾，想起了邪灵教出现在这里的主要目的。他们如此筹划，所为的目标并不仅仅是软玉麒麟蛟，至少还有两件。其一就是打破海天佛国的洞府，而另外一件，就是逼静念斋主发狂入魔，然后让金色恶虫来吞噬她的神魂。

从食物链的关系来说，静念斋主盯上了软玉麒麟蛟，说明她比小玉儿在食物的能量上，要高级一些。

一般人，自然不可能把人当做食物，但是金色恶虫却不一样。它那一张古怪而狰狞的口器，能够将任何人都当做它的盘中餐，弥勒甚至还想要把我的心魔逼出来，拿来给金色恶虫当做食物。

只可惜人心不足蛇吞象，等到蚩尤真的出来了，弥勒方才发现，这魔头根本不是他对付得了的。

等等，不对……弥勒这一次似乎连自己的死亡都计划好了一般。每一次回想起他那慨然赴死的表情，我都像吞了只死苍蝇般难受。而且，弥勒若是死了，是谁指挥这金色恶虫吞噬冥河鬼母？难道是胖妞？又或者金色恶虫自己有了神智，成了独立自主的个体？

我下意识地跑回了弥勒的尸体前，再一次翻看，反复确认了这人真的就是弥勒本人之后，方才心安。虽然知道金色恶虫和胖妞极有可能再造成祸患，不过那也是日后之事。

日后事，日后说，到时候再见招拆招便是了。当下我也实在没有什么办法，唯有将胖妞的模样画出，让人多加注意。

至于静念斋主的遗体，我反复确认过内中的冥河鬼母已然消泯之后，让人把她交还了慈航别院处理。

不管怎么说，她是江湖上有名有姓的前辈。慈航别院虽然饱受重创，但到底是瘦死的骆驼比马大。这个时候雪中送炭，总比锦上添花要来得温情许多。

到了我这个位置，一味地蛮干冲杀，已经不再管用，而是得积累江湖威望。面子从来不是别人给的，而是自己挣的，至于如何挣，这个就有些技巧了。

当然，静念斋主化魔一事，不但别院中人瞧见了，其他在场的人也都是亲眼目睹。而后她残杀同门，这事儿已使得她名声扫地，至于慈航别院如何处理，这个就不是我所要关心的事情了。

不管怎么处理，饱受重创的慈航别院都应该重新地审视自己，褪下笼罩千年的荣光，收敛坐井观天的姿态，或许还能够浴火重生。

随着事件的进展，各种各样的消息汇聚过来，到了中午时分，我已经处理了诸般事宜，离开洛峰岛，返回了普陀山岛。

普陀山岛上面，会聚了许多前来参加无遮大会的江湖同门。海天佛国的洞府与本世界联系并不紧密，所以它的崩塌并没有波及到普陀山。慈航别院那些九死一生的尼姑们陆陆续续回返，集聚在山中别院，而许多江湖人也在这外院驻留。

我带着人赶到的时候，院中正好爆发了一场冲突，有几个宗门在此次事件中损失了不少的同门与弟子，正在找慈航别院闹腾。一边是洞府被破、斋主身死的慈航别院，一边则是遭了无妄之灾的江湖宗门，两边都是哀兵，说起事来，心中都有怨恨，你来我往之下，却是动起了手。

就在双方闹得不可开交的时候，我出现在了院子里。这个时候的我，跟之前那个差点儿被慈航别院驱逐了的家伙完全不同，众人皆知此次事件中，力挽狂澜的并非别人，而是我这个茅山门下大弟子，特勤局的官儿，顿时都下意识地往后退去，停止了厮斗。

有几个不知死活的小年轻没有放下刀柄，就被稳重一些的长者拉住了胳膊，低声喊道："黑手双城来了，你这是干吗，想死啊？"

"黑手双城"、"陈老魔"、"黑手陈"这几个外号响亮，倒是我的本名罕有被人提及。我和身后一票手下的到来，使得现场拼斗都为之停住，而后众人的目光都朝我这边望了过来。

瞧见这些人期冀的目光，我知道不说一些什么，他们大概是不甘心的。清了清嗓子，我通报了几个情况。

首先一点，那就是我对在此次事件中遇难和受伤的诸位同道表示遗憾，特别是对家园被毁的慈航别院，深表同情；

第二点，引发此次事件的软玉麒麟蛟，已经被浪里白条朱贵放走，而朱贵则被受雇于邪灵教的洞庭黑蛟姚雪清杀害；

最后一点，筹谋此次血案的邪灵教被我和我代表的有关部门击破，贼首弥勒伏法。而召集众人前来此处的慈航别院静念斋主入魔之后，不但屠杀本门，而且还为非作歹，也同样毙命于此。

我讲的话不多，却明确地点出了几个问题。那就是造成此次事件的几个祸首已经死了。而你们争夺的软玉麒麟蛟也都没有了，这件事情，基本上就算是完了。

然后，我平静地问道："还有谁有意见，不要背地里议论，当面提出来，我给你解决。"

我说这话的时候，目光扫过，没有一个人敢跟我正面对视，这些人里，大部分都受过我的恩惠。

慈航别院不说，这些尼姑虽然与我屡次为敌，但我都是手下留情，而且她们若是想要存活下来，摆脱麻烦，必须得依靠我的护翼。至于其余宗门的江湖同道，他们此刻能够生龙活虎地蹦跶，可少不了我让杨知修送药的作用。

没有人再有闹腾的理由，慈航别院的尼姑们瞧见了邪灵教的贼首弥勒身死，而其余人则瞧见了静念斋主已亡。这样的两个角色，是他们根本未曾触及过的顶尖高手，却都死了，而黑手双城还活着。

稍微有些脑子的人都应该晓得，面前的这个人不应该得罪。于是在稍后的调解之下，众人都不再纠缠，把事情讲清楚之后，各自离去。

我在人群之中瞧见了罗贤坤，他和他的几个同门站在一起，并没有参与这场闹剧，而是冷冷地瞧着我。当我望向他的时候，罗贤坤刻意地别过了头，并没有与我打招呼。

他应该还是在怪我为何没有拿下胖妞，为他师父报仇。我心中一叹，知道幼时的情谊自今日起，便算是完结了。

我只是叹气，也并没有想着多做解释。所谓朋友，若是做成这样，还不如让往事随风而去，这样各自都自在一些。

茅山的人也在旁侧，同样也没有参与闹腾，我安抚好众人之后，过去与茅山话事人见面。他满脸春风，对我的表现大肆夸奖，又谈起了这场大战中交手的细节，盘根问底。

我并没有如实相告，事实上，这位话事人若是想知道，留在现场便可，而如他这般滑溜，实在没有资格听我叙述。

我与话事人话不多，反倒是跟执礼长老雏洋和水蛋长老徐修眉谈得多一些。

没聊多久，张励耘找到我，告诉了我一个消息，他说民顾委的人找过来了。

第十四卷 一个时代的结束，一个时代的开端

第五十八章 布鱼第一次哭

因为民顾委之前的劣迹，使得我对这个部门有一种本能的抗拒感。所以听到张励耘说起有人找来，我顿时就是眉头一皱，不耐烦地说道："没空！没看到我这里有事情么？怎么什么人都往我这里领？"

张励耘被我平白无故地训了一通，脸色通红，而他旁边突然闪出一个方脸汉子，佝偻着身子，冲着我笑道："陈司长贵人事忙，这个可以理解，不如我们长话短说？"

我眯眼瞧去，那人倒也是个自来熟，伸手过来与我相握："在下马兰芳，民族顾问委员会的一级督察员。"

听到对方的自我介绍，我顿时想起一个人，伸手与他浅浅一握道："十三太保的马三？"

对方笑得春光灿烂，露出两颗门牙道："对，就是我，没想到区区贱名居然还能够入得黑手双城的耳朵，当真是不胜荣幸啊，哈哈……"

这方脸汉子笑得谄媚，然而我却暗暗心惊，之前说过，民顾委跟特勤局是同样性质的部门，又是另外一套班子，里面的人员都大有来历，特别是十三太保，更是如此。

十三太保之中，有三个人最是厉害，当为魁首。首当其冲的黑面太保，是太行山豪门武穆王的亲弟弟武穆生，而这一位马三，也是三人之一。与同出豪门的武穆生、黄天望一般，马三出身自西北马家军的青海马家。

说到西北马家军，稍微懂一些历史的人，应该都会有一些印象。民国时期，在我国西北的甘、宁、青地区，有数股强大的回军武装力量，由于其首领皆为甘肃河州回族马姓，故称"马家军"。因割据范围不同，又分成"宁（夏）马"、"青（海）马"、"甘（肃）马"等，他们先后依附清政府、北洋军阀、蒋介石等势力，称霸西北百余年。

这是一支很特殊的力量，而西北马家据说还跟汉末三国时的著名猛将马超有些联系，比之荆门黄家，倒也不遑多让。唯一可惜的，是当年豪雄西北王马步芳倒行逆施，最后远走中东。

西北王马步芳是个顶尖的豪雄人物，我听师父陶晋鸿说过，他的修为绝对要比如今的北疆王还要强悍许多，只可惜太过于残忍凶狠、荒淫残暴，最终没落。

有着这样的背景，马三同样也不是省油的灯，暗地的外号叫做"鬼吹灯、马扒皮"，可见一斑。

宁得罪君子，莫得罪小人，我倒不会怕这人，但是也不想过于怠慢，免得他背后使绊子，当下也是露出笑容，说道："不知道马三爷赶来此处，有失远迎。"

对我的前倨后恭，马三还是挺享受的，他也是个圆滑之辈，嘿然笑道："此间事忙，陈司长无暇接待，也属正理。"

我让他稍等，与茅山那边告罪一番，然后回过头来，问道："不知道马三爷来此，有何要事？"

马三微笑着说道："陈司长既然事忙，那我就长话短说。委员会那边听闻东海之事，心中焦急，派我们过来支援，没想到陈司长力挽狂澜，不但坐镇豪雄，而且还大破邪灵教，生擒魁首，实在是可喜可贺。另外，上面听闻此番事件，起因是为了一条成精了的软玉麒麟蛟，此物天华物宝，孕精而成，最是滋养，延绵益寿。你也知道，我们部门的职责……"

我听到马三的话，稍微一想，就知道这人屁股一撅，在拉什么屎，立刻打断，道："我明白了，不过马三爷，人不在我这儿。"

马三一愣，问道："不在你这儿，那到哪儿去了？"

我耸了耸肩膀，笑道："腿长在人家身上，去了哪儿，跟我有什么关系？软玉麒麟蛟为东海朱家尖的浪里白条朱贵所救。而后的事情，我就不知了。"

马三眯着眼睛，盯了我好一会儿，话也变得阴柔起来："陈司长，你可是堂堂的一司之长，誉满江湖的黑手双城，说话做事，可要小心责任哦。"

他这一句警告让我瞳孔骤然收缩，看着他一字一句地说道："马三爷这是什么意思？"

我携大胜之威，浑身凛然杀气，寻常人必然是气都透不过来，而马三却不为所动，沉声说道："有人却告诉我，说瞧见软玉麒麟蛟那妖孽所化的女子，跟你

第十四卷 一个时代的结束，一个时代的开端

的部下余佳源在一起，并且还来见过你，这事儿可做得真？"

马三一句话，说得我杀机立起，我终于知道问题出在了哪儿。

小玉儿套了一身黑袍子，到底还是瞒不过有心人，说不定民顾委的人早就听到风声，来了这附近。只不过先前因为邪灵教和慈航别院的关系，不敢妄动，此刻尘埃落定，就屁颠屁颠儿地过来耍横立威了。

面对着马三这图穷匕见的态势，我不为所动，盯着他的眼睛，一字一句地说道："那人是谁，告诉我？"

我眼睛眯着，寒芒如刀，两人对视了好一会儿，马三却突然咧嘴一笑，向后退了一步，拍手说道："道听途说，不足为信，倒是马某人唐突了，抱歉，抱歉。"

我挺直身子，平静地说道："总会有些惟恐天下不乱的小人，不过马三爷能够擦亮眼睛，实在是可喜可贺。"

两人明里暗里一顿唇枪舌剑，马三出乎意料地退缩了，朝着我拱了拱手，说道："陈司长贵人事忙，既然如此，我就不多叨扰了，告辞，我们后会有期。"

我不咸不淡地与他拱手告别，待他离开之后，回头吩咐张励耘道："给布鱼打电话，告诉他民顾委在追查小玉儿，让他小心点。"

小玉儿要亲自护送朱贵的遗体返回朱家尖，而布鱼放心不下，陪着一起去了。这事儿本来并没有太多的危险，不过民顾委盯上了软玉麒麟蛟，多少也得提醒一下他们，免得一众强人争夺不休，妄送了许多性命，反倒是便宜了民顾委。

再说了，小玉儿说到底也是个不错的女孩儿，给人当做药引炖了，实在作孽。

交待完这事儿，话事人杨知修带着茅山一行人过来与我辞行。

我在京里，多听话事人连横合纵，长袖善舞，比之以前活跃了许多，使得茅山的名头也是越发响亮。无论是在江湖，还是官方之上，都好使了许多。按理来说，这应该算是将茅山道统发扬光大了，不过在我看来，却有点急功近利的感觉。当然，这些事情，我尽量不发表意见，免得多生事端。

茅山前来参加无遮大会，本来也是为了弘扬茅山的名头，不过一番冲突下来，执礼长老雒洋被暗算，水蛊长老徐修眉死拼，都受了重伤。而有好几个弟子在周折之中，也丧了命，说起来实在狼狈，话事人的脸上无光，早就不想再待了。

茅山欲走，又无空闲之船，好在慈元阁本身有大船在侧，我便帮着联络了一番，让茅山搭了一回顺风船，返回陆地。

茅山一走，其余的宗门也是作鸟兽散，而我又不得不留在慈航别院的山门中，好是安抚一番。

慈航别院也是大派，宗门之中弟子上千，不过遭此大劫，十不存一。为首的那位我倒也是认得，就是那个差一点儿被弥勒所杀的静格师太。

这老尼姑虽然恃才傲物，但在我面前倒也直不起腰，一来我的实力摆在这儿，二来她还被我救过一命，所以交流倒也顺畅。我特地问起一人，就是那杀害海警的静萍师太尚存一命，不过自知罪恶，已然逃遁远走了。我也只是这么一说，指望静萍师太自投罗网，实在荒唐。

这事儿自有相关部门处理，我也没有多言。我跟船返回了舟山岛，与当地的特勤局见面，统筹局势，并处理后续事宜。

情况到了现在，其实已经很清楚了，该怎么做，都有程序走。而这些年，我大部分事情都放给手下去做，无论是张励耘，还是其余等人，都有独当一面的能力，倒也不劳我太费心。

我所要做的，主要是安抚一下众人并和当地的特勤局领导会面沟通而已。到了夜里，留守首都的林齐鸣打来了电话，说怕我这边要用人，问我要不要将家里的人都带过来帮忙？我回答不用，这边的事情基本理顺了。

林齐鸣在电话那头支支吾吾，我问他到底何事，他告诉我，说京里有流言，说我私自藏匿了这一次纷争的战果，告诉我民顾委的黄天望已经赶往舟山了。

林齐鸣的话将我一晚上的好心情给弄坏了，破例叫人买了一包烟，一根接着一根地抽。就在我抽得嘴唇发麻的时候，电话响了，接通，那头传来了布鱼的哭喊声："老大，救命啊老大……"

第十四卷 一个时代的结束，一个时代的开端

第五十九章 为了兄弟，两肋插刀

听到布鱼的求救声，我的眼皮陡然一跳，连忙问到底怎么回事。布鱼告诉我，说刚刚民顾委的人来了，带头的是黄天望。那家伙仿佛有第三只眼睛一般，把易容装扮藏得严实的小玉儿抓走了。

他上前拦截，结果被民顾委的扒皮马三拦住，最后还被伤到了。我听完，勃然大怒，说不是打电话通知了么？民顾委就在附近，万事一定要小心，让小玉儿赶紧离开，不要逗留，为什么我的话都不听？

电话那头的布鱼也是满腹委屈，哽咽地跟我讲，说他劝了小玉儿一天，可是那丫头太执拗，一定要等到把朱贵安葬妥当才肯离开。她还说世间怎么可能有那么多的坏人，她有敛息符箓，不会有事的。

布鱼是知道民顾委的手段的，所以规劝不成，就做了许多防备，甚至都不准让小玉儿露面，而是在村子的另外一端等着。

没想到最终还是被人揪了出来，这里面，不排除有被人告密的嫌疑。

我没有来得及问太多，又问人现在在哪儿了。布鱼回答说，应该是离岛了，不过没有过大桥，而是走了海路。

挂了电话，我将烟盒的最后一根烟点燃，深深吸了一口，让烟雾充斥着肺部，然后徐徐吐出。烟雾中，我陷入了短暂的沉思。

小玉儿被抓是我没有想到的，因为布鱼对我的话向来言听计从，执行力度也是颇强的，只要是我的吩咐，他基本上都会百分之一百的完成。但这一次，他却拗不过那个长相甜美的小玉儿，这显然是不合常理的，除非布鱼这个铁汉心中，多了几分柔情。

现如今小玉儿被抓，我能怪谁呢？谁知道小玉儿竟然会那般的善良和单纯，而且还如此执拗，竟然还说动了布鱼跟着她一起冒险，最终陷入敌手？

谁知道民顾委在我这里吃了瘪，居然直接动手，一点儿面子都不给我？谁知道黄天望居然会如此急迫，连夜赶到东海舟山？

太多太多的不确定因素，使得这事儿变得无比棘手，然而事情最终还是得怪到我的头上。既然已经知道民顾委盯上了软玉麒麟蛟，就应该重视这件事情，不应该全部托付一人之手。

尽管我手头还有大把事情要处理，尽管我这边必然有民顾委的眼线在盯着，不能亲身前往，但是让小玉儿再次受掳，最终还是我的错。

不过现在并不是追究责任的时候，小玉儿被抓，让我在一瞬间变得被动了。在白天的时候，我亲口对民顾委的马三说过，人已经离开了，至于去了哪儿，我根本就不知道。

这一句话最是落人口实，因为民顾委是在朱家尖的渔村中擒住的小玉儿，而且我最得力的手下布鱼在一起，甚至出手反击。从这一点来看，官方之上，我必然被参奏。

这还是其次的，关键在于民顾委不但有十三太保的马三，而且黄天望还亲自过来了。黄天望是什么人？那可是被誉为"大内第一高手"，官方之上，足以抗衡王红旗的男人。这样的家伙，我就算是全盛时期也未必能够与他战成平手，而此刻的我，还是刚刚跟弥勒血战之后的状况，只恢复了三成修为，这还是托了魔体强大的恢复力。

而我若是要恢复到战前的巅峰水准，至少还得要三两个月。斗将不行，斗兵也未必能胜。

黄天望到临，身边除了马三之外，定然还有其余的高手，只要他带了十三太保的任意几位，那就未必比得过。这样的结果，使得我根本就没有办法来硬的，然而不来硬的，小玉儿就绝对逃脱不了被当做药引子的下场。

说起来，我与那小姑娘倒也没有太多的情感，之所以救她，也是出于道心和公义，并没有什么企图。倘若是没有布鱼在，我估计也只有捏着鼻子，认下这败局，等待来日再找回场子了。

可是听布鱼这个口气，好像是动了真感情，不然以那家伙的性子，是绝对不可能说话说到哽咽。

我若退缩，无外乎跌了面子，而小玉儿，绝对会丢掉性命。至于布鱼，他……

第十四卷 一个时代的结束，一个时代的开端

香烟已经燃烧到了过滤嘴，差点儿烧到我的手指。一根烟抽完了，我恶狠狠地掐灭，对外面说道："尾巴妞，召集特勤一组的全体成员，我要训话！"

是的，我想好了。一句话，为了兄弟，两肋插刀。管他会有什么后果，老子在战场上冲锋陷阵，披荆斩棘，血流成河。那些窝在后方唧唧歪歪的家伙，凭什么在大局已定的情况下，二话不说地过来接收战果？就凭他脑壳上戴着的那个帽子？笑话，天大的笑话！

小白狐很快就将驻扎在舟山的全体特勤一组成员召集了过来，我望着面前的张励耘、小白狐、白合、纪忠良、农菁菁和田学野。这些人，都是我最坚实也是最可靠的班底。

张励耘似乎知道发生了什么事儿，望着我，一副欲言又止的模样。我没有太多废话，平静地把事情的来龙去脉给众人讲清楚。

在此之前，小玉儿的存在，是很多人都不知道的，所以大家在听到这件事情的时候，都惊诧不已。我没有给他们太多反应的时间，而是直接问道："我要去救人，你们什么意见？"

众人沉默，因为大家都晓得这件事情性质的严重性，民顾委可不好惹。

沉默了几秒钟，张励耘问我："老大，这件事情有没有回转的余地，不如这样，我去联络一下民顾委的人，然后双方会面，沟通一下，看看有没有别的处理方法？"

纪忠良也说道："对啊，老大，你已经放过了软玉麒麟蛟，又通知了她，最后她自己作死，跟我们也没有关系了。"

几人发表完意见之后，都看向了我。

我之所以没有强行下命令，是因为我知道这件事情的严重性，擅自发起内部冲突，负责任的一方会在后面的调查中吃尽苦头，特别是惹到民顾委这样的角色。尽管我会将主要责任扛过来，但是作为跟着我一起的这些属下，也将会面临着许多不公平的待遇。

我需要他们自己选择，而不是在日后怨恨我，我陈志程，不想辜负任何真心对待的人。

众人目光汇聚，我并没有开口说话，而是陷入了沉默，张励耘瞧我主意已决，叹了一口气，正要说话，这个时候，小白狐站了出来。

她只是简单地说了一句话："布鱼哥好像看上了那个小姑娘。"

什么？这句话引发的效果，比我刚才做出的决定更加劲爆，让人震撼。

作为特勤一组最老的成员之一，十几年容颜不变的小哥布鱼，以其宽厚温和、耐心沉稳，而深受众人的喜爱和尊重。这个男人平日里的话不多，但是眼里的活却从来不少，总是把重活累活揽过去，从来没有怨言，对每一个新人的照顾和指导，都远甚于任何一个老成员。

说句实话，众人对我，或许尊重和敬畏更多一些，但是对布鱼，从来都是打心底里的喜欢。

特勤一组自扩张以后，人数激增，每个人都有棱角，性格各异，也总是会有这样那样的小冲突存在。这些我都看在眼里，也知道下面分成了好几个小圈子，但我可以肯定，这里的每一个人，跟布鱼的关系都特别好，老少咸宜。

跟布鱼相处久了，即便是新人，都或多或少地知道布鱼和小白狐的与众不同，所以他们对小白狐的话，深信不疑。白合和农菁菁两个女孩子首先站了出来，笑着说道："怎么不早讲？"

而一直心有疑虑的其余几人，也不再别扭，还有什么好说的？生命诚可贵，爱情价更高，若为自由故，两者皆可抛。

此时此刻，为了布鱼兄弟的爱情，以及布鱼兄弟女朋友的自由，还有什么不可以抛弃的？特勤一组的所有成员，雄赳赳、气昂昂地出发，张励耘联系了熟悉的海警部队，要了一艘状态最好的快艇，朝朱家尖方向飞速行去。

我盘腿而坐，努力地回气，争取恢复一些修为。只可惜，没有广陵金丹啊……

海面上一望无际，偶尔可以瞧见一些零星岛屿，我们有地面上的支持，再加上目的明确，其实并不难找。

半个小时后，我们终于在内海的海面上靠近民顾委的船只。

第六十章 妖属该死

狭路相逢勇者胜，而这茫茫大海之上，民顾委船大且慢，并不如快艇速度，所以在瞧见有快艇飞速靠近的时候，民顾委却是将船停定，静候来者。

快艇靠前，我坐在艇中回气，而张励耘则扬声喊道："前面可是打朱家尖回来的民顾委的诸位督察？"

船头露出一张脸来，正是马三的那张方字脸，冲下面威严地说道："正是，你们是哪个部队的，过来干什么？"

张励耘知道此时此刻最不能弱的，就是气势，当下报上了名头。

那马三哈哈笑道："哦，原来是二司的兄弟们啊，怎么了，有事儿么？"

他一副生人勿进的模样，惹得张励耘一肚子火，我也不想跟这等角色浪费唇舌，待两船靠近之后，便站起了身子，脚尖一点，朝那大船跃了过去。而身后的张励耘则扯着嗓子吼道："陈志程司长，携特勤局一组众位，前来拜访。"

大船比快艇要大上许多，船舷有四五米高，我如鹰腾空，落在了甲板上，而后张励耘众人也齐齐跟来。

我们这边气势汹汹，而面对我们这群不速之客，民顾委的人倒也不少，涌了十来个。以马三为首迎了上来，朝我拱手说道："陈司长，今日刚刚见过面，不知道，又突然造访有何指教？"

马三名列民顾委十三太保之位，而且还是排名前三之人，自然是见过大场面的，而且为人圆滑，显得十分恭敬。倘若是往日，我倒也能够好言相待，然而此刻，心中却是一股又一股的邪火往外面翻腾而出。

要晓得，这帮家伙可是刚将我手下爱将打伤，而且还将软玉麒麟蛟掳了去，此刻却装出无辜模样，怎么让人心中不愤懑？

见多了直来直往的恶徒，我最恶心的，就是这种表面一套背地一套的阴险小人。对方是真的当我是傻子，觉得可以瞒天过海，还是认为我忌惮对方身份，念及日后不敢妄动？

我黑手双城的名头，那可是一刀一枪，用无数鲜血和尸骸累积而成，对方当真把我当做了痴蠢胆怯之徒了？若是如此，老子就翻脸，让这些家伙看看什么叫做老虎屁股摸不得。

我冷着脸沉默了几秒，说道："你没有资格跟我说话，叫黄天望出来。"

同朝为官，即便是私下里有些不睦，但表面也都是笑脸相待的，然而我这一出来就摆出这般架势，马三顿时就干笑了几声，也不说话。而就在这个时候，旁边站出一人来，冲着我破口大骂道："你这个家伙好生无礼，我家委员长岂是你想见就能见的？"

有人唱了黑脸，马三方才站出来，一边拦着那人，一边嘿然赔笑道："陈司长，何督察嘴笨，你莫见怪啊，莫见怪……"

话是这么说，到底没有拦住那人，黑胖子撑着脖子，恶声恶气地说道："我民顾委执行公务，你们这是想要做什么，若是没事儿，给我们滚开去，不然治你们一个妨碍公务罪，让你们晓得苦头！"

两人一黑脸、一白脸，而旁边的十余人，眼中也多有轻视之意。我眯着眼睛打量这人，一字一句地说道："何督察？你是十三太保里的插翅彪何宏吧？"

十三太保不过是江湖戏言，而黑胖子却是得意洋洋地应下了，对我说道："正是某家，想不到你黑手双城也听过我啊，倒也不是孤陋寡闻。"

这人不知道是装粗豪，还是真粗豪，言语之间，不像是民顾委的干部，反而有点儿山大王的感觉。

我却知道，民顾委中多用世家门阀，这何宏出身自西川绵竹何家，也是个厉害的角色，在十三太保中，论冲阵杀敌能居前列，狂傲得很。

我不理他的问话，只是摇头叹息道："一直以来，都有听过民顾委里面，颇多狂傲骄纵的为非作歹之徒，如今一看，果不其然。既然你以武勇著称，可敢与我手下过一阵？"

彪乃猛虎之子，虎生三子，必有一彪，咬死其余二子，独占奶水，由此可见凶狠。

何宏外号叫做插翅彪，自然也是好勇斗狠之辈，听到我的话，顿时一步跨前，挤出了队列，怒吼道："好，我倒也想看看，你们总局里面，到底都是些什么角色……"

我想要夺人,自然要挫对方锐气,沉声问道:"谁能拿下此人?"

张励耘跟我已有十几年,对我素来敬重,刚才听到何宏骂我,早就是一肚子的怒火,听到这话,越众而出,朗声说道:"我来!"

他在特勤局中也是有名之辈,何宏倒也认识,嘿然笑道:"原来是你啊,来,让我领教一下,北疆王的侄儿,到底是个啥玩意儿!"

何宏话音一落,从身后拔出一把单刀,朝着张励耘快步冲去。

绵竹何家乃川中大贾,延绵几百年,穷文富武,又花钱请了好些个有真本事的名望供奉,融合川陕等地的手段,自有一套青竹功。又有那飞云刀,誉满江湖,一直长盛不衰。最辉煌的时候是民国时,家中子弟多有从军者,刘湘当政之时,军政所依靠的世家之中,何家便在其列。

何宏刀法犀利,走的是奇、绝、险,偏锋而至,劲气透体。张励耘知道十三太保的名头厉害,也不敢怠慢,拔出天枢剑,剑点贪狼,与其相对。

两人都是精英高手,出手也有风雷之势,不过何宏久居民顾委,一众好东西享受得多,劲气充足,气势上稳稳压住了张励耘。

何宏刀强力横,以倾倒之势,想要碾压张励耘,却不知道贪狼星稳重如山,根本不畏打压,张励耘守住阵脚,步踏斗罡,气吞星光,一点点扳回城池。

两人相斗,甲板上刀光剑影,偶有剑气飘逸,倏然而起,铁船之上,也有剑痕划过。大家也不敢上前,纷纷往旁边退开,免得殃及池鱼。

何宏成名已久,又是大内高手,自然是气势如虹,张励耘也动了真火,要晓得他虽然最敬重北疆王,却并不喜欢别人提及这点儿关系,讽刺他依靠裙带关系脱颖而出。

张励耘能够走到今天,靠的从来都是他自己和手中的剑。

张励耘剑势坚韧,缓慢抵挡,稳扎稳打,而何宏一鼓作气势如虎,再而衰,多少也有些力竭,就在此时,张励耘一声暴喝:"破!"

剑气暴涨,何宏应声而落,手中单刀飞出了船外,而他本人则满脸鲜血,滚落一旁。

张励耘一剑得手,缓缓收起天枢剑,朝着我拱手一礼。

何宏爬起来还待再战,却被马三拦住了。这个时候,马三终于收起了脸上虚假的笑容,冲我说道:"陈司长,特勤局与民顾委都是国家股肱,你这般刀兵相见，可是为了软玉麒麟蛟？"

他这话一说出，旁边还有些慌乱的十余人顿时就是一阵恨意，全部围了上来，一副不共戴天的模样。

我朝张励耘点了点头，朗声喊道："黄天望，你既然敢打伤我的属下，为何不敢出来，与我见上一面？"

马三眉头一皱，正想说话，这时他身边突然一道灰影晃过，紧接着走出一个长须老人。民顾委的众人瞧见，纷纷躬身行礼，喊道："委员长！"

来人正是黄天望，他缓步走到我面前五米处，抚须而言："陈司长来势汹汹，戾气很重啊！"

一番喧哗终于将正主逼了出来，我深吸一口气，道："黄老仙气盎然，却总是行卑鄙之事，倒也是虚有其表、欺世盗名之徒。"

被我指着鼻子骂，民顾委的人顿时就群情汹涌，然而那大内第一高手涵养极好，眉头一蹙，道："我这是为上面办事，何来卑鄙？"

我抬起头，冷然说道："别拿大帽子压我，我就想问你，软玉麒麟蛟生性善良，并未曾做过恶事，如今吞食日月精华而化作人形，与人类已无区别。既然如此，你们为何还要穷追不舍，将她擒了？"

黄天望微微一笑道："哦……我先前还在猜测你的动机呢，原来不过是妇人之仁啊？"

我眯着眼睛说道："那精怪妖属，真的该死？"

黄天望语气骤冷，盯着我的眼睛说道："该！"

第六十一章 灭你满门

黄天望说得斩钉截铁，双目电射精光，仿佛没有一点儿回旋余地一般。

天下精怪妖属，皆该死！这个论点，听得我一阵毛骨悚然，毫不退让地望着对方，问道："为何？"

黄天望一步踏前，缓声说道："凡妖怪者，盖精气之依物者也，气乱于中，物变于外，形神气质，表里之用，本于五行，通于五事，虽消息升降，化动万端，其于休咎之征，皆可得域而论矣。而妖虽天赋异禀，心却狭隘，藐视世俗与人权，涂炭生灵，屠戮我人族，妖之劣根，并不是表象所能够掩藏的。只要是妖，总有杀人发狂的一天，不可信赖，若是有可能，全部杀光最是明智！"

他这一番"大人类主义"的话出来，身后的一众追随者纷纷喝彩，群情激动。而身边就有两个妖属拟形的我，听得一阵反胃。

我丝毫不作退让，也向前一步，平静地说道："是不是与你不同的，心都是坏的，都不该活？"

黄天望冷冷地瞧我一眼，用了一句话来总结："非我族类，其心必异！"

我笑了，笑得前仰后合，直不起腰。黄天望瞧见我这恣意狂狷的作态，整张脸变得铁青。

他入朝为官多年，又身为天下间修为顶厉害的几人之一，眼中罕有瞧得起谁，很少被人这般轻视，老脸上怎么可能有光彩？

不过他前来东海舟山之前，倒也听说过了我力战邪灵教弥勒的事情，知道其中凶险，倒也是耐着性子，问道："为何发笑？"

我狂笑了好一会儿，方才收敛，嘿然说道："黄公或许不知，我父虽为汉族，但母亲却是苗族，说起来，我有一半的苗族血统。既如此，也并非你之同族，所以如此说来，我也该死，对吧？"

民族问题是大问题，是事关宪法的原则性问题，黄天望自然不敢胡乱放炮，脸色一黑，道："胡闹，不管汉族苗族，皆是中华民族，你莫乱说！"

我仰天而笑，黄天望脸色越发铁青，我一字一句地说道："这个时候，你也知道大是大非了？软玉麒麟蛟已化人形，便是智慧生物。她穿着人的衣服，说着人的话，守规矩，行善事，和我们呼吸着同样的空气，头顶同一片天。同样是天底下的生灵，能够决定她命运的，只有老天，而并非你。黄公，世人皆晓得你的厉害，然而你是老天爷么？"

黄天望再狂妄，也不敢如此托大，冷着脸说道："自然不是！"

我毫不留情地说道："既不是，你又有什么权力，拘禁一个根本就没有犯事的生灵呢。你这样做，跟强盗又有什么区别？"

黄天望被我一番诡辩说得脸色铁青，说道："匹夫无罪，怀璧其罪，世间就是弱肉强食，她身怀重宝而不能自保，便是她的罪过……"

这强盗逻辑听得人心中一阵发恨，我却大笑三声，脸色也变得严肃起来，凝视着黄天望，一字一句地说道："说到底，在黄公的眼中，真理终究还是一点，那就是谁的拳头大，谁就说了算，对吧？"

我说的是事实，却是极为难听，黄天望自然不愿意听，望着我，脸色仿佛凝霜。

良久，他方才缓声说道："你到底想要干什么？"

我抢过张励耘手中的天枢剑，将袖子割去一截，丢在黄天望与我之间的甲板上，然后说道："黄公既然觉得这世间谁的拳头大谁就是老大，那么我就按照你的规矩，向你发起挑战。谁赢了，谁带走软玉麒麟蛟，你可敢应下？"

单挑！这就是我闯入此中，又讲了这么多，最终所要表达的意思。

此言一出，众人皆惊讶不已，我们这边的人都知道，我与弥勒的洛峰岛一战，耗损过重，并不适合再次大战。而黄天望一方也是群情汹涌，他们倒不是怕黄天望输，而是觉得我实在是太不自量力了。

区区一茅山大弟子，就算是有那么一点儿名声，居然胆敢挑战大内第一高手，而且还是为了一只妖属，这简直就是发了癔症！

面对我的挑战，黄天望到底还是注重名望，说道："你若要挑战我，我应下便是。不过你刚与邪灵教魁首激斗，身体尚未恢复，我即便是赢了你，也会被人说三道四，不如择日，你说如何？"

他这一句话说得冠冕堂皇，众人莫不为他的气度折腰。

我却是冷哼一声，道："呵呵，你居然知道邪灵教魁首一事——东海之事，民顾委全程盯着，不论弥勒，还是那些逃走的邪灵教，全都是穷凶极恶之徒，满手血腥，杀人如麻。你民顾委一个不管，却偏偏盯上了什么事都没有犯的可怜的小姑娘。做人既然已经如此不要脸了，又何必在意其他？"

这一句话，打了民顾委所有人的脸，听得众人一阵愤怒，黄天望脸色冷得仿佛西伯利亚的冬天，他眯着眼睛说道："陈志程，你说话注意点分寸！"

这句话带着十二分的警告，我却毫不留情地继续揭穿道："太行山武穆王强掳数百民众为奴采矿，横行霸道，民顾委因为武穆生的缘故，置若罔闻。后来武穆王作死，被我击杀，民顾委马不停蹄，黄家吞并其产业；黄山龙蟒吞吐风云，杀人悟道，民顾委畏畏缩缩，不敢向前，一待尘埃落定，立刻奉旨查收；至如今，弥勒筹谋千里，邪灵教满手血腥，你们浑然不顾，反而为难一小女子……"

我滔滔不绝地倾吐一堆心中的愤懑，一步上前，盯着为首的黄天望，一字一句地说道："呵呵，大内第一高手，除了内斗，什么都不会的你，有什么值得人尊重的地方？"

黄天望被我最后的一句话激怒了，眼睛陡然眯了起来。

他生气了！他真的生气了，几十年来，还真的没有人敢将他心中的龌龊这般血淋淋地揭开，让他无地自容。

人要脸，树要皮，树没有皮，只有死；人没有脸，也不得活。所以别人经常会说"打人不打脸，揭人不揭短"，但此时此刻，我浑然不顾官场里的规则，将黄天望长久以来，笼罩在身上的荣光全部脱下。

经过我这般一说，众人方才发现，原来大内第一高手，不过是个欺世盗名之徒。什么权威，什么名头，都不过是狗屁！

我最后一句话落地，现场顿时一阵喧闹，黄天望不再说话了，而我也没有说话。

两人对视，遥遥相望，而气势则在一寸一寸地增长，当这种强大的炁场压力从我和黄天望的身上蓬勃的释放出来的时候，场中的所有人都屏住了气息。黄天望什么人，不管我说得再龌龊，那也是大内第一高手，官方唯一能够制衡王红旗的人。

他这些年来虽然名声不显，但绝对能够和茅山陶晋鸿、龙虎山善扬真人、邪

苗疆道事

灵教天王左使王新鉴等人一般，名列天下巅峰之列。

而黑手双城是什么人？自出道起就有无数豪雄为之垫脚，自从南洋归来之后，风头一直颇盛，被誉为茅山自陶晋鸿之后的第一人。而如今击杀了邪灵教的掌教元帅之后，更是风头无两。

两人若是要战，必将是火星撞地球，老牌强者与新人王的倾世一战。倘若是卷入这样的战斗，那无疑是一场灾难。

受不了压力的人，已经朝船的边缘退去，随时准备着翻身下海，而就在这个时候，几乎处于爆发边缘的黄天望存着一丝理智，说道："现在的你不是我的对手，看在陶晋鸿和王红旗的面子上，我可以饶恕你先前所有不敬的话。你走吧，我就当你今天没有来过！"

张励耘和小白狐等人都看向了我，别人不知道，他们却晓得一点，那就是刚刚与弥勒大战之后的我，真的不是黄天望的对手。

为了一个仅见过一面的小玉儿，就要丢了性命，这是否值得？我却哂然一笑，淡然地说："黄天望，时至今日，已无回转余地。你现在要么就杀了我，若是留我性命，回头我恢复全力，必至荆门黄家，灭你满门！"

第十四卷 一个时代的结束，一个时代的开端

第六十二章 黑手双城的手段：讲和

灭你满门。

这话倘若是擎天魔头说出，或许众人皆不以为意，然而从我这入朝为官的家伙口中说出，实在是太震撼人心了。

听到这话，不但是民顾委的人，还有铁了心跟着我的特勤一组的人，都诧异万分。

黄天望就算是涵养再好，听到这样的威胁，也被气得三尸神暴跳，眉头一横，冷笑道："好一个黑手双城，向来听闻你骄纵无法，恃功而骄，却没有想到你竟然会说出这样的话来。我倒是想要听一听，你凭什么灭我黄家满门！"

面对着暴跳如雷的黄天望，我反而变得无比平静，淡然说道："我与黄家当代交情匪浅，养神与我情同兄弟，养鬼曾在我手下供职，相安无事。按理说，我不应该如此。"

这一句是谈感情，黄天望鼻子一哼，不屑一顾。

我不理他，继续说道："然而我陈志程出道以来，最重义气。实话跟你说了，软玉麒麟蛟是我小兄弟余佳源的道侣。你若是要拿她，便与我兄弟有夺妻之仇，我这当大哥的，颜面也无光。这仇是结下了，既然无法缓解，就只有与你拼死而已。"

杀父之仇，夺妻之恨，不共戴天。这是国人古已有之的人伦大道，也是我们修行者所谓传承的正统，尽管软玉麒麟蛟跟布鱼之间未必有什么瓜葛，但是我这睁眼说白话，倒也不怕黄天望去查验。

总之，此时此刻，我面对着黄天望，无论是实力还是约战理由，都处于下风，唯有兵行诡道。来之前，我就已经想好了一点，那就是用兄弟大义，来对抗民顾委的这顶大帽子。

至于说灭黄家满门的事儿，倒也并非色厉内荏。尽管荆门黄家被誉为当今第一大世家，但最为出名的，不过是黄天望、黄公望这一白一黑两兄弟。其余人等，在全盛之日的我面前，并不算敌手。

至于为何口出狂言，我心中其实还有一个倚仗。大杀器自然得等到最危急的时候，方才能够拿出来，而倘若是遇到亡命之徒，未必管用。但黄天望横看竖看，都是珍惜羽毛之人，换句话来说，这种人最是怕死。

当然，怕死只是我的判断，黄天望誉满天下，被人这般折辱，怎么可能善罢甘休，当下也是缓缓拔出一把定星戒尺，持在手中，朝着北方一拜。

祭拜过后，黄天望寒声说道："陈志程，我原本看你擒贼有功，又修行受损，不想与你刀兵相见。不过你既然这般咄咄逼人，而且还将我荆门黄家牵扯进来，开口闭口，却是灭人满门。这般狂妄之言，今朝我若是不将你除去，只怕以后，便再无荆门黄家了……"

他这边杀意已决，还亮出了法器，气势顿时陡然一涨，就连我们脚下的大船，也跟着晃荡起来。

张励耘、小白狐和白合等七剑成员知晓我的身体状况，发觉老头子身上散发出来的杀意，顿时就有些着急，慌忙上前来护，却被我拦下。

我平静地说道："你们回快艇上去，这儿我来应付。"

小白狐最关心我的安危，还想争辩，被我一瞪，垂首而去。

我屏退众人，而黄天望也让民顾委的一众成员退后，然后举起手中戒尺，对我冷冷说道："亮剑吧！"

我没有亮剑，而是嘴角一翘，冲着他笑道："黄公以为我来此，当真无凭恃乎？"

黄天望说道："前杀康魔，后灭弥勒，你的信心倒是比陶晋鸿还要充足。敢以残躯敌我，别的不说，光这一份勇气，就足以让老夫记住你了。"

我嘿然笑道："你既然认识康克由，通晓他的来历，那便最好，我这里有一物，还请黄公观瞻。"

说罢，我从怀中摸出了一个乒乓球大小的青铜圆罐来。这圆罐被我置于右掌，微微一张，无风而动，随后凭空悬浮了起来。

这玩意儿被我劲气包裹，并无任何气息渗透出来，黄天望瞧见，双眼瞪得滚圆，几乎要凸了出来。到底是高手，立刻就判断出里面所蕴含的力量。

第十四卷 一个时代的结束，一个时代的开端

这青铜圆罐，名为九龙青铜罐，名字十分质朴，来历却并非寻常，是龙虎山瑰宝。不过它最重要的并非是罐子本身，而在于里面所封印的东西。

没错，被封印着的，是我曾经在南洋遇到的虚空巨眼，并非整体，而是它在爆裂一瞬间散发的恐怖能量。

虚空巨眼本是南洋邪神巴干达留在人间的眼球所化，原力充斥，后又经多年供奉，最后意志降临之后，上通雷电，下合道心。不但能够呼风唤雨，召唤雷电，甚至能够掀起一场恐怖海啸。

此刻若是被放出，别的不说，这十几里地，恐怕无人能够幸免。

这玩意儿是秦伯送给我的，一直放在我的八宝囊中，之所以一直没用，是因为将其祭出，不但能够灭掉敌人，也会将我毁去，属于同归于尽的法子，所以不到万不得已，我宁可让其闲置。

说到底，这玩意儿就是个炸弹，鸡肋得很，食之无味，弃之可惜。但用在此时此刻，却是格外妥当。

我先前露出凶相，表露出与我平日温文尔雅、与世无争所截然不同的态度，就是让黄天望见识到我光棍和亡命徒的疯狂一面。让他相信，只要是谈不拢，我随时可以陪着他共赴黄泉。

只有在气势上压倒对方，方才能让黄天望这般顶尖的高手相信，我并非是在诳他。用赌博的一句话来说，这叫诈和，就看他上不上当。

黄天望会退让么？我不知道，此刻的我眯着眼睛盯着他，而他则直勾勾地盯着悬浮在我手掌、几欲炸开的九龙青铜罐。

众人僵立，无人胆敢言语。气氛变得如此肃静，众人都屏住了气息，仿佛喘一口气，就有可能将这宁静打破，而接下来发生的事情，并不是大家所能够接受的。

渐渐地，黄天望的眉头皱了起来，不知道过了多久，他开口道："这玩意儿，应该是龙虎山的至宝吧？"

我点头，回答道："对，它叫做九龙青铜罐。"

黄天望突然转了话题，问起了别的："那康克由，当真厉害非凡？"

我点头，说道："天下间，屈指可数。"

黄天望说道："当年失之交臂，后来听王红旗说过，那人与他只差一线，但若是让其将屠戮百万的生魂融尽，又沟通邪神，或许会比他更胜一筹。如此说来，他的确当得起你的评论，比之你师父如何？"

我不急不忙地说道："两种路子，不过若是真的打起来，我师父可胜他。"

黄天望脸上的肌肉抽搐了一下，似笑非笑地说道："也对，康克由因你而死，自然不能与你师父相比。"

我摇头说道："不能这么说，他到底如何，口说无用，你若是见到那人，或许能懂。"

听到我这话，黄天望突然长叹了一声，摇头说道："你说得对，这些年来我东奔西走，鞠躬尽瘁。然而行事小心翼翼，错过了许多英雄豪杰，若论精彩，自不如你。"

面对夸赞，我眼观鼻，鼻观心，淡淡说道："黄公过誉。"

对话结束，两人又陷入了沉默中，而黄天望那股攀升至极致的气势，却在两人的对话间，缓慢地降了下来。

他既然知道了这罐子里到底是怎么回事，自然不敢妄动杀机。顶尖高手所触摸到的境界各不一样，趋利避害的第六感也远强于其他的人，若是这气机牵扯，将那恐怖的九龙青铜罐引爆了，后果不堪设想。

在这一刻，我能够感受得到黄天望内心中的愤怒和无奈。

黄天望一辈子谋算别人，自觉行事缜密，万无一失，却没想到屡次折于我的手上。先前在黄山倒也罢了，毕竟那儿有倾尽全茅山之力，而且名震江湖的陶晋鸿也在现场，然而这一次，是实实在在地栽了。

沉默许久，黄天望长叹一口气，对我说道："上天有好生之德，既然软玉麒麟蛟是你兄弟道侣，放了她也不是不可以。"

我手掌一握，将那快飞出控制范围的青铜罐抓住，问道："黄公可有条件？"

黄天望眯着眼睛，指着脚下道："别的不说，你先把船下那人叫出来，若是把我这船掀翻了，你倒无妨。我这些人，可就都得游海回去了……"

第六十三章 开盅之时

听到黄天望这话,我哈哈一笑,知道他暂时屈服了,当下也是手一挥,吩咐道:"让布鱼出来吧,好歹也是国家财产,弄沉了,以他的工资可赔不起。"

小白狐脸上露出了笑容,退到船舷边缘,颇有规律地拍着船体。

此刻已然是次日夜间,海天佛国崩溃之后的影响已然渐渐消散,通讯信息都不再受到干扰,羽麒麟也能够运转,所以我一直都知道布鱼尾随着大船,随时等待着将这大船掀翻。

既然准备翻脸,自然得多留几手。小白狐能够用羽麒麟联络布鱼,我也能,不过该做的样子,还是得做的。

黄天望今后是敌非友,能够迷惑的,还是得做足模样。敲了一会儿,船边不远处突然出现一道巨大的水柱,浪花溅得飞起,洋洋洒洒,海水被风一吹,细碎的水珠落在甲板上。一身腱子肉的布鱼踏浪而来,落在了离我不远的甲板上。

因为有羽麒麟在,他对船上发生的一切都了然,一落地,理也不理黄天望,而是朝着我拱手为礼。我点了点头,挥手让他退下。

黄天望瞧见这个闹出如此动静的家伙,方才知道先前抓捕软玉麒麟蛟的时候,出手相拦的是面前的布鱼。

黄天望人老成精,一眼便看出了其中玄妙,脸色立刻转冷道:"我说你为何会为了一条软玉麒麟蛟兴师动众,甚至不惜以性命相逼,原来是因为手下皆是妖魔鬼怪,有教无类啊……"

他本就是老派修行者,对于诸般异类,早在刚才与我的争辩中,就表明了态度。此刻再一次申明,不过是在奚落我,想要找回场子。

真正厉害的人,手段时软时硬,都是根据形势而言。我刚才强硬,是要让对方相信我有玉石俱焚的决心和勇气,而此刻倒不用事事针对,总得给对方一个台阶下。于是，我嘿然笑道："黄公说得不错，正所谓有教无类，只要是心向光明者，都不能剥夺它的生存权利。人我已经叫上来了，黄公还有什么交代？"

这话是佛教的论点，黄天望眉头一皱，也不与我争辩，而是眯着眼睛说道："先前你深入地底，救我家养神，我曾说欠你一个人情。至此，我们算是一笔勾销了。"

听到黄天望提及此事，我嘿然一笑道："自然。"

黄天望此人薄情寡义，说欠我一个人情，结果抢起人却是毫不犹豫，一点儿心理负担都没有，我哪里会把他的话放在心头，浑然不在意。

他又说道："今日之事，终究伤了和气，倘若传出，只怕你我皆有麻烦，你……"

我毫不犹豫地拱手说道："今日冒犯黄公威严，实属走投无路之策，并没有认真考虑后果，定不敢私下妄言。"

黄天望这么说，到底是爱惜自己的名节，不希望他被我逼迫的事情传出，免得被人嗤笑，而这话，也正合我的心意。要晓得，像我这般拔刀相向，已属逾越，若是黄天望回去后追究起来，只怕到时候官司缠身。

当然，黄天望私下里肯定会给我使绊子的，但至少明面上，他倒也不敢对我太过分了，他也怕我狗急跳墙。我不再是他当年在茅山主峰上，随意耍弄的江湖新嫩，而是能够与他平起平坐的顶尖高手了。有这样的想法，他自然是投鼠忌器，不敢随意乱动的。

固所愿也，不敢请尔。我向黄天望保证，今日发生的事情，绝不会传出去。至于他自己的人，那就由他来调教了，这事儿我也管不得。

黄天望知道此事栽了，倒也让人带着布鱼去了船舱，将昏睡不醒的小玉儿带了上来，双方交接完毕，我让众人离船，返回小艇上。

大船上只剩我一人时，黄公望看了我一眼，什么话也没有说，直接回了船舱。反倒是马三冲着我拱了一下手，冷冷地说道："陈司长，今日之辱，来日必当奉还。"

听到他的这狠话，我哂然一笑，不予置评，只是平静地说道："我会等着的。"

说罢，我也腾空而起，落到了已然开动了的快艇上。回望过去，却见马三立在船上，遥遥望着我们这边，眼中的怨毒不减，我却没有放在心上。黄天望，我

第十四卷 一个时代的结束，一个时代的开端

尚且毫无顾忌，像他这般人物，又如何能够让我放在心上？

对于这样的小人物，我最需要做的，并不是斩草除根，而是尽可能地提升自己，让他们只能够瞻仰我的背影，望尘莫及，那才是最好的办法。

小艇越行越远，且不管民顾委那里的气氛如何，快艇上的众人，皆是喜笑颜开。

要晓得，虽然总局和民顾委都在体制内，但一向是死对头。他们虽然人数不多，但多为精锐，行事也总有些高高在上的感觉，屡次三番地插手我们的事情，没有谁会喜欢他们。

当然，也不是说民顾委都惹人厌恶，要晓得我那忘年好友刘老三也是入了民顾委。只能说有一部分人，真的不得人心。

我这边落地，众人纷纷跟我打招呼，小白狐冲着我竖起大拇指，大声夸赞道："老大，你今天骂那黄天望的话，简直帅爆了，我恨不得跪着听完了，哈哈哈……"

众人一阵附和，而白合则抹了一把额头上的汗，颇有些后怕地说道："说起来，黄天望当真是顶级厉害的角色，他都没有动手，往那儿一站，我就感觉双脚都有些站不住了。还好没有打起来，不然真的是悬啊……"

农菁菁最是乐观，笑着说道："黄天望号称大内第一高手，自然厉害，不过老大对他一通劈头盖脸的痛骂。他不但没敢还手，还将人双手奉还，足以瞧得出，老大比他厉害得多，对吧？"

众人纷纷点头，而我瞧见两船离得比较远了，将九龙青铜罐收了起来，方才自嘲："瞧你们乐的，从鬼门关里走了一圈回来，有什么兴奋的？"

好多人都没有听明白，但布鱼懂了，冲着我深深一鞠躬，道："老大，你费心了。"

我摇了摇头，指着他怀里的姑娘说道："我倒不妨事，不过就是使尽浑身解数，威逼利诱而已。你先看看她，有没有被人动了手脚才对。"

听到我的话，布鱼方才想起这事儿来，赶忙帮小玉儿解开束缚，又给她渡气，将其叫醒。

布鱼在这边手忙脚乱，而旁边的张励耘低头一瞧，笑了："我刚才还在想到底是什么样的女孩儿能让布鱼神魂颠倒，舍命相救。现在瞧见，果然是俏生生的软妹子，如此倒也不负我们一番心血，哈哈。"

布鱼憨厚老实的脸顿时就憋得通红，说道："我对她没那个意思，我只是有点儿同病相怜而已……"

他越是拘束紧张，大家越笑得恣意，搞得布鱼恨不得一头栽进水里，不再出来。

没过一会儿，小玉儿醒了过来，睁眼瞧见布鱼，出声喊道："布鱼哥，你快走，我……"

喊了几句，她方才注意到周围情形，闭上了嘴，而布鱼则跟她解释道："你莫怕，我老大带人过来了，那些坏人，已经被我们赶跑了！"

布鱼跟她三言两语解释清楚，小玉儿慌忙站起来朝我施礼，懊恼地说起自己到底还是大意了，几经警告都没有注意。结果劳师动众，实在不应该。

这小妹儿知书达理，倒是有趣，我笑了笑，指着布鱼道："你要谢，便多谢他，大伙儿都是冲着他的面子过来的。"

我这般说，小玉儿又冲布鱼行礼，而旁边众人皆用暧昧的笑容盯着布鱼，弄得他无地自容，满面布红。

一番折腾，快艇终于在凌晨三点多回到了舟山本岛，我让布鱼安排好小玉儿，然后让众人回返。至于民顾委，我相信有了今夜这一次，黄天望应该没脸再来打主意了。

颇多疲惫，一觉睡到次日中午，我醒来后接到消息，说民顾委的人已经离开，倒没有跟我们再碰面。

而稍后我又接到了两个坏消息，一是弥勒的尸首居然不翼而飞；另外一件事情，则是陆一居然再一次成功逃遁，不知踪影。

第六十四章 王红旗的失望

听到这个消息,我顿时就有一股无奈之感油然而生。

我自然知晓邪灵教不可能因为弥勒的死就此崩塌,因为邪灵教不但结构缜密,而且还有一个中流砥柱,那就是天王左使王新鉴。

这老魔在创教老总神秘失踪之后,就一直承托着邪灵教延续至今,论起权柄和威望,实在要比弥勒厉害许多,甚至在我看来,弥勒不过是王新鉴扶持的一个傀儡而已,没了,说不定还能再立。

当然,硬说弥勒是傀儡,也不一定正确。或许在别人看来,弥勒并无赫赫之功,唯有真正与他交锋之后的我,方才能够明白这家伙心思和手段的恐怖之处。

他就算是死了,也让我忧心忡忡,不但没有见到他的封神榜令旗、真龙天火珠等法器,甚至连胖妞和他精心培育的金色恶虫,都不见踪影。

这所有的一切,给我的感觉就像连他自己的死,都是预先策划好的一般。不过,世上真有计划自己死亡的人?要真有,这人估计跟妖怪也没有什么区别,实在是太让人震惊了。

我不相信,但随着弥勒的尸首失踪和陆一的逃遁,又让我心头的疑虑浮现。

其实对于此事,我之前还是有一些预见性的,为此还特地叫了田学野和农菁菁严加看守,然而昨夜布鱼和小玉儿那边出现了变故,我不得不调集所有值得信任的属下跟随,以保证及时截住对方。而看守的则都是当地部门的人,这才出现了疏漏。

我之前说过,弥勒此人颇为狡猾,罕有露面,并无恶名,而陆一也是。

当地部门的人看守疏忽大意,也没有真正认识到严重性。觉得一具尸体,一个重残,丢了也就丢了,没什么大不了的。我心中愤怒,却也不好太过张扬,更不可能借题发挥。

昨夜一事，虽然黄天望和民顾委吞了苦果，但来日必会在官方给我使绊子。我若想要平息对方怒火，必然要表现得柔顺一些。既如此，我自然不能在地方上太过苛刻，免得风评太差。

时至今日，我对屁股下的官位，已没有太多的期待，所谓能力越大，责任越大，也就越疲惫，劳心劳力。我可以不在乎这些，却得为下面的人负责，他们可以为我赴死，我也得给他们一个大好的前程才行。

接到消息之后，尽管不抱什么希望，我还是让张励耘他们重点追查了一番。随后的几天，我们一直都在处理相关的事宜。朱贵也准备下葬了，布鱼问我要不要过去参加朱贵的葬礼。我想了下，朱贵此人，抛开个人感情，光凭他舍命救那萍水相逢的软玉麒麟蛟，就让人心生敬佩。这是一个需要英雄的年代，这样的人，的确值得我亲自去吊唁。

赶到朱家尖的小渔村，我才反应过来，这并不仅仅是朱贵的葬礼，也是他大儿子的葬礼。

当日事变，朱贵将孙女朱小玖和大儿子的遗体托付给了仅有一面之缘的依韵公子，然后加入海战。而营救出母亲的依韵公子则早在我们洛峰岛激战的时候，就已经离开现场。

依韵公子是个很有谋略和条理的人，尽管我不知道他是否跟弥勒和洛飞雨有联系，但他绝对能够猜测得到这一场混战，他是搅和不得的。所以将朱家老大的遗体和孙女朱小玖送回朱家之后，他便马不停蹄地离开了舟山群岛。

事发两日之后，他打电话给我说明此事，而我也没有任何借口为难于他。事实上，对这个曾经的患难之交，我也生不出多少拿捏他的心思，甚至连洛飞雨的下落，我都没有向他谈起，只是简单地问候了他母亲的病情，便不再多聊。

此时此刻的我，已经不再是非黑即白的二愣子了，多一些这样的朋友，总比多几个敌人好一些。

朱家大儿久病于床榻，生命垂危，朱家早就有所预料，但一家之主朱贵是老当益壮，如今却惨死海中，实在可惜。

朱家在这渔村之中威望甚重，葬礼也隆重得很，几乎全村人都跑来参加，十里八乡的人，也都陆陆续续赶来吊唁。

好在朱家与我们之间的误会已经澄清，众人对我倒也没有太多的反感，而是多了几分感激。要不是我们，朱贵的尸体都未必能够找到。

第十四卷 一个时代的结束，一个时代的开端

尽管常年在海中讨生活，最后还是得土葬，朱贵和他家大儿被葬在一处靠海的山崖上。能够远远地望着大海，看那潮起潮落，日出日落。这般的布置，也算是对他那纵横东海的一生，有了个交代。

小玉儿全身素缟，以子女后辈的姿态一路拜祭，哭得动情，而布鱼嘴上说自己与她并无逾越的关系，却全程陪同，殷勤得很。

经过这几次的周折，想必小玉儿应该懂得了世间的险恶，也会更加珍惜那些真心对待她的好人，比如布鱼！

想到这儿，我被葬礼现场气氛弄得十分凝重的心情也轻松了一些。不过这些儿女情长的事情，我瞧见了，也只是乐和一下，并不会太过关注。

年轻人，终究有年轻人的生活，像我这般的老家伙，管多了反而弄得他们不自在，适得其反。

葬礼过后，我与朱贵的二儿子谈了一会儿。交谈之下，我方才得知，朱家原来是五行遁法一脉，此脉往上可以追溯到三国时期刺杀过东吴小霸王孙策的道士于吉。后来此脉因受人嫉妒，屡遭追杀，唐朝的时候分作两派，一派东渡日本，与当地的神道教结合，变化为忍者之术；而另一派，谨守正朔，延留至今。

当然，千年过去，开枝散叶许多，也多有没落，东海朱家并非唯一，只是以五行之癸水最为娴熟而已。

朱家二子与我说起，这传承至他父亲这一代，算是奇峰陡出。只可惜无论是他大哥，还是他自己，都不是修行的材料，一直没有什么建树。反倒是他女儿小柒，算是块料子，只可惜老父死去。说了许久，他的意思是想要给自己的女儿走个门道。

我之前见过他女儿朱小柒，算是一个明事理的女子，不过我实在是没有什么精力带人，也不会贸然答应下来。好在我曾经就职过的华东法术学院最近几年办得不错，红红火火，跟茅山也有千丝万缕的联系，我也能够说得上话。当下写了一封荐书，交到朱家二子手中，对方千恩万谢。

朱家日后想要兴旺，在江湖上再崭露头角，也只有靠第三代人的努力了。我与他也没有太多可聊的，也就起身告辞。

葬礼结束，小玉儿准备离开了。我不知道布鱼到底是怎么跟小玉儿说的，但他也晓得，我这边刚跟民顾委翻了脸，回头再带着软玉麒麟蛟露面，实在是太过张扬。而万一有心怀不轨者，终究也是一件麻烦事。相反的，小玉儿自行离去，等事态平息一些再联系，或许会更好一些。

　　这是我心中所想，但我并没有表露出来，瞧见听闻消息之后，失落的布鱼，我也实在是说不出口。送人送到海畔，小玉儿与我们一一告别，这姑娘倒是个重情义的好孩子，言语之间颇多感伤，布鱼更是依依惜别，颇为不舍，场面一时有些煽情。

　　软玉麒麟蛟离开之后，我们这边的事情处理得也差不多了，无视情绪低落的布鱼，我立刻吩咐众人，准备回京事宜。处理妥当，我们在次日返回首都，照例到总局销案，又参加了烈士李何欣的追悼会。

　　而刚一结束，总局办公室那边就来了电话，让我去王总那里一趟。我知道该来的终归要来，硬着头皮来到小红楼，走进办公室，瞧见王老大的秃头，发现莫名有几分黯淡。

　　王总局等了我许久，我一进来，他便抬头看我。盯了许久，他摇头叹气道："小陈，你太让我失望了。"

　　我咧开嘴，勉强笑道："王总，你知道了啊……"

　　王总局眉头一皱，盯着我说道："你觉得这种事情，我有可能会不知道么？还是说你准备把这件事情，吞到肚子里去。我不提，你也不说？"

　　我低下了头，心中嘀咕道："这事儿是谁告的密？"

第十四卷　一个时代的结束，一个时代的开端

第六十五章 龙脉之责

我本不指望这件事情能够瞒得了多久，毕竟当时人多眼杂，不管是从我这边，还是从黄天望那边流传而出，都不是能够控制的。我也没有多加辩解，舔了舔嘴唇，嘿然一笑，并不多言。

王红旗瞧我这个态度，恨铁不成钢地叹了一口气："你知道么？我时日无多，本来准备把你捧上来，然而在这关键时刻，你又出了这么一档子的事情，你让我如何是好？"

时日无多？听到这话，我顿时收敛起了笑意，瞧见王红旗原本矍铄的精神也再不复，锃亮的光头也多了几分黯然，心中一慌，问道："王总，你这是……"

王红旗摇了摇头，双手撑在桌面上问我道："告诉我，软玉麒麟蛟就有那般重要么？值得你如此出手？"

身居高位者，其实对这类事情看得并不是很重，就算是睿智如王红旗，也有些不理解。这事儿关乎到我行事的正义性，我倒也不敢马虎，赶忙将当日与黄天望的争辩，与他一一讲来。

谈到这些的时候，王红旗又是长叹了一口气。我有些摸不着头脑，而他在跟我解释，说黄天望在年轻的时候，曾经有一个爱人，海誓山盟、至死不渝的那种，结果最后被一条黑色巨蟒所杀。他却报不得仇，愤恨之下，投身入了公门，靠着龙脉滋养，这才成就了一身伟业。

有这样的经历，他自然对天下间所有妖属都抱着一种敌视的态度，而据他所知，那条黑色龙蟒，最后也是幻化了人形，她叫黑花夫人。

王红旗是不出门而知天下事，他甚至告诉我，说黑花妇人平日里的装扮，模仿的就是黄天望年轻时爱人的样子，这种事情对他来说，无疑是一种刺激。

黄天望的传说很多，但最接近真实的有两种，一种是他依靠着地底龙脉而成事，还有一种，则是传言他修行了某种前朝太监的秘术，从而成为了诡道强者。当然，这些都是秘不外传的事儿，知道这些猜测的人很少，而且自从黄天望成名之后，所有的传言都化作云烟，不再存留。

王总寥寥几句，让我知道了两点，其一，黄天望兵行诡道，事出有因；第二点，那就是此人非常不好惹。

对于王总的解释，我并没有太多的兴趣，反而有些关心那神秘的龙脉。

脉，本义是血管，但龙脉却并非真龙之血管，而是山川大势的走向——龙就是地理脉络，土是龙的肉、石是龙的骨、草木是龙的毛发。传言中龙势有九种，分别为回龙、出洋龙、降龙、生龙、巨龙、针龙、腾龙、领群龙。

山势曲折婉转，在被赋予神秘的道统论之后，预示着王朝的兴盛和衰败。

古之演义里面，断龙脉，能够截断一朝一代的兴盛更替，由盛而衰。这显然只不过是小说家杜撰，不足以为信。但其中奥妙之处，非亲临，却又难以讲得清楚。

要知道，当初王红旗从手中揉捏，搓出一条金色小龙，那便是从龙脉中凝炼而出的龙意。这玩意儿可是最真实的，就是它，方才能够使我对饮血寒光剑中的龙息操纵自如，使得我的气势陡然倍增，掌控全场。

龙脉的重要，是毋庸置疑的。

刚才王红旗也提到过，被誉为大内第一高手的黄天望，也是得了龙脉滋养，方才能够成就此番修为。而在我看来，王总之所以被我师父誉为最有可能争夺天下第一头衔的顶级高手，也离不开龙脉的影响。

这般重要的东西，我自然好奇，然而面对我的问题，对我向来宽厚的王总却只是叹了一声道："此事关乎国运，除非你到了一定级别，不然我也无可奉告。"

听到王总的话，我不由得苦笑道："竟然是这般？"

没想到我奋斗这么多年，居然连知道这秘密的级别都达不到，这多少也让我有些意兴阑珊。

似乎感觉到了我的情绪，王总抬起头，看着我说道："我和老徐几个老家伙，本来已经在运作了的，准备等我们退下去之后，把你给提起来，进入核心领导层。这事儿都快是板上钉钉的事了，却没想到你出了这么一档子的事情……"

我能够感受到王总的失望，咬了咬嘴唇，歉然道："对不起，当时的情况，我不得不挺身而出……"

第十四卷 一个时代的结束，一个时代的开端

王总摇头说道:"不,你并没有错,在我看来,黄天望做事也实在过分。但天下没有不透风的墙,这件事情肯定会传到上面,所以我们之前所有的努力,恐怕都会白费了。"

我更加歉然,不知道说些什么好。

王总看着我,一字一句地说道:"志程,我很看好你,但并不会一味拔高你,人也得经受大起大落,这是对你的考验,你可知道?"

我抬起头,道:"王总,你打算……"

王总摇了摇头,对我说道:"不,我不会对你怎么样,该奖的奖,该罚的罚,不过你这一次,算是在上面挂了号。以后的路,可能会变得艰难,你得多动点脑子,自己走了。"

我心灰意冷,开口说道:"王总,官方凶险,不如归去,不过我手下的这些兄弟,还请你多加照顾才是……"

王红旗听到我心生退意,不由得扬起眉头,瞪着我说道:"男子汉大丈夫,这点挫折都经受不得?"

我哂然一笑,道:"倒不是经受不住,主要是怕那背后伸出的黑手,让我心力交瘁。"

我以退为进,将我的担忧说出,王红旗笑了,承诺道:"你放心,只要我在一天,就不会发生这种情况的。"

我听到这话,又提起他刚才谈及"时日无多"的话题,这时他整个人都变得无比严肃起来,盯着我说道:"志程,你可记得之前对我的承诺?"

我认真点头,道:"记得,守护世间的宁静。"

他说道:"对,实话告诉你,当今之所以九州安平,是因为天下有九鼎镇宁。此事自古以来,便一直延续,一鼎乱,则灾难生,而九鼎乱,则天下异。九鼎源头又为龙脉,需要有大能力之人来镇压,在我之前,有一位顶尖厉害的镇国高手融灵而入。然而近年来神州动荡,那位前辈已然耗尽神志,需要有后继者……"

说完这般秘闻之后,他停顿了一下,而我则感觉到浑身发寒,沉声问道:"融灵而入,是不是得放弃肉身?"

王总认真地点了点头,对我说道:"所有的人选里面,你是最适合的……"

听到他的话,我浑身一震。尽管我不知道融灵化入龙脉,到底是个什么情况,但倘若王总这般行事,只怕从此以后,我未必能够再见到这位可敬的长者了。

瞧见我的表情，王总却突然笑了："你也别想得太多，融灵而入，其实也是对自己生命的一种升华。对某些人来说是终结，但对另外一些人来说，却是一种新生，求都求不到的机会。"

我盯着他说道："对于你来说，是什么？"

王总沉默了一下，对我说道："九鼎若失，则星辰诸般之力也会失去，天罡地煞，皆不在人间，世间也再无英才。这是老祖宗留给我们的遗产，南明之时的悲剧，不能就此重演，所以这对于我来说，是一种责任。"

听到王总局郑重其事地说起，不知道为什么，我鼻头莫名一阵酸楚，而他起身，过来与我相握，诚恳地说道："小陈，虽然这一次并没有成功，但我希望，终有一日，你能够接替我，可以么？"

望着这位一直以来对我关照有加的无私老人，我实在说不出拒绝的话，只有认真地点头说道："好的，王总。"

与王总谈过话，我离开了小红楼。接下来是论功行赏的流程，要晓得我们此番最大的成果，可是斩杀了邪灵教的大头目。只可惜弥勒此人在江湖上名声不显，在特勤局的评级里面，也算不得什么大人物，甚至连十二魔星都及不上。

如此说来，这功劳甚至还不如当初捉拿魅魔、风魔来得大。这种评级无疑是可笑的，别的不说，黄河口一战，风魔甚至只是弥勒的跟班，而为了营救弥勒，神出鬼没的天王左使也出现了。

怎么看，弥勒的评级都不应该是这样，不过，对此我却没有太多的争辩。这些东西，恐怕已经涉及到某一些派系的打压了吧？

有了王总的谈话，我对这些并没有太过在乎，在崇高的目标面前，这些东西，都不过是浮云而已。如此算是草草结束，我又恢复了往日的生活，而且变得更加低调。

如此到了年底，我收到陕北的一个消息，说刚抓到两个盗墓贼，其中一个跟我还有些关系。

第十四卷 一个时代的结束，一个时代的开端

第六十六章 恐怖事实

我因为得罪了黄天望和民顾委，又因此前行事太过"孟浪"，被王总局敲打一番，于是韬光养晦，并没有插手政务。而经过舟山变故，各方势力皆处于蛰伏之时，并无人胆敢妄动，所以日子倒也闲适，却没想到欧阳涵雪整理文件的时候，得到一个消息。说起陕北那边逮到两个盗墓贼，其中一人，叫萧克明，而另外一人，外号叫地翻天。

听到这个消息，我不由得啼笑皆非。说实在的，自从当日我让郭一指和洛延博出面，帮心灰意冷的小师弟祛除死志之后，便不再多管。

之所以如此，一来野花香冽，在于风寒，温室里的花朵从来都是中看不中用，他此前吃了那么大的一个亏，倘若再骄纵，只怕这辈子也就如此了；而第二点的考虑，则在各人有各人的机缘，我若是时时关照，或许过犹不及。

总之，我对这个小师弟是采取了放养的态度，不过他这边出了事情，我多少也得帮他解决一下的。我若是撒手不管，这家伙说不定就得在牢狱中蹉跎岁月了。

考虑了一下，我最终决定不露面，而是让林齐鸣帮着走一趟代我看看到底是怎么回事。

林齐鸣是我从华东法术学院带出来的，应该算是我的门生，行事颇有章法，又圆滑，处理这种事情，倒也不会生疏。而最近无事，小白狐听闻也有些心痒，跟我招呼一声，便随着林齐鸣跑去了陕北。

人派过去了，至于怎么办事，就看他们如何处理了，尽管我最近在总局，隐隐有被人打压的模样，但是对下面的人，却还是蛮有震慑性的。无论什么时候，像我这样从底层一刀一枪，凭着功劳走上来的实干派，从来是受人敬仰的。

林齐鸣和小白狐去了三天就回返了，告诉我人见过了，事情倒也不大。主要是两人有些倒霉，正好跟当地部门盯着的一个案子撞上，双方发生了一些误会，就顺手被料理了。

处理这件案子的，是陕北局一个比较厉害的人物，眼睛也尖。瞧见萧克明的修为虽然不厉害，但手段确属名门正统，特意盘问了一下，结果那小子嘴硬，死也不肯说。谁知道那人却听说过萧克明的名字，知道是茅山的人，于是特地卖了一个好，将名单报到了总局这边。

林齐鸣是总局近年来名声鹊起的年轻高手，那人也是久闻其名，有他到场，自然什么话都好说，三两下就将误会解除了。逮到的两人也在见过面之后，好言安慰几句，就给放了。

林齐鸣和小白狐都与我那小师弟有见过面，遇到的时候，自然不可能说是奉了我的命令，只说是碰巧办案子路过，听到这件事情，顺手给办了。

我问林齐鸣，说我那不成才的小师弟，现在是如何模样。

林齐鸣告诉我，说跟之前见过的几次都不同，或许是吃过许多苦头的缘故，人没有了之前的锐气，反而是圆滑了许多。跟那家伙说话，满嘴胡言，就没一句正经话。

我皱起眉头，心里面多少也有些不高兴。我本以为这家伙经过这些年的历练，会变得稳重踏实一些，也能反省自己所犯下的过错，将心志磨砺得坚定一些，我也好有借口跟茅山那边说些好话，把他重新收归山门。怎晓得他居然随波逐流，融于市侩中去了。

听到林齐鸣的评语，旁边的小白狐倒不乐意了，说那小子放浪形骸，胡言乱语，不过为人精明许多。一双眼珠子滴溜溜转，算计颇多，跟刘老三那老光棍有得一比。在她看来，这模样却是比以前那愣头青的时候，可爱许多。

跟刘老三一般？我闭上眼睛，想起刘老三那一张满是褶子皮的老脸，又想起他许多油滑无赖之处，不由得苦笑。不知道这对我那小师弟来说，到底是福是祸。

临别之前，林齐鸣跟萧克明有过一阵交谈。我那小师弟告诉他，说这两年来，他凭着在郭一指那儿学到的卜卦命理之学，游历江湖。不但没有饿着，反而是走南闯北，大江南北地晃悠，增长了许多的见识，也交了不少朋友。仔细想一想，比起之前，似乎更快乐一些。

我听过这些，知道他的日子倒是过得不错，真不用怎么担心，又问他现如今修为如何？林齐鸣苦笑，说他都能够被地方有关部门逮着，就知道修为不济。

我不但没有失望，反而提起了好奇心，问如此说来，他倒是能够重新修行了，对吧？

当日萧克明茅山受刑，是被刺破气海走的，完全就是一个废人了，按理说若无机缘，这辈子都是凡人一个。没想到这几年过去了，居然又被他修炼出气府，当真是让我有些喜出望外。欣喜之余，我又想起当日师父闭关之前的种种布置，不由得一阵叹服。

或许，这个在所有人看来不成器的小子，会让那些瞧不起他的人大吃一惊呢？未来总是要有一些变数和惊喜，方才更让人期待，不是么？

小师弟的消息让我的心情变得愉悦许多，而后我又投入了一直以来的修行之中。

经过弥勒一战之后，特别是拼死劈出的那九剑，我感觉自己整体的境界已然拔高到我之前根本就无法企及的地步。尽管我知道这是因为自己站在前人的肩膀之上，不但是我师父陶晋鸿、符王李道子，更有那心魔蚩尤。但经过这一战之后，我隐隐把握到一种挣脱世间规则的感觉。然而，当我反复把握这种感觉时，却又有一种十分不祥的预感。

要晓得，我一身修为，说到底其实是道魔双修而来。道家自不必说，那茅山道统，千载传承，正气直冲云霄，然而让我能够扬名立万的，并非道法，而在魔功。

若论道法，我未必能够与那些研究了一辈子道统的茅山宿老相提并论，但倘若交起手来，除了传功长老，我倒也未必惧怕任何一人。

道法自然也是修身养性，纳气强体，但归根结底，还在于一个"借"字。

何谓借？正所谓"假舆马者，非利足也，而致千里；假舟楫者，非能水也，而绝江河。君子生非异也，善假于物也"。很多时候，修行者受制于人体本身的局限，而不能超脱其外，于是，修行者或者借神灵，或者融万物，风、雨、雷、电，以及五行之属，来达到超脱之术，这个就是道术。

道术飘逸，大气磅礴，但是最怕人近身。而修魔者，更注重本体的修行，也就是将自身的容器扩展，可以容纳更多的力量。

从原理上看，道法因势利导，并不因为人体的局限而减弱，更适合大众而为，故而成为正统。至于魔功，不但容易打熬身体、减福折寿，而且因为那是从古代巫术变迁而来，又多有血腥诡异之处，故而为人摒弃。然而，万物皆有因果，此时此刻的我因缘际会，使得魔体大成，再不受限制，却也是超脱了。

我魔体既成，更多地将精力集中在如何通过碧落魂珠凝练分身上，为此我还特地拜访了天下道场白云观，求见了天下十大高手之一的海常真人，与其交流道法。

倘若是往日，海常真人或许还会自重身份，并不与我这等官吏结交，但经过多年周折，我已然名声鹊起，并不逊于天下十大。且之前我曾经对白云观有过一些情分，帮着找回过镇观至宝，他即便是再清高，也总得露面交流。

起初，海常真人还有一些傲意，在与我加深交流之后，忍耐不住心中的好奇，想与我切磋。

这场比斗是在白云观一处场院中，无人观看，就连白云观长老，也只有在外面站岗的份儿。而在那一次交手中，我并未使出全力，而仅仅以浓烈剑意凝聚，便胜了海常真人半招。

交完手，海常真人方才知晓我这个连年征战的黑手双城，与他这种养尊处优、一心向道的修者，完全不同。别的不说，光那杀意，就足以碾压一切。

到了此时，他方才放下架子，与我平辈论交。他到底是得道真修，并不以输赢为意，反而成为了我的良师益友。在我修炼分身的过程中，给予了许多的指导。

随着时间的推移，我对碧落魂珠的融炼，却是有了许多心得，唯一缺的，就是如何将神魂一分为二的良机了。然而就在这个过程中，我发现了一个恐怖的事实。

那就是此时此刻的我，已经不能再承受心魔蚩尤的降临了。它若是再来，我将不再是我。

第十四卷 一个时代的结束，一个时代的开端

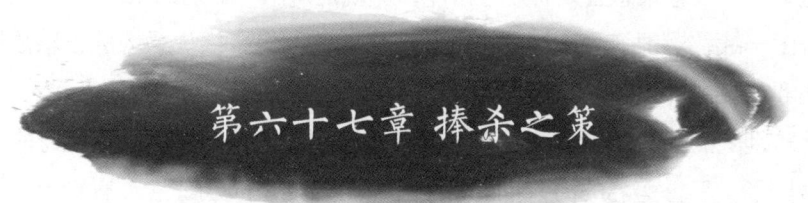

第六十七章 捧杀之策

心魔再至，我将不再是我。这件事情，是我在凝练碧落魂珠时，整个人的神志达到通明透彻之后，对未来的一种推演和预见。

这仿佛第六感，有一种别样的真实，这让我惶恐，紧接着又拿近年来开始渐渐加强研习的神池大六壬来推演，居然神奇地符合。

也就是说，我从今往后，倘若想要维持我以"陈志程"意志为主导的状况，就不能够再指望心魔附体。这个发现让我止不住地后怕，一阵又一阵的恐惧油然而生。

事实上，这些年来我屡次三番地依靠心魔蚩尤的附体，越级打败了许多远胜于我的强者。不但搏下了偌大的名声，也随着习得了许多不一样的战斗法门。

对我来说，心魔蚩尤应该算另一种意义上的良师益友。某些时候，我甚至觉得他就像是另一种好友一般，一直陪伴在我的身旁。然而，魔鬼之所以为魔鬼，是因为它终究有不给你蜜糖的那一天。总有一天，它会露出狰狞而丑恶的面目。

我一直以为心魔蚩尤之所以没有彻底掌控我的身体，并不是因为我师父和李道子在我身上的布置，更多的原因，则在于我身上的十八劫并没有结束。相比于其他，这种来自世界意志的憎恶，才是从最根本的底层威胁到它的存在。

它或许是等待着我安然度过十八劫，方才会鸠占鹊巢。从这个意义上来说，十八劫反而是对我的一种保护，然而我的十八劫渡完了么？绝对没有！

尽管这些年来我无数次历经生死，但就我本人而言，反倒是因为本身实力的快速增长，穷途末路的困境变得越来越少了。虽然这玩意儿并没有太多的判断标准，也没有找我师父或者刘老三这样的谋算之士来掐算一番。但在我看来，至少还有几劫没有渡完。

出乎我意料的是不管什么劫难，我倘若再让心魔蚩尤附体，我都将不再从前。这事儿，我想来想去只有一个可能，那就是舟山一战的后果。

舟山一战，对很多人来说，都是一场惨痛的回忆，损失最大的，恐怕是慈航别院和邪灵教这挑起斗争的两方。

慈航别院的损失，不但在于斋主以及大半精英的凋零，而且连栖身的洞天福地都轰垮了，享誉盛名的海天佛国，从此不再。而慈航别院这个有着千年历史传承的顶级修行门派，从此就有可能沦为二三流之属，很难重回巅峰。

江山代有才人出，各领风骚数百年，或许慈航别院今后会咸鱼翻身，但是此时此刻，已经看不到希望了。而邪灵教作为事件背后的筹谋策划者，本身的损失或许并不算大，但他们失去了一位狡诈多端、智近乎妖的统帅。

少了弥勒的运筹帷幄，邪灵教或许会再一次陷入一片散沙的状态。这样的邪灵教，远比一个整合起来，宛如铁桶的组织弱。要晓得，当年的邪灵教也就是厄德勒，可是号称天下第一教派呢。

我这大半年的时间里闲着无事，除了不断炼制碧落魂珠之外，最爱做的事情有两件。其一是继续认真研究起浩瀚如海的神池大六壬，"天一生水，地六成之"，以天道对人道，以时空信息包含万物运转的规律来推算人事。壬子，壬寅，壬辰，壬午，壬申，壬戌，六般法规，越学越觉得奥妙无穷。

其二，便是我一直在思考自己与弥勒之间的交集，越发觉得此人深不可测，即便是他已经死去，也极有可能阴魂不散。尽管我确定弥勒已经被劈成了两半，但从他临死之前那诡异的笑容，解脱的姿势，以及胖妞、龙象黄金鼠和诸般法器全部消失的迹象来看，这一切，或许都是计划好的。

至于他为什么要将自己的死亡都谋算在内，就真的让我有些摸不着头脑了。十七世、十八世……难道说，这弥勒也和白合一般，都是转世投胎、拥有前世记忆的人？若是如此，一切都能够对上号了。

弥勒曾经跟我说过，他本是苗疆人士，很小的时候就被他师父，也就是山中老人送去了东南亚。而他重回中国的原因，是他要拿回自己的东西。

什么是他自己的东西？弥勒重回中国，便成了邪灵教的掌教元帅，难道邪灵教就是他自己的东西？

而上一任掌教元帅，却不就是那一手创下偌大基业，又神秘失踪的沈老总么？如此说来，弥勒的上一世莫非就是沈老总？

当我的意识发散开来时，越发地脑洞大开，而且越想，整个人就越是不寒而栗，觉得整个世间都被阴谋笼罩住，浑身的鸡皮疙瘩冒了出来。

当然，不管是与不是，我都得保持淡定，同时要尽快将碧罗魂珠炼制完，等待分魂的最终到来。倘若弥勒真的阴魂未散，我终究会有与他再一次对决的那一天。

之后的日子，除了醉心修行，我还有一个重要的事情，那就是让人尽快探明邪灵教此刻的现状，看看他们内部，到底是个什么样的情况。

二〇〇四年年初，掌管总情办的姜老大限将至，不能再继续主持工作，负责总局情报系统搜集工作的部门面临重组和拆分，我意外地被分了几条直属暗线。据说这是王总局的安排，而接手工作的时候，我意外地发现了一个许久都没有闯入眼帘的名字。

林豪。

林豪，又名陈子豪，曾经是老特勤一组的成员之一，而他最早是老鼠会驻京办的社党成员，八十年代末肄业的大学生。朱雪婷就是因为他的关系，方才得以进入特勤一组。

当初黄河口一役之后，特勤一组因为伤亡惨重，面临解体的危险，身为主管领导的我给自己放了大假，而里面的成员则各自寻了出路。有人选择了转职，譬如徐淡定，他就去了外交部。有人选择了跟随，譬如小白狐。

而也有的人则选择了解甲归田，随时等待着我的召唤，譬如张励耘、布鱼和破烂掌柜，他们各自离去，又随时等待着我的那一支穿云箭。唯有修为最低的林豪，选择了一条与别人不同的道路，那就是永坠无间。

做卧底，是一件能够将人逼疯的事，两年前香港出了一部电影，叫做《无间道》，我看到里面梁朝伟饰演的陈永仁，就不由自主地想起我那小兄弟林豪。当他死在另外一个卧底的枪下时，我甚至觉得躺倒在地上的，就仿佛是林豪一般。

梁朝伟躺在地上时，那双眼睛里流露出来的痛苦与解脱，使得我有一种无法释然的憋闷。我曾经试图通过关系，将林豪调回来，结果总情办那边一直推脱，即便是我此刻的地位，他们也并没有给我多少优待。

总情办告诉了我两件事，第一件，林豪在邪灵教中似乎混得不错，而第二件，他个人的意愿是继续留下去。

我实在没有想到，林豪这条线，最终还是转到了我的手中。尽管跟林豪恢复了联系，但是这个关乎他的生命安危，按照保密原则，我是绝对不能透露出他的消息的。就算是他的表妹朱雪婷，我都得隐瞒着，不能说半句。

尽管手上有好几条线，但从林豪那里回来的消息最完整。

我得到了一个消息，那就是在邪灵教内部，掌教元帅小佛爷一直都存在，并没有任何变动。至于舟山之战，尽管他这里也有所耳闻，但他上面的解释，确实说那个弥勒，其实并非小佛爷。

弥勒是弥勒，小佛爷是小佛爷，两人不能相提并论。邪灵教的解释，是弥勒应该是小佛爷的一个得力手下，仅此而已。

听到这个消息，我整个人都惊呆了。要知道，黄山龙蟒一役，当邪灵教的掌教元帅第一次露面的时候，我就认定了那个所谓的小佛爷，其实就是弥勒本人。尽管他之前因为毁容，戴上了青铜面具，而后又在地底恢复身体，这些都遮掩不住他掌管了邪灵教的事实。

然而这个时候，邪灵教居然宣扬起掌教元帅仍活着的消息，这到底是怎么一回事儿？难道是因为天王左使王新鉴为了维护教内人心，而故意树立起一个傀儡么？

我不得其解，而问起林豪回归的事时，他却选择了继续。他是一个意志坚定的人，我便也不再勉强。

就在我为邪灵教小佛爷依旧存在的事情而心神恍惚的时候，林齐鸣又带来了一个让我头疼不已的消息。那就是最近江湖上不断有传言流出，许多人发声，建议重新评选天下十大。而最热门的人选里，首当其冲的是我。

第十四卷 一个时代的结束，一个时代的开端

第六十八章 名声所累

天下十大这个名头，最早追溯到八十年代，是某位负责这方面事宜的开国老将提议而起，后来得到了特勤局、民顾委、道教协会、佛教协会等部门的大力支持，由一众当朝大佬商议而成。

说起来，我师父也算是其中的参与者之一。

评定天下十大，一开始许多人其实都不在意，就连我师父当初跟我说起来的时候，都说是被人强行安上的头衔，用来凑数的，他自己，反倒没那么乐意。

俗话说得好，"文无第一，武无第二"，真正想要评选出无可争议的天下十大，最好的办法，莫过于把那些被提名者拉出来，摆下擂台，打一通，胜负可定。然而这些入榜者，皆是盛名之辈，少有人会为了这点儿虚名，特地跑过来耍弄一番。

若是真的有这般的行为，更多的可能，估计得被人嘲笑。

当然，也有像一字剑这般重名之人愿意听命，但如此一来，又未免有失公允，所以即便当初有人提出，也是实行不了。

不过当时评定榜单的人，皆是官方和江湖中的宿老，对天下英雄，莫不是了然于心，所以评定出来的结果倒也公允。虽然出于各种原因的考虑，修为未必能够名列前十，但绝对都是当世间的顶尖人物。至少在我看来，每一个能够入列的，都是足以让无数人敬仰的大人物。

不过名利一词，最是害人，特别是像修行者这样特殊的存在，对这种事情，更是关切得很。所以不断有人会对这名单提出质疑，也有一些站在顶端的人物，为自己未能名列其中而耿耿于怀。

慈航别院的静念师太，便是其中一个。其实说句实话，真正站到顶峰的位置，触摸到了常人所仰望的境界，孰高孰低，这个真的不太好说。更多的，其实大家的修为都只是在伯仲之间，胜负靠的，只在于势也。

不满榜单之事，历来便有，不过如现在这般群情汹涌，倒也有些不正常。那些人说得也有道理，当年评定的天下十大，有人死去，魂归地府；有人失踪，杳无音讯；也有人闭关，不知云云……

这些人早就不现于江湖，又何必占据榜单之名呢？这样的论调颇多，不但在民间，官方也有人提及。我听林齐鸣跟我谈起，说得最凶的，莫过于那些世家子弟，以及龙虎山一脉的家伙。他甚至亲耳听过三组赵承风与人谈过此事，觉得早些评定，或许能够稳定人心。

而这些人谈完之后，不约而同地说起了一个人，那便是黑手双城陈志程，也就是我。我有何功绩？

除了一些秘密任务无可宣扬之外，这些人却是免费帮我将这些年的战绩，一一宣扬出去。什么一人单剑力敌几百燕赵群雄；什么天下第一杀手亭下走马命丧我手；什么黄山龙蟒挡住邪灵大军；什么扬威南洋斩杀血手狂魔；什么带队入藏黑暗地底一年得还……

诸如此类，不一而足，这些事情被传得有鼻子有眼的，仿佛说的人历历在目，啥都知晓一般。而这些东西，若非看过卷宗的内部人员，是绝对说不出这些细节的。

一时间，江湖中的舆论，居然有将我捧成天下第一高手的趋势，直接凌驾在我师父陶晋鸿、龙虎山善扬真人和王红旗等人的头上。

若是以前，我这黑手双城的虚名如此威势，我倒也安然接受，然而在我正韬光养晦时，却将我的底掀翻，这心思就让人难以捉摸了。

一开始我只以为是玩笑，并不当真，没承想到了后来，许多人居然就真的信了，看向我的眼神都有些不一样。下面的人瞧见我自然是敬仰无比，然而那些地位比我高的，或者平齐的，就有些意味深长了。

木秀于林，风必摧之。倘若我的修为和威望真的达到了那样的高度，或许就不会这般难以相处，然而说句实话，知道得越多，就越懂得这世间天外有天，人外有人，凡事皆无绝对。我倘若当真沉浸在虚无缥缈的名声中，恐怕离死也就不远了。

然而嘴长在人家身上，这风言风语的事情，实在是烦不胜烦，一开始我也是战战兢兢，但到了后来，也就懒得辩解了。

第十四卷 一个时代的结束，一个时代的开端

我本来以为此事一段时间后便过去了，所以在让人追查源头之后，就没有理会。没想到有一日我走在路上的时候，却被四人拦住了。

那天正好是休息日，我并不是什么工作狂，这几年来，单位里的事也多放手给下面人做，除了苦修之外，也经常会放松心情。当日便是与一位旧时老友约见，一起去找个地方吃酒。

那位老友便是申重，我最开始入职之时的领导。他这些年来一直都在金陵工作，劳心劳力，十分辛苦。而在去年，终于熬到了退休的年纪，便退了下来，年前的时候随着儿子一起迁居首都。因为跟我秘书欧阳涵雪有联系，于是又跟我搭上了线。

我此刻身居高位，身边的人颇多，但能交心的则很少，像申重这种起于微末的朋友就显得弥足珍贵，偶尔聚一下，也算是放松心情。然而就是这般畅意的事情，却被人硬生生地截断了。

来人有四个，在一处小巷中将我围住，年纪最大的有五十多岁，未老先衰，须发皆白；而年轻一点儿的，方才二十，一双眼睛很是锐利。

四人皆是修为颇高的高手，特别是一直藏在后面，仿佛面瘫的那个中年男子，绝对称得上一世之雄。

不过我倒也没有太紧张，眯着眼睛打量这些人。我不急不躁，反倒是对方被我看得有些发虚，左右对视一下，却是那个最为年长的"白头翁"上前，指着我说道："阁下可是黑手双城，陈志程？"

我不急不忙地说道："是又如何，不是又如何？"

我不急着承认，是因为搞不清楚对方的来历，不过像我这样的人，行不更名坐不改姓，这话就算是承认了。白头翁脸上露出了不屑的笑容，冲着我说道："原本以为那号称天下第一的狂人，到底是如何雄壮，如今一看，也不过如此啊……"

听到这话，我禁不住笑了，晓得盛名所累，那些家伙满嘴跑火车，帮我胡吹海侃，倒是真的有慕名而来的人，过来找我麻烦了。

对方说明了来意，我反倒是放下了提防，满脸轻松地摆手说道："谁号称的找谁去，我忙着呢，诸位回见。"

我无意跟这些人多扯，尽管那个面瘫中年人算是个挺厉害的角色，但再如何，也不能耽搁我跟别人约好的酒局。

第十四卷 一个时代的结束，一个时代的开端

对方本以为我要争辩一番，没想到我居然这般反应，顿时有些意外。见我就要走出包围圈去了，满脸傲气的青年人伸手拦住了我，怪声怪气地说道："既然说是天下第一，那就让我们这些江湖后辈瞧一瞧，到底有什么本事才对啊！"

他说着，一个箭步抢将上来，要与我动手。

我哭笑不得，尽管我用遁世环将气息收敛，宛如寻常人物，但像我这般淡定沉稳的模样，怎么看，都不像是好欺负的人啊。对方怎么二话不说，直接就上了呢？

我本来满腹疑虑，然而瞧见年轻人眼神之中流露出来的狂热，突然明白过来。究其缘故，估计是想把我当做踏脚石。

当年一字剑崛起于锦官城，出身低微，却凭着手中一把石中剑打遍天下。但让他坐上天下十大榜单的，是当年茅山打开山门时，他与我师父拼斗一场的战绩。一字剑一战成名，荣登大榜，而如今江湖风传将重定榜单，而风头最盛的却又是我。

如此情况，自然会有人远道而来与我交手，他们想踩着我的脑袋上来，将我打败了之后，回头跟人吹嘘，说你看，什么狗屁的天下第一，还不是被我打败了？既然如此，那新的天下十大，评选者好意思不给俺一个名头么？

想到这儿，我真的是无可奈何，那青年却并没有感受到我心中的情绪，为了炙手可热的名头，他甚至一上来就用上了杀手锏，直欲取我的性命。

我瞧见这模样，心中顿时就是一阵火起，尽管我并不知道青年到底是试探，还是真的想要乱来，但也忍不住出了手。

轻轻一拍，嗡！

第六十九章 可怜的甘十九，和刀

轻轻一拍，顿时一阵嗡响传来。我心中愤怒，自然是用上了一点儿雷劲，深渊三法的风眼也同时使出。

那青年使的是黑虎掏心，右拳紧握，唯有中指的指骨曲起，朝着我的心窝顶来。这种奇峰陡出的拳势，自然要比五指平平有攻击力许多，而且依他这般的冲势，别说普通人，就算是稍微有些名头的修行者，猝不及防之下，或许也就此暴毙了。

风眼启动，炁场混沌，青年不由自主地朝我的手掌上撞来。我手掌上雷劲充盈，必然教训一下这人，只不过我自恃身份，倒也不好强攻，唯有等那小子自己撞上来。

而就在此时，那个面瘫中年和白头翁同时出声喊道："鹰飞，危险！"

白头翁离那青年最近，抢先几步，一把将那青年的肩膀按住，不让他动。而青年却是个胆大包天之人，不管不顾地还想继续往前冲。

我收起了架势，抱着胳膊仔细打量这些人。

就在白头翁跟那傲气青年拉扯的时候，那个面瘫中年站了出来，冲着我拱手说道："西北甘家堡，甘十九，前来讨教！"

甘十九？听到对方自报姓名，我在脑海里面一过，就差不多想起了此人的来历。甘家堡在中原之地名声未显，但招牌在西北却是很响，跟西北马家齐名，算得上是西北世家中的佼佼者。

甘家堡位于凤凰城银川附近，那地方是黄河上游，著名的河套平原冲击地。而甘家堡在西夏时期就已经存在了，据说有西夏萨满教的传承，而且还参与过西夏王宫的守卫工作。而后历经百年沧桑，又融合了许多汉家传承，最终独树一帜，成就了如今伟业。

甘家堡跟西北马家不一样，对政事并不热衷，一直执着于保境安民，故而名声不显，但绝对是地方一霸。

甘十九是甘家堡当代一族排行十九的子弟，也是甘家堡当代的修行奇才。我之所以对他有点儿印象，是因为驻守西北的萧大炮跟我聊天，说起辖区豪杰的时候，曾经谈起过此人。

萧大炮对这人的评价是"争名夺利，自视甚高"。

萧大炮若说修为，倒也不是那种天纵奇才的类型，但看人的眼光奇准无比，这跟他长期在一线工作的原因有关。而有这样的评价，估计他并不怎么看得起这人。

不过这个自视甚高的甘十九，居然千里迢迢地赶到了首都来找我比试，这就让我有些不爽了。怎么着，真的当我是爬向高处的梯子、垫脚石？

我眯眼看着这位自报姓名的面瘫中年，故意沉默了十几秒钟，方才说道："首都不比宁夏，一砖一土皆有来历，若是损毁，你我都赔不起。人我是见过了，差不多就这样吧，阁下若是想要代替北疆王，争夺天下十大的名头，我这边可以明确地告诉你——你跟北疆王之间，还差一百里路。"

我直言不讳地说出对方心中所想，而且还说得毫不客气，这话听得他满脸通红，终于有了表情，一脸羞愤地说道："差多远，总得打过才知道！"

说着，他手往虚空一抓，却是摸出了一把银光耀眼的斩马刀。这斩马刀通体银亮，而刀身上则有神秘而古怪的符文绘制，刀柄上的缠线也很古怪，斩马刀的刀背上，还有银环九个。稍微摇晃一下，就有魔音抖出，十分巧妙。

我瞧了第一眼，就知道这风格应该是来自于雪山之巅的天山神池宫。仔细想想，我已有多年未曾与天山神池宫有过交集了，没承想会在这里再一次遇见。

七八年了吧？甘十九瞧我盯着他手中的银刀发愣，误以为我是在羡慕他手中的利器，脸色不由得舒展开来，眉头一挑，冲着我说道："我听说黑手双城手中的饮血寒光剑，乃天下间一等一的魔兵凶器，不如拔出来，让我们见识一下？"

我这时方才醒转过来，眯着眼睛，平淡地说道："那剑凶，出则杀人，我虽然讨厌你们，却并不想杀人！"

甘十九脸色一变，不再多言，微微一抖手中的斩马刀，魔音横出。配合着口中不断吟唱的咒诀，倒也将那气势一点儿一点儿地增强，煞气扑面而来。

这人按理说是西北豪雄，手段自然厉害得很，不过这种手段在我的面前，实在有些小儿科了。

我甚至一动也没动，只是平静地看他在那儿蓄势。待到某个节点，他即将发动的时候，我方才开口说道："你应该去过天山神池宫吧，现在的公主是神姬才对，她现在可好？"

甘十九即将暴起，听到我的问话，下意识地作答道："你怎么可以……"

他说不下去了，是因为天山神池宫对他做过的限制在作怪。

任何进过神池宫的人，都会受到禁言之法，在外界不能谈起天山神池宫的事情，这是一种意识之上的契约。当初我曾经问过北疆王如何解除，他笑而不语。时至如今，我终于明白了一点，那就是只要你的意志比那法术强悍，自然可解。

甘十九想说的话，是我怎么可以谈论起神池宫的事情，而说到一半就卡住了，脸上露出了奇怪的表情来。

他并非愚笨，自然在瞬间就明白了，仅从这一点上来说，我就比他强上许多。

我本以为他会知难而退，没想到那家伙却是箭在弦上，不得不发，身子一转，如同旋风一般，朝着我这里劈来，银光化作万点，将整个胡同都给照亮了。光芒在一瞬间幻化成万般星光，而我没有后退半分，反而是直接撞入了凌厉的刀锋之中。

魔威、风眼、土盾。三招齐出，密不透风的刀势，露出了一丝破绽，而我早就在等待了。瞅准了破绽，手指如铁，毫不犹豫地朝着那抹月光般的银亮处夹了过去。

所有人都屏住了呼吸，看我不知死活地将手岔开，朝着那刀势迎了过去。

嗡！力量在高速颤动中发出一阵让人耳膜鼓荡的声音，而就在这种声音之下，万般刀势在一瞬间陷入了凝滞的状态。众人的目光朝着场中一看，却见我的手指紧紧夹住了那把银刀的刀锋。

画面就像定格了一般，不管甘十九用上了多少的气力，都没有办法从我的手指之间拔出那把刀。在这样的僵持中，甘十九的脸色越发铁青了，而眼神之中流露出了一丝惊慌。

这种惊慌，来源于对自己所认知世界的颠覆。

我却平静了地望着他，一字一句地说道："诚然，在西北之地你或许能够立得住脚，成为一方豪雄，但天下之大，并非你坐井观天而能够臆想出来的。人外有人,天外有天,没有人敢自称是天下第一,我这个名号,是有人险恶用心,故意泼上来的脏水,知道么?"

甘十九挣扎了好一会儿,终于放弃了,弃刀后退,朝着我深深一躬,拱手说道:"受教了。"

我望着他,瞧见这四人皆是一阵面如死灰的模样,知道心高气傲的他们都是受到了打击。摇了摇头,将银刀抛给他,忍不住又安慰几句道:"刚才我看你的手段,已然将刀势的简要流转掌握,再配合萨满魔音,其实已经不错了,日后勤加练习,或许能有突破。"

那甘十九是个高傲之人,我这不安慰还好,一安慰,他顿时就是一阵怒火,竟然将那银刀往地上插住,一脚蹬去,却是将这刀折成两段。

我大惊,要知道真正的剑客刀手,对手中的武器,是有如爱人一般的感情。他这般模样,实在是匪夷所思。

折刀之后,甘十九朝着我拱手说道:"还练什么刀,终究不过被人笑话而已。告辞了!"

说完话,他转身就走,其余等人也匆匆离去,留下我一个人在胡同里发愣。

这人好刚烈,只是可惜了这刀。对方来得快,去得也快,我哭笑不得,俯身拾起那断成两截的长刀。刀身银光凛冽,想来材料定然不差,打造起来也是煞费了苦心,丢了实在可惜。回头拿给南南,说不定也有些用处。

我将两截断刀放入八宝囊中,不知道甘十九瞧见这个轻松把他打败的家伙竟然做出如此不顾身份的事情,会是作何感想?他一败涂地,心中怨愤难平,这个我可以理解,只不过他拿我当做标准,又实在是有些不太明智。

我摇头叹息,缓步走出胡同。然而刚刚走出来的一瞬间,我却感觉到有一阵强烈的危机感陡然升起,眼皮子猛然跳动。

不好,有埋伏!

第十四卷 一个时代的结束,一个时代的开端

第七十章 祸及家人

枪！是枪！子弹在飞舞，破空的声音尖锐而又犀利，而且绝对不只是一处。

弹雨交织，像瀑布一般倾泻而下，几乎无死角，密集无比，让我在一瞬间就回到了南疆战斗的岁月去。

第六感救了我，迈出胡同口的第一步还未落下的时候，我的身子离奇地向后面一退，躲开了最开始的恐怖弹幕。

子弹有的射在了墙面的砖石上，有的打落在地面，有的还保持着飞行的状态，从我的身边飞速划过。倘若是早有准备，我未必会如此狼狈，最怕的就是这种突如其来的冷枪。要晓得修行者也是人，并非刀枪不入的怪物，倘若是要害中了枪，就算是没有死，也得难受好一阵儿。

我这边刚停住身子，立刻又感到一阵心悸，下意识地又一躲闪，一粒子弹从我刚才站定的位置，倏然而过。

这绝对是狙击子弹。先前密集的枪林弹雨，我倒也还没有太多的感觉，这狙击枪一出，我心顿时就是一沉。倒不是说我害怕了，而是在我们国家，枪支是严格管控的武器，狙击枪绝对是重中之重，这玩意儿一出现，性质就变了。伏击我的那些家伙，背景绝对不简单。

还没有等我从震惊中回过神来，我的头顶上却是出现了几个小黑点。

手雷！瞧见这东西，我顿时就愤怒了，脚尖一点，人便化作了幻影，顺着手雷抛来的屋顶跃了过去。

轰！手雷在胡同里面轰然炸响，而翻上屋头的我则瞧见一个穿着夹克的男子，正慌里慌张地往后翻去，我毫不犹豫地冲上前去，一把抓住这人。

那人感觉到我冲上去，回手就是一枪。他听风辨人的功夫倒也不错，要不是我身影飘忽，说不定就被他射中了。

亡命徒，专业……我的脑海里浮现出这几个词眼，手上却毫不含糊，一把抓住那人拿枪的手，猛然一捏，听到骨头碎裂的声音。

那人拿不住枪，我脚则一抬，将枪踢上来抓住，顶在了那人的脑门上。当感觉到脑门被人顶着枪的时候，那人左手拔出的战术匕首方才停顿了一下，到底没有敢挥出来。

我望着这又黑又瘦的家伙，脸上有好几道伤疤，一脸凶相，知道肯定是杀过人的。于是抓住他的左手手腕，寒声说道："你们是谁？"

那人被我制住，被捏碎骨头的右手却下意识地往腰间摸去，口中则应付地说道："我们是……"

他故意拖长语调，右手终于摸到了腰间，然而还未等他将那绑在腰间的手雷引爆，我已然一把将他掀翻倒地，手在他的脖颈上猛然一按，把他弄晕了。

将这人制服之后，我跃下屋顶，身形似电，冲向了堵在胡同口的那几个枪手。很快，这几个并不算是修行者的家伙也被我制服。

而在十几分钟之后，那位埋伏在对面大楼的狙击手，也被我找到。至此，这场伏击所有的参与者，除了未露面的人之外，全部都被我解决。

枪击发生后，附近一片混乱，有人报警，附近派出所很快就赶了过来，差一点把我也当成了嫌疑人。不过好在我这里有两套证件，其中一套就是公安系统的，亮出来后，误会也很快解除。而后我打电话到特勤一组的执勤办公室，将在家的张励耘和林齐鸣都叫了过来，控制好现场，并且全城搜捕前脚刚刚离开的甘家堡四人。

我不知道甘家堡的人是否有参与此次伏击，但是在这京城闹出这么大的动静，我不查一个水落石出，恐怕上面都不会答应。

老大出事，特勤一组所有留守人员都在最短的时间内赶到现场，接手了所有的嫌疑人，带回去审查。没想到在路上，被抓捕归案的六名凶手就有五人死亡，都是死于剧毒之物。唯有一人因为阿伊紫洛在，方才勉强抢救过来。这手段，真有点儿死无对证的意思。

我跟申重的这顿饭是吃不成了，回到总局，在确认唯一幸存的凶手神志清醒之后，我对此人进行了提审，对方却是有种视死如归的气势，就是不肯张嘴吐露实情。

这人正好是之前被我制服在屋顶的那名凶手，自从被捕之后，他的话不多，

第十四卷 一个时代的结束，一个时代的开端

我却能够听得出来，这人并非中国人。

从口音来看，有点儿像是安南或者吴哥的。难道说，这些人是巴干达巫教的余孽，是过来找我寻仇的？

我心中充满了疑惑，不过这人不开口，我倒也不着急，叫了小白狐过来，有离魂镜在手的她是对付这种死硬分子的最佳人选。

小白狐出动，一番催眠，很快就得出了结果，结果却让我大跌眼镜。倒不是她的离魂镜无效，而是通过催眠，小白狐最终得出了一个结论，那就是此人在行动之前，竟然被人洗过脑。脑子里面，除了必要的军事技能和任务目标之外，根本什么都没有。

对方不但提前预备了剧毒，随时准备灭口，甚至还担心被用上"搜魂术"之类的手段，直接将凶手的记忆抹去。这样的手段，当真是阴险毒辣。

这般说来，对方倒也是有备而来，只是不知道除了这些，他们还准备了些什么手段。

那人被洗了脑，什么都不知道，不过倒也还是有一些蛛丝马迹可以找寻。这些人的枪支弹药等物，都是有迹可循的。

我让特勤一组立刻启动起来，顺着这些林林总总的证据摸下去，看看能不能找到一些有用的线索。特勤一组是一个高效率的团队，我中午遇袭，到了傍晚的时候就传来了消息，说已经查明这些人的身份了。

通过各个部门的档案查询，林齐鸣告诉我，这是一伙非常著名的家伙。他们本来的身份是境外一支接受过美国特种部队专家指导的境外雇佣兵组织成员，叫野狼，由参加过越战和东南亚动乱的老兵组成，战绩彪悍。

这些人从事绑架、毒品贩运和交易以及恐怖活动，无恶不作。总部位于马来西亚，是东亚地区几支著名雇佣军之一。

那个幸存的家伙，就是野狼之中著名的独狼，听到林齐鸣的汇报，我陷入了沉思。

要晓得，国家对这些境外武装势力的防范一直都有，这些人基本上不会通过正规途径入境的，而他们携带的枪支，据张励耘那边提供的报告，居然是我军现役的武器装备。

这些人能够出现在首都就已经让人惊讶不已，再加上他们居然能够准确地掌握到我的行踪，就不得不让人怀疑，是否有人在内部接应了。

谁这么恨我，居然会通过这种卑劣的手段来威胁我呢？入职二十多年，因为工作，我的仇家无数，实在是想不起来。而就在这个时候，阎副局长却打了电话过来，询问起这起事件的情况。

阎副局长本身是管政治处和后勤的，不过随着最近王总局逐渐转入幕后，他便临时负责一些事务。这事儿影响十分恶劣，不但我们这边着急破案，各个兄弟部门也都想接手此事，使得我们的压力很大。

我与阎副局长本来就不睦，电话那头的语气就显得不是那么的平稳，他似乎有些责怪我办案缓慢的意思，若有若无地提出是否需要支持，他可以让赵承风过来帮忙处理。

对阎副局长的提议，我给予了否决。笑话，不管怎么说，这事儿可是关系到我的生死，那伙人要杀的人是我，这种事情我怎么可能交给别人去办？

现在最关注结果的，不是那些乱七八糟的部门，而是我本人。对于这一点，我反复重申，好在阎副局长倒也没有太过露骨，只是给我稍微施加了一些压力之后，便没有再多言，又好言宽慰了我一番，然后挂了电话。

我放下话筒，在旁边一直听着的林齐鸣看了一眼电话，然后不动声色地指了指上面，对我说道："会不会是……"

我面无表情地瞪了他一眼，沉声说道："没有影子的事情，你别乱猜，知道不？"

林齐鸣耸了耸肩膀，出去办事儿了。

案子在有条不紊地推动着，特勤一组在我的领导下，效率从来不弱于人，所以我并不担心，相信事情很快就会水落石出，到了夜间，小白狐却找了过来。

小白狐说出了一段让我瞬间不淡定的话来——不甘心的她在失败之后，并没有离去，而是反复尝试，最终找到了一处思维断片。那就是这伙人的目标并非只有我一人，有另外一组人，去了黔省与湘西交界的麻栗山。

第七十一章 逆鳞被刺

当小白狐说出这个消息的时候，我整个人僵立在了原地。事实上，我并不是没有想过将父母和姐姐一家迁居到茅山上，让他们的安全多少也能够得到一些保障。然而我屡次三番地劝说，老人家却总是故土难离，根本就不理我这一茬。

我有时候吓唬他们，说我做的这份事儿，容易结交仇家，倘若仇家毫无下限，拿你们的性命作威胁，我又该如何是好？对于这问题，我父亲却总是固执地笑着，一摊双手，说都活了这么大一把岁数了，生死早已看淡。若是真的如此，我绝对不会连累你的。

这就是他的回复，也是我母亲的回复。在麻栗山住了一辈子的二老从来不觉得世间会有那般不讲究的人，也觉得自己老胳膊老腿的，实在是没有什么好威胁的。

家人都是这个态度，我也没有太多的办法，国人守土安居的思想十分浓重，不说家里这些破烂家当，最让他们牵肠挂肚的，是龙家岭后那些祖坟。

有这些在，根就在，搬家迁离，实在是一件不得已而为之的事情。我劝过几次之后，最终还是放弃了坚持，却没想到到底还是尝到了苦果。

尽管小白狐并不确定这消息是否准确，因为独狼所有的记忆都被抹去，骤然淘弄到这样一个消息，孰真孰假，犹未可知。然而这种事情，宁可信其有，不可信其无，既然如此，我总得回家一趟。

即便不是真的，我也得用些强迫的手段，让父母赶紧搬离麻栗山龙家岭，免得我的软肋被人抓住。所幸我成名之后，对家庭背景，藏得比较深，许多资料出于保护的目的，都有过篡改。即便对方去了麻栗山，未必能够找到龙家岭，也未必寻上门去。

这是我心中唯一的一根救命稻草，当下让欧阳涵雪订好最近一班的飞机票。

就在我忙着让欧阳订票的时候，另外一边传来了消息，说刚刚抓到了西北甘家堡的那四名成员，上面说让我先预审，回头再报上去。

甘家堡中，以甘十九为首的四人，在那胡同之中将我截住，然后一番胡闹。一开始我还挺疑惑他们的到来，这会儿回头一想，莫非他们跟那些伏击我的枪手有联系？不然他们也不会这般巧合地碰到了一起，而且这四人一走，攻击随后就发生了，更是对他们的一种例证。

我不知道他们之间到底是否有什么联系，答案只有审过之后才能知道。

不过我并没有留下来审问，而是把这事情交给了张励耘，尽管当晚并没有飞往老家附近的航班，但归心似箭的我还是通过关系，联络到了一架军用飞机，匆匆朝老家赶了回去。

我就只带了小白狐一个。说起来，她也算是麻栗山的老人儿了。

军用飞机自然没有民航那般舒适，一路气流颠簸。大概后半夜的时候，我得到提醒，说已经快要路过麻栗山上空，问我是准备现在下去，还是到了机场再说，心急如焚的我理所当然地选择了跳伞。

简单地说，就是飞机在半空之中"刹一脚"，我和小白狐通过伞降的形式，抵达地面。

我回过无数次老家，但是如今天一般的情形，实属罕见。尽管我内心中觉得这未免有些大惊小怪，毕竟知道我老家的人，实在屈指可数，那帮家伙未必能够找上门去。我却还是焦急无比，想要快一些找到家人，于是在落地确定了自己的方位之后，便赶紧出发。

黑夜跳伞，本来方位就难以掌控，不过好在我的运气还算不错，落在了田家坝，离龙家岭只有半个小时的脚程。

匆匆赶往龙家岭，快接近的时候，我的心突然不可抑制地狂跳了起来，因为我瞧见了火光。

熊熊燃烧的火光被山遮挡住了，映红了黑夜里的半边天空。我顾不得许多，双腿疾奔，越过遮住视线的那道山梁，却见龙家岭的半个村子，都陷入一片火海之中。

糟了、糟了，我到底还是来晚了么？我当时几乎是以一种狂怒的状态，从山头一路俯冲而下，临近寨子的时候，便听到有零星枪声响起。

我赶回村子里的时候，瞧见好多人从睡梦之中爬起来救火。只可惜火势颇大，而寨子里的建筑又多是木头构筑的吊脚楼，故而火势一旦蔓延开来，几乎没有扑灭的可能。

村民们瞧见熊熊燃烧的大火把家园吞没，一边徒劳地泼水，一边无力地哭泣，而我则硬着心肠，朝着我家冲去。从村口到我家并不算远，快步疾奔，转瞬即到。

我赶到的时候，瞧见我家那房子也是熊熊大火燃烧，顾不得火势，我直接拔起剑来，冲入火场之中。

火势汹涌，火舌无情地舔舐着我的皮肤，接着被我一剑挥去，温度顿时就减弱了几分。而后我将那饮血寒光剑猛然一抛，借助里面的力量，将整栋房子的空气隔绝。没了氧气，那火势就减轻了许多，而我则在楼上楼下飞蹿，试图找到家人的踪影。

我并没有瞧见父母和姐姐的身影，却在厨房的排水沟那儿，找到了姐夫罗明歌的尸体。遗体蜷缩在排水沟之中，浑身焦黑，头发已然被烤得几乎没有了。当我瞧见他那有些苍老的脸孔，眼泪在一瞬间流了下来。

罗明歌是我的姐夫，一个老实巴交的农民，除了田间地头的活计，几乎不会操持别的。即便有我这么一个舅子，却从来不会开口求我什么，反而是兢兢业业地忙活着，把我未能承担起的责任挑在了肩头。

这些年，我因为十八劫的缘故，为了避免祸及家人，很少回家，都是他与我姐姐在双亲的面前尽孝。说起来，他比我更像是父母的儿子，此时此刻，他却死在了自己家中厨房的排水沟里，如此凄惨。

我流着泪把他从沟里拉出来，而这时的火势已经变小，温度也没有那般炙热，但让我不好受的是，我发现自家姐夫并非死于火灾，而是胸部中枪而亡。也就是说，他是被人给杀死的。

啊！我抱着这具佝偻的尸体，心里面仿佛有一头野兽在怒声狂吼，那股凛冽的杀意在胸口郁积，无法挥散而去。

而就在我几乎陷入自责和愤怒的疯狂中时，小白狐闯入了我的视野里，冲着我说道："哥哥，后山那边有交火，说不定伯伯、伯母他们还活着……"

有交火？那到底是谁跟谁呢？

我深吸一口充满尘灰的气息，手一举，饮血寒光剑落到了我的手掌上，肺部大量的黑烟让我清醒了。一边琢磨着，一边将姐夫放在了地上，合上了他的眼帘，沉声说道："姐夫，你且去，我这就找人过来给你陪葬。"

陪葬！此时此刻，我实在是不知道如何安慰已经死去的他，以及我愤怒到了极点的内心，唯有用杀戮，来祭奠他尚未走远的灵魂。

起身，我宛如大雕一般腾飞而起，朝着后山的方向扑了过去。

龙家岭的后山连着螺蛳林，再往东走，是莽莽林原。我满腔怒火和血仇，冲得飞快，几分钟之后就出了村子，往后山赶去。很快，我撞到了第一个看起来就跟当地村民不一样的家伙。

那是一个穿着绿色迷彩服的军人，脸上抹着许多油彩，正拿着步话机在说话，而肩上则斜挎着一把八一杠。我赶到的时候，那人正好转过身来。

他并没有放下手中的步话机，却熟练无比地将肩头的自动步枪扒拉下来，准备朝我点射。不过他终究是没有机会了，匆匆赶到的我，不问任何缘由，直接上前一剑。

一剑，八一杠被劈成了两截，而那人的人头也同时飞起。

我不顾漫天洒起的热血，伸手将那只还在运行的步话机一把抓了过来。我本来有千般言语想要说起，然而拿起那玩意儿的时候，却憋得只有一句话："所有人，都得死。"

有江湖规矩，叫祸不及家人。你们既然这么不讲规矩的话，那就让我来教一教你们这些狗东西，什么叫做规矩！喊完话，我使劲儿一捏，步话机立刻碎成一堆零件。

"哥哥！"这时小白狐叫住了我，我回过头去，脸上还挂着残忍的微笑。她吓得一哆嗦，冲着我说道："哥哥，你的眼睛好红……"

我揉了揉眼睛，一边调整呼吸，一边冲她笑了一下。我知道她在担心什么，不过今时今日，我并不准备把怒火压下去。

人总是有逆鳞的，而这些家伙，则直接刺中了我最在乎的东西。他们最好祈祷没有完成任务，要不然，我的承诺，绝对有效！

第十四卷 一个时代的结束，一个时代的开端

第七十二章 努尔小师妹

暗夜最适合杀戮，更何况是我从小最为熟悉的山林。

这一大片的山林，曾经是我和儿时伙伴一起胡混的地方。在那个缺少娱乐的年代，这大片的林子就是我们天然的游乐场，而如今，它终究还是染上了血色。

祸及家人，我本来就对这种行为有一种超乎寻常的愤怒，而在瞧见过姐夫罗明歌的尸体之后，更是郁积到了一个顶点。这个时候，我方才发现，或许暴戾才是我的本性。因为在斩落对方头颅的那一瞬间，我的心中有一种强烈的快感，让我觉得这方才是人生所追求的真谛。那就是看到仇人在自己面前失去所有嚣张的基础。

杀！我宛如出笼的猛虎，朝着黑乎乎的林子中快速冲去，很快就在不远的一处山坳子里，瞧见了一个匆匆向前的小组。

这小组一共有五人，他们在快速前行，移动的过程中还保持着警戒。从那行动姿势和队形来看，算得上是训练有素，而且有四个人还戴上了先进的夜视仪。

看起来，应该也是来自于野狼的人，如果我所料不错，这些人估计也都洗过了脑。

洗脑之后的人是问不出什么东西来的，也就是没有审问的价值。想到这一点，我毫无顾忌地贴了上去，跟着这些人快速前行。我脚步轻快，行走如飞，这些人根本就没有意识到有人居然跟在了身边，一边走，一边聊起刚才的战斗。

他们交谈用的是英语，偶尔还夹杂着日语、韩语和东南亚诸国的话。听得出来，这些人的人员成分，十分复杂。

我别的不太听得懂，但是因为工作的关系，多少也能够用英语进行一些日常交流，能够从他们只言片语的对话中，听到有限的信息。原来他们本来是想要将目标抓住然后带回去，结果却发现居然有人保护目标。

一番激战,对方怯于他们激烈的火力撤退了,不过那几个"亏头"冲上去了,应该还是能够把任务给执行下来的。

言语之中,几人对所谓的"亏头",十分推崇。我不知道这"亏头"到底是个什么东西,也不知道翻译过来又是什么,不过想来应该是被派过去协助他们一起行凶的修行者。而这些人,必定能够帮我找到那个藏在幕后的凶手。

既然知道有人在保护我父母以及姐姐,他们暂时不会有太多的危险,我就心安了许多。

回头看了一下小白狐,她朝着我点了点头。两人在瞬间启动,我像捕食的猎豹一般,朝着最前面的那个领头的杀去。对方的反应十分敏捷,枪口一转,朝着我直接就扣了一梭子子弹。

这子弹全部落在了空处,打得周遭的林子一阵簌簌发抖,不过一秒钟之后,那枪就再也用不成了。依旧和先前一般,这人的脑袋和枪一起断开。

我一剑斩落领头人的头颅,在漫天飞溅的鲜血中,将饮血寒光剑脱手而出,射入了第二人的心窝子里,将他的身子腾空带起,跟另外一人的身体一起,串成了一糖葫芦,然后扎在了一棵大槐树的树干上。

还没有等剑落下,我已然在一瞬间冲到另外一人的跟前,伸出手,将他的脖子掐住,高高地举了起来。那人却是个悍匪,双脚离地还拼死挣扎,手中的枪被我一把打飞之后,却是拔出了匕首,朝着我的喉咙割来。

训练有素,然而这并没有什么用,因为在下一秒,我已经将他的脖子直接拧断,没有给他任何翻盘的余地。

当我还想对付最后一人的时候,小白狐却把他擒住了,对我说道:"留个活口!"

我强忍着浓烈的杀意,勉强点了点头,望着那张涂满油彩的脸说道:"说吧,到底是奉了谁的命令?"

那人仓皇地摇头,一边呼喊着,一边奋力挣扎,我听得出来,他说得是韩语。

我望向了小白狐,她将这人给按在了泥土里,深吸一口气,然后问道:"会说中国话么?"

不知道小白狐暗地里给他使了什么手段,那人终于不挣扎了,回过神来,冲着她猛点头道:"一点点,一点点……"

第十四卷 一个时代的结束,一个时代的开端

我问道:"你们总共来了多少人?"

那人却好像根本没有听到我的话,而是自顾自地说道:"我叫金钟一,放了我,给钱,多少钱都可以的,money,money 知道么?"

我无语地看着小白狐,她也显得十分无奈,而我则没有再浪费时间,伸手,将扎在树上的饮血寒光剑收回来,用剑脊将这人一下子拍晕了去。说句实在话,我其实是想把这人给直接杀了的,不过为了避免小白狐的担忧,还是用了稍微怀柔一点儿的手段。其实,死了更简单,不麻烦。

追逐还在继续,一路上我又遇到了两队差不多的家伙,同样是毫不留情地猎杀了。从他们配备的步话机里面,我听到了恐慌。

在几个小时之前,他们还是暗夜中的猎手,对那些一辈子都没有与人有过争斗的山民,他们随意耍弄,掌握着生死大权。这些人的死活都不过在他们的一念之间,享受着支配别人命运的权力。然而转眼之间,他们就变成了猎物,被人追逐。

步话机里面的声音变得越来越少,他们已经知道很多同伴死去,这条线路已经不再安全。

在二十几分钟之后,我遇到了超过十人以上的队伍。这是追逐的主力,他们将自己的猎物围困在一个山坳子里,通过手中的枪火交织,让他们无法逃脱,有高手向前冲去,试图进行最后的一搏。

我斩杀了几个枪手之后,把清理的任务交给了小白狐,而自己则冲入了核心的战场之中。在一片洼地之中,一帮人战成一团,而人数较多的一方,形成了倾倒性的优势。

一个青衣道士,单人支剑,独立支撑着这些黑衣人的进攻,而在另外一个地方,有一个女子挥舞着手中的长鞭,不断驱赶着想要冲上前来的敌人。

除了鞭子,她还有一种银色的粉末,就是这些,使得那些人不敢莽撞靠近。黑夜里,那些银色粉末有一种生命的流光摇曳。

我知道,这是蛊毒。而在那女子的身边,我瞧见了三个抱成一团的身影,尽管瞧得并不真切,但是我在第一时间里,知道了他们的身份——我的父母,以及我那可怜的姐姐。

他们还活着!活着!我没有任何言语,直接如出闸猛虎一般,冲到了那女子的身边,长剑一展,将这些跃跃欲试的家伙拦下。而后用最为狂暴的攻击,将这些人打得落花流水，根本就没有还手之力。

人头飞起，断肢纷纷，这些人在盛怒的我面前，几乎没有还手之力。一分钟之后，我解决完这边所有的威胁，方才回过头来，朝着那个保护住我父母的女子瞧去。

第一眼，我只是看着眼熟，而当她皱起眉头的时候，我终于认出了她来。康妮。

这女子是努尔的小师妹，蛇婆婆的关门弟子，一个对我很有意见的小姑娘。现如今，却是出落得亭亭玉立了。

我认出了对方，她也瞧出了我来，鼻子一哼，依旧没有给我好脸，说道："你还知道回来呀，别人都打上门来了，我以为你还装作不知道呢？"

我不敢与她斗嘴，只是拱手告谢，走上前朝着她身后的家人喊道："爸、妈、姐姐，你们没事吧？"

我父母和姐姐并不是这行当里面的人，这一夜折腾，心惊胆战，早就吓得魂飞魄散了。听到我的声音，这才回过神来，我父亲倒还沉得住气，我母亲却是一声哭嚎道："我儿，你回来了啊，你终于回来了……"

我姐也哭道："志程，你姐夫没有跑出来，呜呜……"

听到家人哭成这副模样，我又是自责，又是心惊，而这时却听到康妮说道："你在这里愣着干吗，再不过去帮忙，方大哥就要死了！"

方大哥？我扭头过去，仔细打量那个青衣道士，这才发现竟然也是认识的人，就是当年曾经和破烂掌柜他师父一起出现的武当道士方离。此刻他比起当年，稍微有一些成熟，手中的长剑却也颇为了得。尽管狼狈，但还是挡住了那五六人暴风骤雨的袭击。

那几人，尤其是那高个儿的家伙，身手却是十分了得，至少堪比茅山长老的级别。方离越斗越危险，眼看着就要抵挡不住，我也没有与康妮多讲，直接撞入其中。手中的饮血寒光剑一震，手起剑落，便有一人授首。

我这边来势凶猛，而那高个儿瞧了我一眼之后，大为震惊，却是转过身子，朝着空处逃开了去。

想跑？哪有这般容易！

第七十三章 无颜面对家人

那人在认出我的一瞬间就转身离去，那绝对是认识我的，没有第二种可能。

他的修为尽管还没有达到十二魔星的程度，但至少也应该是骨干级的人物。这样的家伙，绝对不会是那种洗过脑的炮灰，而应该是通晓整个方案，负责强掳我父母的知情人。

也只有这样，他才会毫不犹豫地逃走，而不是如其他人一般，毫无顾忌地朝着我扑将而来。因为他知道自己即便是上，也并没有任何胜算。

这人的逃散，代表着对方计划失败的开端，而抓着红光摇曳的饮血寒光剑撞入战圈，我却并非怀着慈悲心肠，手起剑落，将两个拦住我的家伙直接斩杀了去。

我这凶猛的杀戮手段，看得道士方离一阵目瞪口呆，忍不住出言，对我喊道："留下活口，别都杀了！"

如他所愿，剩下几个惊慌失措的家伙，我理都没理，而是吩咐小白狐照看好我的父母亲人，朝着转身逃走的那个大高个儿追去。

他入了丛林，身形似水中游鱼，在密林中不断穿梭，滑不溜秋。

他是个很厉害的角色，至少在我加入战斗之前，他应该是场中修为最高的人，都不知道方离和康妮到底是怎么坚持的，居然能够从他的手中逃过，并且保护了我的亲人们，不过想来应该是与他们要抓活的有关。

死人只能平添仇恨，而活人，方才能够被当做筹码。不过那是他们的想法，在我的眼里，就连把我家人当做筹码这一件事，都是十恶不赦的。

追逐在林中继续，两人在十几里的山路奔腾。那家伙凭借着一套神奇的奇门步伐，行走如风，在曲折的山道中宛如一头奔腾不止的猎豹。而我则不慌不忙地在他身后跟着，也不急着将他拿下，而是准备先耗尽他的体力。

第十四卷 一个时代的结束，一个时代的开端

他最后攀上了一处山峰，一路奔腾，来到了一悬崖口处，猛得回头，他眯眼瞧了我一下，咧嘴一笑，露出一口白牙，接着他跳了下去。

用我们老家的土话，这悬崖叫做虎跳口，差不多有几百米的落差，下面并非河涧，而是一堆乱石。人若坠落下去，必将是一堆肉泥，所以他觉得我应该是不会跟着追过去的。然而他终究低估了我对谋算我父母的凶手的恨意。

冲到崖口的我瞧见那人已然坠落到了半空中，接着双臂一伸，一道白色皮袍子从他的身上伸出，化作双翼，带着他向前滑行。

好精巧的心思和道具，不过……我身子往后退了一下，接着猛蹬双腿，朝着半空陡然飞跃而去。

我腾空而起，准确无比地扑在了那个家伙的身上。此刻的他刚展开双翼，想要朝着山崖下方滑翔而去，没想到一道重物从天而降，将他死死按住，受那地心引力的强大吸引，朝着下面坠落而去。

手忙脚乱间，那人仓皇喊道："陈老魔，你这是准备与我同归于尽么？"

陈老魔？如此看来，应该是认识我的咯？不过同归于尽，这话说得就未免太没有水平了。

当年老子从茶茬巴错那宛如天际一般的悬崖上掉下去，都没有死去。

几百米的距离，仿佛很远，然而在竖直的距离来看，却是如此的短暂。

眼看着就要跟黑乎乎的大地亲密接触的时候，我舒展身体，双脚在那家伙的身上猛一借力，身子陡然拔高了数分。而落下来的时候，又多了几分余力，轻飘飘地回到了崖底。

我这边轻松无比，而对方却是实打实地硬着陆。

砰！那人尽管没有脸着地，但是这般扎扎实实地砸下来，却也是摔得七荤八素，也免去了我许多手脚。一把将摔得半死的他抓起来，我捏住了他的下颚，也懒得伸手进他口腔里面找寻什么毒囊，直接将他一嘴牙都敲碎抖落出来。

我这手法暴戾无比，那人被整治得泪流满面，冲着我喊叫道："你有种就杀了我，何必羞辱人？"

因为满嘴的牙都被敲碎，他说话有点儿含糊，一直说了两遍，我方才听明白。听完这话之后，我又毫不犹豫地将他的手筋脚筋挑断，一剑刺在了他的脐下三寸之处。

饮血寒光剑并未有刺破皮肤，气息却渗入其中，将对方的气海给破去。

这一招，使得那人浑身瘫软，修为尽毁，如一摊烂泥一般瘫在地，疼得死去活来。而这个时候，我方才将魔剑收起，慢条斯理地问道："既然知道我的名头，想来也不是无名之人，说一说吧，姓甚名谁，什么来历。"

我这边和颜悦色，而对方却不干了，他本来还想靠着秘密来活命，保住修为。没承想我竟然连沟通的话语都没有讲，就直接把他的修为废了。这手法纯熟，行为老练，根本就是一套流程，等他反应过来的时候，已经成了废人一个。

这样的事情，怎么能够让一个好不容易爬到这个程度的家伙接受？几十年的苦修啊，一朝便化作镜花水月！

对方表现出了视死如归的态度，哭嚎道："你这老魔头，有本事就把我杀了，何必多问？实话告诉你，你也活不了多久了，哼，什么狗屁天下第一，总有人会对付得了你的！"

我没有打断对方发泄情绪，而是平静地看着他。将人家好不容易打熬出来的一身修为给废了，总得容别人说几句缅怀的话不是？

待那人将情绪发泄完了，我这才不急不缓地又问道："尊姓大名？"

"王世钰！"那人原本抱着不合作的态度，没想到临到头来，却还是将自己的名号报了上来，估计也是想要在我的面前，露一个脸，免得当了无名之鬼。

王世钰？我念了下这个名字，眼睛睁开来，缓声说道："原来是岭南黑风，当初你可是被东官老狗压得死死，那家伙被我抓了之后，你的日子过得应该舒缓了点儿，为什么不但不感恩，还过来找我麻烦呢？"

那人尽管满心悲愤，但听到了我的话，还是有些诧异地说道："什么，你认识我？"

我笑了笑，平静地说道："当然！"

这些年来，虽然我把具体的事务都分配给了张励耘和林齐鸣两个小组去做，但也并非游手好闲，醉心修行，而是开始学着掌控大局。不但一一查看了档案室的诸多资料，而且还走访多处，基本上掌握了全国一些比较有名的修行者，说得上是了然于心。

这王世钰的名声也颇广，算得上是南方省的一位名人，生性好斗，不但与当年的闵魔有过冲突，而且还跟东官狗爷交过手。

这家伙虽然好斗，但真正让我有印象的，却是他总能够在大败后保住自己的性命，退守江门，时刻等待着卷土重来。这种打不死的蟑螂，还真的有些传奇色彩。当然，他这一次落在了我的手上，基本上就再没有翻身的机会了。

王世钰表明自己的身份后便不再多言，学徐庶进曹营的架势一言不发，我也不强求他，将这人的脚倒提着，拖着往回走。

虎跳口这边的路，我熟得很，倒也用不着在黑暗中摸索回路。双脚被抓，脑袋磕着泥巴，这样倒拖的姿势实在不好看，也难受得很，最重要的是对人的羞辱过甚。

如此行了百余米，王世钰终于忍耐不住了，冲着我怒声吼道："当老子是死人么？"

我回过头来，露出白牙，嘿然笑道："在你对我家人动手的那一刻，你已经是个死人了，这一点，你还没有认识到么？"

我的笑容惨然，那人瞧见了，止不住一个哆嗦，口中似乎嘟囔着什么。

王世钰也是见过大场面的人，闵魔、狗爷这些豪雄之辈他都交过手，但是要说害怕，还真没有过。而此刻，他却是怕了。

我拖着他往回走，走到一半的路程时，他终于低下了高傲的头颅，对我说道："你想知道什么，我都说，只求饶我一命，行不行？"

饶你一命？我回头瞧了他一眼，眼神冷得我自己都有些心悸，接着没有再理会他，继续回程。一直来到刚才的山洼子里，小白狐瞧见我，立刻迎了上来，对我说道："哥哥，人都给制住了。"

我把王世钰交到了小白狐的手上，让她给我审出这来龙去脉。

我一路走到了父母的面前，双膝跪地，一头磕到底，所有的情绪一下子就爆发了出来："爸、妈，志程不孝，让你们受惊了。"

父母慌忙上前来扶我，而我姐姐则诚惶诚恐地对我说道："志程，你姐夫呢？你看到没有？"

我沉默了一会儿，低头说道："姐夫他……死了！"

我姐一听，双眼一翻，晕倒过去。

第七十四章 以彼之道还施彼身

许多的话想说，但是到了嘴边，终究还是说不出口。

我父母被遍地的尸体吓得够呛，再加上先前那一段仓皇的逃亡，两个人的精神都有些萎靡不振。而我姐姐听到姐夫罗明歌的死讯，顿时就瘫软在地，泪水无声地流了出来。

她什么都没有说，我却能够感觉到姐姐在怪我。也是，倘若没有我，就不会有这样的灾祸，而我的家人们在麻栗山龙家岭这个小地方，说不定活得快快乐乐，平静安康。

幸好她的儿女都不在家里，两个都在外面读书，方才避过了这一劫。姐姐说不出口，但是我心中憋屈得很。

这事怪谁呢？我回过头，瞧向了被小白狐定住，入神盘问的那个家伙。

岭南黑风王世钰，这个家伙应该知道幕后的黑手，而至于他，作为亲手执行的刽子手，他也不会有什么好下场的。

我不会容忍那种被下了监狱之后，又把人放走的事情发生。

小白狐在使用离魂镜拷问这个家伙，但是瞧她紧紧皱着的眉头，我知道过程或许并不顺利。不过想想也是，离魂镜倘若谁都能够套出实话来，就实在逆天了。毕竟王世钰也算得上是当世间有名有姓的高手，精神意志并不会差。

我看向了正在低声说话的康妮和武当道士方离，朝着他们拱手称谢。方离是那种很传统的道人，很有礼貌地回礼，而康妮则挥了挥手，说道："要不是我师兄让我没事多照看你家，我可不会搀和这档子事情……"

努尔的吩咐？听到康妮的话，我晦暗的心情终于明亮了点儿，问道："你现在能和努尔联络么？"

康妮瞧了我一眼，却没有说话，我苦笑道："我曾经在灵界与你师兄见过一面，不过后来我把钥匙丢了，就再没有相见的机会了，他现在如何？"

大概是想起了自己师兄与我的关系，康妮这才说道："能怎么样？他就是个老好人，什么都想管，结果搞得自己遍体鳞伤。所幸身边有几个人在帮衬着，死倒是死不了。"

那几人，应该就是张大明白、小观音和那个来历神秘的林楚楚吧？有他们在，我也就放心了。

瞧见康妮这副神秘的模样，我知道从她嘴里问出如何与努尔联系的法子，估计没谱。想起我多年奔波在外，努尔却时时记挂着我家人的安全，一种暖意在心头洋溢。

我看向了武当道士方离，朝他拱手说道："方道兄多年未见，你怎么会出现在这里？"

方离整了整衣冠，朝我回礼，笑着说道："我武当与蛇婆婆有旧，而我家与康妮也是世交，恰巧路过此地而已。"

我再次表达了感谢，方离又是一阵谦让，之后对我说道："俗话说得好，'祸不及家人'，陈道友你到底是得罪了谁，对方竟然做出这种丧心病狂的事情？"

我摇头苦笑道："若知道是谁，那就好了。"

康妮和方离都受了伤，特别是方离，不但手臂被流弹擦伤，而且在刚才与王世钰交手的时候，还差一点被击中心脉。与我稍微客气几句之后，两人都盘腿而坐，行气养神，而我则安慰了父母几句，提着手中的饮血寒光剑，又钻入了林子中。

我这是在找漏网之鱼，瞧着这帮家伙肆无忌惮的行事方法，要是有谁给漏了，又将是一场祸害。

小白狐刚刚一人巡游，难免有些人手不足，而我这边循着炁场而行，又在林子中揪出了四个家伙，反抗依旧激烈，所以我也就没有留下活口。最后一个人，被我顶在一处草窝子里面的时候，疯狂地大声喊叫。

他说的是中文，我看着他的眼睛，四十多岁的老爷们，此刻哭得稀里哗啦，像个孩子。

重新回到洼地的时候，我身上虽然没有一处沾血，却充斥着浓郁的血腥之气。我父母瞧见我，都有些不敢靠近，而这时小白狐已经醒转过来，瞧见我望过去的目光，无奈地摇了摇头。

看起来进展得并不顺利，我走到王世钰的跟前，他被小白狐用藤条给捆住，动弹不得。而气海被破的他显得十分颓然，躺在地上一声不吭，眼睛直直的，没有神采。

我没有再多审问，而是转过身，对康妮和方离说道："龙家岭那边还有火灾，两位如果还能坚持的话，随我一起回去？"

康妮是个面冷心热的女孩儿，而方离这人的性子也十分柔和，对我的提议倒也没有什么意见。我让小白狐先行，而我则与众人一同返回。

王世钰被我揪着脖子，像条死狗一样拎着，他曾是一方豪雄，对这般的待遇，恨得牙齿痒痒。瞧向我的目光，别提有多怨毒，然而我根本不理会他的感受，到了半路，沉默了许久的他终于说道："陈老魔，你若是条汉子，把我杀了便是，何必这般折辱我？"

我盯着他，一字一句地说道："你前来强掳我家人的时候，可曾想过自己是条汉子？"

王世钰被我盯得有些不自在，低头说道："我……"

他似乎想要辩解，终究还是说不出口，选择用沉默来对待，而我也不理他，任他在一旁受冷落。

人的气血是一时的，正所谓"一鼓作气，再而衰，三而竭"，倘若在最先擒住他的那会儿对他强行逼供，他或许还会选择宁死不屈。但是晾了这么久，心路历程或许会有新的变化。

我们赶回龙家岭的时候，大火已经进入了尾声，被烧成木炭的木头房子冒着黑烟。村子里的人都已经醒过来了，纷纷出门扑火，而来不及出来的，则已经被烧死在了家中。

一路行来，我的心情无比凝重，特别是路过那些被烧去大半的房子，更是难过。这些人都是我的乡亲，现如今，却因为我的缘故，落成这般模样。

我走在路上，有人瞧见了我，上前过来与我打招呼，我勉强应下，一路返回我家，与小白狐会合，让她通知有关部门前来此处收拾，而我则带着家人来到了厨房处。

我姐姐瞧见躺在地上的那具尸体，憋了一路的哭声终于止不住了，凄厉地哭嚎了起来。

在瞧见父母和姐姐都有些佝偻的身子时，我低下了头。为人子、为弟兄，却如此这般，又有何用？

折腾一夜，到天明的时候，县里的公安机关和州里的有关部门都匆匆赶到龙家岭，控制住了现场。州里领头的那人姓杨，跟我见过面之后，带着队伍进了山，给那些死在山里的家伙收尸。

倒不是好心，而是收作证据，另外就是免得发生瘟疫，至于孤魂野鬼，是绝对不可能的，被饮血寒光剑所杀的，神魂皆不得出，不可能凝聚成这玩意儿。

到了中午的时候，损失盘点出来了，龙家岭总共有十六栋屋子被烧毁，十二人死于此次袭击。除了我姐夫之外，还有一个人的名字让我有些难过，王狗子。

住在我家旁边的王家，在这次袭击中也被连累，王狗子和他一家人都被大火活活烧死。

听到这些，我的心在滴血，这小半天的时间里，我除了忙碌的时候，一直都在角落打电话，我甚至没有胆量去面对父母和姐姐的目光。

到了中午的时候，杨队长提出要带嫌疑人回州里去审讯，问我是不是跟着一起去。我看了他一眼，没有说话，而是回头，叫小白狐把王世钰拎到我面前。

我家堂屋，正中间摆放着我姐夫罗明歌的尸体，白布覆盖，而王世钰则被我推倒在地上，我平静地说道："跪下，磕头。"

被晾了半天的王世钰瞧了一眼那尸体，知道是我的亲人，犹豫了几秒钟，到底还是俯身磕了头。

他磕完三个头，我端来一碗水，亲自喂他喝下，我蹲在他的面前，摸了摸鼻子，然后说道："王世钰，知道我为什么到现在才找你谈话么？"

王世钰眯着眼睛看我，到底还是有些豪雄的傲骨，冷笑道："你就是准备晾着我呗，这都是我玩剩下的手段，还能怎样？"

我摇了摇头，叹气道："谁指使的你，你能告诉我么？"

王世钰笑着说道："你若是能答应我几个条件，告诉你也无妨……"

我摇头说道："真的是不到黄河心不死啊，实话告诉你，在晾着你的这段时间里，我已经找人查完了你的所有事情——你父母双亡，但有一个老婆，三个情人，总共七个子女。除了老大在澳洲，我需要一点儿时间之外，其余的人，都在我的手里。那么现在，你说不说？"

第十四卷 一个时代的结束，一个时代的开端

第七十五章 招供

听到我的话，一直显得比较沉静的王世钰终于绷不住了，冲着我怒声吼道："你要杀，杀我就好，何必拿我的家人来开涮？"

瞧见他怒目圆睁的模样，我憋了一天的郁闷心情也在同一时间爆发了，一把揪住他的衣领，用同样愤怒的声音朝他吼道："对呀，这句话也是我想问你的！你们找我麻烦，老子眼都不眨一下，找老子的家人和乡亲做什么？"

王世钰被我一句话噎住，气势顿时就弱了几分，随后他突然笑了，冲着我说道："不可能，你一定是骗我的，像你这样身份的人，怎么可能干出这事儿？"

他一边自我安慰，一边嘿然发笑，越发觉得自己的分析有道理。

我却不给他任何幻想的机会，露出了最残酷的笑容："倘若是别人，或许还会要一些脸面，但你知道为什么别人会叫我黑手双城陈老魔么？"

王世钰看着我的眼睛，顿时就发虚了，冲我说道："难道你就真的不要脸了？"

我笑容不减，平静地说道："对付恶人，就要比恶人更加凶恶，这个就是我的原则。你或许不会相信，不过这个没关系。小白狐，拿个电话给他，让他随便拨打，验证一下。"

小白狐听闻，丢了一台手机过来，我接住，递到了王世钰的手上，微笑着说道："除了你大儿子，其余的人，随便拨。不过你放心，你大儿子也很快会落到我们手上，容我们几天时间，好吧？"

我的和颜悦色，使得王世钰越发忐忑起来，他哆嗦着手，按了一个号码，我瞥了一眼，是他老婆的。患难夫妻，到底比那几个情妇要多些真感情。

电话没多久就接通了，王世钰本来想要跟老婆说几句话，然而接电话的却是一个男人，我侧耳听了一下，是张励耘。

王世钰又拨了一个电话，结果还是一个男人，林齐鸣。

他的脸上露出了无比凝重的表情，将电话愤然一摔，怒吼道："你到底想干什么？"

我望着那在地上不断蹦跶的手机，其实它被动过了手脚，不管怎么打，都会自动转接到一个电话号码上。

在风口浪尖之上，我肯定不能因为愤怒杀了王世钰的全家，特别是那些无辜的女人和孩子。这么做，我会受到组织内部的质疑和惩处，而我自己也会良心不安。

望着已经完全相信了的王世钰，想必也是我先前的恶名起作用了，使得对方认为我绝对是能够做出这种事情的人。我趁热打铁，不动声色地说道："我想怎样？听好了，告诉我你背后的那人是谁，说一句谎话，你死不足惜，陪着你死的，还有十一条人命。"

此时的王世钰几乎陷入了崩溃状态，痛苦地说道："我若是告诉了你，你能够保证不伤害她们么？"

我盯着他的眼睛，一字一句地说道："我不能保证你的性命，是因为在你做出这件事情的时候，你已经没有活下来的希望了。但我以我死去的姐夫的名义向你保证，只要你说的都是真话，我不会伤了他们的性命。"

王世钰仿佛溺水者抓住了最后一根救命稻草，道："你说的，是真的？"

我傲然说道："我陈志程的承诺，比真金白银还要真！"

看得出来，我的名声到底还是起了一些作用，王世钰思索了一会儿之后，叹了一口气，对我说出了由来。

在一个月前，有一个姓陆的家伙找到他，对他允诺了两件事情。第一，邪灵教将会支持王世钰成为南方省的巨头，为他扫清所有的阻碍，以及闵魔、狗爷等人的残余势力，把他捧成新一代的魔星；第二，天王左使将会亲自传授他"天王增玉功"，让他成为世间最顶级的存在。

这样的诱惑，对于蜗居江门、失意的王世钰来说，无疑是一件极具诱惑力的事情，尤其是第二点。任何人都知道，当今邪道的第一高手，足以跟正道群雄所抗衡的天王左使，就是凭着"天王增玉功"而成名的。

天王增玉功一共九层，每练成一层，身子就会拔高一分，全身宛如硬玉。而炼至九层，则宛如天神一般，而且身坚如玉，刀枪不入，气势盖天。

这可是传说中"肉身成圣"的一种法门之一，从洪荒远古流传下来的神迹，而那个姓陆的，提出了几个让王世钰举棋不定的条件，那就是寻到最近炙手可热的黑手双城家，将他的家人掳获，带回黔阳的东山仙人洞。

在那极具诱惑力的光明前途面前，王世钰犹豫了一番，直接点齐了人马，配合着姓陆的那小子的布置，杀将而来。

昨夜围攻康妮和武当道士方离的那伙人，就是王世钰的班底。这些都是他起家的手足兄弟，可惜的是，除了两人，其余的都已经死于非命。

他万万没有想到，我竟然会来得这般及时，也这般凶狠。说完这些事情之后，王世钰心如死灰地低下头，也没有什么精神，人也好像老了好几岁。

他曾经以为自己即将崛起于江湖，让世人所敬仰。然而此时此刻，他却发现自己不过就是一条可怜虫，随时都会被大浪所淹没，折腾不出一点儿浪花。

待他说完之后，我突然问道："你为何相信姓陆的能够兑现他的承诺？"

"令旗！"王世钰对我说道，"他手上有天王左使的令旗，那令旗是勾连修罗恶鬼墓的桥梁，独一无二。而且他还给我展示了一段天王增玉功，说是天王左使亲自教他的，我不得不信。"

我又问起了那人的长相，心中了然，那个姓陆的小子，必是小药匣子陆一。

我万万没有想到，自己家人遭受到如此的变故，最终还是因为我。倘若不是小药匣子变成太监，他未必能够做出这般歹毒的事情。而能够搞出这么大阵仗的，未必是小药匣子一人，他的背后是整个邪灵教，会是天王左使王新鉴么？

这个念头一生出，我立刻想到了当年在五姑娘山神仙洞府里面遇到的那个天兵天将，当时的我瞧见他，心中除了惊慌之外，还有仰慕。觉得天下之间的高手，就应该是这般的坦荡和威猛。

尽管我与天王左使的关系是仇敌，但我仍然不愿意相信他会做出这般的事情。

在我的想法里，他绝对是一个值得尊敬的对手。然而，代表天王左使的令旗、天王增玉功，以及统御邪灵教一众资源的这些东西，未必是陆一一人所能够办出来的。

在弥勒已然死去的当下，唯一有能力的，就只有他一人，也就是说，幕后的主使是天王左使王新鉴。

那个以一手之力，将曾经名扬天下的三绝都给谋害了的天王左使，王新鉴！

是啦，能够将这三位才华横溢，惊才绝艳的天下三绝都给弄死的传奇强者，又怎么可能是光明磊落的豪雄。即便他不会这么下作，邪灵教内部也藏污纳垢，未必不会有怂恿他的小人！

我陷入了沉思，如此说来，那些在幕后捣鬼的家伙也终于露出了水面，邪灵教之所以如此上蹿下跳，最主要的原因，可能就是为了报复他们掌教元帅被我斩杀的仇怨吧？

事情这么想，其实就说得通了。像邪灵教这样恐怖的组织，倘若掌教元帅死了都没有任何动静的话，就实在是让人小瞧他们。而作为罪魁祸首的我，必然是他们所严惩不贷的对象吧！如同梁山泊中晁盖惨死曾头市一般，报仇雪恨，成了水寇们争夺首领之位的手段之一。

我被盯上了。

这事儿并没有让我有多担心，但牵连到我的家人，却是让我内疚不已。

尽管王世钰说出了黔阳东山仙人洞这条线索，但我认为经过昨夜一闹，接头人未必会在那儿傻傻等待。另外我的当务之急，并不是去抓捕像陆一这样的小角色，而是保证我所有的亲人，都处于一个相对安全的环境之中。至于别的事情，那是我以后所需要想的。

王世钰交代完了这些，我站起身来，丢了一把匕首给他。

我平静地说道："你自己来吧。"

旁边的杨队长大喊不可，却被小白狐拦住了，而王世钰则死死盯着我，一字一句地说道："你要是背弃承诺，我就算是变了鬼，也不会放过你的！"

噗！匕首刺进心窝。

第十四卷 一个时代的结束，一个时代的开端

第七十六章 交代后事

王世钰手筋被挑，然而自杀已足够了的。瞧着躺倒在地的尸首，我心中没有一点儿同情，尽管他此番自杀，是为了自己家人的性命。

倘若是在往日，我或许不会这般的极端，他既然已经交代了，留下一条性命，或许会对后面的事情有些促进作用。然而在经历过陆一几次逃脱的事情之后，我已然将自己的心练就得一片冷硬，即便是当着地方上杨队长的面，也不会有任何改变。

更何况，他是带头酿造龙家岭惨案的人，我姐夫、王狗子以及那些在火灾中死去的人，我必须得给他们一个交代。

在我姐夫的灵堂中用此人的鲜血祭祀，倒也相得益彰。

杨队长也是个不畏权势的人物，不管我的身份地位比他高多少，在瞧见我活活逼死嫌疑人的情况下，也是勇敢地站了出来，冲着我愤然说道："你怎么能这样？这不符合执法程序，我要向上面通报这件事情。"

我抬起头来，瞧向了他，憋得一脸通红的杨队长不甘示弱地猛然瞪我一眼，结果被我眼神中凛冽的杀意吓了一哆嗦，下意识地往后退去。

他并非多厉害的修行者，要不然也不可能在穷乡僻壤里面当职。不过对杀气，他还是能够感受到的。

瞧见杨队长的脸一下子变白了，我知道自己未免太没城府了。喜怒不形于色，这是到了我们这个地位的人最基本的修养。只可惜我这一天被邪灵教那帮人的卑鄙手段气到了，又不知道如何面对父母亲人，方才有些失常。

想到这里，我收敛起腾腾的杀气，对杨队长和颜悦色地说道："人死不能复生，这个没办法，而且他是自杀的，你也瞧见了。杨队长，记住你自己的责任，另外，你刚才也有听到了，黔阳东山仙人洞，我记得那里是个道观吧？请帮忙通知省局的同志，对那儿实行监控，如有可疑人物，立即逮捕！"

杨队长被我刚才的杀气所慑，听到我的吩咐，下意识地应下，慌忙跑出去联络。

小白狐瞧了那人的背影一眼，不安地说道："哥哥，你这么做，会不会被人诟病啊。你也知道，有一些人老是盯着你呢……"

我点燃了三炷香，走到姐夫的遗体前拜了三下，将香插进香炉之中，冷冷地说道："我家在办丧事，若是还有人想整我，我就露一下爪牙。让这些人知道，他们家也有可能会一起办丧事的！"

小白狐瞧出了我眼中的怒火，没有再多说话。

当天下午，我作了两个决定，首先是对于龙家岭受灾村民的补偿意见。所有在这次火灾中遭受损失、失去家园的村民，都能够获得基金会的帮助，而死去的人，家属也能够获得一大笔抚恤金。

第二个决定，则是准备将我父母和姐姐，迁入茅山安置。

前面一个决定，是我对龙家岭乡亲们的一点儿愧意，这让那些失去家园和亲人的村民们多少也好过了一些。而父母对我后面的决定，在沉默了一会儿之后，也没有表示反对。

虽说故土难离，但是发生这样的事情，对所有人，都是一种打击。特别是我父母，在此之前，我曾经屡次三番地劝过他们，但是他们都不肯离去。结果不但房子烧了大半，我姐夫也死了，他们也是自责不已。然而这事儿，又能怪谁呢？

我让次日赶来的董仲明和布鱼等人，去将我外甥、外甥女接了过来，当日就把姐夫下葬在后山。

第二日，我亲自将他们送往茅山，危机面前，一切从简。

我姐夫死后，姐姐的精神状态一直不好，所幸一对儿女都回来了，陪在她身边，倒也没有太过颓废。

我雇了车，将家人一路护送到茅山，提前跟在山脚下负责联络的茅山弟子联系好。对于我将家人托付在茅山的想法，长老会自然没有什么意见，而且还表达出了很积极的态度来，提前安排了一处院子，以供安歇，话事人杨知修还亲自到山门之前来迎接。

我父母一路兢兢战战，又瞧见了山门那光怪陆离的法阵和幻影，心中惊惶，而瞧见满面笑容、平易近人的话事人时，自然是感激不尽，眼泪都流了下来。

第十四卷 一个时代的结束，一个时代的开端

母亲在麻栗山种了一辈子的地，而我父亲是个赤脚医生，见过的世面也少得可怜，对话事人的嘘寒问暖感动不已。至于我的表现，则显得冷淡许多。

话事人过来迎接，只是表达一个态度，见我父母是没什么见识的老农民，也觉得无味，露个面就离开了。

他走了，安置工作则留给了掌灯弟子符钧来做，这个是自家人，说话做事轻松许多。

我父母以为话事人是我头顶上的大领导，人家走后，一个劲儿地让我好好听领导的话，不要给领导添麻烦，这话儿听得我和符钧一阵尴尬。

与符钧一起将我父母安置妥当之后，我跟他聊起了最近茅山发生的事情，果然不出意料，符钧又是满肚子牢骚。

已经出师授业的他平日里为人师表，假装严肃，许多心里的话无人可说，跟我聊一聊，抱怨一下，倒也正常。我若是表现得不耐烦，说不定会伤了他的心。

跟符钧聊过一会儿，我对茅山的情况基本上也有所了解，让我意外的是，传功长老和应颜师妹都不在茅山。

应颜师妹据说是回家探望，她母亲好像得了重病。至于传功长老邓震东，则说是心血来潮，想去凡尘俗世里寻找一有缘人来继承衣钵。

谈到这里，符钧忍不住说道："尘清真人要人传承，早不去收徒弟，偏偏临到头来，才收一个关门弟子。这么说来，他那徒弟辈分可高得吓人。跟咱师父一般辈分，到时候可不知道如何称呼才对……"

我没有接话，因为我知道尘清真人此番出山，所收的徒弟是我女儿包子。至于别的，都不过是借口而已。想到女儿那张胖乎乎的包子脸，我的心情变得好了许多。

回到茅山，而且还是举家迁来，我自然要去各个长老和山头拜访一番，第一个去的，则是话事人那儿。到了现在这样的情况，话事人在我这儿，也装不了什么，对我好生勉励一番，又谈起在东海舟山的事情，对我夸赞不已。并且向我承诺，说一定会照顾好我家人的安全。

说实话，把家人放在话事人的管辖之下，我多少有一些顾忌。不过想一想，在这儿不但有小颜师妹的照拂，而且还有其余几位长老的牵制，倒也放心一些。

各个山头我大概地走了一圈，回到安置父母和家人的小院儿，我又跟他们一番长谈。进入茅山，他们的生活定然会有天翻地覆的变化，特别是我姐姐的两个孩子。如何适应，这个我也不能帮他们，只有靠时间来慢慢磨砺。

不过我观察了一下，发现除了我姐姐还有一些神伤之外，其他人倒也还好，并没有太多的失落。毕竟这样的一处地方，跟传说中的神仙洞府一般，处处充满了新奇。

我在茅山陪着家人待了三天，让他们勉强适应了这里的生活，然后就离开了这里。

我先去了邓家村，在那儿，我见到了尘清真人，也瞧见了我女儿包子，不过我并没有与那肉乎乎的小家伙聊上话儿。

村外，我与尘清真人谈了许多，谈及茅山、官方、邪灵教乃至整个江湖。我几乎是用一种托孤的语气，跟他托付了父母家人，小颜师妹，以及我可爱的女儿包子。

尘清真人瞧出了端倪，问我到底想要去干吗？我沉默了一会儿，跟他说我想要做一件无数人想做但又不敢做的事情，那就是挑战一个传奇。

尘清真人望了我好一会儿，然后问道："王新鉴？"

我点了点头，世间能够被称之为传奇的人，除了王新鉴，再无别人。他终结了天下三绝的传奇，我则要终结他的传奇。

滚滚长江东逝水，浪花淘尽英雄。尘清真人是跟李道子同时代的人物，自然知道天王左使，到底有多恐怖。沉默了许久之后，他长叹了一口气，拍着我的肩膀说道："我会为你照顾好他们的……"

他没有祝我胜利，而是向我诉说了承诺，这说明一点，他也是不看好我的。

不过，天王左使屹立百年，终究还是需要有人去将他击倒，让书写着不败传说的大旗倒下。

不是么？

第七十七章 天网恢恢，疏而不漏

那天晚上，我躲在黑暗中，看着我女儿那张肥嘟嘟的包子脸，足足看了一晚上都没有睡过一会儿。

在那张胖脸上，我看到了久违的希望，生命在这一刻是如此的可贵，这使得我几乎不想离开。但越是如此，我越知道不能够因为自私，而将自己的祸患带给自己真正关心的人们，毕竟他们是无辜的。

我在次日清晨离开了邓家村，打开手机之后，林齐鸣告诉了我一个消息。那个叫做陆一的家伙，的确有在黔阳东山仙人洞附近出没过，不过他的警觉性十分高，在察觉到不对之后，立刻离开了观察者的视线。

随后黔州省局对陆一此人进行了大范围的搜捕，黔阳一城出动了超过上千名的警力。只可惜那人仿佛空气一般，消失无踪。

现在张励耘坐镇首都，而林齐鸣则带队在黔阳市中全城搜捕陆一，他问我是去黔阳，还是先返回首都。我考虑了一下，问首都那边，甘家堡的那几个人审出结果来了没有。

林齐鸣说结果出来了，事情有点儿复杂，让我最好问一下张励耘。我挂了林齐鸣的电话，又打给张励耘，得知甘十九和其余两人真的是一无所知。之所以前来挑战我，终究不过是为了名和利，但那个最年轻的家伙，反倒可疑。

据甘家堡几人的交代，那个叫做甘东的年轻人，不但是此行的怂恿者，就连这一次的拦路比试，都是他策划的。至于为什么，则是因为甘东这家伙早年间曾经在首都当过京漂，对这一带比较熟悉。

突破口找到了，甘东在张励耘这种专业人士的逼问下，终究还是没有熬住，最终交代了自己曾经秘密加入过邪灵教的事实，并且还得到某一位高层的承诺。那位高层说只要办成此事，他将会得到全力的扶持，日后的甘家堡说不定就能够掌握在他的手中了。

至于向他许诺的那个人，甘东却说不出一个所以然来。尽管小白狐并没有在，但是总局人才济济，张励耘找人对这家伙进行了调查分析，这才知道此人也被人洗过了脑。

策划此事的人想来是做足了详细的功课，并没有留下太多的线索。目前唯一比较有用的，就是从岭南黑风口中说出来的陆一，最是可靠。不过这个家伙有着比常人更狡猾的手段和敏锐的感知能力，未必能够把他从老鼠洞里揪出来。

当甘十九得知自己所做的这些蠢事都是把他当枪使时，甘十九有一种立刻将甘东弄死的冲动。不过有关部门朝北开，进去容易出来难，他未必能够立刻获得自由。

像甘十九他们这种涉及到危害公务员生命安全的情况，即便不会被送到白城子监狱，也是不可能安然逃脱的。或者还会受制于人，被特勤局或者民顾委所吸纳，戴罪立功。

不过这些都是上面所需要考虑的事情，至于我，只想着顺藤摸瓜，将天王左使扯出来。我与他之间，必有一战。

首都那边的事务，基本上已经告一段落，我便没有折回那儿，而是乘车前往位于西南腹地的黔阳。

车行半途，我又收到消息，说他们梳子一般地扫过黔阳几遍，都没有找到陆一。不过据当地部门线人提供的消息，说有人在与湘西搭界的黔东南州，曾经见过陆一。

黔东南州是十万大山的门户之地，离我老家并不算远。我在半路下了车，又包了一辆汽车，前往黔东南州的市里。因为之前有过联系，当地的有关部门专门派人过来接我。

我下车之后，立刻问起消息的来源，得到的回复是，有人瞧见陆一出现在黔阳前往小县城晋平的长途班车上。他们已经在安排人手盘查了，不过因为人员有限的缘故，未必能够掌握站得住脚的证据。

这儿不是什么发达地区，市局的规模甚至不如我当初在金陵江宁一区，而且大部分人手都是填塞进来的七大姑八大姨。这些人喝茶看报倒是一把子好手，但论起查案的话，能够拿得出手的根本就没有几个。

我没有将希望寄托在这些个只等着退休的家伙身上，而是在问清楚大致的情况之后，直接买了汽车票，前往晋平。

这儿的道路十分曲折，又是修建多年的省级公路，保养不到位，坎坷不说，而且十分狭窄。我听说从市里到晋平县城，估计得有四五个小时，瞧着市局几个心不甘情不愿的家伙，我谢绝了他们的陪同，而是坐了往返两地的班车前往。

路况不好，一路摇晃，而班车的司机为了多赚钱，不停地拉客上车，导致车辆严重超载。我坐在后排闭目养神，再睁眼时突然瞧见左前方座位上，有一个娃娃脸的年轻人，十分眼熟，好像在哪儿见过一般。

我并非什么健忘的人，但这个人却给我一种有些面熟，但说不出在哪见过的感觉。就好像梦中见过一般，模模糊糊。

不过我这个人倒也不是穷根问底的性子，想不起来也就不再多想，安安心心地坐车。一路曲折，足足坐了六个多小时的车，方才到达晋平县城的汽车站。

和我预想中的差不多，晋平是一个藏在山窝窝里的小县城，破烂的汽车站和我老家差不多。

下了车后，我并没有联络市局给我提供的人，而是在附近找了一家招待所住下。不知道怎么回事，我总有一种预感，觉得这里应该能够找到一些什么。

晋平与湘西的怀化市交界，这个地方就是最著名的蛊毒传说区域。所谓湘西三怪、蛊毒、赶尸、落花洞女，皆是在这一大片区域，也就是我们认知的苗疆范围。我小的时候撞过邪，父母还商量着到晋平这边，找一个神婆解法呢。

从招待所里面出来，已经是夜间时分，我谁也没有通知。在招待所门口的小店里吃了一碗米粉，填饱肚子后就漫无目的地在大街上晃荡。

我这般在县城的大街上晃荡，自然不可能撞到陆一的。黔阳那边其实在得到这个线索之后，就联络了当地的公安部门，发布了协查通知，所以更加专业的搜查，在我看不到的地方进行着。

我并没有与当地的有关部门进行联系，至于消息，则需要林齐鸣帮我转达。

我并不觉得麻烦，事实上，我一直在思考一个问题，那就是小药匣子从黔阳逃出来之后，为何会出现在这么一个鸟不拉屎的穷乡僻壤呢？难道说他准备遁入山林，借着茫茫林海来摆脱追兵？

晋平县城并不大，半个小时就足以逛完，我并没有任何收获，于是返回了招待所，早些休息。

次日我又接到了林齐鸣那边的通告，他告诉我，说晋平警方那儿已经确定了这个家伙曾经出现在县城，不过随后又朝附近一处叫做青山界的山里行去。

消息确认之后，林齐鸣已经带队朝这边赶来了，不过可能还会有一段时间。我当即通过林齐鸣联络了当地的警方，亲自与对方做过确认之后，便匆匆赶进了山里去。

真正到了青山界，我才知道陆一为什么会往这里钻。因为青山界大极了，连绵不绝的群山充斥眼前，到处是松柏和杉木，一眼望不到边。很多地方根本就是荒无人烟，人迹罕至，更多的是那种完整的原始森林面貌。

陆一进了这里，就仿佛水滴落进了大海里一样，寻常办法根本不可能找到人的。不过这事儿，对我来说，倒也不算是太难。

青山界最高的山峰，叫做青山界主峰，我独自成行，一路来到了峰顶上。我盘腿坐下，思维陷入一种空灵的状态。接着，我开始回想陆一的种种特征，以及曾经跟他接触过的诸般面貌。

这些东西在我的脑海里不断地发酵，慢慢地汇聚成了一个影子。这影子是虚拟的，产生于我脑海里的精神和意志，再之后，我开始运用起神池大六壬的算法，将虚影跟真实的生命印记重合在一起。

引导，再加上推断，在半个多小时之后，我终于知道了一个大致的方向。跟着感觉走，我在林间快步飞奔。

终于，我在一片杉树林中，瞧见了疲于奔命的陆一。陆一正一脸错愕地看着出现在他不远处的我。

第七十八章 布下棋子

陆一在瞧见我的一瞬间，转身就跑，没有任何犹豫。

我并没有立刻追上去，而是玩味地瞧着他，就像盯着即将到嘴的猎物。

陆一夺命狂奔，不一会儿就消失在了林间。几分钟之后，当他停下来歇气的时候，抬起头来，又在林子的尽头瞧见了我。

再一次狂奔，再一次遇见……一直到了第五次的时候，他终于没了力气，绝望地坐在了泥地里，冲着我怒声吼道："你有本事就杀了我吧，阴魂不散地捉弄我做啥子？"

我从林子的尽头缓步走到了他的面前，瞧着这个气喘吁吁、仿佛没有半分力气的家伙，微笑地说道："你不反抗一下么？"

陆一恨恨地瞪着我，嘴里咕哝了一句话，含糊不清，随后他也豁出去了，狞笑着说道："今天落在你的手上，我也认栽了，毕竟你是黑手双城，连小佛爷都死在了你的手上，老子又算是哪根葱呢？来来来，杀了我，不杀你是王八养的。"

我并没有理会他的激将法，而是平静地望着他说道："杀了你，太简单。告诉我，那件事情是谁指使你的。"

我并没有提及那件事情到底是什么，陆一也没有存侥幸心理，反而是得意洋洋地说道："没有人指使，就是老子做的。怎么样，这一下，你陈老魔害怕了吧？"

我平静地摇头说道："不可能，凭你这点儿资历，是集中不起那么多资源的。告诉我，到底是谁？"

陆一缓慢地爬起来，恨声说道："就是我，是我！"

他的情绪显得有些激动，望着我怒气冲冲地说道："你瞧不起我对吧？在你眼里，我不过是一个偏僻乡下里的不入流的狗崽子对吧？不过呢，你老爹老娘，还不是差一点儿就死在了老子的谋算之下……"

他猛然挥舞双手，似乎想要表达什么，而就在这动作中，情绪兴奋的他眼神下意识地转动了一下，紧接着一道银光，从他的指腹间迸射而出。

这一道光，出其不意，而且速度快得让人躲避不及。这是一根银针，上面似乎还浸润了毒液，它承托了陆一所有逃生的希望，朝着我的心窝子里射来。

银针最终止步了，被我用双指夹住。快若流星，终究不是流星。

我夹住的地方，并非浸润毒液的针头，倒也不用担忧，而陆一瞧见自己处心积虑的最后一招被我轻易地破解，顿时心如死灰，面如土色，也没有再多言语。

他低下了头，铿锵有力的话陡然停住，仿佛认命一般地闭上了眼睛。这个世界上最了解你的，不是朋友，而是敌人。

这是一句别人常说的话，用在我的身上，也是十分适合的。倘若说起了解我的人里面，我估计陆一即便排不上前三，也能够挤得进前十。

他与我之间，有深仇大恨。

最开始，两个人其实还有些惺惺相惜，我对这个出类拔萃的后辈，甚至有过提拔的想法，想把他当做张励耘、林齐鸣这些后辈来培养的，然而一切都在陆一偷了我的天龙真火珠之后改变了。

其实我对天龙真火珠并没有太多的占有欲，不过那毕竟是我与努尔沟通的唯一方法，而且它还对弥勒的实力起到了太大的作用。之后我灭了罗满屯满门，而陆一则加入了邪灵教弥勒麾下的佛爷堂，再之后，我废了这个家伙的生育能力。这仇恨，就再也解不开了。

我走到陆一的跟前，在他的对面坐下，朝着他平静地笑了一笑，然后跟他回忆起了我这些年走过的路程。

陆一有些奇怪，我在遭受到他的偷袭之后，不但没有暴怒，反而聊起了家常。我跟他说的，是我小时候在麻栗山学艺，后来被邪符王杨二丑抓走后忍辱偷生的往事。讲起我曾经屡遭羞辱甚至差点儿就死去的事情，最后总结道："天将降大任于斯人也，必将苦其心志，劳其筋骨……"

满是死志的陆一听完我这些聊家常的话之后，顿时就有些懵了，问我道："你是想对我说，你加诸于我身上的所有痛苦，都是一种考验么？"

我摇了摇头，叹气道："其实，我对你一直是很欣赏的，很少有像你这样天资聪颖又勤奋的年轻人了，你让我想起了以前的我……"

第十四卷 一个时代的结束，一个时代的开端

陆一眼中流露出几分欢喜，小心翼翼地问道："你是打算……"

我盯着他，突然说道："弥勒真的有那么好，为什么你会这般死心塌地帮他呢？我真的很好奇。"

听到我跟他讨论起这事儿，陆一想着反正死就死了，也就放开了心情，对我说道："世间很少会有像小佛爷这样有魅力的男人，让人忍不住心生折服，你知道么？他是那种让你愿意为他奉献一生的伟人，就算是死，也甘愿。"

我不屑一顾地说道："惑心术而已……"

"不！"陆一义正言辞地说道："不是惑心术！我自己也是修行者，也懂得，这些东西，他是用人格魅力和思想观念将我们感染的。你可以杀死我，但绝对不能侮辱他！"

我瞧陆一居然将弥勒当成神灵般对待，顿时就心生疑惑，故意问道："那又怎样，他现在还不是拿你当炮灰？"

弥勒死了，自然无法操纵此事，然而我心中总有些不安，仿佛他还活着，掌控着这一切。我故意这么说起，想让陆一漏嘴，说出一些我不知道的事情，他却毫不犹豫地说道："我做的这些，都是我的主意，跟佛爷堂、邪灵教无关……"

像他这种聪明人，做事绝对是滴水不漏，既然他咬定了这事儿是他一人所为，就算是我，也很难找出太多的破绽。不过我还是不甘心放弃，平静地问道："你加入邪灵教这么多年，见过左使王新鉴么？"

陆一嘴角一扬，忍不住说道："那是自然！"

我问道："若是我想要找你们的天王左使，寻求一战，该如何去做？"

听到我的话，陆一变得十分惊讶，看着我好一会儿，嘿然笑道："陈老魔，你不要以为你杀了小佛爷，就能够挑战天王左使。实话告诉你，这世间唯一能够杀死他的，唯有天劫雷法。"

天下之间，再无对手？王新鉴真的已经走到了那样的地步？

我想起当年我拜师茅山之时，曾经跟我师父陶晋鸿对峙过的王新鉴，怎么看都瞧不出他有那种天下无敌的气势啊？

是这些年来他已然成长得不可超越，还是陆一在吹牛逼？我不知道。

陆一嘲笑完毕之后，瞧我一脸认真的表情，这才缓声说道："你若是真的想要找死，我倒是挺愿意帮你带个口信的。"

他的意思，是想让我放了他，我能放了他么？

此刻的我，最想做的是将这个混账小子杀掉，免得野火烧不尽，春风吹又生。但我看了他一眼，微微地点头说道："好！"

在陆一满脸惊愕的表情中，我咬破了中指，然后朝着他的脑门猛然拍了一下，他应声倒地。而我逼出来的那滴精血，则渗入了陆一的身体之中。通过这滴精血，我能够感应到他具体的位置，所以他这条狗命，我随时都可以收回。

这法门，却是我在炼制碧落魂珠之时，所学到的新手段。如此，便不急于一时。

陆一倒下之后，我缓缓地站了起来。不知道为什么，我总感觉青山界这片林子，有一些阴森，跟别处不同。陆一从黔阳一路逃到这儿来，到底是为了什么呢？难道王新鉴隐居在这儿？

我跃到棵树上，瞧着四处静谧的林子，莫名脑洞大开，思绪开始延展了出去，越发地感觉到这一处地方的格局非同凡响。观之有一种宛如龙脉的趋势，不过又仿佛被截断了一般，衰败多年。

我越看越有味道，不过观风止水的功夫到底有限，也瞧不出更多的东西来。过了一个多钟，昏倒在地的陆一终于爬了起来，左右一看，揉了揉脑袋。

陆一留在原地，似乎想了许久，还检查了现场，四处打量。有遁世环在，他自然瞧不见我。

我在树上，隔着摇曳的树枝，远远地瞧着陆一停留了十几分钟之后，慌忙奔走，我却没有跟过去。

真正的强者，从来不会计较分毫，现如今，陆一已经被我控制了，那么就等着他这枚棋子，为我的计划做贡献吧。

我罕有使阴谋诡计，并不是不会，而是不屑为之。然而，谁若是真的惹急了我，那就好好等待我的黑手吧！

第十四卷 一个时代的结束，一个时代的开端

第七十九章 星垂平野阔

似乎知道自己已经被人监控或者跟踪，陆一醒来之后，在青山界的山林里打了两天的转，始终不肯离去。他不是傻子，知道那天发生了什么事情，也猜到了自己身上已经被做了手脚。

然而实际上，我一点儿也不担心他认清自己的处境，因为我行事，靠的从来都是光明正大的谋算。只要他不停止与邪灵教的接触，他就始终是一个诱饵。

我一点儿也不急，盘腿在这阴森而又充斥着灵气的青山界中，缓缓地修行——三十六周天，徐徐推动。与弥勒一战，对我的修为提升并不大，但让我的境界更上一层楼。简单地说，我已经拥有了强者之心。

何谓"强者之心"？换句话说，也就是平常心——无论是面对什么样的对手，都不会畏惧、害怕和彷徨，都会充满信心，知道怎么在高速的变化中找到最适合的手段，将敌人击溃。

正是拥有强者之心，我才能够击败白云观主人海常真人，才能够平静地对待所有事情。

会当凌绝顶，一览众山小。这并不是说我狂妄到天下无敌，要知道，当你站得越高，越了解这个世界的时候，就越会有敬畏之心。晓得在这世界的黑暗之处，到底潜伏着什么样的危险。

那又如何，对方再厉害，我不是还有剑么？拥有这样的心态，方才能够称之为"强者"。

我不慌不忙，如耍弄老鼠的猫一般，在暗处静静地观察着陆一，品味他的恐惧和惊慌，看着他像无头苍蝇一般乱撞时，突然间想起一件事情。那就是我们平日里信仰的神灵，是否也会如我一般，在九天之上看着大地上的芸芸众生，然后享受这种偷窥的快感呢？

我见过"神"，也跟所谓的"神"交过手，知道这些与我们并不处于同一维度的家伙，其实不过是比我们强上太多的生物而已。

唯一遗憾的是，我只见过邪神的分身投影，并不确定所有存在的神灵，是否都是这德性。又或者说，其实还是有善良的神灵。比如我们符咒之中，所祈祷的那些道教先贤。

当我考虑到这个世界构成问题的时候，陆一终于待不住了，沉思了两天的陆一离开青山界，然后翻山越岭，潜入湘湖省，再改头换面，折转向北，一路走到洞庭湖。

他的一举一动，都在我的掌握之中。对于这一点，他似乎也知道，所以基本上不会跟任何人联系。

这一场长途跋涉，不知不觉已经变成了我与陆一之间的博弈，两人比拼的，不但是手段，还有耐心。

或许陆一会觉得像我这般日理万机、诸事繁重的"大人物"，未必会有时间一直跟着他，总会有时间逃脱的。他却不知道，我并没有把这当做是一场辛苦的追逐，而是一场心灵的苦旅。

一如当年黄河口一役之后，我辞去所有的职务，用脚步丈量天下的土地一般。

我无比轻松，而陆一的心情则一天比一天沉重。压力让他变得无比憔悴，每一天都在猜疑和恐慌之中度过，食不果腹，有时候甚至在睡梦中惊醒，然后整宿整宿地失眠。

他甚至会突然一下子呼吸不畅，浑身抽搐。在他的心中，我或许已经成了魔，像山一般重重地压着他，让他难以释怀。

十天之后，陆一终于忍不住了，在荆州一处茶馆里与人接头。他似乎是想要传递些什么消息，而这一切则都被我收入了眼底，紧接着，茶馆老板将他带到了单间。过了十几分钟，一个打扮得很像陆一的家伙，从茶馆里离开。

我没有动，这是陆一在试探身后是否有人跟随的伎俩，而一直到入夜时分，他终于出来了，一路前往荆州轮渡的码头，上了一艘小船。

陆一乘船，沿着长江一路往上，从荆州出发，过枝江、宜都，一直靠近了宜昌的江道水域。这一路，他都在不断地折腾，想要试探出自己是否被人追踪。然而他一直都没有办法知道，我一直都在，远远地感应着他，不言语，不参与任何

第十四卷 一个时代的结束，一个时代的开端

事情，仿佛开启上帝视角的观察者。

在离开青山界的二十四天之后，某一天夜里，陆一突然消失不见了，在大江之上。

所谓的消失，并不是说看不见人影，而是指我已经感受不到注入陆一额头上的那滴精血。之所以出现这样的情形，只有一个可能，那就是他进入了一处洞天福地里，到了另外的一处世界和空间。

除此之外，绝对没有第二种可能。即便是像遁世环一般的神奇之物，也隔绝不了我对精血印记的感应。只有像洞天福地这样完全隔绝于世的小千世界，方才能够遮掩住他从精神层面里散发出来的气息。

对陆一的突然失踪，我并没有任何意外，这其实是在我的谋算之中的。

我最担心的，并不是他的消失，而是万一这小子突然开窍了，找一个谁也不认识的地方隐姓埋名，过起小日子，那我可真的就傻眼了。我总不可能一辈子陪着他，对吧？

好在陆一心中到底还是存着侥幸，他不甘心一辈子隐姓埋名，再说了，他也过不了普通人娶妻生子的日子。不是说他不甘于平淡，而是身体没有那个功能了。

人一旦失去了希望，就会选择冒险。人死鸟朝上，不死万万年，能够搏一把的事情，像他这样的赌徒，怎么可能不上钩呢？

在确定此事之后，我立刻通知林齐鸣，对荆州市郊那个茶馆进行了突袭。很快，我这边得到了回馈，行动组在巢穴中遇到了八名邪灵教徒。其中五人试图反抗，被当场击毙，而另外三人，或多或少都受了伤。

茶馆的老板受了重伤，不过最终还是被控制住了。场面这般激烈，是我没有想到的，不过也由此可以知道，这个茶馆绝对是一条大鱼，要不然不可能反抗得这般激烈。还好布鱼、小白狐等人也参与了这一次行动，在人手方面，倒也没有太吃亏。

审讯工作在当夜进行，而我则望着茫茫江水，陷入了沉思。很明显，在这大江之上，某一个地方，藏着邪灵教的重要据点，甚至是老巢。

万万没有想到，邪灵教这么一个诞生不过百年的组织，居然拥有自己的小千世界，这实在是让人太惊讶了。要晓得，世间灵气充裕的洞天福地，早在几千年前就被各个宗门教派瓜分一空了，哪里还有残留。

第十四卷 一个时代的结束，一个时代的开端

也只有如此，方才能够瞧得出当年沈老总的雄才大略。只可惜那人如流星一般，在最辉煌的时候一划而过，只留给余晖让后人"敬仰"。

出师未捷身先死，长使英雄泪满襟。这事儿对比起弥勒，其实也很像。

黄山龙蟒，我师父与天王左使对决时，王新鉴也曾对弥勒，也就是掌教元帅小佛爷寄予厚望。王新鉴希望他能够代替自己，统御邪灵教，将其发扬光大，然而让人跌掉眼镜的，却是弥勒居然这般轻易死在了我的手上。

世间事，多少也有些离奇，不合常理。我盘坐于江畔，夜色低沉，江面上有雾气升腾而出。滚滚长江东逝水，浪花拍打岸边的泥土与沙石，夜空中群星璀璨。

万籁寂静，我在突然之间，心与魂都有一种陡然拔高、朝天飞去的冲动。

是这神奇的江景，让我的心绪变得无比奇妙起来，顿悟在一瞬间源源不断地涌上了我的心头。在我的眼中，滔滔不绝的江水已经不再只有具体的形象，而是化作了无数抽象的点和线。

天空与大地，呼吸与共，星垂平野阔，月涌大江流。

思绪在飞驰，我按捺着心中的狂喜，尽管不知道为什么我会在这样的一个情况下心有所悟，却知道我这几年来一直在努力的契机，终于水到渠成了。

没有人能够感受得到我心中的欢喜，因为他们不知道我曾经承担过的压力。

望着天空那抹被云雾遮掩的皎月，我将手伸入了怀里，把碧落魂珠掏了出来。

分神之事，就在今夜。

第八十章 心魔与我，我与心魔

一滴津液自舌苔之中孕育而出，含龙虎，保送中黄庭之中，随元气上升而朝于心。积之而为金水，举之而满玉池，散而为琼花，炼而为白雪。

一缕神魂从心中提起，无为之性自圆，无形之形自妙，变化无穷，隐显莫测。自升天际，而又垂落下来，俯天而望，遥遥注视着江边这个盘腿之人。我能够瞧见自己，非眼观，乃心观。心之所见，更类真实之本我。

行功至此，我一直以来跨越不过的鸿沟，在此刻变得十分微小。抬腿跨过，便能够见到泥丸宫中的本我，归伏本宫，神未壮健，如婴儿幼小，浑浑噩噩。

世间能识本我者，能有几人，然而泥丸宫之中的本我，却并非唯一，而是两个。一人如我，眼观鼻、鼻观心，盘腿而坐，双手合十，眼眉肢体如同幼儿；另一位却是一尊头上双角的魔神幻影，遗世独立，遥遥地朝着我的方向看来。

它瞧着我，嘴角处浮现出了一抹冷笑。这人，便是伴我出身的心魔，战神蚩尤！

它跟我想象的并不一样，那魔神幻影并不威严，反倒肉乎乎的，显得有几分可爱。不过与它外貌所不同的，是那眼神，冷酷地让人心中发凉。

泥丸宫中，两人对望，外面的我已经将那炼制多年的碧罗魂珠掏了出来，双手结印，开始念咒。那魔神幻影瞧着我，冷冷地说道："你想把我安置在那灵胎珠子里？"

这是我第一次用内视观心的方式，与这个相识多年的心魔对话。在它开口之后，我莫名一阵心虚。与它冰冷的眼神对视，我心中不由得升腾出一股怒意来，同样冷声说道："对！"

我毫不犹豫的回答，让心魔的脸上一阵扭曲，它几乎化作了虚无。

几秒钟之后，它又凝固了一些，朝着我寒声说道："真想不到，你居然是这般冷酷而无情的人，甚至连一点儿感恩都没有。若是没有我，你早就死了八百回，到了现在，你居然想要把我驱逐了？"

听到心魔的抱怨，我莫名地动摇了一下，不过还是稳住心神，对它说道："我不是忘恩负义的人，不过也不是什么高尚者，绝对不可能留下你，而把我毁灭了。"

我心虚地还补充了一句："这并不是为了我自己，而是我的亲人、妻子和女儿……"

这话一开始还是为了弥补我心中的负疚感，然而说到后面，我变得坚定了起来。是的，我所做的一切，都是为了他们。

我若死了，或者失去了神志，很难想象得到我的父母、姐姐、小颜师妹和我家那可爱的包子，到底会变成什么模样。她们会被人欺负么？

我不能容许任何人伤害到她们，这是我作为一个儿子、丈夫和父亲的坚持，而心魔蚩尤则是我此刻最大的磨难，我若被它夺去了神志，所有的一切，都完了。

我心里面在想什么，心魔蚩尤其实都知道。它望着我，脸色发寒："没想到，你也和那些家伙一般，如此的寡情薄意，算我看错了人……"

我苦笑着说道："难道我还有别的选择么？"

"怎么没有？"

心魔蚩尤一手指天，冷然说道："你可以抛弃掉所有束缚你的东西，选择与我合作，一如我们之前一般。如果你能够配合我，我可以保证你家人性命无忧，你说如何？"

说实话，这话听得我一阵怦然心动。真正领教过心魔蚩尤力量之后的我，很难忘掉那种宛如毒品一般的快感。看着那些仿佛不可能逾越的天堑，在它的帮助下变得渺小无比，无论是康克由，还是弥勒，都已然不是我的对手。这种天下第一的感觉，实在是让人留恋不已。

只是，这样的蜜糖背后，绝对会有苦楚，我问道："你到底想要做什么？"

世界上从来没有无缘无故的恨，也没有无缘无故的爱，心魔蚩尤到底想做什么，一直都是我所担心的事情。我并不是害怕它取代了我的意志，而是担心它想要做的事情会很恐怖，恐怖到危及到所有我所熟悉的人和物。

沉默了许久，心魔蚩尤终于抬起了头来。它不再掩藏自己的情绪，而是露出了张狂的笑容来。它冲着我冷笑道:"当年的我,差一点儿就打败了黄帝那个伪君子,夺取天下道统。没想到三十四层天居然降下九天玄女,把我的大计破坏了,而且还将我禁锢在深渊沉沦。我现在回来,就是要夺回自己失去的一切,开启人道至尊,重返三十四层天,杀出一片天地……"

"什么是三十四层天?"

心魔蚩尤抬起了头来,长吸了一口气,仿佛在回忆,又仿佛在感叹:"那是这无尽世界的起点,也是茫茫宇宙的终点——在那里,有着男儿的梦啊……"

伴随着心魔蚩尤的感慨,我平静地说道:"尽管我不知道你在说些什么,我想告诉你的是,历史从不倒退,既然已经发生,那就愿赌服输。我不愿为了你的野心,让所有人,都为你而陪葬!"

即使是蚩尤全盛时期,仍被人战于涿鹿之野,四分五裂,更何况是这末法时代呢?再来一次,也不过是失败的结局而已,根本蹦跶不了多久。

我没有再多话,而是循着那早就已经凝练纯熟的法门,祭出那碧罗魂珠,吞入神府,使其具备了强大的吸力,将心魔蚩尤的魔神幻影扯入其中。

尽管心魔蚩尤能够明了我所有的想法,但是这一下,它却并没有预料得到。

人心叵测,再厉害的人,都不可能明了世事。

轰!炼制多日的碧罗魂珠在这一刻发挥了恐怖的吸力,我的神志,只有本体守护,不受其扰,而心魔蚩尤的魔神影像,却在这个时候,变得格外的模糊。

望着几乎接近虚无的心魔蚩尤,我整个人都变得恍然。我这样做,到底是对是错?我真的要将这个曾经帮助过我无数次的家伙,清除出去么?

失去了心魔蚩尤的帮助,我会不会就不再是我?我或许会被王新鉴杀死……或许会……无数的可能浮上心头,在那一瞬间,我犹豫了一下。而就这么一下,却给了心魔蚩尤一个绝佳的机会,它突然朝我猛扑了过来,将我紧紧抱住。

两个神识在这一刻,生死不分离。

啊……我变得无比痛苦,因为此刻的我已经分成了两个我,一个控制我身体的意识,一个则是那个被心魔蚩尤抱住的本我,这种意识的割离让我变得痛苦万分。而更让我痛苦的事情是,碧罗魂珠吸纳分身迫在眉睫,而倘若没有神识灌入,碧罗魂珠就会变成废物,不再存留。眼看着碧罗魂珠的灵性即将丧失,我不得不使出当初海常真人教过我的炼神三分功,分离出一缕神识,朝那碧罗魂珠注入。

第十四卷 一个时代的结束，一个时代的开端

潜意识中，这是我留下来的最后一个备用方案。

轰！嗡……

巨震之后，又有回响。这一次，月亮从浮云后露出了眉头，星光璀璨，而所有的感悟与机遇，都在此刻消散了去。我已经不能够再内视泥丸宫，只是在心中感叹道："我不应该心软的，没想到堂堂战神大人，居然也会用这种玩弄人心的手段！"

听到我的讥讽，那心魔蚩尤缓缓传出声音："都是被逼出来的……"

这话语之间，却是有几许得意。我错失了摆脱心魔蚩尤最好的机会，气恼地躺在了地上，感觉整个世界都变得晦暗。但回想起来，倘若将它注入碧罗魂珠，我必然控制不住碧罗魂珠。

这碧罗魂珠一旦逃脱了我的掌控，化成了分身，便成了真的蚩尤。尽管这分身的修为远不如我，但是凭着它的能力和手段，几年之后，恐怕这世间，再无敌手。

此刻，我作为心魔蚩尤的封印将其镇压，反而是一种不错的选择。

我不入地狱，谁入地狱？我自我安慰着，而就在这时，背下突然有一样东西在拱我，像是虫子，痒痒的。而几秒钟之后，我猛然一跃，朝着前方扑去，差点儿跳入了江水里。

回过头来，我瞧见了一副极为诡异的场景。草地之中，有一个小黑点，它在我的注视之下一点一点，像吹气球一般地膨胀了起来。几秒钟之后，它竟然变成了一个人类的小男孩儿。它在男孩儿的模样只停留了十几秒钟，紧接着，这人快速地成长。

几分钟之后，一个男人站在了我的面前。他有着与我一模一样的脸。

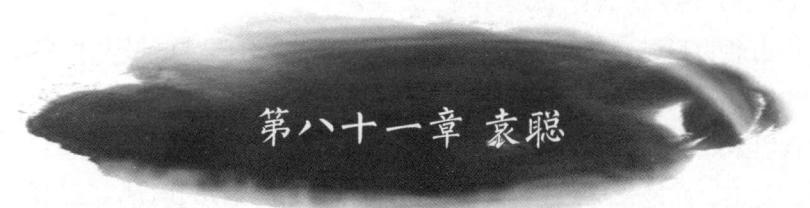

第八十一章 袁聪

"你是谁?"

"你是谁?"

"我……"

"我……"

当对方口中说出与我一模一样的话时,我终于反应过来,我面前的这一位,竟然是那碧罗魂珠发展出来的分身。

它的行为由我的一缕神魂控制,而那神魂又与我的本体相关联。

我的眼中突然出现了两个角度的世界,它让我有点儿反应不过来,又觉得是如此的滑稽可笑。还好只有一颗碧罗魂珠,倘若再多一个,那不是可以斗地主了?

要是多俩,打麻将也不成问题……当然,这只是开玩笑,陡然的变化不但使我难以接受,而且过了好久,我方才能够勉强控制住分身,让他按照我的想法去做。

这还只是最简单的行、走、坐、卧,还有很多东西需要适应。

此刻的他,绝对不可能提着饮血寒光剑与人拼斗。

这么一个分身就足以将我搞得焦头烂额。当初的小黑天,在拥有十几个分身的情况下,不但心意相通,而且还能列成阵法,那是如何强大的心智,方才能够如此作为。

不过想一想,那小黑天比我多了无数年头的历练,我也就平衡了。

分身,其实就是另外的一个自己,我渐渐地适应了两个自己。

这些年来,我曾经瞧过无数人,却从来没有好好地审视一下自己。现在自己的面貌落在眼中,我感觉有一些不一样的东西。这种情况,有点儿像是斩三尸——《梦三尸说》有云："人身中有三尸虫。"

上尸虫名为彭候，在人头内，令人愚痴呆笨，没有智慧；中尸虫名为彭质，在人胸中，令人烦恼妄想，不能清静；下尸虫名为彭矫，在人腹中，令人贪图男女、饮食之欲。斩得三尸，即证金仙。

三尸化出，亦是分身，三位一体，斩尽之后便是大寂灭境界。三尸合一，化身与本体彻底相融而不分彼此，便离那混元之道，只差一步。

这混元之道，与心魔蚩尤所追寻的人道至尊一般道理。

当然，道家有道家的法门，巫家有巫家的造化，条条大路通罗马，我也不知道心魔蚩尤到底想要走什么路子。但是从根本上来说，分神而出，练就分身，对于我的个人而言，却是实力有了一个本质的提高。一人计短，两人计长。

天色渐白，江面上雾气浓郁，有渔人乘舟而过，我没有再继续玩自己的新"玩具"，而是手掐法诀，朝前一拍，那分身身体腾空而起，化作一道光芒，朝我的口中射入。

它不再是碧落魂珠，而是真正属于我的东西，就如同我的手脚一般。

分身在我的脏腑之中温养，而我则伸了一个懒腰站起来。远处江面上的鸬鹚在飞翔，不时俯冲入江水之中，叼起一尾鱼儿，飞向了渔翁的小舟上。

世界是如此静寂，让人爱它爱得深沉。我心中忍不住涌出欢喜，朝着远处渔船上的人们挥起了手，完全没有丢失了陆一位置的晦气。他在我的心里，已经是死人一个。

当天傍晚，我抵达了荆州，与林齐鸣等人会合。张励耘坐镇首都，这回来的是林齐鸣、小白狐、布鱼和董仲明，特勤一组的成员也来了几个，都在帮着打下手。

在荆州有关部门的审讯室里，我见到了茶馆的老板，那是一个长相温文尔雅，戴着金丝眼镜的中年男子。

这人看着十分有素养，安逸的生活让他产生了一种平静的气度。不过所有的一切，都被突如其来的抓捕毁了。此刻的他满脸青肿，风度不再。

我被人簇拥着进了审讯室，坐在了主审位，看着那个淡定的家伙，然后回头瞧了一眼林齐鸣，林齐鸣朝我摇了摇头。

这是对方到现在为止还没有招供的意思，我问林齐鸣道："这人的修为有多高？"

第十四卷 一个时代的结束，一个时代的开端

林齐鸣回道:"很厉害,打伤了田学野、农菁菁,要不是当时有我、尾巴姐、布鱼和床单在,说不定就让他给跑了……"

我手下的这些人,在总局都是年轻一辈中出了名的高手,特别是林齐鸣、布鱼和小白狐三人,不是一般的修行者能够比拟的。他们都才勉强将此人擒住,看得出来,这是一条大鱼。

既然是大鱼,我就不问小白狐有没有用离魂镜试过的问题了。除非是对方故意露出破绽,要不然小白狐是不可能得手的,还得靠着最原始的方法来审问才行。

我与林齐鸣说完话,回过头来,仔细地打量面前这个男人。看得出来,除了之前交手的时候外,他应该是没有吃过什么苦头的,所以才如此淡定,仿佛这审讯室是他的茶馆包间一般。

林齐鸣他们不是我,做事张弛有度,合理合法,而我,更喜欢剑走偏锋。

我冲着对方咧嘴一笑道:"在下陈志程,不知道阁下尊姓大名?"

那人被我一直晾着,心中多少有些不满,然而听到我自报姓名,脸上顿时就变了颜色,失声喊道:"陈老魔,你是黑手双城陈老魔?"

我微笑着点头道:"哎呀呀,都是江湖上朋友抬举给取的匪号,虚名而已,你还是叫我陈司长吧。"

那人下意识吞了一下口水,却不敢多说话。场面一时有些尴尬,我拿起桌面上的一卷案宗,翻了几页,然后笑道:"哈哈,你看看我,真的是脱了裤子放屁,多此一举。让我看看啊,哦,阁下原来叫做袁聪,嗯,好名字,看看啊——荆州市公安县斗湖堤镇德义垱村人。嗯,那是个好地方啊,历史上的公车三袁,好像就是来自公安县,对吧?"

我盯着袁聪笑,然而他却是徐庶进曹营,一言不发。我也不担心,耸了耸肩膀,对林齐鸣吩咐道:"既然知道他老家地址,有没有派人去他家里找一找?"

林齐鸣有些发愣,问道:"找什么?"

我摸了摸鼻子说道:"修行者靠的自然是传承了,你听过无师自通,一下子就变得很厉害的家伙么?把他家人逮起来审问一番,说不定会有大收获呢?"

听到我的话,林齐鸣眼中流露出了惊诧的目光,不过他是个聪明人,立刻低下了头,点头说道:"好,我这就去办。"

林齐鸣还没有走出房间,一直沉默的袁聪却坐不住了,他抬起头来冲着我吼道:"一人做事一人当,陈老魔,你牵扯我家人做什么?"

我耸着肩膀说道:"我也不想啊,不过你这么一言不发,我除了调查你的社会背景,还能干啥?"

袁聪恶狠狠地盯着我,一字一句地说道:"你要是敢伤害我的家人,老子,老子……"

这威胁的话到底是没有说出口,此刻的袁聪是"人为刀俎、我为鱼肉",哪里反抗得了。除了用那双锐利的目光瞪人之外,再无别的办法。

我眯着眼睛,平静地说道:"不要跟我扯这些乱七八糟的东西,实话告诉你,之所以抓你,是因为你跟陆一那家伙有联系。倘若你知道陆一刚刚带着人去抄了我家,我父母甚至差一点儿就死在他的手上,而我姐夫已经死了。你就应该知道,我什么事情,都做得出来的……"

听到我的讲述,袁聪终于明白了整件事情的来龙去脉,愤怒无比地说了两个字:"混蛋!"

我不理会他的愤怒,兀自说道:"瞧你这修为,以及在江湖上的名气,你在邪灵教中的地位应该很高吧。所以我想让你交代什么,你应该是会拒绝的,对吧?"

袁聪冷然说道:"既然知道,你还问什么?"

我摇头笑道:"我之所以出现在这里,是因为我相信一件事,那就是人都是有弱点的,只要被抓住弱点,什么都能够妥协。所以,你对你家人的性命,怎么看?"

袁聪愤怒地吼道:"你这个混蛋,他们不会让你这么胡作非为的……"

我哈哈一笑,耸了耸肩膀道:"看来你对我不是很了解啊,知道为什么你们都叫我陈老魔么?"

袁聪死死地盯着我,而我则平静地说道:"因为在你们眼中,我的手段,比魔鬼还要恐怖……"

说完这话,我起身离开。袁聪是那种不见棺材不掉泪的人,所以想要让他彻底交代,必须要让小白狐配合着演一场戏才行。而至于能不能骗过此人,那就看一会儿的状态了。

不管如何,我都得将天王左使引出来与我一战。

第八十二章 黑手慈心

稍晚一些的时候，林齐鸣在当地工作人员的配合下，找到了这袁聪的家人，一个双目失明的七旬老妇人。这老妇人并非修行者，看着也是时日无多的样子。

除了袁聪的母亲之外，袁聪便再无其余关系亲近的家人了。年逾五十的他，一直单身至如今，既没娶妻，也无子嗣。

袁聪的母亲是由他表弟照顾的，之所以没有好生安置，大概也是因为故土难离的缘故。当然，老人家并无什么劣迹，我们也不可能真的对她动什么手段，只是让小白狐与她交流了好一会儿，尽量侧面地了解一下袁聪的情况。

不过无论是袁聪的母亲，还是他表弟一家人，都特别有警惕心，他们对我们的到来虽然无能为力，但是却含糊其辞，不多言语。很显然，他们都清楚袁聪所做的并非什么好事。

尽管对方为了维护袁聪，尽可能地回避问题，不肯合作。不过好在我们另有方案，于是也就懒得多作计较。

傍晚时分，吃过了晚饭，我又来到了审讯室，看着在强光下熬了一天一夜的袁聪。尽管吃了标准剂量的化功散，但他依旧很有精神，仍然从容地面对着审讯人员的疲劳轰炸。

看到我到了审讯室之后，审讯员就不说话了。我看了一眼审讯人员，然后平静地说道："摄像头开着的么？"

那人点头，我挥挥手："关掉！"

那审讯人员有些不理解，对我提出质疑道："可是，按照规定，审讯犯人的时候，必须开启监控和录音，防止……"

他的话还没有说完，跟我一起进来的布鱼就一把揽住了他的肩膀，笑道："小伙子，你怎么这么轴呢？领导是想跟这犯人单独讲几句话，赶紧的，把房间里的监控给关了！"

被布鱼瞪了一眼，那审讯人员方才醒转过来，瞧了我们一眼，应承了下来。他不但照办，而且还主动离开了。

屋子里就只剩下我、布鱼和被绑在椅子上的袁聪三人。我坐下来，冲着袁聪友好地笑了一笑，然后说道："不好意思，有点儿事情需要处理，所以审问推迟到了现在，让你久等了。"

我的客气让袁聪一阵发寒，他眯着眼睛，冷冷地说道："憋什么坏招等我呢？"

我展颜一笑，拍手说道："看来你的名字真没叫错，不过在谈话开始之前，我们得做些准备工作。布鱼，给袁先生打一针肌肉松弛剂，免得他一会儿发起狂来，大家的脸上都不好看。"

袁聪听到这话，恨声说道："老子都这样了，你们还有什么好担心的？亏人家说你黑手双城的身手最为了得，现在看来，不过如此。"

布鱼上前，给袁聪的胳膊上来了一针。随着袁聪的表情渐渐变得呆滞，我微笑着说道："凡事多想一些，未雨绸缪会比较好一点儿。"

简单的开场白之后，我再次说道："其实，我找你主要是想问三个问题。"

我咳了咳嗓子，说道："首先第一个问题呢，是关于你身份的问题。我知道，像你这样的身手，即便不是一地鸿庐之主，必然也是大有来头的人，对吧？其次呢，我想问一下，你们邪灵总坛，到底在何处？而第三，我想问你一句，小佛爷他到底是死是活？嗯，我们一个一个的来，首先第一个问题……"

我自顾自地说着，那袁聪却是冷冷一笑，朝着地上吐了一口唾沫，抬头说道："我什么都不知道，你要是有本事，现在就杀了我！"

袁聪的节操要比很多特殊材料做成的人强，他对于自己的信仰，毫不动摇。

我也不恼怒，而是似笑非笑地问道："袁聪，你真的就这么坚持？"

袁聪仰着头说道："怕死不入厄德勒！"

好！我击节赞叹，待他气血稍微平缓了一些，这才慢条斯理地说道："你这么不合作，当真让我很为难呢！不过，我这人最是平易近人，我问的问题你不回答，我倒是可以回答一下你刚才的问题。"

袁聪讶然道："什么问题？"

我笑着说道："你刚才不是问我今天干嘛去了么？现在我可以告诉你了，

来人……"

我拍了拍手，那审讯室的铁门"吱呀"一声打开了，一脸横肉的田学野押着一个白发苍苍的老婆子走了进来。那老人似乎受到了不公正的待遇，一头乱发被人揪着，无助地哭喊道："你们这是要做么子，做么子哦……"

"娘……"

听到这熟悉的声音，袁聪的身子一瞬间挺得笔直，想要从那铁椅子上奋力挣脱，然而却被那铁链子束缚住，打入他身体里的药物也限制着他的力气。

袁聪双目赤红，冲着我怒声吼道："陈老魔，你找我娘来做啥子？"

就在他怒声高吼的时候，那老妇人也听出了他的声音，伸出一双枯瘦的手掌向前摸去，颤颤巍巍地说道："是我儿么？是聪儿么？"

她朝着袁聪的方向走过去，而田学野则一把拽住她的头发往回扯，然后噼里啪啦扇了她两大耳刮子。他一边扇，一边还骂道："刚才跟你说什么来着？让你别说话，懂不懂？"

他扇得用劲儿，那老妇人被扇得一嘴鲜血，呜咽着哭道："知道了，不敢咧……"

瞧见这一场景，袁聪更是狂怒不已，用尽所有的力气挣扎，用尽一切恶毒的语言咒骂着我。

在这般的喧闹中，我则显得异常平静，对袁聪说道："如果你还对自己母亲有半分责任心的话，就给我安安稳稳地坐在凳子上，与我认真地说话，知道么？"

袁聪身子前倾，一双眼睛通红如血，冲着我寒声说道："陈老魔，祸不及家人，你……"

我瞧见他还不肯消停，心中顿时一阵火起，一拍桌面猛然站起，指着他的鼻子骂道："你跟陆一那家伙见过面，肯定知道他干的那件事情，说什么祸不及家人，结果呢？这卑鄙事是你们先做的，规矩也是你们先坏了的，现在过来跟我谈这个？袁聪，我实话跟你讲，你要是配合还好。要是不配合，信不信我现在就把你娘的脑袋拧下来让你过过眼瘾？"

袁聪顿时就崩溃了，冲着我怒吼道："你敢？这是在你们的机关，你们上面是有规矩的，你怎么敢做这事？"

我狞笑着说道："你们也有安插人在我们的局子里，敢不敢你还不知道？"

袁聪与我双目对视，两人足足互瞪了一分钟，瞧他一点儿都没有动摇，我就知道他是在赌我没有那份胆量。

我毫不犹豫地举起了手来，吩咐道："看起来，你对自己的母亲，一点儿都不心疼啊。给我先剁一只手下来，给他看看我的决心！"

田学野这人看起来凶悍得很，听到吩咐之后，毫不犹豫地从腰间拔出一把匕首，将那老太太的手摁在桌子上。

唰！

一刀下去，鲜血横流，老妇人尖叫一声晕了过去，她的左手已经被斩落了下来。

伴随着老妇人尖叫声一起的，则是袁聪愤怒地吼叫声："不要，不……"

我并没有理会袁聪那几乎想要把我活剥生吞的表情，慢条斯理地说道："怎么样，你看到我的诚意了吧？"

袁聪望着我，一字一句地说道："陈志程，你简直是一个魔鬼！"

我微微点头，丝毫不觉得惭愧地说道："谢谢夸奖。"

接下来的时间里，袁聪终于妥协了。他是个老油子，自然知道我能够斩落他母亲的一只手来，就完全可以把老妇人的头颅斩下。而且从现在的情况来看，我已经完全掌控了这边的场面，他就算是有冤，也无处申去。

见识了我的残酷，袁聪没有再心存侥幸，在让我发下毒誓之后，他交代了一切。

袁聪是法螺道场覆灭后这一地区的总负责人，在他的脑子里有这一片地区人员的名单和联系地址。陆一他曾经见过几次面，知道是掌教元帅麾下佛爷堂的人，所以才会出手帮助。

至于邪灵总坛在哪里，这个他真不知道。除了总坛的人，和十二魔星之外，无人知道总坛在哪里，他只大约知道，应该在宜昌和重庆附近的长江流域。

虽然他不知道总坛的详细地址，但是他认识总坛的联络人秋水先生。最后的一个问题的回答让我诧异——掌教元帅小佛爷早就存在，不过从九十年代起，就一直没有离开过总坛，也没人见过……

离开审讯室之后，我望着导演了这一切的小白狐，苦笑道："利用别人的孝心，我是不是很卑鄙？"

小白狐摇头，却肯定道："是！"

第八十三章 王校长

以前盘踞在鄂北省一带的,是最擅长使法阵的法螺道场。

这个团体其实是邪灵教的一个分庐,当初邪灵分家之时,它自行立起的大旗。一直到了我与利苍一役,法螺道场算是全数尽灭,那主事人阵魔却又悄然无踪,才使得邪灵教总坛重新洗牌,让袁聪上了位。

袁聪的师承也颇有些传奇,得自于一游方道人,后来他为了学全手段,竟然将那师尊给杀了,成就了一身修为。也正因为这件事将他推上了这片区域负责人的位置。

重新掌控鄂北省一带之后,邪灵总坛与袁聪这边的交流倒也颇为频繁,而且是要人给人,要钱给钱。

得到这般鼎力的支持,袁聪在这一带的发展颇为顺利,不但成功网罗了法螺道场的残党,而且还将荆湘大地的许多豪雄纳入麾下。这些人的名单,袁聪已经全部交代了出来。

看得出来,这人的恶名虽盛,但到底还是有一颗孝心。恶人总须恶人磨,遇到我这样的家伙,他就显得如小绵羊一般了。

名单在手,但我们却并不能按图索骥,照单抓人。要晓得,尽管袁聪被布鱼打下的那一剂名为肌肉松弛剂、实为迷幻药的针剂,但并不一定就代表他上当了,是否识破,还是需要验证的。所以这些人的名单我必须与当地部门进行沟通,经过验证之后,方才能够将其缉拿归案。

当然,这事情一定要快,袁聪的茶馆出事已经有两天了,要是有人反应过来、就此遁逃,那就来不及了。

审讯结束之后,我立刻与总局取得联系,将此事作了通报。

宋司长向上面作了汇报之后,很快就回复了我,说几位局领导就此事进行了专项讨论，决定特事特办，以这份名单为契机，进行针对邪灵教的专项打击活动。局里不但会派特勤一组的其他人员过来帮助，特勤四组也会过来帮忙。另外，总局还会通知中南局以及鄂北省局，全面支持此次的行动。

听到宋司长的回复，我稍微心安了一些。要晓得，特勤四组的王朋跟我曾是生死之交，甚至还是我进入特勤局的领路人。虽然这些年因为工作的关系，我们刻意疏远了，但那交情不是一般人能够理解的。

不管怎么说，总局采取的措施还是十分积极的。但凡有一些头脑的人，都知道邪灵教的恐怖之处。这样的组织，就得采取雷霆手段，没有任何姑息的余地。

名单上牵涉四十多人，这些都是袁聪发展的下线以及邪灵骨干，需要一一确认，并且组织抓捕工作。这些事情，得等到大部队到达后协商完成，而我现在手上还有另外一个信息是需要立即处理的。

那就是邪灵总坛与袁聪的联络人，秋水先生。秋水先生是此人的名号，我知道他的全名应该叫做王秋水，是弥勒手下的一名谋士。

我当年曾经在南方市的一个早茶餐厅里见过此人，当时的他还是一个戴着眼镜的平凡男子。没想到这么多年过去了，往日的小眼镜，已经混成了先生。

根据袁聪的说辞，他并没有去总坛的资格，他与邪灵教所有的联络，包括指令的下达，都是通过此人来进行的。也就是说，秋水先生是鄂北分庐与邪灵总坛的纽带，也是唯一的关联。

这人据我了解，应该是弥勒嫡系的嫡系，也是最信任的手下。弥勒的许多谋划他都有参与，就连当年兴凯湖落龙，他都有亲自前往赤塔叛军的基地进行游说。如果能够将他抓了，对邪灵教来说，必然是一场重大损失。

只不过，弥勒死了，这个家伙是否会归顺于邪灵教实际的掌管者，天王左使，我无从知晓。

秋水先生这人聪明无比，自然不会将自己的身份位置暴露，就连跟袁聪联系也是尽量通过密信或者电话的方式进行沟通。不过秋水先生有大智慧，而袁聪则有小聪明，为了留一手，袁聪背地里暗中调查过对方的身份。

根据袁聪的调查，秋水先生目前是宜昌山区一家叫做徐家坳小学的校长。无论我如何猜测，都想象不到这个谋算千里的家伙居然会窝在一个山区小学里，当起了灵魂工程师的角色。

袁聪到底是否真心交代，秋水先生的下落应该是最好的磨刀石。

第十四卷　一个时代的结束，一个时代的开端

当天夜里，我点了布鱼、小白狐两人随我前往宜昌山区，董仲明则留在了这里，带着一组其余人等待大部队的到来。

当地部门给我们配了一台越野车，当夜出发，一路向西，先走省道，然后拐入了那弯弯折折的山路。一直到了凌晨时分，我们方才赶到了徐家坳附近的乡里。

徐家坳位于王家畈和潘家湾两个乡的交接之处，这里崇山峻岭连绵，山路盘旋而起。到了附近乡上之后，再难行车，我们找了一处地方，将车弃了，然后徒步前往徐家坳。

走了一个多小时的山路，天已经朦胧亮了，我们走到村口时，已经有村民扛着锄头出村。当我们向村民问起村小学的位置，那村民便憨笑着对我说道："你们是过来找王校长的吧？"

我心中一动，点头说道："对啊，我们是荆州那边过来的，不知道王校长在家不？"

村民搓着手，热情地跟我们握着，用当地方言笑着说道："感谢你们咧，是你们这些好心人，帮着我们翻新了学校。让我们这些山里的娃娃，不用翻几十里的山路去乡里上学，感谢你们咧……"

村民的热情让我有些无所适从，只有勉强笑着说道："应该的，应该的……"

跟这村民交流了一会儿，我才知道王校长是十年前来到徐家坳的，一直在这连路都没有通的山里面教书育人。前几年学校的老房子不堪风雨，眼看就要倒了，他就去教育局跑资金，碰了一鼻子的灰，结果一毛钱都没有要到。

不过王校长也没有放弃，他又通过朋友在社会上募集资金，最终在前两年将村小给筹建了起来。

现在的徐家坳小学，可是全村子里最好的砖瓦房，就在村西头烂田湾大队那儿。

听完这些，我有些不敢相信村民口中所说的那个王校长，跟我要抓捕的秋水先生有半点儿交集，于是下意识地问道："对了，老乡，王校长是不是就叫王秋水呢？"

村民纯真无比，咧着嘴笑道："是咧，王校长就叫这个名字。"

我怀揣着疑惑的心情，与小白狐、布鱼朝着村子西面走去，穿过那到处都是矮旧房屋的村子，尽头处出现了一栋三层楼房。前面还有一大片的平地操场，以及并不算高的院墙。

这看着完全就是一处山村小学的模样。这儿真的是那秋水先生隐居的地方？

我揣着疑问缓步走到了小学门口，瞧见铁门紧锁，透过门栅间隙，瞧见里面的学校一片寂静。

我们在门口待了十几分钟，有人走到了门口，把锁开了。他瞧见我们，打量了一下我们的穿着，诧异地问道："啊，你们是……"

这人看着年纪不大，也就是二十四五岁的模样，应该是小学的老师。布鱼迎了上去，对他说道："你好，我们是荆州来的，找你们的王校长，请问他在么？"

年轻老师有些诧异地说道："啊，找王校长的啊？王校长他昨天夜里离开了。"

我眉头一跳，看了布鱼一眼，布鱼心领神会，和颜悦色地说道："老师，是这样的，我们是一家助学基金的，之前跟王校长有联系过。这回是过来落实计划的，你看能不能帮我们联系一下他呢？"

听到布鱼临时编的身份，那老师顿时就变得热情起来，跟我们一一握手，然后邀请我们去里面去坐。

在老师宿舍门口，他执意给我们每人倒了一碗水，这才为难地说道："王校长总是这样的，时不时出去一趟，过十几天又回来了，我们都习惯了。按理说，他如果跟你们约好的话，应该会等你们的啊，怎么会这样？"

我已经确认这年轻人并非修行者，而是很普通的山村老师，这王秋水隐藏得还挺深，连这些身边人都瞒过。

听到这话，我问道："是啊，他怎么突然就走了呢？"

"谁知道啊？"这老师似乎急于把我们留下，抓着脑袋想了又想，突然说道，"对了，说不定他去了后山那边了，你们去那里试一试，也许能找到他。"

第八十四章 计中计

在村民的眼中，王校长是一个奇怪的人。很多时候，他并不带课，而是由几名民办老师和远道而来的志愿者们。带着徐家坳的孩子们上学。他更多的是负责众人的后勤工作，就像一个大管家。

偶尔，他还会三天两头地出差，没有人知道他到底干什么去。而王校长还经常爱往后山跑，在那里有一个药园子，种着许多草药。村里人有个头疼脑热的事情，若是找到了他，他也帮着看，而且还是免费的，这一点让他远近闻名。

他不是本地人，但是徐家坳的乡亲们都希望王校长能够在这儿待上一辈子。认识王校长的村民们都认为他是个好人。

王秋水的情况，让我不由自主地想起了一个故人，亭下走马。

天下第一杀手，那个让无数人闻风丧胆的家伙，卷宗在总局的档案室里，单独列成一个柜子。就是这样的一个人，他却是甘于贫苦，将自己绝大部分的钱财，用来捐资助学。

我很难明白这些人的想法，但能够肯定秋水先生绝对不是亭下走马那种苦行僧。他待在这儿，一定有着他的目的。

跟那姓张的民办老师打听了后山药园子的大概方位之后，我们向他表达了谢意，离开了徐家坳小学。刚一出对方的视线范围，我便拐到了一边，对小白狐和布鱼说道："你们两个去小学的后面守着，看看是不是有人跑去后山了。"

这王校长倘若真的就是我们所要找寻的秋水先生，他不可能一人留在此处，必然会有同伙。他们即便是有手机，在这个根本没有信号的山村里想要通知对方，肯定是需要有人亲自前往。所以去那儿守一下，应该是会有收获的。

两人应声而去，几分钟之后，布鱼匆匆赶回，对我说道："老大，你果然神机妙算，刚刚有一个黑影朝着后山跑去。那速度，好像是用了遁术，尾巴妞跟上去了,让我过来通知你。"

纸甲马这样的东西,不是只有茅山有,在这里出现倒也正常,凭小白狐的身手,应该不会跟丢。

有人快速逃遁,说明后山肯定有问题,不管是不是王秋水,都值得一去。听到布鱼的话,我下意识地准备拔腿而走,但瞬间我就冷静了下来,不但没有离开,反而思考了起来。

布鱼见我没动,顿时就有些焦急,冲我说道:"老大,你还犹豫什么,再晚人就跑了。"

我微笑着说道:"不急,我们再等等。"

我闭上了眼睛,在脑海里勾勒出王秋水的模样来。

几秒钟之后,我左右瞧了一眼,双手结了一个法印,对着前方的虚空轻轻一拍,一道碧绿色的光芒陡然而出,落到了地面上。

生命印记。

那光华一阵闪烁,紧接着渐渐膨胀,再之后,有一人从中走出。

布鱼满脸错愕,当他瞧见那人的模样时,忍不住张开了嘴巴,大声叫了起来。所幸我能够预感到布鱼的反应,提前伸出手将他的嘴巴捂住。

"别乱叫,会吓到人的!"我低声说着,而布鱼则浑身颤抖,看了看我,又看了看那个与我一模一样的男人,有些没明白过来:"老大,这到底是怎么回事?怎么会有两个你?"

我朝着那人点了点头,低声说道:"笨蛋,分身而已。"

在布鱼一脸崇敬的目光下,我让那分身提起身子,朝后山的方向飞速纵掠。

这是我第一次在布鱼的面前展示分身,瞧见那个与我一般模样的家伙的背影,布鱼好久都没有缓过神来,低声问我道:"老大,那分身跟你一样么?可以说话么?可以打架么?天啊,太神奇了,老大……"

布鱼瞬间变成了好奇宝宝,而我则不得不一再示意他停下来,不要弄出声音。

倘若是别人,我会毫不犹豫地冲到后山去,然而当想清楚自己的对手是那素有小佛爷狗头军师之实的秋水先生之时,我想到了一个词语。

引蛇出洞。

那个对着我们侃侃而谈的张老师虽然看着没有问题,但是我却隐隐感觉有一

第十四卷 一个时代的结束,一个时代的开端

些不对劲。

　　他若是直接说王校长不在，我或许会准备强行搜查，然而这家伙给我的答案，首先是昨天离开了，不知道什么时候能回来，而后又告诉我也许会在后山的药园子里，再然后，有一个使用神行术的家伙朝着后山匆匆奔去。

　　所有的一切仿佛事先就有了这么一个预案似的，所有的人都只需要照着做就是了。

　　所以王秋水真的在后山的药园子里么？未必，也许他只是在等着我自以为聪明地朝着那个香饵跑去，而他则在适当的时机，伺机而动。

　　这就是王秋水的计划，即便是我不肯上当，他也可以躲在徐家坳小学的某一处密室里安心等待，并无损失。倘若是我跟着离开了，他便可以立刻出动，远离这是非之地。

　　只可惜，他万万没有想到那只是我刚刚拥有了一个分身。

　　秋水先生就是算计再深，也想不到这一层，所以如果他在这小学中，必然会上当。棋子布下，接下来就是等待对手落子了。

　　我在院墙的角落耐心等待着，反倒是布鱼想不明白这里面的道理，急躁得很，不时地左右张望。

　　如此过了五分多钟，就在我以为自己押错了宝的时候，布鱼突然眼睛一亮，一脸兴奋地对我低声喊道："老大，西面有动静，有人出来了，是修行者，绝对是修行者！"

　　我嘴角浮现出微笑来，王秋水，任你诡诈多变，终究还是没有想到我还有这样的手段等着你。

　　几秒钟之后，西面院墙处放下了四个人来，领头一个，正是戴着黑框眼镜的王秋水。他与我撞了个正着，在瞧见我的一瞬间，他的脸色一阵青白。

　　我朝着他遥遥一拱手，朗声说道："秋水先生，多日不见，没想到你居然屈尊躲在这么一个穷山僻壤里教书育人，当真让我肃然起敬啊。"

　　王秋水身边的那三人在我和布鱼出现的一瞬间将他围住。

　　这三人的修为颇高，两人太阳穴高高鼓起，显然是硬派气功修炼到了极致的景象。而另外一人，则是劲气外放，青幽幽一片，瞧着有些瘆人。

　　这三人，每一个的修为都足以堪比之前的那袁聪、王世钰，外放到任意一处，都能够胜任一方豪雄的角色。此刻他们却拱卫在王秋水的身边，也显示出了王秋水的身份和地位比我想象中的还要高一些。

　　这人在邪灵教中的地位一定极高。

　　这般的人物，自然不可能因为我的陡然出现而表现得惊慌失措。最初的慌乱过后，他深吸了一口气，眯着眼睛回应道："人生一世，草生一秋，总得做些事情，让自己显得有价值一些，你说对不？"

　　王秋水没有转身就跑，而我也没有将现场的气氛弄得剑拔弩张，而是微笑着说道："张老师不是说你去了后山的药园子么，怎么你又出现在了这里？"

　　王秋水问道："你是怎么看破的？"

　　我微笑着回答："其实我差一点儿就被你给骗了。不过一切都那么自然，反倒显得有一些不真实了。"

　　王秋水抚掌而叹道："这就是匠师和大师的区别吧，陈志程，我小看你了。"

　　我摸着鼻子说道："啊，我还以为自己被你们视为最大的敌人呢？"

　　他说道："不，我说的不是你的实力，而是你的头脑。一直以来，我们都觉得你是个莽夫，动脑子的时间太少。现在我才发现，原来玩弄起阴谋诡计来，你并不弱于任何人。告诉我，刚才离开的那人，是谁？"

　　我耸了耸肩膀，没有回答，反而是问起另外一个问题："你就不好奇自己是怎么被找到的么？"

　　王秋水摇头说道："既然你找到了这里，无外乎就是陆一那个家伙把事情搞砸了，而后牵连到了袁聪。至于袁聪为何会交代，如果我猜得没错，应该跟他那瞎眼老娘有关系吧？"

　　到底是智谋深远之人，在这么短的时间里居然能够猜到了个大概。

　　我眯起了眼睛朝他说道："这么说来，找我家人麻烦的事情，跟你也是有关系的咯？"

　　王秋水嘿然笑道："这跟我可没关系，那是上面的意思。"

第八十五章 男人的抉择

王秋水的上面是什么？

从内线的绝密情报来看，佛爷堂是一个很特殊的组织，直接隶属于掌教元帅小佛爷的掌控，类似于民顾委这样的机构。

它对邪灵教的其他鸿庐，有独断专营的权力。佛爷堂最大的就是掌教元帅，瞧王秋水此刻的三名保镖素质，便知道他在里面的地位，也是十分高的。

那么他的上面，绝对不会是像十二魔星这般的诸侯，而是邪灵左右使，或者是——弥勒的遗命。如果真的如我所料，弥勒之死是属于他自己谋算已好的，那么，王秋水和陆一最有可能听命的，则就是他。

不过，陆一在说动王世钰的时候，展示出来的封魔令旗，以及诱惑的天王增玉功，这些东西，又是怎么回事？

唯一的解释就是当我将邪灵教崛起的希望掐灭于无形之中时，那坐镇幕后的天王左使终于忍耐不住了。而他所要做的，就是让我陷入万劫不复之地。

我之前对天王左使的印象，都不过是幻觉而已。

我与弥勒为敌多年，父母家人都没有任何变故，而天王左使一出手，便不讲规矩了。

就在我堵住王秋水的时候，徐家坳小学也迎来了清晨的阳光，背着书包的孩子，从四面八方赶了过来。而王秋水的身边，也围上了七八个年轻人来。

这些人里有男有女，却没有一个是修行者，他们都是这学校的民办老师和志愿者。

当瞧见自己最敬爱的校长被两个杀气腾腾的男人堵住时，这些年轻人没有任何犹豫地站在了那个可敬的男人身边，用陌生和敌视的态度，遥遥地看着我们。

旁边的小学生以及学校附近的村民，也自动地围了上来，我知道这是有人在暗中煽动大家的情绪。

然而这有用么？我望着王秋水，冷然笑道："秋水先生是打算用这些无辜的生命拖住我们么？"

王秋水摇头说道："我不知道你在说些什么，但如果你想对我不利，别忘了，我可不是自己一人站在这里。"

瞧见人群越发聚集，布鱼没有任何犹豫地从怀里掏出了警官证，冲着人群喊道："警察！大家别聚在一起，我们只是找王秋水问话。孩子们，该上学的，都进学校去。"

布鱼和我一样，最担心的是这些孩子。要不是害怕误伤，在刚才人群聚集之前，我们就已经动手抓人了。

那些小孩子对警察这种职业有着天然的敬畏之心，他们听到布鱼的话，都下意识地离开了。

就在这时，一个戴着眼镜、相貌平平的年轻女子站了出来，冲着我们喊道："你们不能带走王校长，他到底犯了什么事情？王校长为了我们学校鞠躬尽瘁，而你们这些人呢，坐在办公室里喝茶看报纸，一毛钱都不批，等王校长作出成绩来了，你们又不舒服了，想要拿他问罪。告诉你们，我王天齐不答应！"

她一说话，周围那些刚刚想要散去的人却又停住了脚步，愤怒地朝我们看来。

我看着这个名字像男人一般的女子，不由得佩服起她颠倒黑白的能力来。

她绝对是王秋水在邪灵教的内线，一番话先是点出了王秋水的功绩，然后又将那些教育系统里不作为的官员形象安在我们头上，污水一泼，最后以自己的名义，来保卫王秋水。

这一套说辞，简直是完美无缺。我被这话说笑了，不过却并没有跟群情汹涌的群众解释什么，而是盯着一直冷着脸的王秋水说道："有意思么？"

王秋水所做的这一切，都是为了一个目的——逃命。但我既然找到了他，又如何能够让他逃掉呢？

面对我的提问，王秋水却露出了人畜无害的笑容，压低声音说道："我听说黑手双城行事肆无忌惮，从来都不顾后果，也不在乎人命，对么？"

我眯着眼说道："没错。"

王秋水却摇头说道："可是我和小佛爷一直觉得，这并不是真实的你。黑手双城陈志程，应该是一个热情、正义、善良、慈悲的奇男子。所有一切关于他的凶恶传说，都不过是包裹他那颗赤诚之心的岩石而已……"

我的脸色变得有些冷，对方在夸我，然而我并不觉得开心，反而有一种被人看透的感觉。

这种感觉很糟糕，就好像被脱光了衣服一般，无论王世钰、袁聪，还是先前被我吓到的大内第一高手黄天望，他们之所以会选择妥协和放弃，都是因为他们认为我真的很疯狂。

然而我疯狂么？不。

我只不过是假装得比较神经质而已，我手上沾染的都是恶人的鲜血。

心怀慈悲，面如杀神。

我不能再等了，倘若王秋水真的以这些无辜者的生命作为威胁，我未必能够扛得住这种压力。

战斗在一瞬间爆发，我陡然冲向了相聚不远的王秋水，双手前伸，想要在一瞬间将他擒住，了结这一场僵局。然而王秋水身边的三位保镖也不是吃素的，他们在第一时间用身体挡住了王秋水，四只手掌朝我这里拍来。

布鱼在同一时间一个飞跃，从侧面进攻，刚才那个宣称誓死保卫王校长的女子，不知道什么缘由，一声尖叫，居然挡住了布鱼的去路。

透过间隙，我瞧见王秋水已经开始持咒，准备神行术了。神行术只需要几秒钟的加持时间，随后便是一步百米，飞驰远走，不能让他得逞！

想到这里，我毫不犹豫地双脚蹬地，朝这两个向我袭来的壮汉猛然回拍而去，用上了土盾之术的我，在大地力量的加持下，与对方轰然对拼了一记。

轰！

手掌相交，雷霆之力轰然而起，那两个壮汉承受不住这么巨大的力量，朝后面跌飞而去。然而第三个家伙却画出一个绿色太极符，朝我轻飘飘地拍了过来。

他的手上并无太多的力道，但我却停住了冲势。

有毒！这绿油油的符文凭空悬浮，一旦拍出便朝着四方扩散而去，化作无数骷髅头的模样，张牙舞爪，颇有野火燎原的气势。

我瞧了一眼即将逃逸的王秋水，又瞧着周围那些惊慌失措的村民和孩子，最终还是叹了一口气。正如他所说的一般，我终究不是一个铁石心肠、罔顾性命的家伙。

第十四卷 一个时代的结束，一个时代的开端

对于生死，我从来都是心怀敬畏。后退，回身，一指燃破。

我用掌心雷和炼妖壶观术的手法，将这充满了毒疫的绿符燃烧殆尽，而就在这个时候，王秋水已然持咒完毕，身子仿佛幻影朝着身后飞速退去。

凭着我的身法以及对道术的掌握，那人是绝对逃不掉的。然而我瞧见被王秋水留在原地的三名高手，终究止住了脚步。

他们正在围攻布鱼。倘若是在水下，这样的三人，布鱼绝对能够战而胜之，然而这是陆上，布鱼的身手打了折扣。虽然凭着一身修为以及崂山道法，倒也不会太难看，但若留他一人，未必能够应付得过来。

人生总得做一些选择题，我选布鱼。

我毫不犹豫地抽出了饮血寒光剑，三气升腾，血光耀眼，这三人在接下来的时间里，被我死死压制。

冲突骤然发生，现场一片混乱，原本围成一团的村民和小学生惊慌而逃。却不知道自己竟然被敬爱的王校长当做了棋子。

几分钟之后，那三人都被制服，两人授首，一人重伤垂死。并非我想要在这些孩子们面前展现血腥，而是因为这三个家伙没有畏惧和人性在，让我不得不下了重手。

处理完这里的事情，我和布鱼又将几名事涉王秋水一案的当事人抓了回来。包括学校里的那张老师，以及刚才发言的眼镜妹王天齐，又或者王天琪。

善后的事情复杂无比，我让布鱼去村子里找了一户有电话的人家，及时通知了在荆州守候的林齐鸣等人，让他们协调宜昌这边的有关部门处理。

我守着现场和几名嫌疑人，发生了这么一件大事，徐家坳小学自然上不了课了。我感觉周围的村民和小孩儿瞧向我的眼神，多少也有些不善。

那种仇恨的目光，让人当真有些不好受。这就是秘密战线，或许他们永远都不会明白，我为了他们的性命，到底放弃了什么。

布鱼打过电话之后回到了这里，而就在这个时候，我心中却是一动。

后山有情况。

第八十六章 药园子的法阵

后山有情况，这事儿是通过分身知晓的。分身即我，我即分身。

它能够看到的，便是我所能看到的，它有着另外一个"我"的意识，可以如我一般判断和行事。而作为主体的我，则能够主动支配和查探它的情况。

当然，刚刚炼就分身没几天的我，并不能如小黑天那般操纵自如。不过即便不能如此，这对我来说，也是一种质的飞跃。

一个陈志程，就已经足够让对手头疼了，再加上一个具备陈志程思维的分身，就更加让人捉摸不透了。

确认了王秋水在此的行踪之后，我就可以断定，那袁聪是真心反水了。他交代的这些东西，都拥有巨大的价值，只要我们足够快，就能够将鄂北省这一片地区的邪灵教一举击破，一劳永逸。所以在王秋水离开之后，我让布鱼立刻通知荆州和总局，立即着手布局工作，免得走漏了消息。

我着急结束这边的事情，没想到一主动连通分身，才发现原来后山还藏着很严重的问题。

那个药园子位于后山的一处山谷之中，山谷的西侧有一条天坑地缝，而小白狐已陷入其中了。

分身赶到的时候，发现天坑旁边有搏斗的痕迹。而后更是有法阵升起，利箭纷纷射来，差一点就将分身击杀掉。还好那家伙虽说并没有如我一般的实力，但是脑子却不是一般的好使，在迹象出现的一瞬间就逃离了现场。

那法阵似乎想要束缚住它，但分身的本体乃碧罗魂珠。于是他化作了一道光，让其无可拘束。

分身传来的消息让我愣在了原地，没想到王秋水派人引我们前往后山，并非仅仅为了逃遁，还存着设伏击杀我们的心思。

这家伙宛如毒蛇，当真不能小觑，稍不留意就暴起伤人。

我之前还在思考，王秋水为何会安心留在这穷乡僻壤的大山小学里，当这么一个教书育人的校长。而直到了此刻，我终于确定了一点，那就是他在这儿一定有大秘密。也只有如此，他方才会亲自坐镇其中。

如此说来，王秋水未必遁身远走，而是前往后山去了。想到这里，我强行按捺住对小白狐的担心，将布鱼拉到一边，将情况跟他做了说明，沉声说道："尾巴妞身陷后山，若是不救她，只怕迟则生变。但这边必须要有人留在此处，看守嫌疑人，等候支援，你能够稳住么？"

布鱼点了点头，又不无担心地说道："老大，那地方太危险了，不如等林齐鸣他们赶来再说吧？"

我摇头说道："时间不等人，你看着这些人。如果遭遇变化，你应付不来的，直接把他们干掉，不要留人，晓得么？"

能够留在王秋水身边的都是些骨干精英，这些人里，未必没有如陆一这样的祸患。若是那家伙杀一个回马枪，布鱼实在是抵挡不过，直接除掉也算是一种应急手法。

布鱼听我说得严重，很认真地点头。

我交代完毕，回过头来揪着刚才与我说谎的张老师，眯眼瞧了他几秒钟，然后说道："告诉我，后山到底有什么？"

这人装得如此自然，显然不是什么好东西，被我掐住脖子后，他显得十分惊慌地说道："我不知道啊，王校长从来不让我们去后山的。知道这事儿的人，就只有梁景斌、赵远东和赵炎三个，结果都被你们给……"

他说的那三人是王秋水的保镖，两人已然死去。而另外一人，此刻重伤濒死，根本不可能审问出什么结果。我施展魔威，又用摄心术问了一遍，答案依旧如此，这才放弃了努力。

这后山的秘密就连这些身边人，王秋水都瞒得如此严密，可见问题有多严重。交代完毕，我便不再浪费时间，冲着后山箭步奔去。

徐家坳地处于巫山山脉的深处，地势崎岖、奇峰秀峦、气势峥嵘。因为地形多变，在古代属于十分神秘的区域，还被以巫术之中的"巫"命名，流传着许多古老的传说。

我奋力而走，翻过了一大片的野林子，前方的景色一换，雾气陡起，遮掩视线。

我前往徐家坳后山不是盲目而行，有着分身指引，很快就跟它在一处低洼碰了面。

分身见我，躬身行礼，然后朝着前方一指，低声说道："前面雾气最浓郁的地方，有一处桃花林布置的迷阵，阵心是个药园子，而园子的西面则是那天坑裂缝。刚才我进去的时候，法阵并没有开启，是后来发动的。"

分身就如同我身体的一部分，它其实并不用言语我就能够知晓。但它为了显示自己是一个独立的个体，还是说了出来。这样做，让它显得更像是一个人，分身似乎喜欢这般。

我凝目望了过去，发现山谷之中的确有一大片的野生桃花林。那白色的雾气浓郁不散，有点儿像是桃花瘴，之前没有而此刻出来，显然是经过人费心布置的。

万万没想到，宜昌附近的巫山深处，竟然会有这样的一个危险去处。

我到底还是不喜欢一个如我一般的家伙在我面前指手画脚，手一挥将这分身收入体内，然后低伏着身子，沿着山谷边缘，潜入桃花林。

桃花林中，自有法阵，但这样的迷魂阵法，对身怀临仙遣策的我来说，实在不算什么。

一入林边，立刻有白色雾气弥漫，可视范围只在五六米。鼻子处传来的麻痒，也让我知晓，这雾气有一些毒素，让人身体发软。

倘若是旁人，或许就需要改道而行了，然而这桃花瘴在我大成的魔体面前，却实在不够看。缓步走入林中，我朝着分身指点的阵心而去，然而还没有走一段距离，我便感觉到有人已经察觉到了我的行踪，开始驱使法阵，将周遭的景物变化，试图让我迷失其中。

这生门死门是通过桃花瘴的变化而来，并且还释放了一些致幻的效用。就在这时，我及时启动了右眼之中的神秘符文。

变化多端的法阵，最终还是没有拦住我，就在那乱花渐欲迷人眼之时，我已然冲入了那药园子的边缘处。

药园子的正中间，有一处茅草屋。茅草屋前，有一人。

一个穿着古代羽士鲜艳服饰的男子，正挥舞着手中一根华贵的木杖，当他瞧见陡然出现的我时，脸上顿时露出了惊慌失措的表情。

第十四卷 一个时代的结束，一个时代的开端

我也被这人吓了一大跳，这个盛装而立的男子，我是认得的，龙小海。

这一位来自于天山神池宫的修行者曾经是内宫之中的贵胄，他叔叔龙在田更是神池宫的驸马爷。龙家在天山神池宫权倾一时之时，勾结了兄弟会的鲁道夫，回过头来算计自己人，最终落了个失踪不见的下场。

我本来以为自己这辈子都不会再见到这个人，没想到在这巫山深处的山谷中，再一次瞧见他。

倘若是在灵界那样的地方，我或许还不会这般吃惊，因为天山神池宫的野林子里有通向灵界的通道。让我万万没有想到的是，他居然逃出了天山神池宫，而且还投靠了邪灵教。

此时的龙小海再也没有当年的骄傲和贵气，头生白发，脸有皱纹，显然混得并不如意。

两人相见，彼此都大为震惊，不过我什么大风大浪没有见过，立刻反应过来，毫不犹豫地脚尖一点，朝他冲去。我进，而龙小海则直接退入了茅草屋子里。

一入药园，我立刻感觉到了一种诡异，阵心，自然会有最强的守护，所以当我的脚尖落在那土地上的时候便没有停留，瞬间朝着旁边侧移了几个位置。

也就是在这个时候，我刚才落脚的地方，一大簇的黑色荆棘从泥土之中陡然刺出。随着这黑色荆棘一同出现的，还有许多白骨和骷髅头。

这药园子下用来给药草吸收的肥料，居然是尸体？尽管并不畏惧，但我多少还是被恶心了一下。

就在我往旁边退开的时候，整个药园子陡然变化，无数的荆棘瞬间生成，让人根本无处下脚。

第八十七章 送你离开，千里之外

肥沃而丰饶的土地之下，无数如同婴儿手臂粗壮的荆棘刺藤奋力钻出，朝着四面八方扩散而来。离我最近的数十根刺藤，扭动着身子朝我猛然卷来。

这是分身之前并没有领教到的，此刻却全部加诸到了我的身上。

噗噗噗……让人牙齿发酸的声音不断出现，而身处漩涡中心的我并没有半分慌张，而是将手伸入怀中，把饮血寒光剑拔了出来。

饮血寒光剑一出，一股恐怖的气息立刻以我为中心，朝着四周袭去。刺藤也是一种生命，碰到这种强横到无视一切的气息，也会产生恐惧，于是它们在骤然之间，突然停顿了一下。尽管这停顿在常人看来，几乎可以忽略，却给了我充足的时间。

长剑斩，剑出鞘，无数朝我袭来的荆棘刺藤被削去尖端，断刺飞扬而起。我则将饮血寒光剑舞成一道水泼不进的幻影光幕，任何刺藤进入其中，都会化作断肢纷飞而起，根本就伤不得我分毫。

无数刺藤顶着带有血浆、尸骨的泥土从我脚下钻出，朝我的脚板底刺来，这速度，快得让人根本反应不过来。

几轮攻击之后，我不敢再继续停留在药园子里，而是腾身在半空之中。脚尖点着那漫天飞舞的刺藤，人在空中飞纵，如同传说中的荆棘鸟。

人在半空中俯视整个药园子，突然感觉到一种群魔乱舞的诡异。

疯狂舞动的荆棘刺藤，表面上的尖刺不断收缩，仿佛活物，与那水蛭、蚂蟥有着异曲同工之妙。

这种诡异，却带着一种莫名的暴力美学。

这样的法阵，倘若是个寻常人，或许早就被那无数刺藤缠住，吸干鲜血，最后埋骨于此。然而这对于我来说，实在不够看。

龙小海既然敢小瞧我，那就得付出代价，血！

虽然我在空中不断地腾挪跳跃，但并不是被动地应招，而是在不停地选择发力的位置和时机。

终于，一条几乎超过成人腰围粗细的藤蔓从泥土里钻出朝我这边射来的时候，我如蝴蝶般落在它的身上，脚尖在密集的尖刺缝隙中找到了一处可立足的地方，紧接着将饮血寒光剑朝那茅草屋平平一斩。这一剑，平缓得就像小孩子玩那玩具剑一般，绵软无力，徐徐而前。

然而这气势，却与我当日在灵界中力退群豪一般无二，越是缓慢，越是蓄力绵长。

与弥勒一战的那九剑，让我对手中的这把魔兵和自己的剑技，有更加深入的感悟。

一剑，破！

唰！一道肉眼可见的剑气从饮血寒光剑中喷薄而出，呈现出一个半弧状的气浪，朝着那茅草屋陡然切去。

劲气外放是一个高手最寻常的标志，是一个剑手练到了极致时的一种表现。

那半月斩一般的剑气隐没入茅草屋中后，我从空中落到了地上，并没有朝那边看去。而是将饮血寒光剑从六七米的高空，深深插入到泥土中。

这法阵的关键，不在于这漫天的荆棘刺藤，而在我们脚下宛如油膏的黑色泥土之中。就是这些泥土，给予了这些刺藤无尽的力量。

破！前面的一记半月斩并非终点，而插入泥土中的这一剑，才是我破局最重要的一剑。

剑尖之处，一股龙息吞吐，丹田神府中的龙意勾连，将其化作一条苍劲青龙，朝着那邪恶土地的本源之处陡然冲去。

轰！当两者相撞的时候，整个大地都在颤抖，无数刺藤在这一刻变得疯狂了起来，然而没有一根，敢靠近我。

龙气之下，万物臣服。

不管大地如何颤抖，跟前的景象如何混乱，我丝毫没有反应，而是平静地看着不远处的那间茅草屋。

在我的注视下，茅草屋顶上的草棚子，以一个微妙的角度缓缓倾斜着滑了下来。

噗！当整个顶棚全部倒落在地上的时候，那茅草屋用泥土构建的墙壁在此刻也承受不住气力，轰然倒塌，露出了里面一脸错愕的龙小海来。

他依旧还是刚才那羽衣华士的模样，正对着屋子中间的一处鼎炉疯狂起舞。作为这处桃源法阵的阵心，那茅草屋远没有寻常看起来的那般简单。它的坚固其实不比钢铁构筑的建筑低多少，所以龙小海认为自己藏身于此，是十分安全的。

当一切都坍塌的时候，龙小海跳大神的姿势还保持不变。但那些刺藤已然不听他的指令了，整个法阵陷入一片混乱。

而他自己，则暴露在了敌人的面前。

当明白过来后，他冲着我恨声喊道："你到底做了什么？"

饮血寒光剑在泥地里不断颤动，我将手平静地放在剑柄之上，将它固定住，然后露齿一笑道："下面有个小东西十分不安分，我得打服它，让它不要打扰到我与你这故人会面的平静。"

龙小海下意识地后退了一步，摇着头不断说道："这怎么可能？它那么的强大，你怎么可能……"

就在他说话的时候，我手中突然一阵抖动，是那地底的东西在作垂死挣扎。我手掐法诀，一记掌心雷，再次拍到了剑柄上。

轰！

一声闷雷从地底响起，之后，饮血寒光剑便再无动静。周遭漫天挥舞的荆棘刺藤也在同一时间纷纷垂落下来，倒伏在园子里，就像是秋天等待收割的麦穗。

片刻之后，那些油光坚韧的玩意儿开始萎缩，黑气蒸腾而起，将这空间渲染得有些邪乎。

我没有管插在泥土中的饮血寒光剑，而是缓步向前，一直走到了那倒塌茅草屋的跟前，望着一脸惊慌错愕的龙小海，突然感到有一种殴打幼儿园小朋友的错觉。这种欺负人的事儿，其实一点儿都不好玩。

我叹息一声，然后问道："龙小哥，多日不见，越发憔悴了，可见你混得不咋样。你为何会出现在这里？"

我的话里充满了故人久别重逢的离愁，龙小海却没有听出来。事实上，此时此刻他绝不想与我再次见面。不过在失去所有屏障的情况下，他也只有硬着头皮说道："我在哪儿，与你何干？"

我摸着鼻子说道："龙小海，我与你当日虽有仇怨，不过时过境迁，你又何必如此冷漠？"

龙小海见我彬彬有礼，于是壮着胆子骂道："要不是你和那个低贱的田贼，我爹怎么会死。我又怎么会离开那里，怎么可能辗转漂泊，流落江湖呢？"

我冷笑道："你之所以有今天，不过是咎由自取而已。当日你对你堂妹下药的时候，可曾想过后果？"

听到我提起这事儿，龙小海更是火大，怒声骂道："你还好意思说，老子费尽九牛二虎之力，豁出了脸面，结果卫神姬还是被你祸害了，还弄出了一个崽子来。你不感谢我就算了，在这里说什么风凉话？"

我浑身一震，指着他的鼻尖喝道："你说什么？别在这里胡乱嚼舌头，我跟神姬之间可是清白的！"

"清白？"法阵被破，龙小海原本还十分忐忑的，结果说到这里，情绪顿时就上来了，表情变得狰狞起来。

他指着我愤然说道："你他妈的在这里跟我装什么犊子？以为我龙家被清洗，那地方的鸟事老子就什么都不知晓了？卫神姬在继位之后的第二年，隐居百丈冰宫，名义上是闭关修行，其实就是产子。算算时间，就是那日之事，而那天除了你，还有谁能占这便宜？"

什么，天山神姬生了一个儿子？听到这么劲爆的消息，被我搁置在角落的记忆瞬间变得鲜活起来。我突然想起了在天山神池宫的过往，那一幕一幕，就像电影蒙太奇一般，从我脑海中划过。

到了最后，所有的一切，都化作了一幅画面。我与小白狐离开天山神池宫的时候，远处一直有一个人在默默地望着我。

我以前一直以为是幻影，现在却觉得分外清晰。她，就是天山神姬！

第十四卷 一个时代的结束，一个时代的开端

348

第八十八章 巫山石缝，绿色火人

听到龙小海愤然说出的话，我陷入了回忆中。难怪我离开的时候，天山神姬和她的母亲都表现得那般的奇怪。现在回想起来，难不成真的是龙小海所说的情况么？

最难辜负美人恩，不过我可是有明媒正娶的妻子啊？但是仔细回想起来，天山神姬又有些可怜……

还有那个从出生起，就没有见过自己父亲的小孩儿，这会儿，他应该都已经能够打酱油了吧！就在我心神不定的时候，龙小海动了。

他不动则已，一动则宛若脱兔，拼尽了所有的气力，朝我横扑了过来。我下意识地往后面退了一步，便见那偌大羽衣朝着我劈头盖脸覆盖而来。

那羽衣之后，是利刃，也是一颗复仇的心。

龙小海恨我，这个我是了解的，要不是我以及和我一同上山的北疆王，或许那天山神池宫就改朝换代，成了他们龙家的地盘了。哪还用窝在这么一个山窝窝里做一个守阵人？

更何况，无论是他父亲还是他老叔龙在田的死，跟我都脱不得干系。

仇人见面分外眼红，所以龙小海待我稍一分神，立刻发动了攻击。这是我能够预料得到的，但有一点却让我十分诧异。这家伙的身手比在天山神池宫的时候要强上不少。

龙小海的这一招大氅藏人的手法，以及随后的一刺，无论是力道，还是时机的把握，都让人刮目相看，已经具备了宗师级的水准了。

这是一个贫穷贵公子燃尽生命而使出的辉煌一刺，然而并没有啥用。

主要的问题不在于别的，而是他选错了对手。龙小海用来偷袭的，是一柄类似于西洋剑的尖刺，一尺锋寒又快又疾。

有自信使用这玩意儿的，一般都是认穴很准的杀手。

但这刺并没有刺入人体，而是被我左手的食指和拇指紧紧夹住，再也进不得分毫。而那件遮掩住我视线的大氅，则化作了漫天飘散的羽毛不见。

纷纷而下的羽毛间，龙小海一脸惊恐。

我反倒显得平淡许多，直接进入了正题："你见到我，其实并没有太惊讶吧，因为刚才陷进去的那个女孩儿，你应该也是有见过的。"

龙小海一张脸憋得通红，冲我说道："原来是她，不过她变了很多。"

小白狐妖体被破，相貌也跟着改变了不少。也正因为如此，我才更加担心她的安危，紧紧捏着那尖刺，我眯着眼睛说道："告诉我，她现在在哪儿？"

龙小海脸上浮现出了诡异的笑容，冲着我说道："陈志程，你曾经害得我家破人亡，现如今，我也会让你后悔终身的⋯⋯"

我心中一跳，将那尖刺往回一收，一把将龙小海的脖子掐住，朝怀里猛然一拽，寒声说道："告诉我，她人在哪儿？"

龙小海像夜枭一般桀桀而笑，却不在回答。

我掐在他脖子上的手越来越重，眼神寒冷，一字一句地说道："你不怕死么？"

龙小海努力咬牙说道："像狗一样的活着还不如死去。不过能够在死前，瞧着你也与我一同死在这里，想想都觉得人生再无遗憾啊⋯⋯"

当年的龙小海，完全是个没有经受过任何挫折的公子哥儿，对生死之间的事情，看得并不透彻，所以会受我的威胁。过了这么多年，风流倜傥的翩翩公子已经成了饱受生活折磨的守阵人。他本就对这个世界充满了绝望，现如今被我这么一激，二愣子的脾气就上来了。

我没有跟他多说，问他道："那里面到底是什么？"

龙小海嘴角挂着古怪的笑容，嘿然说道："你若是好奇，自己去瞧一瞧不就知道了？"

能够劳驾龙小海这样的家伙在此守门，里面必然有天大的秘密。更让我担心的，是当年随着龙小海一起失踪的另外一位绝顶的大高手。

天山神池宫的教谕大长老。

虽然我当年曾经胜过此人，但那时借助了李道子的力量，而且当日的教谕大长老还走火入魔了。如今过了这么多年，别的不说，她必然已经将心魔驱除了。

不站在李道子、心魔蚩尤这些巨人的肩膀上,我能否与她一决生死呢?我并无信心,而且还是在这邪灵教的重要据点之中。

敌人或许会从四面八方扑来,我未必能够应付自如,也许这就是龙小海的笃定之处吧?这家伙不合作,我却一点儿也不恼,将他手中的尖刺夺来,直接将他的手筋挑断。

啊!惨叫中的龙小海奋力挣扎,却被我抵住了心窝子。紧接着我慢悠悠地说道:"你既然不畏死,我也不逼你。不过既然是不合作的敌人,我除了拿来填陷阱,也没有其他的用。别乱叫,否则我让你立刻就死。"

我的果断,超出了龙小海的预料。这手筋说挑就挑,毫不扭捏含糊。

龙小海见过无数恶人,但是却没有人对他这般的恶,所以即便抱着必死的决心,事到临头时,还是有些畏惧。我朝他瞪了一眼,他便闭上了嘴,不敢叫唤。

依旧是朱红色的辟谷丹,有用没有,吃一颗总是没错的。吞完之后,我将龙小海身上搜过一遍,让他在前面给我带路。

被人用剑逼着,就算是满腔的热血,也得低头。

两人越过那枯萎满地的刺藤,朝着西面走去。走了两百多米,我终于来到了先前分身跟我提起的地缝天坑。那跟前虚影重重,布置着法阵。即便被我破了去,但仍残留着一些幻影。

地缝背靠着一面山崖,碧绿的青藤垂落而下,最宽的地方不过两米,长也只有十几米,周遭爬满了青草和灌木丛。倘若不仔细,说不定一眼望去,啥也瞧不见。

不过我却瞧见角落处有几块古怪的石头,其实应该说是碑。

碑上刻着古怪的符号和文字,有一股苍劲的气度,让我感到说不出来的亲切,难道这儿是古代巫族的遗迹?

地缝的边缘,有一处人造的石阶朝下而去,我推了一把犹犹豫豫的龙小海,示意他先行。龙小海瞧了我一眼,因为失血而略显得脸色苍白的他没有任何反抗,低着头向下走。我紧跟其后,然后通过腰间的羽麒麟母玉,试图联络失去踪迹的小白狐。然而一入其中,我方才发现这里面有一股很浓厚的气息。

魔气,我之所以感觉到这儿亲切,就是这个原因。这儿的气息浓郁得让我兴奋,而龙小海的脸色却是越来越苍白,显然刚才外面的法阵,不但有防范外人进入的作用,而且还能阻止里面的气息飘散出去。

这浓厚的魔气将空间的炁场结构都改变了，我的羽麒麟也处于失效的边缘。我隐隐能够感觉到小白狐在此，但就是联络不上。

尽管我因为修炼道心种魔的缘故，对这气息如鱼得水，但在感受到的一瞬间，我下意识的反应，却是抽身离开。毕竟除了我适应这儿，还有另外一个家伙，这里对它来说也是如虎添翼。

那就是心魔蚩尤。

但是想到小白狐的安危，我还是强行按捺住了转身欲走的想法，硬着头皮向下走去。两人一前一后，沿着那人工开凿的石阶，曲曲折折，直下差不多十几丈。

越往下走，温度越低，而真正到了底部的时候，已经是零下几度的气温了。

龙小海原本有一件漂亮的羽毛大氅，结果被我弄得稀碎，此刻他就穿着一件单衣，冻得直打摆子。倒不是他畏寒，而是从常温到极冷，他还没有适应。

地缝底部是一处天坑般的大洞，黑乎乎的，只有左边很远的一个地方，有一道微光浮动。还不等我打量这周遭的环境，一直显得十分顺服的龙小海突然脚踩斗罡，一口鲜血喷在了地上。

随着鲜血滴落，一股浓郁的黑气升腾而起，化作绿色火焰，朝着我席卷而来，他竟然一直没有放弃杀我的念头。

这样的家伙，不能留。

想到这里，我朝着旁边退了几步，瞧见那绿油油的冥火仿佛有意识般地朝我扑来，直接伸手一揽，将龙小海挡在了我的面前。

那绿色冥火本就受龙小海操纵，然而他的反应却并不如火焰来得迅速。

轰！一大团绿色火光从龙小海的头顶上升腾而起，之后迅速蔓延，将他烧成了一个火人。

第十四卷 一个时代的结束，一个时代的开端

第八十九章 顶尖弓手，地穴怪人

绿色的火焰在这一片漆黑的地缝底部，一瞬间就成了众目睽睽的靶标。我想起之前分身的遭遇，没有任何犹豫，直接朝着旁边退开。我这里刚退开，立刻有破空之声响起。

箭雨即时而至，奋力挣扎的绿色火人儿并没有动弹多久，就被那锋利的箭雨扎成了刺猬，连往旁边退开的我，都一路被那箭雨追逐。

当我最后闪入一块巨大的石头后面时，那宛如跗骨之蛆的利箭方才减缓消失。

我躲入了一个死角，在确定自己暂时安全之后，我冒着被利箭钉住的危险，不动声色地探出头来，借着龙小海的绿色光辉，打量着地缝之下周遭情形。

大！这是我的第一印象，在上面根本瞧不出来，然而从那狭窄的缝隙之中往下瞧，却能够看到我所身处的这一片空间，居然是一个天然的巨大天坑。到处都是巨石，而巨石的间隙，则是人工搭建的无顶建筑。

这些建筑形成了一个村落，设施还挺齐全，中心有祭祀用的祭坛和宗教建筑，四周有高高的瞭望塔。往深处走，那些人工建造的屋子似乎更加复杂。

这些建筑并非是同一时期的，有的看着非常古朴，有的则跟刚才我们下来的那石阶一般，是近年来建造而成的。

值得一提的，是射箭的那些弓手。一般来讲，弓不如枪，那是因为现代火器有着无可比拟的精准和速度，同时火药的威力也巨大。但这里却不一样，这里的弓不但精准无比，而且力量似乎更强上数分。

我宁愿面对着一个连的火力，都不想与这样的一帮弓手较劲儿。就在我想要瞧清楚那帮弓手是否在哨塔上时，突然间又心生警兆。

不对，我明明躲在了射击死角，怎么还会有危险？除非是手雷？

经历过现代战争的我，反应迅速，先不管这反应对是不对，直接朝着前方的黑暗滚了过去，紧接着双腿一蹬，飞身跃入另外的一处石坑之中。而我刚一入坑中，便听到一阵巨大的爆响，从我刚才立足的巨石死角处传来。

轰！这爆炸声与炸药填装的手雷或者别的现代武器并不相同，激荡之中，还有炁场翻涌的气息。这玩意儿应该是属于法器的范畴。

我见识过威力堪比炸弹的法器，譬如黄山龙蟒之时的龙骨符箓。

在这玩意儿出现的第一刻起，我就感觉到一阵心惊。这玩意儿通常是用能量高度凝结的异兽骸骨或者天罡地煞冲刷多年的材料做成。我不敢想象自己倘若是正面中了，是否能够接得住。

趴在石坑中的我心中一阵慌乱，倘若我面对的只有一个剑手，依着我的性子，或许就直接持剑杀将上去。但目前我所需要面对的，可是至少十五人以上的顶级弓手。总有一人，能够趁着我的疏忽大意，将利箭送入我的体内。

怎么办？思考了两秒钟之后，我终于还是决定用那金蝉脱壳之术，启动遁世环，分身祭出。

一道身影宛如疾电，朝着原来的石阶疾奔而去，那些弓手也十分给面子地用手中的利箭追随。

这些弓手在我看来，即便不如箭王林易，也是相差无几的水平，一个人瞬间射出四五枝箭，也并不是困难的事情。

望着分身一路奔逃的狼狈，我不住地心惊，想着倘若我是它，能否安全度过？

难！分身有一个巨大的优势，那就是它的本体是碧罗魂珠，天生轻巧，行走如风。我或许能够凭着入微避开，但未必能够逃得出地缝。

这场追逐战让人头晕目眩，当分身的身影消失在洞口的时候，立刻有七八人从黑暗中跃了出来，朝着那龙小海追去。

此刻的龙小海，已经被那绿油油的冥火烧死。

这火焰十分奇特，并没有将他身上任何东西点燃，不过对灵魂的危害程度却是巨大，这也正是他刚才想要拼死一搏的缘故。

龙小海试图用这火焰将我的灵魂燃烧殆尽，却让他自己陷入了万劫不复之地。

火焰消散之后，龙小海屹然而立，脸上的表情栩栩如生。惊恐、彷徨、痛苦和难以释怀的怨恨……

这个前半生繁华、后半生孤苦的家伙，带着诸般负面情绪离开人世间，留下的，便是一具宛如雕像一般的身体。

有人认出了这家伙，立刻大声叫喊起来，匆匆往那村子里奔去，而有人则提着各式兵器，朝那地缝的出口扑了出去。

在这个时候，我也终于瞧见了那些神秘的弓手。从黑暗中、哨塔上和村子里纷纷跃出来的弓手们，与人完全不同，看起来更像是猴子。我眯着眼，发现它们身上无毛，身子佝偻低伏，只有普通人身高的一半左右。它们虽然有五官，但比例却失调得厉害，眼睛大得离谱，鼻子、耳朵和嘴巴却小得可怜，完全就是一群地穴怪物。

此时已经有人朝着地缝上面冲了过去，有人过来招呼这些地穴怪物，但它们似乎只知道守着这儿，并不愿意上去协助抓捕。

我趁着一片混乱，不动声色地沿着阴影处，朝那位于天坑中的村子里摸去。

小白狐若是被俘，必然会被抓到那儿的大建筑物里面，而倘若她若是被杀害，我就将这儿的所有人，都拿来给她陪葬，不管是那些人，还是瞧得古怪而恐怖的地穴怪人。

我既显得小心翼翼，又迅捷无比，很快就靠近了村子的边缘。因为在天坑之中，不用担心天山的雨水问题，所以这些建筑都偷工减料，没有屋顶。我在这些矮旧的巷道里快速穿梭，并没有惊动任何人。

我的第一目标，是正中心的那处祭台。

很快，我潜入到最里面，眼看着再走几步，就要到达那祭坛的时候，突然心生警兆，下意识地翻身，跃入了一间房屋里。

而就在我刚刚躲开的巷道处，有一个抱着弓箭的地穴怪人出现，左右一看，一脸困惑。我不想陷入重围，于是不敢做声，而是背靠着墙壁，打量着这间房间。

谁知道我这一打量，心脏不争气地剧烈跳动了好几下，我瞧见房间里直直地站着一个人。那人看着也十分熟悉……

几秒钟之后，我终于确定了这人的身份，就是我之前在徐家坳拦截王秋水的时候，那三个留下来阻拦我的一流高手。而这人就是身受重伤被我留给布鱼看管的那个。

他怎么会出现在这里？我的脑子一下就炸了，不过好在我能够将情绪控制住，也不敢动弹，生怕这人闹出点儿动静来。

两人对峙了几秒钟之后，我突然感觉到对方有一点儿不对劲。他一动不动，双眼空洞无神。

我下意识地朝着对方的腹部瞧去，那儿并没有任何剑痕和伤口，身体结实得能拍死一头大象。实际上，他更像是这屋子里的一件家具。

这人，根本没有灵魂。我终于得出了这么一个结论，缓步走到那人的跟前，小心翼翼地试探着。

果然，不管我如何拿捏，他都是一动不动，紧接着我开始对这人摸起了骨。

好精奇的骨骼和强壮的肌肉，这家伙壮得跟头牛犊子一般，与之前重伤被俘的那家伙一样，拥有着绝对强大的力量。

瞧见这，我莫名就是一阵心慌，感觉到了一阵难以说清的恐怖。这儿到底是个什么鬼地方，怎么会有这么奇怪的事情呢？就在我为这没有灵魂的躯体而心生惧意的时候，突然间墙头一阵骚动，我回过头去，正好瞧见刚才出现在巷道里的那个地穴怪人趴在墙头上，朝我这边望了过来。

四目相对，双方都有些愣神。糟糕，被发现了！

这可是在敌人的心腹之地，我吓得冷汗直流，下意识地如旁边那人一般站着，一动不动。

在遁世环的掩盖下，我除了一开始的眼神有点儿问题之外，与那人几乎一般。

那地穴怪人似乎有些疑惑，就在此时，整个天坑之中突然传来了一股极度激荡的气息，紧接着一个尖厉而沧桑的女声陡然扬起："我可怜的孙儿啊，是谁杀了你？我要将他千刀万剐，粉身碎骨，永世不得超生！"

第九十章 邪教底牌，终极力量

龙小海是谁的孙子？这个问题不难回答，他父亲是龙飞扬，叔叔是龙在田，而奶奶则是天山神池宫的首席教谕大长老，龙老雪。

听到这声音，我的心顿时跳了起来。时至今日，我都无法忘记当初在百丈冰窟前迎战此人的情形，也忘不了师叔祖李道子通过一滴精血，远隔万里附体而上，施展茅山神打术的情形。

龙老雪，这是一个让人过目不忘的名字，也是曾经代表着天山神池宫这修行圣地最高实力的三大巨头之一。

贵为天下十大高手之列的北疆王，都曾说过不敌此人。

当年她重伤远遁，如今再一次出现在了我的面前。然而与当初不同的，是曾经帮助我战胜她的师叔祖，天下三绝李道子，已然不在人世。

属于李道子的时代结束了，此时此刻，单枪匹马的我能否再一次战胜那传说中的顶级高手呢？我心中一阵巨震，然而却还是一动也不动地站在无顶的房间里。

那丑陋的穴居怪人趴在墙头，眯着眼睛瞧了好一会儿，最后竟从上方一跃而下，想要过来。

这种玩意儿我是第一次瞧见，不过却知道它们的双臂强壮无比，而且眼睛也能够在黑暗中视物。这是一种比人类要强大许多的异种，倘若被它发现了我的不同，将周遭的同伴引来，我必将身陷重围之中。

事实上，拥有着强者之心的我，连天王左使都有着一战之心，自然不会怕这手下败将龙老雪。但在敌人的老巢之中，还硬着头皮上前，实在是有些莽撞。

战可以战，但一定要给自己创造最好的条件，还要确定小白狐的安危。

唰！腾空而下的穴居怪人并没有想到这一动不动的家伙会有多危险，而拥有着强壮身体的它似乎智商也有一些不足，忽略了一个胆敢只身闯入的家伙到底拥有着怎样的勇气和决心。

饮血寒光剑在一瞬间拔出，凌空一斩，将那人切成了两截。在加诸了吸血效果的作用下，一滴鲜血都没有落下。

我手脚并用，将那凌空跌落的两截身体接住，悄无声息地放在了地上，然后瞧了房间里一动也不动的那人一眼。

这是一个没有灵魂的傀儡，却有着让无数修行者羡慕和嫉妒的强壮身体，对我来说，这是一个威胁。

魔剑回转，划过那人的脖子，抹去了这具没有灵魂的傀儡的生机。

将这傀儡人毁灭后，我继续向前，走到了那祭坛外围。那是一个天然形成的石台，上面立着一根古老的石柱，顶端有四根粗绳牵下，系在石台的四角处。粗绳上有许多画满了符文和图案的棋子飘落而下。

上面一个人都没有，我目光左右巡视一番，发现这个藏在地缝天空的村子已经乱成了一团，但有一个地方特别的安静。那靠近深处的黑暗，仿佛藏着某种让人惊悸的神秘力量。

那儿也是此处魔气最为浓郁的源头。小白狐在那儿么？

就在我向那儿望过去的时候，从那黑暗之中走出了一支队伍来。这些人脚步缓慢而坚定，就像一支军队。

我瞧见走在最前面的那个人，竟然是刚刚被我毁灭了的傀儡，一般魁梧的身体，一般面无表情的脸孔，一般洋溢着外放劲气的气势……

唯一不同的是他的双眼之中，有着火红色的光芒。这样的高手，在这儿居然可以量化？

我蜷缩在黑暗的角落里，不敢让人瞧见，就这样眼睁睁地望着这超过二十人的队伍，冲到了刚才的事发地点。

我此刻的心情，绝对谈不上有多好。这样的人，论单体的实力，每一个都能够和我的七剑媲美。二十个人集中在一起，别说是我，就算是总局的王红旗亲至，都未必能够从这围攻下逃脱。

瞧见这些，我这才想起弥勒一直以来不急不慢的态度。他似乎并不介意我成长得有多高，想来这些可以量产的傀儡高手，应该就是他的底牌之一吧？

只可惜，弥勒出师未捷身先死，只能留下遗憾了。但弥勒死了，并不代表着已经结束了，他还有继任者，还有无数爪牙。甚至连龙老雪这样的顶级高手，都在帮他。

躲在黑暗中的我在最开始的震惊之后，浮现在脑海的第一个想法，那就是要将这种恐怖的地方一举捣毁掉。

刚才任我宰割的傀儡，让我重新拥有了勇气，这些玩意儿，应该只是半成品，技术并不成熟。没有灵魂的灌注，根本改变不了什么。我只要进去想办法将所有的一切都捣毁，说不定就能够改变。

我不是要做拯救世界的超级英雄，只是做自己该做的事情。想到这里，我顾不得身陷重围的危险，观察了好一会儿之后，毫不犹豫地潜入了那最黑暗的地方。

洞中有洞，与外面的天坑不同，这儿真的就是人工开凿的洞穴，它镶嵌在山体内壁上。最外面是一个很大的石门，因为人群的进入，它彻底地打开了。黑暗中，我能够瞧见那门上的浮雕，是很简单的图案，苍老古朴，绝对有几千年的历史了。

我小心翼翼地走入其中，来到一处宛如运动场般巨大的空间里。

一层一层、不断向下，每一层都有无数石俑，而在最下面的那一片空地上，出现了一大片的亮光。地沟中熊熊燃烧的火焰，将这广阔的洞穴照得昏黄透亮。

我瞧见那儿有一大坨宛如心脏般的玩意儿，它有两层小楼一般大小，如同活物般不断蠕动，触角无数，紧紧攀附在周遭的石像和岩壁上。

在它面前不远处，有一个巨大的石像。这石像高有三丈，面如牛首，背生双翅，人身牛蹄，四目六手，耳鬓如剑戟，身形如泰山。那古朴的刀劈斧凿，却让它拥有了让人为之臣服的霸气。

王霸之气！

石像后方十余米，或站或跪，有八十一个同样的石像，规模小了许多，最高的也不过一丈有余，黑压压一大堆。有的还算完整，有的则缺头少尾，断胳膊断腿，不成模样。

我的目光在最前面一排的某一个石像身上凝聚，瞳孔瞬间收缩。

那是一身高三米、虎背熊腰的大汉。不过浑身是毛，尖嘴猴腮，肩上扛着一根棍子，一对毛手随意地搭在那棍子上，显得十分轻松惬意。然而就是这么简单的姿势，却让人感觉说不出来的凶戾。

这形象倘若是普通人瞧见，说不定会脱口而出地喊出西游记中"孙悟空"的名字来，而我却是热泪盈眶。

这石像，分明就是胖妞！而那屹然而立、傲视天下的巨大石像，则是传说中的上古大巫，战神蚩尤。

这个地方莫非就是远古时期的遗迹？我浑身发寒，而就在这个时候，心海中的某一个意识却激荡了起来，尽管它将这情绪隐藏得很深，但仍被我敏感地发觉了。

说到底，这儿竟然是蚩尤曾经的一个据点？我满脑子疑惑，而就在此时，我发现在那心脏般的肉块不远处，竟然还有几人在跪伏。

有三人身穿黑色长袍，而唯有一人站立着，正奋力挣扎。那人被绑得严严实实，正是失踪不见的小白狐。

被擒住的小白狐身上的绳索仿佛有光华游弋，使得她提不起任何劲气。凭着本身的蛮力挣扎，却无法逃脱那几个黑衣人的掌控，最终还是被按倒在地，反抗不得。

我压抑着心跳和呼吸，宛如狸猫般越过一层又一层的石俑，从边缘不断地朝着最下面靠近。

当到达了最靠近底部的次一层时，刚藏好的我便听到一个老女人用十分欣喜的话叨叨而言："老祖宗，这小姑娘的身上，应该有洪荒远古时九尾妖狐的血脉。卑微的子民将她供奉给你，希望你能够造出更多更强大的血偶来，成为你最忠实的守护者……"

血偶？那些没有灵魂的家伙，就是这巨大肉块造出来的？

我满心震撼，就在此时，我的脑后突然吹来了一股冷风，一个幽幽的声音在我耳畔响了起来："你到底在这里看什么啊？如果想要参观，不如进到老祖宗的肚子去，看看里面到底都有些啥，你说对不？"

我陡然一惊，回过头来，却瞧见一个白衣人正对朝着我微微一笑。

第十四卷 一个时代的结束，一个时代的开端

第九十一章 外门大弟子，前来领教

白衣人并非别人，而正是我的老相识，天山神池宫的首席教谕长老，龙老雪。就在我以为她去追分身的时候，她却出现在了我的面前，还吓了我一大跳。不知道她是怎么发现的我，何时发现的我？

这个很重要，因为倘若刚才的混乱都是她所导演的戏码，那么想必我现在已经陷入了这埋伏之中。

我下意识地往后退了几步，一直退到了看台的边缘，方才停下脚步，一脸防备地望着龙老雪说道："你是怎么知道我在这儿的？"

龙老雪冷笑着说道："我来这魔神遗迹五年有余，这儿的一点一滴，一尘一土都在我的心中，如何能容一人进入？更何况，你怀里的那遁世环，可是从天山神池宫中流出的，我如何会被你蒙过？"

对方一说话，我立刻知道自己陷入了思维的死胡同里了。遁世环的确好用，但我却忘记了这玩意是天山神池宫中流出的产物，现如今我在那首席教谕大长老面前用，可不就是班门弄斧么？

不过我这人大风大雨经历惯了，无论遇到什么事情都很淡定。就算是被人抓住，那又如何？我朝她平静地点头，说道："好久不见。"

好久不见，如此而已。相对我的平静，龙老雪恨不得将我身上的肉剐下来。

她用那特有的尖锐嗓子说道："先前败于你手，左思右想不得其解，还好弥勒告诉了我，说你身上的神打之术天下无双，但如果抛开那些因素，不过一小麻烦而已。之前我就想出去找你了断，结果被弥勒拦住，说什么千秋伟业，不急于一时，让我在这里看好当年蚩尤与黄帝大战时的秘密武器……"

秘密武器？就是这个心脏一般的大肉块儿，以及那些无限量产的血僵么？

龙老雪说那传说，我也是有些印象的。据说当年蚩尤与黄帝决战于涿鹿，双方大战了三天三夜，蚩尤部众在大巫的带领下，勇猛善战，所向披靡。

按理说，黄帝与蚩尤九战九败，若是依当时的战争态势，胜利者应该是蚩尤以及他麾下的九黎部众，结果一个叫做九天玄女的神秘人出现了。那女人不但教导风后制作出了司南车，冲出了蚩尤魔雾，而且还帮着制作了夔皮鼓，给疲惫不堪的黄帝部众打鸡血，振声威。九天玄女甚至还带来了僵尸中的最尊位天女旱魃，在顶端力量上对蚩尤进行了各种挟制……

奠定华夏战局的涿鹿之战，完全是黄帝在九天玄女帮助下各种开挂获得的。要不然，黄帝早就被蚩尤的大军给淹没。此时此刻，我竟然站在了这么一个地方。

两人对视，龙老雪压抑不住心中悲愤的情绪，指着我说道："天堂有路你不走，地狱无门你闯进来。弥勒不让我找你，结果你把他杀了，接着又杀了我孙儿。现如今，就让我来给他们报这个仇吧！"

她说着话，一双宛如鹰爪的双手缓缓抬起，而我则无辜地苦笑道："弥勒的事情我认了，但是你孙子龙小海，却不是我杀的！"

龙老雪双目赤红，冲着我怒声吼道："不是你是谁？"

我耸着肩膀说道："你自己也瞧过了，泯灭他神魂的，是那绿油油的冥火，这根本就是你们自己的玩意儿。至于他身上如同刺猬的箭支，也是你们自己人下的手，与我何干？"

龙老雪哪里会跟我讲道理，凭空一拍手，口中厉喝道："巧舌如簧，且先受死！"

此刻的她，与当日走火入魔时的模样完全不同，轻轻一掌拍来，整个空间的炁场顿时就是一阵收缩，指向之处皆坍塌了去。

这一招与我数次瞧见的那深渊巨手，有着异曲同工之妙。

不过我既然已经做好了准备，哪里能够让她轻易偷袭，我一个翻身跃下了最底部的场中，落在了那几个匍匐着的黑袍人跟前。

从一开始，我的目标就没有变过，小白狐。

其实在我与龙老雪对话时，场中匍匐的几个黑袍人就已经知晓了这儿已然闯入了外人，不过她们没有想到，自己竟然被当成了第一攻击目标。

能够出现在这遗迹中的，应该都不是弱者，我一落地，那领头的黑袍人将袍子一震，里面一道流光飞逸，朝着我电射而来。面对突如其来的攻击，我没有任

第十四卷 一个时代的结束，一个时代的开端

何思考,直接一剑劈去。

铛!饮血寒光剑与对方狠狠地撞在了一起,一道让人牙酸的声音响起,我凭借着土盾的力量,一步不退,而那人却是退后了三两步。我定睛一看,这才瞧见黑袍之下并非是人的躯体,而是一个宛如人形、瘦骨嶙峋的野兽。

这兽类的脑袋,有点儿类似于扒了皮的兔子,血淋淋的,双眼赤红,口中吞吐着紫色的烟气,十分邪恶。不过也只有这一个黑袍人是野兽,而另外两个则都是年逾四十的中年妇人。

她们则仓皇许多,在那野兽向后翻腾的时候,也连滚带爬地朝着后方跑开了去。

我回转过来,在小白狐的身上轻轻一挑,这绳索捆在小白狐的身上时,光华流溢,显然是一件了不得的法器,不过到底没有饮血寒光剑这般的凶兵厉害,稍微一接触,立刻全线溃败,不成模样。

绳索一断,小白狐立刻恢复了生气,冲着我惊喜地喊道:"哥哥……"

不待她说完,我便一把抓着她朝石像那边倏然而去。就在一瞬之间,我刚刚落足的地方,出现了五个深深的爪印,印在了那结实无比的岩地之中。

瞧见从看台上一跃而下的龙老雪,我拍了拍小白狐道:"能照顾好自己么?"

小白狐瞧见那龙老雪的凶悍模样,知道此刻并不是说话的时候,一边咽着口水,一边点头说道:"行,你不用担心我。"

这小妞儿的修为虽然之前有过大损,但凭着九尾妖狐的天赋,身法倒也轻灵无比,能抓得到她的人并不多。

小白狐自觉离开,我则一个翻身又避开了那龙老雪的恢弘一掌。我将饮血寒光剑紧紧握在手中,双脚在地上仔细摩擦,把握着这地势中最好的受力点。

两掌之后,龙老雪便知道这手段并无效果,便不再继续追击,而是站在那蚩尤石像的面前,静静望着我。沉默了几秒钟之后,她缓缓说道:"你比以前强大了很多。"

一剑在手,我显得无比轻松,嬉笑着说道:"不要装出老前辈指点新手的风范好吧?当初的你,可是我的手下败将!"

龙老雪的眉头一阵跳动,朝我愤然喊道:"那根本就不是你自身的力量!"

我指着她身后的蚩尤,冷然说道:"成王败寇,世间就是这般冷酷。你倘若还是那种高高在上的心态,说句老实话,你永远都战胜不了我的!"

第十四卷 一个时代的结束，一个时代的开端

曾经落败于我的手上，这件事情是龙老雪心中永远的痛。尽管她有无数的借口，譬如当时的她闭关走火入魔；譬如当时的我被人附身，并不是本来的我；譬如……

可是再多的借口，都改变不了这么一个事实。败了，就是败了，没有如果。

修行人讲究的就是一个平和圆满、心中无垢，而这事儿已然成了她的心魔。这也是她除了仇恨之外，想要将我置于死地的重要原因之一。

吼！怒火终于攀升到了一个顶点，积蓄了多年的情绪终于在此刻，如火山一般地爆发了出来。

这个曾经睥睨天下的顶尖高手终于在一瞬间，爆发出了最为恐怖的力量来。一股宛如滔天海啸的巨浪在她的身后生成，周遭的石头被这气息吹得东倒西歪，而刚刚还在场间的那兔头怪兽和两个女祭司，也被吹得滚落到了角落去。

这股气势冰寒无比，让我在一瞬间仿佛回到了当初的百丈冰窟前。

此时此刻，龙老雪终于展现出了她身为天山神池宫教谕大长老的终极实力来。

这力量一展露，便是不死不休的结局。面对着这滔天气势，我却稳稳地站在了原地，将手中的饮血寒光剑往地上一插，抱拳朗声说道："茅山掌教陶晋鸿外门大弟子，陈志程，前来领教。"

没有黑手双城，没有陈老魔，我最爱的名号，是茅山的外门大弟子。

战！

第九十二章 士别三日，刮目相待

无论何时，无论何地，唯有抬出茅山这个名头的时候，我才会全神贯注，倾尽自己所有的精力和荣誉感。

为了茅山而战！我无比严肃，目光凝聚成一条线，紧紧地注视着不远处的白衣老妇人。我晓得此刻的她，绝对要比当日在百丈冰窟之前难缠许多。

此刻的她不但没有走火入魔，还在这蚩尤遗迹之中受益良多，何况她与我之间，还有许多仇恨。

不光是刚刚死去的龙小海，还有她另外两个儿子的死，都与我脱不了关系。她之所以从让人敬仰的神池宫教谕大长老，变成如今这个模样，也是因为我。这仇怨当真是不死不休。

两人亮剑，下一秒猛然撞到了一起来。

轰！一声超越了耳膜所能够接受的剧烈炸响从交击处陡然暴出，饮血寒光剑与一根造型古怪的木杖碰在了一起。

那木杖与七剑一般材质，坚硬无比，上面蕴积的力量也超出我的想象之外。

陡然一剑之后，我右手发麻，膀子处一阵酸软。龙老雪也下意识地朝着后面退了两步，手中的木杖微微一抖，一股冷若冰霜的寒气，陡然将场中填满。

她没有想到，当年那个靠着投机取巧战胜她的家伙，现如今居然拥有了这般恐怖的实力。

高手相较，第一招通常都是用于试探对方的实力，看一看在接下来的战斗之中，到底应该用上什么样的手段。

我没有后退，而是将饮血寒光剑前指，任由它散发气息。这剑的气息，可比我本人要凶戾十倍。

龙老雪知晓自己那修炼了百年的修为，未必能够比我强，她若是想要成为笑

到最后的人，就必须要拿出一些与众不同的东西来了。

真正的高手，从来都知道如何掌控战场的局势，哪怕只是微末的一点儿。

在我将长剑前指的一瞬间，她将左手朝着天空举起，仿佛扯去幕布一般，猛然一抓，紧接着朝下面拉了下来。这并不是毫无意义的手势，与之配合的，则是一长串咒诀。

当那手往下拉的时候，漫天光明突然间，消失无踪。黑暗从四面八方狂涌而来，就像滔天巨浪一般，一瞬间将我淹没了去。

意志绞杀！这是天山神池宫中的真言秘术，让人在一瞬间进入黑暗之中，倘若是没有反应过来，说不定就真的以为自己死去了。

能够施展此法的，从来都是站在最顶端的高手。

当年的龙老雪就是用这一招差点儿将我击杀，没想到时隔多年，她居然还是用了这一招。

手段虽老，但却十分管用。五感剥夺的那一瞬间，我的确有一种近乎于死亡的体验。然而此时的我已经不再是当年的我，我很快就从这种黑暗中走了出来，而且还被这种境遇逼迫出了最强大的力量。

当万物消失，什么都没有了的时候，我还有剑。

盘古在一片混沌中用斧头劈出了天地，而我则用那饮血寒光剑，斩出一片光明。

喇！

世界在一瞬间恢复清明，我手中的饮血寒光剑红光大盛，陡然斩在了龙老雪手中的铁木杖上，劲气喷薄，将想要一杖了结我性命的龙老雪逼得踉跄而退。

一招失手，龙老雪并不在乎，她将木杖不停旋动，周遭的炁场牵扯，景象扭曲。像她这般的人物，已然不需要凭借着蛮力而为，从来都是因时导势，通过对于局势的把握，来一点儿一点儿地增强自己的优势，最终将对手一举击杀。

龙老雪不急于搏命，而是与我游走几圈，当气势集聚到一定程度的时候，猛然一挥手，空间又是一变。

这一回，倒没有再是一片黑暗，然而原本就有些阴冷的遗迹之中，寒霜白雪，陡然而落，整个空间一片冰冷。这种阴冷宛如附骨之蛆，让人难以适应。要晓得，像我这般魔体大成的家伙都会感觉不适，倘若是寻常人等，估计在接下来的交锋中，很快就会支撑不住。

不过这环境，对于龙老雪这种在百丈冰窟中闭关修行的家伙来说，却是最为熟悉。当雪花飘落的一瞬间，她也发动了最强大的攻势，身影在一瞬间幻化成了数十道，从不同的角度朝着我攻来。

到底是臻入化境的顶尖高手，她的每一击都让人心惊胆战。十几招之后，我知道自己倘若按照她的节奏走下去，说不定就真的只有走向死亡了，战局得让我来掌控。

要想破局，就必须有足够强大的力量，让她不得不改弦更张，重视我的一举一动。在战斗得最激烈的那一刻，我闭上了眼睛。

眼睛闭上，观感消失，而对炁场的把控，却变得空前的活跃了起来。

天山神池宫是最正统的修行门道，与我的路子是相克的。我若想要摆脱她的束缚，蚩尤战法发挥到极致。

当年的蚩尤，凭着手下八十一个兄弟起家，纵横中原，打遍天下，靠的就是一个意念。它无惧，我又如何能够害怕？

面对着这个曾经站在世界顶端的老妇人的强大攻势，我的注意力却转移到她身后的那座巨大石像上。这儿是蚩尤故地，而我的内心深处，则藏着一个恐怖的心魔。难道，这就是宿命？

魔剑在这一刻，突然间红光暴涨，剑身上的孔隙宛如活物一般吞吐风云。三气凝结，整个空间之中那无处不在的魔气都被调动了起来，紧接着我往前方一站，整个人陡然拔高了三分。

战意已决，我便不再管那四面八方袭来的攻击，开启了临仙遣策，用伤敌一千，自损八百的凶猛战法，朝着龙老雪狂冲。

事实上，在之前的交手中，两人无论是境界，还是手段，都已经接近大圆满的化境，故而并没有什么损伤。

高手之间，一招之间便能决定胜负。当我如此不要命地杀去，将蚩尤那魔头最为疯狂的气势一举施展出的时候，原本还在徐徐布局的龙老雪顿时就陷入了困境之中。

她这一生，不是没有碰到过不要命的对手，但却罕有碰见能要她命的敌人。

随着战斗的持续，战场中的形势陡然转换，原本龙老雪手到擒来，却没想到一交手，她却成了送上门来的吃食。

我融聚混元之气的巅峰一剑，将龙老雪手中的铁木拐削去一截后，她的脸上终于出现了惊慌的神色。

这样的惊慌,完全是失败的前奏了。我瞧在眼里,没有任何犹豫,嘴角往上一翘,身子一缩,再次朝龙老雪冲去。

吼!龙老雪手中的木杖猛然一戳,一声巨大的爆响从我脚下传来,腾空而起的我瞧见一连串的冰凌子,竟然一直蔓延到了我的脚下。

发狂了?龙老雪豁出了一切,朝我发动了最狂暴的攻击。

我双目赤红,感觉浑身的鲜血都在燃烧。很久没有这般痛快了。

战斗在持续,激荡的气息已经不再适合任何人在场,我的余光处瞧见小白狐已经远远离开,其余人也不敢靠近,都带着敬畏之心,瞧着战场中的我们。

不知道过了多久,一个念头从我的心中升了起来,是该结束了……

我朝身后飘飞几丈,双脚立在了一尊石像上,手中的饮血寒光剑高高举起,朝着北斗七星中的主星方向点了一下,然后朝着前方平平一斩。

剑势越缓慢,威力越恐怖。这一剑的前方,整个空间仿佛扭曲了一般。龙老雪在我的前方不远处举杖挥来。

两个人在同一时刻,迸发出了最为恐怖的力量。就在这个时候,仿佛一直置身事外的如房子般的肉块儿突然蠕动了起来,万般肉丝飘扬,将龙老雪陡然笼罩其间,紧接着一股苍凉无比的力量从上面传来,将整个天地都给覆盖……

第十四卷 一个时代的结束,一个时代的开端

第九十三章 一句话，就是干

在最为关键的对决中，龙老雪出人意料地缩进那如房子般的肉团里，那心脏模样的肉团一收一缩，将万千附着在岩壁、地底上的肉丝挥舞起来。

这些肉丝仿佛血管，又似乎别的什么玩意儿，总之给人的感觉，就像对手从一人变成了全世界。

黑色木杖依旧悬空停浮，不过却并非在龙老雪的手中，而是被数十、数百根的肉丝托着，与我遥遥而对。

铮！不管如何变换多端，那饮血寒光剑终究还是与黑色木杖撞到了一起。

我本来有九成九的信心，能一剑将其从中而断。龙老雪走的路子，是纯正的道法手段，在力量方面，没有我这道魔双修的家伙强横，所以在抛开她制造出来的种种凶场之后，魔体大成的我，绝对能够在力量上碾压她。

信心由此而来。然而当对手突然换成了一个完全不熟悉的大心脏，饮血寒光剑上灌注的力量和气息在这一刻仿佛泥牛入海，有去无回。除了一声让人浑身血液燃烧的铮然之音外，我没有收到任何有力的回馈。

那一根黑色木杖，遇强则强，遇弱则弱。在它的下面有无数肉丝支撑，根本就不受我诸般力量的影响，自顾自横呈。

一拳打在空气中，这种感觉让我有些吐血。而面前的变化则让我不得不急身后退，一直退到了底部边缘处的石像群落之中，方才没有瞧见那些漫天起舞的带血肉丝在身边出现。我眯着眼睛瞧去，却见那两层小楼般的大肉团前端，有一个脑袋浮现而出，可不就是龙老雪么？

和在外面不一样的是，此刻的龙老雪在一瞬间变得年轻许多，老人斑减少了，皱纹舒减了，头发变黑了，除了一脸的血浆之外，完全是年轻了几十岁的样子。

站定，我将饮血寒光剑前指，平静地说道："不是说要把我碎尸万段。让我永世不得超生么？怎么你自个儿却跑进那里面去了，是害怕了么？"

说实话，我多少有些气急败坏，如果不是对方出了幺蛾子，战斗已经结束了。这所谓前天山神池宫的教谕大长老，将会再次成为我的手下败将。

胜利明明就在眼前，却突生变故这怎么能让人释怀呢？那张镶嵌在肉团上的脸突然笑了起来，用尖厉的声音说道："你今天也终于体会到当年我的感受了吧？"

当年的感受？哦……当年的龙老雪，无论从什么角度，都是完全碾压我的状态，结果我一招堪称神来之笔的茅山神打术，将她直接从天堂打落到了地狱。时至如今，她也想让我尝到这苦果么？

只是，这心脏模样的大肉块儿，到底有什么手段呢？就在我疑惑的时候，身后一阵劲风袭来，有人出现在我的身后，举刀朝我的脖子斩来。

这样的突袭对我来说构不成太大的威胁，我毫不犹豫地将饮血寒光剑朝着那人斩了过去，却见这人正是刚才我与龙老雪交手时，对小白狐穷追不舍的黑袍祭祀。

这个长着剥皮兔头般的兽类，瞧我挥剑而去，避也不避，直接用空手朝我拍来。

啪！饮血寒光剑何等魔兵，然而与这样的家伙相撞，却只是出现一声爆响，紧接着那家伙朝后方的黑暗，翻身落去。

我愣了一下，这才反应过来，那家伙全身骨骼都角质化了，坚硬得如同一把武器。这样的家伙，虽然不如龙老雪那般厉害，但也足够难缠。

当我还在为这家伙恐怖的身体震撼时，场中那些不断飞舞的血丝突然暴涨几倍，幻化成无数宛如黑色蚯蚓般的触角，朝我这边箭刺而来。

我脚尖轻点，腾空而起，避开了这些攻击，而我刚才驻足的地方则被射出一个又一个的深坑，有的石像则直接被插成筛子。

这地方太诡异，腾空而起的我朝着上面的看台跃去。双脚一着地，我没有再管下方的大肉团，而是四处找寻小白狐。就在我的目光四处巡视之时，却瞧见那些一层又一层的看台上的石像，表面突然裂了开来。

这是一股由内而外的力量，随着表面上的石壳裂开，那些蹲坐在地上的石像露出了里面黑乎乎的身子来。每一个石像之中，都包裹着一具强悍无比的身体。

第十四卷 一个时代的结束，一个时代的开端

这些身体有的直接站立了起来，一双发红的眼睛四处张望；而有的则像是失去了生命力，当石壳裂开之后，失去了支撑的它们直接趴倒在地。

没有气息的，自然是没什么威胁，但让我浑身发寒的是那些站起来的家伙足足占了四成的比例。而且它们大部分的目光，都落在了我的身上。

我仅仅环顾了一眼，就差不多将这些家伙的数量计算了个大概，至少有超过两百多个。

这样的数量，别说来杀我，就算是出去，也足以横扫一州一县。

在瞧见这些玩意儿的一瞬间，我下意识地就往出口处瞧去，然而让我绝望的是，那儿涌进来成群结队的血傀，将出口堵了个满满当当。

关门打狗，尽管不愿意承认，但我还是不得不认清一个事实，我根本逃不出这个地方了。

想到这儿，我不由得用一种仇恨的目光瞧向了镶嵌在肉块上的那张脸，愤然喊道："龙老雪，你这也太不讲规矩了吧，说好的单挑呢？有本事你别弄这些玩意儿，跳出来跟我打！"

龙老雪笑容洋溢，眼睛几乎眯成了一条线。她显然并不在乎我的激将法，而是慢慢悠悠地说道："别跟我扯这些，成王败寇，从来如此。不过你放心，你的身体是一件宝贝，一会儿我会好生对待的。"

堵在出口处的那一堆血傀，就是那一大坨心脏般的肉块儿制造出来的，而它们的潜力和天资，则是依靠于资源的多样性。龙老雪刚才所说的话，就是想把我拿作模板来处理。

只不过……想到了某一个极为关键的东西，我几乎陷入绝望中的心情突然一下明亮起来。沉静下来的我脸上也浮现出了笑意，冷冷说道："是么？你真的觉得，凭着这些没有灵魂的玩意儿，就能够将我打败么？"

这话说完，我又重新发出了浓烈的战意。

龙老雪桀桀笑道："没有灵魂？你错了，看到那个冒着火光的血池没？那里是弥勒、王秋水他们专门用来收集怨魂的地方，里面凝聚了许许多多的恶鬼，灌注在这血傀里，都够了的……"

恶鬼只有怨气，对我来说并不能伤害根本，然而加上这些血傀，只怕……

我的脸在一瞬间冷了下来，而龙老雪并没有给我太多的时间，说完这话之后，她口中念诵起了一篇长长的咒诀来。

第十四卷 一个时代的结束，一个时代的开端

这咒诀并不是天山神池宫的道法，反而带着巫术的许多腔调。与此同时，那肉团也变成了一个巨大的扩音器，咒诀在一瞬间就充斥了整个遗迹空间。

咒诀一起，仿佛战鼓敲响，无数从石像中摇摇晃晃走出来的兽类，以及匆匆赶到的血僵，在同一时间朝我这儿疾奔而来。

呼！一道利爪朝我的脸上抓来，我一剑挡去，火花四溅。尽管我将对方的爪子卸了下来，但巨大的撞击力还是带着我往后面的台阶倒去，而与此同时，又有四五个家伙冲到了我的面前来。

一瞬间，我陷入了最为激烈的战斗之中。我所面对的这些对手，每一个的实力都堪比七剑。其余的血僵或许差一些，但也相差不了多远。

这样强度，这样数量，我能够坚持得了多久呢？我不知道。然而身陷重围的我，在抛开最开始的恐惧之后，整个人的血液都在瞬间被点燃了。

长剑在手，就算是前面有千军万马，我也无所畏惧。真正的英豪，从来是不畏生死的，也从来不会做任何的计算。男儿就应该死在战场，马革裹尸，哪里会管面前的对手，到底是十个、百个、还是一千个？

如此酣战许久，我浑身都是鲜血，有敌人的，有自己的，伤痕累累的我没有停歇。不知不觉，我竟然站在了那肉团子的面前，龙老雪的脸上笑盈盈的，就等着我倒地而亡。就在此时，我也笑了起来。

差不多了吧？我顾不得周遭的无数攻击，将饮血寒光剑插入地上，然后双手朝天而举，淡然说了一句：战意，黑炎灼！

第九十四章 活埋陈黑手

战意，黑炎灼！就在即将被无数敌手吞没的时候，我放弃了最后的抵抗，将饮血寒光剑插入地中。魔体在这一瞬间，与周遭的魔气交相呼应，又与无数朝着我猛然扑来的血僵和石像野兽相连。

不生，则死。

事实上，我这般做并非完全只凭着感觉走，也并不是莽撞，而是因为听到刚才龙老雪所说的一句话：那些血僵之所以能够如此厉害，是因为身体里面注入了炼制已久的厉鬼。

她龙老雪倘若是用最纯正的道法来与我相斗，我或许还没有这般的拼命。而当她妄图利用蚩尤遗迹的力量来束缚我，用这些根本没有灵魂的东西击杀我的时候，我就不得不使出另一位老师的手段来。

这儿是蚩尤遗迹，但她未必知道，在我的心海之中，却藏着实打实的蚩尤意识。说起来，"我"才是这儿真正的主人。

当我将双手托举起来的时候，一股从心海中蔓延而出的力量，于一瞬间喷薄而出，在我的双掌上，形成了一朵不停旋转的黑莲花。

黑莲花精致而美丽，每一瓣都仿佛预示着一个让人为之称叹的瑰丽世界。黑莲在一瞬间开花，花瓣从天空飘落，每一瓣都栩栩如生，充斥我的周遭。但凡有冲上来与我相搏者，都会被这样的花瓣粘住，在一瞬间将它点燃，化作又一朵让人为之畏惧的莲花，病毒式的蔓延……

黑炎灼本身是悄无声息的，然而当它与那负能量结合的时候，却能够将其瞬间引燃，发出类似于油烹一般的"嗞嗞"声。

一瞬间，原本显得无比喧闹的层层看台之间，便只有"嗞嗞"的声响。黑色的火焰弥漫空间，当它飘落到看台之下，无数不断挥舞的血丝在这一刻变得更加疯狂，每一分都在暴涨。仿佛这黑色的炎火，给它提供了无数的燃料一般。

只是在这样疯狂起舞的背后，那张镶嵌在心脏肉块的脸，变得越发苍白起来。

我没有拔起深深插入地上的饮血寒光剑，而是一个跃身跳到了龙老雪的面前，眯着眼睛抬头望去，平静地说道："很可惜，你终究还是败了！"

龙老雪的身体被肉块一点儿一点儿地挤了出来，身上满是黏液和血水。她什么也不顾，只是冲着我愤怒地吼道："我花了五年的时间来与它熟悉，为什么你一来，就能掌控它？"

我的脚往前一抬，刚才还疯狂朝着我刺来的血丝却在此刻化作了台阶，将我托举了起来。

我一步一步走到了龙老雪的面前，指着旁边那个屹然而立的石像，说道："你老了，老得脑子都动不了，说太多你或许根本就记不住。所以，我只说一件事，刚才的一招，便是它，教给我的。"

龙老雪张大了嘴巴，仿佛听到了这世间最可笑的事情，冲着我怒声吼道："什么！它可是蚩尤——战神，蚩尤！"

我摸着胸口，闭上眼睛说道："对，战神蚩尤，所以，你败得并不算冤枉。"

我伸出了手，轻轻点在了龙老雪的额头上。

一指惊魂。

这老妇人浑身一震，双眼流露出了不可思议的神情，紧接着呼吸缓慢消失，几秒钟之后，生机也消散了。

这是一个曾经让无数人为之敬仰的传说，或许在很多年之后，依旧被人传颂。然而她却这般带着万分的不情愿，悄然死去，甚至没有一个人为她而悲哀。

此时此刻，她不过是一个被自己宗门所背弃了的可怜妇人而已。想到这里，我心中再也没有击败强敌的兴奋，而是伸出左手，将龙老雪那一双几乎凸出眼眶的眼睛轻轻抹平。

人死之后，万事皆空。

我其实与龙老雪之间，并无太多的仇怨，至少我并不恨她，因此也并没有将她的神魂毁掉，而是任由其缓缓升到上空。

一直等到龙老雪的灵魂往生离去，我方才落到地面。

"战意黑炎灼"不但让我从无数致命的攻击中解脱出来，而且还让我获得了

第十四卷 一个时代的结束，一个时代的开端

面前这一大坨血色肉团的认可。

　　这玩意儿对我是真正的亲近，也使得我能够掌控它的力量，将龙老雪击杀于此，成了这一场大战的赢家。然而只有与它真正接触我方才晓得，这并不是别的，根本就是魔神蚩尤的心脏。

　　一颗死去了的心脏，此刻它之所以能够蠕动如活物，只不过是因为被弥勒刺激苏醒过来而已。

　　这玩意儿，曾经被当成弥勒那头金色恶虫的食物。后来弥勒发现，他的金色恶虫可以吞噬一切，却不能对这玩意儿下嘴，甚至还惧怕这魔神心脏散发出来的气息。他不得不转换了思路，利用这玩意儿的特性，来制造源源不断的血偶。

　　蚩尤心脏是无法被消灭的，当年的黄帝，即便是在九天玄女的帮助下，也只能够将其封印，所以我此刻能够做的，也不过是将其封印起来而已。而且我还不敢与它靠得太近，惟恐心魔蚩尤将我的身体控制住，然后凭借着这玩意儿翻身。这种对于强大力量的掌控，会让人沉溺于其中。

　　当把龙老雪的尸体放平，入口处又挤来一群人，为首的一个老家伙我怎么看，都感觉像是民顾委的黄天望。然而那人的感觉比黄天望多了几分阴毒和犀利，目光宛如利箭一般尖锐。

　　他旁边还站着几个人，我认识其中一个——王秋水。

　　瞧见王秋水的第一眼，我的目光骤然收缩，立刻就明白了这个老头是谁了。荆门黄家，一门双杰，除了黄天望之外，还有一人他却是入了邪教。他通过多年打拼，成为了邪灵教的右使，这人叫黄公望。

　　传言荆门黄家对这件事讳莫如深，而黄天望与自家胞弟更是宛如死敌，不过却并不妨碍江湖中人拿这两人来作比较。

　　我对黄公望是久闻大名，却一直没有见过，没想到竟然会在这样的场景下见面。

　　我在遗迹的最底部，而邪灵右使黄公望则在顶端的出口处，两人对视了一眼。目光在半空中擦出火花，我没有动，对方也没有动。双方在这一刻，都变得无比的谨慎。

　　我之所以没有立刻出手，是因为我知道传说中的黄公望，绝对是一个顶尖级的高手，与他那大内第一高手的兄长相比，相差无几。而且他旁边还有一堆邪灵教的精英，和那些不知来历的穴居怪人。

身陷重围，我倘若还操起魔剑冲上去，那就太冲动了。

我踩着龙老雪的尸体，背靠着不断用血丝轻拂我的蚩尤心脏，这场景让冲入其中的黄公望和王秋水等人一阵震惊。

算算时间，其实他们来得已经很快了。虽然不知道黄公望是否原本就在这里，但王秋水这一趟倒是跑得十分辛苦。

然而即便如此，那个曾经让他们都为之推崇的龙老雪，已然真真切切地死在了我的脚下。

黄公望等人没有说话，左右瞧了一眼，几秒钟之后，他们没有向我这边冲来，而是不约而同地后退，消失在我的视线之中。

我强行按捺住奋起追击的想法，原地站立。果然，不出我意料，黄公望等人离开几秒钟之后，那出口处立刻传来了一声响彻整个空间的爆炸声。

紧接着利箭宛如雨下，刺入那石道上，无数碎石在四处飞溅，威力巨大，而我也只有躲在巨大石像的背后，方才没有被波及到。

之后我突然听到一声古怪的声音，紧接着巨石簌簌落下，我下意识地朝上一望，瞧见那遗迹的整个空间，仿佛失去了支撑一般，轰然坍塌了下来。

轰！

第九十五章 影响张励耘一生的事情

当入口处传来剧烈的爆炸和无数箭雨的时候，我还在为自己的谨慎而欣喜，然而瞬间倒塌下来的穹顶，则让我陷入了巨大的窘境中。

我万万没有想到，对方虽然并不上来与我交锋，但下手却黑得让人恐惧。居然直接将这个不知道花费了多少心血弄出来的老巢给炸毁了去，我是得有多招人恨？

当那穹顶在一瞬间垮塌下来的时候，我心中猛然一颤，下意识地以为自己即将被活埋于此。然而多年在生死边缘拼搏时练就的第六感拯救了我，我在一瞬间将自己蜷缩成一团，与此同时，一直藏身于角落处的小白狐也朝我这边飞奔而来。

当她冲入我怀中时，我让那巨大的蚩尤心脏罩住我们，将我们包裹其间。这玩意儿并不能被毁灭，只能够封印，而且它已经延续了那么多年，此刻应该也能够承受得住这般垮塌下来的巨力。

想是这般想，当穹顶砸落而下的那一瞬间，我的心脏还是剧烈地颤动了一下。我从来没有如此时那般窒息过。

即便是刚才龙老雪使出的万物寂灭，我也不会有这种实打实的封闭感，在最开始的撞击之后，我紧张到极点的心情又瞬间轻松下来。

果然，我料想的情况与结果并无差错，即便是整个空间洞穴都为之崩塌，我都没有受到半点儿伤害。

那蚩尤心脏将所有的力量都化解了去，没有伤到我一分。没死，这就是最好的结果。

几分钟之后，我确定了一件事情，那就是我已经被埋在了这个鬼地方。周遭坍塌的石头将这空间填得满满当当，尽管我并没有被砸死在这里，但想要出去，短时间内是不可能的。

既然如此,我将心情完全放松了下来,也不纠结到底要不要杀将出去,将黄公望、王秋水这一票人留住。

我勉力提起精神,朝怀中的小白狐低声问道:"尾巴妞,你没事吧?"

将身子蜷缩成一团的小白狐刚刚从惊慌的情绪中走出来,勉强笑道:"还行,差一点以为自己就要死了……"

她说话的时候还在喘气,显然是有些惊魂未定。小白狐经历了太多,此刻已经是疲惫不堪。我让她休养精神,不要多说话。而我也在尝试了一会儿之后,不再乱动,安安心心地待在那蚩尤心脏的包裹之下。

自身难保,就不用考虑太多的事情,我让自己凝神,沉静下来。当我这边陷入宁静,一股奇妙的感觉就从心中浮现出来,紧接着我眼前画面一转,却发现自己竟然在林中奋力疾奔。

一开始我还有些纳闷,随后才发现,这周遭的一切,其实是分身。

当本体的意识入定的时候,分身的信息就进入了我的感知中。明白了这件事后,我并没有立刻收回意识,而是左右一打量,发现自己刚刚奔出了那茂密的林子。前方不远处,就是徐家坳。身后并无追兵,先前去追分身的那些血僵,在龙老雪失去对蚩尤心脏的掌控之后,就已然倒下。

不过我并没有任何轻松的情绪,因为我晓得在不远处的山谷之中,还有一帮最为厉害的邪灵高手。这些家伙倘若杀一个回马枪,事情就变得恐怖了。

我不但害怕分身被人盯上,而且还担忧在村子里固守待援的布鱼的安危,想到这里,"我"奋力前行,很快就赶到了徐家坳。

"我"并没有光明正大地进村,而是适当地隐匿身形,免得落入有心人的眼中。分身乃碧罗魂珠所化,别的不行,这身形却快捷如影,很快就赶到了小学附近,找到了看守嫌疑人的布鱼。

瞧见"我"之后,布鱼露出了欣喜的笑容,刚要说话,被"我"用手势阻止了。

布鱼瞧见"我"脸色严肃,赶忙走出房间,靠近前来,低声说道:"老大,怎么了?"

"我"指着后山的方向说道:"邪灵右使黄公望在那里,还有一大帮的邪灵高手,正朝这边赶来。赶紧离开,要是被他们盯上了,你就吃不了兜着走了。"

布鱼瞧见"我"一脸焦急的模样，露出了狐疑的神色来："老大，不过就是邪灵右使而已，弥勒你都杀了，还怕他干甚？"

这臭小子跟着我许久，多少有些骄纵之气，瞧惯了我一副天塌下来都不在乎的气度，瞧见"我"此刻的模样，心中多少也有些怀疑。

瞧他有些不相信"我"的话，又是好笑，又是好气地说道："你想哪儿去了，这是分身呢，本体和尾巴妞被他们，埋在洞穴里面了，还等着你带人去救人呢。你要是被抓了，我去哪儿找人？"

布鱼这才恍然大悟，下意识地又打量了"我"几眼，还是瞧不出本体和分身到底有什么差别。

事实上，在遁世环的气息笼罩下，本体和分身的确瞧不出什么区别。也正因为如此，当初我们迎战小黑天的时候，方才那般困难。

布鱼听到我和小白狐都被困住，顿时就有些慌了，问到底该怎么办。我让他别着急，黄公望和王秋水这些人，就像是那雪人儿一般，根本见不得太阳，这边消息泄露，恨不得插翅而飞。我主要担心的，是怕王秋水有放心不下的人，会带着人回来晃荡一下。

为人谨慎，这是我的原则。

布鱼赶忙将几个关押着的重要人物敲晕，然后进行了转移，紧接着与"我"神不知鬼不觉地藏在了一个老乡家的牛棚里。这牛棚是徐家坳村子的边缘，倘若是被发现了，我们跑也来得及。

两人这边刚刚安排妥当，便瞧见一队人马如风一般疾奔而来。他们在小学那边晃荡了一下，并无收获，也不留恋，向着村子的东头匆匆而走，不再停留。

为了防止对方使诈，杀个回马枪，"我"和布鱼两人在牛棚里又待了一个多小时方才出来。

"我"依旧不露面，一切都由布鱼来协调。

这个时候，第一批赶过来的有关部门到了村子里。这些人都是附近乡县的，他们甚至连我们的编制都不知晓。不过好在随后林齐鸣也带队赶到，并且与当地市里的有关部门取得了联系，这才将这些一大群什么都不知晓的不明群众疏散了去。

林齐鸣到来之后，"我"把这天发生的所有事情给他一一讲述清楚。和布鱼一样，当听到"我"只不过是陈志程的分身，而本体则和小白狐一起，被压在坍塌的洞穴之中时，林齐鸣同样露出了难以置信的表情。

不过他到底有着傅山的传承，也知道我最近几年的修行方向，所以理解起来，倒也没有布鱼那般困难。

林齐鸣的第一反应，自然是前往后山去找我，不过却被"我"制止住了。

在力量并没有达到压倒性的优势之前，我们需要做的就是等待援兵。因为那儿绝对是邪灵教的重镇之地，黄公望等人仓皇而走，但肯定有人留下望风。如果没有足够的力量，一旦有所变故，那问题就变得很大了。

尽管林齐鸣心焦于我和小白狐的安危，但是对我的话也不敢不听从，只有赶忙催促另一队的张励耘赶来，并且与相关部门协调，申请调用大型的挖掘设备，进行相关的准备工作。

林齐鸣在修行之前，曾经在一个学挖掘机很强的学校里读过书，所以他对这方面也不算陌生。

匆匆忙忙，一天又一夜，大部队终于在第二天的清晨赶到了，并且立即展开了挖掘工作。经过十二个小时的奋战之后，终于将我和小白狐从那碎石堆中救了出来。

这通道一被打通，张励耘和林齐鸣等人立刻疏散了施工队伍。当现场只剩下特勤一组的成员，以及省局派过来的一个协调员的时候，我从黑暗中缓缓走了出来。

经过两天一夜煎熬的我，并没有受到太多的伤，反而是小白狐受不了这里浓郁的魔气，昏昏沉沉一直没怎么清醒。

与省局的协调员寒暄过后，我让特勤一组的成员封锁了现场，将所有的尸体和遗迹都给分门别类地收敛了起来。到了最后，我将张励耘一个人单独叫到了一个角落里。

两人站定，张励耘瞧我一脸的郑重其事，心中忐忑地说道："老大，到底什么事情，需要瞒着所有人啊？"

我盯着他的眼睛，一字一句地问道："小七，我可以相信你么？"

张励耘舔了舔舌头，疑惑地问道："当然！不过老大，到底是什么事情啊？"

我揽过他的肩膀，低声说道："有一件事情，我得交给你去做，但这件事情，有可能会影响你以后的一生……"

第十四卷 一个时代的结束，一个时代的开端

第九十六章 血染的战书

张励耘的表情变得严肃了起来，他认识我十多年了，这是我第一次这般的郑重其事，显然我一会儿讲的事情，绝对会超出他的想象。

尽管张励耘丈二和尚摸不着头脑，但还是郑重其事地点了点头。他信任我，这是我们十多年来培养出来的，而我所说的这件事情，其实也不是别的，正是处理这棘手的蚩尤心脏的问题。

这玩意儿对邪灵教的人来说，实在是一件大杀器，对像我这般修魔之人的诱惑，也是宛如圣物一般的东西。但我不敢对这玩意儿下手，甚至不敢靠近它太久。

在这蚩尤心脏里待着的两天里，我无数次地感受到了心魔蚩尤想要挣脱的怒吼。倘若不是我的意志力足够坚定，说不定此刻的我就已经不再是我了。

我找张励耘就是将这蚩尤心脏交给他来封印。至于如何处理，安置在何处，这些事情都只有他一人所能够知晓。以后任何人问起，包括我在内，都不能说出。

听到我这么一个要求，张励耘在沉默了许久之后，方才郑重其事地点头答应。以张励耘的智商和阅历，他自然知晓我为何会将这么重要的事情交给他来做。

我这么做，防的不是别人，而是我自己，张励耘是我的下属里最具有独立判断能力的人，他从特勤一组成立不久就跟了我。而且由于出身的缘故，使得他比别人多了几分自主能力，并不会任何事情都为我马首是瞻，也能够承受得住我的压力。

只有张励耘可以。

以后的我即便真的化作了魔，也未必能够从张励耘的口中得到任何关于蚩尤心脏的消息。

这就足够了。

张励耘是何等玲珑剔透的家伙，他在答应我这件事之后，一下子就变得无比的沮丧起来。

如何封印蚩尤心脏，这事儿我基本上已经有了腹稿，跟张励耘交代完之后，如何调集和组织人手的相关事宜，都交到了他的手上。

张励耘独自带队已经有好几年的时间了，他的能力我是认可的。在确定邪灵教的人基本已经撤离之后，我不再坐镇此处，而是前往荆州，着手对袁聪名单上一系列人等的抓捕工作。

打铁要趁热，特别是在袁聪已经暴露的情况下。所幸的是，这件事情得到了中南局和鄂北省局的大力支持，早在我和小白狐被营救出来之前，局里就已经展开了行动。

这是近年来最大的一起行动之一，不但上面积极响应，下面的有关部门也施展了雷霆手段。在我到达荆州之前，总局的特勤四组就已经在领队王朋的带领下四处出击，将大量的嫌疑人带回了临时联合基地来受审。

张励耘被留在了宜昌的徐家坳，而我带了林齐鸣、布鱼和小白狐等一大堆人马，加入了联合行动中。

在荆州市郊的一处临时军事基地里，我与王朋见了面。虽然同样是在总局工作，但我与王朋见面的机会其实并不算多。

两人虽然算得上是幼时结实的好友，我甚至还是王朋介绍进的单位，但自从他再一次从青城山复出之后，我们两人就开始疏远了。但这种疏远，和罗贤坤那种并不相同。

之所以如此，不过是为了避免给上面一种太过于亲近的感觉，免得上面认为下面沆瀣一气，脱离了控制。

当然，这也不过是给某些人一些心理安慰而已，如王总局、许老这般的人物，我也没必要隐瞒。这事儿对我来说并不重要，但王朋还是比较在意的，所以才会如此。不过这并不会影响到两人之间的感情，两人在办公室见面，门关上之后，两个大老爷们便抱在了一起。

王朋出道很早，比我和努尔都要大上许多，许久不见，忽然觉得他多了几分老态。我不由得感慨，让他注意些身体，别太拼命。

第十四卷 一个时代的结束，一个时代的开端

王朋叹息了一下，苦笑着说他毕竟不如我，天资不行，就只有用勤奋来补。

现在的局势比以前好多了，官方不再只有龙虎山和元老派，而是百花齐放。王朋想要给青城山以及西川诸派增加影响力，就不得不更加努力。

见到王朋之后，我并没有立刻谈及公事，而是问起了他师父渡劫的情况来。青城三老其实并非一个宗门，或道或如禅。不过倒也能够同气连枝，而且让世人为之侧目的，是他们三人居然同时兵解鬼修，化作鬼仙。

鬼仙其实也是修行者生命走到尽头的另外一种存在方式，与我师父所冲击的地仙之境一般。不过一般来说，此术不但特别容易走火入魔，而且即便是修成了，也是弊端多多，除非是身体受到了不可复原的伤害，否则是不会走这条路的。偏偏青城三老都走了这么一条路，倒也让人诧异。

谈完了双方的基本情况之后，王朋才对我说道："志程，我这两天基本上将名单上的人都清了一遍，大部分都抓捕归案了。还有一部分人提前得到消息逃了，不过我们也布置了人手，应该不会有遗漏的。"

我点头说道："你办事，我自然是放心的。"

王朋笑了："也是，厉害的都在徐家坳那个地方窝着呢，我这里基本上都是些小鱼小虾，算是捡了个便宜。"

我摇头："论起危害来，这些扎根基层的家伙才是最大的，只有将这些煽动力最强的家伙根绝了，邪灵教才会失去基础，再没有向上发展的动力……"

王朋是办案子的老手，对这些自然都知晓，他给我介绍了具体的案情。

有王朋在这里指挥调度，再加上林齐鸣的配合，我倒是显得轻松自在。审问和抓捕工作什么的，对我来说，只需要稍微关注下，就差不多了。

此次案件，基本上将邪灵教在这一带新建立起来的网络彻底捣毁了。别的不说，光此一桩，便是最大的功劳，不过这些对于我来说，倒没有那般重要了。分功别人，这个对于我来说才是最好的选择。于是在剩下的日子里，我大部分时间都是在闭关修行。

若我猜得没错，邪灵总坛应该就在长江中游一带，不然黄公望、王秋水这些家伙，不可能会扎根于此。而总局配合着下面部门这般浩浩荡荡地扫荡，一定会对邪灵教起到一种强烈的刺激作用。所以就算是王新鉴不想与我对决，也不得不因形势所迫站出来。

正因为这个原因，我才会不断地修行，努力让自己的状态攀升到人生的最高峰处。我有一种预感，王新鉴一定会找上门来的，而我要做的，就只有等待。

时间一天一天过去，一个星期之后，张励耘终于赶回了荆州。他见到我后，并没有跟我汇报关于蚩尤心脏的任何消息，两人心照不宣地相互打量之后，并没有多交谈什么。

之后，张励耘很快就投入了联合行动的收尾工作中。

这一次轰轰烈烈的联合行动，我们一共抓捕了一百二十多名涉案人员，其中有八十多名修行者，像袁聪这样的高手也有三五个之多。除此之外，这次行动总共捣毁邪灵窝点十五个，涉及鄂北、湘湖以及渝城等地方，甚至连我老家附近的一个县都被波及到。

案子已经在最快的时间里审理清楚，而接下来就是等待相关的司法程序。就在我们即将回京的时候，队里收到了一个包裹，指明由我来接收。

东西落在了林齐鸣手上，他不敢擅自拆开，不得不硬着头皮找到了正在闭关修行的我。

在解释清楚了这包裹的来历之后，林齐鸣建议由他来替我拆开，我拒绝了他的好意。

我感觉这黑色包裹里面，有一种我熟悉的气息。我将包裹放在桌子上，然后挥出一掌，包裹散开，露出一个匣子来。匣子打开，陆一那张铁青的脸孔，与我对视而望。

脑袋之下，有一张血染的纸束。

第九十七章 自巴东舟行经瞿塘峡登巫山最高峰

被送来的是陆一的人头,还有一封染血的战书。战书写得很简单,天王左使的字写得歪歪扭扭,但却有一股霸气——你要战,那便战,八月十五,月圆之夜,巫山之巅,老子等你。落款只有一个字,王!

这话极不对称,又不押韵,我眯眼瞧着这歪歪扭扭的毛笔字,能够感受到里面蕴含的气魄来。

我凝目望着这张被鲜血染红的纸束,沉思良久,而林齐鸣则望着那滚落出来的头颅惊讶叫喊,说这不就是一直在追踪的陆一么?

事实上,在放陆一回去帮我宣战的时候,我就预料到他会有这样的结局。

天王左使绝对不是一个眼里能够容得下沙子的人,也绝对不会是一个糊里糊涂的家伙。陆一做的这些事情,以及我在他身上种下的信子,天王左使应该都知道。既然知道,陆一的性命就绝对不能留下。要是留下,天王左使如何跟鄂北那些被清缴的邪灵党羽交代,如何跟王秋水、黄公望这些教内重臣交代?

唯有杀!这结局在陆一妄图苟活的那一刻,就已经注定了的。

望着这张僵硬铁青的脸,我知道陆一在临死之前都没有想到,天王左使居然会对他动手,而且还是如此的狠辣决绝。

我叹了一口气。事实上,抛开所有的恩怨,我对这个年轻人还是有一些欣赏的。当初他击杀日本人的时候,我还在暗地里击节称赞过,要不然也不可能为他出头。

在我看来,他功底扎实又有悟性,而且还有一手不错的驯兽术。这样的年轻人已经很稀少了,倘若有可能,我都想把他发展到自己的旗下来,一如七剑。

然而造化弄人,这孩子最终还是走上了歧路,走到了我的对立面。面对着这种类似天才一般的后辈,我唯一能够做的,就是让他早点走完这段长歪了的人生。

他活着的时候，我恨不得对方死了，然而当他真正死了的时候，我的心中却没有半点儿慰藉。不知不觉，我的心态已经开始变老，开始像王总局他们一样，莫名地珍惜起天下英才来。

林齐鸣看完了战书，下意识地惊声喊道："天啊，老大，这是王新鉴写的么？"

落款只有简单的一个"王"字，但从跳脱于纸面上的霸气来看，天下间除了天王左使王新鉴，便再也不会有第二人了，我点了点头。

此刻的我，还沉浸在那巫山顶峰之约中，而林齐鸣则开始计算起来："老大，离八月十五，还有五天，现在召集人手，时间有些紧迫了。不过像王新鉴这样的人，规模必须得大，不行的话，我们去当地借调部队行不行？"

他一个人自顾自地谋算着，回过神来的我则摇了摇头，否定了他的提议。我告诉他，这一战，我将独自一人前往。

听到我的话，林齐鸣顿时就急了，他连忙拉住我的手臂说道："老大，你可别糊涂啊，这可不是逞英雄主义的时候。那人可是王新鉴，天王左使啊，你要是出了什么意外，我们这些跟着你的家伙，可该怎么办？"

我摇头笑道："这几年我也没有怎么管组里面的事情，你们也不是做得挺好的么？"

林齐鸣不断摇头，焦急地说道："那怎么能一样呢？你虽然小事不管，但大事从来不落，有你这定海神针在，我们才能安安心心做事。要不然，别的不说，我们自己内部都闹翻了。"

我瞧见他如此焦急，这才解释道："并不是我不想布局谋他，只是怕打草惊蛇。"

林齐鸣讶异地问道："此话怎讲？"

我指了指他，又指着外面说道："你们，或者说整个特勤一组，我都是绝对信任的，但如果将这范围扩大，我就不知道该不该相信了。如果按照你刚才所说的，调集部队和人手，将那个地方围住。我可以跟你讲，就算是等到明年月儿圆，都未必能瞧见他王新鉴的半点儿影子。"

像王新鉴这般树大招风的邪道巨擘，能够活到今日，而且还活得无比滋润，别的不说，那脑子绝对要比平常人要好使。他之所以敢这么光明正大地下战书，

第十四卷 一个时代的结束，一个时代的开端

必然不怕我暗中动手脚。

我若是真的大规模布局，难保这些人员里面，就有消息传到他那里去。从以往的经验来说，这事情发生的可能性是很大的。王新鉴经营邪灵教这么多年，这点儿把握还是有的。

林齐鸣明白了我的意思，不过还是有些担心地说道："既然不能大规模调动，那么老大，我们七剑，你绝对得带上。不然，我坚决反对你去！"

"小林子的意思，也是我的意思。"

"对，老大，一定要带上我们！"

"是啊！"

我正想要回话，门外突然传来了几声熟悉的声音。我抬起头来，瞧见张励耘、布鱼、小白狐、白合、董仲明和朱雪婷推门而入，全都站在我的跟前。

七剑之间能够用羽麒麟相互沟通，所以其余六人在得到了林齐鸣的传讯之后，便很快赶过来劝解我。

大家都知道，此番的巫山之约，到底是一个什么样性质的战斗。

当年的王新鉴，在我还很小的时候，就以一人之力，将隐居五姑娘山的李道子击得狼狈逃纵。而后他又在茅山大开山门的日子里，单枪匹马地出现在茅山之巅，而当时我的师父陶晋鸿，却没有敢轻启战端，只是好言劝退，这仅仅只是冰山一角而已。

此人在创教元帅沈老总离奇失踪之后，一直维持着偌大的邪灵教。尽管许多豪雄已然听调不听宣，属于半脱离的状态，但谁也不能否定他的功绩，就算是弥勒这般的奇男子，都一直活在此人的阴影之中。

我望着面前这一张张热切又担忧的面孔，陷入了沉思。从感情上来说，我不想让亲手带出来的七剑随我一起。他们每一个人对我来说，并不仅仅只是下属那么简单，从某一种意义上来说，他们已经成了我的亲人。

无论是与我青梅竹马的小白狐，还是与我相识相知的张励耘，对我信任有加、一路跟随的布鱼，与我有两世情缘的白合，无师徒之名但情同师徒的林齐鸣和董仲明，还有林豪的小表妹朱雪婷。他们每一个人，在我的生命里都占据着最重要的一个位置。他们任何一人受伤或者亡故，对我来说，都是不可接受的。

但雏鹰倘若不放飞天空，永远都不可能长大。我知道这一回我倘若因为害怕他们被伤害，而让他们置身事外，这里的每一个人，都不会原谅我。我视他们如亲人，他们又何尝不是？

沉思了好一会儿，我方才抬头说道："我会带着你们去，不过只能在外围警戒，免得惊扰到了邪灵教和王新鉴。另外，相关的准备也是要做的，从现在开始，所有人都下达封口令，对下面的人也要保持缄默。"

听到我同意，七人这才重重地舒了一口气，气氛变得缓和了一些。对我后面的要求，他们自然是没有什么意见。我们还有五天时间准备，而在这段时间里，我最重要的是调节好自己的精神状态。至于其他的事情，都交给七剑来处理。

所谓警戒，并不仅仅只有七剑，必然还得有强大的力量在。但如何把握这距离和强度，是需要我们衡量的。

王新鉴此人虽然身处邪道，但是个人的声誉却不错，也受正道中人推崇，我相信他不会做出在巫山之巅设伏这种龌龊事情来。

但他的人品好，不代表王秋水这票人没有坏心思，所以该防范的，我们还是得防着点儿，免得中了别人的道，有苦说不出去。

五天时间，匆匆而过。八月十五，我自巴东独乘一舟，经瞿塘峡，一直到了傍晚时分，方才来到了乌云顶附近。望着那隐没在云雾之中的山巅，我知道自己到了决战之地。

一千多年前，有一位大诗人也曾经来过此处，并且作下了《自巴东舟行经瞿塘峡登巫山最高峰晚还题壁》这么一首诗。我行走的路线，与他一模一样。那个诗人，叫做李白。

第十四卷 一个时代的结束，一个时代的开端

第九十八章 高手相见，先礼后兵

江行几千里，海月十五圆；始经瞿塘峡，遂步巫山巅。

巫山高不穷，巴国尽所历；日边攀垂萝，霞外倚穹石……

晚霞落下，照在我的脸上，分外的温暖。我弃舟登岸，逐步而上，并不急着去赴约，而是让自己的心情保持平静。

我孤身一人，七剑虽然会在外围策应，但并不会一路跟随。不过也正因为如此，我反而十分的轻松。在来此之前，我已经将手头所有事情都交代妥当了，抛下所有的一切，就是为了奔赴这么一个约定。

事实上，从登上轻舟的那一刻起，我已经将所有的凡尘俗事都放下了。

这世间之事，拿起来容易，放下却难。一路上，我不知道念诵了多少遍的《自巴东舟行经瞿塘峡登巫山最高峰晚还题壁》提升心境。到了后来，莫名其妙地，念诵的就变成了另外一首诗。

三杯吐然诺，五岳倒为轻；眼花耳热后，意气素霓生。

救赵挥金槌，邯郸先震惊；千秋二壮士，烜赫大梁城……

《侠客行》，诗仙的诗，有叙事，有咏志，唯有这一首，慷慨激烈得让人热血沸腾。

我身上没有带酒，并不能像当年北疆王一般，喝一口酒，抽一支烟，然后视死忽如归，提刀纵上。生死抛两旁，要么胜，要么死。

一路上，我的脑海里走马灯一般地回忆起了我这充满无数故事的一生。不想还罢，仔细一回想，蓦然回首间，自己的人生居然如此精彩。

我是一个早就不应该存于世的男人，十八劫，至今朝，是否是最后一劫了？

这些年来，我遇过的变故实在是太多太多，在生死边缘徘徊，也属于家常便饭，所以什么算是劫难，什么又不算已经无从知晓了。但我可以肯定，这一次我奔赴的约定，一定是。因为在出发之前，我心血来潮，用神池大六壬给自己算了一卦，结果得出的卦象十分黑暗。几乎是前途无光，即便如此，我依旧没有任何犹豫地奔赴了这么一个约定。

一开始我还觉得这是因为王新鉴以及他领导的邪灵教触碰到我底线的缘故，到了后来，我却发现事实并不是这样，一切仿佛是宿命。我与王新鉴之间，终有一战。

我无比热切地期待着这一战的到来，尽管此刻的我，已经明白了陆一和王秋水所做的这一切应该跟王新鉴并无关系。不过那又如何，不管是为了给李道子报仇，还是剿灭邪灵教，我都得上。

胜了，天下太平，而倘若是败了……

败了便败了吧，我尽量跟王新鉴同归于尽，也算我没有白来这世间走一遭。

行山路，一步一个脚印，夜色渐渐笼罩了连绵的大山，月亮逐渐升了起来。这天是八月十五，中秋的月儿分外圆，就像一只金灿灿的大圆饼镶嵌在半空。

行走于林间，草丛中有虫子窸窸窣窣的声音，更远处，有不知名的兽类之声，让人莫名想起了"两岸猿声啼不住"的情形来。当然，此时此刻的巫山，已然再无野猿了吧！

行走的每一步，都是一种修行，我不急不缓地踱步向上，一直朝着乌云顶进发。走过了山梁，又下到了谷底，又继续攀爬。

巫山高不穷……缓慢而走，一直走到了月上中天时，我方才来到了巫山之巅的乌云顶峰上。

当我踏上了最后一块台阶时，一片乌云从东边飘了过来，将那一轮明月遮掩住了，整个峰顶之上，倏然变得一阵暗淡。

这一片乌云的出现并非巧合，而是因为某种契机牵引所致。如此说来，较量在我踏上乌云顶的这一刻起，就已经在进行了，对吧？

我站立在峰顶上，四周怪石嶙峋，风吹过那石缝的间隙，发出了"呜呜"的呜咽之声，如泣如诉，让人感觉后心一凉。在此之前，我并不知晓天王左使是否赴会，又或者到底有没有赶到，但在瞧见这周遭种种异象的时候，我的一颗心终于算是落了地。

他来了就好。

峰顶之上，山风呼呼，乌云笼罩，我却并不着急四顾，而是伸了一下懒腰，

第十四卷 一个时代的结束，一个时代的开端

全身的骨骼噼里啪啦一阵响动。

这一番伸展，一天来长途跋涉的疲惫顿时就一扫而空，我懒洋洋地冲着前方扬声说道："天王，你我也算是旧日相识，就不用这般装神弄鬼了吧？"

我平静地站立着，前方的一处怪石突然一阵蠕动，紧接着几番变化，竟然从里面浮现出一个人来。

那个人个儿很高，足足有两米多，穿着很简单，上身是一件黑色的汗衫褂子，而下面则是条玄色绸裤。然而他一出场就有一种威震全场的气势，从上到下地朝着我威压而来。

来者正是邪灵教的天王左使，王新鉴，一个活着的传奇。

这个男人的身高，让人感觉十分有压力，但通过情报我得知，这是因为他修行了"天王增玉功"的缘故。原来的王新鉴跟我们差不多的身高，甚至还矮一些。之所以如此刻天兵天将的模样，都是百年的修为在支撑。

王新鉴出现之后，倒也没有立刻动手，而是朝着我微笑地说道："你我二人，算得上有缘。"

面对着这样的对手，我并没有显露出蚩尤战法的狂傲来，而是恭恭敬敬地说道："在与天王交手之前，我得先感谢一下你当年的不杀之恩。"

王新鉴于我，有两恩。第一便是当年在神仙洞府里，他追杀符王李道子时，并没有将当时还宛如蝼蚁般的我顺手捏死，甚至连李师叔祖留给我的珍贵符箓，都不屑一顾，此为饶命之恩。而第二件恩情，则是当年茅山大开山门，他曾经与我师父陶晋鸿争着收我为徒，此乃赏识之恩。

不过这所有的情分，在王新鉴诓我吹灭了李道子的续命蜡烛之后，就已经荡然无存了。我与他之间，只有仇恨，只分生死。

当然，该讲的话，还是得说的。相对于我，王新鉴则显得轻松许多，他眯眼瞧了我好一会儿，方才长长一叹道："长江后浪推前浪，一浪还比一浪高。老夫这辈子罕有后悔之事，当年最开始没有杀你，又不能把你引入我道，每每回想起来，我都止不住扼腕称叹，遗恨不休啊……"

面对着气势逼人的王新鉴，我显得无比平静，仰着头说道："志程其实对天王一直都心怀仰慕，只可惜造化弄人，你我之间的关系竟变成了现在这般模样。"

王新鉴冷冷一笑，向前走了一步道："堂堂蚩尤转世，竟落到了那帮鸟人手里，搞得狼变成了狗，说话也是这般虚伪！"

他这一步向前，我顿时感觉仿佛有一座大山朝着我逼将而来，心脏忍不住跳动了一下。

不过我很快就稳住了心神，平静地解释道："天王一生光辉璀璨，的确是值得许多后辈敬仰，我也一样。不过唯一可惜的事情，在于你走错了道路。得道者多助，失道者寡助，方才走到了今天这种穷途末路。"

两人争锋相对，"道不同不相为谋"。我们彼此都形成了独特的世界观，自然是谁也说服不了谁，不过倒也没有立刻剑拔弩张。王新鉴没有先前那般气势逼人，而是冲着我摇头说道："我最没有想到的是，你居然杀了弥勒。"

谈到这个话题，我顿时就燃起了强烈的好奇心来，问他道："有句话不知道当不当问，天王你为何要把弥勒扶持成当今的邪灵教掌教元帅呢？你就那么确定，他能够带着邪灵教重返辉煌么？"

两人即将决战，分出生死，王新鉴倒也不瞒我，对我说道："你应该能够猜到一些吧？"

我点头说道："是，如果我猜得没错的话，弥勒应该就是当年离奇失踪的沈老总转世。而你之所以将他推到那个位置，只不过是将原本属于他的东西还给他而已。"

王新鉴长叹道："你至今都没有被蚩尤控制，果然如我所料，你是一个聪明绝顶的人物。"

我不理会王新鉴的赞叹，而是问道："只是，不管如何转世，沈老总就是沈老总，弥勒就是弥勒，两人的心，终究还是不同。难道天王就不担心狡兔死，走狗烹的下场么？"

我的发问，直指内心。

王新鉴听到了这话突然笑了，冲着我说道："看你什么都晓得的样子，那么我问一句，你觉得你我之间，是否也存在着某种联系呢？"

第九十九章 乌云覆顶，极致力量

啊？王新鉴的话让我愣了一下，不知道他为什么会把话题引到我与他的身上来。过了好一会儿，我才问道："你我之间，也有关系？"

那高大得宛如天神一般的壮汉脸上露出了神秘一笑，平静地说道："我记得，弥勒身边，有一个大肚子的魔猿……"

我眼皮一跳，咬牙切齿地说道："它叫胖妞！"

王新鉴摇了摇头，眼神一瞬间就变得深邃了起来，仿佛陷入了亘古久远的回忆之中。过了好一会儿，他幽幽地说道："在很久很久以前，它的名字叫莫离！"

莫离？这名字怎么听着那么的耳熟，我心咯噔一下，记忆好像也慢慢松动了。我的眼前浮现出在徐家坳后山蚩尤遗迹中，那个懒洋洋扛着棍子的疲懒猴子来。

我听出了这话里面的深意，诧异地指着王新鉴，大声喊道："什么，难道你也是……"

王新鉴摸了摸满是络腮的胡子，平静地说道："很久很久以前，我曾经被人叫做雨师。"

雨师！当王新鉴说起莫离的时候，我还只是有似曾相识的感觉，但当从他口中吐出"雨师"二字来的时候，我终于明白了王新鉴的身份，魔将。王新鉴居然和胖妞一样，都是魔将。

雨师又名萍翳、玄冥，还没有名列神位之前，又叫做赤松子，乃西方白虎七宿的第五宿。他曾经是神农氏的属下之臣，《列代神仙通鉴》中说他形窘古怪，言语癫狂，上披草领，下系皮裙，蓬头跣足，指甲长如利爪，遍身黄毛覆盖，手执柳枝，狂歌跳舞，后神农氏崩，此人便投靠了蚩尤，与风伯、飞廉一起，同为蚩尤座下大将。

此人是在蚩尤麾下时名声大噪的,他与风伯飞廉一起兴风作浪,行云布雨。随同蚩尤与黄帝在涿鹿交战,九战九捷,差一点儿就将人族领袖黄帝一锅端灭。只可惜后来黄帝得了九天玄女所助,逆转局势,一路强杀。雨师与风伯心惊胆战,慌忙降伏,最后被列入了道教俗家神仙之列。

当然,这些都是上古时的神话传说,雨师到底有没有投降黄帝,我不得而知。但此刻却知道面前的这个王新鉴,实在是大有来头。

雨师虽然是战神蚩尤的手下,但并不是说就完全臣服于它。这家伙后来又被纳入了道教的神仙体系里,被人民供奉祈雨,不知道吃了多少年的香火,一直到后来被四海龙王所取代,方才渐渐地退出了历史的舞台。

如此说来,蚩尤说是有九九八十一个兄弟,但是兵败而亡之后,未必会有那么多人跟从,指不定有多少人叛逃而走。

那么,我面前的这个家伙,是否也是与蚩尤离心离德的呢?

王新鉴瞧见了我眼中的震惊,晓得我想明白了这一切,继续说道:"如你所想的一般,蚩尤重返世间,想要夺回曾经属于它的一切。但当今的世界,整个天地意志都已经被彻底扭转。它单枪匹马,根本什么也做不成,于是才有了我们这些人,在近百年间,陆陆续续地降临。所为的,就是给你,也就是蚩尤保驾护航……"

我满心震撼,下意识地问道:"既是如此,你为何会与我为敌?"

王新鉴的嘴角突然浮现出一抹怪异的笑容,冲着我说道:"你若是我,在明白了自己的身份之后,是否真的愿意为那个不靠谱的老主子卖命呢?"

听到他的话,我明白了。历史上,雨师这个摇摆不定的家伙就已经成了叛徒。尽管我不知道为何他会再一次被蚩尤选中,成为保驾护航的魔将之一。但当他真正觉醒之后,未必会为此卖命。

而且还有一个很重要的事情,那就是雨师是雨师,王新鉴是王新鉴。正如同蚩尤是蚩尤,我是我一般。

每一个转世之人,除了前世的记忆之外,还有一个本我。这个本我,也有自己的人生和意志,并不都愿意为以前的意志所同化或左右。所以王新鉴到底要如何,并不会受到这个身份的限制,更何况,我还不是蚩尤。

想明白这些,我叹了一口气,说道:"这么说来,那沈老总就是点醒你记忆之人,对吧?"

王新鉴说道："对，别的不说，就这一点，他对我有恩。所以即便他成了弥勒，我也会坚守当年的承诺，将所有的一切还给他。只可惜，还没有等我交接完一切，他就死在了你的手上。虽然这也省了我防范他的布置，但这对于我来说，实在不是一件好事。"

我冷笑着说道："没有人生目标了对吧？不如这样吧，你臣服于我，如何？"

王新鉴不屑地说道："你真的以为自己就是蚩尤？陈志程，你就是你，一个得志便猖狂的无知凡人。你知道对你最为忠心的莫离为什么最后还是离开了你不？因为现在的你，不过就是那帮鸟人的走狗而已。"

不！王新鉴说什么都可以，但不能拿胖妞来说事儿，因为，它是我的逆鳞。

心中一股怒火升腾，我指着王新鉴怒声吼道："既然如此，那就让你瞧瞧，一个区区凡人，到底是如何将你这雄霸百年江湖的毒瘤给切除的吧。"

饮血寒光剑！我一伸手，那把赤红如血的魔剑就从我的怀中倏然射出，在半空中划了一个圈儿后，带着我朝王新鉴陡然刺去。

奇袭！蓄了一整天势的饮血寒光剑显然要比我更激进好战，它一出现在当空，与空气陡然摩擦，整个空间骤然凭空升高了好几度。那红色光芒，也在一瞬间充斥在了整个云顶之巅。

这剑快得宛如闪电，然而王新鉴却没有丝毫退让，他向前猛踏一步，朝着我遥遥拍出一掌。

我曾经跟无数强者对阵，但从未有瞧见过一挥便将天地给吞噬了的掌法。王新鉴的一掌，能够将天地之间的光芒，在瞬间收敛去。剩下的，只有寂灭。

在对方出掌的一瞬间，我立刻明白了他掌法中的奥妙。这是一种类似于我师父"至道"、李道子"符生"乃至于蚩尤"战意"的一种至高境界。

这掌法除了容纳天地的奥妙之外，还有一个特点，那就是刚猛。一往无前的刚猛，仿佛整个世界横呈在他面前，他也会毫不犹豫地一掌拍去，将这个世界都拍碎掉。

我可以肯定，这世间九成五以上的修行者，都未必能够逃得过他这吞天噬地的一掌。当然，我是剩下的零点五。

魔剑加速，当世界陷入一片死寂的时候，唯有快，方才能够超越那黑暗的蔓延。

破！就在我即将要被这黑暗吞噬时，我手中的剑在一瞬间爆发出了强大的力

量来，将前方的无尽黑暗撕扯成碎片。紧接着剑势不停，径直向前，陡然刺中突然出现在我面前的一块巨石。

受巨石的阻挡，魔剑的冲势停滞了下来，不过在下一秒，这块高达五米的巨石却被高速颤动的饮血寒光剑震成无数的碎块。

轰！漫天飞舞的石雨之下，我没有任何停滞地挥剑一斩，正好与王新鉴的攻击相撞。

锋利无比的饮血寒光剑，正正地斩落在王新鉴的一双肉掌上。依着饮血寒光剑的速度和力量，任何阻挡在它面前的物体，都会如刚才那块巨石一般，化作粉碎。然而在王新鉴的手掌面前，饮血寒光剑失去了那无往而不利的神秘光环。

铛！魔剑斩落在这手掌上，竟然传来了一阵金属之声，一股巨大的爆炸波以交击处为中心，朝着四周扩散而去，将整个天地震响。

巫山之巅，力量与力量之间，在做巅峰对决。我手中的魔剑根本就破不了王新鉴那横贯全身的劲气。不但如此，而且还有一股磅礴到极点的力量，朝着我汹涌撞来。

这是人么？王新鉴简直比我手中的饮血寒光剑还要坚硬，就算我用尽全部的气力，都没有办法破开他一点儿皮肉。

难道，这就是那"天王增玉功"修行到了极致时的效果么？若是如此，他王新鉴真的就无敌了！

我咬着牙，将蚩尤附身时所笼罩着我的战意，在这一刻全部灌注于我的身体之内，然后凭着强横无比的魔体，以及深渊三法之土盾，硬生生地跟王新鉴拼了一记。

这一下，方才是我毕生所领悟的最高境界，大道至简。

在这一刻，我抛掉了所有的心法、战技以及无数影响我战斗意念的东西，将毕生的力量倾泻于此。

王新鉴似乎也在这一刻陡然发力，双方如赌博一般拼了这一下。

孰胜孰负？我与王新鉴同样期待着结果，然而让我们诧异的是，最先受不了的，并非我们两人，而是我们脚下的土地。

轰！整个乌云顶，都在颤动！

第一百章 纵死侠骨香，不惭世上英

最强的矛，与最强的盾，到底谁更厉害？

无人知晓，但我却知道，这样已经达到人体巅峰的力量，使得我们脚下的土地无法承受。仿佛重演黄山龙蟒一战，乌云顶开始轻轻摇晃，紧接着我们脚下的土地则不断松动。

在山体晃动的一瞬间，我还以为是我与王新鉴的力量实在是太过强悍，使得这山体承受不住我土盾承接下来的力量。很快我就发现并不是我想的那般。

摇晃而松动的山体，对我来说，才是最大的不利。要晓得，我之所以能够硬生生地顶住王新鉴的压力，并非我比他强悍多少，而是因为我有深渊三法的土盾。

土盾能够将我身上承受的力量，转到脚下的土地中，这才是我能够挺直腰杆的原因。

但王新鉴在交手几个回合之后，他勘破了我的手段，直接通过双脚高频率的震动，动摇了这山体的根基。

水有水脉，掌握了可以翻江倒海；而山也有山脉，把握住，便能够移山填海。当然，这是洪荒时代的传说，但王新鉴却能够凭借自身对力量的精准把握，以及他那宛如钻玉般的身体强度，将这山体动摇了。

我因为临仙遣策的关系，自然也知道对手即便再强，也总有要害。

人自然不能和横呈而立的山体相比，但看似坚固而不可动摇的山体，却有一个巨大的缺点。

山不动，永恒而立。

两人硬拼，倾尽全力，然而那王新鉴居然还能够分神动摇这山脉根基。光此一点，他的实力就已经高我一筹。

当然，高手之间的性命对决，从来不是实力的比较。在脚下山体垮塌的那一瞬间，我腾空而起，向旁边还未崩塌的地方跃去，王新鉴似乎一直在等待这个时机，他朝我陡然压了下来。

与刚才的那一掌一模一样，整个世界又被他的气息覆盖，一样的手段，居然使了两次。

王新鉴这种近乎野蛮而直接的手段，顿时就将我惹怒了。对方似乎料定了我的诸般手段，直接对症下药，并无太多花哨。以力降人，这可是我一直以来的手段，没曾想到了王新鉴这里，我却被对方压得死死的。

以力压人，那又如何？我脚尖不断点着簌簌下落的岩石，一股气血直冲右眼，临仙遣策陡然开启，神秘符文疯狂转动，将王新鉴的诸般力量在一瞬间分解。

再强大的力量，终究还是有致命的弱点。王新鉴尽管看着修得浑身圆满无漏，但并不代表着他的力量就没有可以抗衡的手段。

魔体大成的我，虽然不比他这天王增玉功修到了大圆满境界般宛如坚玉，但我既然能够站在他面前，就已然拥有了一战的资本。

纵死侠骨香，不惭世上英。老子本来就没有打算活着回去，故而一上来就用上了最为疯狂的劲头。两人在巫山之巅飞速掠过，王新鉴居高临下俯瞰着拼命的我，冷声说道："你的确是我这些年来见过的顶尖天才，能与你相提并论的，也就只有沈老总转世的弥勒了。不过你终究还是欠了几十年的修行，到底还是年轻啊……"

我憋足了力气，还是没有将他甩掉，只有恶狠狠地说道："你真的这么以为？"

王新鉴突然露出了诡异的笑容，对我说道："陈志程，时至如今，你想要战胜我唯一的办法，就是将它放出来，就如同你当初杀了弥勒一般。来啊，我等着与老朋友见面呢……"

请神？王新鉴的这话似乎用上了魅惑精神的手段，此时此刻，我心海中的心魔蚩尤也狂躁到了极点，随时都会突破心防，接收这一具身躯。已经被逼到极致的我，几乎下意识地就要将那头饿虎放出笼。就在这千钧一发之际，我的心头一阵灼热。

一滴精血堵住了我的心房，紧接着一个穿着青色道袍的老人出现在我的面前。似乎很近，又似乎很远，他朝着我摇了摇头，让我千万要把守住。

一念成道，一念成魔。我原本轻盈而充满爆发力量的身体在这一刻变得无比僵硬，皮肤灼热滚烫，仿佛体内的鲜血就要喷射出来。一直紧紧压制着我的王新鉴似乎感应到了什么，眉头一皱，哼声说道："李道子你这个老杂毛，死都死了，还来给我捣乱？"

老杂毛？从王新鉴的口中听到这三个字，再联想到那个青衣老道俊朗而又冷酷的面容，我的脑海瞬间就是一炸。

一股力量从我的心灵深处蓬勃而出，它与心魔蚩尤那蛮横冷酷的战意截然不同，充满了对这个世间的眷恋和热爱。我已然产生了决绝之心，再也不管任何后果，朝着王新鉴猛然轰了过去。

呼！当将那股力量灌注在魔剑上的时候，我丹田内的龙意瞬间与饮血寒光剑中蕴含的龙血之气超常共鸣，让这魔剑拥有了能够与王新鉴对决的恐怖力量。

王新鉴似乎也感觉到了我的决死之意，稍微地回避后，身子腾空而起。离开了王新鉴的碾压，我几个空翻，落到一处没有垮塌的山石前，深深地吸了一口气。

夜风呼呼地吹着让人寒彻心肺的冷空气，而这个时候，我瞧见先前被浮云遮挡了的满月，又浮现在空中，宛如天神，冷酷而又永恒地俯视人间。圆月之上，我似乎瞧见了一个头上有双角的巨大身影笼罩天际，他在遥遥地关注着这一场发生在巫山之巅的战斗。然而那仅仅只是一晃眼，当我再一次瞧过去的时候，就再没有了，宛如幻觉。取而代之的，是浮空而立的王新鉴。

这家伙，居然双脚离地，悬浮在半空之中。一般能够做到这个程度的，必然是三田反复，烧成丹药，永镇压下田，浊气降，清气升，成了陆地神仙。

王新鉴，已然得了地仙果位？我满脑子都是疑惑，不过很快我就瞧见，他之所以能够凭空悬浮，并非是本体轻灵，而是在黑暗之中有许多长得奇形怪状的灵体在支撑着他。

我一开始还未觉得，瞧了几眼之后，越发觉得这些灵体是那么的熟悉。当瞧见一个额头生角的壮汉时，我脑海里一道电光划过，豁然想了起来，这些宛如兽类一般的灵体，我的确是有见过的。

它们是我在徐家坳后山那蚩尤遗迹里瞧见的石像。也就是说，这些灵体其实是蚩尤那九九八十一个魔将。

第十四卷 一个时代的结束，一个时代的开端

　　这些魔将原本是转生出来辅佐蚩尤的，没想到居然都被王新鉴谋害了，而且还炼制成了灵体，供其驱使。难怪王新鉴如此厉害，原来问题却是出在了这里。

　　我有些绝望，破龙意将饮血寒光剑的潜力榨干殆尽，也伤到了王新鉴。我感觉他绝对受了内伤，然而没想到腾空而起后，他居然从身边那些灵体中源源不断地汲取力量。不多时，竟然又恢复了大部分生机。

　　瞧见这些，再一次朝着王新鉴望过去的时候，我的眼神中充满了绝望，也终于知道了为何出门之前用神池大六壬卜卦，会是那样的结果。倘若抛开别的，我与王新鉴之间，其实不过半斤八两，然而我终究还是欠了一些积累。

　　王新鉴看着我，轻轻举起了双手，平淡地说道："其实我并不想杀你，留着你其实比杀了你更有用处。一切都是你逼我的……"

　　这是王新鉴对我说的倒数第二句话，就在他宛如上帝般，准备宣判我的死亡时，我也朝他咧嘴一笑，后退两步双手结印，朝着前方一阵平推。

　　我已经拼过命了，这一回得用脑子了。这一印结出的，一个朝王新鉴飞速扑去的黑影，而那黑影手中捧着的，则是一个并不算大的青铜圆球。这就是我胆敢明知山有虎，偏向虎山行的所有凭恃。

　　我当初的计划是用分身拖住对方，而我自己逃遁远离，如今看来，这想法未免太过幼稚。我倘若是不抱着同归于尽的心思，怎么可能将王新鉴引入瓮中？

　　自以为主宰一切的王新鉴瞧见那笑盈盈扑上前的分身和被打开的九龙青铜罐，在充斥一切的白光之中，王新鉴对我说出了人生中最后的一句话："你娘咧……"

　　轰！在这一刹那，世界仿佛完结……

大结局：嘴唇很软，泪水很咸

世界毁灭了么？没有。

那么我死了么？依旧没有。当我从无尽的黑暗中缓缓苏醒过来的时候，全身上下的感觉只有疼痛。身上仿佛有万般重量在累积，而我就如同那被压在五指山下的孙猴子，一动也不能动。

意识的回复是迟缓而漫长的，不知道过了多久，我才想起自己为什么会被压在这地底之下。

在决战之前，我一路前行，将自己所有的信心和境界都提升到了极致，满以为魔功大成的我，绝对能够与那传说一较高下。我曾经与白云观的海常真人交过手，战而胜之；又将曾经让人恐惧的天山神池宫教谕大长老斩落于剑下。累累战功是我胆敢挑战王新鉴的基础。

让我万万没有想到的是，王新鉴之所以能够纵横江湖这么多年，成为不朽传奇，是因为他太过强大，一直都没有人能够打败他。即便是我师父，也不能。

当交战到了极致的时候，王新鉴还亮出了他的底牌。

首先，他是一个已经觉醒了雨师意志的男人，天王增玉功也已经修行到了大圆满的境界，就算是饮血寒光剑这般的终极魔兵，也不能伤他分毫。要不是我粉碎了王红旗赠予的龙意，让剑上的龙气磅礴而出，甚至都不能伤得到他。

其次，他还将许多曾经与自己一般的魔将炼成了阴灵，供他驱策，并给他提供源源不断的力量。

从这一点上来说，王新鉴就站在了不败之地。即便是我，也依旧不能击败他。

不过所幸，我从一开始就没有想过像与弥勒、龙老雪一样战斗，将这个强大到让人战栗的男人的头颅斩下，而是将希望寄托于秦伯赠予我的九龙青铜罐上。

这里面蕴含着来自无尽天空之上的恐怖力量，神光笼罩之下，就算是王新鉴与我这样站立在世界之巅的人物，都不能幸免。

所有的一切，冥冥之中，自有天意。

现在仔细回想起来，当初秦伯执意将这九龙青铜罐交到我的手中就有些蹊跷。不谈里面那能够引爆万物的恐怖能量，就这九龙青铜罐，也是龙虎山曾经的顶级珍宝之一，并非凡物。

他为什么就舍得放在我的手上？我并不想去猜度秦伯这个曾经与我生死与共过的朋友，但有的事情，真的经不起想象，细思极恐。

世间之事就是这般的神奇，倘若没有黄山龙蟒之战时，智饭和尚的自私，我就不可能追到东南亚去；倘若在东南亚没遇到依韵公子和秦伯，以及那从血池中浮出的虚空之眼，我就不可能得到这九龙青铜罐；而倘若这玩意儿没有落到我的手上，或许这一次巫山之巅的决战，就不会是这样的结局……

王新鉴到底死了没有？我不知道，我甚至都不知道自己是如何活下来的。或许，我此刻其实已经死去了……

我浑身无力，甚至呼吸都艰难无比，只感觉天地之间一片黑暗，没过多久我就又昏昏沉沉地晕了过去。不知道过了多久，我以为自己死去了的时候，胸口处的沉重仿佛一轻，紧接着我听到了欢呼声。

这些声音仿佛就在耳畔，又仿佛在天边，我以为是修罗地狱的幻觉，就没有睁开眼。但这些声响是那般的熟悉，仿佛融入了我的生命里一样。

不知道又过了多久，我感觉干涸无比的嘴唇突然变得湿润，冰冷的水在嘴边晃悠。我抿了两口，感觉精神似乎恢复了点儿，这才勉力睁开眼睛。入目处，是小白狐那一张哭得花容惨淡的小脸。再接着，我瞧见张励耘、布鱼、林齐鸣、董仲明、白合、朱雪婷等人都围在我旁边，一张张激动无比的脸在我的眼中晃来晃去。

我张了张嘴，没有说出半句话，就又晕死了过去，不过这一次，却是无比的安心，我还活着。

我再一次醒来是十天之后，在山城渝都一家军区医院的高级病房里。后来我才知道，当天的决战导致山体崩塌，整个乌云顶垮塌了大半，还导致了一场小规模的地震。与此同时，还发生了一场蔓延了三天两夜的森林大火。

这场战斗震惊了知道内幕的所有人，没有人能想到光凭着两个人，居然能弄

第十四卷 一个时代的结束，一个时代的开端

出这般大的动静来。在外围警戒的七剑赶往现场时，与邪灵教的人打过照面，双方当场起了冲突。不过好在七剑并没有吃亏。

因我方人多势众，邪灵教不敌，只得突围而去，不过据说有人瞧见那帮人拼死掩护着一个浑身残破的家伙，有人推测那人是王新鉴。

让所有人意外的事情出现了，赵承风的特勤三组居然在最混乱的时候也出现了，并且名正言顺地接管了清理收尾的工作。他这是在赤裸裸地抢功劳，不过七剑却没有争斗的心思。因为他们最关心的人，被埋在坍塌的山石下面了。

望着那一大片废墟，赵承风劝大家节哀顺变，不要枉费气力了。七剑和匆匆赶到的王朋则坚持要进行挖掘工作，他们凭着羽麒麟母玉的定位，一连挖了两天，方才找到蜷缩在一处落石间隙的我。

当时的我也是命大，倘若是位置稍微偏上一点点，恐怕就是一摊肉糜了。

死里逃生的我其实也并非那么幸运，尽管九龙青铜罐那一瞬间爆发出来的恐怖力量并没有将魔体大成的我杀死，但也将我全身的经络都摧毁了。

此刻的我，比一个刚学走路的娃娃还不如。这结果，不知道是几家欢笑几家愁。然而躺在病床上的我，面对着小白狐、布鱼等人的关切目光，却表现得十分坦然。

老天爷对我还算不错，多少也饶了我一条性命，既然如此，我又有什么可以抱怨的呢？我在山城渝都待了半个多月，能够下床借助着拐杖行走时，就被安排入住首都一家专业医院接受康复性治疗。大概两个月后，某一天夜里，门被推开，最先出现的是一个锃亮的光头。我抬头看去，却正是"出差"多日的王总局。

与上一次见他相比，王总局整个人的气色差了许多，他瞧见我的时候，目光更是黯淡。

这一位不但是我的领导，还是一直关心和照料我的前辈，我不敢托大，勉强露出了笑容，对他说道："王总，你来了？"

王总局坐在我床头的凳子上，掏出一包五块钱的香烟，抽出一根来，问我要不要？

我摇头，指着自己的肺部说道："这里受不了。"

我这般说着，他却不管让我这个病人吸二手烟是否合适，划了一根火柴，点燃香烟之后他深深吸了一口，让烟雾在肺部翻滚几圈之后，缓缓吐出。

他的身体似乎也不好，被这烟呛得直咳嗽，搞得我这个病人都不得不伸手帮他拍了拍。等他气顺了之后，方才苦笑着说道："您这是干嘛啊？"

王总局将烟掐灭，抹着湿润的眼角说道："抽一口就少一口了……"

说完，他朝着我竖起了大拇指，说道："我刚刚'出来'，听到消息就直接过来了。小陈，你真的让我们这些老家伙刮目相看啊，连王新鉴那老王八你都敢惹，而且还把他给掀翻了……"

我苦笑道："当时也是脑子发晕了，现在回想起来，还一直后怕。"

王总局摇头说道："初生牛犊不怕虎，我知道这件事情，老阎那边也有一部分原因。不过没事，我跟家里面的几个打过招呼了，不会有人为难你的。对了，你接下来有什么打算？"

我指着自己的鼻子说道："我现在这个样子，差不多也是废人一个，局里面的职务，估计是胜任不了了。特勤一组那里，有张励耘和林齐鸣在弄，基本上不会出问题，不然就把张励耘提上来吧？"

王总局摇头说道："今时不同往日，让张励耘代理是没问题，但扶正还欠一点儿意思，还是由你镇着。至于你刚才的问题……"

他从怀里摸出一个小巧而通透的羊脂玉瓶，对我说道："这里有两滴龙涎液，你拿着。潜修几年，问题倒不大。"

我吃惊地说道："这怎么能行？"

王总局不容我拒绝，一把塞在了我的手上，对我说道："我能支配的权限，只有一滴，另外一滴是找黄老邪那老东西凑的。那家伙平日里抠门得很，听说是你，没想到却也痛快……"

王总局整个人的精神状态十分不好，给了龙涎液，也不再逗留，匆匆而去。又过了一晚，睡梦中的我感觉到有人在我床头哭泣，睁开眼睛，竟是小颜师妹。她瞧我醒了过来，一下子就扑到了我的怀里，没有说话，泪水润湿了我的肩头。

我一直紧绷着的心，终于在这一刻彻底放松了，我捧起那张我魂牵梦萦的小脸，深深地吻了上去。

嘴唇很软，泪水很咸……

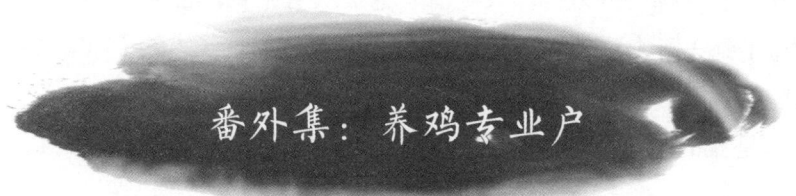

番外集：养鸡专业户

夜阑卧听风吹雨，铁马冰河入梦来

每天早上五点半，伴随着公鸡的第一声打鸣，我便醒来开始巡视我的领地。

距离上一次与萧克明、陆左在大敦子镇的小火锅店里喝酒聊天，已经过去两年多了。我的鸡场依旧在，而且又多了几万羽，不过我已换了一个地方。

之所以换地方，也是不得已而为之的事情。在二〇一三年清明节之后，陆左寄养在我养鸡场里的那个蛋不翼而飞了。

没有任何预兆，也没有任何缘由，好端端的一个蛋，就这般不见了。当时负责守在我养鸡场里看管的陆小夭并没有及时发现，以至于后来朵朵与自己的好姐姐大吵了一架，最后陆小夭负气出走，不知所踪。

当然，别人不知道，但是我却知道她去了哪儿。

当时陆左并不在家，他应邀去了东海边的一个地方，听说是萧克明约的他，鬼鬼祟祟的，甚至连朵朵和陆小夭都没有带上。要不是我知道当了茅山掌教的萧克明不但和茅山的陶陶订了婚，而且还改邪归正，不再涉足风月场所，还以为两个人出去玩了。

当然，东官出事之后，全国严打，他们两个估计也不敢乱来。这倘若是被抓了，他们的大师兄未必会救他们。

此时的黑手双城陈志程，已经不再是以前的陈志程了。正因为如此，我才会觉得这样的他更棘手，已经成为一个称得上强大的对手了。

养鸡场失窃案之后，我没有任何犹豫，也不多作解释，直接离开了大敦子镇，前往另外一个地方，重操旧业，重建鸡场。

在闲暇之余，我将黑手双城陈志程一生传奇的故事逐渐写了出来。因为某些缘故，我只写了一半，另外一半，是因为黑手双城还有不为人知的一面，这也是我这两年一直在探寻的东西。只可惜无论是从萧克明、陆左，又或者林齐鸣那里，都得不到任何关于这一面陈志程的信息。当我搬离了大敦子镇之后，我也失去了这些渠道。

写作是我的爱好，不过倘若说弄这么多，就只是为了写着玩玩，倒也不尽然。

事实上，自从神农天坑那件事情之后，我才发现这两年来我一直显得十分沉默，仿佛睡着的猛虎般的黑手双城，其实远远没有我想象中的那么简单。

这一点，从美生中华会和兰德公司那边传来的消息也可以得到印证。

这种迹象，是从黑手双城在巫山之顶与天王左使决战之后，他病卧床榻的那两年开始出现的。尽管那一次决战少不了我的穿针引线，但谁也没有想到，交战的双方居然都没有死，这出乎我的意料。

王新鉴横行一世，无论是对我，还是别人，都是掣肘多多。巫山一战之后，他虽然活了下来，但是病来如山倒，没多久就郁郁而终了，这我能够预计得到。但没想到原本宛如废人的黑手双城，居然没两年又活蹦乱跳了。尽管近年来他很少亲自出手，即便出手也只表现出一流高手的模样，但我却知道，他远比巫山一战之前更加恐怖。

当一个男人有了心机和城府，那就很恐怖了，如果是黑手双城，那就更让人惧怕了。没有人能够想得到他到底在想什么，我甚至在想，此时此刻的他是不是已经入魔了？

尽管蚩尤并不擅长心机，但是它怎么可能会败在一个人类的手上？

以前的陈志程无论是手段还是为人，都是让人敬仰和仰慕的，但此时此刻的陈志程，绝对没有人能够看得懂。唯一能够压住他的两个人，前茅山掌教真人陶晋鸿化身成为了天山之灵，汇入了地仙界。而传奇红匪王红旗则只身跳入了龙脉之内，维护安定。

这两人离去后，这世间再也没有能够压得住他魔性的人。就算是黄天望，也不行了。

陈志程与王新鉴决战巫山之巅的大战，算是对整个业内的一次洗牌，随后就是最近一次的天山大战，也同样是洗刷一切。整个江湖仿佛倒退了几十年，瞬间就平静了下来。然而只要有人在的地方，就有江湖，从来都是如此。这一点，从来都不以人的意志为转移⋯⋯

第十四卷 一个时代的结束，一个时代的开端

斗争依旧存在，而且还会一直继续……

我在稿纸上写下最后一行字"夜阑卧听风吹雨，铁马冰河入梦来"，作为我对那个可敬对手前半生的评价。

笔落于此，我望着烈日灼灼的窗外，秋水穿过消毒鸡舍，一路缓步走来。他隔着窗子递给了我一个文档袋，对我说道："老板，你交代的事情，调查得差不多了。"

我接过来，扯开白线，将里面的文件倒出来。

一大堆的文档上面有一张坚毅而又张扬的脸，我抬头看了一眼秋水，秋水说道："最近江湖上名头最盛的，也就是他了。"

我点头，将照片移开，露出了下面一排字来——陆言，晋平县大敦子镇亮司村人……

陆言啊……

我闭上眼睛。说起来，这家伙，跟我其实还是有一点儿亲戚关系。没想到，我们陆家，还真是人才辈出。

```
图书在版编目（CIP）数据

苗疆道事.14,一个时代的结束,一个时代的开端/南无袈裟理科佛著.
-上海：上海文艺出版社.2021.3
ISBN 978-7-5321-7841-4
Ⅰ.①苗… Ⅱ.①南… Ⅲ.①长篇小说—中国—当代
Ⅳ.①I247.5
中国版本图书馆CIP数据核字(2020)第235267号
```

发 行 人：毕　胜
策划出品：牧神文化
策划监制：王晨曦
特约编审：赵南荣
责任编辑：李　霞
特约编辑：何　瑞　王辉城
装帧设计：主语设计
版式设计：彭　彭

书　　名：苗疆道事.14,一个时代的结束,一个时代的开端
作　　者：南无袈裟理科佛
出　　版：上海世纪出版集团　上海文艺出版社
地　　址：上海市绍兴路7号　200020
发　　行：上海文艺出版社发行中心
　　　　　上海市绍兴路50号　200020　www.ewen.co
印　　刷：启东市人民印刷有限公司
开　　本：710×1000　1/16
印　　张：26
插　　页：4
字　　数：437,000
印　　次：2021年3月第1版　2021年3月第1次印刷
I S B N：978-7-5321-7841-4/I.6220
定　　价：69.00元
告 读 者：如发现本书有质量问题请与印刷厂质量科联系　T:0513-83349365